U0898302

苏光文 胡国强 主编

20世纪中国文学发展史

ERSHI SHIJI ZHONGGUO WENXUE FAZHANSHI

上

西南师范大学出版社
XINAN SHIFAN DAXUE CHUBANSHE

图书在版编目(CIP)数据

20 世纪中国文学发展史/苏光文,胡国强主编. —重庆:西南师范大学出版社,2008.5

ISBN 978-7-5621-1491-8

Ⅰ.2… Ⅱ.①苏…②胡… Ⅲ.文学史—中国—20 世纪 Ⅳ.I209.6

中国版本图书馆 CIP 数据核字(2008)第 044504 号

责任编辑:李　玲　钟小族
封面设计:白　妤
版式设计:白　妤

20 世纪中国文学发展史(上)

ERSHI SHIJI ZHONGGUO WENXUE FAZHANSHI

苏光文　胡国强　主编

出版发行:西南师范大学出版社
网址 www.xscbs.com
地址 重庆市北碚区天生路 2 号
邮编 400715
电话 023-68254353
经　　销:全国新华书店
印　　刷:重庆东南印务有限责任公司
开　　本:787mm×1092mm 1/16
印　　张:22.25
字　　数:448 千字
版　　次:2008 年 7 月　第 2 版
印　　次:2010 年 7 月　第 2 次印刷
书　　号:ISBN 978-7-5621-1491-8
全套(上、下册)定价:78.00 元

上　卷

绪　论

20 世纪的“暮鼓”与 21 世纪的“晨钟”，依稀可闻。在这“令人发深省”的世纪之交[①]，我们拟以开放的眼光、稳重的态度、历史的与美学的研究方法，参与 20 世纪中国文学的回顾与展望，为构建 20 世纪中国文学研究体系奉献“一木一石”。

一

20 世纪对于中国和世界来说，都是一个“多事”的世纪。就世界而言，先后发生了两次世界大战；俄国十月革命成功，中华人民共和国的诞生，社会主义阵营连成一片，90 年代初苏联解体和东欧社会主义国家相继发生剧变；民族解放运动和各种政治斗争交错进行；冷战结束，世界发展呈现多极化趋势。就中国而言，20 世纪前 50 年，中国仍是半封建半殖民地社会，其间发生了辛亥革命、“五四”新文化运动、北伐战争、抗日民族解放战争及人民解放战争；人民共和国成立后，中国又经历了新的曲折历程，“文革十年”结束，新时期开始，改革开放带来中国社会、政治、经济、文化的巨大发展。20 世纪的中国与世界，经受了一次次残酷的战争烈火的冶炼，接受了一次次社会革命与政治斗争风雨的洗礼，终于驶向“和平与发展”的航道。失败与胜利、痛苦与喜悦、绝望与希望、倒退与前进，充溢其间。20 世纪中国发生的重大事件与 20 世纪世界发生的重大事件，相互联系，相互影响，制约着乃至规定着 20 世纪中国社会与世界历史的进程，也构成 20 世纪中国文学与世界文学的一种极为重要的文化生存背景，深深地影响着 20 世纪中国文学与世界文学的繁衍走向。其中，凝结和升华成的爱国主义成为 20 世纪中国人求生存谋发展的民族凝聚力，成为 20 世纪中国文学展开的出发点。

具体地说，上述如此纷繁复杂的文化生存背景给予 20 世纪中国文学的影响似乎集中体现在三个方面：一是重大事件的发动者、参与者，大都或提出文学口号与文艺理论主张或制订文学方针与文艺政策，试图指导文学、干预文学、规范文学，竭力向文学

---

① 杜甫：《游龙门奉先寺》。

灌输阶级的政党的政治功利意识，使文学成为重大事件的构成部分。二是不断发生的重大事件也不断地改变着中国文学工作者的生活方式与行为方式、价值观念与审美追求。他们不断地思考着中国社会人生问题，把个人的出路与社会、国家、民族的命运紧密联系起来，不断地而又自觉或不自觉地调整自我与文学在社会人生中的位置，探寻文学的生存与发展之路。三是不断发生的重大事件或直接或间接地激活了中国社会人生的积极因素，涤荡着中国社会人生的沉渣，中国社会人生总是在重大事件中及其以后，有着程度不一的改变。这不断发生的重大事件及不断改变着的社会人生，也总是不断地撞击着中国文艺工作者的心灵，不断地激起他们的创作欲望与创作冲动，迫使他们不断地掬起重大事件中的朵朵浪花，给予多面的审美观照。这一系列重大事件也就成为了中国文艺工作者从事文学创作"取之不尽，用之不竭"的素材。这里，我们以抗日民族解放战争为例加以申说。1937 年到 1945 年间，日本帝国主义发动的侵华战争，造成中国军民伤亡 3500 万人，使中华民族陷入亡国灭种的境地。这场战争对于中国社会人生和中国文学来说，无疑是一种残酷的大破坏。然而，中华民族却在这一空前劫难中站立起来，获得彻底解放，走向新生之路。因为，战争期间中国人民那被压抑的积蓄已久的民族解放意识与牺牲精神，犹如火山爆发般喷射而出，中华民族大智大勇和自信、自立、自主的民族"脊梁精神"，空前迸发，民族解放成了中国人的向心力与凝聚力的支撑点，成为中国社会人生的命脉与主旋律。前线、敌后、后方的中国民众为着同一个人生目标协力同心，就连那家破人亡、流离失所的儿童们也组成"孩子剧团"，那被尘世污垢压碎了心的农村老太婆也组建起"农村老太婆剧团"，从事抗日救亡宣传鼓动活动。中国人民在战争中觉醒，在苦难中发展，赢得了胜利，并为同一时段上的世界反法西斯战争的胜利尽了民族应尽之责。当时一位文艺评论家用极朴实的语言描述了这一大破坏与大新生的关系，他说："战争是一种大破坏。在这大破坏之中，许多为人所依赖的凭借也被破坏了，这样就不啻给人的创造力以一种解放。中国是一个古老的国家，迷信权威的奴性最大，幸而战争把人的许多依赖物拆除了，于是国人在战时的发明也就极盛，再说人是有惰性的，在太平时总以为今日不成，可待明日，明日又待后日，结果并无完成之日。战时则不然，时机却是迫不及待的，反而让人赶着完成了好些东西。而且彼此刺激的结果，大家都活跃起来。"由此，他指出："战争对于文化的动态作用，是让文化活跃，让文化发现了自己的全体性，是让文化向前进着！这都是战争对于文化之赐。”[①]战争使“民族之逐渐显露，最后将是真正的国民文学的出现”[②]。事实也的确如此。其时，中国文艺家们抛弃前嫌结成广泛的民族统一战线，为民族解放而歌。他们创作的作品，既有同步反映民族解放战争的应急之作，又有史诗型的名篇巨著，显示出20世纪中国文学在此时获得的丰收。50年代以后，中国文艺家们利用历史为他们拉开的一段距离，或对这场战争作全景式的描述，再现战争的历史进程和可歌可泣的历史画卷，积淀着丰厚的精神财富；或截取一个横断面，从哲学的道德伦理学的审美的角度进行观照，探讨战争与人的关系的真谛。总之，20世纪中国文学与20世纪中国发生的重大事件，印证了社会历史与文学的一种辩证关系：中国的说法叫做“国家不幸，诗家幸”；外国的说法叫做“伟大的文学现象和重要的作家个人多半是，也许纯粹是社会大变动或社会大灾难的结果。文学杰作，就标志着这些变动和灾难”[③]。

20世纪中国发生的重大事件和20世纪世界发生的重大事件，有着相互联系与相互影响的关系。正是这些相互联系与相互影响的重大事件，使中国与世界的距离缩短了，“中国走向世界，世界走向了中国”。这种“走向”，促使中国社会、政治、经济发生一次次重大变革；这种“走向”，导致了东西方文化的交流与碰撞。东西方文化的交流与碰撞，构成了20世纪中国文学不可或缺的又一极为重要的文化生存背景。这一文化生存背景在20世纪整整100年中，大抵呈现出这么一种流动的状态：半开放—全开放—基本封闭—全开放。这一流动状态的文化生存背景，决定着20世纪中国文学对西方文化文学的相应吸收方式：被动—主动—排斥—主动。

19世纪末20世纪初，中国人在向西方学习救国之道过程中，提出了“中学为体，西学为用”的主张，而且这一主张一时间“举国以为至言”[④]。这一实难两全的“至言”，反映出其时中国人的一种复杂而又矛盾的心理，即为着救国既必须学习西方文化又必须维护中国传统文化的正统地位。这一实难两全的“至言”，也是其时中国人为东西方文化交流设置的一道门槛、一座栅栏，以作东西方文化交流的缓冲与调剂之用。这就形成国门被迫大开而文化市场仅呈半开放状态的格局。20世纪中国文学也就在这么一种中外文化交流格局中孕育与萌生。20年代至40年代，西方社会科学、文学思潮纷至沓来，中外文化交流出现全新的开放格局。中国文学在这一全新开放的格局中，

---

① 李长之：《战争与文化动态》，《时与潮文艺》创刊号。

② 李长之：《再论战争与文化动态》，《时与潮文艺》第3卷第6期。

③ 卢那察尔斯基：《卢那察尔斯基论文集》第317页，人民文学出版社1978年版。

④ 梁启超：《清代学术概论》，商务印书馆1921年版。

构建起属于中国文学自己的现实主义文学理论体系，成就了跻身世界文坛的文学大家，问世了蜚声世界文坛的文学杰作，中国文学走向成熟。50 年代至 70 年代，中国文化与世界文化特别是与西方文化，基本上处于隔绝状态，中国文学在一种狭窄的文化生存格局里生长着。80 年代以后，中外文化又一次大交流大汇合，中国文学获得了广阔的发展空间，呈现出生机蓬勃的繁荣景象。

二

20 世纪中国文学在 20 世纪繁复的中国文化生存背景上发生发展，其间形成了自己的凝聚核与辐射点，借用沈雁冰 1921 年 1 月界定的概念来表述，这就是“文学和人的关系”①。20 世纪中国文学也就围绕着“文学和人的关系”这一文学理论与文学创作的关节点进行了三次大调整、三次大转换，并开展了繁复的文学思想理论论争。

随着本世纪的到来，一种转型的文学萌生于中国大地。梁启超从他的文化哲学观出发，把“人生”分成“心界”与“物界”两部分，而认为“人生”即是由“心界”与“物界”两方面调和而成的生活。“物界”问题靠“科学”来解决，“心界”问题靠“超科学”来解决。他说的“超科学”即指精神与情感。“心界”问题就靠这种“超科学”的精神与情感来解决。同时，梁启超受到西方启蒙主义文学的影响，夸大西方启蒙主义文学的功能作用。所以，他在变法维新失败后，倡导“小说界革命”，试图以精神与情感之载体的“新小说”来解决“心界”问题，来调和人生，改变人生，进而实现变法维新未能达到的社会政治目的。所以，他大声疾呼，要以“新小说”来“新人心，新人格”，“开明智慧”，“振民精神”②。这一建立在文化哲学和夸大的启蒙主义文学功利观基础上的“小说界革命”，无疑是把中国文学由“载道”转为“载人”的一次新尝试、一种新开端，尽管其政治功利意识异常强烈。鲁迅提出的“立人”、“改造国民性”和“启蒙”，以及陈独秀提出的“国民文学”与周作人提出的“人的文学”和“平民文学”，在“文学是人学”这一真正意义上，确立了“文学和人的关系”。“左联”倡导的“大众文学”和 1942 年毛泽东确立的“工农兵文学”，依然是“文学和人的关系”这一范畴中的一种理论与创作规范，并在 50 年代至 70 年代日益趋向极端化。新时期开始后，“为人民服务，为社会主义服务”的“二为”方向的提出及其实践，“文学和人的关系”出现了前所未有的转机。罗列这一系列“文学

① 沈雁冰：《文学和人的关系及中国古来对于文学者身份的误认》，《小说月报》第 12 卷第 1 号。
② 梁启超：《论小说与群治之关系》，《新小说》创刊号。

和人的关系"的表层现象，自然表明了"文学和人的关系"确实贯穿于20世纪中国文学的发生发展过程。如果透过这些表面现象，深入地去考察，即可发现在"文学和人的关系"的流变中，存在着多种不同的界定与内涵。文学从本质上说是人的审美的对象化。因此，"文学和人的关系"即是文学怎样去认识人、把握人、写人的问题，根本点是人对自身的认识与把握的问题。对此的不同界定与理解，也就带来了20世纪中国文学发展过程中的三次大调整、三次大转换。

1917年2月，陈独秀在《文学革命论》中高张"文学革命"大旗，提出了建设国民文学的主张；1918年，周作人提出了"人的文学"和"平民文学"的主张；鲁迅创作出了以"立人"和"改造国民性"为主题话语的文学作品。"文学是人学"这一全新意义的"文学和人的关系"的文学观念、价值取向、审美意识及文本形式确立了。不过，这时在"文学和人的关系"的界定上，已出现分歧的端倪。陈独秀偏重从社会人生来谈"文学和人的关系"，他讲的"人"是指"国民"，是指"人"的群体。他高张"文学革命"大旗，是企图通过"文学革命"走向社会革命，中介是"群体"的"人"的觉醒，由"群体"的"人"的思想意识的觉醒达到"物界"问题的解决。周作人讲的"人"偏重"人是社会关系总和"中的"个体"，强调作家关注人的"心界"，主张文学认识、把握、描述人的"心界"。由此，也就奠定了构建"文学和人的关系"的另一种理论体系的基石。1921年1月文学研究会成立时发表的宣言和《小说月报》革新号及其稍后出版的几期上发表的创作研讨文章，阐释并发展了陈独秀的"国民文学"理论，构建起了"为人生的文学"的理论框架，而与周作人的"人的文学"理论有了分道扬镳的明显趋势。沈雁冰的《文学和人的关系及中国古来对于文学者身份的误认》以及《社会背景与创作》等文章颇具代表性与权威性。沈雁冰宣称：

> 文学和人的关系也是可以几句话直截了当回答的。文学属于人(即著作家)的观念，现在是成为过去的了；文学不是作者主观的东西，不是个人的；不是高兴时的游戏，或失意时的消遣。反过来，人是属于文学的了。文学的目的是综合地表现人生……文学者表现的人生应该是全人类的生活……文学作品中的人也有思想，也有情感，但这些思想和情感一定确是属于民众的，属于全人类的，而不是作者个人的。这样的文学，不管他浪漫也好，写实也好，表象神秘也好；一言以蔽之，这才是人的文学——真的文学。

在这一文学观念与价值取向及审美意识的共识性中，也存在着差异。许地山、庐隐等文学研究会同仁，在强调文学表现人生时，也注重文学要有作家“主观——个人的情感”的投入，要有作家的“智慧宝”与“人生宝”的投入。从此开始，20 世纪中国文学围绕“文学和人的关系”出现了两条主要发展线索。一条是日益壮大的居主导地位的线索，将“人”作为社会的人、阶级的人、政治的人来认识、来把握、来表现，多写人与社会的种种关系与冲突，如政治的、经济的、伦理道德的等等。这就是“文学和人的关系”的“外转”型。这一“文学和人的关系”的体系化和法典化，完成于 1942 年，其标志为毛泽东的《在延安文艺座谈会上的讲话》(简称《讲话》)。毛泽东的《讲话》为 20 世纪中国文学中的无产阶级文学创制了一整套文学观念、价值取向与审美意识，并由此引导，出现了新的文本形式即大众化的文本形式。在这一新的无产阶级文学理论体系化过程中，马克思主义的哲学观、政治观与文学观的影响有决定性的意义；20 年代前期的恽代英、萧楚女，20 年代中期及 40 年代的沈雁冰与周扬等人，起了重要作用。在这一过程中，涌现出了一批有成就、有影响的作家作品，乃至进入世界文学之林的作家作品，这是不可以忽视的。但是，由于政治力量的介入和领袖权威的干预，这一“外转”型的“文学和人的关系”，到了 50 年代至 70 年代就没有多少空间可供“转”了，特别是“文革十年”，“转”入了文学与人生的低谷乃至死胡同。自然，在这条发展线索上，鲁迅、冯雪峰、胡风等人在马克思主义文艺思想的指导下，形成了相近的文艺观念，特别是胡风构建起了卓尔不群的“主观论”理论体系。由此，也就出现过多次碰撞与冲突。1936 年到 1937 年间，有胡风与周扬关于“典型”与“真实”问题的讨论；40 年代中后期，有胡风“主观论”及其论争；50 年代至 60 年代，有“人性论”、“中间人物论”、“现实主义深化论”、“时代精神汇合论”的论争等等。这一次次碰撞，虽然没有起到应起的作用，碰撞中的一方虽然被打下去了，但产生的正面影响确实是存在着的，乃至深远的。碰撞中被批判、被打倒的一方，无非是说：人不仅有社会属性、阶级属性、政治属性，更有人性与自身个性及繁复的内心世界、精神世界，“文学和人的关系”不应那么单一，那么类型化；无非是试图在这一“文学和人的关系”中填充一些“调节剂”，起调整的作用。在这一“文学和人的关系”的发展过程中，文学创作与文学观念、审美意识比较起来，似乎要宽泛一些。文学创作中，既有“向外”转的，也有“向内”转的，还有“内外”结合的。另一条发展线索是以周作人的“人的文学”为起点，经过“现代评论”派到“新月”派和“自由人”与“第三种人”而形成的“文学和人的关系”的发展线索。其着眼点为人的自身价值和文学的纯正文本，偏重于描述人的人性、人生体验与心灵感受以及复杂的内心世界与精神世界，基本上是“内转”型的，其中也不乏由“内”向“外”或“内”“外”结合的文学作品。这两种“文学和人的关系”形态，导致出两种不同的文学观念、价值取向、审美意识及文本形式。这两种"文学和人的关系"观,因共存于同一文化生存背景的共时阶段上,自然免不了要发生一次次碰撞,而又一次次产生"隐形"的互补。由此,使得"文学和人的关系"总框架显得多姿多彩。80年代中期,"二为"方向取代了"工农兵"方向之后,文学主体论与文学本体论,引起了广泛注意与深入讨论。由此,"五四"时期构建起的"文学和人的关系"的文学观念、价值取向与审美意识与文本形式得到认同。1921年以后形成的两条"文学和人的关系"发展路径,殊途同归,并出现反差性极强的大倾斜,"内转"型的"文学和人的关系",几成暴涨之势。现代主义、后现代主义、先锋派、后先锋派、新潮派,层出不穷,"各领风骚三五日"。不过,在文学发展的多元态势中,弘扬主旋律而又坚持丰富性与多样化,似乎已成为20世纪末期中国文学发展的总趋势。

文学论争在20世纪中国文学发展历史过程中,此伏彼起,数不胜数。20世纪初期有白话与文言之争,文学价值观念之争;"五四"及20年代有新文学与旧文学的论争、新文学派与"学衡"派的论争、新文学派与"甲寅"派的论争、新文学派与"鸳鸯蝴蝶"派的论争、"语丝"派与"现代评论"派的论争;30年代有无产阶级文学派与"民族主义文艺运动"的论争、无产阶级文学派与"新月"派的论争、无产阶级文学派与"自由人""第三种人"的论争、无产阶级文学内部"两个口号"的论争;30年代末与40年代有"暴露与讽刺"的论争、"与抗战无关"论的论争、"民族形式"论争、"战国"派论争、自由主义文学论争、"主观论"论争;五六十年代有萧也牧批判、《武训传》批判、"红楼梦研究"批判、"胡风反革命集团"批判、"丁陈反党集团"批判、文艺界"反右"斗争、"真实论"批判、"人性论"批判以及八九十年代的"朦胧诗"讨论、"现代主义"讨论、"文学主体性"讨论、"创作自由"讨论,等等。这些层出不穷的文学论争,构成了20世纪中国文学的一大奇观,成为20世纪中国文学的重要组成部分。这些大大小小的文学论争,就其属性而言,有政治的意识形态的,有文学主张与文学创作的,也有文艺社团的团体意识与个人意气的。有些论争起到了是非愈辩愈明的作用,有的论争模糊了是非界限而偏离了文学轨道。有些论争纯然是政治的意识形态的斗争。梳理这些论争的来龙去脉,辨明其中的是是非非,寻找与总结隐含其中的规律与特点以及对文学创作的影响、文学发展的意义,这是我们研究与撰写20世纪中国文学史的人义不容辞的责任,同时还会从中引出一些对21世纪中国文学有一定的警示与参考价值的元素。

三

20世纪中国文学围绕“文学和人的关系”这一理论与文学创作的中轴，迂回曲折地繁衍变化。其中，文学与政治的关系、文学的“本土化”及文学的文体形式问题，是这一文学流变中凸现出来的三个主要问题。

20世纪中国社会人生中的最大政治，是民族的生存、人民的解放、国家的独立富强。这一民族的人民的国家的生存与发展的政治，赋予了20世纪中国文学应具有的内在特质，干预了20世纪中国文学的发展方向。文学是与政治紧密结合乃至服从于政治，还是与政治保持一定距离乃至平行于政治，构成“文学和人的关系”的两种不同形态的内核，成为“文学和人的关系”两条线索的根本分野所在。因此，文学与政治的关系，一直是20世纪中国文学发展过程中的一个热点与兴奋点。这一热点与兴奋点，也曾几度困扰着20世纪中国文学的发展。梁启超的“小说界革命”和胡适与陈独秀发起的“文学革命”，虽然有着许多不同，然而其出发点与归宿点都未能超出政治功能范畴，即都是着眼于政治，着眼于社会变革，仅把文学变革当作社会政治变革的“中介”与手段。梁启超作于1898年的《译印政治小说序》和作于1902年的《论小说与群治之关系》及其为《新小说》杂志规定的办刊宗旨，集中于一点，即他说的“今日欲改良群治，必自小说界革命始”①。这反映出他的文学观念及价值指向是文学的政治功能意识与教化作用。他的“小说界革命”，实际上是中国传统文学中“文以载道”的承传与刷新。辛亥革命后，陈独秀以中国眼光与世界眼光审视近世欧洲发展史和辛亥革命后几年间中国社会发生的一系列重大现象，深深感到，整个欧洲在资产阶级革命前都先有一个文艺复兴运动，1789年法兰西革命前有一个启蒙运动，1848年德国革命前有从康德到费希特到黑格尔的哲学革命运动，而中国辛亥革命前没有类似的文化思想的哲学的革命运动作先导，中国人没有普遍觉醒，因此，政治革命与社会革命未能成功。于是，一种新的思维方式、一种变革中国的新思路形成了：文化革命—文学革命—社会政治革命。他尖锐地指出：“吾人欲图世界的生存，必弃数千年相传之官僚专制的个人政治，而易以自由的自治的国民政治也。”②所以，他发动新文化运动，进而发起新文学运动，高举

① 梁启超：《论新小说与群治之关系》。

② 陈独秀：《吾人最后之觉悟》，《新青年》第1卷第6号。

民主与科学旗帜，反对旧道德提倡新道德，反对旧文学提倡新文学。他在《文学革命论》中尖锐地指出："今欲革新政治，势不得不革新盘踞于运用此政治者精神界之文学。"他提倡的"国民文学"实为他的"国民政治"的外化及在文学上的反映。因此，20世纪中国文学从诞生之日起，就与政治结下了不解之缘，"文学和人的关系"这一发展中心线索也就烙上了鲜明的政治印记，不过却有着"形而上"与"形而下"之别。"革命文学"、"左翼文学"、"工农兵文学"与政治的关系，基本上属于"形而下"范畴，即文学直接干预和参与政治，成为革命政治斗争的构成部分，文学尽着社会政治革命时代赋予的使命，产生了广泛的社会效应。但是，在这一"形而下"范畴里，也出现了文学的"政治留声机"论，文学"从属于政治"论，50年代至60年代的文学"写中心"、"演中心"、"唱中心"论等等误区，"文革十年"出现了阴谋政治导演的阴谋文学的陷阱。以人道主义与人性论为理论基础的"人的文学"和"自由主义文学"与政治的关系，基本上属于"形而上"的范畴，即文学不脱离现实社会人生，但与现时社会政治特别是阶级的党派的政治保持一定距离，通过重塑人性与民族性的途径，间接参与民族生存、人民解放、国家独立富强的政治斗争，淡化急功近利的政治功利意识。这虽然固守了文学的"本分"与"纯正"，但因囿于20世纪中国文学的文化生存背景的"关系"，受到忽视乃至批评与排击，似乎又是难以避免的。80年代以后，在"为人民服务，为社会主义服务"的方向之下，文学与政治的新型关系得以确立，"形而下"与"形而上"求得融合，文学获得了前所未有的广阔发展空间。

文学"本土化"是20世纪中国文学发展过程中又一一以贯之的十分突出的问题。从赫尔德的《鼓励人道的书简》到歌德的《歌德谈话录》到马克思、恩格斯的《共产党宣言》，"世界文学"命题与理论框架日益构建起来。随之，一个影响"世界文学"总体面貌的问题也十分突出地出现于各民族文学面前：各民族文学怎样才能做到既是民族的又是世界的，即所谓的"本土化"。20世纪中国文学是世界文学的组成部分。它的"本土化"，是一代又一代中国文艺家立足于20世纪中国文学的文化生存背景，通过创造性的劳动转化中国传统文学、转化外来文学而逐步实现的。没有一代又一代的中国文艺家的创造性劳动，没有两个"转化"及其融合，便没有20世纪中国新型文学。20世纪中国文学发展史，又可以说是中国传统文学与外来文学"本土化"的发展历史。在学习外来文学过程中，虽曾有重点学习欧美或苏俄的现象，但并没有被"欧化"或"俄化"，而总是在"本土化"的自身裂变中进行新的整合，实现新的发展的。"中学为体，西学为用"这一"至言"，如果从固守传统文化而又吸收外来文化以改造传统文化这一角度来审视，那么这一“至言”及其行为，可以说是为20世纪中国文学“本土化”迈出的无可奈何的一步。“五四”文学革命，偏重于对外来文学的“拿来”和对传统文学的拒斥，虽有较大的偏激性，然而却为20世纪中国文学“本土化”打碎了“坚冰”，在文学创作实践中，还问世了《狂人日记》那样的文学“本土化”的典范之作。20世纪中国文学“本土化”理论建树和“航向”的敲定，得力于20年代初文学研究会、创造社等诸多文艺家群体的共同劳作。“研究介绍世界文学整理中国旧文学创造新文学”[①]，成为他们的共同宗旨；“要在世界文学中争个地位，并作出我们民族对于将来文明的贡献”[②]，成为他们共有的抱负。自此以后，20世纪中国“本土化”的文学不断更新、不断发展。就现实主义文艺理论而言，有既相同又相异的两种理论体系，一是毛泽东文艺思想，二是胡风的“主观论”文艺思想。这两种现实主义理论体系，积淀着20年代、30年代、40年代的一批又一批、一代又一代的文艺家诸如鲁迅、茅盾、郭沫若、瞿秋白、冯雪峰、周扬、丁玲、萧军、艾青等等的探索与创造性转化的成果。从左翼文学到工农兵文学到社会主义文学，毛泽东文艺思想理论日益体系化，并指导了中国无产阶级文学的发展。其中是非得失，已在历史上刻下深深印迹。就作家作品而言，门类齐备，流派纷呈，作家林立，既有居主导地位的现实主义，又有升沉消长的浪漫主义与现代主义。特别突出的是这些不同的创作原则与创作方法，大多形成互补之势，具有开放性特点。这更是中国文艺家创造性劳动转化的明显表征。不过，这一“本土化”过程，依然曲折，远未完成。20世纪中国文学“本土化”过程，大抵呈现出这么一种反差现象：30年代末期以前，偏重于对外来文学的创造性转化。现实主义、浪漫主义、现代主义的创作精神与艺术表现手法，或强或弱地融入了中国广大作家的作品之中，成就了以鲁迅为代表的开放的现实主义文学流派、以郭沫若为代表的开放的浪漫主义文学流派以及以李金发为代表的象征派、以闻一多与徐志摩为代表的“新月”派、以戴望舒为代表的“现代”派、以施蛰存与刘呐鸥为代表的新感觉派，问世了《阿Q正传》、《子夜》、《腐蚀》、《家》、《寒夜》、《骆驼祥子》、《雷雨》、《北京人》等一批蜚声中外文坛的力作。30年代末40年代初的“民族形式”讨论，反映出在民族解放战争的时代氛围中民族意识的普遍觉醒而诱发的民族传统文学的回归。中国广大文艺工作者开始了两个“转化”相结合的理性思考与探讨，但解放区文学却偏斜于民族传统文学的“转化”，并一直延伸于50年代至60年代。

① 文学研究会《简章》，《小说月报》第12卷第1号。

② 沈雁冰：《致李石岑》，《时事新报·学灯》1921年2月3日。

近20年间，始而“转化”欧美现代主义文学乃至照搬、模仿欧美现代主义文学，几乎出现压倒的优势；继而出现弘扬民族文化和“寻根文学”热潮，开始了“转化”传统文学的明显征兆。20世纪中国文学的“本土化”及其发展道路，确如王瑶曾指出的：“一方面重视外来文学的民族化，一方面又重视民族文学的现代化”，20世纪中国文学“实际上就是这样‘走’过来的”①。

20世纪中国文学发展过程中，再一个显著问题即是文学的文体形式的自觉及其演进。文学的文体形式并非是与文学观念、价值取向及文学内容无涉的艺术形式，它是文学本体的构成部分，是文学本体回归的重要标志，它随“文学的觉醒”而俱来。因此，文学观念的变化，也常常引起文学本体及文学文体的变化。这一带规律性的特征也在20世纪中国文学发展过程中得到了充分的展现。这里，仅从文学创作的语言与文学创作的结构两个方面加以考察。文学是语言的艺术。文学语言既是创作主体与审美对象主体的意识、情感、情绪、心理活动的外化形式，又是文学文本的显现形式。从19世纪末到20世纪初期，中国文学语言从文言文转变为现代白话文，实现了汉语语言意识与汉语语言叙述模式的转型，标志着中国传统文学语言走向了“现代化”。但是，“欧化”语言现象和“文白夹杂”语言现象，严重困扰着新文学文体的构成与成熟。这反映出，转型之后的文学语言尚不能完全表达觉醒后“现代人”的思想意识、心理活动与行为方式的复杂变化。左翼文学和工农兵文学，因文学观念、描写内容、服务对象的特定指向，文学语言趋向大众化，工农兵口头语言大量进入文学语言行列。从50年代后期起到“文革十年”中，饱含意识形态的政治术语，几乎成为文学创作的普遍用语，并形成刻板的语言套式，表达“统一”的乃至僵化的思想意识与爱憎情感。80年代初开始，文学语言又一次出现大转型，其总趋势是“逃离了政治”而复归文学本体。文学创作的结构形式是文学文体形式的重要组成因素之一。在20世纪中国文学发展过程中，文学创作的结构方式，显得多姿多彩。20世纪中国文学发展史上的第一代作家们，不约而同地抨击了“瞒和骗”文学，打破“团圆主义”的传统文学结构模式。这为20世纪中国文学悲剧意识的萌生和悲剧理论的建立以及文学创作结构多样性的实验与探索，铺垫了广泛的基础。自此以后，文学创作结构问题，引起了一代又一代的文艺家的重视与探索，出现了被公认的诸如鲁迅、张天翼、沈从文那样的“文体家”。仅就小说与诗歌而言就成就了多种结构形态。其中，有重人物刻画与环境描写或重故事情节铺

① 王瑶：《在东西古今的碰撞中·序》，中国城市经济社会出版社1989年4月版。

叙的现实主义小说结构型,有重体验与情绪描写的浪漫主义小说结构型,有重心理描述的现代主义小说结构型,由此也就相应地出现了诗化小说、散文化小说、新闻体小说、故事型小说、淡化情节与人物性格的心理小说等等;诗歌结构形式中,有歌剧结构型、“三美”结构型、民歌体式型,更有散文化的自由诗结构型等等。

四

20 世纪中国文学围绕“文学和人的关系”的确立、调整与转换,大致形成了五个发展阶段。

1901 年到 1921 年,为第一阶段。在这一阶段里,汉语叙述的转型和文学的自觉得以实现。“汉语叙述的转型”着眼于汉语意识、汉语意义世界与表达形式的转型;“文学的自觉”着眼于文学对自身价值的确认和对人的价值的把握与描述。“汉语叙述的转型”和“文学的自觉”及其结合,标志着“文学和人的关系”的确立和 20 世纪中国文学的诞生。

1921 年到 1937 年,为第二阶段。在这一阶段里,围绕“文学和人的关系”出现了不同文学思想观念的冲突与互补。其中,有现实主义文学思想观念、浪漫主义文学思想观念、现代主义文学思想观念和无产阶级文学思想观念。这些文学思想观念,既有它们之间的冲突,又有各自内部的冲突,还有它们比较一致的对“民族主义文学”的排挤。这样的多种冲突的焦点,仍然是文学自身价值和人的自身价值的确认。这里,有着功利意识、阶级意识、语言意识及表达形式的规范及文本意识、自由意识、感觉体验等等的分野。但是,这些不同的文学思想观念,并非就像水与火一样不相容,而是有冲突也有互补。特别是在文学创作中,不同文学创作方法的互补性更为明显。大概正因为如此,这一阶段,文学创作十分繁复,大家辈出,力作频频问世,出现了文学创作的辉煌。

1937 年到 1949 年,为第三阶段。在这一战争连年不断的历史阶段里,民族解放意识与人民解放意识成为时代的中心意识。不同文学思想观念的文艺家们,几乎一致地呼响时代的召唤,几乎一致地认同于这一时代中心意识。对文学的自身价值与人的自身价值的把握,也几乎一致地认同于这一时代中心意识。因此,上一阶段的几种文学思想观念的冲突,在这一阶段里虽也有碰撞,然而互补性似乎更为强烈。同时,无产阶级文学思想观念形成体系。加之,国内的政治力量和政党都程度不一地重视文学,中国文学与世界文学,特别是与世界反法西斯文学实现了双向交流。因此,在这一阶段里,中国文学依然得到了长足发展,其突出点是文学的民族意识与人民意识的高扬及现实主义开放性特征。

1949 年到 1976 年,为第四阶段。在这一阶段里,中国文学紧承以人民解放意识为特质的工农兵文学观念、语言意识与表现形式向前发展,日益突出阶级的政治的意识和急功近利的价值追求,出现文学意识形态的中心化。与此相异的文学观念与表现形式,通通被视为异端邪说。相对而言,这一阶段里的文学创作自然也就显得单调一些。“文革十年”文学创作走进死胡同。这一阶段是 20 世纪中国文学的艰难期、欠收期。

1976 年到 2000 年,为第五阶段。“文革”结束,随着社会人生的转入正轨,随着改革开放大潮的不断推进,随着外国文学思潮的大量涌入,“文学和人的关系”发生极大变化。其根本点是:由政治的阶级的转向人自身、人的内心世界与精神世界的重新认识与把握。整个文学呈现出多元发展态势。这一阶段是 20 世纪中国文学发展史上又一个千姿百态的繁复时期。

大凡史著的撰写者都持有一定史观的。就中国现代文学史著的撰写者而言,王瑶、刘绶松、唐弢等的中国新文学史著或中国现代文学史著,持的是“无产阶级领导的人民大众的反帝反封建”的文学史观;钱理群等的《中国现代文学三十年》,持的是“启蒙救亡”的文学史观;90 年代末期新近面世的部分中国现代文学史著,持的是“现代化”的文学史观。我们这部《20 世纪中国文学发展史》的史观呢?从前面行文中已经明白无误地显现了那就是“文学和人的关系”。

“文学和人的关系”是 20 世纪中国文学发展的中心线索。围绕它的确立、调整与转换,形成了较为分明的发展阶段。这五个阶段也就构成本书体系的五编。“文学和人的关系”也就成为本书体系框架的支撑点、理论与创作的关节点和选择文学现象进入本书框架的视点。因此,我们十分看重作家在 20 世纪中国文学发展过程中的角色地位及其贡献;在作家作品的描述范围方面,彻底颠覆主题题材、人物形象及艺术特色三段式模式,转入描述作家的主体意识、体验与感受,描述作品所达到的思想深度与艺术上的独创性和审美特性。

20 世纪中国文学在 20 世纪中国的文化生存环境中发生发展,并自觉地参与了 20 世纪中国社会的发展进程,履行着历史时代赋予的神圣使命。也就在这一过程中,20

世纪中国文学日渐实现了自身的"转化",即由传统文学转化为"现代"文学,由世界文学转化为民族文学,并取得了重要成就,也留下了不少缺失。这些也许会直接通向21世纪中国文学。

第1编

汉语叙述的转型与文学的自觉

（1901~1921）

第一章　汉语叙述的转型

近代以降，中国文学走向了与西方文化和文学相互对应与对话的历史进程，尽管它们之间的相遇呈现出被迫性和不平衡性，但文学的文化生存空间的不断扩展也就必然带来文学意义内涵的转移与变迁。20 世纪中国文学的诞生与发展也置于社会历史的内在驱动和中西文化、文学的冲突与融合背景之中，西方文化、文学的本土性转化与传统文化、文学的现代性改造成为了 20 世纪中国文学的一条思路。其发端为汉语叙述的转型。

第一节　变法维新与汉语叙述的转型

历史常常赋予那些生长于世纪之交的人们一个命定性的语词：选择。从 19 世纪迈进 20 世纪的大转变过程中，变法维新是当时社会历史所面临的必然选择，也是近代以来一批改革志士和思想启蒙者所意识到的历史潮流。19 世纪 80 年代至 90 年代，中国出现了变法维新的改良主义思潮，它主张向西方学习先进的文化和技术，用和缓渐进的方式，去改革中国封建社会的经济、政治和文化，实现救亡图存的目的。1898 年，康有为在《上清帝第六书》里指出，中国已名存实亡，只有立即变法，才能救亡立国。他大声疾呼："观大地诸国，皆以变法而强，小变仍亡"、"观万国之势，能变则全，不变则亡；全变则强，小变仍亡"。康有为还批评洋务派的"自强新政"，认为"洋务"者的办铁路、开矿务、办学堂、办商务，不过"变事而已，非变法也"、"于救国之大体无成"，只有"筹全局而全变"，才能救中国，致富强。变法为救亡，维新为富强，这是康有为变法维新思想的精髓。在梁启超看来，变法维新更是天地之公理，"法何以必变？凡在天地之间者，莫不变"。天在变，地在变，生物在变，人类在变，"上下千岁，无时不变，无事不变,公理有固然,非夫人之为也"[①]、"要而论之,法者,天下之公器也;变者,天下之公理也。大地既通,万国蒸蒸,日趋于上。大势相迫,非可阏制。变亦变,不变亦变。变而变者,变之权操诸己,可以保国,可以保种,可以保教;不变而变者,变之权让诸人,束缚之,驰骤之,呜呼!则非吾之所敢言矣"[②]。康有为和梁启超强调了变法之必然性和紧迫感,并且还触及到变法中所表现出来的主体性问题。实际上,自近代始,中国的变革与维新都隐含着一种被动性和被迫性,现实的调整与理论主张的倡导都摆脱不掉回应的策略,或者说是被迫近代化、现代化,乃至后现代化的。

变法既为世间之大势,那么维新就成为了一条必不可少的途径。而随着中国传统思想的逐渐衰微,难以从它里面导引出现实需要的多重价值,学习西方文化也就势所必然。美国的中国历史研究专家费正清认为,晚清的维新运动主要留下了两方面的重要遗产:一是"开创了中国文化的新阶段,即新的思想意识时代";二是"中国知识分子这一新社会集团的诞生"[③]。维新派大量介绍翻译西方文化知识,积极革新工具,改造传统的书院而创立新式学堂,建立具有强烈现代色彩的新型社会组织——学会,创办传播新思想、新知识和民众舆论的新式报纸。这些变革举措为新思想的扩散提供了保证,推动了中国近代化的进程。

梁启超写了大量文章,热情介绍西方哲学、社会政治学说和文化学术思想,如卢梭的《民约论》、孟德斯鸠的三权分立学说、达尔文的生物进化论等等。变法维新时期所介绍的西学知识对后世产生了较大影响的应首推严复 1898 年 4 月翻译出版的《天演论》。梁启超在《清代学术概论》中称:"西洋留学生与本国思想界发生关系者,复其首也。"蔡元培在 1923 年写作的《五十年来中国之哲学》一文中也肯定地说:"50 年来,介绍西洋哲学的,要推侯官严复为第一。"《天演论》译自英国博物学家、实证主义哲学家、达尔文学说拥护者赫胥黎的《进化论与伦理学》(Evolution and Ethics)。该书 1894 年在英国出版,两年以后严复就开始译述,由此可见严复对它的推崇和喜爱。"天演"即进化,严译《天演论》的基本观点是:世界上一切生物皆处"天演"之中,物竞天择,"以一物以与物物争,或存或亡,而其效则归于天择",那么人应做的是"与天争胜,胜天而治"。《天演论》在中国的翻译是中国近代思想史上的一件大事,标志着中国人的思想——无论内容还是思维方式,都开始了一个新的飞跃。"一切僵硬的东西溶化了,一切固定的东西消散了,一切被当作永久存在的特殊东西变成了转瞬即逝的东西,整个

① 梁启超:《变法通论自序》,《饮冰室合集·文集》,中华书局 1936 年版。

② 梁启超:《变法通议·论不变法之害》,《梁启超选集》。

③ (美)费正清:《剑桥中国晚清史》,中国社会科学出版社 1995 年版。

自然界被证明是在永恒的流动和循环中运动着。"[①]这种新颖的理论和思维方式改变了传统的"天不变道亦不变"的静止观念和阴阳循环的圆形思维,给予人们一种指导性的概念,以变动不居的眼光看世界,以"物竞天择"来规范自己的行为。

《天演论》深深地拨动了一代青年的心弦,促使近代中国形成了一股进化论思潮。鲁迅在《人之历史》中说:"中国迩日,进化之语,几成常言。喜新者凭以丽其辞,而笃故者则病侪人类于猕猴,辄沮遏以全力。"鲁迅自己早年在南京水师学堂求学时,"一有闲空,就照例地吃侉饼,花生米,辣椒,看《天演论》",觉得它是那么的"新鲜",吸引人[②]。胡适在《四十自述》里也说:"《天演论》出版以后,不上几年,便风行到全国……这个'优胜劣败,适者生存'的公式,确是一种当头棒喝,给了无数人一种绝大的刺激。几年之中,这种思想像野火一样,延烧着许多少年人的心和血。'天演''物竞''淘汰''天择'等等术语,都渐渐成了报纸文章的熟语,渐渐成了一班爱国志士的口头禅。"这表明一种新学说、新思想已开始从理论形态走向世俗形态,并走进人们的日常生活。进化论本是一种生物学理论,但在中国近代却被误读为现实操作意义上的思维方式和救世药方。知识转化生成一种现实力量,逐渐超越了它自身的历史性所指,而演变成与现实相结合的使用价值。这意味着知识从本源语言进入译体语言时,不可避免地要在译体语言的历史环境中生发出新的意义。维特根斯坦所说"语言的意义就是用法"可谓一语中的。语言意义始终生成于它所处的现实与句法构成的语境之中。

作为一场社会政治运动的变法维新很快就遭受到了失败的沉重打击,但作为一种社会文化思潮,它对中国近现代的思想文化的转型和过渡却起到了有力的促进作用。诸如它吸收西方文化以促进中国的进步和自强的思想启蒙方式,注重中国传统人格的改造,崇尚文化的力量,以及它的天人相争、物物相竞的进化论思维,都昭示出丰富的历史价值意义。就中国文学而言,从传统文学向现代文学的转型与过渡也出现于晚清民初时期。如周作人所说:"自甲午战后,不但中国的政治上发生了极大的变动,即在文学方面,也正在时时动摇,处处变化,正好像是上一个时代的结尾,下一个时代的开端。"[③]

为了适应改良主义思想启蒙的需要,文学从内容到形式的变化也就势所必然。于19世纪80年代问世的王韬八卷本《弢园文录外编》,思想新鲜,形式自由,预示着散文的变革。郑观应的《盛世危言》从八股文、桐城派古文和骈文中解放出来,尝试着创造

① 恩格斯:《自然辩证法》,《马克思恩格斯选集》第3卷,人民出版社1972年版。

② 鲁迅《朝花夕拾·琐记》,《鲁迅全集》第2卷,人民文学出版社1981年版。

③ 周作人:《中国新文学的源流》,岳麓书社1986年版。

一种新文体。在戊戌变法的新文化运动中，八股文、试帖诗、策论伴随着科举制度的废除而废除，桐城古文的"明道义，维风俗"的载道内容和"桐城义法"的僵硬与模式化也使其走向了文学的反动。这些为中国文学的转型和20世纪中国文学的产生扫清了障碍，解除了思想束缚。就中国传统文学而言，它呈现出自足而封闭的整体性，其进化与发展的动力主要来自于各种文体和样式的演变、分解和相互渗透。内部要素的自我调整可以使其逐渐走向成熟和精致，但一旦达到极限，它也就渐显僵硬和死板，再也无法承载来自外界的丰富意义和作家自身的独特感受。另外，中国传统文学的意义与言说始终和传统文化相关联，载道也好，言志也罢，它的叙述与抒情始终生长于传统文化的语境之中。随着传统文化价值的衰微，特别是浸染着丰富的封建道德观念的文化思想的反动，中国传统文学的价值意义和语言方式也就面临着重审与反思的命运。同时，伴随西学的传入给予传统文学猛烈的冲击和鲜明的参照，中国文学的价值意义和语言转型也就踏上了历史的进程。

汉语叙述意义的转型并非起始于某个固定而确切的时间，也并非能在短时间内完成。但是晚清文学的改良运动加速了这一转型的进程，并逐渐走向文学的自觉行为。变法维新的倡导者所大量译介的西方文化奠定了文学变革的思想基础，如当时就提倡的民主与科学思想、进化论观念影响了汉语转型的文学观。梁启超认为："古语之文学变为俗语之文学"是文学发展的必然趋势①。王国维的《宋元戏曲考》也认为："凡一时代有一时代之文学，楚之骚，汉之赋，六代之骈，唐之诗，宋之词，元之曲，皆所谓一代之文学，而后世莫能继者焉。"就文学思想而言，晚清的文学改良运动主要表现出两方面的文学观：一是走向性情的文学，这以王国维为代表；二是"重功利"、"重政治"的文学，这以梁启超为代表。王国维在《文学小言》中认为："文学者，游戏的事业也"、"文学者，不外知识与感情交代之结果而已"。同时他认为，"铺馁的文学"、"文绣的文学"以及"模仿之文学"都不是"真正之文学"。梁启超主要从文学与改良社会、振兴实业、改良群治、救国救民角度考察了文学的功能和价值，特别是抬高了小说的社会地位，夸大其本身的政治功能，使文学走向了难以承受社会之重的困境。不管是王国维的性情文学观，还是梁启超的功利文学论，他们的主张对中国文学的转型而言，都显示了其独特的价值意义。但不得不承认，它们的意义是在对西方文学的误读中被确立的。王国维欲在叔本华、尼采的唯意志论与中国传统的"境界说"之间找到理论契合点，形似遮蔽神异，理论操作大于实践意义。他的理论的提出主要针对诗歌，但并没有结出丰硕的创

---

① 梁启超：《小说丛话》，《新小说》第7号。

作果实。梁启超是在“文以载道”的基础上认识西方文学的，而西方文学自“文艺复兴”以来的各种理论主张恰恰是强调文学从基督教之“道”下解放出来，文学不再从属于神学、伦理学、哲学，而成为一门完全独立的艺术。

汉语叙述的转型主要体现在对文学语言变化的自觉和叙述、抒情方式的转换。王国维在《论新学语之输入》中认为：“夫言语者，代表国民之思想者也，思想之精粗广狭，视语言之精粗广狭以为准，观其言语，而其国民之思想之知矣。”语言不仅具有丰富的民族性，而且对文学语言而言，还拥有鲜明的个体性；语言不仅仅是叙事状物的工具和中介，而且还与人的生命相连。晚清的文学改良运动大量译介西方文学，创造文学新语，主张语言与文学的合一，提出“崇白话而废文言”的口号等等，都推动了文学语言形式的变革。裘廷梁于1898年在《苏报》上发表的《论白话为维新之本》一文，认为：“愚天下之具，莫如文言，智天下之具，莫如白话。”中国两千年来的文言窒息了民族的发展，并使“一人之身而手口异，实为二千年文字一大厄”。于是，他主张“崇白话而废文言”。狄平子在《论文学上小说之位置》，进一步提倡“俗语文体”，并主张以白话为文学语言。中国传统文学的言与文、说与写的分离实际上使文学走向两个极端，一是文的规范与精致化，二是写的复杂与艰深化。并且，这种脱节影响到文学的阅读、理解和接受，文学越来越走向个性的束缚与生命的压抑。

对晚清文学改良者而言，他们主张改变言与文的分离，使说与写倾向一致，目的主要在于让语言担当起更大的社会启蒙作用，而不是从文学本体角度去考虑的。他们强调的是文学语言的工具性，而不是生命性和符号性，其结果是汉语的人文意义和民族特性逐渐丧失，而代之以社会性和时代性。所以当我们说一个时代有一个时代的文学时，我们应该清楚，实际上一个时代也有一个时代的语言。如晚清语汇的“新民”、“天演”、“原富”、“原强”等，“五四”新文化运动中的“革命”、“民主”、“科学”等。西方文化和文学的翻译，尤其是一些新语言的引入更促进了汉语的变革。汉语生长于传统文化的意义结构之中，它的语词、语义、语法和修辞相对于西方语言而言具有自己的独特性，如强调语言的整体性、流动性、模糊性和内在性，崇本息末而非穷究事理，和谐大度而非斤斤计较，情感感受而非认识模拟。叶维廉认为，中国传统语言之用法，“不是通过‘我’说明性的策略，去分解、去串连、去剖析物物关系浑然不分的自然现象，不是通过说明性的指标，引领及控制读者的观、感活动，而是用来点兴、逗发万物自真世界形现演化的状态。”[①]由此可见，汉语的功用处在言与不言、名与实、写实与写意之间，它

① 叶维廉：《言无言：道家知识论》，《中国诗学》，三联书店1992年版。

的表意方式不在聚焦渗透,不长于抽象与分析,而采用散点透视的方法去"点兴"、"逗发"世界的意义。

传统文学价值的衰微与崩溃并不完全是由于文言本身的缘故,而主要是对文言使用的呆板和僵化。周作人曾发表过一个非常中肯的看法,认为:"古文和白话并没有严格的界限","文字的死活只因它的排列法而不同,其古与不古,死与活,在文字的本身并没有明了的界限。"好的文言仍是具有生命力的,当然以文言写作的文章就另当别论了。文言与白话本身不应是截然对立的,但文言文与白话文之间却表现出本质的差异。白话文里面依然存在文言词汇,只不过它的叙述方式发生了重大转变。它主要体现为自由流畅、条理明晰的叙述方式和饱含激情、杂用多语的语言特点。这里,我们以梁启超的"新文体"来略作说明。

"新文体"又称"时务文体"或"新民体",其特征有多种解释。梁启超自己在《清代学术概论》中做过分析:"……至是(指办《新民丛报》、《新小说》时)自解放,务为平易畅达,时杂以俚语、韵语及外国语法,纵笔所至不检束。学者竞效之,号'新文体'。老辈则痛恨,诋为野狐。然其文条理明晰,笔锋常带情感,对于读者,别有一种魔力焉。"由此可见,"新文体"大致具有这样的特点:平易畅达,杂以俚语、韵语和外国语法,行文毫不检束,饱含激情。"新文体"是对八股文和桐城散文的反拨,但同时也继承了传统散文的优秀成分。如《庄子》的联想、比喻,《左传》的委曲详尽的笔法,《史记》的生动流畅的语汇等等,都被梁启超吸收、运用,生成了他的"新文体"。同时,"新文体"还大量吸收了外来词和语法表达方式。"新文体"的各个特点是互相融合的,它在畅达浅白的半文言中夹入大量的外来语,又以奔泻的情感调动句法结构,行文自由,条理清晰。

汉语意义和形式的转型并不标志着文言与白话的截然对立,转型本身显示了它的过渡性和中介性。发生在19世纪末到20世纪初的汉语转型,其意义主要体现为汉语叙述发展的方向以及所呈现出的抗争姿态和无畏气势。纠缠于20世纪中国文学发展中的"个体性与社会性"、"艺术与政治"、"先锋性与大众化"的种种矛盾在此已露端倪,问题是难以找到它们之间的对接点,而使之趋于平衡。

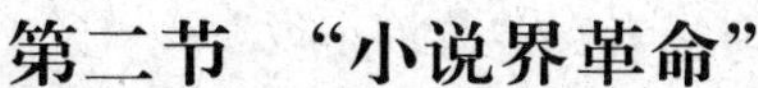

第二节 “小说界革命”

“小说”一词，最早见于《庄子·外物》篇：“饰小说以干县令，其于大达亦远矣。”这里的“小说”是指琐屑的言谈。所以《汉书·艺文志》说：“小说家者流，盖出于稗官，街谈巷语，道听途说者之所造也。”这表明在传统士大夫的意识里存在着“小说是小道”“君子弗为”的心理。同时，小说地位的低下又使创作者产生了两种态度。一是游戏之。邱炜萲在《菽园赘谈》中，认为写小说是“游戏笔端，资助谈柄”。二是依附名教。曾慥在《类说书》中强调小说可“资治体，助名教，供谈笑，广见闻”。凌云翰也在《剪灯新语·序》中称小说可以“劝善惩恶，幼存鉴戒，不可谓无补于世”。他们都借此来抬高小说的地位。小说在传统文学中一直处于边缘位置。

古代的“小说”概念非常宽泛，按照胡应麟《少室山房笔丛》的说法，它至少还包括杂录、丛谈、辨订、箴规以及合乎今天“小说”范畴的“志怪”和“传奇”。小说文体的不规范，不利于小说自身的发展。所以，晚清的“小说界革命”面临着这样两个背景：一是小说的边缘化须向文学中心移动；二是小说文体的芜杂须走向正规化、理论化并找到自己的独特价值。

晚清的思想启蒙运动和文学改良运动为小说观念的革新奠定了思想和理论基础。1897 年，梁启超在《变法通议·论幼学》中，把“说部书”与“识字书”、“文法书”并列，提倡“今宜专用俚语，广著群书：上之可以借阐圣教，下之可以杂述史事，近之可以激发国耻，远之可以旁及彝情，乃至宦途丑态，试场恶趣，鸦片顽癖，缠足虐刑，皆可穷极异形，振厉末俗。其为补益，岂有量耶！”梁启超要求小说承担社会教育职责，指望小说对现实的社会政治改革有所补益。这一思想在他以后的论文中多次表述过。《译印政治小说序》(1898 年)、《论小说与群治之关系》(1902 年)、《告小说家》(1915 年)，是他论述小说最集中、最深刻的三篇理论文章。

1897 年，严复、夏曾佑在《〈国闻报〉附印说部缘起》中，运用卢梭学说和达尔文进化论，论述了小说与社会心理的关系，指出小说写“人心所构之史”，区别于历史写“人身所作之史”，揭示小说力量可以达于“贩夫市贾、田夫野老、妇人孺子之类”。这些见解触及到小说的社会作用，具有近代启蒙主义性质。1898 年，梁启超为鼓吹“政治小说”而作《译印政治小说序》。他肯定了小说的娱乐性和通俗性，读者面广，可以因势利导,借用作社会教育的手段,并对中国旧小说作了总体批判,认为:"彼美、英、德、法、奥、意、日本各国政界之日进,则政治小说,为功最高焉。"所以他主张翻译"外国名儒所撰述,而有关切于今日中国时局者"的"政治小说"。

真正称得上"小说界革命"宣言的,应是梁启超1902年发表的《论小说与群治之关系》。该文是"小说界革命"的理论纲领,它从根本上改变了传统小说的价值观念。梁启超认为:"欲新一国之民,不可不先新一国之小说。故欲新道德,必新小说;欲新宗教,必新小说;欲新政治,必新小说;欲新风俗,必新小说;欲新学艺,必新小说;乃至欲新人心、欲新人格,必新小说。何以故?小说有不可思议之力支配人道故。"小说的"不可思议之力"具体表现为四种即熏、浸、刺、提。梁启超在《译印政治小说序》中,单从娱乐性和通俗性解释小说的社会影响。这里,他着重从小说的艺术感染力立论,并在此基础上考察了传统小说,认为传统中的"状元宰相之思想"、"佳人才子之思想"、"江湖盗贼之思想"、"妖巫狐鬼之思想"都来自小说,传统小说成了社会腐败的总根源。得出这样近乎荒唐的结论,颠倒了小说与社会的本末关系,是小说表现社会,而不是社会模仿小说。梁启超还接受了西方文学理论的影响,根据小说创作方法的不同,把各种各样的小说区分为"理想派"和"写实派"两大类,为中国文学批评引进了两个新概念,这对于小说研究的科学化很有意义。

梁启超从小说救国、开民智的角度提高小说的社会地位,"今日欲改良群治,必自小说界革命始;欲新民,必自新小说始。"①并且他还把小说推到文体的中心,"小说为文学之最上乘",完成了小说从文学的边缘向中心的移动。但是,他并没有完成小说文体的本体建构,而是把它限定在"觉世之文"的地位上。

沿着梁启超的思路,呼应的人们纷纷撰文从不同角度阐发自己的小说观,掀起了一个革新小说观念的热潮。夏曾佑于1903年发表的《小说原理》,从审美娱乐角度,强调"小说遂为独一无二可娱之具"。狄平子发表的《论文学上小说之位置》,肯定了梁启超的"小说为文学之最上乘"、"足以支配人道,左右群治者"等观点,并从文学性质和文体的简与繁、古与今、蓄与浅、雅与俗、实与虚的矛盾中分析出:"所谓良小说者,即禀后五端之菁英以鸣于文坛者也。故取天下古今种种文体而中分之,小说与其位之一半。"他认为:"小说者,实举想也、梦也、讲也、剧也、画也,合一炉而冶之者也。"小说文体拥有多种属性,表明倡导小说革命者对小说的功能有过高的认识,但对其文体特征则是相当模糊的。小说什么都是,说到底就变成什么都不是。任何事物都是因其本质属性

① 梁启超:《论小说与群治之关系》。

的规定性才使其独立出来。陶祐曾的《论小说之势力及其影响》一文,竟认为小说有如怪物般的具有无量而不可思议的魔力。他借用西方理论家的话说:"小说者,实学术进步之导火线也,社会文明之发光线也,个人卫生之新空气也,国家发达之大基础也。"显然,这又是对西方文学再一次误读的结论。我们无法找到该理论的原作者,如此视小说为国家与个人、文明与学术的源泉和基础,忽略了西方始终是把小说作为文学之一体的基本常识。西方文学中的小说(Novel)是在18世纪后期才被正式定名的文学形式,以前的准小说是用"散文虚构故事"(fiction)来称谓的,它包括史诗、传奇、传记等。直到18世纪以后,小说这种文体才逐渐走向成熟与丰富。陶祐曾在"误读"中走到梁启超同样的结论上,"欲革新支那一切腐败之现象,盍开小说界之幕乎?欲扩张政法,必先扩张小说;欲提倡教育,必先提倡小说;欲振兴实业,必先振兴小说;欲组织军事,必先组织小说;欲改良风俗,必先改良小说"①。

"小说界革命"促进了中国小说近代化变革的进程,推动了中国小说的发展。首先,它改变了传统文人鄙视小说的旧观念。小说不是"小道",而成为救国救民、改良政治之"大道"。它使知识分子去读小说、研究小说,以至创作"新小说"。知识分子成为了小说的主要读者和作者。梁启超惊叹道:"举国士大夫不阅学之结果,《三传》束阁,《论语》当薪,欧美新学,仅浅尝为口耳之具,其偶有执卷,舍小说殆无良伴。故今日小说之势力,视十年前增加倍蓰什百,此事实之无能为讳者也。"②其次,"小说界革命"引进西方小说作为小说变革的参照系。西方小说译本的大量出现,帮助了中国小说改变传统意识和程式化的格式,如《迦茵小传》的全译本打动了诸如郭沫若那样的无数热血青年,为新一代作家的出现创造了条件。西方小说的引进打破了"章回体"的叙述格式。《浮生六记》所采用的第一人称叙事本来没引起足够重视,由于西方小说的影响,第一人称叙述方式得到确认,并改变传统小说的全知叙事为限制叙事。

"小说界革命"从外部赋予小说改造社会、改造政治、拯救危亡的功能,试图通过提供"新小说"来扭转乾坤,确立小说的社会性和媒介性。他们认为"小说之功用比报纸之影响为更普及"、"学校宜推广以小说为教书"③、"信矣乎!风俗之开明,诚小说为之导师"④、"小说之风行与否,可以觇国民之程度"⑤、"群知小说之效果,捷于演说报章,

---

① 陶祐曾:《论小说之势力及其影响》,《游戏世界》1907年第10期。

② 梁启超:《告小说家》,《中华小说界》第2卷第1期。

③ 老棣:《学堂宜推广以小说为教书》,《中外小说林》第1卷第18期。

④ 耀公:《小说与风俗之关系》,《中外小说林》第2卷第5期。

⑤ 《铁瓮烬余》,《小说林》1908年第12期。

不视为遣情之具，视为开通民智之律梁，涵养民德之素”[1]。他们强调了小说的教诲性和工具性，改变文以载道中的封建道德内容为新知识、新观念之“道”，思维方式依然没有变化，逻辑结构依旧沿着老路走。他们虽然标榜小说“为文学之最上乘”，但实际上却否定了小说的独立性和文学性。这影响到20世纪中国文学发展的一条内在线索，即探讨“文学为什么”的功利性和社会性的外在价值，而不是追问“文学是什么”的本体性意义。

“小说界革命”轻视小说的艺术特征，这引起人们开始要求“新小说”至少应当像“小说”。吴趼人在《月月小说·序》中批评“新小说”：“今夫汗万牛充万栋之新著新译之小说，其能体关系群治之意者，吾不敢谓必无；然而怪诞支离之著作，诘曲聱牙之译本，吾盖数见不鲜矣！凡如是者，他人读之不知谓之何，以吾观之，殊未足以动吾之感情也。于所谓群治之关系，杳乎其不相涉也。”黄摩西、徐念慈的“小说林”派提出了新的理论主张，帮助“新小说”摆脱困境。《小说林》月刊自1907年创刊，共出12期，以刊载外国翻译小说为主。他们主张中国文学与外来文化的融合。徐念慈在《小说林·缘起》中认为：“中外一家，梯航四达，欧和文化，灌输脑界，异质化合，乃孳新种，学术思想，大生变革。”他们的视野开阔，试图建立一个小说本体，将小说的价值由政治教育的基础上转移到艺术审美的基础上来。黄摩西在《小说林·发刊词》中就认为：“小说者，文学之倾向于美的方面之一种也。”并指出：“文学之有高格可循者，一属于审美之情操。”徐念慈在《小说林·缘起》一文中借助黑格尔的美学理论来论述小说的美学价值，认为“美之究竟在具象理想，不在于抽象理想”、“美的概念之要素，其三为形象性”、“美之第四特性，为理想化”。这些理论给人耳目一新的感觉，表现出勇于探索小说新路的开拓精神。徐念慈由此而得出这样的“小说观”：“所谓小说者，殆合理想美学、感情美学，而居其最上乘者乎？”黄摩西、徐念慈等人针对梁启超的功利小说观，尖锐地批评了那种“出一小说，必自尸国民进化之功；评一小说，必大倡谣俗改良之旨”的时风。其实，以小说促改良、开民智，岂可非议？在小说与启蒙主义的结合上，黄摩西、徐念慈们落后于梁启超，在强调小说的审美属性上，他们比梁启超更有价值，值得珍视。特别是徐念慈的《余之小说观》一文，探讨了“小说与人生”、“小说之形式”、“文言小说与白话小说”以及“小说今后之改良”等问题，切中小说自身的特性，是值得重视的一篇小说理论文章。他认为：

---

① 《新世界小说社报发刊词》。

小说者，文学中之以娱乐的，促社会之发展，深性情之刺戟者也。昔冬烘头脑，恒以鸩毒莓菌视小说，而不许读书子弟，一尝其鼎，是不免失之过严；近今译籍稗贩，所谓风俗改良，国民进化，咸惟小说是赖，又不免誉之失当。余为平心论之，则小说固不是生社会，而惟有社会始成小说者也。社会之前途无他，一为势力之发展，一为欲望之膨胀。小说者，适用此二者之目的，以人生之起居动作，离合悲欢，铺张其形式，而其精神湛结处，决不能越乎此二者之范。故谓小说与人生，不能沟而分之，即谓小说与人生，不能阙其偏端，以致仅有事迹，而失其记载，为人类之大缺憾，亦无不可。

徐念慈认为社会是小说的母体，这对"小说界革命"者们的论调是切中要害的批评。他从小说与人生的关系上强调二者之不可割裂和偏废。梁启超的启蒙主义小说理论和徐念慈、黄摩西对近代现实主义小说理论的探索，在一定程度上，都可看做是"五四"时期新小说观的理论先驱。

在"小说界革命"的演进过程中，潜滋暗长起与之对立的一种小说观，即清末民初的鸳鸯蝴蝶派的游戏文学观。他们把小说看做是娱乐、消遣的对象。《繁华杂志》创刊号题词声称："文林诗海消闲料，说部歌坛醒睡丸。谁道书成了无益，茶余酒后尽人欢。"《礼拜六》杂志宣称："人岂不欲往戏园顾曲，往酒楼觅醉，往平康买笑，而宁寂寞寡欢，踽踽然来购读汝之小说耶？余曰，不然。买笑耗金钱，觅醉碍卫生，顾曲苦喧嚣，不若读小说之省俭而安乐也。"小说的娱乐和消遣是其不可抹杀的文学功能，但借此而掩盖与遮蔽小说的社会性和功利性，却失去了文学的价值支撑。当然，鸳鸯蝴蝶派的小说观是非常复杂的。他们中有的也并没有完全把小说当做游戏的工具，而是"借游戏之词"、"针砭乎世俗，规箴乎奸邪"。《小说大观》宣称，所载小说，均选择精严，宗旨纯正，有益于社会，有功于道德。有的认识到"文学进化之轨道必由古语之文学变而为俗语之文学"，因而提倡小说以白话为正宗，推动小说的语言文体变革①。由此可见，鸳鸯蝴蝶派的小说理论对20世纪中国小说的诞生并非毫无价值，尤其是它对小说大众化、通俗化的理论探索，以及对小说传播媒介的建设都有其不可忽视的作用。

---

① 1917年1月《小说画报》。

第三节 创作概述

清末民初的文学创作处于世纪之交替、中西之对接的时空背景上，传统文学的趋向衰微与西方文学的大量译介为它提供了生长的空地和仿效的规则。“文学的现代化”是历史和时代赋予这个时期文学创作的责任和使命，同时，也规范了它的审美追求。这个时期的文学创作处于探索与转变的过渡之中，表现出新与旧、反叛与复旧、觉世与传世的复杂性和矛盾性等特点。

清末民初的文学创作的探索与转变主要体现在文学内容和文学形式两方面的探索与转型。就文学内容而言，它主要强化了文学与社会、民族、政治的关系，初步确立了文学的社会价值模式。同时，它并没有完全断裂文学与个体之间的联系，相反，文学的个体化在一段时间里作为文学的社会价值的反拨还显得相当突出和鲜明，只不过它的个体性无法拥有真正独立的个性化的意义。新型知识分子群体的出现、现代传播媒介的建立以及社会大众对知识文化的期待，使清末民初的文学创作从民间性走向社会性，从私人化走向大众化。特别是伴随封建科举制度的废除，知识分子失去了直接进入“政统”的机会，转而回到“道统”，通过对知识与思想的输出和“发言”来获取社会的中心位置。就文学形式而论，诗、词、戏剧、小说等几种文体中小说变化最大，诗次之，戏剧的变革尚处在萌芽状态，因文体的不同，变化的程度和意义均不一致。

小说在清末民初经历了政治小说、社会谴责小说、言情小说、鸳鸯蝴蝶派小说等几个阶段。1902 年，梁启超创办《新小说》杂志，并亲自尝试“新小说”的写作，创作了《新中国未来记》。该小说堪称政治小说的典范。《新小说》曾为政治小说下了这么一个定义：“政治小说者，著作欲借以吐露其所怀抱之政治思想也。其立论皆以中国为主，事实全由于幻想。”《新中国未来记》连篇累牍地将宪章章程、治事条约和演说写进小说，使作品呈现出“文章化”的趋向。另外的政治小说如《狮子吼》、《黄绣球》、《新年梦》等也是借小说的形式发表政见。从文体角度看，政治小说的文体是非常复杂的。梁启超在《新中国未来记·序言》中认为“似说部非说部，似稗史非稗史，似论著非论著，不知成何种文体，自顾良自失笑”。政治小说面临的一大矛盾是“新小说之意境，与旧小说之体裁，往往不能相容”。“新意境”即新思想、新知识，这些新思想、新知识又是借助于“旧小说之体裁”来表现的。比如《新中国未来记》就使用了章回体的形式，如第二回

"孔觉民演说近世史，黄毅伯组织宪政党"，第三回"求新学三大洲环游，论时局两名士舌战"。具体叙述还多用"史笔"，演述故事，追求言之有据。梁启超创作小说目的在于表达"新意境"，有时突破了"旧体裁"的限制。如以诸体混杂的形式，引进小说以外的其他成分，把小说写得不像小说，这本身就显示了一种背离。在叙述方式上，采用倒叙和双重叙事结构也表现出一定意义上的创新意识。

谴责小说兴起于1903年，它是清末最有成就的小说派别，出现了《官场现形记》、《文明小史》、《二十年目睹之怪现状》、《九命奇冤》、《老残游记》、《孽海花》等重要作品，出现了李伯元、吴趼人、刘鹗、曾朴等小说家。谴责小说以谴责世痼时弊为特色，产生于政治黑暗、社会积弊丛生的时代。鲁迅在《中国小说史略》一书中称它是"揭发伏藏，显其弊恶，而于时政，严加纠弹；或更扩充，并及风俗"。它们摧毁了传统诗学温柔敦厚的教条，以愤世且厌世的眼光审视、批判那个时代和社会。《官场现形记》淋漓尽致地描绘了封建官僚贪财索贿、巧取豪夺、媚外欺内、腐败不堪的官场百丑图。《二十年目睹之怪现状》为官场、商场、洋场勾勒了种种怪状。《老残游记》揭露了晚清吏治的腐败。《孽海花》是一部兼具谴责小说、历史小说、政治小说三种成分的作品，以非常形象、近似夸张的笔法描写了达官名士的丑态。

谴责小说格局宏大，时空广阔。小说结构以连缀故事片断为一长篇的方式进行，随时空变化而记录奇闻轶事，使小说向"新闻性"方向倾斜。李伯元在创作《庚子国变弹词》时说："是书取材于中西报纸者，十之四五；得诸朋辈传述者，十之三四；其为作书人思想所得，取资敷佐者，不过十之一二耳。小说体裁，自应尔尔，阅者勿以杜撰目之。"谴责小说与政治小说不同，后者创作"事实全由于幻想"，而前者则强调实录，实话实说。谴责小说的作者多为报人，是职业小说家，政治小说的作者大多是政治家、思想家。二者的创作者的身份角色差异影响到读者的阅读兴趣。谴责小说的读者不仅有士大夫，而且还有都市市民，市民读者的增加反过来也就影响到创作的潜在消遣性功能的发挥。从艺术上看，谴责小说大多采用连缀丑闻的方式，罗列相似的丑闻轶事，多对事不对人，对人物的典型刻画不够。叙述上多用描摹，而没有深入人物的心理和灵魂。胡适批评《官场现形记》："目的在于铺叙'话柄'，而不在于描摹人物。故此书中的人物，几乎没有一个有一点个性的表现，读者只看见一群饿狗嚷进嚷出而已。"[①]鲁迅批评《二十年目睹之怪现状》时说："惜描写失之张皇，时或伤于溢恶，言违真实，则感人

① 胡适：《官场现形记·序》。

之力顿微,终不过连篇'话柄',仅是供闲散者谈笑之资而已。"[①]谴责小说多对事,并采用"实写"、"实录"的方法。但"警世"的目的又使它无法完全实写,而以夸张、漫画的手法来宣泄作者的情感和追求警世的效果,这样又冲淡了"写实"的密度,削弱了"实事"的可信性。

对描摹事理的追求,排斥了作家的自我体验和生命感受。近代小说家大都推尊金圣叹,"莫不服其畸才"[②],尤其钦佩他能预言"逆料二百年之后,群书不可读,而将浑然变成一小说世界"[③]。奇怪的是,他们如此推崇金圣叹,但却对他批评小说的方法——调动自己全部人生体验来鉴赏批评小说,对他的小说理论的核心——揭示小说塑造人物性格的艺术特征等理论重视不够。也由此可见,他们无法完全真正进入前人的理论世界(包括传统和西方),而是由于现实的需要并以误读的方式转化前人的成果作为自己的凭据。

1906年前后出现了言情小说。如符霖的《禽海石》,吴趼人的《恨海》、《劫余灰》,天虚我生的《目珠缘》,李涵秋的《瑶瑟夫人》。其中《恨海》与《孽海花》、《文明小史》、《老残游记》被人并列为"中国近著小说"的"四大杰作"[④]。它描写工部主事陈戟临的长子伯和,与商家女张棣华自幼同学并订婚。庚子乱起,伯和伴送棣华及其母避乱出京,途遇"拳匪"失散,母病死于荒村,棣华被其父接回上海。伯和得意外之财,辗转到上海,不思寻妻,沉溺于烟馆妓院里。岳父寻他回家,又积习难改,潜逃而客死他乡。棣华削发入庵,守贞完节。小说文笔老练、活泼,时时露出村俗的幽默。人物的心理描写细腻委婉,真切熨帖。特别是描写这对未婚男女在避祸途中的多情而矜持、恩爱而羞怯的心理状态和失散后女人恋夫愁母,听风声而惊心、睹母病而凄恻的心理复杂性,皆在同期小说的艺术之上。

民国初年,小说创作又一次发生转向,出现了媚世的创作倾向,尤其是鸳鸯蝴蝶派的写哀情、妒情、惨情、奇情和侠情的小说,改变了清末小说的启蒙倾向,转入描写生活琐事而换取读者的笑谑和伤感。林纾的小说也表现了这种转变的趋势,他自撰小说有《京华碧血录》、《金陵秋》、《劫外昙花》、《冤海灵光》、《官场新现形记》等五部长篇和收入《践卓翁小说》、《技击余闻》、《畏庐笔记》、《蠡叟丛谈》中的两百余篇短篇小说。他的小说把政治小说的关心时局的特点和言情小说的叙写男女柔情,以及古文家讲究伏

① 鲁迅:《中国小说史略》。
② 邱炜萲:《菽园赘谈》。
③ 耀公:《小说与风俗之关系》。
④ 侗生:《小说丛话》,《小说月报》1911年第2卷第3期。

线、变调、过脉之义法的特点糅合在一起，“经以国事，纬以爱情”，形成一种“四不像”的小说。真正代表民初小说风格的是包天笑、周瘦鹃、徐枕亚和李定夷等作家的创作。包天笑的代表作有书信体哀情小说《冥鸿》和长篇言情小说《补过》，周瘦鹃的代表作是《九华帐里》、《恨不相逢未嫁时》和《此恨绵绵无绝期》等，徐枕亚的代表作是《玉梨魂》，李定夷的代表作是《廿年苦节记》。有的研究者把鸳鸯蝴蝶派小说分为两个支派：包天笑、周瘦鹃是“史汉支派”，徐枕亚、李定夷是“骈文支派”。他们之间“相似在本质，区别多在文体”①。在内容上多写爱情与伦理道德之间的矛盾冲突，形式上文白夹杂，以柔婉哀切之古文写香艳之感受。

苏曼殊的小说是民国初年迥异于鸳鸯蝴蝶派小说的新开拓。从《断鸿零雁记》到《碎簪记》、《非梦记》，作品由个人身世的悲叹触及家国之忧，下笔明洁俊逸，情致尤深。《断鸿零雁记》以第一人称展开叙述。三郎少年出家，从乳母口中获悉生母尚在日本，便东渡探母。异乡的表姐静子对他产生了深挚的爱情，但他心有隐痛，且遁入空门，不愿重揭心灵伤痕。于是忍痛割爱，回到国内，重返佛门。小说表现了封建礼教下一个天资聪颖的青年的凄苦身世和愁苦情怀，它区别于鸳鸯蝴蝶派的玩弄哀情和艳情，而着眼于抒写一个纯洁而痛苦的心灵。

民初小说对艺术形式的探索，尤其是对传统的章回体和笔记体小说的解冻与消解起到了一定作用。如林纾的《京华碧血录》、包天笑的《补过》、吴双热的《孽冤镜》、苏曼殊的《断鸿零雁记》等，它们借鉴西方小说艺术经验，有的以起讫随意的章节代替章回小说的回目程式，有的以第一人称或日记体的叙述方式，改变了全知全能的局外人叙述视角。就短篇小说而言，他们已注意到截取生活的横断面来表现世界。如包天笑的《牛棚絮语》写作者坐车回苏州，偶遇三年前有一面之雅的妓女，制造一个悬念。然后当他扫墓时，途中遇雨、避雨，又不期而遇该妓女。通过进一步交谈，她倾吐了三年来的怨恨与遭遇。内容格调无多少深度，但其结构却颇令人玩味。

近代小说在磕磕绊绊中走完了它的历程。它动摇和瓦解了封建时代歧视小说的正统文学观念，冲击了长期沿袭的小说体式。近代小说家是垦荒的一代，尽管缺乏大家风度和哲人品性，没有创造出堪与古典名著媲美的精品或巨著，也没有建立起系统而完整的小说理论体系和创作方法，但是，他们的创作为“五四”文学提供了经验，我们能清晰地看到从梁启超、林纾到鲁迅之间的发展线索。

中国诗歌传统源远流长，形成了自己独特而丰富的创作规则和理论体系。诗歌发

---

① 杨义：《中国现代小说史》，人民文学出版社 1995 年版。

展到清末，同时面临着复古与创新两条思路。复古的有“同光体”的宋诗运动，他们“不墨守盛唐”，而以模仿杜韩苏黄的宋诗运动为标榜。创作上走形式化、拟古化的思路，逃避现实，而以曲折隐晦、生涩艰深的诗歌来寄托其颓废情绪。诗歌的革新来源于两方面的力量，一是现实的与作家个体的强烈突破与体验，二是传统诗歌的衰微。晚清的“诗界革命”顺应了这种历史要求和时代使命。“诗界革命”的理论主张主要由黄遵宪和梁启超发出。黄遵宪强调诗歌表现时代，认为：“诗之外有事，诗之中有人，今之世异于古，今之人亦何必与古人同”[①]，另外还主张“我手写我口”，摆脱远离口语的文言诗体。梁启超认为：“过渡时代必有革命。然革命者当革其精神，非革其形式。吾党近好言诗界革命。虽然，若以堆积满名词为革命，是又满洲政府变法维新之类也。能以旧风格含新意境，斯可以举革命之实矣。苟能尔尔，则虽间杂一二新名词，亦不为病。”[②]梁启超强调的是诗之“新意境”，即新思想，新意象。

在“诗界革命”的感召下，出现了“新体诗”。如黄遵宪的《人境庐诗草》、《日本杂事诗》，不论是诗之意境或形体语言，都有新的探索，特别是在诗歌形式上显示出“散文化”和“通俗化”的创作倾向。梁启超的诗歌创作把新思想的阐发和新语句的运用结合起来，宣称“惟将竭力输入欧洲之精神、思想，以供来者之诗料”[③]。如他1901年写于澳洲的《和吴济川赠行，即用其韵》其二云：

年来志气尚峥嵘，欲挈民权朝玉京。
君看欧罗今世史，几回铁血买文明。

“铁血”这一新词，义近“破坏主义”，其云“历观近世各国之兴，未有不先破坏时代者”可作其注解[④]。“几回铁血买文明”又是典型的洋典故，出处即“文明者购之以血”的西谚。另外，梁启超的诗多有新意象，如《太平洋遇雨》：

一雨纵横亘二洲，浪淘天地入东流。
却余人物淘难尽，又挟风雷作远游。

---

① 黄遵宪：《人境庐诗草·自序》。
② 梁启超：《饮冰室诗话》，人民文学出版社1959年版。
③ 梁启超：《夏威夷游记》，《饮冰室合集·文集》中华书局1936年版。
④ 梁启超：《饮冰室诗话》，人民文学出版社1959年版。

作者置身于连接亚美两洲浩渺无垠的太平洋上，心中充满“为19世纪世界大风潮之势力所簸荡所冲激所驱遣”的豪情，写出了“一雨纵横亘二洲”的感慨和联想，构建出雄奇阔大的新意象。写于1899年12月31日夜半的《二十世纪太平洋歌》，全诗八节，长达170余句，整首诗自由舒卷，大开大阖，短句与长句相混杂，似诗又似歌。激荡的情感与自由的形式协调配合、高度统一，使歌行体的长处得到了充分发挥。

“新体诗”强调以新语入诗，以新学写诗，改变了传统诗歌的用语成分和意义结构，但同时也面临一个诗与非诗的“度”的问题。当时一些“新学之诗”、“不甚肖诗”，忽视了诗歌形式的稳定性和审美特性，无法把“新学”与中国古典诗歌的形式和韵味融合起来。

辛亥革命前后出现了一批女诗人，代表人物是秋瑾和吕碧城。秋瑾的创作以模拟豪勇、强悍的男儿气概表现自己，她的生活与刀剑和酒相伴随，“右手把剑左把酒。酒酣耳热起舞时，夭矫如见龙蛇走”(《剑歌》)、“不惜千金买宝刀，貂裘换酒也堪豪”(《对酒》)。秋瑾从男性行为方式、写作方式的仿效中获得了胆量和信心——改换性别做个男儿的信心。秋瑾的诗认同了辛亥革命时期激进诗歌的审美规范，崇尚粗犷恣肆、咄咄逼人的风格，它的气势以粗、直为特色。酒的刺激使她在酩酊状态下迅速煽荡起激情，膨胀起勃勃雄心。酩酊状态下的歌与哭，增加了诗之情感跳跃的幅度，也使一些本来停留在政治宣传层次的作品弥漫着一种艺术气氛。吕碧城列名于南社，但并非革命中人，她的写作依然按照传统所提供的思维定式将幽怨的情绪寄托于一些具有公共性的景物。她著名的诗《若有》这样写道：

若有人兮不可招，九天风露任扶摇。
纵横剑气排阊阖，撩乱琴心入海潮。
来处冷云迷玉步，归途花雨著轻绡。
梦回更唤青鸾语，为问沧桑几劫销。

该诗描绘出一个感情的幻影，依稀而朦胧，既富于暗示性，又笼罩着神秘诱人、扑朔迷离的色调①。

1909年南社成立，继承“诗界革命”的传统，提倡“气节”，呼唤“国魂”，主张“以文

① 此段论述参见刘纳：《颠覆窄路行》第163页、165页、167页、169页，作家出版社1995年版。

学来鼓吹民族革命”[①],“世界日新,文界,诗界,当造一新天地”[②],把诗歌作为“唤醒国民之精神之绝妙机器”[③]。

南社的诗歌创作在内容上突破了传统诗歌的题材、主题、意境和情感,创作出具有反帝反封建的爱国情感的诗篇。如徐锡麟的《出塞》、杨振鸿的《述怀》、秋瑾的《无题》、柳亚子的《金缕曲》、邹容的《革命歌》、高旭的《登富士山放歌》等等。就诗歌形式而言,它们所使用的形式基本上仍是传统的旧格律体、文言体。南社著名诗人高旭早年算得上最不受旧格律束缚者,但他却认为:“新意境、新理想、新感情的诗词,终不若守国粹的、用陈旧语句为愈有味也。”[④]辛亥革命失败以后,南社有些诗人倾向复古、拟古,走到形式主义的老路上去了。

清末民初的戏剧变革处于萌芽状态,一些很有远见的知识分子在接触西方戏剧反思中国传统戏曲的过程中,提高了戏剧的社会地位,呼唤戏剧中的悲剧意识。1906年,春柳社在东京成立,主张“无论演新戏、旧戏,皆宗旨正大,以开通智识,鼓舞精神为主”[⑤]。他们主要进行的戏剧工作是改编西方小说为现代话剧,如对《茶花女》和《黑奴吁天录》的改编。传统戏曲着眼于曲,多采用唱腔;现代话剧的基本表现手法是对话,强调戏剧的舞台效果和矛盾冲突。尽管现代戏剧的改革相对迟缓,但其转变的信息与初步的实践已显露出中国戏剧的生机和希望。

晚清的“新文体”的出现,开启了20世纪中国散文变革的先河。“新文体”打破“古文义法”,创造出一种熔铸古今、中外、新旧各种句法、语法、词汇,笔法灵活、感情充沛、逻辑清晰的新文体。它的特点在于宣扬新思想、新知识,运笔颇具一种气势;用语灵活自由、平易畅达。胡适在《五十年来中国之文学》中,曾认为“新文体”的魅力主要来自四个方面:“①文体的解放,打破一切‘义法’‘家法’,打破一切‘古文’‘时文’‘散文’‘骈文’的界限;②条理的分明,梁启超的长篇文章都长于条理,最容易看下去;③辞句的浅显,既容易懂得,又容易模仿;④富于刺激性,‘笔锋常带感情’”。“新文体”的代表作如梁启超的《少年中国说》、《呵旁观者文》和《过渡时代论》等。

清末民初的文学创作成绩最大的首推小说,诗和散文次之,戏剧相对不突出。小说的兴起打破了传统文学中诗歌一统天下的局面,建立了20世纪中国叙事文学的雏

① 《柳亚子自传》。
② 高旭:《愿无尽斋诗话》。
③ 高旭:《漱铁和尚遗诗序》。
④ 高旭:《愿无尽斋诗话》。
⑤ 《春柳社演艺部专章》。

形。诗歌创作走出了形式主义的阴影，但变化相对不大，这也许是由于没有西方诗学的强大冲击，也许是因为笼罩在同时期的小说的光照之下。散文的变化，文体形式大于内容，尤其是"新文体"的出现为以后的叙事和抒情散文、时事杂文以及理论文章都提供了丰富的经验。

第二章　文学的自觉

“五四”新文化运动及其重要组成部分“五四”文学革命，是20世纪初期资产阶级启蒙主义文化新潮和改良主义文化文学运动的革命性的发展。它是在新的历史条件下，吸取了“五四”新时代的阳光雨露，以决然奋起的彻底革命的崭新姿态，彻底“革”了旧思想、旧文学的“命”，以完全自觉的现代精神，正式开通了新时代的大路，揭开了中国文学走向现代、走向人民、走向世界的崭新一页。

第一节　新文化运动与文学革命

1915年9月，陈独秀在上海创办《青年杂志》，集合起一大批进步知识分子，在思想文化领域掀起了彻底反封建的斗争，由此拉开了“五四”新文化运动的序幕，很快扩展到文学领域而激起文学革命的浪潮。

“五四”新文化运动和文学革命的发生绝不是偶然的，它有其深刻的社会根源。

首先是第一次世界大战期间中国民族资本主义经济和新的阶级力量的发展，为它准备了必要的社会条件；而本世纪初期的资产阶级启蒙主义文化宣传和改良主义文学运动，也为它奠定了一定的基础。随着中国民族资本主义经济在列强忙于“欧战”期间趁机得以发展，反帝反封建的各革命阶级（工人、农民、小资产阶级、民族资产阶级）的队伍也逐渐形成——他们代表着各自的阶级利益及其共同的反帝反封建革命要求，遂以《青年杂志》的刊行而结成思想文化领域反帝反封建的文化革命统一战线。而具有革命性、战斗性和政治远见的激进民主主义者和无产阶级知识分子（如陈独秀、李大钊），便理所当然地成为这个统一战线的组织者和思想领导者。随着“诗界革命”、“小说界革命”和“新文体”的倡导而兴起的晚清白话文运动，也为“五四”新文学在文学形

式上的彻底变革打下了一个基础。从文化与文学的沿革上看,"五四"新文化运动和文学革命,正是本世纪初这一"先导"的继续,这一"基础"上的合乎规律的发展。

其次是世界范围的平民主义、社会主义新思潮的传播,为"五四"新文化运动和文学革命的兴起提供了强大的思想武器①;而世界近现代文艺思潮、流派和外国进步文学的积极影响,对"五四"文学革命和新文学创作则起了直接的催生作用。在俄国"十月革命"的影响尚未传入中国之前,中国先进的知识界主要是受西方资产阶级革命民主主义思想(集中表现于法国大革命和美国南北战争)和西方资产阶级文艺作品中所着力表现的个性解放、人道主义文艺思想的影响,由此形成"五四"新文化运动的资产阶级革命民主主义的新文化观("民主"与"科学"为其战斗的旗帜)和新文学观(人道主义的"人的文学"与大众化的"平民文学"为其基本创作口号)。其影响之深远,不仅波及到整个"五四"一代新文学作家的创作实践,还波及到 70 年代末开始的"新时期"的文化运动和文学创作。在俄国"十月革命"成功和第一次世界大战结束,世界无产阶级革命和民族民主解放运动高涨,马克思主义开始传入中国以后,中国先进知识界的相当一部分人进一步获得了新的思想武器和巨大鼓舞②,便从学习西方资产阶级转而"以俄为师",看到了工农团结奋斗的力量和彻底的民族解放的新希望,从而使"五四"新文化运动和文学革命以更加彻底的革命性,进一步划清了同资产阶级旧民主主义思想和改良主义文学的界限,从而进入了以无产阶级革命思想为领导的新阶段,最终导致了新文化运动和文学革命统一战线中右翼资产阶级知识分子(以胡适为代表)同无产阶级知识分子(以李大钊为代表)分歧的公开化和《新青年》团体在 1921 年的解体③。

世界近现代文艺思潮、流派对"五四"文学革命和新文学创作的借鉴与催生作用,是显而易见的。欧、美、日本的资产阶级文艺思潮和文学作品的大量译介④,启迪了一批文学青年反对封建专制、张扬人道主义、争取人格独立与个性解放的要求。欧洲和俄国 19 世纪批判现实主义文学与反映着现代资本主义社会深刻矛盾的各色现代主义

---

① 参考李大钊:《平民主义》、《新纪元》。陈独秀:《时局杂感》。

② 李大钊:《法俄革命之比较观》、《庶民的胜利》、《Bolshevism 的胜利》。

③ 胡适:《多研究些问题,少谈些主义》,李大钊:《再论问题与主义》。

④ 如鲁迅《摩罗诗力说》(1907)、《"欧美名家短篇小说丛刊"评语》(1917),陈独特秀《现代欧洲文艺史谭》(1915),周作人《日本近三十年小说之发达》(1918)、《读武者小跃君〈一个青年的梦〉》(1918)、《日本新村》(1919)、《点滴集·序》(1920)、《圣经与中国文学》(1920)、《日本的诗歌》(1921),胡适《易卜生主义》(《新青年·易卜生专号》),鲁迅、周作人译《域外小说集》二集及其增订版(1909~1921),鲁迅译日本武者小跃剧作《一个青年的梦》(1919),以及本世纪初的林译小说百余种,等等。

文学流派作家作品的译介[1]，对“五四”文学革命和新文学创作有着直接的影响。鲁迅、周作人从“转移情性”、“改良人生”的启蒙主义文学观出发，最先把目光投向俄国文学和东北欧弱小民族文学。早在1909年，他们就出版了两集《域外小说集》，“五四”运动后又再版发行；周作人特别发表了《文学上的俄国与中国文学》的专论，鲁迅也写了介绍白俄罗斯和捷克文学状况的论文多篇，并以深刻分析批判现实社会的“叫喊与反抗的作者”果戈理、契诃夫、安特莱夫(俄)和显克微支(波兰)为“同调”。“五四”新文学“为人生”和“写实主义”创作主流的形成，除了文学革命倡导者有意提倡外[2]，同《新青年》对俄国文学、欧洲批判现实主义文学和日本近世文学的推崇介绍以及对易卜生戏剧和“易卜生主义”的着力介绍宣扬[3]，不无重大关系。在20世纪世界无产阶级革命和被压迫民族解放斗争风起云涌的背景下，新兴的世界无产阶级文学(尤其是苏联文学)和被压迫民族反帝反封建的革命民主主义文学以及20世纪西方现代主义新潮流派的介绍，也以其崭新的面貌和多彩的风姿，引起中国新文学作家们的注目与欣赏。可以说，“五四”文学革命倡导者和新文学代表作家如陈独秀、胡适、鲁迅、周作人、沈雁冰、瞿秋白、郭沫若等，无不受到世界现代文艺思潮和文学的影响。从世界范围看，中国的“五四”文学革命及其发展，正是20世纪世界被压迫民族人民反帝反封建的民主主义文学和新兴的世界无产阶级文学的总潮流的组成部分。自此，中国文学便结束了与世隔绝的长期自我封闭状态，而成为面向世界并与之对话的中国“现代”文学。

“五四”新文化运动和文学革命发生的最直接的原因，则是辛亥革命失败后文化思想领域里的复古主义的猖獗。在文化思想的复古逆流中，“三纲五常”、“忠孝节义”、“天命”思想和迷信说教，同腐朽的封建文学、堕落庸俗的殖民地洋场文化交织成一张巨大的精神罗网，严重地束缚着国人的思想，扼杀着国家的生机。一批深感痛苦的民主主义知识分子再也不堪忍受，便毅然发起一场新的思想文化运动，来唤起民众，冲破这张精神罗网，使“民主”、“科学”的春风吹遍神州大地，以迎接新世界、新中国的曙光。于是，以1915年9月陈独秀在上海创办《青年杂志》为起点，揭开了猛烈批判旧礼教、

---

① 如瞿秋白《俄国短篇小说集·序》(1920)，周作人《文学上的俄国与中国文学》(1920)、《俄国的战争文学》(1921)、《三个文学家的纪念》(弗罗倍尔，陀思妥耶夫斯基，波德莱尔诞生百周年)(1921)、《现代小说译丛一集·序言》(1921)，鲁迅介绍涉俄罗斯、捷克文学状况论文多篇(1921～1922)，以及宋春舫的《世界名戏百种》，沈雁冰的《表现主义戏曲》、《未来主义文学现势》、《霍普特曼与尼采哲学》、《自然主义与中国现代小说》，郭沫若的《未来派的诗约及其批评》等论文，周作人译俄国小说多种(1918～1921)，鲁迅译俄国小说多种(1920～1922)，译苏联盲诗人爱罗先珂童话、诗与小说(1920～1922)等。

② 陈独秀:《文学革命论》。周作人:《人的文学》与《平民文学》。李大钊《什么是新文学》。

③ 胡适:《易卜生主义》。

旧文化，张扬民主、科学的新文化运动的序幕，并很快深入到文学领域而激起文学革命的浪潮。

从1915年9月《青年杂志》(自1916年9月出版第2卷1号开始易名《新青年》)创刊，到1921年春《新青年》团体分化，整个“五四”新文化运动和文学革命的发展大致经历了如下三个阶段。

1915年9月到1916年12月，为新文化运动的发动和文学革命的酝酿阶段。

1915年9月陈独秀在《青年杂志》创刊号上发表《敬告青年》发刊词，向时代青年提出六点希望:“(一)自主的而非奴隶的，(二)进步的而非保守的，(三)进取的而非退隐的，(四)世界的而非锁国的，(五)实利的而非虚文的，(六)科学的而非想象的。”这六点希望，是对自我与人生价值的肯定，对个性解放的积极张扬，初步体现了民主、科学、开放、求实的新思想。这六点希望作为号召青年思想革命的宣言，拉开了“五四”新文化运动的序幕。于是以《青年杂志》为主要阵地，一大批觉醒的知识分子迅速集结起来，摆开阵势，掀起对阻碍青年和社会进步的旧礼教、旧文化的一场声势浩大的批判运动。这场批判斗争，广泛涉及了青年、妇女、婚姻、家庭、社会人生诸方面的问题，对帮助青年一代摆脱传统封建思想的束缚，实现人生的自觉和个性解放，起了很大的作用。与此同时，陈独秀、李大钊等新文化运动先驱者，又大力提倡科学、民主与人格独立、个性解放的新思想，积极宣传社会进化的观点，进行新文化、新思想的启蒙。陈独秀发表的《东西民族思想之差异》、《我之爱国主义》、《今日之教育方针》等宣传新思想的文章，反复批判“退缩苟安”的国民性，竭力提倡对于压迫者的“抵抗力”，大力鼓吹人格独立、思想自由和政治民主，明确地提出了要改造中国，必须“以科学和人权并重”的观点。李大钊也在《新青年》上发表《青春》一文，热情号召青年要勇于“冲破过去历史之罗网，破坏陈腐学说之囹圄”，再创“青春之自我，青春之中华”。李大钊还在北京主编新创刊的《晨钟报》(1916年8月创刊，1918年12月易名《晨报》)，发表《晨钟之使命》发刊词，表示要以“觉醒之绝叫”，惊破“有众之沉梦”——与提倡新文化运动的《新青年》相呼应。

新文化运动先驱者已开始关注文学改革问题，以西方近代文艺思潮的发展变迁为参照，提出文学革新的初步设想。1915年11月，陈独秀在《青年杂志》第1卷第3号发表《现代欧洲文艺史谭》，介绍了西方近代文艺思潮“由古典主义变而为理想主义，再变而为写实主义，更进而为自然主义”的变迁过程，分析了其变迁的原因，认为中国的文学尚处于欧洲“古典主义和理想主义的阶段”。留美学生胡适受世界文学新潮流的影响，对文学改革要求迫切，开始在留学生中发起讨论文学改革问题。他在给朋友的诗文信件中多次表示希望国内发起一个“以白话取代文言”的运动，并以创造新文学为己任，开始了白话诗的试作。1916 年 10 月胡适致函陈独秀，表示响应其“写实主义”的主张，并陈述了自己“以为今日欲言文学革命，须从八事入手”的具体意见。陈独秀极表赞赏，立即函请胡适“切实作一改良文学的论文，寄登《新青年》”。《新青年》刊载了两人的通信，开始酝酿文学革命的问题。

1917 年 1 月到 12 月，为文学革命的倡导阶段。

1917 年 1 月《新青年》第 2 卷第 5 号正式发表胡适的《文学改良刍议》，算是文学革命正式发难的标志。这篇文章继承了本世纪初期改良主义文学运动的积极精神，从文学进化论观点出发，提出“一时代应有一时代之文学”，“今日之文学应以白话文为正宗”的基本观点，并着重针对文坛积弊，陈述了“今日而欲言文学改良，须从八事入手”的主张：“一曰，须言之有物。二曰，不摹仿古人。三曰，须讲求文法。四曰，不作无病之呻吟。五曰，务去烂调套语。六曰，不用典。七曰，不讲对仗。八曰，不避俗字俗语。”这“八事”，其中三项是对文学内容的一般要求，其余五项皆着眼于文学语言形式的改革，其基本精神就是要切实革除旧文学用“死文言”做“死文学”的拟古主义积弊，主张做“实写今日社会之情状”的“言文合一”的“活文学”。虽然其语气态度尚不够坚决，但主张“以白话文为正宗”，作有真实“思想、感情”的“活文学”的观点却是鲜明的，符合中国文学发展的历史要求和文学革命的大方向，因而获得了《新青年》同仁的有力支持。

1917 年 2 月，陈独秀在《新青年》第 2 卷第 6 号发表了著名的《文学革命论》，以激进民主主义者大无畏的革命气概，正式举起“文学革命”的大旗。他宣称：

> 余甘冒全国学究之敌，高张“文学革命军”大旗，以为吾友之声援。旗上大书特书吾革命军三大主义：曰，推倒雕琢的阿谀的贵族文学，建设平易的抒情的国民文学；曰，推倒陈腐的铺张的古典文学，建设新鲜的立诚的写实文学；曰，推倒迂晦的艰涩的山林文学，建设明了的通俗的社会文学。

这“三大主义”，尽管对主张推倒的“古典文学”还缺少分析，对主张“建设”的新文学在观念上也嫌笼统，但能将文学的内容与形式紧紧联系起来进行考察，批判了封建旧文学内容上的陈腐与语言形式上的种种弊端，鲜明地提出了建设“新鲜”、“明了”、“平易”的民族新文学的战斗纲领和基本方向；从新旧文学的鲜明比照中，表明了新文学同民众的关系(是“国民文学”，而不是“贵族文学”)，同现实生活的关系(是“写实文学”，而不是拟古文学),同社会人生的关系(是"社会文学",而不是"山林文学"),这就从文学的思想内容到语言形式与审美标准诸方面表现了激进民主主义者革故鼎新的鲜明性和彻底性。

两篇倡导文章发表后,最先起来响应的是钱玄同、刘半农。钱玄同发表《寄陈独秀》、《寄胡适之》两封信,刘半农发表《我之文学改良观》[①],都表示支持胡适、陈独秀关于革新文学的主张。在陈述旧文学的种种弊端,认定新文学"以白话文为正宗"完全代替文言文的同时,还对文学语言形式的改革问题,发表了一些补充性意见。自 1917 年 4 月份起,《新青年》即开辟了"文学革命之反响"专栏,陆续发表有关通信与专题文章。于是,围绕文学语言形式的改革这一中心论题,逐渐展开了初期阶段的讨论。

此间,胡适也开始白话诗的"放胆创造"。1917 年 2 月《新青年》首次揭载了胡适的《白话诗八首》,6 月号《新青年》又刊发了胡适的《白话诗四首》。白话新诗开始成为"五四"新文学中最先杀上阵来的文学样式。但此间还没有真正像样的新文学创作。

新文化运动的口号和战旗也更见鲜明。陈独秀在《新青年》第 3 卷第 4 号(1917 年 6 月)发表的《时局杂感》中,归纳了他自发起新文化运动以来的基本思想,明确提出了"拥护德先生"和"拥护赛先生"两大口号,宣称:

政治上之有民主、共和,学术上之有科学,乃近代文明之二大鸿宝也。

这一鲜明的概括,进一步突出了新文化运动共同的思想武器,在反对旧伦理、旧政治和旧文学的斗争中发挥着巨大的威力。而文学革命的倡导和开展,才使新文化运动的两面战旗——反对旧伦理、旧道德,提倡科学、民主;反对旧文学,提倡新文学——完全鲜明地树立起来。1917 年 8 月《新青年》第 3 卷第 6 号发表了北大校长蔡元培的《以美育代宗教说》,增添了新文化建设的内容,引起教育界普遍重视。

1918 年 1 月到 1921 年 10 月为新文化运动的深入和文学革命蓬勃开展阶段。

1918 年前后,整个世界形势发生了剧烈的变动。一是 1917 年 11 月 7 日俄国无产阶级在布尔什维克党的领导下,冲破第一次世界大战中帝国主义最薄弱的一环,取得了"十月革命"的伟大成功;二是 1918 年 11 月第一次世界大战结束。在这样的背景下,1918 年以后的新文化运动和文学革命所发生的变化,首先就是扩大了它的阵容,

① 钱玄同的两封信载于《新青年》第 3 卷第 1 号、第 2 号(1917 年 3 月、4 月);刘半农的响应文章载于《新青年》第 3 卷第 5 号(1917 年 5 月)。

壮大了它的声威。1918年1月《新青年》移至北京继续出刊，全部改用白话文，废止文言文，并以显著位置发表了胡适、刘半农、沈尹默的《白话诗九首》，一开始就显示了它提倡新文学的极大勇气和战斗风采。《新青年》编辑部也改组扩大，吸收众多活跃的新成员为编委，由陈独秀、胡适、沈尹默、钱玄同、李大钊、刘半农轮流执编，鲁迅、周作人、高一涵等也陆续参加编辑工作，《新青年》团体正式形成。1918年3月，《新青年》特意在"文学革命之反响"栏中，发表钱玄同和刘半农的"双簧信"。钱玄同化名"王敬轩"辑纳封建保古派反对文学革命的言论，写成《王敬轩君来书》，刘半农则以"《新青年》记者"的身份，写成《复王敬轩先生书》，对保古派的言论痛加批驳。"双簧信"发表后，引起各方面的注目与反响，文学革命便蓬蓬勃勃地开展起来。在《新青年》的影响下，自1918年起，新文化社团刊物开始增多起来，到"五四"运动爆发前夕，已有《时事新报·学灯》(上海，1918年3月创刊)、《国民》杂志(北京，1918年10月创刊)、《每周评论》(北京，1918年12月创刊)、《新潮》月刊(北京，1919年1月创刊)、《晨报副刊》(北京，1919年2月创刊)等几种新文化刊物陆续创刊与发行；"五四"运动中又有《民国日报·觉悟》(上海，1919年5月创刊)挥戈上阵。它们不仅扩大了新文化运动和文学革命的阵地，壮大了新文学的阵容，也为"五四"反帝反封建的爱国运动做了充分的舆论准备。"五四"运动以后，在反帝反封建革命高潮的鼓舞下，全国各地的新文化刊物更如雨后春笋般大量涌现出来，在一年的时间里，新涌现的新文化刊物就多达四百种以上，其中影响较大的，有北京的《少年中国》(1919年7月创刊)、上海的《星期评论》(1919年6月创刊)、天津的《觉悟》(1919年6月创刊)、长沙的《湘江评论》(1919年7月创刊)、武汉的《互助》(1920年2月创刊)、成都的《星期日》和杭州的《浙江新潮》等。大量的新文化刊物，一面进行新思想的宣传，发表各种形式的新文学作品，促进了"五四"新文化运动的深入发展和新文学的蓬勃生长；一面又通过发表政论、时评，联系学生运动和工人运动，直接参与反帝反封建的革命斗争，从而汇合成一股巨大的时代洪流，为迎接新世界、新中国起了报晓的作用。

其次，这一阶段新文化运动表现在内容上的重要发展变化，就是在继续反对旧礼教、旧文化，宣传科学、民主的基础上，增添了宣传俄国"十月革命"和马克思主义的内容，到"五四"以后还进一步发生了宣传重点的倾斜——从新文化运动初期阶段的批判旧礼教、旧思想，张扬民主、科学新思想，逐渐转向热情宣传俄国"十月革命"，宣传马克思主义和世界新思潮。由此引起了"五四"新文化统一战线的严重分歧，最终导致了1921年10月《新青年》团体的解体和新文化阵营的分化。与此同时，各种新思潮的不假分析的大量引入，如尼采的"超人哲学"、达尔文的"进化论"、斯宾诺沙的"泛神论"、克鲁泡特金的“无政府主义”、武者小跃的空想社会主义“新村运动”、罗素的“基尔特社会主义”、杜威的“实用主义”，还有“泰戈尔主义”、“易卜生主义”等等，则依然显示着“五四”新文化宣传倡导中思想的庞杂性和多元性；其彼此之间的相互排斥与论争，则显示着马克思主义的不断胜利与战斗威力，但各种资产阶级、小资产阶级的政治哲学思想和文化思想却仍有一定的影响。

这一阶段，文学革命得到了蓬蓬勃勃的发展。1918 年 4 月《新青年》发表胡适《建设的文学革命论》，同时开辟“随感录”专栏提倡白话短评；5 月《新青年》发表鲁迅第一篇现代小说《狂人日记》；由于《新青年》的推动，其他陆续涌现的新文化刊物也纷纷发表白话新诗、新小说和“随感录”式的白话散文，形成新文学创作热潮，并同时促进新文学理论的探讨与建设，文学革命便由此进入了新文学理论建设和创作实践的阶段。另一方面，新文学家们还译介了欧洲、俄国、日本、印度与世界诸弱小国家民族的作家作品，大力介绍了外国现代文艺思潮，作为建设和发展中国新文学的参照，实现了中国新文学与世界近现代文学的对话，充分显示了新兴中国文学的自觉精神与“文学革命的实绩”。

文学革命运动的发展激起封建保古派对文学革命的仇恨，新文学阵营便不得不经历一场同封建保古派的激烈斗争。1919 年 2 月到 3 月间，这一斗争达到白热化程度：封建保古派一面创办《国故》月刊（1919 年 3 月创刊，北大刘师培、黄侃主编），提倡复古，大肆攻击新派人物“覆孔孟，铲伦常”；一面由最有声望的古文家林纾出头，直接向新文学运动发起进攻。陈独秀在《每周评论》上特辟“对于新旧思潮的舆论”专页，组织对保古派进攻的反击。李大钊发表《新旧思潮之激战》一文，有力地抨击了林纾等人企图借道理以外的势力来铲除新文学这刚一萌动的生机的用心。在白话文取代文言文已成事实的情况下，1920 年北洋政府教育部不得不宣布承认白话为“国语”，“通令”国民学校采用。至此，统治中国文坛长达两千余年的言文分离的文言文正宗地位，遂为言文合一的白话文所代替。在源远流长的中国文学发展史上，一种从内容到形式都全新的 20 世纪中国文学诞生了！

纵观“五四”新文化运动和文学革命的发展过程，作为新文化运动重要组成部分的文学革命，其基本内容可以概括为三点：第一，在文学的思想内容上，反对封建主义（旧伦理，旧政治），张扬科学、民主，提倡人道主义、人格独立和个性解放；第二，在文学的形式方面，反对僵死的文言文，主张白话文，实现白话文取代文言文的正宗地位；第三，在文学创作方法上，反对“无病呻吟”和“山林文学”的倾向，提倡“为人生”、“表现人生”的“写实主义”。此外，大量译介外国文学作家作品，介绍世界近现代文艺思潮流派，以打开国人的眼界,并作为中国新文学的借鉴,也是文学革命一项卓有成效的内容。在外国文学与文艺思潮流派的大力译介与中国新文学的普遍创作中,"五四"文学革命实现了中国文学与世界文学的对话,鲁迅的小说和郭沫若的新诗便是最为突出而生动的体现。

发生于"五四"运动前夕的新文化运动,蓬勃发展于"五四"运动前后的"五四"文学革命,无论在中国文学史、思想史或革命史上,都有着重要意义。首先是"五四"文学革命实现了文学观念的现代化,使中国文学真正开始融入世界现代进步文学的潮流,加速了现代化的进程。由于新文化运动对科学、民主的张扬,文学革命对"人的文学"、"平民文学"的着意倡导,新文学的现代观念得以确立。它不仅支配着"五四"新文学的创作,也深远地影响着整个 20 世纪中国现代文学的发展,从而开创了传统的中国文学走向现代化、走向世界的新纪元。其次是"五四"文学革命结束了两千多年中国正统文学和文言文的统治地位,创立了从思想内容到语言形式都全新的中国文学,彻底完成了自 20 世纪初叶就开始的文学革新运动,真正揭开了 20 世纪中国文学发展史的第一页。"五四"文学革命中涌现的一批新文学作家的创作,如鲁迅的小说、郭沫若的新诗以及一批早期白话诗和"随感录"等创作,为整个 20 世纪中国文学的发展奠定了基础。再次是作为新文化运动组成部分的文学革命,从思想斗争、理论建设到创作实践,都猛烈地批判了封建道德观念和封建文化,热情宣传了科学、民主和社会主义的新思想,张扬了人道主义和社会主义的旗帜,有力地帮助了中国人民实现中国历史上第一次思想大解放。最后,"五四"文学革命的开展和新文学创作的繁荣,如果作为一种舆论,还有力地配合了中国人民彻底反帝反封建的革命斗争,为"五四"反帝反封建爱国运动作了充分的思想准备、舆论准备,以至干部人才和组织上的准备(文学革命的代表人物如陈独秀、李大钊等都是"五四"运动的组织者和领导者)。文学革命在"五四"以后的深入发展,也为反帝反封建革命的深入,推动知识分子与工农运动的结合,作出了积极的贡献。因此,可以毫不夸饰地说,作为"五四"新文化运动的重要组成部分的"五四"文学革命,是中国文学史和思想史上一场真正的革命,没有这场革命,就难有 20 世纪的中国文学。

第二节 文学革命的理论建设

在文学革命的理论建设上，新文学统一战线中的代表人物胡适、陈独秀、周作人、李大钊等，都发表了各自的文学主张，作出了贡献。

胡适在文学革命中表现出相当高的积极性，先后发表了《文学改良刍议》、《建设的文学革命论》、《易卜生主义》、《谈新诗》、《论短篇小说》等一系列有关文学革命理论建设和新文学创作的文章。胡适所持的基本观点是历史进化论，即"文学因时进化"、"今日之中国，当造今日之文学"[①]。那么，"今日之文学"究竟是什么样的文学？胡适的新文学观念，明显地偏重于文学语言形式的革新。其《文学改良刍议》作为文学革命的发难之作，其着眼点在于破除旧文学的拟古主义和"死文学"的种种弊端，主张用白话文代替文言文，做"实写今日社会之情状"，富有真实"思想、感情"的"活文学"。《建设的文学革命论》及以后诸篇，其着眼点转向"建设"一面，更鲜明地表达了他的新文学观念。他说："建设新文学论的唯一宗旨只有十个大字：国语的文学，文学的国语。"他宣称："我们所提倡的文学革命，只是要创造一种国语的文学。"这种纲领性的提法，表明胡适的新文学理论偏重于文学语言及文学建设。他对于如何创造"国语的文学"和"文学的国语"，也谈出了具体的意见，认为："要造"统一的、标准的"国语"，"须先造国语的文学"，"有了国语的文学，方有标准的国语"，因为"真正有功效有势力的国语教科书，便是国语的文学"。而今天"新文学"所用的"白话"，"就是将来中国标准的国语"。他说这是他"这几年研究欧洲各国国语的历史"所得出的"结论"。这对于新文学作家用白话创作时，特别注意语言的纯洁、健康、规范化，无疑是有积极意义的。同时，他还认为要多以社会生活为材料进行白话文的创作，创作中一要"注重实地观察和个人经验"，并"以周密的理想作观察经验的补充"；二要注意"结构的方法"，注意"裁剪"与"布局"；三要懂得"描写上的方法"，"写人要举动、口气、身份、才性……都有个性的区别"、"有时须用境写人，用情写人，用事写人……这里千变万化，一言难尽"、"写事要线索分明"、"近情近理"、"亦正亦奇"、"写情要真、要精，要细腻婉转，淋漓尽致"。这里虽然没有明确提出文学应以"写人"为中心，其隐含之义却已初见端倪。这些与艺术创作规律

① 胡适：《文学改良刍议》，《新青年》第2卷第5号。

相关的问题，包含在其对于“国语的文学”的创作方法的表述中，显示了论者对于新文学的创作观念既偏重文学形式又未忽视创作内容的理论范式。其《易卜生主义》一文，在评介著名的挪威剧作家易卜生的创作历程及其长处与特点的时候，着重宣扬了“写实主义”的创作方法而加以提倡，并把这种“写实主义”同反对旧道德与家庭、社会“种种腐败龌龊的实在情形”结合起来，同提倡“自由独立”、“个性解放”的精神结合起来。他对于易卜生的社会问题剧“虽开了许多脉案，却不肯轻易开药方”的创作态度，也倍加赞赏，因为“人类社会是极复杂的组织”、“决不是‘包医百病’的药方所能治得好的”。这里，已隐含着他后来主张的“多研究些问题，少谈些主义”的意思了。然而，此时这还不失其为积极的主张，即个人须“充分发展自己的个性”。这基本体现了胡适在新文学运动初期反对旧传统，反对“文以载孔孟之道”的封建文学观的积极态度。胡适的《什么是文学》(答钱玄同)、《谈新诗》、《论短篇小说》等文章，则分别对文学作品表达上的一般要求(“明白清楚”、“有力动人”并且“美妙”)，对新诗的“诗体解放”、“放胆创造”，对短篇小说的选材与结构特点等等，作了论述。虽然粗疏而不无偏颇，但其开拓作用却是不应抹杀的。此外，胡适还主张“赶紧多多翻译西洋的文学名著做我们的模范”，[①]积极提倡开放的眼光，使中国新文学得以融进世界的潮流。但论述中，缺乏对中外文学传统的分析态度，并认为“现在的中国”“还没有做到实行预备创造新文学的地步”[②]。这虽然是胡适在1918年4月所发的议论，但毕竟是偏于保守的。事实上，鲁迅已经开始了作为20世纪中国文学伟大开山篇的《狂人日记》的创作。

陈独秀在《文学革命论》中标举的“三大主义”，集中地表现了他的革命民主主义和现实主义的文学思想。他从新旧文学的鲜明比照中，一面猛烈地批判了“目光不越帝王权贵神仙鬼怪与夫个人的穷通利达”的封建文学，清算了旧文学“陈腐铺张”、“雕琢阿谀”、“迂晦艰涩”等种种内容与形式上的弊端；一面鲜明地表示了建设“平易”、“新鲜”、“明了”的新文学的主张，表明了他要建设的新文学同民众的关系(是“国民文学”而不是“贵族文学”)，同现实生活的关系(是“写实文学”而不是拟古文学)，同社会人生的关系(是“社会文学”而不是“山林文学”)，从而揭示了20世纪中国文学具备的基本特征与努力方向。这“三大主义”，从建设新文学方面说，既规范了新文学的思想内容，也规范了新文学的语言表现与审美尺度——显示了新文学突出的反封建的民主性，注重描写现实人生的现代性及其大众化的语言倾向。但陈独秀只是把它作为推翻旧文

① 胡适:《建设的文学革命论》,《新青年》第4号。
② 胡适:《建设的文学革命论》,《新青年》第4号。

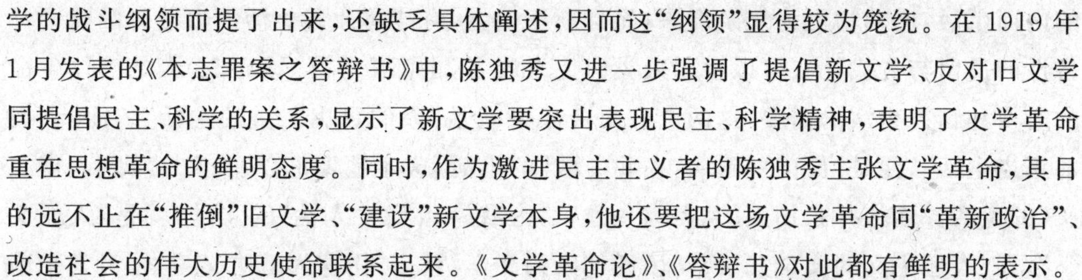

学的战斗纲领而提了出来，还缺乏具体阐述，因而这“纲领”显得较为笼统。在1919年1月发表的《本志罪案之答辩书》中，陈独秀又进一步强调了提倡新文学、反对旧文学同提倡民主、科学的关系，显示了新文学要突出表现民主、科学精神，表明了文学革命重在思想革命的鲜明态度。同时，作为激进民主主义者的陈独秀主张文学革命，其目的远不止在“推倒”旧文学、“建设”新文学本身，他还要把这场文学革命同“革新政治”、改造社会的伟大历史使命联系起来。《文学革命论》、《答辩书》对此都有鲜明的表示。

陈独秀集中地提出了“推倒”旧文学、“建设”新文学的任务，规范了新文学建设的总体方针。但究竟如何建设新文学呢？陈独秀不仅在观念上还比较笼统，缺乏对新文学最本质的特征的把握，而且对于新文学创作在具体描写中所要遵循的创作原则，也还缺乏明确的阐述。较好地回答了这一课题而又真正在文学理论建设上为文学革命奠定理论基础的，是周作人。

周作人作为一位在20世纪初期就开始了外国文学译介活动的翻译家，其所受世界近现代文艺思潮的影响是显而易见的。在文学革命的理论建设和新文学初期创作阶段，他以一个活跃的新文学理论批评家的姿态出现在文坛上，先后发表了《人的文学》(1918年12月)、《平民文学》(1918年12月)、《思想革命》(1919年3月)、《随感录106·个性的文学》(1921年1月)、《批评问题》(1921年5月)、《美文》(1921年6月)等一系列有影响的文学论文，提出了新文学必须是“人的文学”的理论纲领(《人的文学》)，强调了“平民文学”的新文学创作思想(《平民文学》)和作家“个性表现”的重要性(《个性的文学》)，并对“文艺批评的职份”和“美文”的创作提出了建设性的意见。随后，在1922年到1923年间，他又发表了《自己的园地》(1922年1月)、《诗的效用》(1922年2月)、《论小诗》(1922年2月)、《文艺的统一》(1922年7月)、《文艺批评杂话》(1923年2月)、《地方与文艺》(1923年3月)、《自己的园地·自序》(1923年7月)等一系列表明其文艺观和批评观的文学论文，对文艺的本质、特点、功用和文艺批评的态度与方法等重大理论问题，都作了系统的分析论述，从而全面地表达了他的新文学观点，为“文学和人的关系”奠定了理论基础。

《人的文学》无疑是周作人为“五四”新文学奠定理论基础的最重要的一篇文学论文。周作人鲜明地提出：“我们现在应该提倡的新文学，简单的说一句，是‘人的文学’。应该排斥的，便是非人的文学。”什么是“人的文学”呢？就是合于正当“人性”的文学，即张扬“人道主义”的文学。“人的文学”首先必须“承认人是一种生物……人的一切生活本能，都是美的、善的，应该得满足”，因此，“凡是违反人性的不自然的习惯制度，都应该排斥改正”。但这还不够，“人的文学”还须“承认人是一种从动物进化的生物，他的内面生活,比动物更为复杂高深,而且渐渐向上,有能够改善生活的力量”,因此,“凡兽性的遗留与古代礼法可以阻碍人类向上发展者,也都应排斥、改正”。人的肉体生命的需要和精神生活的需要,这两个方面合起来就是“人的灵肉二重的生活”。而“人类的正当生活”,便是“灵肉一致”、“人我一致”的生活,这才是真正合乎“人性”即“人道主义”的生活。承认并张扬人的“灵肉一致”、“人我一致”的“人性”的文学,就是“人的文学”,即“人道主义的文学”。换句话说,“人的文学”就是“用这人道主义为本,对人生诸问题,加以记录研究的文学”。如何“记录研究”呢?周作人指出,可以是“正面的,写理想生活,或人间上达的可能性”;也可以是“侧面的,写人的平常生活,或非人的生活,都可以供研究之用”。并且强调说,写“人的平常生活或非人的生活”这类著作,“分量最多,也最重要,因为我们可以因此明白人生实在的情形,与理想生活比较出差异与改善的方法”。在这里,周作人特别提醒:不要将这一类“写非人生活的文学”同“非人的文学”相混淆。一句话,“人的文学与非人的文学的区别,便在著作的态度,是以人的生活为是呢,非人的生活为是呢,这一点上;材料方法,别无关系”。这就把什么是“人的文学”,怎样做“人的文学”,都一并说清楚了。

周作人还回顾了欧洲近现代文明史,指出它们同“人”的真理的发现的密切关系。他说:“关于这‘人’的真理的发现,第一次是在15世纪,于是出了宗教改革和文艺复兴,第二次成了法国大革命,第三次大约便是欧战以后将来的事件了。”[①]周作人未能指出这“第三次”“人的真理的发现”所引出的便是俄国“十月革命”和世界无产阶级与民族解放斗争的高涨。但是在这里,他确实表明了“人的真理的发现”对于世界文明进步的决定性意义。这就更加显示了周作人对于“人”的发现及其意义的高度重视,显示了他把“人的文学”与“人”的发现紧紧地联系在一起的“现代”文学意识。因此,“人的文学”便以其对于“人”的发现的积极的反封建意义,自然地为“五四”文学革命运动所接受,为所有的新文学作家所拥护,成为新文学建设的理论基础。

周作人在同时发表的《平民文学》一文中,又提出了“平民文学”的创作主张。“人的文学”与“平民文学”,这两者的关系怎样呢?这两者显然不是平行的,并不存在二元论的问题。“平民文学”是在“人的文学”这一总的理论纲领的统率之下,为纠正旧文学只为极少数人所接受的“贵族文学”倾向而提出来的一项创作主张,是作为“人的文学”服务于“五四”启蒙运动的创作重点提出来的。这两者的主从关系,十分清楚,就像他后来提出的“个性的文学”同“人的文学”的关系一样。“平民文学”虽然是从陈独秀的

① 周作人:《人的文学》。

“文学革命三大主义”之第一项引申而来，但在周作人的建设新文学论中，其位置的先后轻重显然已在“人的文学”这一总的新文学理论纲领之下。周作人的建设新文学论，相对于陈独秀的“三大主义”，其在理论上的巨大进步，恰恰就是抓住了新文学的核心本质：“人”的真理的发现和“人的文学”这一总的理论纲领的提出与阐述，克服了陈独秀的建设新文学论的三元论（“国民文学”、“写实文学”、“社会文学”）的模糊性。这是新文学理论建设中最富有突破性的成就。

“平民文学”的创作如何把握？文章讲得很清楚：“第一，平民文学应以普遍的文体（白话文），写普遍的思想与事实”，“记载世间普遍男女的悲欢成败”，使其在语言形式和思想内容上都具有普遍性和平民性，能为大众所接受；“第二，平民文学应以真挚的文体，记真挚的思想和事实”，“以‘真’为主，‘美’应在其中了”。这两方面概括起来，“平民文学”的基本要求，“就是普遍与真挚两件事”。所以，“平民文学”绝不是单纯的“通俗文学”，它不仅要求语言的通俗，还要求思想内容的“普遍性”（平民性）与“真挚性”。一句话，“平民文学”就是用白话文写作的“研究平民生活——人的生活——的文学”，其目的“是将平民生活提高，得到适当的一个位置”。因而“平民文学”的创作，自然便有一种启蒙的义务。在此，周作人特别把“平民文学”精神同“慈善主义的文学”相区别，指出“平民文学”旨在“研究全体人的生活，如何能够改进到正当的方向，决不是说施粥施棉衣的事”。论者回顾中国文学史，认为只有《红楼梦》“要算最好的”，并不认为《红楼梦》描写了贵族生活就是“贵族文学”，而是将之视为中国古典文学中少有的带着“平民文学”性质的杰出作品。这一例证，既突破了一批“五四”新派对古典文学不假分析地一概否定的形而上学观点，也表明了周作人在评判古典作品时，首先是从它们在思想内容上是否体现了“人”的觉醒、张扬了“灵肉一致”的“人性”，这种“人道主义文学”（即“人的文学”）观念着眼的。这就生动地说明了周作人的“平民文学”观念，是以“人的文学”为前提的。

周作人于1921年1月发表的《随感录106·个性的文学》以及稍后陆续发表的《自己的园地》、《文艺的统一》、《论小诗》、《地方与文艺》等文论中，都一再强调了文学创作中作家“个性”的表现。他认为“真实的个性”的表现，是一切有价值的文艺作品应当具备的特色。从这重意义上说，作为“人的文学”的所有的文学作品，也都可以说是“个性的文学”。他强调说：“假的，模仿的，不自然的著作，无论是旧是新，都一样无价值，这便是因为它没有真实的个性。”他以印度那图夫人的英文诗集《时鸟》为例，说明模仿别人而丧失个性的文学创作的没有出息，然后得出结论说：“(1)创作不宜完全抹杀自己去模仿别人；(2)个性的表现是自然的；(3)个性是个人唯一的所有，而又与人类有根本的共通性;(4)个性就是在可以保存范围内的国粹,有个性的新文学便是这国民所有的真的国粹的文学。"这里不仅强调了个性的自然表现,指出了个性与人类共性的关系,还把新文学的民族特色也看做是一种个性表现而加以肯定,这在当时一些新文学创作表现出严重欧化倾向的时候,尤有现实意义。《论小诗》主张诗人"须用自己的话来写自己的情思",即表现自己的"个性",并且说"做得好了,由个人的诗人而成为国民的诗人,由一时的诗而成为永久的诗,固然是最所希望的"。《文艺的统一》进而指出:"文艺的统一"是"不应有与不可能有的",因为"文学是情绪的作品,我们不能强欢乐的人哭泣,正如不能叫那些哭泣的人强为欢笑"。因此他主张"文学的世界里,应当绝对自由,有感情忍不住须发泄时,就自然地给他发泄出来罢了"。在文艺创作与文艺批评上,他反对用一个"统一"的框架来限制作家。他特别阐述了他独特的文艺观点,认为"文艺是人生的,而不是为人生的;是个人的,因此也即是人类的。文艺的生命是自由而非平等,是分离而非合并。一切主张倘与此相背,无论凭了什么神圣的名义,其结果便是破坏文艺的生命,造成呆板、虚假的作品……欧洲文学史上的陈迹,指出许多同样的兴衰;到了20世纪才算觉悟,不复有统一文学潮流的企图,听各派自由发展,日益繁盛。这情形足供我们借鉴"。在这里,他已经从尊重创作个性,发扬创作个性,到初步提出创作多样化的思想了,认为这才是文艺创作走向"日益繁盛"的条件。这种尊重创作个性和鼓励创作多样化的思想、主张,是在"五四"文学革命已经取得了决定性胜利之后,在"五四"新文学创作已有初步的成绩之后,在"人的文学"的总的思想原则和"平民文学"的创作主张已经深入人心并开花结果之后,周作人为了促进新文学进一步的繁荣、丰富和健康发展,而适时地提出来的。周作人的发扬"个性"与创作多样化(多元化)的思想,在创造社尚未崭露头角之前就已开始宣扬,这是"五四"新文学思想中十分宝贵的成分。

周作人还把强调作家"个性"表现的思想,引申到注重文艺的"地方特色"上来。认为注重文艺作品"地方特色"的表现,这是注重文艺的"个性表现"的内容之一[①],正如注重新文学的"民族特色"(国粹)的表现,是注重文学的"个性表现"的内容之一一样。

在《批评问题》(1921年5月)、《诗的效用》(1922年2月)和《文艺批评杂话》(1923年2月)等文论中,周作人还阐述了关于"文艺批评的职事"、文艺批评的态度与方法等问题,清楚地表明了他的开放、宽容的文艺批评观,表明了他在文艺批评上的现代意识。他认为,诗人、作家的艺术感受、思维与创作,往往走在一般人的前头,而批评家的

① 周作人:《随感录106·个性的文学》。

艺术兴趣即批评尺度总要受到其个人的和时空的局限，如果像“法官式”地评着诗人作家的作品，就往往会发生或大或小的错误，以至不可原谅的大错。因而他主张，批评家切忌“法官式的批评”，而应取“鉴赏式的批评”态度，只需谈出个人阅读、鉴赏的感受来，与诗人作家商榷便好。这种开放、宽容的文艺批评观和鉴赏式的批评方法，是建立在历史眼光的基础上的，不失为一种科学的态度和方法。即使“批评”不确，犯了坐井观天的错误，事后也不难纠正，当时也不会对作者和读者造成大的影响。这是周作人在文艺批评问题上，给我们留下的一个值得珍视的主张。

此外，周作人在《自己的园地》(1922 年 1 月)、《自己的园地·自序》(1923 年 7 月)等文论中，还表明他对于文艺的本质、特征及其功能的独特认识。他认为文艺是“浑然的人生的艺术”，“因为他本是我们感情生活的表现，叫他怎能与人生分离”。但文艺却又“是独立的”，“具有独立的艺术美和无形的功利”。他指出：“为人生，于人生有实利”，只是“艺术本有的一种作用”，而“并非唯一的职务”，所以不主张“为人生而艺术”，也不主张“为艺术而艺术”，而主张“浑然的人生的艺术”。他解释他这种文艺观点同“为艺术派”、“为人生派”的区别：“为艺术派以个人为艺术的工匠，为人生派以艺术为人生的仆役。现在却以个人为主人，表现(人的)情思而成为艺术，即为其生活之一部，初不为福利他人而作，而他人接触这艺术，得到一种共鸣感兴，使其精神生活充实而丰富，又即为实生活之基本，这便是‘人生的艺术’的要义，有独立的艺术美和无形的功利。”周作人这种“浑然的人生的艺术”的文艺观点，既不同于“为艺术派”脱离人生的文艺观点，也有别于“为人生派”忽视艺术美的文艺观点，他是以文艺与人生的不可分离和文艺应有的独立性为其理论支点，强调文艺的“独立的艺术美和无形的功利”的。在“五四”一代新文学作家和理论家中，究竟谁的文艺观更接近于文艺的本质与特征呢?是周作人。因为他既肯定了文艺与人生的不可分离的关系及其“无形的功利”，又强调了文艺“独立的艺术美”，即文艺对于政治的相对独立性。

以上这些，集中地反映了周作人文艺理论的完整性、系统性和现代性。在“五四”一代新文学倡导者中，主要以理论批评家的姿态活跃于新文坛的周作人的文艺思想，对于新文学的理论建设，显然起了最主要的奠基作用。其“人的文学”与“人生的艺术”的理论纲领和“平民文学”、“个性的文学”的创作主张，及其开放、宽容的文艺批评观，以其理论的系统性、完整性和现代性，为 20 世纪中国文学的发展奠定了一块厚重的基石。

李大钊在其发表的《什么是新文学》一文中，提出“单是用白话写作的文学算不得新文学”，新文学应以“宏深的思想学理、坚信的主义、优美的文艺、博爱的精神”为其生长的“土壤根基”。这“宏深的思想学理、坚信的主义”，在其心目中自然是能用以改造中国、改造世界的马克思主义；而作为“文学”，固然还须有“优美的”艺术表现和感人为善的“博爱的精神”。这样，就划清了无产阶级和彻底的革命民主主义的新文学思想同资产阶级文学思想的界限，赋予了“五四”文学社会主义的思想特质。

综合胡适、陈独秀、周作人、李大钊为代表的知识分子对于建设新文学的理论主张，其带有共同性，且为“五四”新文学作家所共同拥护和遵循的，有这样三个方面。(一)主张“人的文学”(即“人性的文学”、“人道主义文学”)，反对“非人的文学”(即反对“文以载孔孟之道”的封建文学)。这是文学现代化的基本条件。以之作为新文学总的理论纲领，得到了“五四”新文学作家一致的认同。(二)提倡“平民文学”，反对“贵族文学”，使新文学得以用白话语言表现普通民众的生活与思想情感，并为他们所理解和欣赏。作为新文学的创作主张，这里面包含着文学语言形式和文学内容两方面的面向大众的要求，这是具体贯彻“人的文学”的理论纲领的一个主要体现，是中国文学大众化的特点。(三)提倡“写实主义”创作方法，反对无病呻吟的陈腐雕琢和脱离社会人生的“山林文学”。这是“五四”新文学创作思想的基本倾向。这三个方面，就成为《新青年》团体和新文学统一战线的文学观念及其战斗传统。

此外，新文学运动者们还大量引介了外国文艺理论、文艺思潮流派，这对于文学革命的理论建设和新文学作家的创作产生了不可忽视的影响。如陈独秀的《现代欧洲文艺史谭》、周作人的《欧洲文学史》、谢六逸的《西洋小说发达史》、蒋方震的《欧洲文艺复兴史》、潘梓年的《文学概论》以及亚里斯多德《诗学》、温彻斯特《文学批评之原理》等西方先哲艺术理论的翻译与介绍，不仅开阔了人们的眼界，有助于中国新文学突破本民族传统的文艺理论框架和思维定式，革新文学观念，而且还启发、帮助新文学作家，直接借鉴西方某些先进的创作方法和艺术思维，创作新的民族文艺形式的艺术风格，使中国新文学得以同世界文坛对话而走向世界。又如《新青年》的“易卜生专号”、胡适的《易卜生主义》、周作人的《日本近三十年小说之发达》与《文学上的俄国与中国文学》、鲁迅对俄罗斯文学和捷克文学的引介以及托尔斯泰《艺术论》的翻译等等，这些关于俄国文学、日本文学和一些弱小民族的文艺思潮的引介，对于解决“五四”时期文艺与现实的关系，形成“为人生”和“为社会写实”的文学观念，扫荡萎靡颓败的旧文学的积弊，产生了不小的影响，有助于中国新文学现实主义主潮和多元化格局的形成。

第三节 创作概述

20 世纪初叶，当那些以《新青年》杂志为大本营的革命者、知识者们，抱定“一时代有一时代之文学”这一宗旨而疾声呐喊和冲锋陷阵时，开创并缔造一个新的文学时代的宏伟事业便始肇其端。其果敢、其激进、其勇猛、其睿智本身就预示了他们所欲鞠躬尽瘁的伟业，不再是“诗界革命”、“文界革命”那样的浅尝辄止，而真正成功的革命不仅意味着颠覆，而且意味着建设。在颠覆破坏方面，最初有胡适的“文学改良”，继而有陈独秀的“文学革命”，由“八不主义”进至“三大主义”。他们从形式到内容，从语言到思想对“古典文学”、“贵族文学”、“山林文学”无不一一施以革命的洗礼；对“选学妖孽”、“桐城谬种”等复古拟古流弊逐一清算并加以淘汰。在建设方面，从造就“国语的文学，文学的国语”到周作人的“人的文学”、“平民的文学”，其间包括陈独秀的建设“平易的抒情的国民文学”、“新鲜的立诚的写实文学”、“明了的通俗的社会文学”，也实现了从语言到思想、从形式到内容的转换和升华。

理论的颠覆和建设为创作实践营造了一个必要的氛围，设置了一个可能的环境。真正意义上的“现代”文学创作成果的出现，才意味着文学革命的初步告捷与理论成果的巩固。因此，1918 年到 1921 年所取得的难能可贵的创作实绩，为继往开来的中国新文学发展奠定了坚实的基础。其主要贡献在于：实现了文学的自觉与对人的觉醒的抒写这一完美结合；完成了文学的现代化转换；塑造了中国新文学面向未来开放的文学品格。

应该说，先有人的自觉，其次才有文学的自觉；但文学的自觉可以进一步推动和激发人的自觉。自鸦片战争以来，中国人屡遭外来列强的凌辱，其间虽然兴起过洋务和改良运动，却始终不曾普遍觉醒过。这也是梁启超等人的“文界革命”、“诗界革命”断然无法成功的历史必然。中国人是在“五四”新文化运动“民主”与“科学”的疾风劲吹下幡然觉悟的。人的自觉唤醒了文学的自觉，文学的自觉又普度了大众的自觉。具体说来，以民主与科学为武器，反对封建专制主义与蒙昧主义，抨击封建伦理道德与封建思想，启民蒙、开民智成为这一时期文学创作的突出主题。“现代”小说的开山之作——鲁迅的《狂人日记》，剖析封建吃人礼教和宗法制度，揭示了吃人的旧制度的凶残、伪善、奸诈，有着“狮子似的凶心，兔子的怯弱，狐狸的狡猾”。此后，鲁迅又推出短篇小说《孔乙己》，以精粹简约的笔墨入木三分地刻画了孔乙己迂腐而又善良、卑琐而又不乏正直的性格，暴露和鞭挞了封建教育和科举制度对人的摧残与戕害。鲁迅不仅对旧有制度和文化进行无情的批判，而且也对历史进行揭露性的艺术批判。在小说《药》中，他以辛亥革命志士的鲜血成为华老栓为儿子治痨病的“药”这一发人深省的沉痛事实，揭示了辛亥革命失败的根本原因是资产阶级不发动群众孤军奋战，同时启发人们对民族命运的思考，并且雄辩地表明，启迪民智、团结民众，于中国革命不但必要，而且相当紧迫。在小说《风波》里，鲁迅进一步表明辛亥革命并未抹去笼罩在农民头上的魔影，赵七爷这样的乡绅依然在作威作福，七斤这样的农民依旧可能因失去一根辫子导致的风波而丧魂失魄——对他来说，只要剪去辫子可以不招致杀身之祸，至于谁坐龙庭并不比女儿打破一个碗更值得关心。这样，鲁迅不仅为那些革命者勾勒了一幅清晰的社会现实图，同时也寄寓了他对国民性格、社会政治、人民生活的忧愤与深思。

同样的主题也在其他作家作品中得到体现。郭沫若在诗歌《凤凰涅槃》中，以炽热沉痛的情感，热情豪放的气势，汪洋恣肆的笔调，用“屠场”、“囚牢”、“坟墓”、“地狱”等意象诅咒500年来沉睡、腐朽、死尸似的生活与黑暗、冷酷、污秽的旧宇宙，并以凤凰集香木自焚以求更生的故事来象征诗人自我与中国的新生。胡适的话剧《终身大事》展示了田太太如何以封建迷信，田先生如何以宗法制度对女儿田亚梅自由婚姻的阻挠和干涉，揭露了封建迷信、宗法制度的弊害与遗毒。汪敬熙的小说《一个勤学的学生》中那个“从不告假”勤学苦读的学生丁怡，是旧式文人的典型代表。他勤学的目的不过是为攫取一官半职，以便更巧妙地欺瞒乡老、谄媚权贵、遗妻娶妾。作者以心理剖析的方式暴露了丁怡这类人的奴性嘴脸和卑劣性格，让人明白改造民族性格和自我解剖在人的觉醒进程中的重要性。

除了上述作品以民主与科学为手术刀，对封建伦理、政治制度进行剖析与批判外，鲁迅、胡适、陈独秀、钱玄同等人的杂感、短评，对封建意识与文化思想进行了不遗余力的抨击。杂感、短评这种文体，因其自由灵活，简明及时，既有思想性，又有艺术性等特点，带着鲜明的战斗性。鲁迅的杂感对国粹主义作了一针见血的批判和辛辣的讽刺。他在《随感录·39》中指出，在国粹家眼中，“只要从来如此，便是宝贝。即使无名肿毒，倘若生在中国人身上，也便‘红肿之处，艳若桃花；溃烂之时，美如乳酪。’国粹所在，妙不可言。”针对中国人的妄自尊大与故步自封，鲁迅在《随感录·38》中挖苦道：论及民主科学，有人就说“外国的东西，中国都有过，某种科学，即某子所说云云”。鲁迅还在《我之节烈观》(1918年7月)、《我们现在怎样作父亲》(1919年10月)等杂感中痛斥腐朽的名教和吃人的礼法，主张社会解放。钱玄同讥刺那些拟古主义，说他们“做桐城派的古文，一定要像唐宋八大家；学周秦诸子，一定要有几个不认得的字和佶屈聱牙很难读的句子”①。蔡元培在《以美育代宗教说》、陈独秀在《偶像破坏论》等文章里阐明肃清神道魔法、因果报应、封建迷信的必要性。

个性的张扬、人道主义关怀、社会解放的倡导、对光明的渴求，是本时期创作的主要内容，尊君、卫道、孝亲所要求的礼、义、贤、孝、信等纲常名教与圣贤经传遭到彻底唾弃。在个性张扬和独立人格的树立方面有沈尹默的诗《月夜》(1918 年)：“霜风呼呼地吹着，/月光明明地照着。/我和一棵顶高的树并排站着，却没有靠着。”这是一种独立意志的表现。周作人的《小河》，以平易朴素的语言，灵活自如的形式，直叙与象征结合的手法，描写“稳稳地向前流动”的小河，受到石堰阻绝进退不得，“水冲着坚固的石堰，还只得乱转”，这一情景，表达出一种对个性解放的追求而又无能为力的焦灼、苦闷及抑郁之情。如果说，胡适在《终身大事》一剧中让田亚梅私自出走以示对个性独立的肯定，那么，郭沫若在《天狗》、《我是个偶像崇拜者》等诗中，对“便是天上的太阳也在向我低头”的偶像破坏者和气吞日月的叛逆者，唱出了激越的颂歌。对于光明的渴求与向往，鲁迅的诗《梦》，表现为对“墨一般黑”的“梦”的诅咒和对“明白的梦”的呼唤。朱自清的诗《光明》(1920 年 1 月)，既是对光明的真切渴望，又表达了“你要光明，你自己去造”的积极进取精神。刘半农在《敲冰》长诗中礼赞那些为迎接“光明”而“敲一尺，进一尺”不屈不挠的前行者，“敲冰”是“失败者的奋斗”、“反抗者的冲锋”、“精神进取者的鼓号”。在社会问题的关注方面，倘若说胡适的《人力车夫》一诗还只是对下层劳动人民剪影的一瞥的话，那么刘半农的诗《相隔一层纸》则开始对一纸相隔的两个世界的贫富悬殊的描写和愤懑之情的传达。刘大白在《卖布谣》一诗中，用拟民歌体唱出反抗剥削的呼声。当然，尽管这些诗歌已经有了对下层人民的关注，然而因其容量的局限而无法深刻地真实地全面地展示存在着的社会问题，而小说正好弥补了这一不足。汪敬熙的《雪夜》，表达了对所谓“一家之主”的暴戾、卑劣的挞伐，对妇孺的不幸的深切同情。杨振声的《渔家》通过对渔民凄苦生活和悲惨人生的描写，控诉了社会的黑暗，提出了改造社会的必要。20 年代兴起的问题小说，首先是从冰心的《两个家庭》滥觞。在这篇作品中，冰心在两个家庭——一家幸福而一家痛苦的比照描写中，发出改造旧家庭和建设新生活的心声。胡适的《终身大事》一剧，是婚姻问题的先奏，并且在罗家伦的小说《是爱情还是苦痛》那里得到回响。小说主人公程叔平为了不使母亲伤心，不违背父亲遗愿，而牺牲个人爱情，接受“强不爱以为爱”的婚姻，结果终身痛苦。这一事实正

① 钱玄同：《随感录・五五》，《新青年》第 6 卷第 3 号。

好从反面说明《终身大事》中田亚梅冲破家庭樊篱和宗法禁锢，大胆追求个人幸福，求得人格独立的正确与必要。1920年田汉创作于日本的戏剧《咖啡店之一夜》批判了资产阶级的市侩哲学，说明“穷人的手与阔人的手永远握不牢”的道理。

就文学本体而论，这一时期的创作鲜明地展示了各类文学的现代化的创造性转换。首先是小说的艺术地位和社会价值得以确认和定位。虽然白话小说自唐传奇、宋话本以来已有悠久的历史，但却从未登上过艺术的“大雅之堂”，小说“名不列于四部，言不齿于缙绅”，被认为是艺术之小妾。而此时期的小说以启迪民蒙、开发民智、反映民苦、宣传革命、改造社会为己任，彻底摒弃了黑幕小说泄私愤、泼污水、陈腐委琐等积弊，而以民主与科学为精神，以反对封建主义和个性解放为主题，以真善美为艺术准则，获得了高尚的尊严。同时，此时期的小说已经廓清古代小说的鬼神、妖怪、神仙、强盗、才子佳人等习常内容，把目光倾注到现实社会人生，或家庭、或婚姻、或教育等问题上，把笔触落到被损害与被侮辱者身上，从而以科学的态度和方法，革新了历代以来把小说视为收罗奇闻轶事、琐语杂谈的破纸篓的观念，澄清了小说与戏曲、弹词混为一谈的认识①，改变了历代小说才子佳人、男欢女爱、贫富贵贱、因果报应等游戏主义、消闲主义、趣味主义意识，打破了“某氏曰”、“某子曰”、“且听下回分解”等笔记小说、章回小说的俗套滥式。这些转化使小说获得了科学的尊严。这以后中国小说取得的显著成绩，与本时期小说观念迅速而彻底的转变、小说现代意识的清醒自觉以及鲁迅等作家的典范创作都有着密切的关联。其次是使用白话和口语进行诗歌与散文创作，使诗歌、散文获得现代生命，焕发出新的生机。几千年来，一直以文学正宗自居的诗歌，总是逃不出寄旅愁思、身世感怀、伤春悲秋一类的题材窠臼。正如胡适所言：“时代变得太快了，新的事物太多了，新的知识太复杂了，新的思想太广博了，那种简单的古文体，无论怎样变化，终不能应付这个新时代的要求，终于失败了。”②的确，那些声韵严格、格律呆板的古典诗词，无论如何也无法充分表达现代人的复杂情感和心理情绪，无法全面描写现代人生和社会图景。胡适、沈尹默、刘半农、周作人、康白情等新诗首创者，率先使用白话、口语作诗。诗句或长或短，篇幅或短章或巨制，诗不再讲求外在的声韵格律，其内在韵律随情感起伏而变化。诗体的大解放为诗情的辐射维度、内容表现的深度广度提供了多种可能条件。散文也从辞、赋、哀、祭、奏、议、书、序等古文体束缚中解放出来，使用白话行文，第一次实现了言文合一。或叙事，或议论，或抒情，或间而有

① 杨义:《中国现代小说史》，人民文学出版社1986年9月版。

② 胡适:《中国新文学大系·建设理论集·导言》，上海良友图书公司1935年版。

之；或自我，或社会，或自然，真是"宇宙之大，苍蝇之微，无可不谈"。[①] 可辛辣，可柔和，可幽默，可感伤，不拘一概，各成一家。鲁迅、陈独秀、胡适等人的杂感与短评，将个人、社会、自然融为一体，突显出社会一面，并表现出不同的风格。古文的行文古奥、内容艰涩和种种形式规约，在这一时期的散文中都被抛弃得干干净净。虽然与诗歌、小说等文体相比，散文在这一阶段尚属于"发育不全"，但就是那些为数不多的篇什，已经为20世纪中国散文种下了"现代化"的基因。本时期戏剧创作的确不算丰富，然而，田汉的《咖啡店之一夜》和胡适的《终身大事》两剧强有力地表明：剧本不仅由白话写成，而且取材不再从梦幻、传奇虚拟而来，而是取材现实人生；人物也不再"好便好得出奇，坏便坏得出奇"[②]，而是普通的芸芸众生。这一时期戏剧最为重要的贡献是突破了传统戏剧"愿天下有情人皆成眷属"一类的团圆主义结局范式，而有了现代悲剧意识。显然，这些努力已经为旧戏剧的现代化转变作了卓有成效的探索与尝试。

面向未来开放的文学品格，是本时期文学所秉有的普遍性格。所谓未来开放的文学品格是指多样化文体的探索性、表现技巧的包容性、创作风格的多样性。在新诗方面，除了普遍采用白话、口语和不受格律限制的自由体外，刘半农、刘大白对诗歌采用民谣、俚曲、拟民歌体作了可贵的探索，如刘大白的《卖布谣》即是模拟民谣进行创作的，周作人的《儿歌》是仿童谣进行诗歌创作的尝试。而散文多以杂感、短评的形式出现。杂感即后来杂文的前身（短评应该说多少孕育了后来报告文学的一些原始基因），这一文体已经不只是一种探索，完全是一大创造。它的出现，使文学参与社会生活并发挥战斗作用有了锐利的武器。就文体探索而言，俞平伯的小说《花匠》（1919年4月）用拟人手法对花进行心理描写，用抒情的笔调加以叙述，使我们几乎认为它更像一篇散文而非小说。可以说，这是小说散文化第一次在这里略见端倪。

本时期的小说创作全部采用现实主义手法，但这种现实主义是开放的，融合了众多表现技巧。鲁迅《狂人日记》中，狂人的狂躁不安的性格及表达出的反封建忧愤深广的激情都带有浪漫主义色彩。除了具体的景物富于象征意味之外，狂人的典型性格本身就是"五四"时代知识分子激愤思想的艺术象征。鲁迅对狂人病态心理的大量描摹也逼真而颇见功力，这使得《狂人日记》成为采用心理分析方法进行人物形象刻画的开篇之作。当然，现实主义仍然是《狂人日记》的主体手法。象征主义手法，在鲁迅的小说《药》中也得到成功的运用。《药》中夏瑜坟上的花圈就具有象征意蕴。除鲁迅之外，

---

① 林语堂：《人世间·发刊词》，《人世间》创刊号。

② 傅斯年：《论编制剧本》，《中国新文学大系·建设理论集》，上海良友图书公司1935年版。

值得注意的还有罗家伦《是爱情还是苦痛》中对叙事方法的独到运用。他采用第一人称与第三人称交替叙述的视角,先由“我”的自叙引入朋友(小说主人公)程叔平,然后由程以第一人称讲述故事,在故事的讲述中穿插“我”的感受,以及故事叙述人在“我”眼中的形象描写。这种新颖手法不仅增强了故事的感染力,也使叙事不致板滞乏味。汪敬熙的小说《一个勤学的学生》,运用大量梦境描写来刻画人物心理,这也为后来小说表现心理活动作了可资借鉴的探索。创作上多种手法的运用带来了风格上的不同倾向。在诗歌方面表现为胡适的真切婉转,沈尹默的雅致清丽,刘半农的质朴清新,周作人的自然丰厚,康白情的典雅蕴藉,刘大白的平易晓畅,俞平伯的清冷隽永,郭沫若的雄奇奔放等。在杂感与短评方面,表现为鲁迅的辛辣尖刻,陈独秀的热烈激切,胡适的从容洒脱,刘半农的机智诙谐,李大钊的宏大明澈,钱玄同的冷峻尖酸等。

本时期文学创作的未来开放品格使它吸纳众多营养,获取新鲜血液,丰满了自己幼弱的身躯。大海不嫌百川细流,乃成汪洋,是因其有博大开放的胸怀。处于1918年到1921年的中国文学,正是由于它的未来意识和开放胸怀才能够如一株幼苗得以茁壮成长,日渐变成参天大树。

第2编

在冲突与互补中发展的文学

（1921~1937）

第一章　文学观念的冲突与互补

经过文学革命的理论自觉和探索，发展到二三十年代的文学观念，表现出对“文学和人的关系”的不同理解和侧重，形成了既冲突又互补的四种文学观念：现实主义、浪漫主义、现代主义和无产阶级文学思想。它们分别立足于对人的社会性、情感性、个体性和阶级性与文学功利性和审美特性的不同倚重而建构起各自的理论重心。就它们各自的理论主张和追求而言，它们相互之间有其冲突、对立的一面，如现实主义与浪漫主义、现代主义与无产阶级文学思想之间的冲突，但在其本质和实践意义上，它们又呈现出互补与互渗性，如现实主义与无产阶级文学思想是相辅相成的，浪漫主义与现代主义之间也存在同构共生的关系。

第一节　多种文学观念的论争

本时期文学观念纷繁复杂，论争频频出现。其中，主要有这么一些论争。

一、与鸳鸯蝴蝶派的论争

1902 年，梁启超倡导“小说界革命”之后，文坛上曾经出现过一批好作品，如《官场现形记》。但是，好景不长。“新小说”中的政治启蒙意识被商业意识所冲淡、严肃性为通俗化所取代、积极入世的精神变成缠绵悱恻的男女恋情——“鸳鸯蝴蝶派”小说在市民中间流行开来。

鸳鸯蝴蝶派是一个松散的文艺派别，只是因为有许多作家作品总是离不开“卅六鸳鸯同命鸟，一双蝴蝶可怜虫”的格局，才被读者给以这个形象的名称（一说，是他们自己给的这个称谓）。以清末民初吴趼人的《恨海》为开端，到五四前夕，该派文学渐趋繁荣。该派持的是“游戏的消遣的”文学观。这一文学观与文学革命派的文学观形成了矛盾对立。

文学革命派为新文学发展扫清障碍，先后在《新青年》、《每周评论》《新潮》、《小说月报》、《文学旬刊》、《创造季刊》等刊物上发表文章对鸳鸯蝴蝶派进行猛烈的抨击。周作人在1918年4月19日北京大学小说研究会的演讲《日本近三十年小说之发达》中，认为该派的《玉梨魂》、《广陵潮》之类的小说，形式上未脱离旧文学的窠臼，内容上也没有现代气息。对于鸳鸯蝴蝶派的"黑幕"小说，鲁迅在《中国小说史略》中，指斥为清末谴责小说的堕落，"其下者乃至丑诋私敌，等于谤书；又或有谩骂之志，而无抒写之才，则遂堕落而为黑幕小说"。

1921年之后文学研究会对鸳鸯蝴蝶派展开了批判。《文学研究会宣言》明确地将人生与文学结合起来，提出"将文艺当作高兴时的游戏或失意时的消遣的时候，现在已经过去了。我们相信文学是一种工作，而且又是于人生很切要的一种工作；治文学的人也当以这事为他终身的事业，正同劳农一样"。这是完全针对鸳鸯蝴蝶派的文艺观的。郑振铎在《思想的反流》、《新旧文学的调和》、《消闲?》、《血和泪的文学》、《中国文人(?)对于文学的根本误解》等诸多文章中，指斥鸳鸯蝴蝶派是思想界的蝙蝠，该派作者为了迎合社会心理，向空虚构来招揽顾客，或者互使暗计来争夺生意，是无耻的文丐、文娼。沈雁冰则认为鸳鸯蝴蝶派是迎合现代小市民阶层的恶趣味文学。创造社对鸳鸯蝴蝶派也进行了批判。成仿吾于1922年10月19日作《歧路》一文，严斥该派的通俗杂志迎合了浅薄劣等的心理，蛊惑了无知的青年，破坏了教育，阻碍了社会进步，是思想界和文学界的奇耻。

对于来自新文学家们的批评，袁寒云发表《小说迷的一封信》、胡寄尘发表《文丐的话》等文章予以反批评。这场论争并非以鸳鸯蝴蝶派的失败而告终。

事实上，新文学派和鸳鸯蝴蝶派的论争从根本上说是两种不同的文学审美观之间的冲突。因为，鸳鸯蝴蝶派并非完全是抱残守缺的顽固派。该派作品顺应了时代变迁由文言改为白话，短篇小说的形式开始接近五四新文学，内容上虽然未能彻底突破传统道德规范，但还是反映了一些社会关注的婚姻、妇女问题，暴露了现实黑暗，较多地表现了市民阶层的日常生活情态。正因为如此，我们应该正确地评价该派。

二、与"学衡"派的论争

"学衡"派因1922年1月在南京创刊的《学衡》杂志而得名，代表人物梅光迪、胡先骕、吴宓都是南京东南大学教授、欧美留学生、学贯中西的学者。他们高张"昌明国粹，融化新知，以中正之眼光，行批评之职事"的旗帜。相对于早期的林纾等人，他们站在

“古典派”的立场来说话，但是却引用了很多西洋的文艺理论来作护身符，先后写了《评提倡新文化者》(梅光迪)、《论新文化运动》(吴宓)、《中国文学改良论》与《评〈尝试集〉》(胡先骕)等文章，攻击新文化运动和文学革命。

“学衡”虽然标榜自己站在学理的立场，论究学术，在新文学阵营和封建守旧派中，“无偏无党，不激不随”，是“中正”的，但由于他们奉行的文化保守主义，因而反对新文化运动和文学革命，成为新文学的对立面。但是，“学衡”派对新文化运动和文学革命中某些偏激的弊端的批评也是不无中肯的，如简单地否定传统文学、传统戏曲等倾向。他们所主张的在文化重建过程中趋向稳健保守的文化抉择，也确有一些独立的见解。不过先驱者是以激进的态度一路猛进的，大破坏而后大建设，不容反对者有讨论的余地。

新文化和新文学运动的拥护者发表文章对”学衡”派进行了批评。鲁迅发表《估〈学衡〉》一文，以他们的文章语句不通、用错一般典故的实证，指正他们“不能自了，何以衡人”，“于新文化无伤，于国粹也差得远”。“学衡”派实际的盛势只有最初两年，这也是《学衡》与《新青年》最为激烈的对峙时期。在 1922 年到 1923 年间，《学衡》杂志的“通论”栏目几乎集中了对其时已形成大潮的新文化新文学思潮的犀利批评，其中《评提倡新文化者》、《评今人提倡学术之方法》、《论批评家之责任》、《论新文化运动》等重要文章均发表在《学衡》杂志前 4 期。1923 年 11 月，《学衡》杂志主要发起人之一、东南大学副校长刘伯明的去世使该派失去了最有力的支持，露出疲败之象。但《学衡》却维持到 1933 年终刊。

三、与“甲寅”派的论争

“甲寅”派的主将章士钊是段祺瑞政府的司法总长与教育总长。1925 年 7 月，他把早已停刊的《甲寅》杂志(1914 年东京创刊)以周刊形式复刊，攻击新文化运动和白话文。他先后发表《评新文学运动》、《答适之》等文章，鼓吹“国性群德，悉存文言，国苟不亡，理不可弃”。他将舆论与权力相结合，重新提倡“读经救国”，发布“整顿学风”令，规定学校恢复尊孔读经。他的言行立即引起人们的公愤，纷纷发表文章与之抗争。郁达夫的《咒甲寅十四号的评新文学运动》、徐志摩的《守旧与“玩”旧》、成仿吾的《读章氏“评新文学运动”》，纷纷见报。胡适也写了《老章又反叛了》、《新文化运动之意义》等文章批驳章士钊。鲁迅先后写了《答 ks 君》、《古书与白话》、《十四年的读经》、《再来一次》等杂文，批驳“甲寅”派。

“甲寅”派排斥异己、保守封建文化观，最终使它成为逆时代潮流而动的绊脚石。

在文言白话的论战中，章士钊对于新文化、新文学运动的批评意见，以及《甲寅》杂志风行一时所造成的影响，都促使新文化同人发觉了自己的缺陷，加紧了对新文学、新国语建设方面的努力，并认识到培养一般群众对新文学鉴赏力的紧迫性。论争的最后也产生了一种积极建设性的结论，这就是唐钺在《东方杂志》上刊出的《现代人的现代文》提出的现代人应该摆脱先入为主的影响采用新式的文字，白话也有绝大可能产生第一流的杰作，并且详细地描绘出了现代文发展的建设方针：(一)打破文言与白话的界限，废除文言文与白话文的区别；(二)无论是白话还是文言，其中太奥太俗的部分都不采用；(三)白话文言各有相当的字，而这两字精确度相等时，用白话；(四)白话文言各有相当的话，但文言更精确时，随宜使用；(五)白话的词语显有含混不妥的意义时应避开，改从文言或另制新词；(六)白话中一个意思有两三种说法，而甲种比乙丙较合理时用甲种；(七)白话以一个话代表两种，而文言有分别时，应兼存文言；(八)文言成语，望文可解的，酌量采用；(九)专门名词贵简当，造这种名词时，当然要用文言；(十)文言的文字绝无歧义，改作白话，不过加字而不用改字的，也可算为现代文一种；(十一)古语中有可以补助现代语的不足的，应该采用；(十二)方言中可以辅助普通话的缺乏的词语，应该采用；(十三)外国语的名词与文法为中国语所缺乏，而又有必要的，应该酌量采用。当这种批判后的总结逐渐成为定论的时候，章士钊的复古运动也就偃旗息鼓了。在与守旧派的反复较量中，新文学运动的理论主张更趋周全明晰，同时坚定有力地捍卫了新文化运动已有的成果。

四、关于"革命文学"的论争

太阳社于1927年秋成立于上海。发起人为蒋光慈、钱杏邨(阿英)、孟超、杨邨人等；主要成员有林伯修(杜国庠)、夏衍、洪灵菲、戴平万、刘一梦、顾仲起、楼适夷、殷夫、冯宪章、任钧、祝秀侠、迅雷、圣悦(李平心)、王艺钟、童长荣等。太阳社的主要成员大都是第一次国内革命战争失败后，从实际斗争中转移到上海从事文化活动的中国共产党党员，他们有相似的斗争经历和共同的思想基础，在文学主张与创作上也有某些共同的倾向，即积极提倡无产阶级革命文学，反映工农大众的生活与斗争。太阳社先后编辑与出版了《太阳月刊》、《时代文艺》、《新流月报》、《拓荒者》、《海风周报》等刊物，以及"太阳小丛书"("太阳社丛书")等，在反对国民党政府的文化"围剿"，倡导无产阶级革命文学方面，发挥了积极作用。《太阳月刊》与创造社的《文化批判》一起，成为提倡无产阶级革命文学的主要刊物。无产阶级革命文学作为一种规模浩大的文学运动，在1928年崛起，主要是由政治形势突变所推动的。倡导者们接受了当时共产党内"左"

倾路线的影响，认为虽然革命陷于低潮，但无产阶级文学运动的提倡能推动政治上的持续革命。此外，他们的文学观点深受当时苏联和日本等国的无产阶级文学运动中"左"倾机械论的影响，特别是苏联的"无产阶级文化派"及其文学组织"拉普"的理论家波格丹诺夫的"文艺组织生活"论更是直接成为他们文学革命的理论基础。由于这种"左"倾思想加上宗派情绪，倡导者们便向"五四"时期已成名的作家开刀，重点批判清算了鲁迅、茅盾、叶圣陶、郁达夫等人。他们全盘否定五四新文学的传统，认为鲁迅写作的那个"阿Q时代早已死去"，鲁迅创作大都没有现代意味，只能代表清末及庚子义和团时代的思想，甚至判定鲁迅是"封建残余"、"两重反革命人物"。其他的资深作家也一律被戴上"有产者与小有产者代表"的帽子，要"替他们打包，打发他们去。"后期创造社与太阳社成员的攻击，引起了鲁迅、茅盾等人对文学理论的深入思考。鲁迅认为，不应夸大文学的革命功能，但当"革命文学"成为一股潮流并受到国民党政权的压迫时，鲁迅从现实的角度又肯定了"革命文学"作为一种反抗性思潮的存在理由，同时，批评创造社、太阳社成员不敢正视残酷的现实，只在文学作品中空嚷，且片面宣传文学工具论。茅盾也明确赞成革命文学的倡导，但也反对文学的工具论，同时批评创造社、太阳社对五四文学传统的全盘否定。

这场论争引起了国共两党的注意。1929年9月，国民党召开"全国宣传会议"，提出以"三民主义的文艺政策"来理清统一文坛，企图扼杀无产阶级革命文学；共产党则指示创造社、太阳社成员停止攻击鲁迅、茅盾等人，让他们与鲁迅及其他革命的同路人联合，成立统一的革命文学组织，对抗国民党的文化围剿。这就是于1930年3月2日成立于上海的中国左翼作家联盟即"左联"。

五、与"新月"派的论争

1928年3月，徐志摩、梁实秋等人创办《新月》，他们提倡自由主义的政治思想和文艺观点。在政治上，他们宣传西方的民主自由思想，反对暴力革命；在文艺上，他们主张文艺自由，反对普罗文学。所以"新月"派受到左翼作家的批判，实属必然。从20年代末到30年代初，"新月"派与左翼作家就革命文学与文艺自由等问题进行了激烈的论争。"新月"派与左翼作家的论争包括"新月"派与创造社的论争。

1928年3月10日，徐志摩在《新月》创刊号上发表《〈新月〉的态度》，提出健康与尊严两大原则，指出要用理性来约束不纯正的思想，使文学能独立发展，摆脱政治和商业的干涉。他的批判对象不仅指向不健康的文学以及国民党政府，还对无产阶级文学也表示不满。彭康对此进行了反驳，在《什么是"健康"与"尊严"?》中，他认为徐志摩标榜的健康与尊严是为旧的意识形态服务的，它阻挠了新兴势力的发展，在历史进展中必将被消灭。他认为判断思想的标准要从社会的根据和阶级的意义去检讨，运用辩证法的唯物论来认识社会的方向，才能创造革命的文艺。对于“新月”派的人权运动，创造社也进行了猛烈的批判，显示出两派对于国民党政府态度上的根本分歧。

1928 年 6 月，梁实秋发表《文学与革命》，宣传天才论与人性论，否定革命文学的存在。他认为，人性是测量文学的唯一标准，一切的文明都归于天才的创造，所以文学只是天才的产物，文学没有阶级性。因此，他认为革命文学只是没有意义的一句空话，对此要保持一个冷静的头脑。他的说法遭到了冯乃超的批判，冯在《冷静的头脑——评驳梁实秋的〈文学与革命〉》中，指出梁实秋对革命的认识是错误的，天才也是受环境决定的，所以，文学是有阶级性的，革命文学也是必然的。对此，梁实秋于 1929 年 9 月发表《文学是有阶级性的吗?》，认为无产阶级文学理论是错误的，文学是表现基本人性的艺术，不应该被当做阶级斗争的工具。虽然他在该文中提出了文学相通的一些规律，但他对无产阶级的讽刺挖苦与否定文学的阶级性，引起左翼作家的反驳。冯乃超在《阶级社会的艺术》中指出，梁实秋错在把人性普遍化永远化，因此认为表现人性的文学也是超时代，超阶级的。他还指出阶级和艺术有着密切的关系，认为梁实秋是替资本家服务的说教者，是资本家的走狗。至此，双方由学术争论演变成人身攻击争吵。如叶灵凤用漫画笔法写的讽刺小说《梁实秋》发表在《现代小说》第 3 卷第 3 期上，对此，梁实秋回应《“无产阶级文学”》发表在《新月》第 2 卷第 9 号上，双方变得水火不容。

鲁迅与梁实秋在论争之前，关系还是不错的。梁实秋很欣赏鲁迅的杂文艺术。两人第一次正面交锋是在 1927 年末。鲁迅写《卢梭与胃口》，对梁实秋的《卢梭论女子教育》片面解读卢梭提出批评，指出梁实秋对于他人学说只把适合自己胃口的容纳并宣扬，这样必然产生偏见。当梁实秋宣扬他的人性论时，鲁迅在 1928 年初发表《文学与出汗》，从进化论的角度论证人性不是永久不变的。梁实秋在 1929 年 9 月 10 日发表《论鲁迅先生的“硬译”》，指出曲译和死译都不应存在，鲁迅的翻译离死译也不远了，还举例说明鲁迅的硬译多么晦涩难解。对此，鲁迅撰写长文《“硬译”与“文学的阶级性”》予以驳斥，坚持他在革命文学论争中所阐发的一贯主张，承认文学的宣传作用，但强调并非一切宣传都是文艺。此外，梁实秋还分别发表《答鲁迅先生》、《“无产阶级文学”》、《“普罗文学”一斑》、《所谓“文艺政策者”》等文章，否认左翼文学的艺术价值，批评苏联的求文艺的清一色。

除了阶级性和翻译问题，鲁迅还在“好政府主义”问题上与“新月”派展开论争。新月社成员梁实秋、胡适、罗隆基等人曾在《新月》上发表批评国民党专制要求言论自由的文章，但是他们不可能具有鲁迅那种革命的彻底性，自然遭到鲁迅的批评。1930 年 1 月 1 日，鲁迅在《萌芽月刊》第 1 卷第 1 期发表《新月社批评家的任务》，指出新月社是挥泪维持治安，他们想要的自由只是想想而已，是不能实现的。

1931 年，徐志摩空难去世；1933 年 6 月，《新月》停刊；1933 年 9 月，新月书店因亏空转让给商务印书馆，"新月"派随之解体。这场论争，左翼文学得到大的发展，但也助长了革命文学阵营的极"左"思想和作法。

六、与"自由人"、"第三种人"的论争

当"新月"派受到左翼作家的批判之后，胡秋原、苏汶等人，便以另一种不同的面目出现，引用马克思主义的词句，来宣传资产阶级自由派的文艺主张，从而挑起了一场新的激烈的论争。

1931 年底，《文化评论》创刊号的社评《真理之檄》表示："文化界之混沌与乌烟瘴气，再也没有如今日之甚了。"因此，他们这群"自由的智识阶级"决心担负起思想批判的天职。他们还标榜自己"完全站在客观的立场……没有一定的党见，如果有，那便是爱护真理和信心"。这些话的字里行间已经向左翼文化运动放了几支暗箭。胡秋原在同一期发表《阿狗文艺论》声称"文学与艺术，至死也是自由的，民主的"，"将艺术堕落到一种政治的留声机，那是艺术的叛徒……以不三不四的理论，来强奸文学，是对于艺术尊严不可恕的冒渎"。不久，他又写了《勿侵略文艺》，扬言艺术只能表现生活，不能对生活发生任何作用，"艺术不是宣传"，让政治主张"破坏"艺术"是使人烦厌的"，并反对"只准某一种文学把持文坛"。这些话表面上装成是对"民族主义文艺运动"和国民党改组派文人的"民族文艺"而发，但也分明对着当时已成为中国"唯一的文艺运动"的无产阶级革命文学运动。紧接着，胡秋原又写了《钱杏邨理论之清算与民族文学理论之批评》，扯下原先的面具，借清算钱杏邨理论为名，肆意谩骂无产阶级革命文学运动。"左联"以《文艺新闻》为阵地，连续发表多篇文章，给予回击。由瞿秋白执笔的《"自由人"的文化运动》，揭露他们企图以"自由的智识阶级"的名义和无产阶级争夺文化运动的领导权。文章着重批判胡秋原的艺术至上主义的实质，指出他们的所谓"勿侵略文艺"，反对文艺成为阶级斗争的武器，"是帮助统治阶级……来实行攻击无产阶级的阶级文艺"，"文艺自由"论调所真正反对的，是文艺为无产阶级的革命政治服务。洛扬（冯雪峰）在《致〈文艺新闻〉的一封信》里，揭露胡秋原"以'清算再批判'的取消派的立场，公开地向普洛文学运动进攻"的"真面目"，指出当时胡秋原的"反对普洛革命文学已经比民族主义文学者站在更'前锋'了。对于他及其一派，现在非加紧暴露和斗争不

可”。

当革命作家开始反击“自由人”胡秋原的论点时，苏汶以代表“作者之群”的“第三种人”自居，出来为胡秋原声援。他在《现代》上发表《关于〈文新〉与胡秋原的文艺论辩》，称辩证法就是“变卦”，马克思列宁主义者“只看目前的需要”，不要真理；左翼文坛根本不要文学，在他们的“霸占”下，“文学不再是文学了，变为连环图画之类；而作者也不再是作者了，变为煽动家之类。死抱住文学不放的作者们是终于只能放手了”。当这些攻击遭到驳斥，他又写了《“第三种人”的出路》、《论文学上的干涉主义》，把革命的政治和艺术的真实对立起来，认为“以纯政治的立场来指导文学，是会损坏了文学的对真实的把握的”，“艺术家是宁愿为着真实而牺牲正确的”，以此反对政治对于文学的“干涉”。他还危言耸听地硬说革命作家把“所有和他们自己不大相同的人都错认为资产阶级的辩护人”，剥夺了他们“创造即使不能严格地站在无产阶级的立场上，但至少也不是为资产阶级服务的那一种作品的自由”。他恶意地断言，“这种拒人于千里之外的态度，我觉得是认友为敌”，硬给革命作家栽上迫使一部分小资产阶级作家“不敢动笔”的罪名。他和胡秋原一唱一和，证明所谓“自由人”和“第三种人”确然是一派的。

针对着胡秋原的观点，瞿秋白在《文艺的自由和文学家的不自由》一文中，批评了胡秋原，对苏汶也进行了批评。他指出：作家作为意识形态的生产者，“不论他们有意的，无意的，不论他是在动笔，或者是沉默着，他始终是某一阶级的意识形态的代表。在这天罗地网的阶级社会里，你逃不到什么地方去，也就做不成什么‘第三种人’”。所以，所谓“第三种人”，完全是一种虚伪的提法。他们根本不是什么“第三种人”，他们的作品也根本不是什么“第三种文学”。周起应在《到底是谁不要真理，不要文艺？》中，指出苏汶所谓马克思列宁主义者不要真理，是一种极其恶毒的歪曲。他着重说明了由于“无产阶级是站在历史的发展的最前线，它的主观的利益和历史的发展的客观的行程是一致的。所以，我们对于现实愈取无产阶级的、党派的态度，则我们愈近于客观的真理”。无产阶级的政治不但不会破坏文学去反映生活的真实，而且会帮助作家正确地认识生活。何丹仁（冯雪峰）在《关于“第三种文学”的倾向与理论》一文中也指出：“文艺作品不仅单是反映着某一阶级的意识形态，它还要反映着客观的现实，客观的世界。然而这种的反映是根据着作者的意识形态，阶级的世界观的，到底要受着阶级的限制的（到现在为止，只有无产阶级的世界观——辩证法的唯物论，才能够最接近客观的真理）。”这些意见，将论争推进到作家的世界观和创作实践的关系上。

鲁迅的笔锋主要指向苏汶。他在《论“第三种人”》中指出：“生在有阶级的社会里而要做超阶级的作家，生在战斗的时代而要离开战斗而独立……这样的人，实在也是一个心造的幻影，在现实世界上是没有的。要做这样的人，恰如用自己的手拔着头发，要离开地球一样，他离不开，焦躁着，然而并非因为有人摇了摇头，使他不敢拔了的缘故。”在《又论“第三种人”》中，他还以人体有胖有瘦为喻，指出那些看上去似乎是不胖不瘦的人，“一加比较，非近于胖，就近于瘦”，不可能有“不胖不瘦的第三种人”，以说明文艺界也决不会有“不偏不倚”的“第三种人”的存在。他再一次用生动的比喻，确切地阐发了文艺的阶级性，使人们从形象的联想中领悟这一重要的真理。

革命作家在批评胡秋原、苏汶的同时，明确表示了自己团结广大小资产阶级作家的态度。鲁迅在《论“第三种人”》一文中说：“左翼作家并不是从天上掉下来的神兵，或国外杀进来的仇敌，他不但要那同走几步的‘同路人’，还要招致那站在路旁看看的看客也一同前进。”冯雪峰在《关于“第三种文学”的倾向与理论》一文中批判“第三种文学”的同时，也肯定了进步小资产阶级文学的作用，并且指出“第三种文学”的真正的出路，是要创造一种“革命的，多少有些革命的意义的，多少能够反映现在社会的真实的现实的文学。他们不需要和普罗革命文学对立起来，而应当和普罗革命文学联合起来的”。这次斗争，也帮助许多小资产阶级作家明辨是非，提高思想认识，摆脱幻想和苦闷。

七、与“民族主义文艺运动”论战

继“新月”派之后，向无产阶级革命文学运动挑衅的是“民族主义文艺运动”。国民党政府“奠都”南京以后，立即着手实施“党治文化”。1929 年由其中央宣传部制定“三民主义的文艺政策”。据主持这一工作的叶楚伧解释，“三民主义文艺”的任务是使“三民主义革命”不致“成为孤立无援”，同时用以抵制“共产党的文艺运动”。王平陵写的《三民主义文艺的建设》，声称国民党应该建立自己的文学以和无产阶级革命文学对抗。由国民党上海市党部纠集的一批提倡过象征主义的诗人、专写文坛花絮的文贩，以至于政客、军官、特务如傅彦长、朱应鹏、范争波之辈提出的所谓“民族主义文艺运动”，便是这一“政策”的产物。他们以查禁革命文学作品为口实，用封闭书店作威胁，强迫书商出版他们的刊物，先后发行了《前锋周报》、《前锋月刊》、《现代文学评论》等刊物，并于 1930 年 6 月发表《民族主义文艺运动宣言》。

《民族主义文艺运动宣言》是出了重金请人起草、又经他们反复讨论后才发表的。它一开始就惊呼：“中国的文艺界近来深深地陷入于畸形的病态的发展进程中”。“当前的现象，正是中国文艺的危机”，无产阶级革命文学运动将使新文艺“陷于必然的倾圮”。正如《新月》发刊词提出要有一个“刚直的本干”一样，他们认为挽救这一局面的唯一出路,“是在努力于新文艺演进进程中的中心意识底形成”。这个“宣言”从法国学者泰纳的文艺三要素理论中剽窃了文艺决定于“人种”的论点,并以从古埃及的金字塔人面兽一直到现代欧洲的表现主义等艺术流派为例,说明任何艺术都是所属的民族意识的产物,“文艺的最高意义,就是民族主义”。他们眼看到无产阶级革命文学运动迅速发展,广大人民的阶级觉悟也在不断提高,企图借用民族主义的招牌,抹杀阶级社会中任何民族同时又都存在着阶级矛盾和阶级斗争的根本事实,以所谓“民族是一种人种的集团”这一早已被历史唯物主义驳得体无完肤的观点为其全部主张的理论基础。所以尽管“宣言”填满了中外古今文艺历史的事例,洋洋大观,实际却没有一个例子能够成立,正如鲁迅说的,它不过是“胡乱凑成的杂碎”而已。在这以后,他们还写了大堆文章,叫嚣“在中国目前来鼓吹阶级斗争,实在不是中国所需要的”,共产主义者“散布所谓阶级意识”,“其目的在促中华民族底早日灭亡”。朱大心《民族主义文艺运动的使命》,叶秋原《民族主义文艺之理论的基础》等文章,都不过是“宣言”的翻版和演绎。这些文章还大量散布反苏媚日,歌颂希特勒与墨索里尼等法西斯头子的言论,又正好给他们的“民族主义”的实际内容作了清晰的注脚。

在《民族主义文艺运动宣言》发表后两个月,“左联”执委会在《无产阶级文学运动新的情势及我们的任务》的决议中,驳斥了他们的攻击,到 1931 年下半年又对他们展开全面彻底的批判。“左联”在一些宣言中,一再揭露他们的反动面目。瞿秋白、茅盾、鲁迅等人先后撰文参加斗争。茅盾在《“民族主义文艺”的现形》中,根据马克思主义的阶级论,指出在阶级社会里,任何艺术都不可避免地具有自己的阶级属性。他逐个地分析了民族主义文艺运动那篇宣言中所列举的中外艺术史上各个例子,指出它们都不是民族意识的表现,像埃及的金字塔人面兽反映了以法老为首的统治阶级的思想意识,欧洲的表现主义等都为资本主义社会急遽崩溃过程中资产阶级,小资产阶级思想情绪的产物——它们只能证实艺术都是有阶级性的。他还说明泰纳的文艺三要素说本来就有错误,而由此推论出来的“文艺的最高意义,就是民族主义”,更是站不住脚的谬论。鲁迅和瞿秋白都以黄震遐的“参加讨伐阎冯军事的实际描写”的小说《陇海线上》中的一段描写为例(“每天晚上站在那闪烁的群星之下,手里执着马枪,耳中听着虫鸣。四周飞动着无数的蚊子,那样都使人想到法国‘客军’在非洲沙漠里与阿拉伯人争斗流血的生活。”)指出“这是不打自招的供状。他们民族主义的文学家自己认为是‘客军’”,而把中国民众当做被征服的殖民地人民看待。鲁迅在《“民族主义文学”的任务和运命》中也指出:“原来中国军阀的混战,从‘青年军人’,从‘民族主义文学者’看来,是并非驱同国人民互相残杀,却是外国人在打别一外国人,两个国度,两个民族。”鲁迅

强调说:仅以这一节为例,也足以说明“中国的‘民族主义文学家’根本上只同外国主子休戚相关”。瞿秋白和鲁迅还分析了黄震遐的诗剧《黄人之血》和万国安的小说《国门之战》,揭露它们进行反苏反共、媚日求降的宣传。正当日本帝国主义得寸进尺地蚕食中国领土,所谓“民族主义者”不仅不起来反对外来侵略,却坚持反革命内战,并且希望同侵略者一起去进攻社会主义的苏联。

八、“两个口号”的论争

“两个口号”的论争,是“国防文学”和“民族革命战争的大众文学”两个口号之间的论争的简称,是抗日战争前夕,左翼作家内部就如何建立文艺界的抗日民族统一战线,展开的一场论争。

鉴于民族危机日益严重,1935 年 8 月 1 日,中国共产党中央在长征路上发表《为抗日救国告全体同胞书》,号召全国人民团结起来,一致抗日,组织国防政府和抗日联军。同年 8 月,共产国际召开“七大”,季米特洛夫和王明都在会上作了报告,要求建立国际统一战线,反对法西斯主义。根据这种新的形势和新的任务,从 1935 年冬天开始,在左翼文艺界,提出了“国防文学”、“国难文学”、“民族自卫文学”等口号。1936 年春,各左翼文艺团体相继自动解散,“国防文学”口号逐渐为多数人所接受,同时又相应地产生了“国防戏剧”、“国防音乐”、“国防电影”等口号。徐行不同意“国防文学”口号。他在《我们现在需要什么文学》一文中认为“国防文学”的“‘理论家’已经陷在爱国主义的污池里面”。6 月 1 日,胡风发表《人民大众向文学要求什么?》,提出“民族革命战争的大众文学”口号。实际上,这个口号是鲁迅和冯雪峰、茅盾、胡风等人商议之后提出来的。接着,周扬、鲁迅、茅盾等也陆续发表文章,展开“两个口号”的激烈论争。在上海,几乎所有的进步报刊都卷入了,北平以及东京等地的进步作家亦纷纷表态。10 月 19 日,鲁迅逝世以后,大规模的论争基本平息。

论争的原因首先是由于中国共产党的策略的转变,即由国共分裂到争取建立联合战线的转变。当时上海的左翼文艺界因为与中共中央失去联系,不可能及时地全面地领会这个重大决策的变化,即使知晓也因各人的理解不同,行动也有差别;还因 30 年代左翼文艺界内部本来就有宗派主义,而形势的变化和解散中国左翼作家联盟等团体引起的隔阂,就进一步激化了这种矛盾,扩大了这种分歧。

论争双方在要不要实行策略转变、要不要在文艺界建立抗日民族统一战线的问题上,基本没有分歧。分歧发生在如何建立统一战线问题上。

关于“两个口号”的关系,周扬、郭沫若、徐懋庸等认为,“国防文学”口号提出最早,理论正确,在群众中已有广泛影响,它应该成为统一战线的口号;在它之外再提什么口号,是不妥当不正确的,是自外于抗日民族统一战线。同意这种观点的人还说,即便“民族革命战争的大众文学”口号可以成立,它也不能作为统一战线的口号,不能对所有的人都这么要求,它只能是左翼作家的口号。鲁迅认为“两个口号”可以并存,以便互相补充。他在《答徐懋庸并关于抗日统一战线问题》一文中说:“我以为在抗日战线上是任何抗日力量都应当欢迎的,同时在文学上也应当容许各人提出新的意见来讨论”;“民族革命战争的大众文学”比“国防文学”“意义更明确,更深刻,更有内容”。它是一个总口号,各派都适用,“国防文学”可作为我们目前文学运动的具体口号之一,因为它“颇通俗,已经有很多人听惯,它能扩大我们政治的和文学的影响”。

关于如何坚持统一战线,即无产阶级在统一战线中的地位和作用的问题,一种意见认为,在新形势下,不管提出什么口号,决不能放弃无产阶级的阶级领导的责任,“而是将它的责任更加重,更放大,重到和大到要使全民族,不分阶级和党派,一致去对外”。就是说,作家们在抗日问题上的联合是无条件的,但对左翼作家来说,却不能放弃革命的传统,忘了无产阶级的领导责任,放弃独立自主是错误的[①]。另外一种意见则认为,无产阶级在统一战线中当主体是必要的,但不必在口头上争,应以实际工作去获得。在文化界还有人说,谁是主体并不是特定的,领导权不应为谁所专有,应该各派共同负责,谁工作努力谁就可以争取到领导权,就自然成为主体。

关于写什么、以什么为旗帜的问题,一种意见认为,“国防的主题应当成为汉奸以外的一切作家的作品之最中心的主题”[②]。在发挥这个论点时,有人甚至讲到不是国防文学就是汉奸文学。鲁迅、郭沫若等则认为,“国防文学”应该作为作家关系问题的旗帜,不要作为写什么的创作口号。我们要一切不愿当汉奸的作家在抗日救亡的旗帜之下联合起来,不管原先是什么人,只要不愿当汉奸,就团结到一条战线上;至于创作,写什么都可以。最好与国防有关,不写直接与国防有关的人事也无妨;不过,应该互相批评,无产阶级保留批评的权利。

这场论争本在当时就平息了的,但是因一些因素在起作用,在以后五六十年的岁月里,不时冒了出来。

---

① 鲁迅:《论现在我们的文学运动》,《鲁迅全集》第6卷,人民文学出版社1981年。

② 周扬:《关于国防文学》,《周扬文集》第1卷,人民文学社1984年版。

第二节　现实主义文学思想

现实主义是从西方翻译进来的概念，它经历了二三十年代的发展演变，直至趋于创作实践的成熟。“五四”文学革命奠定了现实主义文学思想的进化论思维和人道主义基础。早在1915年，陈独秀在《现代欧洲文艺史谭》一文中就较系统地介绍了欧洲文艺思潮的发展历史，并以进化论的思维眼光去理解西方文学从古典主义、浪漫主义到现实主义和自然主义的发展过程，认为它们之间的演变呈现出超越与对立的方式，其中显示了进化论的力量态势，以至于陈独秀在《文学革命论》中把“写实文学”与“古典文学”对立起来理解文学的革命。1920年，沈雁冰在《〈小说新潮栏〉宣言》中也认为：“西洋古典主义的文学到卢梭方才打破，浪漫主义到易卜生告终，自然主义从左拉起，表象主义是梅特林克开起头来，一直到现在的新浪漫派。……我们中国现在的文学只好说尚徘徊于‘古典’‘浪漫’的中间。”沈雁冰和陈独秀一样，都感受到中国最需要的文学是现实主义文学。沈雁冰在《文学上的古典主义浪漫主义和写实主义》一文中，认为“文艺进化之大路线”是：古典主义—浪漫主义—写实主义（自然主义）—新浪漫主义。由此可见，现实主义（自然主义）成为了新文学理论倡导者们推崇的文学潮流，其中蕴含着文学与时代、文学与进化的关系命题。进化论者信奉的是不可逆的线性动态时间观，只有当线性时间观确立并处于支配地位时，人们才能在过去、现在和将来之间划出清楚的界限。恰恰是因为时间意识的进入，现实主义追求的历史性、现实性和理想性方能得以支撑并获得统一。

周作人“人的文学”和“平民文学”的主张使现实主义与人道主义结合起来，体现了“五四”文学中现实主义的泛人类化倾向。1921年1月文学研究会的成立，使现实主义理论主张更趋明确具体，并获得了“将文艺当作高兴时的游戏或失意时的消遣的时候，现在已经过去了。我们相信文学是一种工作，而且又是于人生很切要的一种工作；治文学的人也当以这事为他终身的事业，正同劳农一样”①。“五四”文学思想反对传统文学观主要从两方面入手：一是创造社以“为自我而艺术”对“文以载道”观念的批判和消解；二是文学研究会以“为人生而艺术”对“瞒和骗”文艺的批判。

---

① 《文学研究会宣言》，《小说月报》第12卷第1号。

文学研究会的现实主义文学观主要确立了两方面的文学观念:一是文学为人生的艺术主张;二是对文学"真实性"的要求和推崇。"文学与人生"的关系在文学研究会那里既以"文学和人"为理论前提,又混同于文学与人性、文学与人类、文学与生活等意义内涵。周作人从艺术的"艺术派"和"人生派"角度立论,把"文学与人生"的关系进行宽泛理解,反对"文学为人生"的功利性,认为"人生派"艺术是"用艺术的方法,表现他对于人生的情思,使读者能得艺术的享乐与人生的解释"。"人生的文学"的要求是:"这文学是人性的,不是兽性的,也不是神性的。""这文学是人类的,也是个人的;却不是种族的,国家的,乡土及家族的"[①]。沈雁冰也从"文学和人的关系"入手,认为:"文学的目的是综合地表现人生,不论是用写实的方法,是用象征比譬的方法,其目的总是表现人生,扩大人类的喜悦和同情,有时代的特色做他的背景。文学到现在也成了一种科学,有他研究的对象,便是人生——现代的人生;有他研究的工具,便是诗(Poctry)剧本(Drama)说部(Fiction)"[②]。同是从"文学和人的关系"入手,周作人强调的是文学的相对独立性、文学的人性和人类性,而沈雁冰强调的是文学的工具性、文学的民族性和国民性。当我们看到,沈雁冰说"文学者现在是站在文化进程中的一个重要分子,文学作品不是消遣品了;是沟通人类感情代全人类呼吁的唯一工具"时,作家与文学都被纳入了"文化工程"与"人类情感"的重建与沟通的重要位置上,同时,这也是一种外在压力。可以这样说,文学与人生关系的确立仍然是从文学的使命与责任、功利性与目的性角度提出的问题,沿袭了"小说界革命"的文学思路。

肯定文学与人生的关系,同时也就确立了文学与社会、文学与时代的紧密联系。郑振铎倡导"血和泪的文学"。沈雁冰受到法国文艺理论家泰纳的启发,认为"文学的背景是社会的",具体地说,就是"人种"、"环境"和"时代"的综合。在《创作的前途》一文中,他更是明确提出:"文学是时代的反映,社会背景的图画。"文学的社会性与时代性是文学研究会的现实主义主张的具体表现,但因当时特定的创作环境,文学的社会性和时代性始终是与文学的人生图景相联系的,或者说,文学与人生的关系是被作为文学与社会和时代的中心环节来理解的。

现实主义不仅仅体现为文学精神和文学观念,更是一种创作方法的指称。大约在1922年左右,《小说月报》曾提倡自然主义,"立了自然主义的旗帜"。为什么要提倡自然主义呢?按沈雁冰的说法是为了"补救"和"校正"传统的"游戏"、"消遣"文学观,是

① 周作人:《新文学的要求》,北京《晨报》1920年1月8日。

② 沈雁冰:《文学和人的关系及中国古来对于文学者身份的误认》,《小说月报》第12卷第1号。

以自然主义的"客观描写与实地观察"来反对"瞒和骗"的文艺山。他认为：

> 从来国人对于文学的观念，描写创作的方法，不用讳言，与现代的世界文学，相差甚远。以文学为游戏为消遣，这是国人历来对于文学的观念；单凭想当然，不求实地观察，这是国人历来相传的描写方法；这两者实是中国文学不能进步的主要原因。而要校正这两个毛病，自然主义文学的输进似乎是对症药。这不但对于读者方面可以改变他们的见解，他们的口味，便是作者方面，得以自然主义的洗炼，也有多少的助益。①

文学上的自然主义与现实主义本来拥有不同的意义内涵，但当时的文学研究会的理论倡导者们并没有对此作更深入的探究，而是从自然主义与现实主义的相同性方面作了强调，认为它们都强调艺术的客观性和真实性，自然主义甚至比现实主义更推崇艺术的客观性。沈雁冰说："自然主义的真精神是科学的描写法。见什么写什么，不想在丑恶的东西上加套子，这是他们的共通的精神。"②李之常也认为："自然主义，经过了科学陶成的文学，以冷静的理智，求自然的真"③。自然主义的科学的真实性对中国现代作家而言就具有强烈的现实批判力量。"中国底病的黑暗的现状，亟待谋经济组织底更变，非用科学的精密观察描写中国底多方的病的现象之真况，以培养国人革命底感情不可，非采取自然主义作中国今日底文学主义不可。"④这样，由科学的真实性到毫不保留地披露现实丑恶，由各种自然"真相"的描写到"彻底"批判黑暗，这是自然主义向现实主义意义转换的基本环节。自然主义是作为宽泛的现实主义内容而被介绍进来，并受到人们的推崇的。但它一直被后来的批评者所误解，或是把它看做是现实主义，或是把它当作色情描写的代用语词。"五四"时期的文学理论家常从宽泛的意义上去理解一个文学概念，他们所提出的任何一个文学观念都具有"泛化"的性质特点，意义趋于模糊、宽泛。如陈独秀把王尔德、梅特林克与自然主义放在一起，沈雁冰把自然主义与现实主义当做"一物"，还把易卜生当做浪漫主义的末代作家。至于对"新浪漫主义"的理解更是飘忽不定而令人难以捉摸。概念的泛化取向既说明他们对西方文学的模糊认识，也显示出他们对文学意义的开放性和涵盖面的追求。"五四"时代的躁动

① 沈雁冰：《自然主义与中国现代小说》，《小说月报》第13卷第7号。

② 沈雁冰：《"左拉主义"的危险性》，《时事新报》第50期。

③ 李之常：《自然主义的今日中国文学论》，《文学旬刊》第46期。

④ 李之常：《支配社会底文学论》，《文学旬报》第35期。

与急迫心情使他们无法顾及到概念意义的有限性和边界性问题。

文学研究会开创了现实主义文学思想的理论思路，初步确立了现实主义的理论框架：文学的社会特性和真实性。鲁迅进一步完善对现实主义的思考和探索，并确立了现实主义精神和创作方法的主导地位。

鲁迅对现实主义文学思想的思考和建树是多方面的，他的思考建立在对传统文学的清醒认识，对西方文学思潮的评价和了解，以及对自己创作经验的高度总结的基础之上。具体地体现在他的大量杂文、序跋和书信之中，比较重要的著作有《〈呐喊〉自序》、《再论雷峰塔的倒掉》、《论睁了眼看》、《俄文译本〈阿Q正传〉序及著者自叙传略》、《〈阿Q正传〉的成因》、《文艺与政治的歧途》等等。

鲁迅的现实主义文学思想主要表现为对文学真实性、功利性和典型性的独特理解和对现实主义的开放性、发展性的高度把握。鲁迅反对“瞒和骗”的文学，指出：“中国人向来因为不敢正视人生，只好瞒和骗，由此也生出瞒和骗的文艺来，由这文艺，更令中国人更深地陷入瞒和骗的大泽中，甚而至于已经自己不觉得。”[①]鲁迅主张“取下假面，真诚地，深入地，大胆地看取人生并且写出他的血和肉来”[②]。所以，鲁迅反对传统的“大团圆”，主张悲剧创作，批判“十景病”，并纳入改造国民性弱点的思想启蒙之中。对表现人物形象而言，主张画出“国民的魂灵”来，像俄国作家陀思妥耶夫斯基那样，做“人的灵魂的伟大的审问者”，从而达到心理的深刻真实。有人称鲁迅的现实主义是心理的现实主义，以此区别客观现实主义，也是有一定道理的。鲁迅强调现实主义的批判性和启蒙特性，主张艺术“有所为而发”，提出“遵命文学”概念。他因反对“为艺术而艺术”的超功利文艺观，而与创造社发生争论。以后，他依然坚持文学的功利性和社会性，批判梁实秋“人性论”，批判“自由人”、“第三种人”的自由主义文艺思想，反对“性灵”论的美学主张。他对文学功利性的理解又不是狭隘的庸俗的功利主义，没有简单地理解文学的阶级性、时代性和宣传性。

鲁迅对现实主义的典型化原则和方法也作了精深的论述。他认为典型应具有代表性和个性，并拥有人物的丰富性和复杂性，达到“形神俱似”的要求。落实到具体创作，又主要有两种方法：“一是采用一个人，言谈举动，不必说了，连微细的癖性，衣服的式样，也不加改变”；“二是杂取种种人，合成一个”[③]。鲁迅自己最常用的方法是杂取多人，“拼凑起来”，而达到既具有深广的社会共性，又拥有独特的个性色彩。如阿Q

---

① 鲁迅：《论睁了眼看》，《鲁迅全集》第1卷。

② 鲁迅：《论睁了眼看》，《鲁迅全集》第1卷。

③ 鲁迅：《且介亭杂文末编·〈出关的“关”〉》，《鲁迅全集》第6卷。

形象就拥有鲜明的个性和共性色彩。

鲁迅对现实主义的理解，还强调创作中的主观性的浸润和激情的抒发，从而使他的现实主义拥有鲜明的个体体验和抒情特征，并在创作时，因主题表达和艺术形式的需要，而大量吸收和使用浪漫的、象征的或其他非现实的手法。如他的《野草》对现代主义手法的运用，1925 年前后，他对日本文艺理论家厨川白村《苦闷的象征》的译介，都表现了鲁迅的现实主义文艺主张呈现出开放的发展的特点。

1927 年底到 1929 年上半年，是“革命文学”论争阶段，以“革命的浪漫蒂克”为特征的浪漫主义取代了“五四”以来的现实主义高潮。1929 年下半年至 1932 年下半年相继提倡“新写实主义”与“唯物辩证法创作方法”，显示出马克思主义与现实主义的初步融合，但因“左”倾机械论泛滥，而阻碍了现实主义的发展。1933 年上半年至 1937 年上半年，逐渐清除“左”倾机械论的影响，提倡社会主义现实主义，显示出现实主义的真实论发展为揭示历史本质规律，由为人生转变为更加社会化、理论化和政治化的趋势。

“革命文学”的论争使现实主义面临着新的挑战。一是文学的革命性和理想性问题。“五四”文学追求客观真实与为人生的创作宗旨，随着社会历史的发展，文学革命发展为革命文学，文学的“革命性”提上日程。二是现实主义的思想基础问题。现实主义不仅仅属于文学观念和创作方法，它的背后还隐含着世界观、人生观。“五四”文学的现实主义是以人道主义和启蒙主义以及实证主义哲学作为思想基础的，发展到“革命文学”时期，随着马克思主义的大量翻译和传播，现实主义的哲学基础显然要发生变化，并走向与马克思主义结合的发展趋势。

1928 年 7 月，林伯修翻译了日本文艺理论家藏原惟人的《到新写实主义之路》（《太阳月刊》创刊号），提倡“新写实主义”（或称“普列塔利亚写实主义”），就是要求作家在创作时，必须首先获得“明确的阶级观点”，用无产阶级的“前卫眼光”（也即“能够真实地在其全体性及其发展中观察这个世界者”）来观察世界，描写世界。作家必须要具有“把现实作为现实，没有什么主观的构成地、主观的粉饰地去描写的态度”。1930 年由之本翻译的藏原惟人的《再论普列塔利亚写实主义》（《拓荒者》第 1 卷第 1 期），提倡创作的“唯物辩证法”。“左联”执委会 1931 年通过决议《中国无产阶级革命文学的新任务》，正式提供“唯物辩证法创作方法”：“在方法上，作家必须从无产阶级的观点，从无产阶级的世界观，来观察，来描写。作家必须成为一个唯物的辩证法论者。中国无产阶级革命文学的作家，指导者及批评家，必须现在就开始这方面的艰苦勤奋的学习。必须研究马克思列宁主义，研究一切伟大的文学遗产，研究苏联及其他国家的无产阶级的文学作品及理论和批评。同时要看到现在为止的那些观念论，机械论，主观浪漫主义，粉饰主义，假的客观主义，标语口号主义的方法及文学批评斗争（特别要和观念论及浪漫主义斗争）。”[①]

从“拉普”手中接过的“唯物辩证法”创作方法，促使了左翼作家有意识地摆脱“革命的浪漫蒂克”的“左”倾机械论，使他们从天真浪漫的想象和夸张中挪开视线，关注社会的剖析和题材的开拓。同时，它本身也具有典型的“左”倾机械论的特点，所以它以“‘左’反‘左’”，无法从根本上解决“浪漫蒂克”的创作倾向。

1933 年，周扬发表《关于社会主义现实主义与革命的浪漫主义》一文，正式倡导“社会主义现实主义”理论。该文强调“真实性”与“倾向性”、“时代性”与“阶级性”的结合，标志着现实主义与真正的无产阶级观念相统一。30 年代，胡风创造性地发挥了现实主义的“主观论”理论。他在批评作家和文学现象时，高度重视作家的“主观性”，强调作家创作中的主体精神的发挥，反对“客观主义”和“形式主义”。他认为：“艺术活动底最高目标是把捉人底真实，创造综合的典型。”“这需要作家本人用真实的爱憎去看进生活底层才可以达到。”[②]

上面所描述的是 20 年代末 30 年代初现实主义获得无产阶级意识和马克思主义观念的发展线索。另外还有一条线索，是继承“五四”文学为人生的现实主义传统，而注重社会剖析和批判视野的开拓，强调人与环境关系的思维高度，追求批判意识的介入和细节真实的刻画。代表作家是老舍、曹禺、巴金和沈从文、李劼人等。老舍“喜欢近代小说的写实态度和尖刻的笔调”[③]。曹禺追求诗化现实主义的创作特征，巴金着眼于现实主义的战斗性和抗争性，沈从文着眼于现实主义的生命性和讽刺的绘真，李劼人深受法国自然主义的影响而强调现实主义的真实性和客观性。他们丰富了现实主义的理论和创作实践，使现实主义在 30 年代中后期成为社会时代的主流。

在现实主义逐渐居于 30 年代中后期文艺思想的主流的同时，浪漫主义和现代主义也表现出向现实主义归趋的发展流向。浪漫主义无法在 30 年代获得与现实主义并峙的地位，正是由于现实状况的日益恶化、阶级斗争的尖锐化，作家面临着深重的民族责任和历史使命，抒情理想与浪漫的气氛被社会现实和历史所包裹。现代主义到了 30 年代也受到现实力量的规范，促使它的生长尽可能地融合现实性因素。

总的说来，二三十年代的现实主义理论主要受到两方面的制约和影响，一是西方

---

① 《中国无产阶级革命文学的新任务》，《文学导报》第 1 卷第 8 期。

② 胡风：《张天翼论》，《胡风评论集》（上），人民出版社 1984 年版。

③ 老舍：《读与写》，《文哨》月刊第 1 卷第 2 期。

理论，二是现实境遇。从写实主义（自然主义）到革命现实主义和社会主义现实主义，都可以说是西方现实主义理论在中国的移植和翻版，同时，二三十年代的社会现实又促使它走向现实功利性和力量性，最终与马克思主义融合，转变成一种意识形态。就其理论特征而言，它在文学与社会人生、文学与现实等关系上建立了紧密的联系，并对其真实性、典型性和理想性等基本理论作了较深入的探讨。

第三节 浪漫主义文学思想

浪漫主义一词源于 Romance，系传奇之意。作为哲学和美学思潮的浪漫主义兴起于 18 世纪末 19 世纪初的德国，它的本质目的在于“把人的人格从社会习俗和社会道德的束缚中解放出来”[①]，显示出三大主题：“一、人生与诗的合一论”、“二、精神生活应以人的本真情感为出发点，智性是否能保证人的判断正确是大可怀疑的”、“三、追求人与整个大自然的神秘的契合交感，反对技术文明带来的人与自然的分离和对抗”[②]。作为一种文学思潮和创作方法的浪漫主义是对古典主义的反拨，放弃了理性主义的确定性，从而也使人们对它的理解和把握变得相当困难。人们提到浪漫主义常把它与“主观性”、“抒情性”、“独创性”、“自然性”以及“想象与幻想”相连，事实上，浪漫主义在不同的国度具有不同的含义。英国的浪漫主义注重自然的崇仰与感伤，法国的浪漫主义显示出宗教性的神秘与热烈，而德国的浪漫主义具有某种哲学的气质[③]。

中国的浪漫主义既接受了西方浪漫主义的影响，又生长于特定的时代背景之中。1907 年，鲁迅在《摩罗诗力说》中就介绍了西方浪漫诗人拜伦、雪莱、裴多菲、果戈理的生平及作品，称他们是“精神界之战士”、“无不刚健不挠，抱诚守真；不取媚于群，以随顺旧俗；发为雄声，以起其国人之新生，而大其国于天下”，宣扬浪漫主义诗歌的“超脱古范，直抒所信”的创作方法和“雄桀伟美”的美学原则。最后发出疑问：“今索诸中国，为精神界之战士者安在？”显然，鲁迅着眼的是浪漫派诗人所体现出来的“立意在反抗，指归在动作”的摩罗精神。鲁迅发表此文之后，浪漫主义作为一种风格生长于苏曼殊

① 罗素：《西方哲学史》（下卷），商务印书馆 1988 年版。

② 刘小枫：《诗化哲学》，山东文艺出版社 1986 年版。

③ 参阅 R·韦勒克：《文学史上浪漫主义概念》、《再论浪漫主义》、《批评的诸种概念》，四川文艺出版社 1988 年版。

等人的文学创作之中,但在文学理论上缺少精深的论述。到了"五四"文学时期,浪漫主义才真正形成一股文学潮流。茅盾说,浪漫主义"或为五四时期的最主要的文学现象"[①]。郑伯奇也指出:"在五四运动以后,浪漫主义的风潮的确有点风靡全国青年的形势。"[②]梁实秋也认为"五四"文学表现出"感情的推崇"、"印象主义"和"自然与独创"的浪漫趋势[③]。

事实上,"五四"文学所体现出来的反叛精神、个性解放和理想化倾向都有利于浪漫文学的生长与发展。但真正使浪漫主义汇聚成一种文学思潮和创作方法的,应是创造社的文艺主张和创作实践。1921 年,创造社正式成立于日本东京。它的主要成员郭沫若、郁达夫、成仿吾、田汉、郑伯奇、张资平等人,大都是留学日本的学生,接受过西方新思潮的洗礼,加之身处异国他乡,倍感孤独与寂寞,浪漫的情绪发酵为"艺术之美"。郑伯奇就这样说过:

> 创造社的作家们倾向到浪漫主义和这一系统的思想,并不是没有原故的。第一,他们都是在国外住得很久,对于外国的资本主义的缺点,和中国的(次殖民地)病痛都看得比较清楚;他们感受到两重失望,两重痛苦。对于现社会发生厌倦憎恶。而国内外所加给他们的重重压迫只坚强了他们反抗的心情。第二,因为他们在外国住得很久,对于祖国便常生起一种怀乡病;而回国以后的种种失望,更使他们感到空虚。未回国以前,他们是悲哀怀念;既回国以后,他们又变成悲愤激越,便是这个道理。第三,因为他们在外国住得很久,当时外国流行的思想自然会影响到他们。哲学上,这也使他们走上了反理知主义的浪漫主义的道路上去[④]。

郑伯奇始终强调创造社成员一个共同的重要的生活事件:在外国住得很久。异域生活既使他们思想上容易接受西方先进文化知识的影响,同时,又带给他们情感上的创伤。创造社的浪漫主义文学主张与外国尤其是与德国浪漫派保持着紧密的联系。"德国古典哲学本身就是哲学领域里的浪漫运动"[⑤],康德的先验论、谢林的自然哲学以及尼采与叔本华的唯意志论在本质上是与浪漫主义的产生一脉相承的。郭沫若不仅把康德

---

① 茅盾:《关于"创作"》。

② 郑伯奇:《中国新文学大系·小说三集·导言》,上海良友图书公司 1935 年版。

③ 梁实秋:《浪漫的与古典的》,新月书店 1927 年版。

④ 郑伯奇:《中国新文学大系·小说三集·导言》,上海良友图书公司 1935 年版。

⑤ 朱光潜:《西方美学史》,《朱光潜美学文集》第 4 卷第 76 页,上海文艺出版社 1982 年版。

称为“伟大的天才”[①]，而且还说：“尼采根本就是一位浪漫派。”[②]德国的浪漫派文学也引起了郭沫若强烈的共鸣。1921 年上海泰东书局出版了郭沫若与钱君胥合译的施托姆《茵梦湖》，1922 年出版了郭沫若翻译的《少年维特之烦恼》，掀起一股“维特热”，1928 年出版了郭沫若翻译的《浮世德》。歌德认为：“一切倒退和衰亡的时代都是主观的，与此相反，一切前进上升的时代都有一种客观的倾向……一切健康的努力都是由内心世界转向外在世界。”[③]这种由内而外的表现说影响到郭沫若的文艺观，“文艺的本质是主观的，表现的，而不是没我的，模仿的”[④]。另外西方浪漫主义诗人华兹华斯和雪莱的文艺见解也影响到郭沫若。雪莱在《为诗辩护》中认为：“诗是神圣的东西”，“诗人是世间未经公认的立法者”。郭沫若在《雪莱诗选・小序》中说：“雪莱是真正的诗的作者，是一个真正的诗人……我爱雪莱，我能感听得他的心声，我能和他共鸣，我和他结婚了”。创造社的其他成员也从外国浪漫作家那里吸取过大量营养，如卢梭、屠格涅夫之于郁达夫，歌德之于田汉等。

值得注意的是，创造社的浪漫主义文艺思想渊源还与中国传统道家哲学和屈原、李白等浪漫诗人保持着紧密联系，特别是道家文化所体现的“天地与我并生，而万物与我合一”的神妙境界和追求整体、直观的思维方式，影响了郭沫若主情主义艺术观和浪漫主义美学观。道家文化沉潜于郭沫若文化心理结构之中，以至“和国外的泛神论思想一接近，便又把少年时分所喜欢的《庄子》再发现了”，“到了‘一旦豁然而贯通’的程度”[⑤]。另外，创造社还接受了新浪漫主义的影响，如王尔德的唯美主义、梅特林克的表现主义，吸收、容纳他们的象征手法的应用与心理的解剖以及艺术至上的唯美倾向。总之，多渠道的交汇和多方位的接受，使创造社的浪漫主义文学思想得以形成。

非常有意思的是，创造社作家较少直接提到浪漫主义，并对浪漫主义多有忌讳。创造社的理论发言人成仿吾认为：“在文学上最有效力的内容是关于人事的，其次是关于感觉世界的”，而“浪漫的文学取的多是最后的理智与超自然的内容，写实的文学才是赤裸裸的人事与世界的表现”[⑥]。郑伯奇曾认为用“抒情主义（Lyrisme）”来概括创造社“比浪漫主义一语更为的确而有内容”。因为“19 世纪初期英法德俄各国平民作家那种放荡的精神（如 Byron、Chateaubriand 等），古代追怀的情致，在我们的作家是

① 郭沫若：《天才与教育》，《郭沫若全集・文学编》第 15 卷第 176 页，人民文学出版社 1982 年版。
② 郭沫若：《鲁迅与王国维》，《郭沫若全集・文学编》第 20 卷第 313 页，人民文学出版社 1982 年版。
③ 《歌德谈话录》，人民文学出版社 1978 年版。
④ 郭沫若：《文学的本质》，《郭沫若全集》第 15 卷，人民文学出版社 1982 年版。
⑤ 郭沫若：《创造十年》。
⑥ 成仿吾：《写实主义与庸俗主义》，《创造周报》第 5 号。

少有的","我们所有的只是民族危亡,社会崩溃的苦痛自觉和反抗争斗的精神。我们只有喊叫,只有哀愁,只有呻吟,只有热嘲热骂。所以我们新文学运动的初期,不产生与西洋各国19世纪相类的浪漫主义,而是20世纪的中国特有的抒情主义"①。似乎可以说,创造社在情绪的感受与抒发上接受了浪漫主义,或者说,创造社非常挑剔地选择了浪漫主义,在接受过程中,表现出强烈的主体性。

自我情绪的表现是创造社最主要的文学观念,他们首先又强调了自我表现。郭沫若在《创造》季刊第1卷第2期上宣称:"我们这个小社,并没有固定的组织,我们没有章程,没有机关,也没有划一的主义。我们是由几个朋友随意合拢来的,我们的主义,我们的思想,并不相同,也并不强求相同。我们所同的,只是本着我们内心的要求,从事文艺的活动罢了。"②郑伯奇也说:"艺术是艺术家自我的表现,再无别的"③,而且还是自我的"最完全、最统一、最纯真的表现"④。成仿吾也宣布:"我们的新文学运动固然是自我表现的要求之结果"⑤。那么,表现"自我"的什么呢?是情绪。郭沫若主张艺术的无目的性,但在情绪表现面前,他让步了:"艺术家的目的只在乎如何能真挚地表现出自己的感情。"在《文学的本质》一文中,他认为:"文学的本质是有节奏的情绪的世界。"成仿吾把文学情绪视为文学生命,认为"文学始终是以情感为生命的,情绪便是他的终始"。王独清从艺术的本源意义上考证出:"艺术底发生全在个人底情感。"张资平也跟着他们附和道:"文艺是主观情绪的客观化。"

创造社的自我情绪表现的文学观念显然是在接受了西方文学的影响下形成的,并且这种影响是多元的,浪漫主义只是其中一个主要方面,另外,还有表现主义、现实主义和唯美主义的影响。郭沫若、成仿吾都对表现主义有着很深的感受,钟情于克罗齐的"抒情的直觉"理论。"抒情的直觉"就是情绪的冲动,也就是创造社所强调的"内心的要求"、"最深的'生命'冲动"。成仿吾对现实主义的评价在浪漫主义之上,他信奉法国现实主义理论家基欧的观点,介绍过现实主义作家罗曼·罗兰,着眼于罗氏的发掘人物的情绪世界的创作技巧。王独清和敬隐渔也是罗曼·罗兰的崇拜者,佩服他能"写出人间底痛苦,掘出人间底真诚情绪"。另外,唯美主义者王尔德、瓦特·佩特、拉思金也是郭沫若、田汉、成仿吾津津乐道的对象。创造社以情绪表现为中心,吸收、容

---

① 郑伯奇:《〈寒灰集〉批评》,《洪水》第3卷第33期。括号里外文姓名系拜伦、夏多布里昂。
② 郭沫若:《编辑余谈》,《创造》季刊第1卷第2期,1922年。
③ 郑伯奇:《新文学之警钟》,《创造周报》第31号。
④ 郑伯奇:《国民文学论》(上),《创造周报》第33号。
⑤ 成仿吾:《新文学之使命》,《创造周报》第2号。

纳了西方众多的文艺思想观点，显示出聚焦与散点相结合的思维方式，万物皆归一，又呈现出一种文学本体论观。

在审美价值意义上，创造社非常重视文学的独立价值，提倡文学的“无目的论”，反对“功利主义的动机说”。成仿吾认为：“文学上的创作，本来只要是出自内心的要求，原不必有什么预定的目的。”[①]郭沫若也认为：“艺术的本身上是无所谓目的。”[②]创造社推崇的“无目的”艺术观，是针对“文以载道”所表现出来的功利主义而言，并非是“为艺术的艺术”，他们仍然非常强调文学的社会作用和情感目的。他们认为文学艺术通过审美的力量可以提高一个民族的精神，可以给人们以情感的满足和心灵的慰藉。他们在文章中常常提到他们生活的社会环境和时代状况，这些背景恰恰影响、制约了创造社的文艺思想。郭沫若说：“我承认一切艺术，虽然貌似无用，然而有大用存焉。它是唤醒社会的警钟，它是招返迷羊的圣箓，它是澄清河浊的阿胶，它是鼓舞革命的醍醐，它的大用，说不尽，说不尽。”[③]显然，创造社的艺术主张是“无目的的目的性”。“无目的”是就文学功用的直接效果而言，“目的性”是就其表现出来的客观效果和隐性作用而论。就文学的主观与客观而论，文学研究会以“为人生的艺术”而强调文学的社会功用，偏重于文学的客观性，有时染上“文以载道”的流弊。创造社宣称“为自我情绪而艺术”，强调的是文学的主观性，但又失之于情绪自由宣泄的失控与游戏。如何把它们结合起来，40年代，胡风的文艺思想提供了一条思路。

1928年前后，出现了以“革命的浪漫蒂克”为特征的浪漫主义潮流。最先用“革命的浪漫蒂克”来概括这种思潮的是瞿秋白。1932年4月，他在为华汉《地泉》所作的序言中说，“中国新兴文学”“难产期”的创作表现“英雄主义的革命浪漫蒂克”，人物由于“理想化”而成为“时代精神的号筒”，革命的过程也“都会百事如意的得着好结果”。他指出：“这种浪漫主义是新兴文学的障碍，必须肃清这种障碍，新兴文学才能够走上正确的路线。”[④]显然，瞿秋白是以现实主义眼光来把握、评价这一时期“革命文学”的浪漫主义特点的。事实上，蒋光慈、洪灵菲、胡也频、阳翰笙等作家在1929年前后写的作品都强烈地充满着革命激情，具有某种煽动作用和宣传效果。他们常常采用书信体或第一人称写法，直抒情怀，或大段议论与抒情，插入许多标语口号。就“革命文学”理论本身而言，它的目的在于建立革命文学的阶级性和革命的功利性，而它宣扬的观点与

① 成仿吾：《新文学之使命》、《创造周报》第2号。
② 郭沫若：《文艺之社会的使命》，《郭沫若全集·文学编》第15卷第200页。
③ 郭沫若：《论国内的评坛及我对于创作上的态度》，《郭沫若全集·文学编》，第15卷第229页。
④ 瞿秋白：《革命的浪漫蒂克》，《瞿秋白文集》(文学编)第1卷第459页，人民文学出版社1985年版。

表述方式却颇具浪漫气质,恰恰他们中很大一部分人都来于20年代初的创造社。他们依然保持一种激情,这种激情既促进了1928年前后的浪漫思潮的形成,同时又限制了这股思潮的成熟。它是一种并不十分典型的浪漫主义,或者可以说是"准浪漫主义"。

到了30年代,由于现实的急促变化,民族危机的加深,那种追求主观、理想、抒情化的浪漫主义无法适应时代的历史要求。浪漫主义也就难以形成理论的气势和潮流,只在创作中残留着某些浪漫抒情的遗风,如沈从文、艾芜、丁玲的小说显示出摇曳的浪漫面影。

中国二三十年代的浪漫主义是"一抹春痕",留给文学史深远的影响。但是,严格说来它的理论建构是不完整的,缺乏系统性。它仅仅围绕"情绪"中心采择了西方浪漫主义、表现主义、象征主义的某些观点,还没有形成中国20世纪的浪漫主义思想传统。我们很容易看到倡导浪漫主义者的两种情况:一是走向极端化而不能自拔;二是走向功利性而毫无留念过去之意。也许随着生存和环境的改变,真正的浪漫主义思潮,包括创作实践,会在中国大地上生长得更为茂盛、长久。浪漫主义相对于现实主义而言,更体现出一种主体精神和自由向度,但二三十年代作家的心灵和自我却恰恰表现出逐渐从个性向大众、从自由向规范转化的发展态势,因而留给浪漫主义的生存空间也就所剩无几了。

第四节　现代主义文学思想

现代主义的出现,无论是对西方文学还是中国文学都可说是发生了一场全新的革命。现代主义以其强烈的叛逆性和变幻莫测的艺术特点,既给文学以摧毁式的震撼,又开辟了一个文学新世纪。现代主义是西方20世纪文学的主流,也是其获得文学现代性的标志。中国文学走向现代化的过程,也就是走向世界文学的过程。现代主义与现实主义、浪漫主义共同参与了20世纪中国文学的现代化建设。所以,中国文学的现代性与西方文学的现代性并非完全是等质同步的,社会历史的制约性与接受语境的缺失,为现代主义的出场拉开了过于阴暗的大幕。有人说,中国真正的现代主义还没出现,那是否预示着人们仍在上演一场等待戈多的游戏?

对于现代主义意义的争论不可能很快就能达成话语的同盟,但历史的轨迹以及轨迹对大地板块的挤压所产生的力量，是清晰可辨的。勾勒现代主义在中国二三十年代的发展轨迹及意义，当属本节的主要内容。

现代主义在二三十年代掀起了两次浪潮：一是现代主义的各种思潮如穿花灯似的纷纷在20年代登场亮相，象征主义、表现主义、心理分析、唯美主义、未来主义都留下了自己的身影，显示了现代主义在中国影响的广泛性和依附性，它们常常寄附于现实主义和浪漫主义而显露自身；二是30年代的"现代派"诗和"新感觉派"小说对现代主义的深度探索，尤其工于诗之象征与意象、小说的"心理分析"和"意识流"。现代主义在整个20世纪中国文学中多是寂寞相伴，孤芳自赏，但二三十年代的现代主义还是有些灯红酒绿的样子。似乎可以说，与现实主义形成并立态势的在二三十年代不是浪漫主义，而是现代主义。

最先对中国文学形成诱惑力的现代主义是新浪漫主义。它是被作为一个非常宽泛的概念而介绍进来的，主要理论文献有：昔尘的《现代文学上底新浪漫主义》(《东方杂志》第17卷第12号)、田汉的《新罗曼主义及其他》(《少年中国》第1卷第12期)、谢六逸的《西洋小说发达史·自然主义之后》(《小说月报》第13卷第11号)等等。新浪漫主义是19世纪末20世纪初西方出现的各种反自然主义、反现实主义文学思潮的总称，它是现代主义发展初期的变体，具有某些现代主义特点，但又不能完全等同现代主义。茅盾在《为新文学研究者进一解》中从进化论的角度肯定了新浪漫主义作为中国文学的发展方向："我认为中国的新文学，要提倡新浪漫主义……能帮助新思潮的文学，该是新浪漫的文学；能引导我们到正确人生观的文学，该是新浪漫的文学，不是自然主义的文学。所以，今后的新文学运动，是新浪漫的文学。"并且，他还从写实主义角度，认为新浪漫主义是写实主义的某种演变和发展，是"合写实主义与感情主义为一的"，认为罗曼·罗兰就是新浪漫文学的代表作家。创造社的田汉则认为新浪漫主义"便是要从眼睛看得到的物的世界去窥破眼睛看不到的灵的世界；由感觉所能接触的世界去探知超感觉的世界的一种努力"。它的特点在于："'求真理'的着眼点不在天国，而在地上；不在梦乡，而在现实；不在空想界，而在理想界。"相对于旧浪漫主义而言，新浪漫主义是一种"梦幻的陶醉"，但做的却是"醒梦"，一句话，它是"以罗曼主义为母，自然主义为父所产生的宁馨儿"①。

无论是茅盾还是田汉，他们都把新浪漫主义当成了现实主义与浪漫主义的某种结合。事实上，他们所提倡的新浪漫主义都已不是欧洲本来意义上的新浪漫主义，而出

① 田汉：《新罗曼主义及其他》，《少年中国》第1卷第12期。

现了某种变异和误读。新浪漫主义是现代主义的早期形态,它既显露出象征主义、唯美主义、表现主义和心理分析的初期萌芽,又具有现代主义的未成熟性。新浪漫主义的提出促进了西方现代主义思潮对20世纪中国文学的影响。

20年代,西方现代主义各流派对中国影响最大的是象征主义、表现主义和心理分析。"象征主义因其手法与中国传统诗词有着明显的一致之处,所以易为中国作家接受。表现主义那种强烈的主观性和要将现社会彻底倒翻过来的反抗的热情.也能激起中国浪漫主义作家的共鸣。心理分析则由于具有一定的反对封建禁欲主义的倾向,而且它那种特别重视潜意识的深度心理学,给重内心感情抒发的浪漫主义者和重内心真实挖掘的现实主义者都提供了心理学的依据,所以自然能引起作家们的广泛兴趣。"① 象征主义最早在陈独秀1915年发表的《欧洲文艺史谭》一文中被提及,如梅特林克、霍普特曼等象征主义作家,但又被划为自然主义文学潮流,可见其认识的模糊性。1920年《东方杂志》改革,编发了一批介绍象征主义的文章,如冠生的《法国人之法国现代文学批评》(1920年8月,第17卷第16号)、《二十世纪法国文坛之新见》(1920年11月,第17卷第22号)、《战后文学底新倾向——浪漫主义底复活》(1920年12月,第17卷第24号)等文。发表在《少年中国》杂志上的田汉、周无、李瑛等人的理论文章也多次论及法国之"象征派",如称波德莱尔是"法国19世纪罗曼主义的殿将,象征主义的先锋",称魏尔伦是"法兰西近代一个最有价值的诗人"。说梅特林克是"神秘主义的巨子,象征主义的先锋",与维尔哈伦同为"近代比利时文学界两大颗明星"。周无认为象征主义的特点在于:"一方面虽能借象征的方法,表现出无穷的美。但是他方面又每每自己证明这无穷的美,是在那无极无路的幻乡中。"

以后的周作人、徐志摩都曾对波德莱尔的意义发表过自己的看法②。象征主义的代表梅特林克、叶芝以及象征主义与现实主义相调和的安德列夫都在20年代有过专门的介绍。真正对象征主义的本质和特征有较深入的研究的,是创造社成员王独清和穆木天。他们围绕"纯诗"的概念,提出了颇具象征主义特色的诗歌理论。穆木天主张"诗要暗示","诗要兼造型与音乐之美。在人们神经上振动的可见而不可见可感而不可感的旋律的波,波雾中若听见若听不见的远远的声音,夕暮里若飘动若不动的淡淡的光线,若讲出若讲不出的情肠才是诗的世界"③。穆木天这里强调的是诗之象征的

① 《20世纪中国文学与西方现代主义高潮》,四川文艺出版社1992年版。

② 周作人:《三个文学家的纪念》,《晨报副刊》1921年11月14日。徐志摩:《〈死尸〉译序》,《语丝》第6号,1924年。

③ 穆木天:《谭诗》,《创造月刊》第1卷第1号,1926年。

含蓄性与暗示性。王独清推崇的是诗的感觉，“诗，作者不要为作而作，须为感觉而作，读者也不要为读而读，须为感觉而读”[①]。

象征主义理论与作家在中国的被翻译和介绍，促进了象征派诗的出现，如李金发的诗歌创作。总的说来，20 年代对象征主义的理解主要偏重三个方面：一是它独特而新奇的艺术手法，同时其中一些技巧又契合了中国传统诗学的某些内容；二是建立在感觉、情绪基础上的美学魅力；三是传达“诗的内生命”的诗歌形式。这个时期的象征主义诗歌创作算是对象征主义理论的回报，更多的却是象征主义与现实主义、浪漫主义的结合，表现出中国自己的特点，如郭沫若的诗、田汉的戏剧、鲁迅的小说都借用了象征主义手法。

表现主义兴起于 20 世纪之初，强调艺术的表现，而不是再现；推崇艺术之精神，而非现实；崇尚一种哲理或抽象，而不是写实与具象。代表人物有斯特林堡、恰佩克、卡夫卡等。表现主义在第一次世界大战之后传入中国，几经酝酿而成蔚然壮观之势，并与浪漫主义等融合，演化为“泛表现主义”的高涨[②]。在中国介绍表现主义的主要有两条线索，一是经由日文翻译而侧重介绍以德国为发祥地的现代表现主义文艺思潮，一是通过克罗齐论著的评价侧重介绍表现主义美学和文学理论。重要的理论文献有：郭沫若的《论中德文化书》、《自然与艺术——对于表现派的共感》、《文化的节产》与胡梦华的《表现的鉴赏论——克罗伊兼的学说》和鲁迅翻译的日本片山孤村的《表现主义》、山岸光宣的《表现主义的诸相》。1928 年 10 月，刘大杰出版《表现主义文学》(北新书局)。他强调了表现主义追求的心理真实与创造意识，“再生发现人间之灵与精神”，而不是再现“感觉世界的现象”。再生、发现、创造以及心理真实，恰是表现主义的重要特征。在谈到表现主义的艺术渊源时，他认为表现主义是与自然主义相对立而产生的。总的说来，20 年代大量介绍的表现主义理论和作家作品，获得较为一致的看法是：一、表现主义在思想意识上的反传统的特点；二、表现主义在艺术上的反自然主义、写实主义乃至浪漫主义的创新追求；三、表现主义提倡对于灵魂、内心、现实进行创造性的“表现”而产生出的“内在深度”。

现代主义中的“心理分析”学说在“五四”之前就已传入中国。1914 年 5 月，《东方杂志》第 10 卷第 11 号刊载了钱智修的《梦之研究》，第一次直接介绍了弗洛伊德对梦的解释。1921 年，张东荪、朱光潜分别发表《论精神分析》(《民铎》第 2 卷第 5 号)、《福

① 王独清：《再谭诗》，《创造月刊》第 1 卷第 1 号，1926 年。

② 程金城：《中国现代表现主义文学的兴起与思潮》，《文学评论》1994 年第 6 期。

鲁德的隐意识说与心理分析》(《东方杂志》第18卷第14号),比较详细而全面地介绍了心理分析学说的有关潜意识、梦和压抑及其与文艺的关系问题。对心理分析文艺观进行专门介绍的理论文章主要有:谢六逸所译日本文学博士松村武树的《精神分析学与文艺》以及鲁迅和丰子恺两人分别对日本文艺理论家厨川白村的《苦闷的象征》的翻译。这些介绍与翻译文字有助于中国作家对心理分析学说的了解和应用,扩大了心理分析学说的影响,同时,也使20年代的文艺思想的建构自觉或不自觉地联系着"心理分析"学说。从对文学的本质认识与特征的把握,到作家创作过程的体认,心理分析理论渗透于20年代作家、理论家的论述之中。如穆木天在《谭诗》中认为:"诗的世界是潜在意识的世界",它要"深汲到新纤纤的潜在意识"。周作人在《沉沦》中指出,性本能"在现代文明底下,常难得十分满足的机会",所以必然"非意识的喷发出来",在文艺创作中寻找变相的满足。郭沫若赞同"文艺的创作譬如在做梦"、"文艺的批评譬如在做梦的分析",并认为作家、文人"多少是有些'歇斯迭里'的患者"[①]。这些看法和认识多多少少与心理分析学说有着紧密的联系。

严格说来,心理分析学说文艺思想本身的理论性和逻辑性并不很强,当它被介绍到中国时,更没有建立起一套自己的理论体系,而是黏附于其他文学观点之上,成为相互嫁接的产物。"五四"文学处在新旧交替的大转折时代,作家的困惑与矛盾形成了接受西方心理分析学说的期待视野。应该说,整个20年代对西方现代主义的接受都拥有这么一种期待视野。传统价值的分崩离析,带来了严重的信仰危机。随着传统观念而消解的还有一整套思维范式和操作方法,这又带来了知识分子解释系统的缺失。面对新事物、新世界的纷纷变迁,急需建立起自己的话语系统,不然就会手足无措,或手忙脚乱,甚至是内心焦虑而目瞪口呆的"失语"。20年代的现代主义可视为这样一种复杂现象:一方面顺应世界潮流而与之积极对接,从中显露自身的"现代性";另一方面又须适应中国自身的社会时代,而找到可操作性。这样,理论的短视与仓促也就在所难免,操作的多样性与变异性也就是必然现象。再说,"现代性"之于中国,并不是传统文学自身的历史发展,具有迁移、转化、引进的特点,那么,"现代性"对中国文学而言是存在于文学本体之中,还是解释的结果,就成了一个问题。或者说,中国文学是"内生的现代性",还是"解释的现代性",就成了一个有待深入研究的问题。

如果说20年代是现代主义各种潮流众声喧哗的时代,那么到了30年代现代主义就进入了自言自语的时代。"现代"诗派的探索与"新感觉派"的"新路径",掀起了现代

① 郭沫若:《创造十年续编》,《郭沫若文集》第7卷。

主义走向深度与综合的高潮。

20年代末，穆木天、梁宗岱对象征主义理论的介绍与创作实践为"现代"派诗提供了丰富的经验。接着，意象派、未来派诗歌理论被纷纷介绍进中国，进一步开阔了现代诗人的胸襟和眼界。施蛰存主编的《现代》杂志，从1932年5月1日创刊，到1934年11月1日停刊，共出6卷零1期，总37期，上面刊有戴望舒、施蛰存、李金发、金克木、林庚、南星、史卫斯、路易士、徐迟、钱君匋、吴奔星等共88位诗人的诗作，形成了一个以戴望舒为首的"现代"诗派。《现代》停刊后，卞之琳等人所编的《水星》又于1935年10月10日创刊，承接《现代》杂志，继续把"现代派"诗潮推向新的阶段。1936年，戴望舒又约卞之琳、孙大雨、梁宗岱、冯至等人，编大型诗刊《新诗》，使"现代"派诗走向成熟。"现代"派的美学特质是对人的孤独、感伤、异化、丑恶的复杂表现，以及对繁复意象所产生的朦胧性的追求。他们以创作实践显示自己的美学追求，而不是先张扬一种旗帜，再以创作去证明某种理论主张。戴望舒的诗、卞之琳的诗以及何其芳的诗可称之为"现代"派的典型代表。

20年代末30年代初，中国出现了一个具有明显现代主义倾向的小说流派即"新感觉派"，代表作家有穆时英、施蛰存、刘呐鸥等。他们主要接受了弗洛伊德主义，欧美心理分析、意识流小说以及日本新感觉派小说的影响。它的现代主义特质表现在，通过对都市心态的透视来表现个体的生存状态和心灵感受，诸如焦虑、孤独、绝望等情绪。在艺术上，注重挖掘人的复杂心理，尤其是变态心理和心灵矛盾。在具体手法运用上，多采用变形、色彩、感觉、直观来表现。在叙事方式上，不追求情节的完整性与统一性，而以心理感觉为中心，将时空颠倒，杂以联想、想象、梦幻，而带来一种陌生化的效果。30年代中期以后，新感觉派走向衰落。

中国二三十年代现代主义各种思潮蜂拥而至，既表现了中西文学的同步与对应关系，又在一定程度上表现出接受者的生存状况。西方的现代主义标志着西方文学的发展与转向，从理性到非理性、从传统到反传统、从统一到无序、从美学到反美学的转变，预示着西方工业革命以来所建立起来的价值观念开始走向崩溃的边缘。中国的现代主义也在一定程度上保持着西方现代主义的基本特点，如反叛性、非理性和主观性等。但是，中国的现代主义还具有自己的历史的或时代的语境特点。比如，西方现代主义是建立在对现实主义和浪漫主义的反叛基础之上的，中国的现代主义却自觉和不自觉地寄附于现实主义和浪漫主义，以此作为它的生存策略。浪漫主义精神贯穿于中国现代诗的全部流程，这形成了现代主义与浪漫主义和现实主义文学思想的交融与互补特性。再如，同是关注人的生存状况和境遇，西方现代主义完全进入到人的非理性、内在性和自足性，中国的现代主义既关注内心，又不逃避现实；既揭示人的非理性，又不抛弃理性的结论。吃着碗里的，又看到锅里头。这显示出一种艺术的“综合”特征，但又留下了“夭折”与“撕裂”的可能和空间。

中国的现代主义在二三十年代已形成一种气势和潮流，但还没创造出一种价值尺度和传统。人们还不是以现代主义所表现出来的“现代性”去评价其他文学现象，而是以现实主义和浪漫主义所显示出来的“现代性”去评价现代主义的“现代性”。现代主义的价值还没有完全被确认下来，而是被当作证明其他价值的材料。可以说，现代主义在二三十年代尚处于一种对应性阶段，要实现中国与西方现代主义的对话，最终达到对接、贯通的局面，显然还须等待一些时日。

第五节　无产阶级文学思想

中国无产阶级文学思想的产生和发展，在本时期经历了三个阶段，即早期的无产阶级文学倡导、1928 年前后的“革命文学”论争、“左联”成立后的无产阶级文学理论建设。

早在 20 年代初期与中期，部分共产党人和一些倾向于马克思主义的文艺工作者，尝试着运用唯物史观和阶级分析方法对文学提出新的要求。他们的思想大致可以归纳为如下四个方面：第一，在文学和社会生活的关系上，强调社会生活对文学的决定作用，要求文学家以唯物史观为指导，忠实地反映生活。萧楚女在《艺术与生活》一文中指出：“艺术是生活的反映……是随着人类底生活方式之变迁而变迁的东西”。沈泽民在《文学与革命的文学》一文中说道：“无论我们怎样夸称天才的创造力，文学始终是生活的反映。”第二，在文学与革命的关系上，要求文学反映革命斗争的现实生活。恽代英表示，新文学应“激发国民的精神，使他们从事于民族独立与民主革命运动”[①]。第三，提出文学的阶级性和无产阶级文学问题。1925 年茅盾发表了《论无产阶级艺术》的长篇论文，比较全面系统地探讨了无产阶级文学的性质、任务、题材、形式及与旧文艺的关系等诸多问题。第四，要求文学家深入生活，深入实际，参加实际的革命斗争。

以上四方面说明马克思主义理论特别是唯物史观与阶级学说开始渗透到文学领

① 《恽代英文集》第 390 页，人民出版社 1984 年版。

域，这推动了中国无产阶级文学思想的形成。从这里也可以看出，中国的无产阶级文学与文学思想，从一开始就与中国共产党领导的民族民主革命斗争有着密不可分的联系。总的来说，这一时期的无产阶级文学思想还缺乏系统的完整的理论论述，不少观点还比较抽象、笼统。

1927 年底到 1928 年的“革命文学”论争，不仅响亮喊出“革命文学”口号，提出创造无产阶级文学的历史任务，扩大了革命文学的影响，使有志于发展无产阶级文学运动的文学家在建设无产阶级革命文学的大方向上统一了认识，于 1930 年 3 月成立了中国左翼作家联盟；而且，这次论争在 20 世纪中国文学史上第一次大规模地探讨了有关建设无产阶级革命文学的一系列理论问题，对于无产阶级文学思想的发展与深入，具有重大意义。无论是论争中所取得的成就，还是所暴露的问题与失误，都对中国无产阶级文学的发展及其理论建设产生了深远影响。

起始于创造社、太阳社与鲁迅、茅盾之间的这场革命文学论争，进一步提出和探讨了文学与革命、文学与政治、无产阶级文学的作家队伍建设、世界观与创作等一系列问题。关于无产阶级革命文学运动的发生的根据问题，郭沫若、冯乃超等依据马克思主义关于经济基础与上层建筑关系的原理，认为中国现阶段的社会经济结构和阶级结构已发生变化，随着被压迫阶级对压迫阶级反抗的革命运动的兴起，表同情于无产阶级的革命文学也会随之兴起。结合中国现阶段社会阶级关系的实际变动来说明无产阶级文学运动的兴起，自然是合理的，但单纯地把无产阶级文学作为无产阶级政治革命斗争的一个组成部分，则使创造社、太阳社的文艺家在文学与政治的关系上走向片面。他们认为文学“应当作为政治运动底补助——我们给它一个‘副次的工作’的名词”①。文学既然要服从于政治革命战争，而政治表现为具体的政治任务与政策，因此配合革命的阶段任务与政策就是革命文学服务于政治革命战争的具体表现，革命文学“创作的内容是必然的要适应于政治的宣传的口号与鼓动的口号的”。在无产阶级文学作家队伍建设和世界观与创作的关系问题上，他们更是流露出鲁迅所批评的“唯我是无产阶级”的宗派主义倾向，否定“五四”以来的优秀文学传统，割断无产阶级革命文学与“五四”新文学的联系，并对鲁迅、茅盾等进行错误的批判、排斥。他们一方面认识到作家立场转变的重要性，另一方面又对作家世界观改造过程的长期性、艰巨性估计不足，以为只要从书本上获得一些马克思主义的常识，便会成为革命文学作家。

革命文学倡导者们理论认识上的片面性招致了鲁迅、茅盾等的批评。鲁迅在《文

① 沈起予：《艺术运动的根本概念》，《创造月刊》第 2 卷第 3 期。

艺与革命》一文中强调:在考虑文学的宣传作用时,必须充分尊重艺术创作的规律,革命文学应“先求内容的充实和技巧的上达”。茅盾在《从牯岭到东京》一文中认为,如果只“有革命热情而忽略文艺的本质,或把文艺也视为宣传工具——狭义的——或虽无此忽略与成见而缺乏了文艺素养”,那么“最有革命性的作品”却要被“并不反对革命文艺的人们所叹息摇头”。鲁迅在《革命文学》一文中进一步肯定了“五四”文学的优秀传统,认为无产阶级文学的阵营应该扩大。他反复强调世界观改造的长期性与艰巨性,认为必须掌握革命的理论,“根本问题是在作者可是一个‘革命人’,倘是的,则无论写的什么事件,用的什么材料,即都是‘革命文学’。从喷泉里出来的都是水,从血管里出来的都是血”。但是,鲁迅、茅盾的见解当时没有受到应有的重视。在这种情况下,出现了一批公式化、概念化的革命文学作品是很自然的。

革命文学论争虽然涉及不少革命文学发生发展的问题,但由于当时处于无产阶级文学的草创阶段,总的来说仍属于革命文学的宣传倡导时期,一方面是因为缺乏相应的革命文学创作实践经验,另一方面是因为受“论争”这种争鸣形式的局限,所论及的问题多属于无产阶级革命文学的外围问题,而且对这些问题的论述多停留于一般的倡导,缺乏严密的系统的理论分析。中国左翼作家联盟的成立,不仅直接推动了中国无产阶级文学的发展,产生了《子夜》等优秀的无产阶级文学作品,而且极大地拓展了无产阶级文学思想的阵地,使无产阶级文学和文学理论进入一个蓬勃发展的时期。具体说来,“左联”从四个方面推进了无产阶级文学思想的发展。其一,大规模开展了对马克思主义文学理论的翻译、介绍和传播工作。除了全文翻译发表列宁《党的组织与党的出版物》和马克思、恩格斯关于文艺问题的经典论述外,还大量译介俄苏马克思主义文学理论著作,为广大文学工作者提供了新的思想武器,保证了左翼文学运动的无产阶级革命方向。其二,在文学理论战线上,粉碎了傅彦长、王平陵、朱应鹏等人炮制的法西斯主义的“民族主义文学运动”,及时抵制与批判了梁实秋等人所宣扬的超阶级的“人性论”和苏汶、胡秋原所宣扬的“文学绝对自由”论,阐明了阶级社会中人的阶级属性和文学的阶级属性,以及只存在具体的实在的创作自由,而无超阶级超政治的绝对的创作自由的道理。虽然这当中如冯雪峰在后来写的《论民主革命的文艺运动》一文指出的“左翼的批评家往往犯着机械论的(理论上)和左倾宗派主义(策略上)错误”,把一切与左翼文学及文学观不同的文学理论与文学创作都当作资产阶级的东西进行批判,但在当时特定历史条件下也捍卫了马克思主义的阶级与阶级斗争学说,维护了无产阶级文学思想的阵地。其三,1930 年、1932 年、1934 年先后三次进行了文学大众化问题的讨论,涉及如何使革命文学走向大众,作品的内容和形式以及作家向群众学习等问题，反思了前一阶段文学创作脱离群众的倾向，提倡通俗化的文学形式和文学语言的大众化，力图使文学与群众相结合，在革命文学为什么人服务的根本方向上和如何服务的途径、方法上的认识更进了一步。但在总体上看大众化的倡导者过于把大众化等同于通俗化。其四，最重要的是，通过对马克思主义文艺理论的学习研究和把马克思主义文艺理论与中国无产阶级文学实践运动相结合，加上左翼文艺家自身的努力，初步形成了中国特色的无产阶级文学理论。它大致上形成两个派别，分别以周扬和胡风为代表。

在从中国特定的社会关系出发，要求文学具备革命的思想意识和为民族民主革命运动服务方面，周扬和胡风是完全一致的，但二者具体的理论形态却又有很大区别。周扬总是从政治角度考察文学，“文学的真理和政治的真理是一个，其差别，只是前者通过形象去反映真理的。所以，政治的正确就是文学的正确”。文学不存在独自的正确，革命文学家只有在创作主旨上向无产阶级革命的政治任务自觉靠近，才能揭示生活的内在矛盾和意义。因此他认为革命作家的“主要任务应该是描写革命的普罗塔利亚的斗争生活”，创作“真正的工人阶级的作品”，革命斗争的承担者是工农大众，工农大众的斗争生活理所当然地作为革命文学富有革命意义的表象生活内容。很明显，革命文学描写的表象生活“和民族革命的实践的关系愈密切，文学在大众教育的事业和民族解放的事业上就愈有用，它的价值也就愈高”。艺术的力量在于创造典型，而“典型的创造是由某一社会集团里面抽出最性格的特征，习惯，趣味，欲望，行动，语言等，将这些抽出来的体现在一个人物身上，使这个人物并不丧失独有的性格。所以典型具有某一特定的时代，某一特定的社会群体所共有的特征，同时又具有异于他所代表的社会群体的个别的风貌”①。这种把典型性理解为一社会集团各种代表性格在一个人身上相加的典型观，实质上是重视共性忽视个性的类型化的典型观。充溢着社会革命真理的文学素材显然不是每个革命作家都能轻易获取的，而对无产阶级革命斗争生活的静态观察也不一定能把握它的意义，这就迫切需要无产阶级世界观的指导。革命作家要完成历史赋予的重任，没有“一个完整的，各部一致的，没有内在矛盾的世界观”是不可能的。所以周扬一贯力主革命作家努力改造自己的世界观和深入革命斗争生活第一线；改造世界观和深入革命斗争生活是统一的，密不可分的。沿着这一思路，周扬后来归结出革命文学“两个最显著的特点”：“一个是它以马克思主义世界观为基础……再一个是它应当是以大众，即工农兵为主要的对象”。周扬的文学理论是在现代

① 周扬：《现实主义试论》，《文学》第6卷第1期。

中国革命的特殊条件下产生的一种有代表性的政治功利性的文学理论，其主旨是强调具有革命意识的作家深入革命的斗争生活，表现革命生活的内在意义，文学的服务对象与描写对象在工农兵及其斗争生活这一点上取得了统一。它的产生和能够在相当长一段时间里主宰左翼文艺理论界不仅和周扬作为左翼文艺运动领导人的身份有关，更重要的是它适应了中国革命的长期性、艰苦复杂性所决定的对各种意识形态力量配合革命、推进革命的需要。胡风的文学理论则更多地从作家个体的生活出发。他认为，革命作家光有正确的政治立场还不行，还必须把他的艺术力量和精神力量穿透他自身体验的社会生活事象。个人的生活道路总是和历史运动有或正或反的各种联系，这使每个人都可走进历史的深处，真实地描写出个体的生活追求及其与社会运动的联系也就具有某种历史变革的说服力。“人民在哪里？在你底周围。……起点在哪里？在你底脚下。哪里有生活，哪里就有斗争，斗争总要从此时此地前进”①就是在这个意义上提出来的。虽然胡风也认为艺术是一种对社会现实生活的历史内容的认识，但胡风重视作家个体的精神能动性，“真正的艺术上的认识境界只有认识底主体(作者自己)用整个的精神活动和对象物发生交涉的时候才能达到。”就其企图把作家的政治态度、艺术洞察力和感受力与其体验的社会生活的历史内容相统一来说，胡风的理论更符合文学创作的规律，也更有益于革命文学的发展与提高。但由于不合流行的革命文学理论和政治革命斗争的迫切形势而长期受到批判与贬斥。

总体来说，中国的无产阶级文学思想在其形成发展中形成了自己的鲜明特色。

首先是对文学的政治功利性的推崇。重视革命文学的政治功能并加以突出，不能只是简单地看做少数左翼理论家的偶然失误，而是具有历史的必然性与现实的根据的。随着阶级矛盾、民族矛盾的尖锐化，政治革命、武装斗争和革命战争成为解决民族生存危机，使人民获得解放的根本手段，其他的斗争形式、手段只具有辅助的意义。从革命者这方面就必然要求革命文学政治化，成为宣传与鼓动甚至说教的工具，紧密地及时地直接地配合政治斗争。问题在于，如何理解和发挥文学的政治功利性，是通过形象审美的方式以情动人地感染人教育人，间接地实现政治功利，还是狭隘地把文学混同于政治宣传，这个问题一直没有得到很好的解决。不少左翼文艺家简单地把文艺作为宣传的手段，甚至认为能对革命起到宣传作用的“口号标语诗也不失为诗的一种，做到好处也正好”②。正是因为对文学政治功利的简单化理解，左翼文学家除鲁迅、茅

① 胡风:《给为人民而歌的歌手们》,《胡风评论集》(下)，人民文学出版社 1985 年版。

② 《郭沫若文集》第 11 卷第 11 页，人民文学出版社 1959 年版。

盾等人外，大多不重视文学的审美特性和文学形式对表现内容的意义。如同郭沫若自况的他“是最厌恶形式的人，素来不十分讲究他”[①]。与无产阶级文学运动理论上的轰轰烈烈形成对照，这一时期的无产阶级文学创作除了《子夜》等少数作品外，成就平平，而同一时期的非左翼阵营作家曹禺、老舍等人却取得了重要的创作成就，更说明理论上的失误带来的创作上的不良后果。

其次是对文学的阶级意识的强调。本来，无产阶级文学就有着思想内容上的要求。恩格斯曾经把“较大的思想深度和意识到的历史内容，同莎士比亚剧作的情节的生动性和丰富性的完美的融合”[②]作为未来无产阶级文学的理想，要求革命文学以无产阶级世界观为指导，深刻地反映时代历史的本质规律。中国的无产阶级文学伴随着中国共产党领导的民族革命而兴起，决定了它必然有很强的阶级性。尤其是中国的无产阶级文学是在中国革命暂时处于低潮的情况下发展起来的，革命文学的倡导者更希望它能以其无产阶级的意识，“攻击旧社会的破产，并且促进新势力的发展”，起到实际的革命斗争作用。革命文学论争时期，创造社、太阳社文艺家普遍夸大文学的作用，企图以文学当革命，以文学组织生活，表现了当时在共产党内占统治地位的“左”倾冒险主义的唯意志论对革命文学界的影响。文学作为审美的社会意识形态，其思想倾向和所包蕴的对社会本质规律的认识应该通过真切细致的艺术描写自然而然地流露出来，革命文艺理论家对此显然缺乏足够的认识。严酷的革命战争成了压倒一切的中心任务，既然革命文学的功能主要被视为政治宣传功能，那么革命思想的传播，甚至革命政策的宣传，更被作为革命文学思想内容的主要方面。于是对文学阶级意识的强调，就变成了掌握革命思想理论和具有进步世界观的作家，用文学的方式宣扬革命思想并灌输给群众，这事实上是“文以载道”传统在新的历史条件下以新的方式出现的回归。郭沫若在《文学革命之回顾》中就明确地表示，文以载道“这个公式倒是一点也不错的，道就是时代的社会意识”。对文学审美特性的漠视必然会促成革命文学创作实践中的公式化、概念化。

再次，是对文学形式大众化的倡导和追求。如何使革命文学为文化程度较低的中国工农群众所理解和接受，是中国无产阶级文学运动和理论建设始终关注的重大课题。“左联”对文学大众化运动的发动是根据无产阶级的群众观点和出于以文学促进现实的政治阶级斗争的需要，其根本任务是创造革命的大众文学并感召群众参加这个

① 郭沫若:《论诗通信》,《中国新文学大系·建设理论集》,上海良友图书公司1935年版。

② 《马克思恩格斯全集》第29卷第528页。

运动。鲁迅关于可以有种种不同的作品以供应种种不同的读者的观点未被普遍接受，茅盾关于革命文学大众化的主要内容是以合适的描写方法和真切生动的描写以使大众受到感动的观点也受到批驳。作为文学大众化思想基础的是，“站到群众的‘程度’上去，同着群众一块儿提高艺术的水平线”①。所以，三次文学大众化讨论基本上都集中于语言文字和体裁形式问题。体裁要采用大众熟悉的故事、唱本、说书和比较容易为大众所接受的街头剧、连环画、墙头小说以及国际无产阶级文学运动中流行的报告文学、朗诵诗等。形式方面应该引起注意的是旧式大众文艺和口头文学相联系的明白易懂与叙述方法上的浅近明快。无论是语言方面从对文言和“五四”式欧化白话的批评到对老百姓日常运用的普通俗话的推举，再到对实行汉字拉丁化的鼓吹，还是实践上举办读书会、识字班、工厂壁报，开展工农兵通讯员活动，都是为了更好地确定和深化革命文学和大众的关系而从认知能力上作准备。总之革命文学要成为革命的大众文学，要通俗化，为了不丢开大众，“通俗到不成文艺都可以”②。这样，革命文学在以浅近明快的形式鼓动大众，使文学与人民群众相结合方面取得了一定成绩。然而，视大众化为通俗化，否定或忽视“五四”以来中国文学民族化方面的成就，导致了左翼文艺理论家在大众化问题上对民族性格、民族心理、民族社会生活和民族文化传统的漠视，这不仅使大众化讨论局限于外在的体裁形式和语言文字上，更重要的是降低了革命文学的品位，并对以后相当长时间的革命文学创作产生不良影响。

可见，与中国革命的特点相联系，与之相伴生的无产阶级文学理论呈现出浓厚的政治功利性、阶级意识性和大众化倾向。它既在理论建设上取得了相当高的成就，又存在着理论和实践运动上的较大弱点。

第六节　创作概述

二三十年代的文学创作现象众多繁复，取得了丰硕的文学实绩，既贡献出鲁迅、郭沫若、茅盾、巴金、老舍、曹禺这样的文学大家，又推出了郁达夫、叶圣陶、李劼人、田汉、洪深、周作人、冰心、徐志摩、戴望舒等极富个性色彩和深度的作家。依现实主义、浪漫主义、现代主义和无产阶级文学的发展线索观之，现实主义从文学研究会倡导实践，经

① 瞿秋白:《普洛大众文艺的现实问题》,《文学》第1卷第1期。
② 郭沫若:《新兴大众文艺的认识》,《大众文艺》第2卷第3期。

由“乡土文学”的扎实耕耘，鲁迅的“拿来”与创造，发展到30年代而成为时代的主流显示出现实主义创作的成熟。浪漫主义由创造社开拓和实践而独放异彩，几成绝响，到了30年代无法形成整体的力量和持续的文学潮流，浪漫与抒情转化成一种美学风格和艺术技巧。现代主义在本时期苦心经营，几经挣扎，尽管没出现文学经典与力作，但它那开拓的勇气、创新的精神以及对文体的独创与变革却产生了深远的影响。并且，它对现实主义和浪漫主义形成了强大的冲击力量，渗透于其创作方法之中，使之更趋丰富与复杂。无产阶级文学的主要成就在“左联”成立以后，它标志着文学阶级意识的生长与功利意识的目标化，文学写作并非是个人化的行为，而是一种事业。

现实主义在20年代主要有文学研究会、乡土文学和鲁迅的共同实践创作。文学研究会的创作有冰心与王统照的“问题小说”，叶圣陶的“灰色人生”小说和庐隐、许地山的小说创作。冰心以“爱的哲学”去抚慰人生困境中的孤寂心灵，代表作有《两个家庭》、《斯人独憔悴》、《去国》和《超人》等。就文学的审美意识的纯洁与文体的独创性而言，冰心的小说不及她的散文和诗歌创作。王统照信奉“爱”和“美”，相信美的微笑会改变一个冥顽不灵的人格(《微笑》)，纳闷何以美的魅力不能医治不端者的邪心(《沉思》)。“爱”与“美”在现实面前又不时受到冲击，《湖畔儿语》以血淋淋的现实粉碎了“爱”与“美”的理想。王统照的创作在现实主义基础之上，又充分吸收其他方法，诸如对浪漫主义、唯美主义、象征主义诸多因素皆有所涉及。他热心于爱尔兰诗人叶芝的译介，在创作中采用叶芝式的幽微暗迹、感悟灵犀的创作技巧，使作品“文理密察，想象丰饶，艺术生动”①。

叶圣陶“冷静地谛视人生，客观地，写实地，描写着灰色的卑琐人生”②。代表作有写学校生活的《低能儿》和《小铜匠》，写灰色人生的《潘先生在难中》。“冷静”与“客观”形成了叶圣陶现实主义创作的特色。庐隐是文学研究会中啼血的杜鹃，她专注于人生的探索和内心矛盾、情绪的抒发，代表作有《或人的悲哀》和《海滨故人》。许地山“以浓郁的南国风光，异域色彩和曲折的故事为躯壳，包藏着一个对社会人生孜孜探求而又忧虑重重的高洁灵魂。”③他的小说集写实与浪漫于一体而糅合成丰富的传奇性，加之他对宗教(佛、耶、道)的热衷与精心研究，使他的小说创作表现出一定的宗教性，而达到诗性与神性的融合。如《缀网劳蛛》写尚洁心性善良，胸襟清明仁爱，为搭救受伤的盗贼而遭丈夫的怀疑。宗教的慈悲与博爱遭受道德伦理的冲击。尚洁毫不怨恨，只身

① 王统照:《对于创作者的两种希望》,《文学旬刊》第19期。

② 茅盾:《中国新文学大系·小说一集·导言》。

③ 杨义:《中国现代小说史》,人民文学出版社1986年版。

到一海岛上过着独立而清净的生活,丈夫后为基督神父所感化,与妻重归于好。尚洁把人生比作蜘蛛织网,"所有的网都是自己组织得来,或完或缺,只能听其自然罢了"。《商人妇》也是在一种或淡或浓的宗教氛围中探讨妇女的命运。许地山是现实主义者,但又倾向于浪漫主义的创作方法,从而形成了创作风格的苍劲凝实与清妙空灵的统一。

另一位文学研究会的作家王任叔的小说创作坚持客观写实与主观抒情并重,既表现乡村农民悲惨的命运与生活坎坷,又描写知识分子内心的苦闷、悲伤和憧憬。代表作有《破屋》和《监狱》二集。20 年代的乡土写实派文学作家有许钦文、蹇先艾、台静农、废名、许杰、王鲁彦、彭家煌等。它的特点和贡献在于,推动现实主义的文学与农民命运的结合,表现出鲜明的写实风格和地方色彩。代表作有王鲁彦的《黄金》、《李妈》、《野火》,废名的《竹林的故事》、《浣衣母》、《河上柳》、《桥》和《莫须有先生传》,许钦文的《鼻涕阿二》、《石宕》,蹇先艾的《盐巴客》,台静农的《地之子》,彭家煌的《怂恿》,许杰的《惨雾》等。王鲁彦的《黄金》笔锋沉实遒劲,表现了一个在金钱的灵光笼罩下的炎凉世界。陈四桥的如史伯伯本是一个小康人家,因儿子年终没汇款,而面临邻里乡居的蔑视和嘲笑,灾祸丛生,表现出人生的悲哀。作者以细密的笔致写乡村的家常生活,世态毕现,口吻毕肖。废名的作品难以言喻和把握,似写实又非写实,似浪漫而非浪漫,是淡淡的现实主义与素雅的浪漫主义的交织、融合。他以清新冲淡的文笔,写出返朴归真的宁静境界,形成文学的质朴、凝练与隽永的美。小说《竹林的故事》写竹林、茅舍、菜园、少女,运笔清美而不轻浮,质朴而富才情,下笔之处皆可传神、生花,自然有灵,俗间显雅,乡村更是一幅诗样的景象。《浣衣母》写李妈的慈爱与辛酸。李妈只身一人支持家计,儿女们死的死了,长大的走了。后来来了一位中年男子,在门口搭茶铺,李妈搭帮着他过日子。但这又违背了道德伦理规范,让人不容,中年男子在可畏的人言中离去,李妈又过着盼子归乡的生活。李妈的仁爱与道德标准发生了冲突与矛盾,田园的宁静掩抑不住人生的悲曲[①]。许钦文的《鼻涕阿二》写主人公菊花本是一位体面人家的二女儿,因为老二,被家人歧视,取"鼻涕阿二"绰号,在家洗衣,做饭,干粗活。乡村维新后,当上"贱小娘"受人嘲笑,歧视,后又做上新少奶奶,呼风唤雨。最终又被钱师爷的新相好排挤,在贫病交加中死去。小说真实地揭露了封建宗法制度的罪恶。蹇先艾的《盐巴客》主要表现了川黔道路上以卖苦力而去背盐巴的盐巴客的辛酸遭遇和不幸命运。

总的说来,乡土写实文学浓郁的乡土特色和强烈的对农民命运的关注,暴露了农

① 杨义:《中国现代小说史》。

村宗法制度的弊害,表现了农民命运的悲剧性和喜剧性。在创作方法上,既以如实描绘的笔致刻画乡村生活的衰败与破落,又掩饰不住强烈的情感抒发,或者是对乡村的怀念,或者是峻急的批评,从而形成了抒情与写实相融合的美学风格。

鲁迅的文学创作表现出深刻而复杂的现实主义特色。具体地说就是它的启蒙批判性、生命体验性和开放创新性。鲁迅以文学参与历史的发展和社会的进步,具体就落实在对社会历史的反思、批判和对人的觉醒的启蒙。从《狂人日记》到《祝福》都显示了他对封建礼教和传统文化的反思与批判以及对思想革命的启蒙性追求。同时,鲁迅的小说还融合了自己丰富的生命体验,如《狂人日记》中"狂人"的心理恐惧与孤独感受,《药》中夏瑜的悲哀,《阿Q正传》里的"看与被看"的悲凉,以及《祝福》中的"忏悔",《孤独者》中的"孤独",《伤逝》中的"说谎"与"说真实"等等,都与作者的生命体验保持着紧密的联系。鲁迅的现实主义不但"如实地"、"逼真地"表现了外面世界,而且还深刻地揭示了"内心世界"的丰富复杂。鲁迅非常赞赏陀思妥耶夫斯基作品中所显示的"灵魂的深",也非常感兴趣于安特莱夫小说的"神秘幽深,自成一家"。鲁迅在《黯淡的烟霭里》译者附记中说他的小说"都含着严肃的现实性以及深刻和纤细,使象征印象主义与写实主义相调和。……消融了内面世界与外面表现之差,而现出灵肉一致的境地"。鲁迅现实主义文学的开拓与创新既表现为现实主义创作方法的具体的创新,又表现为把现实主义与象征主义、表现主义等现代主义结合起来,表现出现实主义的开放性特点。如"细节描写"在鲁迅那里既表现为一个形象、一个动作、一个语句,又表现为对心理微妙变化的刻画。《狂人日记》、《肥皂》等小说又在现实主义基础上融合了象征主义和心理分析手法,因而使现实主义更具表现力。

现实主义文学发展到30年代出现了两大分支:一是革命现实主义文学,二是民主主义作家的现实主义文学。前者的代表作家是茅盾和"左联"新人,后者的代表作家主要是巴金、老舍、曹禺、沈从文、李劼人等。30年代是现实主义走向成熟与辉煌的时代。

茅盾作为革命现实主义文学的代表作家,他的创作着重从社会政治经济角度把握社会生活,追求时代性与史诗性的结合。他从"人与时代"的互动关系上捕捉小资产阶级和民族资产阶级的生活道路和命运变迁,同时尽可能地表现社会文化的意义。如《子夜》既以民族资产阶级的命运变迁为叙述中心,又触及到近现代都市文化的复杂性与多样性。在文学的构思上,茅盾追求恢宏的气势与宏大的时空结构,形成一种史诗性特征。但又因才力不济,或对生活本身的不熟悉,他的创作又常出现一种"未完成性"。"左联"新人辈出,张天翼、丁玲、沙汀、艾芜、叶紫、胡也频、柔石等都以其自己的个性化创作表现出现实主义的丰富多彩。

张天翼的讽刺与幽默抛弃了早期革命现实主义的“浪漫谛克”的倾向，代表作有《包氏父子》、《鬼土日记》等。他以明快活泼而又尖利峭刻的讽刺和丰富多彩的语汇、方言为革命现实主义提供了社会批判性、启蒙性和喜剧性的美学意识。丁玲以《梦珂》走进文坛，又以《莎菲女士的日记》享誉文坛。她的创作开启了一条关注妇女命运与心理变化的创作思路，尤其是带着一种女权主义眼光去审视这个充满男性力量的世界。另外，叶紫的代表作《火》、《丰收》，柔石的《二月》、《为奴隶的母亲》都有一定的个性色彩和风格。“左联”的革命现实主义文学的主要特点在于：强调文学的革命性、反抗性和理想性，注重人物与社会环境的对立和英雄人物的塑造，在艺术上走社会化、大众化的道路。

如果就文学创作的成绩而论，不得不承认，30 年代民主主义作家的创作所取得的成就要比“左联”突出得多。他们大部分作家都是采用现实主义创作方法，同时尽可能地吸收融合其他创作方法，创作出众多优秀的文学作品。巴金侧重从社会思潮和情感视角创作出“激流三部曲”、“爱情三部曲”等代表作，树立了现代家庭文学的界碑。老舍侧重从风俗文化的视角对市民社会和心态进行审视和把握。曹禺创作的《雷雨》、《日出》等现代优秀话剧，表现了他“写实”的才力和“诗意化”的佳境，并提供出各个不同样式的话剧文本。李劼人在 30 年代写出了《死水微澜》、《大波》、《暴风雨前》等“大河小说”，规模宏大，拟物写人皆成一体，显示出现实主义的客观性、真实性、文献性和典型性等特征。就现实主义精神和创作方法的表现深度、广度和娴熟程度而论，李劼人的成就在巴金之上。

二三十年代的浪漫主义文学创作，除创造社以外，其他作家或社团创作中的浪漫主义缺乏独立完整性，它要么是依附于现实主义，要么是成为现实主义的表现手段。浪漫主义文学在二三十年代主要表现为四个方面的特点：一是主观性，表现人的心理、灵魂和情绪感受；二是抒情性，它常以感情的笔墨表达诗意般的韵致与魅力；三是自然性，在其传奇、神秘的自然中表现人的浪漫性；四是文体的诗意化特征。

浪漫主义非常注重对人的主观心理和情绪的把握和表现。如郁达夫小说的自叙传特色，所表现的并非是“自我”的史传性，而是自我情绪的感受性，如对爱的渴望，对性的需求，以及自我价值实现和得到确认的欲望等等。这些主观性感受和心理如果无法实现就很快转变为一种愤怒或愤激心理。这种感伤与愤激两种情绪共同抒写，参与文体的叙述，而出现强烈的抒情性。郭沫若的诗歌创作也表现出强烈的主观性特点，他的诗集《星空》、《前茅》、《恢复》就具有这个特点。

“抒情性”作为浪漫主义文学创作特点更是非常普遍，创造社作家的创作自不必多

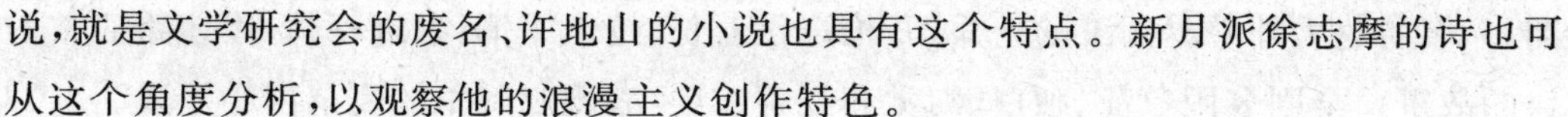

说，就是文学研究会的废名、许地山的小说也具有这个特点。新月派徐志摩的诗也可从这个角度分析，以观察他的浪漫主义创作特色。

“自然性”在许地山那里表现出一种传奇性，在艾芜那里表现为流浪性，在沈从文那里表现为天人合一的境界。沈从文的小说是湘西世界孕育的精灵，出现在小说之中的常是湘西的山寨码头、古风遗俗、山光水色，这些如诗如画的自然美景生成了沈从文小说的浪漫与抒情特性。

浪漫主义在文体上表现出诗意化的特点。浪漫主义诗歌，如郭沫若、徐志摩的诗所表现出来的抒情性自不待言，浪漫主义小说、戏剧也具有这个特点。代表作如郭沫若的《落叶》、“漂流三部曲”，郁达夫的《迟桂花》，陶晶孙的《音乐会小曲》，周全平的《林中》，艾芜的《南行记》，萧乾的《梦之谷》，都显示出诗意化的文体特征。具体地表现为情节淡化、心理意识强化、语言抒情化。

浪漫主义手法在二三十年代更多地被现实主义和现代主义所吸收、转化，特别是浪漫主义与现代主义之间更是拥有非常紧密的联系，或者说，浪漫主义的抒情性与主观性成为中国现代主义的基本底色。现实主义和无产阶级文学尽量地反叛、逃离浪漫主义，而寻找坚强的意识形态性和阶级功利性，使文学走向规范化和模式化。浪漫主义在中国二三十年代的存在，在某种意义上具有反对文学意识形态化和模式化的作用。在20年代浪漫主义与现实主义发生了抗衡与斗争，最终以浪漫主义的瓦解和分散而告终。到了30年代，浪漫主义再也没有形成一股文学力量，反而转入与现代主义的融合而潜隐地存在着。

现代主义在20年代的主要成绩是与其他创作方法的融合，直至象征派诗的出现。象征主义影响到了鲁迅的小说创作和散文诗《野草》的写作。《野草》以象征主义为基础，融合存在主义、心理分析等现代主义手法，丰富复杂地表现了人的生存矛盾与心理困惑：生与死、爱与恨、希望与绝望、存在与虚无的缠绕与挣扎。象征主义与浪漫主义的融合产生了郭沫若早期诗作和田汉的剧作。田汉剧作《古潭的声音》、《南归》、《名优之死》等表现了一定的象征主义因素。闻一多、陈梦家的诗歌也表现出鲜明的唯美主义和象征主义因素。李金发、王独清、穆木天的象征派诗的创作，造就了第一批具有流派意义的现代主义创作成绩。代表作有李金发的《食客与凶年》、《弃妇》，穆木天的《旅心》、《苍白的钟声》，王独清的《最后的礼拜日》等。李金发表现生之厌烦、死之赞美，善于独创独特的意象，象征复杂的意义。

表现主义文学影响了鲁迅的《狂人日记》、《长明灯》和《野草》，还影响了郭沫若、高长虹、向培良的诗歌创作和洪深的戏剧创作。洪深九幕剧《赵阎王》表现军阀混战时期,一名叫赵大外号赵阎王的士兵,开枪打伤营长,抢走军饷,逃进森林,因迷路而被击毙的故事。全剧多用象征、独白、幻觉和气氛渲染,表现赵阎王的复杂内心矛盾。

心理分析学说对20年代文学创作的影响表现在四个方面:一是对潜意识和梦的描写,代表作如鲁迅的《弟兄》、《肥皂》,郭沫若的《残春》、《喀尔美萝姑娘》等;二是对灵与肉冲突的表现,代表作如郁达夫的《沉沦》,许杰的《白日的梦》等;三是对性心理和性变态心理的刻画,如叶灵凤的《昙花庵的春风》,表现女尼月谛抵抗不住性的诱惑而偷偷去找菜佣陈四,"一种不可避免的潜力,在暗中驱使着她"。郁达夫写性变态心理的作品也是很多的;四是"性欲升华"说的运用,鲁迅小说《补天》就利用了"性欲升华说"表现女娲的"抟黄土作人"和"炼五色石以补苍天"的故事。总之,心理分析学说有助于作家对人的深层心理意识的把握和理解,有助于表现人的复杂性和丰富性。但是如缺乏分析地运用,或走极端,也会使文学流于非审美性的境地。如张资平小说对情欲与潜意识的自然主义描写,影响了文学的审美意义和价值。这里存在一个表现的"限度"问题,超越了它的限度,其意义就会出现扭曲和倾斜。

30年代的现代主义文学创作成绩主要表现在三个方面:一是以戴望舒、卞之琳为代表的"现代"派诗的创作;二是以施蛰存、刘呐鸥、穆时英为代表的"新感觉派"小说;三是现实主义对现代主义的吸收,如艾青诗歌中的象征主义、茅盾和沈从文小说中的现代主义、曹禺剧作的表现主义倾向等。"现代"派诗歌既接受了西方象征主义的意象派的影响,同时还消融了晚唐李商隐、温庭筠的意境。它的特点在于诗意朦胧,意象繁复,情调感伤。代表作有戴望舒的《雨巷》、何其芳的《雨天》、卞之琳的《圆宝盒》等。"新感觉派"的主要代表作有《都市风景线》(刘呐鸥)、《公墓》(穆时英)、《将军的头》(施蛰存)。它的特点是表现人的潜意识、非理性心理活动和感受,把艺术与写作建立在感觉与直观上,"怎么感受,就怎么写",尽量拒绝理性的干扰与牵制,艺术手法上多用象征、心理描绘和场景组接。总的说来,"现代"派诗歌与"新感觉派"小说开拓了人与文学的深层关系,打破了传统格律诗、现代自由诗和传统章回小说、现代人物性格小说的规则和限制,而尝试着建立起"新型"的诗歌、小说文体。其影响之深远、开拓创新之功不可忽视,但也不宜过分拔高,而使现代主义走入止境。

现实主义、浪漫主义、现代主义和无产阶级文学思想在二三十年代都表现出这样一种现象:先有理论倡导,再有实践操作。理论先导,使创作本身易表现出"理性先行"的特点,并且在创作与理论之间,也不完全相符、一致,理论认识的模糊,更带来创作的变形和似是而非;一旦理论与意识形态结合,又表现出一种"话语权力",从而开始计划着文学的创作和发展。在这个时期的现实主义那里,已可看出这种端倪。

第二章　小　　说

20 世纪中国小说经历了“小说界革命”的阵痛后，呱呱坠地了。1918 年 5 月《新青年》上发表鲁迅的第一篇白话短篇小说《狂人日记》，是一篇有着划时代意义的作品，宣告了一个崭新的文学世纪的开始。鲁迅从《狂人日记》开始，“一发而不可收”，在“五四”前后，陆续写了《孔乙己》、《药》、《风波》、《故乡》等短篇，奠定了中国现代小说的基础。但如游行队伍一样，前面导旗与后面群众之间，总空着几丈远的空间距离。鲁迅与广大创作队伍之间也总空着差距，这是历史的存在，是谁也无法弥补的。继鲁迅而起的是《新潮》作家群，他们是汪敬熙、罗家伦、杨振声、俞平伯、叶绍钧等人，他们的小说冲掉了“某生者体”的形式，向着不拘一格的方向发展，用现实主义的态度，取材于现实生活，多因“有所为”而发。他们的小说反封建的主题比较突出，忽略对人物的刻画，这是中国现代小说发展初期的致命弱点。在这群作家的创作中比较昌盛的是“问题小说”。“问题小说”的代表作家是冰心、叶圣陶、庐隐、许地山、王统照等人。冰心是一位被“五四”运动震上文坛的作家，她在小说、诗歌、散文上都取得了惊人的成就。她是最早提倡“爱的哲学”的人。她的小说《斯人独憔悴》、《超人》等，不仅提出了人生重大问题，而且还以“人性”的发现作为解决人生问题的关键，预示着中国现代小说以后的发展，这是值得玩味的。

本时期小说是以现实主义为主旨而发展变化的，在小说创作中也产生了浪漫主义和象征主义。浪漫主义以郭沫若、郁达夫为代表，象征主义以鲁迅、汪敬熙为代表。浪漫小说，以寄托小说和身边小说为主。寄托小说，以外国人和古人故事为依托，表达了作家的爱国之情，如郭沫若的《牧羊哀话》，郁达夫的《采石矶》等。身边小说则以作家身边琐事为凭，抒写作家对人生的看法，如郭沫若的“漂流三部曲”，郁达夫的《茑萝行》等。无论是寄托小说，还是身边小说，都以浪漫手法表现了作家对人生的种种态度，和现实主义在取材、表现手法上都有所不同，体现了小说发展的一种趋势。《狂人日记》是象征主义在中国现代小说的滥觞。在小说创作中运用得比较成功的还有汪敬熙的

《砍柴的女儿》、《死与生》等，表现了象征主义在中国现代小说里的命运。

随着社会主义浪潮在中国的崛起，民族矛盾和阶级矛盾的加剧，20 年代末至 30 年代前期，中国现代小说进入一个极其复杂的成熟时期。经过“革命浪漫谛克式”小说和“唯物辩证法创作方法”的冲击后，中国现代小说进入一个成熟和大步发展阶段。其标志是：一、现实主义小说从与浪漫主义小说分庭抗礼到独尊于文坛的发展变化；二、浪漫主义小说从显到隐，最后消融于现实主义小说，暗含着到 50 年代的发展变化；三、现代主义小说从个别手法的运用到大张旗鼓地出现以及消亡，预示着 80 年代的复兴、90 年代的转换，告示着她的生命力。这三派小说创作，以左翼作家和民主自由作家的创作为核心，其他系列为副，形成一股自然澎湃奔腾之势向前发展，成为“茫茫九派流中国”的局面。这是和当时中国政治发展相一致的，说明政治与文学联姻，是中国现代小说发展的一个事实，也是决定着中国现代小说质量的根本，和西方小说发展状况很不相同，这是明明白白的事实。

茅盾、巴金、老舍、柔石、叶紫、吴组缃等等，是左翼与民主自由主义作家，他们都可以归入社会解剖小说一流，对社会、历史、现状作了层层分析，虽然有的作品带有更多的理性色彩，但对现实生活的分析都切入肌里，表述了人民的愿望与历史趋向。

沈从文、李劼人、沙汀、艾芜、萧军、萧红、周文等的小说，应归入 20 年代中期兴起的“乡土文学”一派，虽然沙汀等的作家应属于左翼作家之列，但沈从文、李劼人却属于自成体系的“乡土文学”派。沈从文为翠翠、李劼人为邓幺姑所唱的歌，应该说是沈从文们在寻找人性而不得的情景下所唱的哀歌，是为了将美好的人性保存一些在血液里或梦里的幻梦。是的，同样都是为了重建“理想生活方式”，沈从文显得更深沉，李劼人则更富有斗志。

30 年代兴起的以刘呐鸥、穆时英、施蛰存等为首的中国“新感觉派”小说，对都市男女的生活给予足够的重视，对上层社会的堕落和下层社会的不幸作了尽情描写，在艺术上适应现代生活的快节奏，从主观上重视感觉、视觉等潜意识描写，并用了“蒙太奇”的电影手法，重视意识流与心理分析，对社会人生给予无情的解剖。他们为塑造人物寻求新的方式方法，也对改造社会贡献了谋略。1936 年《小珍集》出版，向现实主义皈依，显示了 30 年代现代派的必然命运。

本时期小说快速地与社会政治联姻，并跑步进入抗战时期，开始了它新的航程。但它也有自己的路要走，在这条荆棘载途的路上蹒跚而快步地走着，走着。

第一节 鲁迅

鲁迅(1881～1936),原名周树人,字豫才,浙江绍兴人。

鲁迅是20世纪中国小说之父。20世纪中国小说在鲁迅手中开始,又在鲁迅手中成熟,并且正式进入中国文学的殿堂,这在中外文学史上确实是罕见的。与传统的古典小说相比,20世纪中国小说的主题开掘更为深广,题材摄取更为广泛多样,人物塑造更为千姿百态,艺术手法更为新颖圆熟。它既继承了古典小说的有益成分,又吸收了外来文化的精华,是中国小说发展的一个新纪元。

1918年5月,《狂人日记》问世。它一问世便以其"表现的深切和格式的特别"①震撼着文坛,惊醒了沉睡中的人们。《狂人日记》"意在暴露家族制度和礼教的弊害"②,揭示几千年封建主义"吃人"的本质:

> 我翻开历史一查,这历史没有年代,歪歪斜斜的每叶上都写着"仁义道德"几个字。我横竖睡不着,仔细看了半夜,才从字缝里看出字来,满本都写着两个字是"吃人"!

作品用"吃人"概括封建主义,并让人们在吃人的封建主义中审视自己身心上的封建印迹,从而寻求改造社会与改造自我的途径,这就把反封建的主题提到了前所未有的高度。鲁迅十分重视人的思想精神的革命,他把"为人生"、"改良这人生"当作自己小说创作的宗旨,而要实现这一宗旨,就必须"画出这样沉默的国民的魂灵来"。国民魂灵沉默的重要因素之一是统治阶级思想精神的毒害,这种思想精神的毒害往往使被统治者自觉地或不自觉地维护"吃人"的封建主义,成为统治阶级的奴仆。狂人从本质上来说是一个开始觉醒的反封建战士,然而他在觉醒前也可能在无意中"吃了他妹妹的几片肉",这是由他那维护吃人制度的大哥暗暗把肉放在菜饭里造成的。"暗暗给我们吃",实际上隐喻着封建的思想意识对人的精神毒害。鲁迅敏锐而深刻地认识到思想精神毒害对人的自我觉醒和变革社会的危害性。他的小说尖利地毫不留情地挑开了

---

① 鲁迅:《中国新文学大系·小说集·导言》。

② 鲁迅:《我怎么做起小说来》。

封建主义留给被统治阶级的精神脓疮，突出陈腐意识与新生命的尖锐矛盾。在中国文学史上，鲁迅是第一个真切关注传统观念毒害人民的伟大作家。他的小说之所以“多采自病态社会的不幸的人们中”，是因为他力图通过人们的不幸去暴露旧社会的病根，以“引起疗救的注意”①。他所谓的“救救孩子”，实质上是要根除封建的思想意识。

《狂人日记》发表后，鲁迅的小说创作“一发而不可收”。1923 年 8 月结集出版的《呐喊》收 15 篇小说，1926 年 8 月结集出版的《彷徨》收 11 篇小说。这两部小说集是中国新小说的成熟之作。《呐喊》、《彷徨》是中国思想革命的镜子，彻底地不妥协地反对封建主义的精神是贯穿这两部作品的红线。作者透过农村与市镇生活，全面而又深刻地挖掘出渗透在人们生活中的悲剧因素。《故乡》中的闰土在年少时是一个天真、活泼、勇敢而又没有门第观念的小英雄，随着岁月的增长，在“多子、饥荒、苛税、灾、匪、官、绅”的层层盘剥下，变成了麻木的被生活压得喘不过气来的木偶人，即使在与儿时要好的朋友相见时，也终因地位的悬殊而“态度终于恭敬起来了，分明的叫道：‘老爷’”。称呼的改变反映了封建的思想意识对闰土的精神虐杀。《祝福》中的祥林嫂是一个在封建的族权、神权和夫权下遭受残酷的精神虐杀的劳动妇女。尽管她一生都在不断地挣扎，并且敢于发出“一个人死了之后，究竟有没有魂灵的?”这样似乎有所觉醒的疑问，但她毕竟深受封建礼教、封建伦理观念和封建迷信思想的毒害。她的挣扎、反抗以及审视魂灵的观念始终没有逃出封建魔掌，最后毕命于别人的新年的祝福声中。祥林嫂怀着深沉的恐惧走向死亡，体现了全部封建宗法制度和思想体系对劳动人民精神奴役的残酷性。《药》中的华老栓用蘸了革命志士鲜血的馒头治儿子的痨病。《示众》中的看客把别人的痛苦和不幸当作自己的娱乐与安慰。这些落后、愚昧、麻木、无聊而又空虚的庸众，既是“沉默的国民的魂灵”的蛆蛹，又是统治阶级所谓的“首善”。他们的所作所为，真实地反映出统治阶级思想对民族意识和民族心理的渗透。鲁迅是 20 世纪中国小说史上第一个把劳动人民当做作品主人公的艺术大师，他真诚而又深切地关怀劳动人民的命运，怀着“哀其不幸，怒其不争”的沉痛而又悲愤的心情，犀利地毫不留情地解剖着国民的灵魂，戳破和挤压着旧社会在人们身上留下的脓疮，挖掘出旧制度压抑下的下层劳动人民灵魂深处的病态和麻木、愚昧、落后等精神弱质，暴露和否定了支配着人们行动的统治阶级的思想观念，从而揭示了改变国民的精神弱质及其病态、变态的心理对变革社会人生的重要性与紧迫性。

鲁迅对农民的生活及思想意识有着深切的了解。他笔下的农民并不都总是落后

① 鲁迅：《我怎么做起小说来》。

麻木的，他们的灵魂也会随着时代的浪潮卷起波澜。《离婚》中的爱姑是一个多少感染了辛亥革命民主思潮的农村妇女，她力图打破三从四德的封建伦常，勇于为捍卫自己的婚姻权利而同夫家闹了三年；她敢于在众人面前申诉婆家对自己的虐待，对丈夫公爹开口闭口地叫"小畜生"、"老畜生"；对自己父亲的妥协思想也不留情面，骂他是"见钱头昏眼花"和"老发昏"；甚至连乡绅地主慰老爷也不放在眼里，并准备"拼出一条命，大家家败人亡"。爱姑的反抗精神在当时的农村妇女中确实是少见的。然而爱姑毕竟生活在封建意识浓厚的农村，在她泼辣刚强的性格中也注入了封建意识的毒素，她把解决自己命运的希望寄托在所谓知书达理的会讲"公道"的封建宗制人格化的七大人身上，也即是把主宰自己命运的权利交给了自己的反抗对象，这就注定了她必然失败的悲剧命运。爱姑是鲁迅笔下的又一种类型的精神虐杀者，她虽然敢于反抗夫权和族权，但对封建政权却抱有一定的幻想。从华老栓、闰土、祥林嫂、单四嫂子、各式各样的看客到爱姑，鲁迅立体地多层次地给我们展示了被封建思想意识所扭曲的劳动人民的灵魂，尖锐地提出了"改造国民性"的问题。

总结辛亥革命的历史教训，真实而又深刻地揭示与表现辛亥革命的成败得失，是鲁迅小说的又一重大主题。《怀旧》是20世纪中国小说史上最早描写辛亥革命的文言小说。通过辛亥革命在南方某偏僻乡镇各阶层人们中间的反映，肯定了辛亥革命对反动阶级有一定的威慑力量。由于革命的领导阶级没有对广大民众进行启蒙主义的宣传和教育，革命也未从经济基础和思想意识上动摇封建阶级，结果是革命风头一过，生活又恢复了旧有的风貌，生活在社会底层的劳动群众仍然愚昧麻木，他们眼中的革命党也只是杀人越货的"长毛"、"山贼海盗"。《怀旧》是鲁迅反思辛亥革命的总纲，他以后的许多反映辛亥革命的小说，实际上是多侧面、多角度地拓展深化和丰富这一主题。《药》侧重于揭示辛亥革命失败的原因。夏瑜是一个革命志士，他的鲜血却被他为之奋斗的麻木的民众拿去医治痨病，作品深刻地揭示了革命者为群众而不被群众理解的时代悲剧。造成这一时代悲剧的极为重要的原因在于当时的革命者没有对民众进行必要的革命启蒙教育，致使革命脱离了群众。《风波》侧重反映了辛亥革命后农民落后的思想状态和生活环境。船工七斤在辛亥革命时被剪去辫子，张勋的复辟使他感到惊惶不安，封建势力的代表赵七爷借机对他威胁、恐吓、报复，外在的压力和内心的焦急使他像"受了死刑宣告似的"。这场由辫子引起的风波，表明了辛亥革命没有从根本上触动和改变农村的阶级关系，也没有改变农民在长期的封建压迫下形成的奴隶心理，他们仍然生活于沉滞、落后、狭隘、愚昧、守旧的环境。辫子的风波结束后，六斤裹住脚"一瘸一拐的往来"，更是象征农村中存在着浓厚的封建思想意识，进一步揭示了辛亥革命的不彻底性，表明辛亥革命并没有从根本上改变中国的社会性质。《阿Q正传》是一部真实而全面描写辛亥革命在农村的全部过程的艺术杰作。阿Q是一个有着“现代的我们国人的魂灵”[①]的落后雇农，具有农民狭隘保守的传统的思想意识，但他比一般农民稍微广泛的阅历又使他有着一定的不安分的反抗心灵。在辛亥革命之前，阿Q力图依靠自己的劳动获得生存。由于他生活在未庄世界的最底层，没有家，没有固定职业，没有自己的姓，他求生存的路途就比一般农民更为艰难曲折。出于生存的本能和维护自我的人格尊严，阿Q对那些欺侮他、压榨他、妨碍他生存的人曾采取打、骂、怒目主义等反抗方式，然而反抗的结果总是失败。严酷的现实使他只好采取自欺欺人的精神胜利法，用以抚慰自己惨遭失败的心灵。阿Q的精神胜利法是弱小者挣扎失败后的产物，真实地反映出那些不能掌握自己命运又找不到出路的不觉悟农民的病态的灵魂。辛亥革命前的阿Q对革命是深恶痛绝的，他认为革命便是造反，造反便是与他为难，他以赞赏的心态看待反动阶级杀害革命志士：“咳，好看。杀革命党。唉，好看好看。”

历史的车轮毕竟在滚滚向前，阿Q那狭隘、保守、麻木的病态灵魂也为辛亥革命的晨钟所颤动。当他看到革命竟然使百里闻名的举人老爷感到害怕，那些欺压他的未庄的鸟男女也神情慌张时，他立刻从被压迫者的阶级本能出发，直觉地感到革命将改变自己的命运，成为未庄第一个神往革命的人：“革这伙妈妈的命，太可恶！太可恨！……便是我，也要投降革命党了”。阿Q要参加革命党，但由于当时的革命者忽视了对广大民众的宣传联系，革命只是在少数人中进行，致使阿Q虽然正确认识到“第一着仍然要和革命党去结识”，却找不到结识革命党的途径，只好怀着沉痛的心情去找他历来所鄙视和憎恶的假洋鬼子，结果被假洋鬼子一脚踢出革命的大门，最后被所谓“革命党”以抢劫犯的罪名示众枪毙。阿Q的“大团圆”意味着辛亥革命的失败：这场革命虽然革掉了“皇帝万岁万万岁”的龙牌，却未从根本上动摇封建的统治基础，“知县大老爷还是原官，不过改称了什么，而且举人老爷也做了什么”，“带兵的也还是先前的老把总”；阿Q所要进行的革命，也只是封建阶级的改朝换代；至于那些发出豺狼的嗥叫般的声音来，以咀嚼鉴赏别人的不幸为乐事的看客，其病态麻木的灵魂仍未受到丝毫的冲击与改变，仍然保持着“沉默的国民的魂灵”[②]。《阿Q正传》对辛亥革命艺术的批判总结，高于同时代的作家和许多进步的思想家。阿Q病态的灵魂，艺术地再现了统治

---

① 鲁迅：《俄文译本〈阿Q正传〉序》。
② 鲁迅：《俄文译本〈阿Q正传〉序》。

阶级对劳动人民残酷的政治经济压迫和精神奴役，具有世界各国不觉悟的被压迫人民的共性。《阿Q正传》使20世纪中国小说开始立于世界文学之林，阿Q形象是世界艺术画廊中的珍品。

20世纪中国小说中的知识分子题材也是由鲁迅开创的。鲁迅仍然从拯救国民灵魂的思想出发，描写和探索知识分子的命运与道路，着重剖析知识分子的灵魂，揭示他们的精神痛苦和自身的精神危机。《孔乙己》中的孔乙己和《白光》中的陈士诚，都是封建科举制度的受害者，他们那空虚而又扭曲的灵魂，使他们始终都在演绎着功名利禄的人生悲剧。相比之下，鲁迅更为关切的是现代知识分子的命运，他那冷峻而又锋利的艺术解剖刀更多的是划向现代知识分子的灵魂，描写他们梦醒了无路可走的悲剧。《端午节》中的方玄绰是一个曾为"五四"唤醒并和恶社会奋斗过的公务人员兼教员，但在"五四"落潮后却意志消沉，尽管黑暗的社会现实也使他感到不满和痛苦，但他却克己节制，苟且偷安，用心造的"差不多"的理论，企图过上与世无争的生活。方玄绰的心态是"五四"落潮后一部分退隐的知识分子心态的典型概括。《在酒楼上》的吕纬甫和《孤独者》中的魏连殳都曾是时代的先觉者、弄潮儿。吕纬甫在辛亥革命时期曾怀抱改革社会的志向，甚至因议论中国的改革方法而和别人打起来，但在后来的生活中却变得消极颓唐，用敷敷衍衍、模模糊糊的处世态度，做一些无聊的事情来消磨和打发光阴。魏连殳是一个被人们视为"吃洋教"的"新党"，他追求光明，睥睨世俗，勇于和旧势力进行斗争。但是社会的黑暗、人性的恶浊，却把他抛进苦痛的深渊，他的灵魂只能孤独地在深夜的旷野中愤怒而悲惨地嗥叫。在走投无路的情况下，他只好自暴自弃，做了师长的顾问，在外表的尊荣与内心的极度苦痛的矛盾中走完了悲剧的人生。吕纬甫和魏连殳都是因理想失落而又"躬行于先前所反对的一切"的现实生活的失落者，他们"飞了一个小圈子，便又回来停在原地点"，在颓唐消沉中消磨着生命。他们的悲剧是理想幻灭后的精神灵魂的悲剧，是脱离社会、脱离人生的孤军奋斗者的必然结局。《伤逝》中涓生和子君婚后生活及情感矛盾再一次揭示了知识分子梦醒了无路可走的悲剧。涓生和子君都是"五四"的觉醒者，他们用个性解放的思想争得了自我婚姻的权利，但是婚后的子君却走上了传统留给妇女的贤妻良母的路途，涓生则拘囿于为家庭生存而自我奋斗的囹圄。他们没有更高的理想追求，更谈不上怀抱参与社会改革的目标，平庸的生活导致了情感的隔膜，社会经济的压力加速了情感的破裂。子君只好怀着悲凉的心情回到自己曾经冲出的封建家庭，在"烈日一般的严威和旁人的赛过冰霜的冷眼"中凄然地死去，涓生则背负着沉重的虚空自责哀叹与悔恨。《伤逝》是鲁迅唯一的以爱情为题材的小说，作者不仅描述了青年男女的婚恋过程，同时从社会经济、自我思想意识等方面深入解剖了婚后生活的情感关系，这在中国的爱情小说中具有划时代的意义。历史小说集《故事新编》共收 8 篇小说，于 1936 年 1 月出版。作品取材于历史、神话和传说中的人物及事件，在历史与现实的交错中，歌颂了中华民族的正气，鞭挞了民族败类的丑恶行径。

《补天》(原名《不周山》)取材于女娲炼石补天的神话传说，塑造了东方圣母的崇高形象。作品原准备根据弗洛伊德的学说，“描写性的发动和创造，以至衰亡”，以“解释创造——人和文学——的缘起”。[①] 然而鲁迅勇于直面人生的执著的战斗性格，使他把那些穷兵黩武的暴君和厚颜无耻的封建卫道者轮番推到东方圣母面前进行审判，这就增添了作品的反军阀战争和反封建的时代意义。鲁迅的这种历史创作与时代精神相结合的思想，使《故事新编》的浪漫主义艺术风格贯注着革命现实主义的特色，从这个意义上说，《补天》对《故事新编》有着奠基的意义。《奔月》取材于“嫦娥奔月”的神话故事，反映了羿的英雄气概、正直性格和孤寂落寞的心境，鞭挞了忘恩负义的卑劣之徒。羿的弟子逢蒙窃取羿的射日功绩并欲置羿于死地的描写，是鲁迅对“青年必胜于老年”的进化观的自我否定。《铸剑》(发表时为《眉间尺》)是“博考文献，言必有据”[②]之作，却寓意着现实的针对性。作品通过眉间尺、晏之敖反暴复仇的故事，鞭挞了专制君主的暴行，歌颂了人民“不克厥敌，战则不止”的斗争精神。

与前面三篇小说相比，小说集中后五篇历史小说的社会内容更为深广，色彩更为明朗。作者自觉地以辩证唯物主义和历史唯物主义观点，热烈颂扬身心健全的中华民族的英雄，对那些腐败邪恶的坏种则采取“刨祖坟”的方法，让其孽种丑态暴露于光天化日之下。《理水》、《非攻》热烈歌颂中华民族的脊梁:《理水》中的禹刻苦实干，公而忘私，注重实际，敢于创新;《非攻》中的墨子胸怀天下，舍身求法，为民请命，反对侵略。禹和墨子都是平凡而伟大的英雄，是中华民族的代表。与之相比，那些文化山上的学者教授、巡查大员、水利局的官员以及打着反侵略幌子的“募捐救国队”、崇尚空谈的曹公子之流，则是民族的“坏种”。《理水》、《非攻》中所塑造的正面英雄人物，是注重揭示国民精神的种种病态的《呐喊》与《彷徨》未曾涉及的，体现了鲁迅创作思想的另一个侧面。《采薇》、《出关》、《起死》是三篇批判性的历史小说。《采薇》通过伯夷、叔齐不食周粟饿死首阳山的故事，批判一部分知识分子逃避现实的“超然”思想，揭示了统治阶级“王道”与“仁道”的虚伪性与欺骗性。《出关》批判老子“徒作大言”空谈的虚无哲学，对

---

① 鲁迅:《故事新编·序言》。
② 鲁迅:《故事新编·序言》。

其消极无为的避世思想进行有力的讽刺。《起死》取材于《庄子·至乐》篇中的一个寓言故事，通过庄子对髑髅的所作所为，揭示了庄子"彼亦一是非，此亦一是非"的虚无哲学的虚伪性，批判唯无是非观的滑头主义。作品用戏剧的体裁、荒诞的手法写成，这在20世纪中国小说中是别开生面的。

鲁迅是小说创作的艺术巨匠，他那丰富而独特的艺术风格，在中国小说史上开辟了一个新纪元。从艺术的角度来说，鲁迅打破了传统小说的创作模式，吸取中外文学的艺术精华，在结构方式和表现手法上谱写了新的艺术篇章。《狂人日记》在中国小说史上首次采用日记体的形式，根据狂人的心理意识的流程来组织小说，这种完全根据主题和人物性格的需要来进行结构的艺术手法，不仅打破了中国传统小说注重故事完整的结构方式，同时实现了由传统的以情节为主的小说向现代的以人物性格为主的小说的转变。这种新型的现代化的结构，对篇幅简短的短篇小说来说，能更多地更深刻地表现出生活与人物的丰富性和复杂性。鲁迅的新的创作方法和表现新的时代精神是密切相连的，他使中国小说如张定璜在《鲁迅先生》一文中所说的由"中世纪跨进了现代"，是20世纪中国小说成熟的标志。

鲁迅的小说，注重采用和发挥"外国的良规""择取中国的遗产"[①]，在融合中外文化新机中，创造了崭新的民族风格。鲁迅小说的民族风格，不仅在于真实而又深刻地表现了我们民族的生活内容，同时创造了适合于表现民族生活内容的新的民族形式。文学是语言的艺术，文学的民族形式首先表现在民族语言的运用上。鲁迅的小说语言，在生动活泼的现代话语的基础上，吸收古代语言和外来语言的有益成分，有着丰富的民族特色和艺术表现力。在人物塑造上，鲁迅在借鉴外国小说的重心理刻画的有益成分时，主要吸取了中国传统戏剧与传统绘画中的"白描"和"画眼睛"的艺术手法，"要极省俭的画出一个人的特点，最好是画他的眼睛。"[②]《故乡》中的杨二嫂是一个轻薄世故的小市民，作者通过对她的外形、动作的白描，寥寥几笔便使这一形象跃然纸上，达到穷形尽相的艺术效果。《祝福》中祥林嫂眼睛的四次变化，凸现出她辛酸悲苦的命运及悲剧性格。文学的民族风格的基础是民族生活，而不同的地域有着不同的生活特色。鲁迅是中国乡土文学的开山者，他的小说有着浓郁的充满诗意的地方色彩：从浙东乡镇的风俗画面，到故都北京的世态风貌，无不喷射出特有的地方气息。

20世纪中国小说从一开始，就借鉴和吸收了中外文学的现实主义创作方法，鲁迅

---

① 鲁迅：《木刻纪程·小引》。

② 鲁迅：《我怎么做起小说来》。

作为它的鼻祖和最杰出的现实主义巨匠，始终“真诚地，深入地，大胆地看采取人生，并且写出他的血肉来”。他站立于时代的先进主潮，把文学作品当作拯救国民灵魂，“引导国民精神的前途的灯火”[1]，开创了小说的革命现实主义创作方法。恩格斯在《致玛·哈克奈斯》信中说道：“现实主义的意思是，除细节的真实外，还要真实地再现典型环境中的典型人物。”鲁迅的小说，在典型情节的提炼、典型环境的安排及典型人物的塑造上都不愧为文学艺术的典范。赵太爷是封建势力的基层代表，他剥夺了阿Q的姓氏，对阿Q进行敲骨吸髓的压榨，但当阿Q起来响应革命时，赵太爷对阿Q的态度在表面上来了个一百八十度的大转弯：“‘老Q’，赵太爷怯怯的迎着低声的叫”，“‘老Q……现在……’赵太爷却又没有话，‘现在……发财么?’”这个细节深刻地写出了赵太爷的卑劣、怯懦、虚伪与无耻；《阿Q正传》中的未庄是当时中国农村社会的缩影；阿Q的精神胜利法是中华民族精神病态的真实写照。《故事新编》从总体上看是浪漫主义的艺术杰作：“只取一点因由，随意点染，铺成一篇”。但鲁迅执著于现实的战斗性格，使他要“把那些坏种的祖坟刨一下”，“结果止不住有一个古衣冠的小丈夫，在女娲的两腿之间出现了”[2]，那些“面包是每月会从半空中掉下来的”文化山上的学者教授也为统治阶级唱起了粉饰太平经。现在的情形和历史的情形“何其神似”，社会的黑暗腐败自古至今。在这里，鲁迅的革命现实主义创作方法，又一次展现出深广的社会批判力和巨大的社会战斗力。

鲁迅现实主义创作方法的又一个显著特色是写“几乎无事的悲剧”。他往往择取那些极平常的几乎不为人们所察觉和重视的生活现象及思想意识，深刻地揭示出社会和人生的悲剧，这是由他为人生的改造国民性的创作宗旨所决定的。《孔乙己》的“主要用意，是在描写社会对于苦人的凉薄”[3]。孔乙己深受科举制度的毒害，迂腐、贫穷，成为人们调剂心绪的笑料。诚然，人们对于孔乙己的嘲笑并不一定都带着恶意，但却加深了孔乙己精神的苦痛与灵魂的折磨。“悲剧将人生有价值的东西毁灭给人看”[4]。同情心是人类最有价值的东西，而孔乙己的嘲笑者们却泯灭了同情心，他们认为嘲笑弱者是生活中天经地义的事情，却没有想到那无心的嘲笑加速了孔乙己的悲剧命运。鲁迅“几乎无事的悲剧”艺术，打破了“瞒与骗”的反现实主义的文学传统，直面人生，毫无讳饰地如实描写出国民的精神麻木及社会的黑暗腐朽，显示出他特有的“忧愤深广”

① 鲁迅：《论睁了眼看》。
② 鲁迅：《故事新编·序言》。
③ 孙伏园：《鲁迅先生二三事》。
④ 鲁迅：《再论雷峰塔的倒掉》。

的泪痕悲色。

鲁迅的小说在艺术地挖掘国民灵魂时，往往充满着喜剧的色彩、沉郁的幽默感和深刻的讽刺，这是鲁迅小说艺术的又一显著特色。《阿Q正传》是幽默讽刺的艺术杰作。从“序”到“大团圆”都让人忍俊不禁：无论是阿Q争强好胜的捉虱子比赛，还是阿Q自轻自贱的自打耳光，及至阿Q独特的求爱方式，都使人感到滑稽可笑。阿Q之所以可笑，就在于他的行为、动作、意识都于人生是毫无价值的。“喜剧将那无价值的撕破给人看”[①]。阿Q把无价值的东西当做处世哲学，理所当然会引起人们的嘲笑。然而笑后反思，给人的却是沉重、悲痛与愤怒之感，黑暗腐败的社会造成了阿Q的贫穷、愚昧、麻木，弱小者的求生欲望使他的言行举止乖戾。鲁迅对阿Q“哀其不幸，怒其不争”的幽默讽刺，体现了他寓热于冷的唯物主义的美学思想。对于敌人，鲁迅的幽默讽刺则严峻尖刻，他在笑声中暴露这伙人间鬼蜮的反动本质，鞭挞他们丑恶的灵魂。道貌岸然的四铭原来是一个男盗女娼的假道学，讲理学的鲁四老爷是一个杀人不见血的封建刽子手。鲁迅一层层地撕破他们那裹着马脚的麒麟皮的讽刺手法，展现出艺术的讽刺美。

“旧形式是采取，必有所删除，既有删除，必有所增益，这结果是新形式的出现，也就是变革。”[②]鲁迅小说的艺术风格，是在借鉴吸收中外文学的精华，并根据时代生活的需要及自己独特的生活与审美观念中创立的。他打破了社会科学的界限，熔各种文学体裁于一炉，传统的小说观念、形式经过鲁迅的创新变革有了深刻的变化。由鲁迅创立的20世纪中国小说，无论是艺术形式和表现手法的多姿多彩，还是社会生活和人物性格的深广丰富，都是和世界文学的发展趋势一致的。鲁迅为20世纪中国小说的创立、发展、成熟和世界小说的发展作出了独特的贡献。

第二节 茅 盾

茅盾（1896～1981），原名沈德鸿，字雁冰，浙江桐乡乌镇人。

茅盾是20世纪中国文学发展过程中的大家之一。他不仅是小说家，而且还是文艺理论家、文艺批评家和无产阶级文化战士。他为20世纪中国文学的发展作出了杰

① 鲁迅：《再论雷峰塔的倒掉》。
② 鲁迅：《论〈旧形式的采用〉》。

出的贡献。

1916 年,茅盾进了商务印书馆编译所英文部,从此开始了他的理论家的路程。仅 1917 年到 1926 年 10 年间,他用各种笔名就写了文艺批评文章 230 余篇①。茅盾的文艺批评分为两个阶段:1920 年到 1925 年为第一阶段,主要表现为"表现人生指导人生";1928 年到 1935 年为第二阶段,带着左翼作家的激进主义色彩,注重对文学现象作阶级分析,形成了社会——历史批评②。茅盾是提倡现实主义的,大约从 1922 年开始,他又倡导自然主义。在茅盾看来,只有像左拉那样细心地观察、体验、实践,才能救助中国式现实主义的虚浮、空洞,写出现实主义所基本要求的"真实"来,目的是为了现实主义。"真实"也就成为茅盾文学批评和文学创作的基点和要求。茅盾的文学批评,是以时代性为其基本特点的。早年写的 8 篇作家论和晚年写的《夜读偶记》,都显示出了紧随时代的特色。指导时代的思想,有正确与错误之分,这都是我们现在要很好识别的。茅盾的文学批评的第二个特色是讲究史料的准确可靠。如他晚年写的《关于历史和历史剧》(1962 年 11 月出版)就是他在搜集了 50 来种新编《卧薪尝胆》脚本的基础上,经过甄别对历史剧作出的看法。茅盾文学批评的第三个特色是他的马列主义观点虽与他的艺术直觉有时也发生矛盾(如《从牯岭到东京》所显示的),但他最后仍以马列主义观点统一他的理论,使之发出耀眼的光芒。

茅盾又是革命的实践者和无产阶级战士。1920 年他就和陈独秀、李汉俊加入了共产主义小组,为缔造中国共产党不辞辛劳,1921 年 7 月以后自动转入中国共产党,从此为中国共产党领导的事业奔波劳碌,甚至在脱党期间也为人民事业鞠躬尽瘁,直到晚年重新提出入党要求,这些都是他革命人生的写照。这不仅为他的文艺批评以阶级和阶级斗争为准则,也为他的创作打下了特有的基础。他在文学创作、特别是在长篇小说的创作上作出了贡献。

茅盾是在有着丰富的文学批评经验和革命实践经验之后转入文学创作的。这在 20 世纪中国作家中是不多见的。这不仅使他的创作力透纸背,也使他的创作冲出当时文坛的各种禁忌,进入真正的艺术行列,为后人的艺术创作树立了典范。1927 年,茅盾在"经验了人生以后"开始了文学创作。1927 年到 1928 年,茅盾先后写了中篇小说《幻灭》、《动摇》、《追求》,发表于叶圣陶主编的《小说月报》;1930 年 5 月合并一起出版,题名为《蚀》。按茅盾的解释为"这表明书中写的人和事,正像日蚀月蚀一样,是暂

---

① 见乐黛云《茅盾早期思想研究》。

② 参见温儒敏著《中国现代文学批评史》。

时的，而光明则是长久的，革命也是这样，挫折是暂时的，最后胜利是必然的”①。小说一出版，就引起了不同的反响。一是当时的“革命文学”派认为，题材写的是小资产阶级，情调又比较苦闷，不能适应革命时代的政治需要而加以责难。一是认为文本“粘着题目写”，倾出了苦闷，没有预先设计的“指导人生”的目的，同时作者采取了比较超脱的姿态，焕发了艺术灵感，真正以审美方式体现了自己的情绪与体验，是文艺性质的真正实现。为了回答这两种意见，作者写了《从牯岭到东京》的长文，一方面为自己和《蚀》辩护，另一方面也回答了责难，提出了自己的文艺主张。应该说，在30年代风云影响下，责难意见占了上风。茅盾随后在创作中也适当地对自己的观点作了修正。但随着时间的推移，把文艺自身的性质作为判断一部作品高低的标准，将成为人们追求的目标，这是无疑的了。

随《蚀》之后，茅盾还陆续写作了《虹》、《路》、《三人行》。《虹》以梅女士的“突变”显出了作品的光明结尾。后两部虽然努力想为人们指出一条出路，但由于缺少生活的根基，只能结出苦涩的果子而告结束。为了克服缺少生活根基的弱点，茅盾利用治眼病与回家的机会，对社会作了大量调查，并应用马列主义对社会现象作了科学的分析，先后写出了《子夜》、《林家铺子》、《春蚕》、《秋收》、《残冬》、《多角关系》、《当铺前》、《小巫》等一批长、中、短篇小说。这些小说在艺术上表现不一，但它们显示了社会剖析小说的特征，为30年代的城市与农村绘画出了历史的长卷。

茅盾的小说被称作社会剖析小说，其特征是“作品中人物形象阶级特征比较鲜明，情节的冲突、发展，往往由当时各种社会矛盾所决定，与更为广阔的社会背景相联系着”、“人们很容易看出这类作品的感性形象，是经过马列主义理论透视的，具有鲜明的理性色彩”②，同时结构严谨，组织细密，在写作前经过精心设计。社会剖析小说是30年代茅盾这类作家的特有产物，带着强烈的时代性与个人性，像沙汀、吴组缃等虽紧步茅盾的后尘，写作了众多的作品，但无论人物、情节、构思以及理性等方面，都不及茅盾。首先，这是30年代特有的社会反映。30年代是中国阶级矛盾、民族矛盾突出的年代。茅盾小说所反映的一人一事，透露出时代风云激荡的社会变动，显出了作者的深沉观察与忧虑。其次，自“五四”以来马列主义就在中国文学中有所显现，对文学的命运功过，有过决定性的影响。但作为主要参照系，却从来没有像茅盾那样作为分析小说情节的重要原理，起着普遍的指导作用，表现了马列主义的威力。其三，与茅盾本

① 茅盾：《我的创作生涯》。

② 黄修己：《中国现代文学发展史》。

人的革命经历与个人艺术特质分不开。一是他常用马列主义的分析原理,具体而细微地透视经济问题,因此常使他的分析呈现出一种高屋建瓴的气势;二是他思维缜密,构思严谨,这与现实主义的特征结合,使他的创作和巴金热情洋溢的创作严格区分开来,成为特有的社会剖析小说。

《林家铺子》以1932年"一·二八"事变为背景,描写了上海附近小镇上一家小百货店破产情景,揭示了在帝国主义入侵、社会动乱、农村凋敝等众多原因袭击下,以小商业者为代表的农村经济的必然命运。小说成功地塑造了林老板形象。作为小商业主的林老板,人很聪明,也善于做生意,而且得到年轻人寿生的协助,但却仍然一败涂地,最后以逃跑结束。

《春蚕》与《秋收》、《残冬》合称"农村三部曲",是1932年前后众多作家写的"丰收成灾"题材中的优秀小说之一。小说揭示了帝国主义经济入侵、国内政治腐败,是农村经济破败倒闭的原因。《春蚕》的成功是因为它塑造了农民老通宝的形象。老通宝为江南农村的一家之主,他有极强烈的恢复旧家业的愿望,也善于经营,能勤俭持家,但由于日本丝业驰骋中国市场,弄得他蚕业丰收而成灾。在他身上能够找得到的缺点是保守、迷信、落后,但这不是使中国农民贫困的根本原因。根本原因是什么?作家把它归结到中国的政治问题上。老通宝与二儿子阿多的矛盾也是以此为出发点的。因此老通宝与阿多的矛盾在小说中处于明显位置,这与《林家铺子》单纯的主题比较是值得深思的。

1933年《子夜》的出版,显然是件文学大事。《子夜》出版得到文坛各界一致的肯定,有的评论家认为面对当前的中国文艺界显得"连细微的呼声也没有"的情况下,《子夜》的出版表示了中国文人的惊天怒吼,震动了中国。瞿秋白甚至称1933年为"子夜年"。

1930年春夏之交,茅盾因眼疾遵医嘱多休息,于是他常去串门的卢学溥家,成为他创作小说《子夜》的摇篮。卢学溥是上海有名的资本家,在卢家聚会的常有工厂主、银行家、公务员、商人,也有交易所中的投机人物。在这些人的话题中常有当时中国正在进行的中原大战、世界经济危机,以及中国南方的苏维埃政权活动和蒋介石的军事围剿等等。当时茅盾就产生了将这些事集中起来,写一本"白色的都市和赤色的农村的交响曲的小说"[①]。

当时中国正在进行关于中国现代社会性质的大论战。论争分为三派,革命派认为

① 茅盾:《〈子夜〉写作前前后后》。

中国依旧是半封建半殖民地社会，当前的革命任务当然是推翻三座大山，领导这一革命的是无产阶级；中国托派认为，中国自辛亥革命已走上了资本主义道路，反帝、反封建的任务当然由中国资产阶级来承担，也即是无产阶级只能搞一些合法斗争，将来等条件成熟后再去搞社会主义革命；一些资产阶级的学者代表了大资产阶级的观点，认为中国民族资产阶级可以在既反对共产党又反对帝国主义和官僚买办阶级的夹缝中求得生存和发展，建立欧美式的资产阶级共和国。这不是一场单纯的学术讨论，它反映了当时各派政治力量各自的对于中国命运和出路的观点。作为进步的革命作家，茅盾的"入世"思想使他不会沉默于这场论争之外。他说：这场论争，"对于确定我这部小说的写作意图，颇有关系"。就是说，茅盾用这部小说参加论战，表明自己对于中国命运、前途和出路是什么、在哪里以及怎么走的看法和见解。而这个为后来的中国革命实践所证明了的见解，表明了这部小说的理性所在。他在回忆录中写道："我写这部小说，就是想用形象的表现来回答托派和资产阶级学者：中国没有走向资本主义发展的道路，中国在帝国主义，封建势力和官僚买办阶级的压迫下，是更加半封建半殖民地化了。中国的民族资产阶级中虽有些如法国资产阶级性格的人，但是1930年半殖民地半封建的中国不同于18世纪的法国；中国民族资产阶级的前途是非常暗淡的，它们软弱而且动摇。当时，他们的出路只有两条：投降帝国主义，走向买办化，或者与封建势力妥协。"[①]这段话就是作者的创作意图，也是小说的主题。当然其中稍有改正的是小说的结尾处，吴荪甫没有买办化或向封建势力投降，而是逃走了。这给小说留下了更多的悬念，也是当时的革命形势使得茅盾作出这样的处理。

《子夜》的故事发生在1930年夏秋之间。这时中国的政治社会正处于异常热闹之际：北方蒋、阎、冯大战正在千里陇海线、津浦线上激烈进行，南方红军不断扩展，威胁着蒋管区的中心城市长沙、武汉等地，而这一切都反映到上海，并直接影响了上海金融市场的斗争。这就使故事的展开有了时代依托与回旋的余地。

小说是以工业资本家吴荪甫在两个多月的奋斗、扩张与失败为线索进行的。从吴老太爷的丧事起始，随着吴荪甫、赵伯韬斗争的加剧、深化，吴荪甫于三条战线上苦苦挣扎。通过农村革命、劳资战场、公债争夺，让我们看到了各条战线各种人物的充分表演，表现了30年代纷繁复杂的大千世界。

小说描写了大小人物五六十个，有人将它分作八类[②]，虽然每个人物并不都是典

---

① 茅盾：《〈子夜〉写作的前前后后》，《新文学史料》1981年第4期。

② 邵伯周：《茅盾评传》。

型的，但通过这五六十个人物，可以了解到 30 年代中国社会矛盾的各个方面：金融资本与工业资本之间的斗争，交易所市场的涨跌，豪华宅第的腐败生活，知识分子的思想状况，青年男女的恋爱悲欢，奴才之间、奴才与主子之间的明争暗斗，军界、政界的勾结利用，工人与老板的矛盾冲突，工人的贫困生活，农村暴动，革命党之间不同派系的争斗，五彩缤纷，绚丽多姿，表现了社会的各种复杂的矛盾。这既概括了当时的各种社会现象，又体现了社会剖析小说的特征，这正说明了《子夜》不同于当时的众多小说，是 20 世纪中国小说史上少有的长篇。

吴荪甫是《子夜》里的主要人物，是雄踞于 20 世纪中国小说史上的一个悲剧人物的典型形象。在他身上不仅体现了中国 30 年代民族资产阶级的特征，更体现了 30 年代中国特殊环境下生成的复杂个性。他的美德与恶德都那样鲜明地表露出来。从总的历史倾向来说，他不失为中国民族资产阶级一个失败了的英雄。他的失败除个人原因外，应由历史来负责。

吴荪甫是一个个性刚强、魄力雄大、行事果断与锐意进取的铁腕人物。小说开始，吴荪甫就陷入三条战线的围困之中，在个人家庭生活中也是如此。但这个匆忙的人却使出浑身解数，对付如麻的种种棘手问题。在政治上、经济上都显得力不从心的情况下，他努力拼搏，争取一个好的局面的出现。他在混乱的局势下，提拔重用屠维岳，通过政客唐云山与国民党改组派取得联系，与赵伯韬这个帝国主义的宠儿又团结又拒绝的行为，筹建益中信托公司等，都说明他努力想从目前的政治、经济困境中掌握制胜的局面。他与范博文那种靠吃银行利息、发着幽默怪话、幻想颓唐生活的人物实在不能同日而语。

不过，如果吴荪甫仅仅为了个人利益去争斗，拼个你死我活，仍然不能说这种个性力量具有什么进步性质。因此，要了解吴荪甫还得从他的“双桥计划”谈起。吴荪甫不是保守型而是开拓型的民族资本家，在他脑子里有一个“双桥王国”计划：将双桥建设成他的攻守要地，然后向上海进军，建立益中信托公司，盘进小厂，将外国洋厂挤出中国，再进一步扩大势力，争取在伦敦、纽约建立市场。这是一个宏伟的计划，并在行动中已实现了第二步。这个计划有它盘剥工人的一面，这是它的狭隘性，但也有它的进步性。首先，它是反对外国资本而求得民族工业的生存和出路的；其次，与洋买办赵伯韬相比，它是中国人民从鸦片战争以来近百年的希望，是历史的必然。吴荪甫说：“不！我还是要干下去的！中国的民族工业只剩下屈指可数的几项了！丝业关系着中国民族前途尤大！——只要国家像个国家，政府像个政府，中国工业一定有希望的。”吴荪甫的宏伟计划是针对中国弱小的民族工业，是为了从外国侵略者的重压下挣扎出一条生存的路而拟就的。这种追求发展民族工业的理想，在30年代，在中国濒临颠覆外国侵略狂潮中的时候，它的历史的进步性是无疑的了。其实，何啻30年代，自从中国沦为半封建斗殖民地社会以来，从帝国主义的侵略压榨中独立出来，发展自己的民族经济，这不是中国近百年来奋斗的目标吗？可惜都失败了，这是历史的悲剧，也是吴荪甫的悲剧。

这出悲剧具体深化到吴荪甫的心灵上，使他从刚强走向软弱，从果断走向狐疑，从进攻走向逃跑，其心灵的变化正好体现了"历史的必然要求和这个要求的实际上不能实现之间的冲突"。这是理解《子夜》主题的实质。

除了吴荪甫，作家还写了赵伯韬、屠维岳、冯云卿、林佩瑶等众多人物形象。虽然这些人物有的写得比较扁平，有的写的比较突出，但却展示了中国特定时期的社会关系，涉及中国社会出路的问题、体现了社会剖析小说的特点。理性比较强烈，显示了茅盾这时期的社会思想倾向。

《子夜》在长篇小说的艺术创造上也取得了重要的经验，值得借鉴。

首先，《子夜》涉及城乡各阶层人物，头绪纷繁，关系复杂，但作家采用提纲挈领的办法，用网式结构，张弛相间等手法，使故事人物相对独立，形成点、面描写。如第一、二章，巧借吴老太爷丧事，将上海滩上的重要人物，全都在吴公馆亮相。又以吴荪甫的性格发展为主，埋下工运、农运、公债斗法的三条线，形成全书的主线。第四章描写农村斗争，虽显得多余，与全书故事不合，但描写了曾家父子等一些重要人物，将双桥和上海联系起来，形成工农斗争的两条主线，在作品上也不影响它的完整性。其次，在人物描写上，作家也采用多种描写手法，使人物形象更加鲜明突出。如在社会大背景中刻画人物性格，让作家领着读者，看到了吴荪甫如何挣扎，赵伯韬如何腐化、堕落，冯云卿如何一心往金钱方面爬的丑行等等。让读者看到这些人物的动作时也看到时代的变化，让这批人物在时代导演下行动。又如在对比中揭示人物性格，赵伯韬的诡诈、腐朽与吴荪甫的实干、正经，林佩瑶的追求温情与吴荪甫的冷酷等等，都是在两两对比中来描写的。又如用心理描写，对人物在不同条件下的心理作了准确、敏锐的反映。林佩瑶告诉吴荪甫，雷鸣已到了天津，吴荪甫马上从雷鸣的行踪想到军事动态、政局变化、公债行情，并决心改变投机策略，再次在公债市场上大显身手，而对于林佩瑶与雷鸣的关系，则几乎是麻木的。这正体现了吴荪甫的心理特征，全身心投入到公债斗法中去的心情。作家在表现人物时，还着重环境描写，突出人物；运用细节，勾画人物；运用语言描写，显示人物等等。总之，《子夜》的人物描写，让人觉得恢宏壮大，一手一足都有预谋，体现了小说的理性特点。

第三节 老 舍

老舍(1899～1966),原名舒庆春,字舍予,满族,出生于北京贫民家庭。

老舍于1924年去英国任教,在朋友许地山的鼓励及狄更斯等西欧作家作品的影响下,在英国完成了三部长篇小说《老张的哲学》、《赵子曰》、《二马》。以后又有《小坡的生日》、《猫城记》、《牛天赐传》、《骆驼祥子》、《我这一辈子》、《四世同堂》、《鼓书艺人》等中、长篇小说,以及《黑白李》、《月牙儿》、《断魂枪》、《老字号》等短篇小说问世。

老舍是中国市民阶层的主要表现者与批评者。他的小说展示出一个覆盖面十分广阔的、五光十色的市民世界。在善恶二元对立的人生结构中表现中国小市民的悲喜剧,构成了老舍小说叙事的基本法则(整体框架或整体结构图式)。在老舍的小说中,军阀、官僚、政客、特务、汉奸及依附于权势者的苟全的男女是邪恶势力的代表,如《赵子曰》中的政客、军阀和欧阳天风,《二马》中的茅姓学生,《离婚》中的小赵,《骆驼祥子》中的刘四爷、特务,《四世同堂》中的冠晓荷、大赤包、蓝东阳、瑞丰、菊子等等,他们或巧取豪夺、欺压善良;或卖国求荣、屈膝变节、奴颜媚骨、崇洋媚外,是民族劣根上结出的"恶性毒瘤"。与之对立的,则是正面寄托审美理想的人物形象,如《老张的哲学》里的赵四,《赵子曰》中的李景纯,《二马》中的李子荣,《离婚》中的丁二爷,《四世同堂》中的钱默吟、瑞全等,他们分别代表着老舍价值观的一个侧面,或是认真读书,牺牲个人幸福以救国;或是行侠仗义,铲奸除恶;或是坚守民族气节,"宁为玉碎,不为瓦全"等——这种善恶二元对立的人生构图,反映出老舍的传统市民的价值观。虽然老舍不同阶段的小说显示出其价值观的变化,如从早期小说张扬个性主义反抗到后来的集体主义的转变(在《骆驼祥子》里,老车夫所体现的对个性主义的批判),但由这种善恶二分导致的反面人物的漫画化与理想人物性格内涵的浅薄与贫弱,则反映出老舍思想与艺术平平的一面。

真正代表了老舍小说思想与艺术成就的是作为小说主人公或重要人物的市民形象系列——赵子曰、马则仁、小马、张大哥、老李、祥子、祁老太爷、天佑、瑞宣等。小说充分揭示了在善恶对立的人生处境中,这些人物艰难的人生足迹及人生选择。追逐时髦以图出人头地与读书救国或诛除邪恶(《赵子曰》);为中国进步放弃个人幸福与满足个人的幸福(《二马》);凑合、敷衍、委曲求全与走出平庸软弱或以强抗恶(《离婚》);个人主义奋斗与集体主义的选择(《骆驼祥子》);为卫国而"宁为玉碎,不为瓦全"与为全家而苟且偷生(《四世同堂》)等,是这些人物面临的人生的两难选择。老舍以细腻深入的笔致含泪地写出了这些人物的悲剧处境,他们复杂、矛盾和痛苦的心态,他们的精神创伤及其蹒跚的人生步履。在这个庞大的市民形象系列里,父辈与子辈又分别表现出不同的形态。作为父辈的老马、张大哥、祁老太爷、祁天佑等等,是"老中国"的儿女,如《离婚》中的张大哥知足、本分,凡事取调和、敷衍态度,永不走极端,骂一句人他都觉得有负于礼教,凑合着过日子,"一生要完成的神圣使命:作媒人和反对离婚";《二马》中的老马虽为人"善良周到",却又生性慵懒,死要面子,在种族歧视面前取逆来顺受态度;《四世同堂》里的祁老爷身上,集中了北京市民文化与性格的"精髓",他的最大的人生理想是"四世同堂",真诚地维护着封建礼教,奉行"和气生财"的人生哲学,善良到驯服的地步,即使是沦为亡国奴,也处处苟且以全家(直到被逼得想作奴隶而不可得的时候,才终于奋起捍卫人的尊严、民族的尊严)。作为子辈,在小马、老李、瑞宣等人物身上,一方面有着中国传统文化的负累,另一方面又具有某些作为一个现代中国人的品格。例如《二马》中的马威,就始终处于"既要对得起自己,又要对得起国家"的两难境地;《离婚》里的老李虽然有着对一个有诗情有意义的世界的梦想与追求,却又始终摆脱不了传统伦理的束缚;《四世同堂》里的瑞宣,既是一个受过现代教育,有爱国心的现代中国人,同时又是北平文化熏陶出来的祁氏长孙。在民族危难关头,是尽民族大义,走抗日的道路,还是替家庭尽义务,在他灵魂深处展开着激烈的搏斗。他最终抛弃了这份沉重的文化负累,"找到了自己在战争中的地位"。除这两类人物形象外,老舍的小说还勾画出另一类更为"新派"的市民形象,如赵子曰(《赵子曰》)、蓝小山(《老张的哲学》)、张天真(《离婚》)等,他们处处追逐时髦,不仅在吃、穿、交际、恋爱诸方面追赶西方文明浪潮,在政治方面也不守本分,不断制造事端,煽动学潮,追逐名利。小说以漫画式的笔墨,揭示出这些"新派青年"的利己主义品质。

在上述三类市民形象身上,不难发现老舍把握市民世界的文化视角,他对国民性的批判,建立在对中国传统文化的审视上,这见出老舍所具有的现代眼光;而对传统文化优秀部分的眷恋与颂扬,又以西方文明在中国的表现形式为参照,他对"新潮"(包括学生运动)的简单化的拒斥与嘲讽,则表现出老舍文化价值观的正义性与保守性的两面特征。正因为如此,老舍自觉地从对中国传统文化的挖掘中寻求民族振兴之路。《四世同堂》里的天佑太太、韵梅、钱默吟等人物的品质,就是老舍筛去传统文化的灰土而留下来的真金。虽然天佑太太、韵梅,为家室所累,不能不成天操持家务,但民族危难一旦降临,她们又坚毅沉着,忍辱负重,成为独立支撑的大柱。她们把四合院内的世界与四合院外的世界连到一起，将自己的爱从家庭延展到整个国家与民族；而钱默吟面对国破家亡的严峻现实，身上爆发出属于传统士大夫的“宁为玉碎，不为瓦全”、“杀身成仁”的民族骨气与操守。

在上述父辈与子辈两代市民人物身上，我们看到了他们所肩负的沉重的传统因袭的重负，但同时又听到了他们虽然迟缓却仍然随时代的演变而向前移行的足音。在老舍小说中，真实地再现下层市民的悲剧性格及其命运的悲剧结局，是短篇小说《月牙儿》和长篇小说《骆驼祥子》。

短篇小说《月牙儿》的主人公是一个孤苦无依的弱女子，7 岁丧父，母亲为生计所迫沦为暗娼。母亲企望能以自己灵肉的痛苦与牺牲为代价改变女儿的人生道路，然而残酷的现实无情地毁灭了这基本的生活愿望。母亲衰老的时候，女儿不得不中断学业。当母亲要女儿以同样的生存方式挣钱时，女儿不从，试图以自己的奋争寻求正常的生存。然而污浊的人生欺骗了她的善良，玷污了她的纯洁。她到学校打杂时校长的外甥无耻地占有了她，到饭馆当招待不愿以媚态取悦食客而被解雇。在生活的逼迫下，她不得不走上了母亲所走过的路。因为做的是没纳捐的暗娼，她最后被关进了监狱。生活的磨难使她变得倔强，她宁愿呆在监狱里，因为外面的世界比监狱强不了多少。这样一个愤世嫉俗的生活结论正是母女两代人的悲剧凝成的对惨无人道的社会的血泪控诉。作品在形式上以女儿回忆她凄惨的人生遭遇的方式展开，富于抒情的语言和一再出现的具有象征性的月牙儿，使作品充满凄凉哀婉的情调，独具悲剧抒情的意味。

老舍较集中地创作了一批取材于下层市民生活的小说，塑造了小贩、人力车夫、小知识分子、下级巡警、艺人、暗娼等普通市民形象。其中长篇小说《骆驼祥子》，代表了作者整个市民小说的最高成就。

《骆驼祥子》通过对一个人力车夫的悲剧命运的描写，提出了城市贫民寻求生活出路的社会问题，既超越了作者以前的创作，也显示了 20 世纪中国文学史上同类题材作品前所未有的思想深度。

小说集中地表现了主人公祥子生活的悲剧与性格的悲剧。祥子生活的悲剧表现在他企望做一个自食其力的劳动者的生活理想的破灭。从农村流向城市的破产农民祥子，希望凭着自己年轻、健壮和吃苦耐劳的精神，过上一种独立自主的生活。他把买一辆洋车作为生活的奋斗目标，自以为有了洋车就像农民有了土地一样，当了车子的主人就可成为生活的主人。然而，生活的车轮并没有随祥子朴实的愿望转动，严峻的现实给了他一次又一次打击：经过三年的艰苦奋斗，祥子用血汗换得一辆新车，但没拉多久便被军阀乱兵抢走。祥子并没有放弃自己的目标,可是反动政府的特务孙侦探又洗劫了他买第二辆车的积蓄。后来他被迫与虎妞成亲,也未褪尽劳动者的本色,没有改变"拉自己的车"的人生目标。他的执拗倔强使虎妞成全了他买车拉的愿望。然而,祥子又不得不将车卖掉。小说围绕祥子买车失车三起三落的经历而展开对他的悲剧命运的描绘,展示了祥子"做一个独立劳动者"的善良朴实愿望的最后毁灭。祥子顽强求生的努力拼搏与现实社会给他的一次比一次沉重的打击形成强烈对照,从而深刻揭露了造成祥子悲剧的社会根源。尽管祥子所遭受的几次挫折具有一定的偶然性,但作者对一个个体劳动者悲剧命运必然性的揭示却是符合生活真实的。小说中所描写的另外两位靠拉自己的车生活的车夫二强子与老马师傅的悲惨遭遇有力地表明,即使祥子拉上了自己的车,实现了自己的愿望,也避免不了二强子和老马师傅的悲剧命运。

祥子的人生悲剧还较鲜明地表现在他的婚姻悲剧上。祥子与虎妞的结合是促成祥子悲剧形成的一个重要因素。虎妞的青春被耽误以及由此产生的某些变态心理是令人同情的,但她利用社会地位与经济手段对祥子自主人格的控制又不能不令人生厌,她用剥削阶级的生活理想与权力意志无情地剥夺了祥子要求成为独立劳动者的生活理想与主宰自我的人格意志。祥子对婚姻的就范也正意味着他要求独立自主的生活理想的破灭,也是其软弱无力,"不能掌握自己命运"的人生悲剧的典型表现。祥子非但得不到他想要的东西,甚至连他厌恶的东西也拒斥不掉。黑暗的社会对善良的劳动者灵肉的摧残是何等残酷无情!

祥子性格的悲剧集中表现在作为一个劳动者的美好品质的丧失和正常人性的蜕变。他初到城市,"像一棵树,坚壮,沉默,而有生气",充满了对生活的美好热望与自信。他诚实、善良、俭朴,为了能自己买上车,像骆驼一样耐住一切疾苦。然而,他的努力却屡遭失败,黑暗的现实给予他的是一次又一次的无情打击。当他对生活的信心完全动摇之后,又找不到真正的原因,他终于向命运屈服了。他试图反抗,施行报复,但又认不清敌手,于是,他向一切人甚至包括自己盲目地发泄胸中怨气——他敢揍巡警,敢在吝啬的先生们的洋服上弄上大黑手印,敢把刘四从车上赶下来,甚至为几十块赏钱出卖革命者阮明。"他不再有希望,就那么迷迷忽忽的往下坠,坠入那无底的深坑。他吃,他喝,他嫖,他赌,他懒,他狡猾"。在北京这个文化城,他成了失去灵魂的走兽。至此,祥子被剥夺的不仅仅是车子与积蓄,更重要的是奋发向上的生活意志和劳动者的美德。"人把自己从野兽中提拔出,可到现在人还把自己的同类驱到野兽里面去。"作者满怀着对被损害者的深刻同情,发出了对戕害美好人性的黑暗现实的强烈控诉。这正是祥子悲剧深刻意义的一个重要内容。

祥子悲剧的深刻思想意义还在于作者把笔触伸到了人物内心深处，从对城市贫民自身的思想性格弱点的挖掘中，探索其悲剧命运的内在因素，艺术地提示出祥子的悲剧与他作为一个个体劳动者的思想弱点和个人奋斗的方式分不开。作为一个个体劳动者，祥子的眼界是狭隘的，他不关心时事大局，其全部用心就是“拉自己的车”，在遇到突发事变和打击时，毫无精神准备，也找不到遭受厄运的根源；个体劳动者的个人奋斗方式与习惯心理又使他不愿看到处于同一阶层的人们的生活遭遇的共同性。祥子自以为年轻力壮，能吃苦耐劳，比一般车夫强，却没有从老马、二强子的命运中去思考新的生活出路；同时，个人奋斗又加深了个体劳动者彼此间的隔阂，导致他们互相争夺，而不是互相团结共同反抗黑暗的现实。因此，祥子在遭受了一连串的打击后，无法找到造成其悲剧命运的真正根源，而把一切都归之于命运，向命运屈服。当他发泄怨恨，施行报复时，也只能是盲目、疯狂的破坏。这不仅不能给压迫他的那个社会造成丝毫的损害，而且只能更快地把自己推向堕落的深渊。祥子命运的悲剧历程正是祥子个人奋斗不断失败的悲剧历程。作者宣告祥子是一个“个人主义的末路鬼”，也就宣告了劳动者想依靠个人奋斗改变受苦受难的生活道路是行不通的。

在小说中，祥子的悲剧被深深地植根于市民文化的土壤中。他的带着小生产者印痕的人生理想，他的不敢正视现实的盲目自信，在一切努力都失败以后，他的向命运屈服乃至于苟且堕落——“为个人努力的也知道怎样毁灭个人”。凡此种种，都触及到了中国国民性的弱点，并与老舍笔下的“老中国儿女”保持着内在的联系。这样，对祥子悲剧性格的刻画被纳入到老舍小说整体的文化批判视野。

老舍的小说堪称典型的市民文化小说。具有北平地方特色的风俗及人生世态图画的连续展现，使老舍笔下的市民形象的人生足迹、性格与心理结构及其人生悲喜剧，一律被笼罩在小说着意营造出来的浓厚的市民风俗文化氛围中，从中透出诱人的北京韵味。然而，这种风俗文化的描写，在小说中不仅是一种背景设置或气氛渲染，而且将天子脚下的臣民所拥有的传统北京文化的“精魂”，渗透于人物性格与心理刻画之中，并规范着他们的行为方式及命运走向。例如老舍小说中随处可见有关“礼性”的描写，从《二马》到《离婚》到《骆驼祥子》的各种各样的“送礼”。《四世同堂》更是详尽描写了祁老人从旗籍人那里学来的“许多规矩礼数”。大赤包打车夫小崔一记耳光，小崔不敢还手，就因为不能违反“好男不与女斗”的“礼”。台儿庄大捷消息传到北京，祁瑞宣虽十分振奋，却没有“高呼狂喊”，因为“他是北平人，他的声音似乎是专门为咏吟的……他的声音必须温柔和善，好去配合北平的静穆与雍容”。正是这种几乎艺术化的生活孕育出北平市民苟安、谦让、温厚、懒散与懦弱的精神气质与性格特征。虽然在小说中每个人的身上，具体的表现形式不同，却都带着这种文化根性。在对这些风俗文化的客观展示中，渗透着老舍的主观情愫。一方面，他的叙述笔调里包裹着对传统文化的高雅、含蓄、精致的眷恋与欣赏，以及对其丧失的无可奈何的感伤与若有所失的惆怅；另一方面，对这种已经烂熟了的文化所导致的柔弱、无用，叙述中又渗透出沉重的叹息。小说的叙事语调反映出老舍对传统市民文化的复杂心态和历史感觉。北京的风俗文化、市民形象的人生步履与作者的主观情愫水乳交融，三位一体，调配出老舍小说特有的“北京味儿”。

以通俗化的幽默为重要特征的讽刺色彩，是老舍小说的又一个重要特征。这一特色是把狄更斯等英国讽刺小说中夸张、扩大、漫画化的讽刺手法与北京市民文化中的“打哈哈”二者糅合而成的。这种幽默既是以笑代愤，又是一种自我解嘲，即老舍自己所说的把幽默看做是生命的润滑剂。在他的早期小说中，这种幽默带有迎合小市民趣味的为幽默而幽默的倾向，因而不免陷入“油滑”，这使得老舍曾一度“停止幽默”。自《离婚》以后，这种幽默消失了“油滑”色彩，使幽默“出自事实本身的可笑”，并追求幽默的深层底蕴，追求艺术表现上的分寸感。其次，老舍以幽默为主要特征的讽刺显示出京派讽刺小说的典型特征，即主要表现为一种世态的或文化的讽刺，且讽刺中充满规劝和温情，即使对一些反面人物，如《四世同堂》里的菊子等人，也在讽刺中含着怜悯，从而在老舍的幽默讽刺中显示出其人道主义的思想基础。

老舍小说的北京味，还表现为其叙述语言与人物语言所具有的鲜明地方特色。这种地方特色是以北京市民语言及俗文学语言为原料，加以煅烧锤炼的结果，即老舍自己所说“把顶平凡的话调动得十分有力”，而又不失其原味。正因为如此，老舍小说语言平易而不粗糙，俗而通雅，清浅而又韵味十足。老舍小说语言既具现代特征，又保持了语言的民族特色，在建立现代白话小说的语言规范方面，提供了十分有益的经验。

第四节 巴 金

巴金（1904～2005），原名李尧棠，字芾甘，四川成都人。

巴金是20世纪中国文学发展史上的一位杰出的小说家、散文家和文学翻译家。巴金出生于封建大家庭，“有将近20个的长辈，有30个以上的兄弟姊妹，有四五十个男女仆人”，自谓“从小就爱和下人在一起，我是在下人中间长大的”[①]。早年，他阅读《新青年》、《每周评论》等刊物，接受民主主义思想，又从《告少年书》(克鲁泡特金著)、《夜未央》(廖亢夫编剧)等著作中受到无政府主义的鼓动，激起对英雄的崇拜，对事业的追求，参加过秘密的青年团体“均社”。1923年离川求学。1927年赴法国研习经济学，并继续探求无政府主义原理，不多久便痛感于生命的虚掷，不愿让书本蚕食热血澎湃的青春，只在仰望着被托尔斯泰誉为“18世纪的全世界良心”的思想家卢梭铜像时，心灵上才感到某种亲切。当时的巴黎，各种社会思潮汹涌卷扬，使他强烈地意识到自己拥有太多的爱恨悲愁以及生命的骚动与挣扎。国内大革命失败的消息和意大利人凡宰地被美国当局用电椅烧死的非人道事件，给巴金以极大的刺激，他便于当年3月开始陆续写下自己的感触和思考，这便是他的第一部长篇小说《灭亡》(1929年初版)。1928年底回到上海，把主要精力用于社会政治宣传，仅以小说创作为副业，两年中只出版了《死去的太阳》和《复仇集》，直到1931年才“开始‘正式地’写起小说来”。从此，他把小说创作作为他的事业和生存方式，长时期全身心投入其中：

> 我只是把写小说当作我的生活的一部分。我在写作中所走的路与我在生活中所走的路是相同的。……每一篇小说里都混合了我的血和泪，每一篇小说都给唤醒了一段痛苦的回忆，每一篇小说都给我叫出了一声追求光明的呼号。光明，这就是许多年来我在暗夜里叫喊的目标。它带来一幅美丽的图画在面前引诱我，同时受苦的、惨痛的景象又像一根鞭子那样在后面鞭打我。我任何时候都只有向前走的一条路。[②]

正是怀抱这样的追求与激情，巴金笔耕不辍，著译等身，到40年代末他就创作出各类小说共33部。其中，“激流三部曲”、“爱情三部曲”、“抗战三部曲”、《小人小事》和《寒夜》等，更是公认的传世之作。所以，不仅鲁迅早就指出他“是一个有热情的有进步思想的作家，在屈指可数的好作家之列的作家”[③]，就是后来的外国学者也往往情不自禁地对他深表敬佩。例如日本的山口守在《巴金的〈寒夜〉及其他》一文中就这样写道：“我对在那场使无数无辜的中国人民丧失生命，使数之不尽的人们蒙受苦难的战争中写出如此深刻的优秀作品的作家巴金深感敬佩，我希望中国对巴金文学的研究更加深

① 巴金：《将军集·序二》。
② 巴金：《电椅集·代序》。
③ 鲁迅：《答徐懋庸并关于抗日统一战线问题》，《鲁迅全集》第6卷，人民出版社1981年版。

入、广泛。”

“斗争就是生活，人生只有前进。”这是巴金的座右铭。1984 年在接受外国记者访问时，他仍然宣称：“我的作品是同我的思想发展紧密联系在一起的。”“总的讲来，我想，我作品的基本思想是人道主义、爱国主义，或者两者的融合”[①]。爱国主义使他牢牢植根于中华文明，始终如一地与民族共休戚，求发展，同人民群众特别是青年和知识分子保持着深刻的精神联系；人道主义则使他具备了人类性的眼光和胸襟，能够把自己的家国种族放在全人类现实发展格局上作深层的思考，从而浓化了他笔下生活画面的现代情调，强化了他笔下人物命运的悲剧含量。巴金是 20 世纪中国文学发展史上一位推进中国文学同当代人类紧密联系的独特作家。

青春、家庭、激情，构成了巴金小说创作的主要特征。

以血缘关系为纽带、以礼教为文明规范的家族本位制度，是中国封建主义的社会基础，它跟以人为本位的民主主义是尖锐对立的。面对社会转型的历史浪潮，主张个性解放、民主平等的先进青年，自然就把反家族统治作为反封建斗争的第一步。正如恩格斯所指出过的：“一定历史时代和一定地区内的人们生活于其下的社会制度，受着两种生产的限制：一方面受劳动的发展阶段的制约，另一方面受家庭的发展阶段的制约。劳动愈不发展，劳动产品的数量，从而社会的财富愈受限制，社会制度就愈在较大程度上受血族关系的支配。”[②]也就是说，反对家庭统治与推进社会发展具有同一性。我们看到，巴金所展示的中国封建大家庭的裂变正具有同样的意义。他高举青春的火炬，把自己的控诉与热望，把自己的满怀激情，全部倾注在斑斓夺目的青春生命之上，于是，革命和家庭，便成了他所反复描写的时代青年的两大命运选择。

“爱情三部曲”是作家巴金最喜欢的作品。巴金在全书总序里说：“它只描写一群青年的性格、活动与死亡”，“然而他们的牺牲精神，他们的英雄气概，他们洁白的心却使得每个有良心的人都流下感激的泪”。作品主要根据作者在福建晋江的一些朋友的事迹写成。20 年代末到 30 年代初，晋江是中国无政府主义运动的一个大本营，那里的黎明高中和平民学校是它的重要基地。作者试图通过爱情题材表现青年人的三种性格：周如水的“软弱”（《雾》），吴仁民的“粗暴”（《雨》），而《电》里的吴仁民已经是一个成熟的革命者了，他与李佩珠共同代表着“健全”，达到了革命与恋爱的统一。他们是一群刚刚走出传统家庭模式的热血青年，既没有发现正在觉醒的工农民众，又远离着

---

① 《斗争就是生活，人生只有前进——巴金在瑞士答记者问》，《文学报》1984 年 7 月 26 日。

② 恩格斯：《家庭、私有制和国家的起源》，《马克思恩格斯选集》第 4 卷第 2 页，人民出版社 1972 年版。

马克思主义精神旗帜,而社会又根本不可能为他们提供理想的人生位置,他们只是真切地感受到了丑恶、腐朽、压迫,于是挣扎、反抗,并寻求着什么。他们是热烈的、真诚的,更是迷惘的,似乎手段性就是目的的本身。正如吴仁民讲的,"对于我们,明天也许一切都不会存在","什么时候才轮着我来交出生命呢?"显然,巴金的吴仁民、李佩珠们,决不是俄罗斯文学中"多余人"的中国版,更不是郁达夫笔下薄海明(Bohemian)现象的自然引申,他们仅仅是没有寻觅到正确方向的小资产阶级革命者。作家用充沛的感情关注这些年轻反抗者,整个作品的思潮化倾向是那样炽烈而突出,曾经产生过巨大的社会影响。

《火》被称为"抗战三部曲"。抗战一定胜利、青年在抗战中成长是其主题。第一部描写上海从"一·二八"到沦陷时中学生冯文淑、朱素贞和大学生刘波等的救亡活动。第二部描写革命青年把救亡火种播向农村,冯文淑、周欣随战地服务团去了北方,李南星等人组织农民武装自卫救国。第三部又名《田惠世》,以林语堂长兄林憾庐的身世为素材,"写一个宗教者和一个非宗教者间的思想和情感的交流"[①]。宗教家田惠世"并非为了自己登天堂,倒是为了救同胞出苦海"的精神打动了冯文淑,她最后参加了《北辰》的编务工作。

"激流三部曲"是巴金的代表作。从1931年开始,他用将近10年时间完成的这部百万字巨著,再加上稍后写成的《憩园》,是作家艺术潜能的充分发挥和艺术个性的自我实现。巴金关于"家庭"的鸿篇巨制,"达到了旧家身世与时代思潮、丰富的人生和充沛的激情和谐结合的审美境界,里程碑式地使作家走上了一条不失浪漫激情的现实主义道路"[②]。这套家族制度剖析系列小说,是继《红楼梦》之后的杰出创造,成了青年人认识封建社会的艺术教科书。

作品生动真实地写出了封建大家庭腐烂溃败的历史。"四世同堂"的高家,同"社会"一样,把专制主义作为推动生活运转的基本法则,而森严的等级制度和残酷的人身依附,则是根植其上的两大毒瘤。高家的最高主宰是高老太爷,克安、克定无恶不作,"社会贤达"冯乐山以及帮闲寄食的周伯涛、郑国光们,他们是封建主义的人格化。作家让生活自身的逻辑揭示他们顽固守旧、虚伪丑恶的本质,他们正是青春的扼杀者。对于年轻女性——作者心目中的青春花朵,他更是无限深情地描画出她们的性格和归宿:梅的默默枯死,瑞珏的荒郊毕命,鸣凤的投湖自尽;至于惠、枚、淑贞、倩儿诸人的不

---

① 巴金:《火》第三部《后记》。

② 杨义:《中国现代小说史》。

幸结局,无一不表示着作家在“向一个垂死的制度叫出我的‘我控诉’”[1]。但是,新事物总是要出现的。觉慧、觉民、琴、淑英这些叛逆者,他们敢于向专制主义挑战,敢于冲破传统的生活程式去寻求自己的人生位置,正启示着灿烂的春光是一定要照临人间的。最深刻的人物是高觉新。他是一个没有“青春”的青年,在天堂与地狱之间,在新生与垂死之间,他徘徊着,游弋着,进退失据,惴惴不安。他凭着“作揖哲学”和“无抵抗主义”支撑自己,而心里却在流血。历史转折所引发的失序、失衡和呻吟,在他身上有着最生活化的表现,个人的“善”与制度的“恶”长时间挤压着这个痛楚的灵魂。作家在他身上寄寓着无限的同情和惋惜,使作品增大了渗透力。总之,“家”即社会,“家”就是社会的缩影,这正是“‘激流三部曲’中运用的最重要的一条典型化原则”,“高氏家族发展、灭亡的历史,高氏家族内部的‘一切的对抗’,在一定程度上可以反映出19世纪末20世纪初旧中国的整个社会动态,反映出当时时代的某些本质规律”。[2]

《憩园》是作家借居旧友官邸所从事的创作,把4条线索(盲琴师与卖唱女之恋、姚家的愁烦、杨梦痴的悲剧、万昭华“要飞也飞不起来,现在更不敢飞了”的无奈)交织成立体的流动的人生画面,展开了对人性复杂性的解剖,批判了中国旧式大家庭模式的弊害。杨梦痴是“出名的败家子”,被逐出家门,而寒儿的孝心终于使他的心灵受到震颤。憩园的新主人姚国栋自恃财大气粗,成了抗战时期的中国奥勃洛摩夫,儿子却溺水而亡。身为继室的万昭华虽然贤淑,面对儿子的困扰和丈夫的蜕变却根本无力迈出既定的生活格局。憩园既是小说的聚光点,也是封建家庭必然灭亡的具象化。作家从容运笔,让理智的怒火徐徐燃烧,整个作品被赋予澄澈纯净的品格。如果说“激流三部曲”旨在抨击封建家长制的罪恶,那么,《憩园》的着重点显然在批判家族制度及其家庭模式对人性的残害,它必然导致家族成员的精神萎缩乃至道德崩溃。

题材的丰富多样,显示出巴金对人类和人性一贯怀有人道主义的关注。仅就其中短篇小说而言,其视阈之阔,感情之炽烈,都是令人惊异的。从《新生》、《死去的太阳》、《复仇集》、《电椅集》、《光明集》、《沉默集》、《抹布集》、《将军集》、《春天里的秋天》、《神·鬼·人》等作品到40年代的《第四病室》、《寒夜》、《小人小事》,始终闪射着爱祖国也爱人类的情感火焰,而情感方式则由激越转为深沉。

他首先揭示了农民、工人的非人生活以及他们为改变现状而作的斗争。《五十多个》用速写式的笔触勾勒灾民挣扎在死亡线上的悲惨情景,灾荒、饥饿、大兵、死亡都不

① 巴金:《关于〈家〉——给我的一个表哥》。
② 汪应果:《巴金论》,上海文艺出版社1985年版。

能夺走他们求生的毅力，生存下去的愿望把他们连在一起，彼此友爱地向着前面的村庄走去。《砂丁》写农民王升义为给情人银姐赎身，甘愿去“死城”挖锡矿，与同乡一道葬身矿井，而银姐还在盼望他早日归来。《雪》(初名《萌芽》)展示阶级压迫和阶级剥削十分严峻的矿区社会，小刘、赵科员筹谋通过罢工斗争来改善劳动条件，遭到镇压，已经成立工会的工人起来搏斗，终于把小刘抢救出来。

其次，是探索知识分子的灵魂。中国知识分子的人生选择，这是巴金一直在思考的严肃课题。《知识阶级》揭露大学校长与院长之间的派系倾轧，教授们利用学生风潮渔利。巩固个人地位便是这些“知识阶级”所信奉的唯一原则。《沉落》抨击高标“勿抗恶”的著名学者，提倡明人小品，待人相当宽容，认为“一切存在的东西都有它存在的理由，满洲国也是这样”，而他自己也觉得是“愈陷愈深地沉下去了”。另一些知识分子则选择了革命。《星》侧写秋星和家桢在小城市里进行武装革命活动，对于作家的旁观态度给予了善意的批评。《春雨》写一个知识者决定在唐·吉诃德和韩姆列德中间选择一个，终于成为一个革命者，从而批判了他哥哥苟安求活的生活态度。《父亲买新皮鞋回来的时候》是一篇富于抒情气氛的悲壮故事，通过一个 8 岁小孩的感受来写他父亲从事地下活动和最后牺牲的情形。他后来也成长为一个革命者，但他仍然没能为自己的小孩买回一双曾经应许过的新皮鞋。作品激情满怀地呼吁“孩子”快快“长大起来”，“去把历史改造过”。

对人生和人性的不倦探索，巴金总是那样严肃而诚恳。以《还魂草》为契机，他的“发掘人性的工作”，在 40 年代更显出了特异的风采。他自觉地在“小人小事”上进行艺术的聚光，力图“探索我们民族力量的源泉”。《猪与鸡》写中年寡妇冯太太的刁泼、寂寞与无聊，把小市民的自私浅俗置于民族存亡的大背景上来审视，字里行间分明流溢着悲悯和冷峻。唯其所写者小而所忧者深，所以特具艺术张力。《第四病室》从失业青年陆怀民的角度，把抗战后期大后方的混乱、错位、残忍、黑暗、非正义与非人性，统统纳入一个病室而予以聚光。在那里，金钱是支配一切的力量，而唯一闪烁着人性光辉的是女医生杨木华。杨医生同情病人，竭尽所能地为病人服务，为抢救别人而努力工作，最后献出了自己的生命。全书采用散点透视法把纷纭万状的生活图景组成立体画面，写得楚楚有致，墨韵淋漓，令人浩叹，更令人沉思。作者说“既然有人从一滴水中看出了一个世界，为什么不能在一个病室里看到当时半壁江山的中国社会呢”[①]。他确实是画出了中国人的灵魂。《寒夜》写大时代里小家庭的毁灭。民国同龄人汪文宣

① 巴金:《谈谈〈第四病室〉》。

和曾树生是接受新思潮成长起来的大学生，有着创办“乡村化、家庭化学堂”的共同理想，由自由恋爱而同居。但他俩所构筑的爱巢很快就瓦解了。汪文宣尽管有才华，人又忠厚老实，却不得不负着屈辱和肺病做校对文稿的工作，终至失业，呻吟，在日本投降的日子里咯血而死。这是一个被侮辱被伤害的病态灵魂，自疑自讼，自轻自贱，生命的主体性已被肢解，总习惯于将外来意志变成自己的意志，“断气时已经没有力量呼叫‘黎明’了”[①]。曾树生原是活泼热情的新派女性，为一家的生计与儿子的教育费用，不得不到银行里去充当“花瓶”，最后随升任经理的陈主任去了兰州。她虽然尽力弥合这个“家”，可是，在婆婆眼里她始终不过是文宣的“姘头”，彼此已经势同水火。时代的灾难，社会的异化力量，文化心理的尖锐冲突，这一切，都使得她不可能实现自己的预拟人格。作家尽量节制激情，把满腔的悲和愤渗透在徐徐展开的情节和场面中，让人们用心灵去感受时代的罪恶，去思考人性的缺陷。

巴金也把他的笔触指向外国，其中虽然并不缺少爱情的绮丽和异域的情调，但更多的还是“美丽的诗的情绪的描写”以及“人类的痛苦的呼吁”[②]。《亚丽安娜》写波兰女革命家亡命巴黎的故事，漂泊的苦况，爱情的纠葛，都传达得有情有味。《将军》写亡命上海的白俄诺维科夫，不事生产，无力举炊，偏又丢不开贵族架子，成天酗酒，在怀恋彼得堡的旧梦里打发日子，全靠妻子向美国水手出卖肉体来养活自己，最后醉倒在马路上死掉了。作者的针砭是深刻的。《狮子》写法国中学学监莫勒地耶的故事，意在揭示他变态和复仇心理的社会根源。《神·鬼·人》通过人物内心变化折射出30年代封建性日本帝国主义环境对正常灵魂的扭曲，对人性的残害，具有相当的心理深度。《神》里的长谷川由一个无神论的“自由思想”者逆转为“神通力”的虔修者，内驱力是什么呢？原来，战乱的灾祸，屠杀的惨状，折磨致死的情人，冤死狱中的好友，使他精神痛楚，心灵无法承受，便转而乞灵于宗教活动来消除“凡心”。他需要麻醉自己，于是向宗教寻求解脱就成为自然的选择了。《鬼》中的崛口君原是早稻田大学学生，由于父兄坚决反对他同横山笑子的爱情关系，被迫跟一个没有感情的女子组成家庭，遂信奉月莲宗教。后因连续梦见郁郁病故的横山，便选择在黄昏时向大海抛洒供品来祭奠她的亡灵。他坚信“要是没有鬼，那我们在什么地方去寻找公道”。显然，“鬼界”是崛口君用以征服现实的心灵造影，只有在那里，他才会感受到自己的胜利。《人》写“我”旅居东京，适逢“满洲国”皇帝来此排演傀儡戏，被无辜投入监狱，因而认识一个热心阅读西方

① 巴金：《〈寒夜〉后记》。
② 巴金：《复仇集·序》。

哲学和文学著作的公务员。他因为穷,窃书时被抓获入狱。但他不屑在鬼神世界里呼求"公道",宣称:"我们都是人,记着,我是一个人"。巴金认为"人是这书的结论"[①]。人是世界的主体,健全和健康的人性只存在于人类自身。

巴金塑造人物形象有他自己的路数。他笔下的人物,性格大都比较单纯,甚至谈不上细节的独特性和情节的丰富性,有时连对话的个性化也并不那么突出,可是,他们的内心世界却非常丰富。他把激烈的态度和充沛的情感注入他的人物形象,竭力展示人物所具有的人情美,用强烈的爱作为人物行为的驱动力,以达到人格美的完成。内在充实之为美。他总是用晓畅真切的心理描写来揭示人物的心理活动,或借助于梦境的再现,或寄情于内心的独白,有时是汩汩流泻,有时是动作的暗示,尽量把叙述者同处于特定情境中的人物重合起来,让情绪化的文字像涓涓不歇的泉水,一直流入读者的心田。所以,刘西渭(李健吾)早就说他"比左拉还要热情","又近似乔治・桑";说"他生活在热情里面,热情做成他叙述的流畅","他不用风格,热情就是他的风格";"热情不容他描写","他用叙事抵补描写的缺陷"[②]。这正是巴金作品能够打动不少青年读者的主要原因。不过到了40年代,这样的心理描写便有所变化了,对人物深层心态的准确把握已淡化了前期的热情叙述。例如《寒夜》写汪文宣在妻子出走后独自去到国际咖啡店,为妻子和自己各要一杯咖啡,用茶匙舀糖先放进对面的杯子里并轻轻搅动一下,然后才在自己的杯子里加糖:

> "你喝罢,"他端起杯子对着空座位低声说。在想象中树生就坐在他的对面,她是喜欢喝牛奶咖啡的。他仿佛看见她对着他微笑。他高兴地喝了一大口。他微笑了。他睁大眼睛看对面。位子空着,满满的一杯咖啡不曾有人动过。他又喝了一口。他的嘴上还留着刚才的微笑,但是笑容慢慢地在变化,现在是凄凉的微笑。"你还会记住我么?"他小声说,他的心颤得厉害。他觉得鼻酸。他连忙掉开脸去看别人。

重圆旧梦的渴盼,现实处境的尴尬,幻觉心理的转换,细节刻画的真切,全出之以深水起波澜的淡色调文字,的确是炉火纯青的功夫。

20世纪的中国人是不会忘记巴金的。沈从文夫人张兆和晚年还说:"巴金奋斗了

---

① 巴金:《〈神・鬼・人〉后记》。

② 刘西渭:《咀华集・爱情的三部曲》,花城出版社1984年重印版。

一辈子，活得太苦太累太不容易，但他的文章却让几代人思考怎样做人和作文。”[①]巴金赢得了自己的历史地位！

第五节 沈从文·李劼人

沈从文(1902～1988)，原名沈岳焕，笔名休芸芸，湖南省凤凰县人。

沈从文生长于湘西沅水流域。湘西少数民族那刚直勇敢、剽悍粗豪、浪漫热情的性格和他的祖父与父亲凭借着顽强进取而登上高位的家世遗风，都影响并铸造着他的性格、心理；家乡的白塔倒映、长叶飘拂、黛色葱翠、山清水秀等自然景貌，又训练着他敏锐的审美感受力和“五官并用”“为现象所倾心”的特殊艺术才能。家庭的败落与家乡从军尚武民俗的导向，使14岁的沈从文进入军队，而后作过警察局文书，管过税务，作过报馆校对，足迹遍及沅水流域几省十余县。军旅生活使他对权力、暴力和人的残忍本性有切实的体味，使他终生讴歌着善与美；给长官作文书，他接触了大量的明清旧画、古籍、碑帖、瓷器古董，“对于一个民族在一段长长的年份中，用一片颜色，一把线，一块青铜或一堆泥，以及一组文字，加上自己的生命作成的种种艺术，皆得到了一个初步普遍的认识。由于这点初步知识，使一个以鉴赏人在生活与自然现象为生的乡下人，进而对人类智慧光辉的领会，发生了极宽泛而深切的兴味”。这对他后来创作的形式、技巧和作品的美学风格都有深刻影响。这段时间，《新潮》、《创造周刊》等新文化书刊所体现的“五四”新思潮，向他敞开一个崭新的世界，他开始认识到社会必须重造，文学可以“燃起这个民族被权势萎缩了的情感和财富压瘪扭曲了的理性”、“相信人类热忱和正义终必抬头，爱能重新粘合人的关系”，他要通过自己的努力，“证实生命的意义和生命的可能”[②]。1923年，20岁的沈从文去北京，开始向20世纪中国文学攀进。

沈从文以高小文化程度，从标点符号学起，在物质贫困中努力奋斗(郁达夫《给一个文学青年的公开状》一文描绘了沈从文当时的窘境)。1926年，沈从文出版了第一部作品集《鸭子》(小说、诗、剧本合集)，继后又陆续出版《入伍后》、《旅店及基地》、《龙朱》、《虎雏》、《都市一妇人》、《边城》、《八骏图》、《新与旧》、《绅士的太太》、《月下小景》等小说集，成为二三十年代产量最多、文体变化最大、个性特色最突出的作家之一。他

① 《写真·良知——七位文化人谈巴金》，《光明日报》1994年4月17日。
② 《沈从文文集》第10卷第300页～301页。

的创作反映着极为广泛的社会人生状貌，从大都市各色人生到中国农村最底层生活，从地主、资本家、官僚政客、军阀武夫、教授文人到船夫水手、渔民、猎户、木工以及娼妓、巫师、刽子手等三教九流乃至佛经故事人物，悉入笔端。40年代，他创作了长篇小说《长河》，力图全景式绘写时代荡涤下的湘西社会的人生形态和自然风情。50年代以后，沈从文除了少量散文发表外，转行从事中国古代服饰研究和文物工艺品研究，填补了学术领域空白。

沈从文在创作上追求"充满了传奇性又富于现实性，充满地方色彩也有个人生命流注"特色，并且顽强执著地坚守自己的艺术个性。这是他取得巨大成功的原因，也是他一度被人诟病的症结。

沈从文小说的"现实性"，是在对社会人生冷静描绘中透视着批判的。《牛》叙写大牛伯耕田时生气用木槌打瘸了牛腿，后感歉意，找药请医为牛治伤，人与牛的感情更加亲密。全篇喜剧性描写，人与牛的牧歌情调，被结尾处突兀剧变粉碎，残酷的阶级压迫现实和民生疾苦，由兹呈现。《黔小景》通过场面绘写及对贵州山道沿途见闻的叙述，铺开了一幅社会苦难图：深夜的狼嗥哀鸣，经历烧杀的村子残垣断壁，树枝上悬挂的人头和旁边卷曲的尸体，山道上行进的人们各存戒心的冷漠。这里，小说只用了一句话揭示祸根：县里警备队押解的满脸菜色的人群！《贵生》写伙计贵生倾心爱着并视之为终身幸福所在的一位姑娘，被财主不经意要去作妾，因为财主近来常输钱，要买个黄花女进房冲冲手气。愤怒的贵生在婚宴上直想将酒碗掷向财主。当夜，两处房子着火，小说并未写明，但我们不难看出，一贯顺从的奴隶，也终于有了反抗的行为。在这类作品中最为人称道的是《丈夫》。《丈夫》以悠闲从容的口吻叙说二三十年代中国农村凋败和社会贫穷导致人性沦丧的普遍现象。乡下人娶妻后，都将妻子送进城"做生意"，靠其寄钱回乡维持家计，"名份不失，利益存在，所以许多年轻的丈夫，在娶妻之后，把妻送出来，自己留在家中耕田种地安分过日子，也竟是极平常的事"。小说通过兼作众妓女干爹的水霸、上船寻乐的醉酒副爷、前来"考察"女人的巡官等形象，侧面烘托出乡下女人的屈辱。作品叙述着一个老实的青年农民进城探妻，虽然烟管被妻子换成"哈德门"，睡着新棉絮嚼着最爱吃的冰糖，却丧失了作丈夫的权利。诸多屈辱唤醒了他的人格尊严，他拒绝了大把钞票，携着妻子回到乡下。小说淡淡地绘写，娓娓地叙说，在行文的从容舒缓中展现着使人心灵战栗的荒谬，让生活真实的本貌去体现批判，这就是作者曾经强调的："你们能欣赏我故事的清新，照例那作品背后蕴藏的热情却忽略了,你们能欣赏我文字的朴实,照例那作品背后隐伏的悲痛也忽略了。"[1]此外,《过岭者》、《黑夜》、《大小阮》、《新与旧》、《菜园》等篇,都从侧面透视共产党领导的革命斗争生活。如1933年以丁玲等革命青年为原型的《三个女性》宣示着作者对革命的态度:"倒下的死了,腐烂了,便在那条路上,填补了一些新来的更年轻更结实的人,这样下去,世界上的地图不是便变换了颜色么?"

侨寓都市的沈从文时常以"乡下人"的眼光和道德标准去审视城市文明的虚华、庸懦和无聊。《岚生和岚生太太》、《有学问的人》、《某夫妇》、《或人的家庭》等小说,都是对都市文明人懒散庸俗的寄生生活的批判。《绅士的太太》通过两个绅士家庭的描写,展现这些绅士、太太和姨太太、少爷小姐们如何在打牌、瞒骗和偷情中耗散着生命。它揭示了这群养尊处优的上等人,实际上是一群社会废物。《八骏图》是作者写城市生活和上流社会的代表作。它刻画了八个"千里马"教授形象:物理学家桌上放着全家福照片,枕旁却搁着一个扣花掩兜、一部《疑雨集》和《五百家香艳诗》,窗台上放着保肾丸和头痛膏,其病因正是蚊帐里"一幅半裸体的香烟广告美女画";生物教授坚持独身,自诩意志坚定,但其潜意识使他从沙滩"女人一个脚印上拾起一枚闪放珍珠光泽的小小蚌螺壳"摩挲赏玩,久难弃舍;道德哲学家自夸老年不为爱情烦恼,却抑制不住常向希腊爱神照片"大理石雕像上凹下处凸出处寻觅些什么",并因之联想起漂亮的内侄女;汉史专家、六朝文学史教授和历史学家,都有其疏远女性的方式,但实际上都是一种欲爱难获的变态表现。正在与未婚妻热恋的主人公达士自以为有高尚情操和"免疫力",但一位很美的女教员使他神魂不定。作品以达士到青岛始,将离终;给未婚妻写信效忠始,被女教员所迷拍电报暂留终;以女教员黄色身影映入眼帘始,因之而改变归期终,中间插入七位教授的画像,以表现作者对上等人的批判讽刺和对"近于被阉割"的灰色人生的嘲弄。小说结构严谨有序,首尾呼应,又因较多的心理分析和潜意识描写而独具特色。

出于对现实的反省,沈从文创作了一组以民间传说、佛经故事为题材的"用幻想重新安排世界一次"的小说。《龙朱》主人公的热情、勇敢、诚实,实际"包含着赞美苗族还保存着的自然和纯粹的人性来从精神上拯救被烂熟、末梢文化给损害的汉族的强烈、悲痛的热情。"[2]同类还有《媚金·豹子·那羊》、《神巫之爱》等小说。《月下小景》集的主体部分是改写佛经故事《法苑珠林》,或揭示人生哲理,如《寻觅》、《医生》、《慷慨的王

---

① 沈从文:《阿金·习题》,上海开明书店1943年版。

② 松枝茂夫:《沈从文研究》第1辑,湖南大学出版社1988年版。

子》;或写爱欲与清规戒律冲突,如《女人》、《扇陀》、《爱欲》等;或勾勒社会众生相,如《猎人的故事》等,都是作者自谓"注入我生命中属于情绪散步的种种纤细感觉和荒唐想象"之作,是作者"藉着一种非现实的或甚至是非人类的故事,安插了对于现实的作者独特的讽嘲"。①

沈从文的文学成就,是建筑在其怀乡情结上的。《会明》、《灯》等短篇,都满怀热情地绘写着湘西普通人民善良、诚实、忠厚的美好品格。《柏子》是其中的代表。终年在船上辛劳的水手,漂泊寄食的吊脚楼妓女,各自有自己的生活来源,但真正的感情却维系一体。他们爱得刻骨铭心,表现得那样粗豪热烈、自由自然,这恰与《八骏图》、《绅士的太太》中上流社会的慵懒虚伪形成鲜明对比。

中篇小说《边城》是沈从文湘西题材思想和艺术特色的集大成者。它要表现的是一种"优美、健康、自然,而又不悖乎人性的人生形式"、"为人类'爱'字作一度恰如其分的说明"。② 在这个近乎缥缈的传奇梦中,注入了作者对生命的理解,并具象为民众风情和自然景貌的表现。老船工与外孙女翠翠相依为命,茶垌乡船总的儿子天保、傩送同爱着翠翠。傩送为了爱情宁愿放弃一座碾场的陪嫁和门当户对的婚事,天保宁肯牺牲自己的幸福去成全弟弟,而他却在离家途中遇难,哀伤的傩送也觉惭愧而外出。老船工见翠翠幸福无望心力交瘁而逝。当年曾向翠翠母亲求爱遭拒绝的杨马兵毅然承担起照顾翠翠的责任。这里没有邪恶、贪欲和压迫,人人都那么善良、诚挚、豪侠仗义。老船工几十年如一日摆船渡人,把过渡者强留下的船钱买来烟叶茶水招待行人,船总两个儿子被教育成"和气亲人,不骄情,不浮华,不倚势凌人",船总信奉的是"凡帮助人远离患难,便是入火,人到80岁,也还是成为这个人不可逃避的责任"。这种古朴淳厚、自由自然的"桃源"人生,正是沈从文理想社会的摹本和对腐恶现实的反拨。但是老船工和杨马兵的寂寞,天保、傩送的悲剧,特别是翠翠的忧伤和迷惘,正体现着作者对"美"、"爱"的渴求及难以企及的哀婉,流露出作者对人生的迷惘和诸多感慨。湘西特异的秀丽山水、豆绿色溪流和葱郁翠绿中的白塔掩映,作品都以远景、中景、近景从不同角度加以绘写。用人物特写推出号兵、副爷、船主、水手、掌柜和"把眉毛扯成一条线"的吊脚楼倚窗妓女,再逐渐扩展至社会风物全貌:运送货物的往来船只,河街码头的繁忙喧嚣,小饭馆杂货铺的忙碌紧张,提亲、婚嫁、走亲戚、唱山歌和对歌,人物对话中的格言、俗语和谚语方言……小说着重描写了两大民俗:端午节龙舟竞渡——众生

① 侍桁:《故事的复制》,《中央日报》1934年5月13日。
② 《沈从文选集》第5卷第231页,四川人民出版社1983年版。

的狂欢，刚勇炽烈、粗豪率直的人文性格，自由自然的人生形式，都在这集体性宗教仪式中展现；走马路和走车路的婚媒方式——男欢女爱的自然自由，古朴淳厚中的浪漫热情，以表现汉苗文化和婚俗的差异。小说从人类文化学、方志学、民族学和文艺美学等方面，都给世人留下丰富的思索内容。长篇小说《长河》是作者真实地正面描写中国社会人生之作。它以1927年到1936年间湘西辰河吕家坪码头为中心，从人生的历史源流、民俗风情和现实生活变移这三大视角，展现广阔社会。作品以老水手满满和橘园主人滕长顺为中心人物，描写了土霸保安队长、商会会长等统治阶级代表，也展示了青年农民黑三哥和天天姑娘对压迫的反抗。大革命风云的激荡，国民政府对湘西人民的暴行，抗战号角的震响，都在作品中得到一定展示。

沈从文的另一贡献是散文。《记胡也频》、《记丁玲》、《从文自传》、《湘行散记》、《湘西》等散文集，从记传（回忆）体、游记（方志）体两方面，为20世纪中国散文的发展提供了好的范例。尤其是后三部均以对湘西的历史和文化、现实和未来的思考为中心，用写实记闻熔铸人生思考，在政治、经济、文化与自然人生的联系中，艺术地再现湘西人民的生存方式和生命形态。绮丽的山水风物、古朴淳厚的民俗风情、精彩奇异的神话传说以及作者童年的人生意趣和心灵历程，都通过水墨山水画式的精妙叙写表现出来。

沈从文作品对20世纪中国文学发展的价值可以概括为这么几点：一是作为湘西社会的描绘者和湘西情绪的表现者，他力图“从这个野性的有活力的烈火焚灼残余孤枝接株”，用古朴淳厚、自由自然的人生形态去观照人欲横流的虚伪丑陋，重造民族精神，展现人类进步理想。这正是其将湘西题材作为创作表现核心内容的原因。二是对文学的真诚执著，使他不断尝试和创新文体，“失败了就另换一种方法再来，作对了也决不停留在已有小小成就上”①。契诃夫小说的简约冷静、屠格涅大“把人和景物相错综在一处”的技巧、周作人与废名作品的素朴恬淡、郁达夫小说的真诚和自戕、许地山对“教徒民族生活的关注”和“平静的、从容的、明媚的、聪颖的”叙述语风以及“新月”派唯美主义追求，都被沈从文接纳与实验。而象征主义、弗洛伊德的精神分析和潜意识理论，也在他的作品中有明显痕迹。这种“转益多师”的态度使沈从文渐成大家。三是在文学语言上，他追求着一种散文小品式的凝练、传神和诗化，在白话中杂糅少许文言以求简约和准确，选用恰当方言口语以增强生活表现力和地方色彩，叙述语风小品随笔化以求流畅自然和清新活泼，遣词用语力求新奇而不落俗套。这些价值和艺术特

① 《沈从文小说选集·题记》。

色，不仅影响着40年代的汪曾祺、孙犁等，也遗泽于80年代的“湘军”作家群。

沈从文是一个有文化自觉意识的作家。对巫楚文化的迷恋，对楚人浪漫热情品格的推崇，对老庄“虚静”哲学尤其是对中国传统文人画和工艺品那种线条和神韵关系的注重，使他在文学创作上体现着20世纪中国文学逐渐摆脱欧化，向着民族本土文化回归的趋势，这也正是一代文学大家的成长前提。

李劼人(1891～1962)，本名李家祥，笔名老嫩、嫩心、抄公、菱乐等，四川成都人。

李劼人对于中国社会人生特别是四川社会人生，有着较为深广的了解和清醒的认识；对于中国文化特别是巴蜀地域文化有较深的体味；对于外国文学特别是法国文学，有着较多的研究。因此，他对于文学有着独特的追求，他的小说创作呈现出独特的艺术格调。

李劼人的小说创作对20世纪中国文学产生深远影响的是他30年代创作的《死水微澜》、《暴风雨前》、《大波》三部曲。

《死水微澜》以甲午战争到辛丑条约签订期间帝国主义在思想文化、军事经济的侵略，封建王朝媚外投降和日趋没落为背景。民间帮会的壮大，教民势力的兴起，社会道德心理的变移，都通过三个人物形象的描写而展现。袍哥首领罗歪嘴是个设赌场、嫖妓玩娼的地方豪强，但他任侠仗义，敢于抗拒官府压迫并仇视外国势力侵略，是带有中国历史传统“以武犯禁”特点的民间英雄，因而能获得蔡大嫂的爱慕。土财主顾天成懦弱无能，贪赌好色且吝啬卑俗，被罗歪嘴赌场设计输光一笔捐官费后，又在春节灯会上因调戏妇女丢失爱女。为报仇他投靠洋教势力，威逼官府出面而获得对罗的胜利，成为社会新贵而得以迎娶蔡大嫂。村姑邓幺姑向往都市繁华生活，嫁给小饭馆老板蔡傻子，丈夫的憨厚和不解风情使她终觉遗憾，经妓女刘三金撮合，她勇敢地爱上纵情娱乐、敢作敢为的罗歪嘴。后因罗遭诬逃亡，丈夫被关进大牢，她毅然答应嫁给有钱有势又能应承一切条件的顾天成。这种惊世骇俗的举止，既有着巴蜀地区“未能笃信道德”的民俗风习的浸染，又带有西风东渐、封建伦理价值观念瓦解崩溃的影响。小说展示出封建“死水”般社会崩溃前夕的一丝“微澜”。

《暴风雨前》着眼于民智渐开的四川社会的动荡。以资产阶级改良派、立宪党人和资产阶级革命派的政治斗争为主线，全面展现辛亥革命前夕中国社会各阶层、各政治派别在历史剧变时的种种表现。它描绘的重点是那些普通的却在心理感受和价值取向上代表着某种政治力量的小人物，使社会历史变迁通过社会各层面、各类人生形态乃至风习民俗的变移而体现出来。其可贵之处是尝试了一种新的小说话语模式。

《大波》以恢宏的构架，广泛的社会描写和众多群像，言必有据的史实穿插，完成了超长篇的“大河小说”型的实验。它以辛亥革命为背景，以革命的导火线——四川保路运动为中心线索，从清朝封疆大臣赵尔丰、钦差大臣端方、革命军统帅夏之时、地方革命党人王孟兰、乱世突起的都督尹昌衡，到学生代表楚用、伞店小掌柜傅盛隆、小军官吴凤梧等，都给予展示。社会场景变换，各色人物纷纷登台，保路请愿，制台衙门血案，龙泉驿反正，端方入川和在资州受诛，各州县地方武装进军成都反清……每个人物都在特定历史位置上发挥作用，每个事件和场景都从不同角度表现着历史的状貌和变迁。人们的政治倾向、生活习俗、道德观念都在时代动荡中呈现，小说由此体现出史诗的特征。

“大波三部曲”对20世纪中国文学的贡献在于：一是它提供了一种对历史的独特观照模式，它不再是以英雄为主角而是着眼于下层普通人生，写出历史事件发生的真实和在日常生活中进行的状貌；二是开放式结构和多条线索并行发展，不囿于中心情节而采取“散点透视”，体现出对中国传统长篇小说构架技法的回归及对西方小说（如司各特、托尔斯泰等作品）的合理化取；三是以中间人物（如蔡大嫂、黄澜生太太、郝又三等）为联结各种势力斗争的枢纽，进而达到广泛反映的效果，并注意表现人物的区域文化性格，如作品中众多女性那种敢说敢为、肆无忌惮、大胆享乐的巴蜀辣子特征；四是熔铸政治、军事、文化、风俗于一炉，将社会矛盾、世情风俗、方志考据糅合一体，以获得文化史、风俗史和社会史的效果，如小说以大量篇幅展示巴蜀民俗文化的婚丧嫁娶、饮食菜肴、陈设古董和西洋器玩，小场镇集市“人的流动、钱的流动、货的流动、声音的流动”，青羊宫庙会、成都东大街灯会、劝业场吃茶、下莲池贫民的艰辛以及对青羊宫铜羊来历、巴蜀方言“魋头”、“打启发”的考证等，都是历史学家、语言学家和文化学家称许的价值所在。

李劼人具有清醒的文化意识。留法经历使他能在中西文化交汇中审视中国传统文化和巴蜀文化。法兰西文学重实证和客观摹写的手法，“大河小说”的形式及对环境风貌的注重，“蜀学”重史实考据的遗泽及巴蜀人文性格的熏染体味，大学教授的博学和记者生活的丰富人生经验，这就是产生文学大家李劼人的独特基础。后继者如沙汀、艾芜、克非、周克芹，乃至80年代一群年轻的蜀中作家，都在自觉不自觉地复现着他的艺术追求。

第六节　叶圣陶·郁达夫

叶圣陶(1894～1988),原名叶绍钧,江苏苏州人。

叶圣陶几乎是伴着20世纪的历史涛声走完了他的人生道路。作为文学研究会的发起人之一,叶圣陶在20世纪中国文学大厦这一伟大工程的草创中显示了先驱者的风范。在他和"文研会"同仁举起的"为人生"大旗下,云集了强大的作家阵容,汇成了20世纪初叶中国文坛蔚为壮观的现实主义文学主潮。与此同时,叶圣陶在自己独辟的文学领地上辛勤地开掘耕耘,获得了坚实丰厚的创作业绩。除小说创作之外,他在新诗、散文、戏剧和学术、编辑等领域均有所涉足,显示了多方面的艺术才华。此外,叶圣陶也是20世纪中国最早的童话作家之一,鲁迅曾特意提到他在这方面的开拓性工作:"十年来,叶绍钧先生的《稻草人》是给中国的童话开了一条自己创作的路的。"[①]叶圣陶的小说创作经历了从揭露一般的社会问题到关注时代潮流的深化与嬗变,尤以对小市民和中小知识分子灰色人生的描绘著称。其作品常常洋溢着讽刺的冷风,但叶圣陶却善于内敛自己的情感,而将对社会人生的褒贬熔铸在精心摄取的生活画面之中,这显示了叶圣陶卓然独具的冷静客观的艺术格调和极其鲜明的现实主义特色。

早在中学毕业后,叶圣陶就因家贫而辍学,辗转奔波于苏州、上海一带从事小学教育工作。这种特殊的人生际遇使他较早地感受到旧中国黑沉沉的夜色以及由此而带来的生命苦涩。当他以青春的生命热力负载着人生的忧郁初履文学之路时,便以悲天悯人的情怀写下了《穷愁》、《博徒之子》、《终南捷径》、《贫女泪》、《倚闾之思》等小说,虽然都为文言旧体,其间也多少夹杂着封建礼教意识,却已埋下了现实主义的基因,初具其日后创作"冷静地谛视人生"的风貌。然而真正使叶圣陶欣逢创作的契机并屡获硕果的,则是在"五四"新文化运动急雨壮潮的洗礼之后。当他在反帝反封建的拍岸惊涛中开始了全新的白话语体创作时,就宣告了自己对滥觞于20世纪初叶那场震古烁今的文学革命的认同和参与。

长期的教育生涯以及在探求教育出路中经历的成败甘苦,使叶圣陶对教育界这个窥视人间万象的窗口耳熟能详,凝成了他为之眷顾难解的教育情结。他以此作为早期

① 鲁迅:《译文序跋集·〈表〉译者的话》。

创作的重要母题，并将盛年的艺术才华意味深长地挥洒在这片特殊的人生领域。小说《低能儿》中那个叫"阿菊"的孩子，因家境的恶劣，出生后一天到晚就只能躺着"仰看黑暗的，尘垢的屋板"。当她进了小学便自然成为一个不会坐也不会数的"低能儿"，在周围的孩子中间"仿佛平坂浅冈的丛山间插入一座瑰伟的雄峰"。叶圣陶的笔触所及已不单是教育问题本身了，他已清醒地意识到只有填平现实世界中的社会鸿沟，教育的甘泉才能浸润干涸的童心。与《低能儿》相映成趣的《小铜匠》，更能见出叶圣陶在教育问题上的深入开掘。小主人公陆根元在学校被先生斥为"笨伯"，还被咒其退学，但这个"笨伯"却在"小铜匠"的职业中发挥了超常的聪明才智。叶圣陶以其自身职业素养的积淀，窥视到在教育和被教育这"两个国度"里，"中间阻隔着一座高而且厚的墙，彼此绝不相通"。这绝不仅是对教育思想和方法的反思，它分明让人们听见叶圣陶面对社会矛盾起伏难平的心潮。

叶圣陶和冰心同属早期问题小说家，但他们却有着各自的审美视界。相比之下，叶圣陶开辟的这个题材领域很少被人涉及，他对此作出的深入开掘对20世纪初期中国文学有着更为独特的贡献。叶圣陶也有着对"美"和"爱"的追求，但他并不像冰心早期创作那样直接用"美"和"爱"去诠释原本复杂矛盾的现实人生，而是以"美"和"爱"去消解他清醒意识到的隔膜、冷酷的社会，去转化灰色卑琐的人生。随着时代风涛对作家心灵的撞击，叶圣陶对自己熟悉的这片天地有了更为严肃的探索和思考，其观照现实人生的触角已逐渐深入到小市民和中小知识分子的精神和灵魂了，尤其对他们的灰色人生作了鞭辟入里、生动传神的展示。对叶圣陶这一贡献，茅盾是推崇备至的："冷静地谛视人生，客观地，写实地，描写着灰色卑琐人生的，是叶绍钧。"、"他的'人物'写得最好的，是小镇里醉生梦死的灰色人"[①]。《饭》、《校长》、《潘先生在难中》等短篇小说标志着叶圣陶以冷峻而又焦灼的目光对灰色人生世界深入而精细的窥探。其中《潘先生在难中》堪称力作。小说不是在静态的社会画面中展示人物的卑琐人生，而是紧随历史进程的动态演化，在时局动荡的风口浪尖上去审视和拷问人物委琐、庸俗的灵魂。小学校长潘先生寄人篱下、仰人鼻息的社会地位决定了他唯唯诺诺、庸俗畏缩、毫无血性、甘心屈辱的性格逻辑，这种奴性人生有着传统封建文化的积淀，但军阀混战的炮火烟云愈加强化和凸现了笼罩在潘先生灵魂上的沉重灰色。不论是他闻听战火将至而举家逃难的惊魂不定，还是他顾及小学校长的饭碗而重返学校的故作镇静；不论是他去到平日里并不相干的红十字会缴纳会费，换取红十字旗子和徽章作为"救命神

① 茅盾：《中国新文学大系·小说一集·导言》。

符”，乃至钻到洋人的红房子里乞求庇护，还是战后“当仁不让”地挥毫书写为军阀歌功颂德的标语。总之，潘先生顾念的只是自己的身家性命，至于什么忧国忧民、人格气节等，在潘先生的灵魂中早已是酸臭腐朽的了。潘先生之所以成为20世纪中国文学画廊里不可替代的典型形象，是因为叶圣陶不仅以冷峻有力的笔触解剖了他可鄙的灵魂，达到“讽他一下”的良苦用心，而且还以渗着血泪的目光，深究了这类人物产生的社会环境，捕捉到他们灵魂的战栗和内心的冲突。潘先生在战后似乎全然忘却了军阀的祸国殃民和自己20多天的惊惶奔波之苦而“当仁不让”地卖弄书法，固然是其灰色人生的集中展现，但当他写到“德隆恩溥”的“溥”字时，心里就再不那么坦然自在了：“仿佛看见许多影片，拉夫，开炮，焚烧房屋，奸淫妇人，菜色男女，腐烂的死尸，在眼前一闪。”可见，在潘先生的笔走龙蛇之中也潜隐着灵魂的阵痛，他的可鄙之中又交织着令人同情的可悲。小说批判的锋芒所指正是那个扭曲人性，污染灵魂，铸造灰色人生的灰色时代。因而叶圣陶的灰色人物系列所显示的意义也就不仅在人物本身了。

从“五卅”运动的狂澜怒潮到“四一二”政变的腥风血雨，叶圣陶深感仅仅停留在对灰色人“讽他一下”的层次上是难以从根本上改变中国人的现实人生的，他开始将抗争意识和进取精神不同程度地赋予到小说人物的身上。《城中》里的丁雨生、《抗争》中的郭先生等人物的出现，代表着叶圣陶对人物形象系列作出的新的探索。而写成于“四一二”政变之后的短篇小说《夜》，则标志着他观照现实人生审美视角的明显变化。主人公映川娘面对白色恐怖的世界何尝没有潘先生那样的惊惧和烦乱，只是在女儿女婿惨遭杀戮后，烈士的鲜血才惊醒了她沉睡的灵魂，对革命的理解使她决心“勇敢地担负一回母亲的责任”。映川娘性格的突变并非是一个家庭的偶发事件，这是中国普通群众在历史的剧变中的人性复归和灵魂觉醒。

叶圣陶经历了太多的历史风云变幻和现实人生的沉浮，他已不满足于对某个特定的历史阶段作横断面的截取，也不打算把人物的精神历程拘囿于某一个具体的历史事件上，他试图把自己丰富的历史人生感受熔铸在小说人物较为完整的精神历程之中。这种宏大的艺术构想又不是他轻车熟路的短篇创作所能负载的，于是，他唯一的一部长篇小说《倪焕之》便应着这样的艺术使命诞生了。这部被茅盾誉为“扛鼎”之作的小说虽然还不能与产生于20世纪繁荣期的优秀长篇同日而语，但它却在叶圣陶的小说创作中有着里程碑的意义。倪焕之奋斗的结果是“理想教育”的失败和“理想家庭”的幻灭。但他所经历的从个人奋斗到投身革命，从不断追求到不断幻灭，终至觉醒的心灵历程不是在某个具体的历史事件中完成的，他曲折而漫长的精神轨迹是同从辛亥革命到大革命失败长达十多年的历史壮潮的涨落交融在一起的。倪焕之形象的意义并不在人物奋斗的成败，而在于他的奋斗和进取本身，在于他经历了失败和幻灭之后对历史人生正确而深沉的感悟。因而他的失败和幻灭都发人深想，促人遐思。同样，《倪焕之》这部小说的意义也在于叶圣陶在汹涌激荡的时代壮潮中为人物的心灵历程画出了清晰的轨迹。小说纵贯十几年的社会历史，横连诸多重大的政治事件，形成了史诗般的恢宏结构，对20世纪中国长篇小说的发展具有不可低估的作用。

30年代以后，叶圣陶又回归到了短篇小说的创作。由于时代和艺术的历练，他不仅继续张扬着现实主义的精神，保持着冷静客观的一贯风格特色，而且在结构的多样化、讲求意蕴、追求语言的精粹纯净诸方面，显示了更为圆熟的技巧和深厚的功力。《多收了三五斗》、《一篇宣言》等短篇小说熔铸了更为深沉的现实内涵，显示了叶圣陶对现实人生更为深切的关注和积极的探索。

郁达夫(1896～1945)，原名郁文，浙江富阳人。

郁达夫是一位具有诗人气质的才子，也是20世纪中国文坛上一位命运坎坷的奇人。他富有传奇性的人生和富有浪漫主义色彩的创作同样耐人寻味。在郁达夫曲折而短暂的生命历程中，既亲历了如同鲁迅一样的早年丧父、家道中落的惨变，又饱尝了弱国子民异国求学的屈辱和辛酸；既有处在历史和现实交汇点上青年知识分子的精神抑郁，也有面对中西文化碰撞时的灵肉焦虑；既有在艰危的国运中心忧天下、雄心报国的生命亢奋，也有因个人遭际的起伏跌宕带来的人生倦意。如此深邃而丰富的生命意蕴一旦熔铸在郁达夫才华横溢的创作中，便凸现了他生命和艺术的全部真诚。当艰苦卓绝的民族抗战奏响了胜利的凯歌之时，郁达夫在南洋为抗日救亡运动作了长达7年公开或秘密的真诚奉献之后，不幸惨死在日本宪兵的屠刀之下，以英华之年奏出了一个真诚的爱国者生命的绝响。同样，作为早期创造社巨擘之一的郁达夫，他带着富春江畔的奇山秀水赋予的艺术灵感和在中外优秀文学的熏陶下形成的良好素质，创作了大量优秀的小说、散文和旧体诗词，为20世纪中国文学奉献了才气灼人、真情涌动的艺术华章。尤其是小说创作，交织着郁达夫浓重的自我生命情绪的体验，以罕见的直率与真诚洞悉到人物灵魂深处的隐秘，乃至性变态、性苦闷的深层精神流泻。郁达夫小说的情调是偏于低沉的，主人公也多发颓丧失意的哀伤之音，但这并不意味着郁达夫对小说主人公仅仅是痛惜与同情，浸染在作品里的反讽色彩反映了郁达夫对人物的颓丧乃至沉沦以及这种精神情绪生成的社会文化环境的刻意反驳。郁达夫在艺术上的追求，使他对20世纪中国浪漫主义抒情小说的开拓和发展作出了卓越的贡献。

小说集《沉沦》的问世，宣告了郁达夫在自己的创作起点上开始了惊世骇俗的举步，也宣告了20世纪中国文学史上一位杰出小说家的诞生。在这部收入《银灰色的死》、《沉沦》、《南迁》三个短篇的小说集中，无论在思想还是在艺术上都形成了巨大冲击波的是《沉沦》。主人公“他”所经历的灵魂苦旅无疑是郁达夫生命体验和情感体验的写照，同时也是当时悬殊的政治经济地位和迥异的文化环境的艺术反映。主人公在异邦遭逢的生之苦闷皆因民族歧视的卑屈感凝聚而成，而当他企求在异性之爱中获得心灵慰藉而又不能大胆追求时，这种生之苦闷便突出地表现为性之苦闷。小说通过偷窥女浴、窃听秽语、海边寻妓，终至蹈海沉沦等精神历程的细腻刻画，强化了主人公性的苦闷和道德自责的激烈冲突，这正反映了开放的日本文化对封闭的中国传统文化熏陶下的青年留学生从灵到肉的全面撞击。于是性的苦闷、生的苦闷、民族的苦闷便有机地交织在一起，纠结折磨着主人公的灵魂而使之难以自解。小说的情感爆发点在性和性爱的要求：

> 知识我也不要，名誉我也不要，我只要一个安慰我体谅我的“心”。一副白热的心肠！从这一副心肠里生出来的同情！

而作品的思想凝结点则是对祖国富强的焦灼渴望：

> 祖国呀祖国！我的死是你害我的！
> 你快富起来！强起来吧！
> 你还有许多儿女在那里受苦呢！

《沉沦》所表现的精神苦闷，在某种程度上也是新旧文化交替期中国知识青年共有的苦闷，因而小说发表后引起了当时青年知识分子的心灵共振。

刚刚离开日本文化环境归国的郁达夫，也许心灵上还留有9年屈辱的异国留学生涯的余痛，他这一时期的小创作继续弹奏着《沉沦》时期自我暴露、宣泄内心苦闷的主要基调。《茫茫夜》、《风铃》、《秋柳》等小说都可以看作《沉沦》主旋律的余音。但已进入到独立的社会人生角色的郁达夫，此时面临的已不是两种文化冲突造成的内心苦闷，即使有着自我潦倒的体验，也被染上了传统的知识分子“怀才不遇”的旧情调。所以这些作品不论在内在热情和社会意义上都没有对《沉沦》作出超越。而出现在同一时期的几篇向社会表现和客观描写微转的作品，则更能契合郁达夫回国后真实的生命体验。《春风沉醉的晚上》、《薄奠》、《微雪的早晨》都被郁达夫自称为“多少也带一些社会主义色彩"[①]的小说。《春风沉醉的晚上》中那个失业后只有靠卖文度日的"我"与饱受饥寒和凌辱的烟厂女工陈二妹之间,从冰释前嫌到相互同情、关心,二者的情感变化是同步的,因为这是两颗同样需要抚慰的受伤心灵在对人间真情的呼唤中达成的自然默契与融合。所以小说把知识分子的穷愁潦倒和劳动群众的痛苦艰辛描写得一样蕴藉有致,意味深长。《薄奠》更是别有一种人生苦味。终日辛勤的车夫直到生命的尽头也未能实现买一辆属于自己的洋车这一微薄愿望。这个简短的故事本身就足以令人潸然泪下了,"我"以纸糊的洋车去祭奠,更为车夫弹奏出一曲凄恻动人的挽歌。不论郁达夫是出于自我情绪的体验,还是有意把一颗多愁善感的灵魂贴近劳动群众的生活圈,这几篇小说都不再纯粹是个人痛苦的宣泄,因而作品的审美格调也有了细微的变化。

郁达夫是一位情绪性很重的作家,这种独特的生命素质决定了他的人生追求和艺术追求都不可能执著于一个既定的目标,而往往呈现出复杂多样的状貌。到了 30 年代,郁达夫在动荡的时局中时刻牵挂着民族的前途和命运,也就更多地表现出积极入世的人生追求。这种人生态度反映到创作追求上,就表现为对社会律动和实际革命过程的审美观照。《她是一个弱女子》、《出奔》等小说都触及具体的历史事件,且明显受到左翼文学的影响。《出奔》则更以近于茅盾小说严格的写实手法,直接反映了实际的革命斗争。郁达夫并不十分熟悉这类题材,因而作品也就难免有简单因袭之嫌,但作家的灵魂却在向着颇不宁静的现实世界作出积极而真诚的介入。与此同时,人生的各种矛盾造成的精神疲倦又使郁达夫在心灵上滋长了对传统文人隐逸生活的倾慕。同作于 1932 年的《东梓关》、《瓢儿和尚》、《迟桂花》等诗意浓郁的小说便是这种心态情绪的集中反映。其中《东梓关》和《瓢儿和尚》两篇小说的格调显得平庸了些,它们表现出对传统道家出世思想和佛家厌世情绪的简单因袭,对社会的揭露也停留在名利如云、政治险恶、人生如苦海等一般观念上,甚至还流露出对明哲保身、苟且偷安等传统观念的赞美,所以它们不具有《沉沦》等小说那样丰富的文化内涵和惊世骇俗的情感力度。正是因为这两篇小说笼罩着暗淡的传统观念的平庸感,《迟桂花》才愈发闪射出它耀眼的亮色。这篇小说因塑造了迟桂花这个清香诱人、散发着自然人性光辉的特异形象而显示了郁达夫这一时期另一种新的艺术追求。小说中的郁先生所到的翁家山到处弥漫着清醇醉人的迟桂花香,这绝美的自然环境不仅使郁先生的朋友翁则生早年染上的肺病不治而愈,而且让暂离都市喧嚣的郁先生欣享到片刻的温馨与宁静。特别是那位

---

① 郁达夫:《〈达夫自选集〉序》。

如迟桂花般纯净无邪的莲妹,她竟能在伴游中让人的邪恶俗念得到净化。这里折射出了作家在人生跌宕中的身心疲倦和对自然净化境界的神往。但是,小说意境的诗意化营造、迟桂花形象的诗情内涵和哲理意蕴又不完全是传统文人的隐逸情致所能涵盖的。因为迟桂花本身并不是在现代都市人生中经受强力的摧残之后心力交瘁的知识分子的形象,而是在自然淳朴的生活环境中昂扬勃发着生机,显现出自然人性的可爱形象。因此可以说《迟桂花》有着酷似传统文人却又超越于传统文人的人生向往和艺术追求,它代表了郁达夫后期小说的最高艺术成就。

第三章 诗　　歌

“五四”时代，是一个除旧布新、感情激荡、充满理想的时代。早期白话诗那种平实自然但又缺乏想象力和浓烈感情的诗风，显然已不能充分反映时代精神。新诗的发展要求诗歌在思想内容、表现手法、诗体形式上进一步解放。郭沫若的《女神》正是在时代的感召下应运而生的。它以破除一切陈规旧套的自由奔放的诗歌形式，火山爆发式的激情，第一次唱出了中国人民反帝反封建的心声，充分反映了“五四”时代精神。《女神》体现了新诗发展的历史要求。诗的抒情本质及诗的个性化得到充分的重视，奇特大胆的想象使新诗的翅膀真正飞腾起来，在早期的白话诗的基础上，新诗获得了飞跃似的发展。正是这样，《女神》成为20世纪中国新诗的奠基之作。

在《女神》为新诗的发展开辟了道路之后，迫切要求新诗出现内容与形式紧密结合、足资效法的作品，以便使新诗走上规范化的道路。以闻一多和徐志摩为代表的前期新月派诗人，担负起了这一历史使命。他们提出了“理性节制感情”的美学原则，主张新诗形式格律化，提倡艺术表达中主观感情客观化，使诗情蕴藉含蓄，有鲜明的形象性。与此相适应，还提出“和谐”与“均齐”为新诗重要的审美特征，极力提倡诗的音乐美、绘画美与建筑美。新诗格律化的倡导和成功的艺术实践，纠正了由于早期新诗创作过于散漫、自由及创作态度不够严肃所造成的创作上一定程度的混乱局面，从而巩固了新诗的阵地，对新诗的发展作出了不可低估的贡献。后期新月派除徐志摩外，主要以陈梦家、饶孟侃、卞之琳为代表。他们以《新月》和《诗刊》为阵地，宣扬诗的本质在于超功利的“纯粹”的自我表现，诗中流露出幻灭的空虚和迷茫的感伤情绪，但对诗歌创作艺术规律的把握取得了一定的积极成果，并逐渐向“现代派”自由诗方向发展。

20世纪20年代中期，诗坛上还出现了以李金发为代表的象征诗派。他们受法国象征派诗歌的影响，针对早期白话诗过于“清楚明白”和新月派诗歌“浓得化不开”的过于“豪华、艳丽”的倾向，提出了建立“纯粹的诗歌”的理论，强调“用诗的思考法去想，用诗的文章构成法去表现”①。这一诗歌理论的提倡,是诗的自我意识的觉醒,是在西方现代诗歌观念启迪下总结新诗发展的历史经验而达到的新诗观念上的一个飞跃。早期象征派诗歌正是这样的诗歌新观念的自觉产物,所以它也就在其发展方向上代表了新诗的更高的发展阶段。尽管初期的创作试验并不很成功,但却对30年代新诗的发展产生了较大的影响。

以戴望舒为代表的30年代的“现代”派,是由20年代的早期象征派和后期新月派演变而成的,它以1932年创刊的《现代》杂志为阵地。“现代”派诗歌注重揭示人的内心世界,艺术上以象征主义为中心,并努力追求象征派的形式与中国古典诗歌意境的完美结合,诗意朦胧却不晦涩,并突破了新格律的局限,采用比较自由的形式,使新诗经过新月派的格律诗阶段,真正进入了现代自由诗的发展阶段。

从蒋光慈的《新梦》和《哀中国》到郭沫若的《恢复》再到殷夫的“红色鼓动诗”和中国诗歌会诗人们的诗歌,无产阶级诗歌运动日渐形成。这些诗歌,贴近现实社会人生,直抒诗人们对于社会人生的理性思考与鲜明的爱憎。这些诗歌在艺术表现形式上,追求大众化、民歌体式。这些诗歌与同一时段上别的诗派的诗歌比较起来,确实“属于别一世界”。

第一节　郭沫若

郭沫若(1892～1978),原名郭开贞,号尚武,四川乐山沙湾人。

郭沫若是20世纪中国著名的诗人、戏剧家、历史学家和卓越的社会活动家。

郭沫若的新诗创作开始于1916年留学日本期间,“五四”高潮中,他进入了“诗的创作的爆发期”,1921年结集出版了他的第一部诗集《女神》。它以崭新的思想内容和崭新的艺术形式成为诗人最具艺术个性的代表作品。继《女神》之后,郭沫若还创作了《星空》、《前茅》、《瓶》和《恢复》四部诗集。这些诗篇洋溢着诗人对光明和理想的执著追求,对黑暗现实的蔑视和诅咒,有的还对无产阶级革命和光辉未来的热情歌颂。随着诗人思想认识的不断深化,诗的思想内容也更为坚实。它反映了诗人由一个革命民主主义者成长为一个共产主义者的光辉的思想历程。此后,郭沫若仍不时有新的诗作发表。三四十年代有《战声集》、《蜩螗集》,50年代有《新华颂》、《百花齐放》,其中也有

① 《谈诗——寄郭沫若的一封信》,《创造月刊》第1卷第1期。

佳作出现,如《骆驼》等。

总的说来,在《女神》特别是在《星空》以后,郭沫若的多数诗歌,虽有强烈的时代精神和明显的政治宣传作用,但个性不突出,诗意不浓烈,往往缺乏深沉的韵味,显得艺术魅力不足。从中国现代诗歌的发展来看,他显然已让位于30年代以后涌现出来的诗坛新秀了。

《女神》包括《序诗》在内,共收诗五十四首,诗剧三篇,这些诗绝大多数写在“五四”时期。尽管郭沫若当时还在日本留学,但是“五四”反帝反封建的狂涛巨浪,却强烈地震撼着他的心灵,他的久已郁积在内心的激情,以惠特曼式的诗歌表达方式,像火山爆发一样喷涌出来。他曾在《凤凰》诗集《序》中说:“‘五四’运动发动的那一年,个人的郁积,民族的郁积,在这时找到了喷火口,也找出了喷火的方式。我在那时候差不多是狂了。”《女神》所表现的那种毁坏一切、创造一切的狂飙突进的精神,正是“五四”时代精神的反映。它以崭新的内容与形式开一代诗风,成为20世纪中国新诗的奠基之作。

郭沫若创作《女神》的“五四”时代,是中华民族大觉醒、大奋起的时代,是热烈追求个性解放的时代。长期以来,中华民族深受封建专制制度的压迫和封建思想文化的束缚,“存天理,灭人欲”,个性意识被压抑,意志自由被抹杀。“文以载道”、“代圣贤立言”的封建文学观,从根本上消解了文艺创作中的主体意识。在“五四”彻底反帝反封建思想的启迪下,人们以现代民主主义的眼光重新审视传统思想文化,对人的价值有了新的认识和发现,追求个性解放成为时代潮流。这一时代潮流在《女神》中显现为诗人主体意识的空前勃发,即对于人的自身价值的完全肯定,对于人的尊严的充分尊重以及对人的创造力充满自信的确认。在《女神》中,到处回荡着这样自觉的呼喊:“我……崇拜我!”(《我是个偶像崇拜者》)、“我赞美我自己!”(《梅花树下醉歌》)勃发的主体意识与泛神论思想相结合,使诗人获得了前所未有的创造力和无限自由。《天狗》中,作为主体意识象征的“我”,要把日、月、星辰乃至整个宇宙都来“吞了”,说“我是全宇宙底Energy(能)底总量!”、“我”效法造化的精神,自由地创造,自由地表现自己,“我飞奔,我狂叫,我燃烧”。这种主体意识的勃发,在中国历史上还是第一次。它“对于长期处于‘不把人当作人’的封建统治下,已经习惯于将个人价值泯灭在封建伦理原则之下的中华民族,这无疑是伟大的解放与觉醒”。[①] 这是“五四”时代精神最充分最集中的体现。因而闻一多说:“《女神》真赶着时代的心搏”,称赞其为“时代底一个肖子”。[②]

① 见钱理群等着《中国现代文学三十年》第140页。

② 闻一多:《〈女神〉之时代精神》,《创造周报》第4号。

在《女神》中，诗人主体意识的勃发还体现在歌咏自然的诗篇之中。由于受泛神论思想的影响，诗人所抒写的大自然，再不是一种独立的客观存在，而是将诗人"自我"融入其中，使自然成为诗人的"自我表现"。因而在他的自然诗中，跳动着顽强的生命，火热的情感，洋溢着"五四"时代动的色彩和飞扬向上的奋发精神。在诗人笔下，大自然"到处都是生命的光波"、"到处都是诗"、"到处都是笑"(《光海》)。诗人从金黄的衰草处听到了"快向光明处伸长"的急切呼声，看着纸鸢在空中放飞，便觉得那是在"不断地努力，飞扬，向上"(《心灯》)。虽然现实是漫天风雪，诗人却感到了"全身心好像要化为了光明流去"(《雪朝》)。诗人满怀热情去迎接那"光芒万丈的"新生的太阳，为了早点见到太阳的光辉，他恨不得把"眼前的障碍一概划平"。他请求太阳："把我全部的生命照成道鲜红的血流！"、"把我全部的诗歌照成些金色的浮沤！"(《太阳礼赞》)诗人愿意做太阳的"运转手"，把"一切的暗云""驱除干净"！(《日出》)

主体意识的勃发不仅使郭沫若的《女神》充满生命活力，洋溢着"五四"狂飙突进的时代精神，而且使其诗歌高度个性化，成为其他诗人难以效仿的艺术存在。这对新诗向个性化方向发展，对新诗的繁荣和丰富有着不可忽视的促进作用。

"诗的本职专在抒情"，这是郭沫若明确提出的诗歌主张。这一理论主张在《女神》的创作实践中体现为对诗歌抒情本质的张扬。"诗本是人情迸发的声音"[①]，抒情性是诗歌的本质属性。然而，传统诗歌在封建礼教长期的约束下，诗情被种种非人道的封建礼义束缚着、禁锢着、扭曲着，不能得到自由的抒发。新诗诞生以后，由于思想启蒙而带来的理性思辨，使早期白话诗偏于说理，常常缺乏浓烈的感情，对诗的抒情本质未能予以足够的重视。郭沫若正是针对传统诗歌和早期白话诗的局限而提出"诗的本职专在抒情"这一理论主张的。在诗的创作中，他提倡诗情的"自然流露"[②]，他强调诗不是做出来的而是"写"出来的。《女神》正是郭沫若实践这些诗歌主张的典范。

《女神》对诗的抒情本质给予了高度的重视。与"五四"感情激荡、充满理想的时代气氛相适应，《女神》以直抒胸臆的方式喷射着火山爆发般的激情。在《凤凰涅槃》中，诗人借用凤凰采集香木自焚而后在烈火中再生的神话传说，来象征旧中国、旧我以及旧的一切的毁灭，和新中国、新我以及新的一切的诞生，从而表达了渴望祖国解放与新生的强烈的爱国热情。在《炉中煤》里，远在日本的诗人把祖国比作自己的爱人，他"眷念祖国的情绪"，燃烧得如同炉中的煤火一样炽热。

---

① 周作人:《自己的园地·情诗》。

② 见《三叶集》。

啊，我年青的女郎！
我自从重见天光，
我常常思念我的故乡，
我为我心爱的人儿，
燃到了这般模样！

诗人表现爱国热情，纯真、坦率、狂热，把自我心灵赤裸裸地袒露出来，把自我感情无遮拦地流泻出来，通过表现自我，通过宇宙万物在他心镜上的映现，写出时代剧烈震荡在心琴上拨动出的音响，来反映时代和社会的风貌。《女神》中那些震撼人心的诗篇，其诗情大多是冲动式的，汹涌式的，狂热式的。在《天狗》中，诗人写道：

我是一条天狗呀！
我把月来吞了，
我把日来吞了，
我把一切的星球来吞了，
我把全宇宙来吞了。
我便是我了！
……
我如烈火一样地燃烧！
我如大海一样地狂叫！
我如电气一样地飞跑！
……
我便是我呀！
我的我要爆了！

诗人满怀激情地歌颂自我，肯定自我的价值，追求个性的解放和自我价值的实现，诗情迸发，热情奔流，简直达到了迷狂的状态。在《我是个偶像崇拜者》中，诗人热情奔放地歌颂了破坏一切、创造一切的精神。他不仅对“太阳”、“火”、“宏伟的艺术”、“万里长城”、“金字塔”等充满创造活力的东西表示崇拜，还“崇拜创造的精神”、“崇拜力”、“崇拜破坏”。在《立在地球边上放号》中，诗人毫不踌躇、毫不畏惧地表现了“不断的毁坏，不断的创造”的“力”。这种精神与“五四”时代破旧立新的精神是完全一致的。这种感情愈是狂热,愈能表现那个时代的精神。

诗的抒情本质的张扬以及“自然流露”的创作指导思想,使《女神》诗情勃发,激情涌荡,有如火山爆发,喷射着炽热的岩浆。在诗的抒情性上,《女神》所达到的境界是空前的。它有力地纠正了早期白话诗偏于说理、缺乏浓烈感情的弊病,极大地提高了新诗的艺术水准,为新诗的发展指引了前进的方向。

在新诗的创作中,郭沫若的《女神》是最有个性的艺术作品之一。它以壮阔的意境、雄浑的气势、高亢的热情、奇特的想象、充满理想和飞扬向上的时代精神以及奔放不羁的自由体诗歌形式,构成自己独特的雄奇奔放的浪漫主义诗歌风格。

郭沫若是一位“偏于主观”的诗人,其想象力远远超过他的观察力。他生性冲动,做起诗来也一任自己的冲动在那里跳跃[①],所以充满激情的浪漫主义最适合他的创作个性。长期以来,民族的郁积,个人的郁积,在“五四”狂飙突进的时代找到了喷火口,在惠特曼式的浪漫主义艺术中找到了喷火的方式。

郭沫若是从泛神论的思想出发以充溢着“五四”时代精神的眼光去观察和认识宇宙万物的,他把宇宙万物看成是彼此相联系的有生命的本体,是自我表现的对象,于是他把整个大自然都纳入了他自己抒写的范围。茫茫宇宙,整个地球,日月星辰,山岳海洋,风云雷雨,草木禽兽,所有这一切,他都以饱含激情的笔触去描绘,用奇特的想象、生动的比喻、极度的夸张等浪漫主义手法去表现,从而构成奇丽壮阔的形象体系。在这个体系中,大自然被充分地人性化,地球成了有生命的母体。夕阳与大海竟成了一对恋人,举行着“日暮的婚筵”:“新嫁娘最后涨红了她丰满的庞儿,被她最心爱的情郎拥抱着去了”(《日暮的婚筵》)。人把自然“作为友人、爱人,作为母亲”,甚至把自我融入大自然里,与自然合二为一。在“高超、自由、雄浑、清寥”的“太空”下,“我的一枝枝神经纤维”和“十里松原中无数的古松”,“一枝枝的手儿”一起“战栗”(《夜步十里松原》)。正是以“五四”时代的眼光,诗人从宇宙万物中看到了“20世纪动的和反抗的精神”,看到了破坏与创造的巨大的“力”。这赋予《女神》以雄浑的气势和飞动的色彩:“无限的大自然,成了一个光海了。到处都是生命的光波,到处都是新鲜的情调”,“山在那儿燃烧,银在波中舞蹈”(《光海》)。“无限的太平洋提起他全身的力量来要把地球推倒……啊啊!不断的毁坏,不断的创造,不断的努力哟!啊啊!力哟!力哟!力的绘画,力的舞蹈,力的音乐,力的诗歌,力的律吕哟!”(《立在地球边上放号》)。

《女神》中的诗篇,意境宏阔,形象鲜明,感情奔放,想象奇特,比喻奇妙,气势雄浑,

---

① 郭沫若:《文艺论集》第175页。

格调高昂，从而构成了郭沫若这一时期雄奇奔放的诗歌艺术风格。这就使中国新诗展开了矫健的翅膀，真正地飞腾起来了。

为了和《女神》所表现的"五四"狂飙突进的时代精神相适应，郭沫若在《女神》的创作实践中，大胆创造了不拘一格的自由奔放的诗歌形式。

郭沫若曾说："旧诗我做得来，新诗我也做得来，但我两样都不大肯做：因为我感觉着旧诗是镣铐，新诗也是镣铐……我愿意打破一切诗的形式，写我自己够味的东西。"[①]他一方面强调"形式方面我主张绝端的自由，绝端的自主"[②]，声明"我所著的东西，只不过尽我一时冲动，随便地乱跳乱舞罢了"[③]。另一方面他又认为："情绪的世界便是一个波动的世界，节奏的世界"[④]，"这儿虽没有一定的外形的韵律，但在自体是有节奏的"[⑤]。因此，从总体上看，《女神》的形式是自由的，受惠特曼的影响较大，诗无定节，节无定行，行无定字。除少数诗作外大多数诗作不讲究形式的整齐，押韵也没有统一的规律。但是在每一首诗中却追求格律的某种形式的统一。或如《晨兴》一类，押大致相近的韵，节奏、诗行大体整齐；或如《天狗》一类，则是诗人情绪的自然消长的内在韵律与某种程度的外在韵律（如不规则押韵、排比、复沓、对偶等）相结合，使得诗在自由变动之中取得某种程度的整齐与和谐。诗人还创造了把诗与散文、抒情与叙事相结合的诗剧，开创了新诗创作的新体式。

在诗的语言的运用上，郭沫若注意与诗的形式和内容相配合，主要采用白话口语，状物写人，锐意求新，并带有浓郁的主观感情色彩。《女神》的语言不仅异常丰富，而且十分生动形象，绚丽多彩，因而具有很强的表现力。为了表现奔放炽热的感情，诗人还动用复句、叠句、排比等句型和急促的节奏，从而形成了《女神》高昂的格调。但有些诗的语言热情有余，凝练不足，且好嵌入外文单词，因而影响了诗歌语言的统一性。

继《女神》之后，郭沫若于1923年10月出版了诗集《星空》。《星空》是诗人1921年到1922年两度回国饱尝到失望和幻灭的痛苦重返日本后，怀着悲愤的心情写成的。此时诗人对"五四"之后的祖国所寄予的美好希望已被现实的黑暗所毁灭，彷徨、苦闷、忧郁、感伤的情绪充塞了诗人的心胸。因此，在《星空》里，虽然有些诗篇如《洪水时代》、《春潮》等，也表现了诗人对"地狱"般的现实和"吃人的魔鬼"的愤恨，对自由和光

---

① 郭沫若：《凤凰·序》。
② 郭沫若：《论诗三札》。
③ 郭沫若：《三叶集》。
④ 郭沫若：《文学的本质》。
⑤ 郭沫若：《论节奏》。

明的向往,对“未来开拓者”和近代“劳工”的赞颂;但在大多数诗篇中,失望和感伤的情绪却占据着主导的地位。在《女神》中,诗人是气吞宇宙的“天狗”,在光明中奋飞的“雄鹰”,此刻却成了偃卧沙场的“带箭的雁鹅”(《献诗》),幽囚在铁笼中的“大鹫”(《大鹫》)。而在黎明中奏着音乐的地球则在“海水怀抱”中“死了”,在波涛汹涌中光芒万丈的新生的太阳惨然变色:“惨黄的太阳照临”着“可怕的血海”,“圆睁着他们的眼儿”的“无数明星”“完全变了”,“有的是鲜红的血痕,有的是净朗的泪晶,可怜的光之中含蓄了多少深沉的苦闷”。于是,诗人探索缥缈的“星空”(《星空》),缅怀“恬的无为的太古”(《南风》),甚至想“离群索居,独善吾身”(《孤竹君之二子》)。这些都真实地反映了“五四”退潮时期诗人的心绪。当然,这种彷徨苦闷是诗人在顽强探索途中的彷徨苦闷,他胸中的火种并没有熄灭,只是暂时被现实的冷壁所封存,一旦碰着革命的火花,就立即会燃起熊熊的烈火。

从艺术上看,《星空》中的诗虽然缺乏《女神》时代那种火山爆发式的激情和排山倒海的气势,但这些诗形象鲜明,结构严谨,语言凝练,音调和谐,情感抒发含蓄深沉,技巧较之《女神》更趋圆熟。

与《星空》在感情色彩上相一致的是《瓶》。《瓶》是郭沫若唯一的一部爱情诗,写于1925年初春,包括《献诗》在内,共有43首。它比较真实而完整地描写了一段爱情生活,抒发了一个中年男子对一位少女的热恋之情。但《瓶》并不是叙事诗,而是一部有着大致连贯的情节完整的抒情组诗。这部爱情诗以比较整齐的诗行、严谨的结构、悠扬的音调,表现了诗人对爱情的热烈而大胆的追求和焦渴的期待、美好的憧憬,情意缠绵,想象绮丽。最具有代表性的是第16首的“春莺曲”和“莺之歌”。痴情的恋人由爱极、恋极而想到死,幻想把姑娘送给他作为爱情象征的一枝红梅吞进心里:

梅花在我的尸中,
会结成五个梅子;
梅子再迸成梅林,
啊,我真是永远不死。

这种浪漫化了的为爱情献身的精神,可以看做是《女神》火山爆发式的诗情在爱情题材上的特殊显现。但《瓶》中的多数诗篇,则流露出青春难再,镜花水月,可望而不可即的忧思、嫉恨、失意以及“人生如梦”的感伤情绪。诗人感叹道:

我已成疯的海洋，
她却是冷静的月光！
她明明在我的心中，
却高高挂在天上，
我不息地伸手抓拿，
却只生出些悲哀的空响。（第30首）

这是"五四"退潮期的时代苦闷在爱情生活上的投影。《瓶》显然不同于郭沫若的其他诗集，它以"独创的形式"、丰富的想象、生动的比喻、质朴的文字成为"中国现代诗坛的空前的抒情长诗"[①]。《前茅》收入1921年到1924年的诗，1928年出版，它标志着郭沫若诗风的明显转变。这些诗与《星空》的写作时间虽然相隔不久，思想内容却迥然不同。它们是郭沫若思想由革命民主主义向无产阶级思想初步转变的产物。在《前茅》中，诗人已经敏锐地感受到革命高潮逼近的时代气息，不仅表现出诗人要同与时代不相容的旧的思想感情、"低回的情趣"、"虚无的幻美"告别的坚定决心(《力的追求者》)，而且表现了他对"坐汽车的富儿们"的憎恶，以及愿和"赴工的男女工人们"亲近的感情(《上海的清晨》)。在《朋友们怆聚在囚牢里》中，诗人更发出了"我们到兵间去吧！我们到民间去吧！"的热情呼喊。同时，诗人对现实黑暗的根源也有了更明确的认识，对革命前途充满信心，坚信"长夜纵使漫漫，终有时辰会旦"(《我们在赤光之中相见》)，并满怀热忱地呼唤着："二十世纪的中华民族大革命哟，快起！起！起！"(《黄河与扬子江的对话》)。在这里，已经没有《星空》时代的那种苦闷彷徨乃至消极悲观的情绪，显示出的是乐观向前的战斗精神。《前茅》在郭沫若的诗歌创作道路上处于一个重要的位置：它是从《女神》、《星空》到《恢复》之间的一个重要的转折点，是诗人歌唱无产阶级革命的序曲。但就艺术成就和感人的力量来说，《前茅》却远不如《女神》。究其原因，主要是因为此时的郭沫若虽已开始接受无产阶级思想，却还没有把它化成自己的血肉；虽有走向工农的愿望，却缺少实际感受和体验，因而出现了这种诗的思想与艺术失衡的现象。

《恢复》出版于1928年3月，共收诗24首，这些诗写于同年元月5日至16日。此时郭沫若经历了大革命失败后血与火的考验，已经成长为坚强的共产主义战士。从广东经香港秘密潜回上海，并且又刚值大病初愈后的恢复期，面对四周的白色恐怖，敌人

① 蒲风：《郭沫若诗作谈》，1936年8月《现世界》创刊号。

的凶残与卑劣，心中激起无比的愤恨；战友们的英勇牺牲，令他无限悲痛和钦敬，中国共产党领导的武装斗争，又给他增添了战斗的信心和力量。诗人把自己强烈的爱和恨、热情和希望，全部倾注在《恢复》诗篇中。他坚信"南昌起义"和"秋收起义"的道路是正确的，认为"在工人领导之下的农民暴动"，"是我们的救星，改造世界的力量(《我想起了陈涉、吴广》)。由于诗人认清了工农群众的力量和中国革命的道路，所以对革命的前途充满了信心。他知道眼前的白色恐怖和黑暗岁月，正是"暴风雨快要来时的先兆"，"新社会快要诞生的前宵"，他决心为争取新生的太阳和宇宙而献出自己的一腔热血(《战取》)。为了夺取革命的胜利，诗人决心以诗歌为武器，要用诗篇"歌出我们新兴的无产阶级的生活"(《述怀》)。显然，《恢复》里的诗歌已经"属于别一世界"，它是无产阶级诗歌的最初尝试。这些诗虽然写在最黑暗最危难的境况下，却充满了革命乐观主义精神，展示了诗人热忱、坚贞的革命品格。它所表现的那种坚贞不屈、誓与敌人战斗到底的革命精神，正反映了阶级和时代的要求，具有一种"犹如鞋鞑的鼙鼓声浪喧天"的"狂暴"的力的美。但思想与艺术的失衡也是《恢复》的一个显著特征。由于特定的历史环境和艺术观方面的原因，诗人无法避免无产阶级文学发展初期的幼稚病，简单地将文艺创作等同于政治宣传，将诗歌当成时代精神的传声筒，从而使自己原有的艺术个性受到损害，造成了诗作艺术水平的下降。尽管如此，《恢复》作为无产阶级诗歌创作的最初尝试，对 20 世纪中国无产阶级诗歌乃至整个 20 世纪中国新诗的发展，都具有不容忽视的影响和作用。

第二节　闻一多·徐志摩·冯至

闻一多(1899～1946)，原名闻家骅，湖北浠水人。

闻一多是著名的诗人、杰出的学者、英勇的民主战士。闻一多的新诗创作开始于 1919 年，1923 年 9 月出版了他的第一部诗集《红烛》，1928 年 1 月出版了《死水》。他的创作活动，前后持续约 13 年。他的诗作大多收集在《红烛》与《死水》之中，这两部诗集也是他创作新诗的代表作。尽管闻一多早期创作深受唯美主义的影响，曾表现出对艺术和人生理想的虚幻追求，弥漫着唯美的感伤的神秘的色彩，但爱国主义始终是他诗歌创作的主旋律。

《红烛》中的《孤雁篇》和《红豆篇》是诗人留学美国的作品，其中不少篇什倾吐了诗人流落异国，饱受凌辱，倍感“失群的孤客”的痛苦。在《孤雁篇》中诗人哀叹：

不幸的失群的孤客！
谁教你抛弃了旧侣，
拆散了阵字，
流落到这水国的绝塞，
拼着寸磔的愁肠，
泣诉那无边的酸楚？

为什么会有“那无边的酸楚”？是因为“孤雁”流落之处充满了蛮横与罪恶：

啊！那里是苍鹰底领土——
那鸷悍的霸王啊！
他的锐利的指爪，
已撕破了自然底面目，
建筑起财力底窝巢。
那里只有铜筋铁骨的机械，
喝醉了弱者底鲜血，
吐出些罪恶的黑烟。
……

面对西方资本主义社会如此险恶的环境，诗人自然会想起自己的祖国，而且，他是把祖国的形象和悠久的历史、灿烂的文化联系在一起的。所以他一想到祖国的象征——“四千年的华胄底名花”——秋菊，就情不自禁地赞美“庄严灿烂的祖国”：

秋日啊！习习的秋风啊，
我要赞美我祖国底花！
我要赞美我如花的祖国！

——《忆菊》

故土与异域的鲜明对照，更增添了诗人对祖国焦灼难眠的思念。在《太阳吟》中，他将这种思念化为美丽而神奇的想象：

太阳啊——神速的金乌——太阳！
让我骑着你每日绕行地球一周，
也便能天天望见一次家乡！

然而，驾驭太阳难免有些虚妄，所以诗人接着变换了想象的路线，思念之情却更为真挚热烈：

太阳啊，也是我家乡底太阳！
此刻我回不了我往日的家乡，
便认你为家乡也还得失相偿。
太阳啊，慈光普照的太阳！
往后我看见你时，就当回家一次，
我的家乡不在地下乃在天上。

这里的家乡，正如诗人所说，不是狭义的“家乡”，而是“中国的山川，中国的草木，中国的鸟兽，中国的屋宇——中国的人”①，是伟大祖国的象征。《红烛》中的这些诗，洋溢着流火喷石似的爱国激情。尽管诗的风格仍然是浪漫主义的，但由于有了真实的生活内容，早期诗作中那种超脱尘世的虚幻和隔绝现实的孤傲已有了显著的改变，诗风“渐趋雄浑沉劲”，诗体亦趋向匀称整齐。

1928年1月，闻一多出版了《死水》，这是诗人留学归国之后大部分诗作的结集。1925年5月，闻一多提前结束留学生活回国。当时的中国正处于帝国主义侵略和封建军阀的蹂躏之下，异常黑暗破败，人民在苦难中挣扎。当他一踏上国土，发现这时的中国并不像他想象中的“如花的祖国”，而是“一沟绝望的死水”，诗人一时难于接受残酷的现实，发出了悲愤的呼喊：

我来了，我喊一声，迸着血泪，
“这不是我的中华，不对，不对！”

---

① 闻一多：《致吴景超》，《闻一多全集》(3)，上海开明书店1948年版。

……

我会见的是噩梦，哪里是你？

那是恐怖，是噩梦挂着悬崖，

那不是你，那不是我的心爱！

我追问青天，逼问八面的风，

我问，拳头擂着大地的赤胸，

总问不出消息，我哭着叫你，

呕出一颗心来——在我心里！

——《发现》

诗中热爱与失望两种情感相交织，以奇特的想象与幻想，表达了诗人纯真炽热的爱国之情。通过冷静的观察与思考，诗人对冷酷的现实有了深入的认识，从而发出了愤激的诅咒：

这是一沟绝望的死水，

这里断不是美的所在，

不如让给丑恶来开垦，

看他造出个什么世界。

——《死水》

在《死水》中，诗人怀着炽烈的感情热爱祖国，关注现实，并非是对现实绝望而采取消极逃避的态度，显然是以特殊的情感表达方式诅咒现实：既然现实已黑暗腐朽到了不可挽救的地步，那唯一的办法就只有加速它的灭亡。

从赞美文明祖国到诅咒黑暗的现实，反映了诗人由历史转向现实的认识的深化。现实的黑暗、人民的苦难以及对人民力量的确认，使诗人无法安坐于恬静的书斋之中。在《静夜》里，诗人宣称：

静夜！我不能，不能受你的贿赂。

谁希罕你这墙内尺方的和平！

我的世界还有更辽阔的边境。

虽然闻一多当时并未真正走出个人狭小的天地，投入到广大民众的革命洪流中去，但是这种可贵的精神，却是他最终与“国家主义派组织”、与新月派分道扬镳，最终毅然走出书斋，投身到争取祖国解放的民族民主革命运动之中并英勇献身的重要原因。

与《红烛》一脉相承，《死水》的主要倾向仍然是爱国主义的，但较《红烛》题材更广泛，思想更深沉，艺术上更成熟。这是诗人对现实认识和爱国主义不断深化的结果。闻一多诗中的爱国主义，充满了在帝国主义文化侵略面前强烈的民族自尊心与自豪感，表现了“五四”反帝爱国的时代精神，但带有向后看的怀古主义倾向。他曾多次说过：“我爱中国固因他是我的祖国，而尤因他是有他那种可敬爱的文化的国家。”[①]这使得他过多地沉湎于古老悠久的历史文化，而忽视了对封建主义的揭露与批判，因而造成了他的诗作在思想内容上的某些局限。

闻一多不仅是杰出的爱国诗人，而且还是新格律诗的积极倡导者。针对新诗在形式方面的种种缺陷，他在《晨报·诗镌》上发表了《诗的格律》一文。他说：“诗的实力不独包括音乐的美(音节)，绘画的美(辞藻)，并且还有建筑美(节的匀称和句的均齐)”。闻一多还指出，新格律与旧格律有着根本的不同。他并不主张用某一固定格式来写诗，他认为，“诗的格式是相体裁衣”，因不同题材、意境、情绪而异，力求臻于“精神与形体调和的美”。他提倡“由我们自己的意匠来随时构造”。闻一多之所以大力提倡新诗的格律化，是针对早期白话诗创作中存在的过于散漫自由、流于散文化的倾向而发的。它顺应了新诗发展的客观要求，有利于新诗艺术水平的提高，其积极意义是应当充分肯定的。

闻一多不仅理论上大力提倡，而且从创作上积极实践他的新格律诗理论。《死水》中的绝大多数诗都是新格律诗，这些诗音调和谐，字句整齐，辞藻斑斓，多姿多彩，其中有不少诗，堪称新格律诗的典范之作。

闻一多的诗还十分注重意境的营造，追求意境的优美、新颖、完整、统一。他巧用暗示，有丰富的想象。这与他善于创造性地继承中外诗歌的优秀传统有着不可分割的联系。正因为如此，他的诗真正成了“中西艺术结婚后产生的宁馨儿”。

徐志摩(1897～1931)，名章垿，浙江海宁人。

徐志摩的诗集有《志摩的诗》、《翡冷翠的一夜》、《猛虎集》以及《云游》，散文集有《落叶》、《自剖》、《巴黎的鳞爪》，小说集有《轮盘》，还有与陆小曼合著的剧本《卞昆冈》。

---

① 闻一多：《〈女神〉之地方色彩》，《闻一多全集》(3)。

在他的全部作品中，以诗的成就为最高，“当时诗人除郭沫若，当推徐志摩”[①]。

徐志摩向往科学与民主，追求自由与人道，因而他一旦面对现实人生，就感到“一份深刻的忧郁占定了我；我忧郁，我信，竟然渐渐的潜化了我的气质”[②]。这一思想感情的变化，也就促成诗人的人生观：“真是一种‘单纯信仰’，这里只有三个大字：一个是爱，一个是自由，一个是美。”[③]

徐志摩深受英国诗人华兹华斯、拜伦、雪莱、济慈、哈代的影响，诗风徘徊于清远超脱与热烈奔放、柔美和谐与悲凉阴冷之间。他最注重情感抒发的音乐性，运用白话(俚语以至方言)表达心灵跌宕的节奏，形成激情奔涌的旋律，以至于诗人诗句的流淌犹如“跳着溅着不舍昼夜的一道生命水”[④]。

诗人徐志摩正是在对于“从性灵暖处来的诗句”[⑤]的执著追寻中，将自己对于人生的追求，融入勃发的诗情，在外来诗风的吹拂下萌发出独特的诗美之芽，形成个人的风格：无论是捕捉瞬间感受，在狂热的激情中抒发灵感，还是郁积酝酿情绪，在冷静的挥洒中揭示人生，都能在如脱缰的野马的心灵咏唱中保持着至情至性，始终如一，保持着几分“天籁”，是那样的清新自然，明晰和谐。

1925年8月，《志摩的诗》由徐志摩自编自费出版。这部诗集由北新书局印刷了50本，其中收入1922年到1925年间的诗作55首。1928年徐志摩将这部诗集加以删改，于8月由新月书店出版，其中根据朱湘的批评删去15首，并将朱湘认为最好的《雪花的快乐》改排在卷首。在《雪花的快乐》这首诗中，“翩翩的潇洒”、“娟娟的飞舞”的“雪花”，去追求“清幽的住处”那花园中的“她”——“沾住她”，“贴近她”，直到融入“她柔波似的心胸”。作为雪花的“我”，对于梦中情人的“她”的热爱，是一种升华了的纯洁无瑕的理想之爱，是对纯真爱情的渴求上升为对理想、信念的希冀且成为心灵追求的诗意写照，并得到了音乐性的表达：

假如我是一朵雪花，
翩翩的在半空里潇洒，
我一定认清我的方向——

① 朱自清：《中国新文学大系·诗集·导言》。
② 《猛虎集·序文》，新月书店1931年版。
③ 胡适：《追忆志摩》，《新月》第4卷第1期。
④ 朱自清：《中国新文学大系·诗集·导言》。
⑤ 徐志摩：《徐志摩日记》，1926年12月17日。

飞飏，飞飏，飞飏，
这地面上有我的方向。

在这首诗的第一节中，经过由开放柔和的“花”、“洒”，到响亮上扬的“向”、“飏”的换韵，巧妙地传达出“雪花的快乐”的节奏感逐渐增强；与此同时，在一句三顿之中，通过“飞飏”的复迭，使“雪花的快乐”上升到了最高点，展示了心灵颤动的主旋律。这一节奏感与主旋律在其余各节中反复再三，将诗情抒发推到了高潮。

在《沙扬娜拉》中，对告别时的瞬间情景，用“水莲花”作譬，来表达日本少女的“娇羞”，更运用日语“再见”的音译“沙扬娜拉”来传达出难以言传的“甜蜜的忧愁”。而在《沪杭车中》，诗人则别出心裁地以拟声词“匆匆匆！催催催！”来模拟火车行进时的轰鸣，形成诗情抒发的基调，达到了别有一番滋味在心头的渲染效果：“催催催，是车轮还是光阴？催老了秋客，催老了人生。”可见，徐志摩的确是要抓住每一首诗的“原动的诗意”以寻求相应的诗律。

在徐志摩的第二个诗集《翡冷翠的一夜》中，出现了“一个绝大的进步”。这一进步是基于这样的意识：“诗的难处不单是它的形式，也不单是它的神韵，你得把神韵化进形式去，像颜色化入水，又得形式表现神韵，像玲珑的香水瓶子盛香水。”[①]所以，这个诗集中主要是爱情诗，其中潜伏着徐志摩与陆小曼之间的苦恋——“可以说是我的生活上的又一个较大的波折的留痕”[②]，因而感情真挚、热烈、缠绵、执著，或者借助一个新颖诱人的比喻，或者描绘一个别开生面的场景，或者叙写一个简洁明快的过程，表达那如缕的情思，如水的情波，如幻的情心，如痴如醉而甜蜜忠贞。有温柔的细语，有旦旦的信誓，有爱意的埋怨，有无尽的体贴，还有那爱的追求所产生的力量与勇气。

你我千万不可亵渎那一个字，
别忘了在上帝跟前起的誓。
我不仅要你最柔软的柔情，
蕉衣似的永远裹着我的心；
我要你的爱有纯钢似的强；
在这流动的生里起造一座墙；

① 《一个译诗的问题》，《现代评论》第2卷第38期，1925年8月29日。参见《猛虎集·序文》。
② 《猛虎集·序文》，新月书店1931年版。

任凭秋风吹尽满园的黄叶，

任凭白蚁蛀烂千年的画壁；

就使有一天霹雳震翻了宇宙——

也震不翻你我“爱墙”内的自由！①

在这里，通过每两句一转韵，来展示情感体验的有张有弛，显得更为自然亲切。而直白朴实的语言使诗抒发的冲击更能引起共鸣，显示出真正的人之爱的永恒价值，从而激发在现实抗争中对于人的自由权利的追求。

当然，《翡冷翠的一夜》中也不乏对于现实丑恶的诗意揭露，仅从诗名《人变兽》、《这年头活着不易》，就可以看到诗人关于痛苦人间的呼吁。但是，诗人并不止于灵魂的悲哀，写出了《梅雪争春——纪念三一八》来进行现实的呐喊：牺牲者犹如“梅花”似的“热血”不会白流，只有付出血的代价才能驱除那“冷翩翩的飞雪”，争来“真鲜艳的春景”。在这里，“雪”的意象被翻转，从天上回到人间，从而成为冷酷无情的屠杀者的象征，于是“梅雪争春”展示出社会变革的必然趋势。

1928 年 3 月 10 日，徐志摩主编的《新月》月刊创刊发行。在署名“编者”的《新月的态度》一文中，他列举并批评了文坛上所谓的 13 种派别，提出要为“人生的尊严与健康”而奋斗。在创刊号上，徐志摩发表了《我不知道风是在那一个方向吹》、《秋虫》等诗作。前者有着“我是在梦中，黯淡是梦里的光辉”般的颓废情绪；而后者有如“花尽着开可结不成果，思想被主义奸污得苦”等诗句，表现出某种消极的倾向。

尽管《猛虎集》及其以后的那些诗作，在内容方面流入了怀疑与颓废，呈现出一种“向瘦小里耗”的倾向，但是综观徐志摩的全部诗作，无论是写景记事，还是感遇抒怀，都具有极强的抒情性，形成了独特而不断发展的个人风格：诗风由细腻而多出一点深沉，由轻盈添上几分凝重；语言的运用也由稍显生硬而趋向圆熟，尤其是对心灵咏唱的音乐性表达愈加自觉而自由。因此，诗人在《再别康桥》里，将写景、记事、感怀融为一体，在音乐般的语言倾诉中，再现了飘逸而温柔、幽深而潇洒的诗人风姿，于是——

轻轻的我走了，

　　正如我轻轻的来；

我轻轻的招手，

---

① 《“起造一座墙”》，《徐志摩诗集》，四川人民出版社 1981 年 1 月版。

作别西天的云彩。

那河畔的金柳，
是夕阳中的新娘；
波光里的艳影，
在我的心头荡漾。
……

但我不能放歌，
悄悄是别离的笙箫；
夏虫也为我沉默，
沉默是今晚的康桥。

悄悄的我走了，
正如我悄悄的来；
我挥一挥衣袖，
不带走一片云彩。

徐志摩正是以其源于“性灵暖处”的咏唱来刻意追求诗的完美，尤其是音乐美，为中国新诗的发展作出了不可磨灭的贡献。

冯至(1905～1993)，原名冯承植，河北涿县人。

冯至于大学时代开始诗歌创作。1923 年与林如稷、陈翔鹤、陈炜谟等人在上海创办“浅草社”，1925 年在北京与原“浅草社”部分社员一起成立了“沉钟社”。他先后出版的诗集有：《昨日之歌》(1927 年)、《北游及其他》(1929 年)、《十四行集》(1942 年)、《西郊集》(1958 年)、《十年诗抄》(1959 年)，1980 年出版诗选集《冯至诗选》。冯至的诗歌创作经历了三个时期。前期以 1930 年为界，主要收集在《昨日之歌》和《北游及其他》之中，是他最有成就的创作期。中期于 1941 年前后，诗人寓居昆明郊外写下的《十四行集》，诗情开始明朗化。1957 年前后创作的《十年诗抄》，是他诗情爆发的第三个时期，讴歌时代和社会，成为其抒情主调。

冯至是 20 世纪二三十年代涌现于诗坛的重要抒情诗人。鲁迅曾将冯至誉为“中国最杰出的抒情诗人”[①]。他的诗最大特色便是诗歌艺术的节制性。他将纷繁复杂的外部世界化为单纯明朗的形象，将内心激越的情绪通过外形的节制，外化为客观物象，或蕴含于简单情节的娓娓叙述中。辑入《昨日之歌》和《北游及其他》中的诗，扑面而来的抒情主体形象，是一个为生计而漂泊异乡，满面尘土和疲惫，内心充满寂寞与孤独的青年沉思者形象。诗人在异乡的荒街上，看到的是满目的人世疮痍："歧路上彷徨着一些流民歌女，/疏疏落落地是凄冷的歌吟；/人间啊，永远是这样穷秋的景象，/到处是贫乏的没有满足的声音。"(《北游》)他的落寞是时代的落寞。在这落寞孤独之中，诗人企望情爱，呼唤人间的温情：

我的寂寞是一条蛇，
静静地没有言语。
你万一梦到它时，
千万啊，不要惊惧！
它是我忠诚的侣伴，
心里害着热烈的乡思：
它想那茂密的草原——
你头上的、浓郁的乌丝。

它月影一般轻轻地
从你那儿轻轻走过；
它把你的梦境衔了来
像一只绯红的花朵。

——《蛇》

诗人将自己炽烈、真挚的情思寄寓在"蛇"的冰冷而寂寞的意象中。此外，《我是一条小河》，也是诗人企望情爱而终成幻影的写照。

诗人在这一时期的诗歌创作，着意追求诗意哲理化，这使他的抒情具有一种"沉思"的调子。朱光潜曾评其诗说道："融情于理，时有胜境"。诗人在"沉思"之中，为自己深沉、含蓄的诗情找到了一种朴素的诗的外形：不仅诗歌语言外壳达到了"洗尽铅

① 鲁迅：《中国新文学大系·小说二集·导言》。

华"的明净,而且采用半格律体形式,诗行大体整齐,大致押韵,追求整饬、有节度的形式美。冯至的诗在探索诗体自由与节制自由间有其不可忽视的贡献。

冯至作为一个抒情诗人,其突出之处还表现为:他的诗具有个性的鲜明和风格的独到。他将其内向从容、孤寂沉思的个性融注于诗的意象与外部形式上。象征情缘的缘起缘灭的"小河","月影一般轻轻地"走过的寂寞的"蛇","愁遍山崖的薜劳",象征人生风雨飘摇的"小船"……无不浸透了凄清、孤苦的色彩。不仅诗的情调充满感伤苦闷,而且诗的节奏舒缓,音韵柔美,这就使冯至的诗在当时的新诗中形成独具一格的幽婉风格。

冯至在叙事诗的创作上也很不俗,他创作的《帷幔》、《蚕马》、《吹箫人的故事》等颇有影响。诗人从德国谣曲中吸取艺术营养,采撷了我国民间传说与古代神话故事,歌咏追求爱情自由的艰难曲折,虽有一种神秘氛围,"含蓄着中古罗曼的风味",但表现了对旧时婚姻制度的憎恶和对理想情爱的呼唤,留下了"只要你听着我的歌声落了泪/就不必打开窗门问:'你是谁'"等清丽名句,这是现代诗歌中少有的优秀叙事诗篇。

第三节　李金发·戴望舒·卞之琳

李金发(1900～1976),字遇安,又名淑良,广东梅县人。

李金发在法国学习绘画雕塑时,受法国象征派诗人波德莱尔和魏尔伦的影响,诗潮如狂。所写的339首诗结集成《微雨》(1925年)、《为幸福而歌》(1926年)和《食客与凶年》(1927年),寄回国内出版,获"诗怪"之称。他的情诗具有独特的诗的世界:一是生死意识的张扬,表现为"对于生命欲揶揄的神秘及悲哀的美丽"[1],惊世骇俗;二是以意象暗示象征,实验新奇组合,拓展了新诗的意象艺术。

青年李金发汹涌而神秘的青春潮,"梦想微笑多情之美人"(《心游》),"为幸福而歌",写尽"少年的情热"。他前两个诗集几乎占一半的诗都是情诗。《她》、《墙角上》、《记取我们简单的故事》、《钟情你了》、《明星出现之歌》等,写长天秋日的初恋回忆、如醉的幽会镜头及温柔的独语:"她是一切烦闷以外之钟声/每在记忆之深谷里唤我迷梦",吹奏出了"痛饮生命之泉"的欢乐之章。

---

① 黄参岛:《微雨及其作者》,《美育》第2期。

但是，李金发有他的复杂性。漂泊异国，呼吸《恶之花》颓伤的空气，耽迷叔本华的生命哲学，加之个性多愁善感，"一生的矛盾/以生命作尝试"（《太息》），以及对茫茫时空中人的生生死死的观照和思索。他的诗律动着不能承受生命之轻的无尽悲凉，律动着"在永续之恶梦里流着汗"（《我背负了》）的生命体验。

"渴望痛饮生命之泉"（《Sonnet》），变成了"我有一切的忧愁/无端的恐怖"（《琴的哀》）和"幸福是不可摸捉的"（《灰色的明哲》）惊呼；"自己创造新的'生命'"（《灰色的明哲》），变成了青春不再、生命短暂的"哀吟"。他感慨于人生的丑恶与物欲横流。"所有生物之手足/全为攫取与征服而生的"（《恸哭》），"用意欲的嬉戏/冰冷自己的心"（《巴黎的呓语》）更加剧了他对人生的绝望与悲观。他不知道为什么被抛入这世界，犹如一个"弃妇"，放逐荒原，孑然一身，"静听舟子之歌"（《弃妇》）。他"梦见命运之征战"（《哀吟》）却又悲哀无奈，屈服于命运神秘之翼下，流泻着生命不可理喻、命运无法把握的无尽的苍凉感。诗人凝视的视角便深入到生命的终点，观照"一切生命流之威严"下"无牙之颚，无色之颧"，去探寻生命存在的终极形式及生命的终极意义。他的诗歌颂"死！如同青春般的美丽"（《死亡》），歌颂死亡，因为它"葬碎了一切忧戚"（《死者》）。《有感》典型地表现了诗人对生死的观照及整体的憧憬："如残叶溅/血在我们的/脚下//生命便是/死神唇边/的笑。"作为"死神唇边的笑"，生与死近在咫尺，就像殷红的落叶陨落脚下一样。不过，不是恐惧死亡，而是直面笑对，在"半死"的月下对酒当歌，在情变之怀醉香，宣泄生命的"羞情与愤怒"，悲哀而无奈。这里生与死、歌颂爱情与歌颂死亡奇妙地统一了，因为"能够崇拜女性美的人是为有生命统一之快感的人"①。虚无，"在海天的空处/一无所有"的虚无，形成了人的存在的永恒神秘之境，生死对照，生命才有它的美丽，悲哀的美丽。它大概就是生命的终极意义："但勿轻信我们生命之短促可笑呵！"（《回忆 Mikvlasee 之游》）

李金发以他的诗表现了他的生死观和"生命的寓言"，斑驳杂色，如上所述，源于诗人本人的全部复杂性。不过，他的诗仍具有某种典型性，即反射出那个悲剧的时代"不知所措的知识分子苦闷沮丧的情绪和精神状态"②。

李金发在诗艺上求异趋新，"苟能表现一切"③，表现一切生死的观照及体验，这种独创也就是象征意象的新的组合艺术。他追求诗的神秘和深刻，推崇暗示原则，领悟

---

① 李金发：《女性美》，《美育》创刊号。

② 高尔基：《论文学·魏尔伦和颓废派》。

③ 李金发：《微雨·导言》。

诗美就在于以象征“一点一点地把对象暗示出来,用以表现一种心灵状态”[①]。他大胆引进法国象征派的意象暗示,实验新奇的组合。从另一角度说,即“观念的奇特联络”。诗是一种语言中的语言,诗的艺术就是语言的选择组合艺术。李金发把创造还给语言,以观念的奇特联络进行语言意象的重构,在强合的高压下造成陌生化的新奇效应,扩大了诗的暗示性和惝怳迷离之美。他不乏这方面的想象力和创造力。

拟人新奇。不谈破旧而说“衰老的裙裾”(《弃妇》),托出暮秋心境;不说仰望的高寒而说“巴黎亦枯瘦了”,传出寒夜幻觉。又如“数千年如一日之月色/终久明白我的想象”(《夜之歌》),“月的余光还在枝头上踯躅”(《景》),不一而足。新建构,新比拟,让人耳目一新。

官感交错。李金发的诗是色的世界、音的世界。他以各种奇特组合,如“粉红之记忆”(《夜之歌》),化虚为实;“窗外之夜色/染蓝了孤客之心”(《寒夜之幻觉》),为矛盾语法组合;“山茶、野菊和罂粟,有意芬香我们之静夜”(《燕羽剪断春愁》),为通感。语言意象重构,官感交错,如迷离动人的印象画风。

比喻怪异。比喻是李金发诗生命的全部所在。不过,是“远取譬”而不是“近取譬”,从不似之中求似强合而成,诗感丰盈朦胧,极具意在言外之致。如“我的灵魂是荒野之钟声”(《我的》)、“生命便是/死神唇边/的笑”(《有感》)、“生命如你眼瞳般清澈么”(《你的光》)。他善于联合几个不相属的比喻于一个观念上,给读者一种新的暗示。如“人说生活是相处暗礁?那么惟你的湿发与丰红的唇是灯塔之光”,情人倾心联成妙喻不绝,美丽的诗就在读者的心中不断地得到重生。

由于把绘画雕塑艺术引入诗里,这种意象的组合有了某种整体性。他的一些诗,看上去尽是感官的随意涂抹,而光色音和谐流动如印象画,形成了整体象征。如《律》这首短诗,把秋月朦胧说成是“月儿装上画幕”,把桐叶的凋落说成是“桐叶带了愁容”,把落尽叶子的树形容为“树儿这样消瘦”,光音色浑成于“你以为是我攀折了他的叶子么”的妙问,在一片灰色背景下传出自然(生命)之律不可逆的弦外音,“有一种浑成的情调的传染”[②]。可见,李金发诗之美,其成功处就在“虽用文字,却朦胧了它的意义,用暗示来表现情调”[③]。而其最大的失误也在这里:过于追求暗示性,过于追求象征意象的新奇组合及观念的奇特联络,造成诗的晦涩,并最终丧失了对诗坛的影响力。

---

① 马拉美:《关于文学的发展》,《西方文论选》(下)。
② 钟敬文:《李金发的诗》,《一般》杂志第1卷第8号。
③ 朱自清:《新诗杂话》。

戴望舒(1905～1950),原名戴梦鸥,笔名江思、郎芳、戴月等,浙江杭州人。

"撑着油纸伞,独自/彷徨在悠长,悠长/又寂寥的雨巷/我希望逢着/一个丁香一样地/结着愁怨的姑娘"。1928年戴望舒就以这首凄美如梦的《雨巷》荣获"雨巷诗人"的桂冠,崭露头角。到1932年诗坛刮起了强劲的"戴望舒旋风",形成了大气候。当年创刊的《现代》月刊一连发表其诗15首,风靡一时,同时刊登的《望舒诗论》,也就是《诗论零札》,被一派诗人奉为金科玉律,稍后不久出版的《望舒草》(41首,1933年8月),也成了他们的典范作品,全国上下,新诗都是模仿他的。[①]

这股旋风凸现了戴诗的真正价值或意义所在:既有诗论也有创作,并有一以贯之的统一的思想情调和形式。具体地说,一是把30年代幻灭一代的幻灭意识化解为瞬间之美,梦幻美;二是把社会人生与自我巧妙地隐藏在想象的屏障里,呈现意象的朦胧美;三是散文入诗,创制"合式的鞋子",以自由诗体洒脱自如地抒写诗情,呈现飘逸的散文美,从而开启了从新月诗走向现代诗的新纪元。

1927年大革命失败,戴望舒深感幻灭的悲哀。这幻灭流成了"雨巷"的凝视,"太息般的目光","像梦一般地凄婉迷茫";流成荒原如"深闭的园子",衰草丛生,残垣萧然。戴望舒哀吟道:"忧郁着,用我二十四岁的整个的心"(《我的素描》)。他怀着现代乡愁的冲动到处寻觅温暖的精神家园,于是,他讴歌"天青色的爱情"。第一本诗集《我的记忆》(26首,1929年4月),是给他的情人施绛年的,而《望舒草》也多为刻骨铭心的款款情语。在"桃色的队伍"里"不寐",这场凄迷的单恋留下了"这沉哀,这绛色的沉哀"(《林下的小语》)。他不得不"将有情的眼藏在幽暗的记忆中"(《十四行》),深情地倾诉这种怀恋:"我底记忆是忠实于我的/忠实得甚于我最好的友人"(《我底记忆》)。"独自的时候"的沉思,因"秋"而起的"独身汉的心地"和对亡友的怀念……汇成了悠悠不尽的"悲哀的记忆"之河,诗人不禁为之战栗:"于是,我的梦静静地来了/但是载着沉重的昔日"(《秋天的梦》)。为超越幻灭感,诗人唱起了"对于天的怀乡病":"我呢,我渴望着回返/到那个天,到那个如此青的天/在那里我可以生活又死灭/像在母亲的怀里/一个孩子欢笑又啼泣。"从《单恋者》"众里寻他千百度"的单恋到《有赠》梦中情人的怀想;从《游子谣》对于海的相思到《深闭的园子》对迢遥太阳的追求,《望舒草》把这幻灭感演绎成瞬间永恒的梦幻之美,那忧郁的望舒的天空和望舒的梦,反射出幻灭的一代对未来的美好憧憬,那就是世界无涯,时光无限,"梦会开出娇妍的花来的"(《寻梦者》)。

---

① 施蛰存:《施蛰存致戴望舒》,《现代作家书简》。

因此,对戴望舒来说,诗是一种不能轻易公开于俗世的人生,不单是真实,亦不单是想象,“人在梦里泄漏自己的潜意识,在诗作里泄漏隐秘的灵魂,然而也只能是像梦一般地朦胧的。”[①]他追求这种恰如其分、恰到好处的隐藏度。在表现自己和隐藏自己之间建构艺术的张力,既显示又隐藏,不直露,不晦涩,是朦胧的蓝图,而不是永恒的不解之谜。这种传达、这种处理很有戴望舒的个人风格。

注重意象的感觉性。戴望舒论述诗“是全官感或超官感的”[②],他长于这方面的自觉追求与表现,抽象内感化,如“丁香般的惆怅”(《雨巷》);比拟,如“林梢闪着的颓唐的残阳”(《印象》);矛盾组合,如“我是青春和衰老的集合体/我有健康的身体和病的心”(《我的素描》);通感,如“我已隐隐听到它的歌吹/从江水的船帆上”(《秋》),把新的颜色、声音、嗅觉、味觉及触觉掺入了诗,创造了一个新的世界,有迹可寻,具体可感,让人把握到那微妙的去处。

注重意象的整体象征性。诗人更多地从象征意义上运用意象,并巧妙地以感情(感悟)统摄整合,有文的整体性和自足性,避免了散乱无序,诗境朦胧而不晦涩,有特别的美感;而读者也从所提供的“窗口”(或线索)得以激发诗的审美效应,启发一种永久的诗的情结。戴望舒还擅长用电影手法,以蒙太奇的组接方式把一些稍纵即逝的声音或难以捕捉的景物组合成整体象征,而读者也能解读获得诗美。如《印象》把寂寞印上一抹残阳,以蒙太奇手法把幽微的铃声、小船、珍珠如古井暗水剪辑成一幅“茫茫烟水斜阳暮”的印象画,构成了永恒的象征之境,有细部的清晰,也有整体的朦胧之美,读者也能充分领略悲凉风景之中映现的无限悲凉的心境,堪称为“印象和象征派的典范”[③]。

注重意象的系统性。意象成了个人象征,就意味着一个系统可以破译,有着特别的飘忽不定的诗美。经过“旧的事物也能找到新的诗情”[④]这一特殊处理,戴望舒诗中众多的古典意象便被纳入法国现代象征艺术而形成了个人象征系统,由此而筑成的典范模式就是《雨巷》。它由三个核心意象建构:“我”是永远寻梦的浪子,“丁香姑娘”是梦中情人或永恒的女性,“雨巷”则是生命之旅的缩影。诗以“我”在雨巷和丁香姑娘“相逢相失如梦里”,暗示人和理想的主题,即惶惶不安的人和永远无法实现的理想的主题。这种结构模式贯串于《望舒草》的始终。“我”不断转化为夜行者、寻梦者、单恋者、流浪者、陌生人或物化为秋蝇、乐园鸟;丁香姑娘投影在“桃色的队伍”,不断映现为

---

① 杜衡:《望舒草·序》。

② 戴望舒:《诗论零札》。

③ 苏珊娜·贝尔纳:《戴望舒的诗》,《读书》1982年第7期。

④ 戴望舒:《诗论零札》。

“永远忧郁着”的八重子、“忧郁的微笑”的百合子、有着“桃色的脸/桃色的嘴唇和一颗天青色的心”的“我的恋人”或陌路的人。随着背景的不断变移,“雨巷”单恋的结构便演绎成“对于天的怀乡病”模式,于是有复调或变形。游子在海上“沉浮在海蟒鲸鱼间”,秋蝇在“无边落木萧萧下”的光映照中向往那迢遥的“天末的风”与“大伽蓝的钟磬”,薄命妾哀叹“还会有温熙的太阳吗?”最后定格在乐园鸟不断地飞呵飞。“为了对于天的乡思”,诗又回到原来的主题并加以深化:“自从夏娃亚当被逐后/天上的花园荒芜到怎样了”。

《望舒草》如一首诗,由《雨巷》模式不断置换变形而成,望舒的天空望舒的梦繁复迷离,极少“像面纱后面明媚的双眼”(魏尔伦《诗艺》)之美。

戴望舒诗的价值(或意义)还在于它的散文美,如《我底记忆》所显示的:

> 它生存在燃着的烟卷上,
> 它生存在绘着百合花的笔杆上,
> 它生存在破旧的粉盒上,
> 它生存在颓垣的木莓上,
> 它生存在喝了一半的酒瓶上,
> 在撕碎的往日的诗稿上,在压干的花片上
> 在凄暗的灯上,在平静的水上,
> 在一切有灵魂没有灵魂的东西,
> 它在到处生存着,像我在这世界一样。

口语入诗,散文入诗,不押韵,字句也不齐整,字句节奏变成了情绪节奏。对记忆深情怀恋、反复倾诉形成了亲切、淳朴、自然的谈话风格。情绪的漩流在记忆的河中流动着,在声音和感觉之间不断地徘徊,洒脱而自如,散溢着散文特有的飘逸之美。《我底记忆》的创制,使戴望舒得以超越《雨巷》的字句的节奏,而构成对新格律诗“三美论”的反拨,它体现了戴诗散文美原则:

> 诗不能借重音乐,它应该去了音乐的成分。
> 诗不能借重绘画的长处。
> 韵和整齐的字句会妨碍诗情,或使诗情成为畸形的。[①]

---

① 戴望舒:《诗论零札》。

“这是他给新诗带来了突破”①。

整部《望舒草》便以这种自由诗体、亲切自然的说话风格自由不拘地倾诉他的单恋，或为《路上的小语》那样的对话体，或为《烦忧》那样的回文体，更多的呈现为《我的素描》那样的独白体，娓娓道来，舒卷自如，洒脱而有节制，淳朴而见功力，敏锐而不失风姿。现代象征诗艺得以充分发挥，诗的散文美得到了淋漓尽致的体现。

《望舒草》之后，1939 年《元旦祝福》爆发出他的抗战第一声呐喊，戴望舒从个人地平线走向大众地平线，运用超现实主义，把个人的哀痛融于祖国深重的苦难之中，取得了成功。《我用残损的手掌》以“无限的手掌掠过无限的江山”，透出沦陷区的一片呻吟。“用残损的手掌”“轻抚”永恒的中国，梦与现实交融成迷人的超现实，那灿烂的太阳与芬芳之春，系人心魄，可以说是戴望舒写得最好的作品之一。

卞之琳(1910～2000)，江苏海门人。

卞之琳是在“五四”新诗潮感召下而成为诗人的。他在闻一多、徐志摩影响下写了大量新格律诗。他的诗短小精练，多是属于抒情短章。他一直探寻着在传统体式与现代意蕴间的一种契合。他的主要诗集有《三秋草》、《鱼目集》、《十年诗草》、《慰劳信集》等，1979 年编辑成册，题名《雕虫纪历》。

卞之琳的诗，从思想情绪与意蕴内涵划分，以 1938 年为界，分为前后两期。前期诗稿主要辑入《三秋草》、《鱼目集》及未曾出版的《装饰集》里。此一时期诗人主要是求学和从事中学教育。生之迷惘与感慨命运是其早年诗作的深层内涵。他早期诗作勾画出一个“在荒街上沉思”的年轻人形象：孤独无聊，还多少有些绝望。迷惘、苦闷，并寻求解脱是他情绪发展的历程。他在《远行》中这样“沉思”：

如果乘一线骆驼的波纹，
涌上了沉睡的大漠，
听一串又轻又小的铃声，
穿过了黄昏的寂寞，

我们便随地搭起了篷帐，
让辛苦酿成了酣眠，
又酸又甜，浓浓的一大缸，

① 艾青语，见周红兴:《就当前诗歌问题访艾青》。

把我们浑身都浸遍：

不用管能不能梦见绿洲，
反正是我们已烂醉；
一阵飑风抱沙石来偷偷
把我们埋了也干脆。

诗人骑着骆驼走进大漠，正是象征人生之旅，长途跋涉之后的心力交瘁恰如“烂醉”一样。面对人生的挫折，无力解脱，诗人的态度是放弃抗争以至放弃人生。这种矛盾感、挫折感正是现代人在现实中的一种失落感的体验。

1935 年，诗人的诗歌创作发生了很大变化。《圆宝盒》等诗标志着他的诗歌探索已树起了一块醒目路标：在寻求解脱的努力中，诗人已能在苦闷之上玩味苦闷，在迷惘之外静观迷惘。但对生活的理解已进入一个更加深刻的层次，对待生活的磨难态度也随之变得开朗大度起来。这是《白螺壳》的表白：“请看这一湖烟雨，/水一样把我浸透，/像浸透一片鸟羽。/我仿佛一所小楼，/风穿过，柳絮穿过，/燕子穿过像穿梭。/楼中也许有珍本，/书叶给银鱼穿织，/从爱字通到哀字——/出脱空华不就成！”回首曾经有过的苦闷、忧愁以及一切感情的羁绊，诗人相信，正是它们使生活变得丰富而有意义，就像大海长期的冲刷造就了玲珑剔透、洁净空灵的白螺壳一样。所以面对难以抹去的昔日哀愁，卞之琳想到的是把短暂交给永恒，把有限交给无限，把生活交给时间：“我梦你的阑珊：/檐溜滴穿的石阶，/绳子锯缺的井栏……/时间磨透于忍耐！/黄色还诸小鸡雏，/青色还诸小碧梧，/玫瑰色还诸玫瑰，/可是你回顾道旁，/柔嫩的蔷薇刺上，/还挂着你的宿泪”。从《白螺壳》等诗中可以看出，卞之琳终于挣脱了沉重的白日梦，拂去了往日的忧郁，直面生活的苦难。“苦闷—解脱”的艺术发展轨迹，真实地勾勒出这位沉思的诗人从梦到现实的心灵跋涉历程。

抗战爆发后，诗人走出了个人精神的园囿，写下了“一切劳苦者，为你们的辛苦，/我捧出意义连带着感情”的《慰劳信集》，“协入了一种必然的大节奏”之中。

卞之琳醉心于诗歌技巧与形式的试验。他深受波德莱尔、艾略特和李商隐等中外诗人的影响，将传统的“意境”与西方的非个人化的“戏剧性处理”，传统的“含蓄”与西方的“重暗示性”融会于一体，形成了“平淡中出奇”，“用冷淡掩深挚，从玩笑出辛酸”的特殊风格。他的诗显示出着意克制感情的自我表现，追求思辨美的“非个人化”倾向。在诗歌语言上，他追求口语基础上的欧化词汇句法与文言词汇句法的杂糅。他对中国新诗文体的探索有着重要贡献。

第四章 戏 剧

戏剧，这里主要指现代话剧。作为一种外来的文学样式，从本纪初叶到抗战前夕它经历了从引进、成长到成熟的过程。如果说，从 1917 年到 1927 年间，戏剧“理论非常丰富，创作却十分贫乏”的话[①]，那么，从 1928 年到 1937 年 7 月，就已经“涌现出了数以百计的优秀剧目与一批崭露头角的剧作家”了[②]。

我国传统文学观念历来重视诗、文，其次才是词、曲，至于小说与戏曲，却并不一例看待。到梁启超亡命日本之际，出于实际的政治需要，才注意到白话小说与戏曲的工具作用，并在《论小说与群治之关系》等文章中极力加以倡导，可谓开风气之先。1907 年留日生曾孝谷、李叔同、唐肯等在东京首演小仲马的《茶花女》，并组成戏剧团体春柳社，继武者有欧阳予倩、吴尊我、陆镜若、谢抗白辈，演出大型话剧《黑奴吁天录》获得巨大成功。之后，上海出现春阳社、进化团，开始在国内上演新剧，这就是“文明戏”的出现。随着“文明戏”的衰落，民众剧社的陈大悲于 1921 年 6 月在《爱美的戏剧》中提倡“爱美剧”(AMATEUR)，但成绩不佳。同年，应云卫、谷剑尘在上海组成戏剧协社，因欧阳予倩、洪深的入盟而向半职业剧团转化。1925 年余上沅、赵太侔、闻一多诸人由美国回到北平，主张戏剧的娱乐性，开展国剧运动。此外，也还有“幕表戏”的说法。针对这种情况，洪深于 1926 年建议统称“话剧”，为大家所认同，遂相沿至今。

话剧文学观念的确立，话剧文学作品的出现，是和中国的社会变革与人的发现同步的。

随着新文化运动的兴起，“人的文学”的张扬，初步的现代话剧观念也就被提示了出来。1918 年 6 月和 10 月，《新青年》相继推出“易卜生专号”、“戏剧改良专号”；胡适于次年 3 月发表了 20 世纪中国文学发展史上第一个话剧《终身大事》；从 1918 年 6 月

---

① 洪深：《中国新文学大系·戏剧集·导言》。

② 《中国新文学大系 1927～1937》第 16 集《编后记》，上海文艺出版社 1985 年版。

到1921年6月共翻译外国剧本33部。[①] 人们普遍"把戏剧做传播思想,组织社会,改善人生的工具"[②],以易卜生所代表的现实主义剧作为范本,促生了早期的问题剧。在对待传统戏曲的存废问题上大多持偏激态度,而于话剧文学本体则甚少触及。其时虽也有人提出"戏剧者,必综文学、美术、音乐及人身之语言动作,组织而成。有其所本焉,剧本是也"[③],但未被认真考虑。稍后,应和着社会变革的激化与话剧运动的自身发展,循着戏剧即人生的思路,话剧把对人的关注扩大、深化到对民众和阶级的表现。田汉用"热烈的感情和朦胧的倾向"团结南国社以推动"民众剧运动",却又"不大知道民众是什么,也不大知道怎么去接近民众",到1929年之后才把眼光转向现实的阶级关系,以剧本《一致》作为创作上的"转变之机"。[④] 1931年初左翼戏剧家联盟成立,倡导话剧的革命化与大众化。当时,大道剧社、《文艺新闻》演剧部以及适夷、袁殊、白薇等均面向工人和农村,宣传抗日,产生过较大的影响,被瞿秋白认为"是中国文学革命(以及革命文学)的新纪元"。[⑤] 另一方面,由于当时苏联"拉普"及日共福本和夫路线影响,形而上学地处理艺术与政治的关系,因而话剧创作"多年来处于徘徊阶段,直到30年代还没有突破它的初生期,发展为完整成熟的文学样式"[⑥]。直到1934年到1936年曹禺发表《雷雨》和《日出》,1935年田汉创作《回春之曲》,1937年夏衍推出《上海屋檐下》,1939年张庚提出《话剧民族化与旧剧现代化》,才标志着话剧文学样式已经成熟,20世纪中国的戏剧观念正趋于健全。

初生期话剧创作多为独幕剧、改译剧,多模仿,而且单薄。其中卓然成家的有欧阳予倩(1889～1962),他一生共创作剧本21种、译剧6种、改编戏曲27种。其中,《泼妇》、《回家以后》和《潘金莲》(均在1928年印行)既能针砭时弊,又富于舞台效果,历来为人们所赞赏。物理学家丁西林(1893～1974)以讽刺喜剧名世。他的《西林独幕剧集》"下笔恰到好处,作风极像英国的A·A·MILNE"[④]。他不像余上沅、熊佛西那样沉迷于戏剧噱头,往往能寓庄于谐,以精粹的对话和经济的场面,凭借戏剧嘲弄手法制造出喜剧的效果,让观众在笑中受到启迪。李健吾(刘西渭,1906～1983)于1925年创作的独幕剧《工人》展现了铁路工人的生存状态,曾被《向导》全文转载。30年代创作有《这不过是春天》、《以身作则》、《母亲的梦》、《梁允达》等多幕剧及独幕剧《没有登记

---

① 郑振铎:《光明运动的开始》,1921年7月《戏剧》第1卷第3期。
② 洪深:《中国新文学大系·戏剧集·导言》。
③ 欧阳予倩:《予之戏剧改良观》,1918年10月《新青年》第5卷第4号。
④ 田汉:《我们的自己批判》,1930年《南国月刊》第2卷第1期。
⑤ 参看朱栋霖:《论曹禺的戏剧创作》第330页～332页,人民文学出版社1986年版。
⑥ 洪深:《中国新文学大系戏剧集·导言》。

的同志》。作品多以大革命时代为背景,讽刺上层社会的腐败,对话剧文学的民族化有所贡献。尤其善用农民口语,为同时代作者所不及。只是巧合较多,欠缺深度。至于以历史故事题材为内容的话剧作品,也比较多。熊佛西、袁昌英、杨荫深等都有佳作问世。其中郭沫若影响较大。他的《三个叛逆的女性》,"完全是在做翻案文章",以反帝反封建为基本精神(《写在〈三个叛逆的女性〉后面》)。何香凝、邓颖超主持广州妇运时把它搬上舞台,那反叛的精神,豪迈的诗情,悲壮的格调,颇使人同仇敌忾,产生过很好的社会效果。陈白尘(1908～1994)的七幕史剧《金田村》作于1937年,全剧尊重历史生活的自身形态,再现金田起义的艰辛与果决,写得沉雄谨严,堪称大器之作。其他如王独清的《杨贵妃之死》、《貂蝉》,虽有一定的反抗意识,终未跳出英雄美女的窠臼,自不免等而下之了。

20年代中期国制电影兴起,一些剧作者纷纷投入。当时的电影界和文明戏一样,只用幕表而不用脚本。1924年洪深出任明星影片公司编导,第一个主张写出剧本,逐渐为大家所接受,电影文学才开始在神州大地生根,下一阶段电影文学蓬勃兴起。

第一节 曹 禺

曹禺(1910～1996),原名万家宝,原籍湖北潜江,长于天津。

曹禺毕生致力于话剧文学的中国化,以其斑斓的艺术成就标志着中国话剧文学的成熟。作为一位"进攻型悲剧"大家,有人甚至把他同莎士比亚、契诃夫和奥尼尔相提并论。

1934年,曹禺在郑振铎与靳以主编的《文学季刊》上发表处女作《雷雨》,有"当年海上惊雷雨"[①]之誉。此后,相继推出《日出》、《原野》、《蜕变》、《北京人》、《家》(根据巴金同名小说改编)、《黑字二十八》(与宋之的合著)、《正在想》、《罗密欧与朱丽叶》(莎士比亚原著)等话剧创作,展示出非凡的艺术生命力。他以卓越的艺术才能深刻地描绘出旧制度即将崩溃的生活图景,对于走向没落和死亡的社会力量予以有力的揭露和抨击,对被侮辱、被损害的卑弱灵魂倾注了深沉的人道主义关怀。灵魂冲突的生动揭示、悲剧品格的深刻把握、戏剧文体的发展创造,这一切造就了杰出的曹禺,奠定了他的文

① 茅盾:《赠曹禺》,《茅盾诗词集》,上海古籍出版社1985年版。

学历史地位。

家的“梦魇”的戏剧化，是曹禺创作的突出之点。作家自己就说过：“我出身在一个官僚家庭里，看到过许多高级恶棍、高级流氓；《雷雨》、《日出》、《北京人》里出现的那些人物，我看得太多了，有一个时期甚至可以说是和他们朝夕相处。”[①]正是基于这样的生活积累与艺术观照，曹禺总是从揭露没落家庭的深层罪恶这个角度，切入到反对封建主义、争取人民民主的时代主题中来的。

传统封建家庭的罪恶，归根结底，是基于家长制的专制主义缩影着国家的专制主义，把血统的伦理的集权的原则绝对化、制度化，而“专制制度的唯一原则就是轻视人类，使人不成其为人”[②]。

曹禺从登上文坛之日起，就明白宣告他跟专制制度誓不两立。在《雷雨》里，他大声疾呼：“来一阵轰轰烈烈的雷雨吧！摧毁黑暗社会，让人成为人。”

四幕剧《雷雨》以一天时间、两个家庭和它们的成员之间30年前后错综复杂的纠葛构成冲突，揭示出血缘的人伦的情感的阶级的种种关系在家长制的制约下所必然造成的罪恶。作家参照易卜生《群鬼》的结构方法，从“危机”开始，以“现在的戏剧”为主，而将“过去的戏剧”穿插其间用以推动剧情的发展，同时成功地运用希腊悲剧家所惯用的“发现”与“突转”的形式[③]，不断浓化舞台气氛，不断挖掘人物心灵，不断设置戏剧悬念，把“五四”后一个带有封建性质的资产阶级家庭的黑暗生活暴露得淋漓尽致。它是彻底反封建的，深沉而有力地控诉了封建主义对人的践踏，对人性的戕害，具有夺人心魄的艺术力量。全剧在张弛有致而又纷繁曲折的冲突中表现人物性格，以富于特征性的对话揭示人物深层心理，以各自不同的遭遇和命运激动着人们的心。一切终于“发现”之际，也就是命运“突转”之时，于是，这出家庭悲剧也就“曲线上升”到高潮，让时代的“雷雨”把家的梦魇冲刷到昨日的烟尘中去了。

周朴园这个人物具有典型意义。他用传统的封建专制和杂色的西洋文明作为包裹自己的“教养”，实则伪善、自私、鄙俗而又暴戾，他身上半封建半殖民地都市上层分子的特点很鲜明。他发现鲁妈就是当年的梅侍萍时：

周朴园 （徐徐立起）哦，你，你，你是——

鲁侍萍 我是从前侍候过老爷的下人。

---

① 《曹禺谈〈雷雨〉》，《人民戏剧》1979年第3期。

② 马克思：《摘自〈德法年鉴〉的信》，《马克思恩格斯全集》第1卷第411页，人民出版社1956年版。

③ 陈瘦竹：《现代剧作家散论》第223页～227页，江苏人民出版社1979年版。

周朴园　哦，侍萍！（低声）是你？

鲁侍萍　你自然想不到，侍萍的相貌有一天也会老得连你都不认识了。（周朴园不觉地望望柜上的相片，又望侍萍。）

半晌

周朴园　（忽然严厉地）你来干什么？

鲁侍萍　不是我要来的。

周朴园　谁指使你来的？

鲁侍萍　（悲愤）命，不公平的命指使我来的！

周朴园　（冷冷地）三十年的工夫你还是找到这儿来了。

鲁侍萍　（怨愤）我没有找你，我没有找你，我以为你早死了。我今天没想到这儿来，这是天要我在这儿碰见你。

周朴园　你可以冷静点。现在你我都是有子女的人。如果你觉得心里有委屈，这么大年纪，我们先可以不必哭哭啼啼的。

他是那样地惊、惧、疑、怒，而驱动其心境最后定格到冷的，则是现实利害关系的考虑。“冷”是周朴园黑暗灵魂的本质特点。显然，周朴园同鲁侍萍、鲁大海之间的矛盾，实质上早已超过“家”的局限，带有强烈的阶级斗争意义。他精神上的最后崩溃，正预示着他所代表的社会势力必然会灭亡。

繁漪更是作者贡献给时代的一个成功的女性悲剧典型。她虽然是资产阶级周家的一员，实际上却是一个被侮辱被损害的新女性。在生产资料私人占有的时代，所谓婚姻实质上不过是政治的与经济的联盟形式而已，她正是作为一个受骗者而成为这种旧式婚姻的牺牲品的。她是周家的活摆设，生育孩子并为孩子们树立服从的榜样，便是这种婚姻联盟所赋予她的全部人生意义。但她并不甘心自己枯萎而死，她渴望人的生活，人的感情，人的尊严。她受“五四”思潮的推拥而觉醒，生命中蕴藏着雷雨般的激情，但又仅止于个性解放与真爱的追寻，“抑郁终身，呼吸不着一口自由的空气”[①]。她为“家”所钳制，生命空间很狭窄，“渐渐地磨成了石头样的死人”，尽管她绝对“不能受两代的欺侮”，却始终不能有力地改变这受人拨弄的命运。她美丽而苍白，炽热却空虚，真挚又囿于狭隘，既反抗着命运又耽于幻梦。这位由“五四”精神浸润出来的知识女性，肩负着热切的向往与因袭的重担，从民主主义焕发起生命的热力，恰恰又正是浅

① 曹禺：《雷雨·序》。

薄的民主主义而使之悲剧化。“家”孕育了繁漪雷雨式的生命，又毁灭着这个生命。她经由郁闷、烦躁、奔突而雷雨般的热烈，终于熄灭了生命之炬。作家所赋予繁漪的全部复杂性正是在这一点上得到了统一。这是一个承继着鲁迅《伤逝》的批判意识，却又比子君们更富有艺术强力的女性雕像。

类似题材的剧作还有《北京人》和《家》。尤其是《北京人》，更臻于炉火纯青的境界，是公认的经典性杰作。

《日出》显然受到美国电影《大饭店》的影响，用“人之道损不足以奉有余”作为基本观念来统摄全剧的基本动作，用片断的方法来汇聚诸色人生的鳞爪，在横断面式的结构网中以陈白露的内心悲剧性冲突搭起全剧戏剧冲突的骨架，奏起“日出”的主旋律。全剧从陈白露和翠喜这两个既相区别又相补充的女性房间展开情节，描写30年代初期受资本主义世界经济危机影响的中国都会在日出之前那种腐朽势力于黑暗中活动的情形。作家按黎明、黄昏、午夜、日出来分配场景，用紧张、烦躁的气氛笼罩全局。陈白露是贯穿全剧的悲剧人物。她一方面联系着潘月亭，由此而揭开上层社会的丑恶与腐败，一方面又联系着方达生，由此而展示下层社会的痛苦与灾难。作为交际花，她天生丽质，任性高傲，拼命追求她所鄙夷的舒适而有刺激性的生活，用玩世不恭的态度调侃人生，向隅寂处的时候就默默地咀嚼着空虚与屈辱。她糜烂却不麻木，放纵而未泯天良，既有为“小东西”而直面黑三的侠肠，守住心灵中纯净的一角以储藏同方达生的情感友谊，又无力振拔自己，只得游戏人间，慢性自杀，在日出之前了却一生。日益殖民地化的中国都会需要并且产生着大量的陈白露们，同时又不断地糟蹋、扭曲乃至吞噬着她们。与之相映照的围绕潘月亭同李石清之间的生死搏斗、尔虞我诈，那些华衣玉食的头面人物，就越发显出高级的无耻了。黄省三全家服毒的惨剧，更是有力地控诉了那黑暗社会的冷酷。至于由“小东西”的命运问题延伸到残暴的“人间地狱”，从黑三的凶狠残忍中虚写金八的巨大威势，从翠喜的悲惨遭遇中见出下层劳苦者的善良，这些无不展示出作者确实是把“一个鲜血滴滴的印象，深深刻在人心里”了[①]。

如果说《雷雨》、《日出》旨在遵循现实主义原则再现生活的话，那么，《原野》却是一部探索艺术新路的表现主义剧作。表现主义戏剧或称“灵魂的戏剧”，它看轻戏剧情节和人物创造，着力于人物主观感觉的外部化、戏剧化，以展现人物内心感情为皈依。1936年表现主义戏剧大师奥尼尔获得诺贝尔文学奖，曹禺也于这一年推出他的《原野》，二者显然是有关系的。

---

① 曹禺：《日出·跋》。

《原野》写农民仇虎向土豪复仇的故事。故事发生在辛亥革命之后,"五四"运动前夕,作家让他的主人公最后归于失败。全剧没有把主人公置于深广的社会历史背景之上来审视,而是竭力突入人物灵魂的堂奥,挖掘农民反抗失败的内在依据。戏剧的外部冲突是仇虎复仇,向焦母斗争,肯定了农民的反抗精神;而人物的内心冲突,即基于愚昧与迷信而出现的内心矛盾、恐惧和自讼,则揭示了造成悲剧的原因,整个作品的戏剧动作正是在这里取得了一致性。作为复仇失败了的农民仇虎,他的外部动作与内部动作也因之而得到统一。尽管作家赋予仇虎内心冲突以近于明晰有序的逻辑形态而为人所诟病,但他所描绘的心路历程与心像转换毕竟具有独特的认识价值和审美价值。所以,有的研究者明确指出:"同30年代同类农民题材的文学作品比较,《原野》对农民问题的开掘是深刻的。"[①]

曹禺话剧创作的路子是宽广的,他写作正剧、喜剧、悲剧,而以悲剧见长。他追求深刻的"悲"和"美"。在他看来,"真正悲剧性因素"存在于人追求理应如此生活的落空与美的毁灭。人成了曹禺话剧主题的中心并被反复表现着,不断发掘着。他并不醉心于人物的英雄格调,如崇高、壮烈之类的美学范畴,而倾其主要心力在平凡的乃至灰色的人物灵魂上去透视其全部复杂性与独特性,因而也更贴近现实生活。其笔下的悲剧人物主要是两类:一是受压迫受剥削的劳动者,特别是劳动妇女,如鲁妈、四凤、小东西、翠喜、鸣凤、婉儿以及黄省三等;一是剥削阶级中受压抑、受控制、受毒害的女性以及其他人物,例如繁漪、陈白露、愫方、瑞珏、梅、周萍、曾文清、焦大星等。作家从人道主义出发,洞幽烛微地观照这些人物内心生活的复杂性和灵魂的痛苦,并以之作为推动人物动作的动力,从而赋予作品以真正的悲剧品格。这些人物以其心理深度与鲜明的个性而成为浑圆的(round)、立体的(Three—Dimensional)艺术雕像,在20世纪中国文学人物画廊里独放异彩。

人物、冲突、结构、语言,这是构成话剧文学样式的主要因素,曹禺正因为在这些方面的精湛技艺而推动了戏剧文体的发展。他决不重复自己。他的人物决不雷同,即使是相当次要的角色,比如同为奴才的鲁贵与王福生,也因一个鄙贱、一个阴险而互相区别开来。他从生活中提炼戏剧冲突,追求生活的戏剧化与戏剧的生活化,从根本上改变了此前戏剧结构单线突进的单薄、稚弱局面。他的戏剧语言全从人物心里流出,既声口毕肖又心曲宛然,不仅是诗的、个性化的、动作化的,而且含有丰富的潜台词,舞台性很强。甚至在无声台词的运用上也独具匠心。例如《北京人》里瑞贞劝愫方离开曾

① 朱栋霖:《论曹禺的戏剧创作》第158页,人民出版社1986年版。

家去找文清：

> 瑞贞 那么你就这样预备一辈子不跟他见面啦？（愫方慢慢低下头去。）
>
> 瑞贞 （沉挚地）说呀，愫姨！
>
> 愫方 （几乎听不见）嗯。
>
> 瑞贞 那当初你为什么让他走呢？
>
> 愫方 （似乎在回忆）我，我看他在家里苦，我替他难过呀。
>
> 瑞贞 （不觉反问）那么他离开了，你快乐？
>
> 愫方 （低微）嗯。
>
> 瑞贞 （叹息）唉，两个人这样活下去是为什么呢？
>
> 愫方 （脸上掠过一丝笑的波纹）看见人家快乐，你不也快乐么？
>
> 瑞贞 （深刻的关心，缓缓地）你在家里就不惦着他？（愫方低下头。）
>
> 瑞贞 他在外面就不想着你？（愫方眼泪默默流在苍白的面颊上。）

这场戏主要写愫方。愫方的三次沉默，先是被触及隐痛的黯然低首，次为面对知己的询问而颔首默认，三是为相爱而不能相见无语泪流，把一个沉静、缄默而心苦的年轻女子形象表现得多么丰满。但这不是玩弄技巧，而是从人物性格出发的。愫方出身名门，到曾家来寄人篱下，她的心非常酸苦。家庭教养使这个旧时代的女子被调教得温淑恭谨，依附性的现实处境使她自认为没有发言权，曾皓的精神折磨和曾思懿的恶意摆布使得她只能咬紧牙关，更何况她爱上了一个根本不值得爱又无法言说的废物。"于是她只能紧闭嘴唇，抵挡无尽的折磨与痛苦。愫方的沉默、忧伤与过去悲剧性的境遇，正是封建家庭中腐朽丑恶势力与精神统治在善良人心灵上投注的阴影。"[①]从人物性格出发来动用戏剧语言，包括无声台词的运用，曹禺为剧坛提供了范例。

曹禺的影响是深远的。夏衍就公开承认，他原先并不怎么懂得戏剧必须是艺术，到后来"特别是看了曹禺同志的戏之后"，才真的懂得"戏要感人，要使演员和导演能有所发挥，必须写人物、性格、环境"[②]。《日出》发表后不仅获得"大公报文艺奖"，《大公报·文艺》还立即揭载"集体批评"：茅盾"渴望早日排演"，叶圣陶认为"其实也是诗"，沈从文誉之为"伟大的收获"，黎烈文肯定"它大胆的手法"，外国人谢迪克还专门写了

---

① 朱栋霖：《论曹禺的戏剧创作》。

② 夏衍：《谈〈上海屋檐下〉的创作》，1957年《剧本》第4期。

一篇《一个异国人的意见》加以评介，足见其反响多么大多么强烈①。随着曹禺剧作的发表与上演，于1933年诞生的我国第一个职业话剧团——中国旅行剧团也取得了巨大的成功。

从50年代中期到70年代末期，曹禺继续创作了《明朗的天》、《胆剑篇》(与梅阡、于是之合著)、《王昭君》等剧本，为世人瞩目。

第二节 田汉·洪深

田汉(1898～1968)，字寿昌，湖南长沙人。

田汉是20世纪中国戏剧的奠基人之一和戏曲改革运动的先驱者。1919年，田汉发表第一个话剧剧本《梵峨琳与蔷薇》，1920年冬又写了《咖啡店之一夜》，从此走上戏剧创作的道路。1922年田汉从日本回国后，一面创作《获虎之夜》、《午饭之前》等剧作，一面创办“南国社”，组织演出，团结和培养了一批艺术人才，还翻译莎士比亚的《哈姆雷特》和《罗密欧与朱丽叶》(这是把莎翁的名著介绍到中国来的第一个版本)。田汉早期剧作的表现内容，大多反对封建专制，要求婚姻自由，追求个性解放，颂扬正义和为艺术献身的精神，控诉军阀给人民带来的痛苦。《灵光》、《湖上悲剧》、《江上小景》等剧本充分体现了“五四”时期的时代精神。同时，由于田汉在日本留学期间，较多地接受了日本和西方文学的影响，早期剧本创作表现出较为浓厚的浪漫主义倾向，还渗透着现代主义各流派的成分。如《梵峨琳与蔷薇》就有新浪漫主义的色彩，《灵光》用了意识流手法，《颤栗》具有表现主义特点，《生之意志》与《古潭的声音》饱含象征主义意蕴，甚至西方一些现代派艺术所具有的颓唐、灰暗、神秘、恐怖的情绪，也在这些剧中有所表现。这种对“艺术和美”的迷恋，构成田汉早期创作的显著特点。

进入30年代，田汉的思想发生了很大变化，他参加了“中国自由大同盟”、“左联”等革命团体，发表了总结“南国戏剧运动”和清算自己人生观与文艺观的《我们的自己批判》。在剧本创作上，他受普罗文学影响，多从现实斗争中取材，写出了反映失业工人斗争生活的《梅雨》，描绘农民苦难的《洪水》，表现爱国主义思想的《乱钟》、《战友》、《回春之曲》、《卢沟桥》等革命现实主义剧作。“七七”事变以后，田汉积极投入抗日救

① 萧乾：《鱼饵·论坛·阵地——记〈大公报·文艺〉，1935～1939》，《新文学史料》1976年第2期。

亡活动，在周恩来、郭沫若的领导下从事抗战戏剧的组织和演出工作，创作了《丽人行》、《江汉渔歌》、《最后的胜利》等剧本，还写有电影文学剧本《三个摩登女性》、《哀江南》、《二百五小传》，歌剧《扬子江的暴风雨》等。20年代至40年代，田汉共创作了五十余部戏剧剧本，其中话剧三十余部。《咖啡店之一夜》、《获虎之夜》、《名优之死》、《回春之曲》、《丽人行》等，代表了他不同时期的话剧创作成就。

写于1920年的《咖啡店之一夜》，反映了一个咖啡店侍女被有钱公子遗弃的悲剧，说明"穷人的手和阔人的手始终是握不牢的"。写于1921年的《获虎之夜》，歌颂了一对青年男女的忠贞爱情，控诉了封建门第观念对青年婚姻幸福的残害。创作于1935年的三幕剧《回春之曲》写爱国志士高维汉在上海"一·二八"战争中英勇杀敌，被炮弹震昏后失去记忆，其恋人梅娘对他精心护理。三年后，高维汉恢复了知觉，喊出来的第一句话是"杀敌前进"，表现出高度的爱国主义精神，全剧自始至终洋溢着革命激情。1947年创作的《丽人行》是一部抗战题材的话剧，剧本写女工刘金妹、女知识青年梁若基和女地下工作者李新群在日本统治下的上海的不同经历和命运。作品抒情简洁，寓意深刻。

田汉以戏曲演员生活为题材的三幕话剧《名优之死》写于1929年，是田汉的代表剧作。剧本通过流氓绅士杨大爷对名优刘振声的迫害和对其女弟子刘凤仙的腐蚀，揭露鞭挞了旧社会对艺术的扼杀。田汉在《我们的自己批判》中说："《名优之死》写一个名角和名角所爱之女伶，与捧这女伶的劣绅之三角战斗，艺术与爱胜利否？金钱与势力胜利否？"但其深刻的思想含义，已远远突破空洞的"艺术和美"必然胜利的内容。剧中的主要人物刘振声，为人正派，做事认真，讲究"戏德"、"戏味"，是一名优秀的京剧艺术家。他严格要求和苦心培养自己的徒弟刘凤仙，可是在旧社会恶劣势力的包围和金钱的腐蚀之下，他一手培养起来的刘凤仙走上了堕落之路。刘振声的理想破灭了，这对他是一个沉重的打击。最后，刘振声的愤怒终于像火山一样爆发，他当面正颜厉色痛斥恶绅杨大爷，并举起拳头欲击之，但终因心脏衰弱，不能支持而倒下去了。戏的结尾虽是刘振声悲惨地死去，但却表现了他大胆的反抗精神，同时也揭露和控诉了万恶的旧社会。作者在剧本中通过新闻记者何景明的口告诉观众："……会有一天这世界变了，唱玩意儿的也翻了身，该唱的时候尽情地唱，该休息的时候舒舒坦坦地休息。"这意味深长的话语不能不引起人们的思索与玩味。剧本还表现了人民群众的觉悟和斗争。当刘振声被逼死之后，全体艺人愤怒地赶走了恶绅杨大爷，从而使人们受到了鼓舞，看到了希望。《名优之死》不仅富有较大的社会意义，而且一扫作者早期剧作中的感伤抑郁的情调，在艺术形式和表现手法上也较新颖独特。全剧结构紧凑集中，人物性格鲜明突出,情节发展曲折起伏,扣人心弦。特别是在戏的结尾,刘振声死于戏房,刘凤仙悔恨交集,异常悲痛,良心发现地失声痛哭,痛心疾首地表示了忏悔之意,从而营造了强烈的悲剧氛围。在表现手法上,作者新颖巧妙地运用了戏中有戏、舞台之上有舞台的表现形式,这既便于情节的展开,又增强了戏剧的真实感。

50年代以后,田汉创作有历史剧《关汉卿》、《文成公主》、《谢瑶环》等作品。

田汉的一生勤奋创作。他在长期的艺术实践和不断求索前进的过程中,为中国戏剧事业的发展贡献了毕生的精力和心血,对话剧事业贡献尤大,成就显著,从而使他成为我国话剧运动的奠基者之一。田汉紧随时代进程,作品洋溢着强烈的时代气息。从1920年的《咖啡店之一夜》到1947年的《丽人行》,反映了中国从"五四"运动以后到抗日战争后期的不同的历史阶段,勾画了一幅色彩斑斓的历史画卷。他的剧作充满爱国主义精神和革命激情,反映了民族的愿望和人民的呼声,扩大了话剧在群众中的影响,成为无产阶级话剧运动的中坚力量。田汉的创作以现实主义为基调,兼有浓厚的浪漫主义色彩,洋溢着浓郁的诗意,格调粗犷,情感激越,形成了鲜明突出的艺术风格。在选材上,他往往截取现实生活中最有意义的一段,通过巧妙构思和精心安排,构成戏剧性极强的矛盾纠葛,再现在舞台上;在表现方法上,由于他非常熟悉各种戏剧形式的艺术特征,特别对传统戏曲了解很深,所以他成功地把戏曲的表现手法吸收到话剧中来,从而为话剧的民族化和群众化进行了大胆而有益的尝试,并作出了重大的贡献。

洪深(1894～1955),江苏常州人。

洪深自幼喜爱文艺,在清华大学读书时就曾多次参加戏剧演出和编导活动,写有短剧《卖梨人》、《贫民惨剧》。1916年留学美国期间受业于美国哈佛大学著名戏剧教授倍克先生,写有"反帝"主题的三幕英文话剧《虹》。1922年回国后,他自编自演了九幕话剧《赵阎王》。剧本写一个外号叫赵阎王的兵痞,杀死营长,携款潜逃,在森林中迷路,恐惧中精神失常,产生许多幻觉,最后被追兵乱枪打死。作者的原意是说明金钱对人的腐蚀,"世上没有所谓天生好人或天生恶人,好人恶人都是环境造成的"①。在创作上借用了奥尼尔《琼斯王》中的背景与事实,如林子中转圈、神经错乱而见幻境,众人击鼓追赶等等。虽然演出失利,但因手法的奇特,给人留下难忘的记忆,成为洪深的成名作。1924年以后,洪深进入电影界,创作出中国最早的电影文学剧本《申屠氏》、《劫后桃花》。1930年,他参加共产党领导的左翼文艺运动。1930年到1932年间,相继创

① 洪深:《洪深自选集·序》。

作了以江南农村生活为题材的《五奎桥》、《香稻米》、《青龙潭》三部剧本，即著名的“农村三部曲”。

“农村三部曲”是洪深的代表作品。“农村三部曲”中的独幕剧《五奎桥》写的是农民与封建地主之间的矛盾。三幕剧《香稻米》写的是农民“丰收成灾”的故事，可以说是叶圣陶短篇小说《多收了三五斗》的戏剧化。富裕中农黄二官一家为丰收而喜庆，但在洋米冲击下米价大跌，谷贱伤农，又遭高利贷、奸商的盘剥和兵匪的抢劫，最后破产。丰收带来了灾难，使他放弃了宿命论思想。剧本还写了其他农民的遭遇，如丁老发被迫将自己的女儿推下水去，桂生因抗捐而被关进监牢等等，对30年代农民的苦难作了较为全面的描绘。但剧本对农民的觉醒与反抗表现不够。四幕剧《青龙潭》写的是农民求雨抗旱的内容，意在批判改良主义的“口惠而实不至”的空谈。比起前两个剧，更缺乏实际生活内容，思想和艺术较为逊色。这三部剧本对30年代前后中国农村的经济破产、阶级矛盾激化的社会状况，进行了解剖分析，是典型的社会分析剧。但由于作者对生活了解和对艺术的掌握上有深浅精粗的不同，因而这三部作品在成就上有所差别。

《五奎桥》被认为是“农村三部曲”中最优秀的一部。剧中故事发生在江南水乡。因为天旱，农民租来打水的龙船抗旱保苗，但周乡绅家私建的五奎桥太矮，龙船过不去，农民要拆桥。周乡绅认为这有损他家的风水和威势，不许拆，并派县法院警察来威胁镇压农民。经过农民顽强机智的斗争，终于拆毁了这座象征着封建制度和地主阶级统治的五奎桥，让龙船开了过去，让救命之水流进农民们的田地里。剧本成功地塑造了两个人物：地主周乡绅，青年农民李全生。周乡绅是地主势力的代表，做过七任知县，子侄都是官，是个残害百姓的“笑面虎”，善于用温文尔雅的花言巧语笼络人心，欺骗和讹诈群众。他的出场就是为了镇压农民的反抗，但却装作什么也不知道，与黄二官拉家常，讲交情，完全是一副虚伪狡猾的嘴脸。当农民讲明必须拆桥时，他并不发怒，却以什么“挽天意”、“尽人事”的鬼话哄骗大家，用“圣人”之言反对“洋水龙”，又用封建迷信思想拉拢保守的老农民，离间青年农民。其恶毒计策被揭穿以后，他就让法警镇压农民，诬陷李全生，最后穷凶极恶地拿起手杖打农民，命令走狗抓人。青年农民李全生，质朴忠厚，沉着理智，勇于斗争也善于斗争，是一个经过自发斗争逐渐走向成熟清醒的农民形象。他发动农民的拆桥斗争，时间虽然只有短短的半个月，但却经历了一个曲折复杂的过程：为了抗旱救庄稼，他为全村人到处奔走，租来洋龙船过不了五奎桥，皮带又借不到，道士求雨不灵，要求周乡绅拆桥得不到同意，还无故遭到诽谤，被捆绑关押，在无路可走的情况下，他才带头拆桥。李全生斗争性格的发展合乎逻辑，顺乎自然，是一个初步觉醒的敢于反抗的青年农民形象。他不仅自己敢于同地主斗，而且头脑清醒，善于帮助和教育农民团结起来进行斗争。这对促进多数农民觉悟具有积极的意义。剧本结尾时，青年农民桂升、珠凤都奋起质问王老爷："打人是不是犯法的？""你还是做中华民国的官呢，还是做周乡绅家的官"。充分显示了在李全生的影响下，广大农民的觉醒和力量。剧本在艺术上成就突出，戏剧冲突设计安排得体，剧情发展围绕拆桥与保桥斗争拉锯式进行，环环相扣，层层紧逼，使矛盾的最后爆发显得毫不唐突。语言明快生动，具有个性化特点，如周乡绅的狡猾奸诈、软硬兼施，李全生的口直心快、勇敢果断，谢先生的胆小怕事、谦恭懦弱，都在他们的台词中表现出来。

洪深由用戏剧"为痛苦的人生叫喊"到"左联"时期有意识反映农村的阶级斗争，抗战以后写的《飞将军》、《包得行》等剧本和导演的《法西斯细菌》、《祖国在呼唤》等剧本成为武器为抗日民族战争服务，实践证明他是沿着一条坚实的现实主义道路前进的。他在从事戏剧创作的同时，还积极从事话剧的导演以及电影、戏剧理论研究和教学工作，为我国电影戏剧理论的建构和表演艺术体系的确立作出了不可磨灭的贡献。

第五章　散　　文

现代散文经历了一个由转型、创体到本体化与本土化的繁衍过程，发展到 30 年代，便已经蔚为大观。面对它的繁复与斑斓，即使跟新文学关系不大的人，也不得不击节叹赏。

早在 1917 年 5 月，刘半农就提出了“文学散文”的概念[①]。紧接着，傅斯年发表专文，集中论述白话散文的写作。他把散文同诗歌、戏剧、小说并列，并分为“逻辑的”、“哲学的”、“美术的”三个层次而统统纳入散文的范畴。他认为“文学的职业，是普遍的‘移人情’，文学的根本，只是‘人化’”，而散文也就只能是“‘人的’文学”了。最后，他说道：“就现在的情形而论，‘人化’即欧化，欧化即‘人化’”[②]。这实质上是说，散文应当摈弃道统，告别传统范式，回到人自身，回到文学的本体，从观念与体制上完成向世界文学的转型。

对“人”的关注，使得侧重于外视点的一类散文，即议论性的杂文和记叙性的通讯、报告文学，始终把目光集中在中国人的生存状态上。作家呼吁人们“睁开了眼”，“大胆地看取人生”，要“敢于正视”，而不要“苟活”。“以中国古训中教人苟活的格言如此之多，而中国人偏多死亡，外族偏多入侵”，这就证明“挂了生活的招牌，其实却引人到死路上去”[③]的现实处境是多么危殆。他们宣称，“对于帝国主义的压迫是绝对应该抗拒的”，而“唯一的救亡之道”“便是唤醒国人”。如果大家的“奴性逐渐消灭，人性逐渐发展”，那么，一切才会“有希望”。[④] 循着救国与启蒙的基本思路，应和着时局的变迁、斗争的激化、革命形势的发展、群众觉悟的高涨，以及东西方文化的相融相激，杂文创作一派生机。从《新青年》、《每周评论》、《晨报》（第 7 版）、《向导》的“随感录”、“浪漫谈”、

① 刘半农：《我的文学改良观》，《新青年》第 3 卷第 3 号。

② 傅斯年：《怎样做白话文》，《新潮》第 1 卷第 72 号。

③ 鲁迅：《华盖集》。

④ 钱玄同：《关于反抗帝国主义》。

“寸铁”等专栏到《语丝》、《现代评论》、《太白》、《新语林》、《芒种》、《杂文》(后易名《质文》)、《申报·自由谈》、《论语》……以及稍后的《鲁迅风》,可谓极一时之盛。瞿秋白、刘半农、钱玄同、夏丏尊、陈望道、阿英、川岛、陈西滢、徐懋庸、徐诗荃、唐弢、聂绀弩、周木斋、孔另境、柯灵、巴人诸人,便是杂文园地的佼佼者。尤其是鲁迅,杂文这种文体正是因为他而成为文艺性论文的代名词[①]。

分别出版于1923年、1924年的《饿乡纪程》(初名《新俄国游记》)和《赤都心史》,是瞿秋白亲赴苏联考察,根据自己的见闻感受而写成的通讯散文集,显示出新闻性与文艺性相结合的某些特征,被认为是20世纪中国报告文学的滥觞。不过报告文学的正式确立,则是30年代的事了。1931年11月“左联”执委会在《中国无产阶级革命文学的新任务》的第四项,正式提出“采用西欧报告文学”的形式来“创造我们的报告文学”,报告文学作品才开始涌现,《光明》、《中流》、《文学界》、《生活周刊》等刊物才开始加以刊载。随着基希(捷克)《秘密的中国》、爱狄弥勒(墨西哥)《上海——冒险家的乐园》被译介过来,写作报告文学的热情遂更为高涨。当时,钱杏邨主编的《上海事变与报告文学》、翁照垣的《淞沪血战回忆录》、孙瑞瑜编的《生活的记录》、茅盾主编的《中国的一日》与梅雨主编的《上海的一日》,其影响之大,有口皆碑。至于夏衍的《包身工》、宋之的《1936年春在太原》,更是公认的杰作。特别是《包身工》,作者用木刻刀式的笔触,把“20世纪的烂熟了的技术”与“16世纪封建制度下的奴隶”生活,把中国工人的苦难与日本侵略者的残暴,简劲而尖锐地凸现在读者面前,令人不能不拍案而起。

侧重于内视点的艺术性散文,起步略晚。1921年周作人发表文章,敦促“治新文学的人”写作“美文”,“开辟出一块崭新的土地来”[②],算是它的发轫。不久,作者日多,风格多姿多彩,日益显示出本体化与本土化的趋势。

美文虽然是从西方横移过来的品类,但很快就被中国化了。从英国随笔、法国絮语散文的研习,到性灵小品的张扬,无不启示着这一点。郁达夫就指出过,英国的Essay重理崇智,“不失之太腻,就失之太幽默,没有东方人的小品那么的清丽”,日本的“写生文体”同公安、竟陵小品相类,仅仅适宜于闲适、性灵方面的内容,容量毕竟有限,遂拈出“细、清、真”三点以相融相济[③],强调了构建散文自身的美质。何其芳更以自己的作品证明了“散文应该是一种纯粹的独立的创作”,他在《我和散文》一文中说他正是要“为抒情的散文找出一个新的方向”。

---

① 瞿秋白:《鲁迅杂感选集·序言》。

② 子严:《美文》,《晨报副刊》1921年6月8日。

③ 郁达夫:《清新的小品文字》,《闲书》,良友图书公司1936年版。

新文学家几乎都写作散文。据阿英估计,1917 年到 1927 年间全国有文学期刊两百余种,到 1934 年即增至四百种以上,文艺性散文已经风靡整个文坛。鲁迅、周作人、朱自清、冰心、林语堂、苏雪林、许地山、丰子恺、王统照、郁达夫、郭沫若、徐志摩、俞平伯、废名、钟敬文、朱湘、沈从文、冯至、李健吾、李广田、老舍、巴金、丽尼、陆蠡、缪崇群、萧乾等,是举世公认的名家乃至大家。他们的散文或流丽,或朴拙,或澄澈晶莹,或理趣渊深,有名士风的,更有战士风的,有东方情趣的,也不乏西方情调的,举凡宇宙之大或者苍蝇之微,无不纳入笔端,含英咀华,万象纷呈。其中,梁遇春与何其芳就是两颗耀眼的星。梁遇春(1904~1932)以《春醪集》、《泪与笑》名世。他"很爱胡思乱想,但是越想越不明白一切事情的道理"。"世界中不只'无奇不有',实在是'无有不奇'"(《春醪集·讲演》),便是他全部散文共同的题词[①]。他一生得力于读书,从英国散文学习到如何观察人生,从中国诗词学习到如何体味人生,从俄罗斯小说学习到如何挖掘人生,故能于平凡中看到"新",在惯常中看到"怪",而通体浸润着忧郁的色调。"我觉得这一座坟墓是很美的,因为天下美的东西都是使人看着心酸的"(《泪与笑·坟》),便正是他自画的心旌。他对现实有强烈的不满,却总是以曲折的方式传达出来。废名说他"文思如星珠串天,处处闪眼,然而没有一个线索,稍纵即逝"[②],可谓知论。何其芳(1912~1977)把诗融入散文,于 1934 年推出《画梦录》,一举获得《大公报》文艺奖。他"喜欢想象着一些辽远的东西。一些不存在的人物,和许许多多在人类的地图上找不出名字的国土"(《画梦录·扇上的烟云》)。一个继武于"五四"的青年,面对现实的冷酷而无能为力,便寄情于梦幻的幽丽,所折射的分明是寻觅者的隐痛。运思绵密,作风浓丽而精致,意象丰富而有新意,篇篇都飘浮着烟云般的思绪。稍后的《还乡杂记》和《刻意集》,则标示着作者从"雕饰幻想"转为"阔大"、"感情粗起来了"[③],已褪去了先前的印象主义影响。作为二者的共同点,那便是为综合中外散文作出了有益的探索,这是值得加以重视的。

---

① 冯至:《谈梁遇春》,《新文学史料》1983 年第 1 期。

② 废名:《泪与笑·序》,《春醪集·泪与笑》,人民文学出版社 1986 年版。

③ 何其芳:《还乡杂记·我和散文》。

第一节 鲁 迅

鲁迅,作为伟大的散文作家,他渊深的思想、巨大的智慧、光辉的人格与独创的文体,不仅滋养着一代一代中国人奔赴到“现代的”阳光下来,同时也作为中华民族的精神代表而成为接纳世界进步文明的一面灵旗。鲁迅是民族的,也是世界的。人们对鲁迅的解读迄今没有完结。

历史积淀着事实本身的魅力。鲁迅丝毫没有因为别人的偏见或曲解而消失。一位台湾作家就公开承认,鲁迅所给予他的影响“是命运性的”,他所以能够免除“分裂主义倾向”,正是因为鲁迅坚定了他“对中国的认同”。① 另一位学者李泽厚在《略论鲁迅思想的发展》中则这样写道:

> “鲁迅是中国近代影响最大、无与伦比的文学家兼思想家,他培育了无数青年。他的作品是当之无愧的中国近代社会的百科全书。有两部散文文学可以百读不厌,这就是《红楼梦》和《鲁迅文集》。《红楼梦》是封建社会的没落挽歌,鲁迅的文章则是指向它的战斗号角。”

背景不一样,角度也不同,但他们都接受了鲁迅。

鲁迅的全部业绩,鲁迅的永恒与辉煌,可以说是基于“人”本位而进行的社会批判和文化批判。他把丰富深刻的人生体验、文化智慧升华到形而上的层面,以复杂的历史内容和纷纭的现实生活为观照物,倾注毕生心血与满腔热忱来掊击旧物,催促新生,意在重铸民族的精魂,使我们这个背负着因袭重担的老大民族完成生命质量的划时代飞跃。“灵台无计逃神矢,风雨如磐闇故园。寄意寒星荃不察,我以我血荐轩辕。”这首写于1903年的《自题小像》,便正是他一生行藏的预拟。

于是,他首先选择了杂文。

从1918年发表“随感录”开始,鲁迅就一直把主要精力用于杂文写作。在逝世前夕他回顾说,一生写作杂文历时18年,约有80万字。“后9年中所写,比前9年多两

① 转引自袁良骏著《台港作家心目中的鲁迅》,《新文学史料》1993年第3期。

倍;而这后9年中,近3年所写的字数,等于前6年"[①],可见他是多么自觉而勤奋。前期所作,收录在《坟》、《热风》、《华盖集》、《华盖集续编》中,写得犀利酣畅,深刻炽烈,以敌我不两立的果决姿态广泛批判社会各方面的痼疾,不愧为时代的惊雷。后期所作,分别收入《而已集》、《三闲集》、《二心集》、《南腔北调集》、《伪自由书》、《准风月谈》、《花边文学》以及《且介亭杂文》、《且介亭杂文二集》、《且介亭杂文末编》。这些作品忠实地记录了作家的思想和"时代的眉目"[②],已褪去尼采式的超迈孤绝,是鲁迅用杂文形式所构建的中国式"人间喜剧",较之前期具有更为深广、更为丰富的文化智慧。

充分肯定生活的权利,中国人应当拥有高质量的生活,这是鲁迅杂文的基本思路。鲁迅的全部著作,简直就是鼓舞"生"的思想火炉。为了"生"的庄严、自尊、进步、丰富和健康,为了"幸福的度日,合理的做人"(《我们现在怎样做父亲》),人们要敢于面对内外的敌人,"在这可诅咒的地方击退了可诅咒的时代"(《忽然想到之五》)。他大声疾呼,中国人的"当务之急"是"一要生存,二要温饱,三要发展",但生存决非苟活,温饱不是奢侈,发展更非放纵(《北京通信》)。"准备'思想革命'的战士"(《通讯》)以促使大众的警醒,赶快冲破"瞒"和"骗"的"大泽"(《论睁了眼看》),则尤为要紧。在他看来,"大众"与"食人者"之间根本就不存在什么美妙的天国,"大众"不可以对自己的敌人抱有任何幻想。什么仁恕中庸的标榜,什么公理的美名,亲善的托词,统统不要相信。他秉笔直书:"被压迫者对于压迫者,不是奴隶,就是敌人,决不能成为朋友,所以彼此的道德并不相同。"(《陀思妥耶夫斯基的事》)他特地把《论"费厄泼赖"应该缓行》郑重推荐给读者,提醒人们务必戒除许褚式的愚勇和洋派绅士的"纵恶",坚持"韧性"的"壕堑战",用不妥协的斗争精神去争取自己的生活。他鄙夷奴才式的麻木,反对雅化了的滑头,看不起"徙倚华洋之间,往来主奴之界"(《"题未定"草》)的时髦,把最后的希望寄托在大众的精神裂变上。在前期,他寄厚望于"有主义的人民",他们"因为所信仰的主义,牺牲了别的一切,用骨肉碰钝了锋刃,血液浇灭了烟焰,在刀光火色衰微中,看出一种薄明的天色,便是新世纪的曙光"(《随感录五十九》);在后期,则坚信"石在,火种是不会绝的","被愚弄诓骗压迫到现在,还明白如此"(《"题未定"草》)的中国人民,才是"民族的脊梁"(《中国人失掉自信力了吗?》)。

割除民族的精神肿瘤的顽强努力,是鲁迅杂文留给我们的又一笔宝贵财富。鲁迅痛切地体悟到,生存于当今世界,无论体格如何健壮的国民,如果失去了自己的精神旗

---

① 鲁迅:《且介亭杂文·后记》,《鲁迅全集》第6卷第451页,人民文学出版社1981年版。

② 鲁迅:《且介亭杂文·序言》,《鲁迅全集》第6卷第102页。

帜，那就只配做“示众”的材料与无聊的“看客”。在他看来，“幸存的古国，恃着固有而陈旧的文明，害得一切硬化，终于要走到灭亡的路”。中国倘要改革，“第一著自然是扫荡废物，以造成一个使新生命得能诞生的机运”，而“五四”所开启的新纪元，就是这“机运的开端”(《出了象牙之塔·后记》)，也仅仅只是“开端”。因此，他总是把全部热情集中在思想精神的建设上，集中在社会的改造上，鼓舞人们从自身焕发出力量“去扫荡这些食人者，掀掉这筵席，毁坏这厨房”(《灯下漫笔》)。中国古老文明因其对社会结构、民族心理、风俗民情、生活方式的全面渗透和漫长的规范与制约，固然有其光华灿烂的一面，但它在把社会成员文明化的同时所显露出来的负面效应，已经成为我们民族精神解放的严重障碍。鲁迅决不允许在“保存国粹”的旗号下养痈遗患，举凡扶乩，缠足，吸毒，守节，奴才气，西崽相，从蓄妓纳妾到人身买卖，从精神麻木到满嘴“国骂”，无不痛下针砭。他尖锐地指出，只要是历来如此的东西，“即使无名肿毒，倘若生在中国人身上，也便‘红肿之处，艳若桃花；溃烂之时，美如乳酪。’国粹所在，妙不可言”(《随感录三十九》)，结果，我们保存国粹，国粹却不能保存我们，“中国要从‘世界人’中挤出”的(《随感录三十六》)。到后期，他更以历史发展的观点和辩证的思维来观察思考各种文化现象，解析民族的精神状态，对冷漠、狭隘、无聊、自私、空虚、苟且敷衍、欺人亦自欺、潜在的残忍等劣根性，几乎从一切角落里剔理出来，予以显微、曝光，广征博引而鞭辟入里，确实是独具慧眼，催人奋进。他反对对群众一概抹杀的根本错误，在《趋时和复古》中批评右的倒退，又在《水性》、《彻底的底子》中反对“左”的冒进，并在《由聋而哑》、《关于翻译》中提出从国外输入精神食粮来拓开视野，补救自己的浅陋。北京“蝎子庙”更名为“协资庙”，“狗尾巴胡同”改名为“高义伯胡同”，针对这种趋雅之风，他指明其实不过是“使大家可以永远放心打盹儿”(《咬文嚼字(二)》)；至于存在于群众中的落后、愚昧乃至麻木，恰恰是统治思想侵蚀的结果，正反映了统治者的“治绩”(《沙》)。即使政治上已经觉醒的革命者，鲁迅也认为必须长期警惕统治思想侵蚀所导致的癌变，要提防“借革命以营私”的蛀虫，要做好充分的精神准备，看到“革命是痛苦，其中也必然混有污秽和血”，切不可加以浪漫化和宗教化，否则的话，就“只是证明无产文学者离开了无产阶级，回到旧社会去罢了”(《对于左翼作家联盟的意见》)。从“拯救精神”这个角度讲，鲁迅不愧为“民族魂”。

构建开放的现代民族文明的远见卓识，像一根红线贯穿在鲁迅杂文中，迄今仍然启迪着我们。他“彻底摆脱了小生产者的种种狭隘眼界，克服了民粹主义的倾向，大踏步地向包括小生产意识状态精神面貌在内的封建主义猛烈开火”，在进行“文明批评”、“社会批评”时不再是全体“国民性”问题，而是突出了作为意识形态的制造者、承担者的知识分子的阶级性问题，要“改良这人生”。他反复指出，在构建现代民族文明的整个过程中，知识分子始终都肩负着继续战斗与自我启蒙的双重任务，而知识分子的自觉与否，则直接关系着它的成败得失。早在 1927 年他就呼吁人们“觉醒，挣扎，反叛，要出而参与世界的事业”，指出“创造文艺之业”应当“和世界的时代思潮合流，而又并未梏亡中国的民族性”（《当陶元庆君的绘画展览时》）。他要求我们，对于一切古代的、外国的文化或文明，一不要害怕，二不要迷信，三要善加消化，就像我们用不着把鸦片当成牛羊肉，而我们食用牛羊肉又决不会“类乎”牛羊一样。他高标“拿来主义”，号召我们“运用脑髓，放出眼光，自己来拿”（《拿来主义》）。1934 年在谈到木刻创作时他又这样写道：

> 采用外国的良规，使我们的作品更加丰满是一条路；择取中国的遗产，融合新机，使将来的作品别开生面也是一条路……[①]

显然，这里所讲的已经远远超出木刻创作，它为民族文明现代化发展指明了方向。

对鲁迅的杂文应当作整体的把握。取大海之一勺水，固然可以品知大海，但对于大海本体的浩渺与渊深，毕竟相去甚远。鲁迅自己讲过，“凡有改革，最初，总是觉悟的智识者的任务。但这些智识者，却必须有研究，能思索，有决断，而且有毅力。他也用权，却不是骗人，他利导，却并非迎合。他不看轻自己，以为是大家的戏子，也不看轻别人，当自己的喽罗。他只是大众中的一个人，我想，这才可以做大众的事业”（《门外文谈》）。他正是这样，牢牢把握住救亡、启蒙同健全人格的同一性，并且坚定地从这里出发，始终把写作杂文作为“大众的事业”而进行到生命的最后一息。于是，他的杂文首先便具备着“史”的直接现实性。作品针对“时事”而发，从北洋军阀的野蛮统治到国民政府的白色恐怖，从女师大学潮到左联烈士的鲜血，从北平的遗老到上海的流尸，从“咬文嚼字”到革命阵营内部的思想论争，都及时予以评价，“这里反映着五四以来中国的思想斗争的历史”，而“更直接的更迅速的反映社会上的日常事变”便构成了它的基本“特点”[②]。同时，由于作者的敏锐和深刻，往往独具卓识，洞幽烛微，能够迅速把握日常人事变迁的深层意义，所以，凡所撷取的事件总能超越个人恩怨的制约而被赋予“类”的普遍意义，从特例中映现一般，诸如巴儿狗、媚态的猫、二丑、苍蝇、落水狗、泛起

① 鲁迅：《〈木刻纪程〉小引》，《鲁迅全集》第 6 卷 47 页～48 页。
② 瞿秋白（何凝）：《鲁迅杂感选集·序言》，青光书局 1933 年 7 月版。

的沉渣之类，无不因其艺术的涵盖力而成为鲁迅杂文的独特意象。第三，理性的观照，批判的精神，渊博的知识，分明的爱憎，幽默犀利的语言，举重若轻的雍容与睿智，这一切，化合而成为智慧的魅力和独特的深度，在字里行间浸润着，在全部作品中流淌着，使鲁迅杂文具备了解读的广延性，人们可以依据不同的阅历而获得常新的领悟。正因为如此，鲁迅反复提醒人们："我的坏处，是在论时事不留面子，砭痼弊常取类型"(《伪自由书·前记》)。"我的杂文，所写的常是一鼻，一嘴，一毛，但合起来，已几乎是或一形象的全体"、"'中国的大众的灵魂'，现在是反映在我的杂文里了"(《准风月谈·后记》)。这样，鲁迅对敌人(包括反动统治人格化的意识形态代表)勇猛有力的坚韧战斗精神同催促新生的炽热感情互为表里，诗与论水乳般交融着，体式丰富多样，加上作者形似冷峻而内实热烈的气质，他的杂文因而具有崇高之美、智慧之美和鲜明的个人风格，表现出很大的创造性。鲁迅取得了独步千古的成功。

《野草》和《朝花夕拾》是鲁迅创作的两部艺术散文集。

《野草》共收作品 23 篇，写于 1924 年至 1926 年之间。鲁迅注目于世界文艺潮流，大胆采撷西方艺术经验，结合形而上的人生意义的感受与求索，以及在实际斗争历程中所体悟到的孤独和悲怆，外化而成为一部象征主义的散文诗集。它侧重于对黑暗现实的批判、鞭挞，把"战士"的斗争、寻觅、憧憬，寄寓在整体性的意象或境界之中，以想象的奇诡超迈和文字的沉醇隽美而成为艺术的精品，为散文诗奠定了基础。既有寄情于物、托物言志的《雪》、《秋夜》，也有鞭笞人性泯灭者的《颓败线的颤动》，更有《好的故事》等名篇，纯用象征或隐喻的手法，暗示心灵的归趋，至于《失掉的好地狱》、《复仇之二》、《过客》、《死后》、《影的告别》、《墓碣文》等，更以构想奇诡，造语迷濛，在突破生死界域、融通心灵与现实的造境中启示着某种超迈的哲理风味。试看：

> 我梦见自己在冰山间奔驰。
>
> ……
>
> 但我忽然坠在冰谷中。
>
> 上下四旁无不冰冷，青白。而一切青白冰上，却有红影无数，纠结如珊瑚网。我俯看脚下，有火焰在。
>
> 这是死火。有炎炎的形，但毫不动摇，全体冰结，像珊瑚枝；尖端还有凝固的黑烟，疑这才是从火宅中出，所以枯焦。这样，映在冰的四壁，而且互相反映，化为无量数影，使这冰谷，成红珊瑚色。
>
> 哈哈！

“我”“一面思索着走出冰谷的法子”，“死火”乃借体温而“燃烧”，遂共同完成着生命形态的转化（《死火》）。显然，鲁迅意识到“死”时所感受到的“生”的光彩，战胜了死亡似的人生冰谷。即使“我”是影子，“只有我被黑暗沉没，那世界全属于我自己”（《影的告别》），“我”也就仍然拥有生的意义。但鲁迅的这种冷峻却蕴藏着极大的温暖、情爱和温柔，具有很强的人情味。他把情感化为本体，融于创作之中，留给了我们，并且，他对世界的荒谬、怪诞、阴冷感，对生与死的强烈感受是如此锐敏深刻，有着明显的现代特征。他让传统的“知其不可为而为之”的价值取向在现代意识的洗礼下深化了，升华了，具有超越的形而上光彩，于是，对现实的战斗便格外具备着深沉的力量，使他终于跨越了同时期的新文化代表人物[①]。

1926年鲁迅在《莽原》上以“旧事重提”为总题发表回忆性散文10篇，1927年结集出版时更名为《朝花夕拾》。整部作品侧重继承传统散文写人记事的长处，舒展通脱，以流畅清新取胜。作者所剪辑的青少年生活片断，是民俗的再现，是人情的重温，是童真的呼唤，是友情的讴歌，写来墨淡情长，言近旨远，抒情与讽刺熔于一炉，特具朴茂真切之美。拿来同散文诗《野草》比照参读，足见鲁迅对中国现代散文的培育，其用力之厚，开拓之广，是多么令人赞叹。

鲁迅的影响是深远的。30年代后期就出现过“鲁迅风”的杂文流派。不少的国际友人都引鲁迅为同道[②]。有的学者指出：“鲁迅作为民族精神的首席代表和中国文化的第一伟人，他身上最耀眼的特点，恐怕就在于没有任何人能像他那样全面而深刻地理解中国，把握中国文化的底细了”、“要理解中国就必须读鲁迅的书，中国人和外国人都是如此”[③]。这话讲得并不过分。

---

① 李泽厚：《胡适陈独秀鲁迅》，《中国现代思想史论》，安徽文艺出版社1994年版。

② 著名汉学家沃弗刚·古宾教授主编的德文6卷本《鲁迅选集》，经过15年的努力，于1995年由瑞士联合出版社出版发行。

③ 何满子：《德译本〈鲁迅选集〉出版所感》，《光明日报》1995年2月25日。

第二节 朱自清·冰心

朱自清(1898～1948),字佩弦,江苏东海人。

朱自清是以新诗人的轩昂姿态跨入文学领域的。他的新诗敞开情怀,直面人生,暴露与鞭挞黑暗现实,抒发自己对光明的呼唤,反映了"五四"时代精神在诗人心中的折射(如《羊群》、《人间》)。1923年发表的长诗《毁灭》抒发了"五四"落潮后知识分子思想苦闷而又不甘寂寞的思想矛盾。其新诗创作留下了"五四"新诗人直面现实、探索人生、迈步前行的足迹。

他由诗歌转向散文,主要是因为散文是"表现着、批评着、解释着人生的各面"的最得心应手的工具。他写散文的宗旨是"写人生"。其散文作品大致有三类。

其一是反映现实生活。这类散文在一定程度上能触及生活的本质,不同程度地反映作家对时代、社会、人生的直接关注与思考。如《生命的价格——七毛钱》(1924年)就为我们描画了一个天真无邪的小女孩在生命市场上仅以七枚小银币被拍卖的悲惨图景,其中倾注了作者对弱小者的同情,有着浓烈的人道主义色彩。《航船中的文明》则以航船中男女分坐的习俗鞭挞了封建礼教的虐政,颇多慨叹,社会批判的锐气减弱。这正好反映"五四"落潮后某些知识分子不甘落伍又彷徨失落的苦闷情绪。《白种人——上帝的骄子》则抒写了自己从西洋小孩子凶恶倨傲的逼视眼光中感受到民族歧视的屈辱,表现了作者爱国的灵魂。最让人震撼的还是《执政府大屠杀记》,他在文中怒不可遏地揭发了军阀屠杀爱国人民的血腥暴行,并且向罪恶的独裁统治表示了旗帜鲜明的声讨。这类散文充分显示了他作为一个正直的知识分子所具有的反帝反封建的爱国心和正义感。

其二是写家庭、写自己。这类散文是作者从侧面暴露人生黑暗,字里行间充溢着作者沉痛的申诉与自白。前者如《择偶记》、《笑的历史》、《给亡妇》、《儿女》、《背影》等篇什。它们有的揭露了旧式婚姻枷锁下的青年男女的无限辛酸;有的透过描绘"只为家贫成聚散"的窘苦处境,反映了灰暗的世态,日暮途穷的社会的哀愁。后者如《那里走》、《论无话可说》等。在这类散文中,作者勇于敞露自己对社会人生问题的思索,既抒发了个人对时代的愤慨,也诉说了处于彷徨状态的知识分子看不到美好前景的惶惑,进退维谷的苦痛,显示了时代的症结。

其三是描山画水的“美文”。这些散文常常洋溢着作者“个人”的情调,有的寄托政治的忧愤,如《桨声灯影里的秦淮河》,在欣赏美景中触发了自己厌恶黑暗社会的激情;有的指点社会的疮痍,如《荷塘月色》中传达出的“心里颇不宁静”的情思就暴露了在那个破碎的时代里不甘同流合污又感济世无方的知识分子的心境;还有的暗示了自己追求光明的憧憬,如《春》、《匆匆》、《绿》等,尤其是在《绿》中,他面对梅雨潭的绿发出的“惊诧”,就流露出他向往崭新生命的难以抑制的激情。这些明丽的散文所表露的蓬勃的情思,充分说明作者是不甘落伍的,是积极向上的。我们透过上面这些作品,完全可以捕捉到“五四”时代知识分子艰难选择的复杂心灵历程。

朱自清散文具有很高的艺术成就。朴实与真情的艺术风格尤其让人称道,这主要表现在两方面。其一,真切自然地表情达意,善于写出情致。朱自清为人正直、忠厚、淳朴。“文如其人”,他的散文创作着力追求一个“真”字——讲真话,写真情实感,描写真实景物。这种艺术追求分别体现在写个人感受、记人叙事、写景状物等散文创作中。在记人叙事时,他常常以真挚的感情,写自己的见闻感受,显得朴实、自然、真切,如《背影》、《女人》、《阿河》、《白采》等。这些散文叙述的都是些“芝麻黄豆大的事”,“却常能把那真诚的灵魂捧出来,给读者看”[①]。在这方面最为成功的要首推他的散文名篇《背影》。文中记写的父子之情,看似平凡,却写得真切、感人、催人泪下。这篇散文完全出自作者的至情,他说:“我写背影,就因为文中所引的父亲的来信里那句话,当时读了父亲的信,真的泪如泉涌。我父亲待我的许多好处,特别是《背影》里所叙的那一回,想起来跟在眼前一般无二”[②]。作者用朴实的笔调,白描的手法叙写了八年前父子同到南京,父亲送儿子北上读书,在火车站告别的情景。作者淋漓尽致地抒写了父亲对儿子的关怀、体贴、爱护,如不放心茶房亲自送子上车,代儿子拣定座位,千叮万嘱,亲自爬过铁路去买橘子等都表现了父亲的爱。尤其是八年后想起父亲那背影时,更是感动不已,字里行间透露着真情,集中抒写了作者对父亲深深的怀念之情,很有情致,感人至深。散文家李广田说:“《背影》一篇,论行数不满50行,论字数不过四五百言,它之所以能够历久传诵而有感人至深的力量者,当然并不是凭藉了甚么宏伟的结构和华赡的文字,而只是凭了它的老实……”[③]由此可见,《背影》是靠作者的生活感受、靠真情取得成功的。在写景状物时,他追求一种逼真的艺术效果,在细腻的描写中透露真情,融情于景,情景交融,文中有画,画中有情,读后给人一种身临其境之感。诸如《桨声灯影

① 转引自朱金顺:《五四散文十家·朱自清的散文》,百花文艺出版社1990年12月版。
② 转引自朱金顺:《五四散文十家·朱自清的散文》,百花文艺出版社1990年12月版。
③ 李广田:《最完整的人格》,《观察》第5卷第2期。

里的秦淮河》、《匆匆》、《绿》、《荷塘月色》等堪称这方面的典范之作。尤其是《荷塘月色》写得最为精美、自然。作者描写月光下的荷塘，荷塘中的月色，细腻传神，意趣盎然，写得有情致、有趣味。前者如“层层的叶子中间，零星地点缀着一些白花，有袅娜地开着的，有羞涩地打着朵儿的；正如一粒粒的明珠，又如碧天里的星星，又如刚出浴的美人。微风过处送来缕缕清香，仿佛远处高楼上渺茫的歌声似的”。其中对花的姿态、花的清香的描写可谓细腻、自然、贴切，无斧凿的痕迹。后者如“月光如流水一般静静的泻在这一片叶子和花上。薄薄的青雾浮起在荷塘里。叶子和花仿佛在牛乳中洗过一样；又像笼着轻纱的梦……月光是隔了树照过来的，高处丛生的灌木，落下参差的斑驳的黑影，峭楞楞如鬼一般；弯弯的杨柳的稀疏的倩影，却又像是画在荷叶上”。这段对塘中月色的描写，则宛如一幅水墨画，有动有静，细腻生动，恰到好处。这些写景状物的文字，与文章开头一句“这几天心里颇不宁静”联系起来，便豁然开朗：作者观赏荷塘月色并非闲情逸致，“一个人在这苍茫的月下，什么都可以想，什么都可以不想，便觉得是个自由的人”。陶醉于荷香月色是为了忘却心中的不快，以此求得暂时的解脱。这是典型的咏物抒情，读来极富情趣，耐人寻味。在写个人感受时，他敢于袒露自己的胸襟，把真实的思想剖析出来，用真心话跟读者交流，其大胆与率真非一般作家可比。最典型的要数他于1928年初写成的《那里走》。文中关于人生与生活道路的讨论，就充满着坦率的解剖与内心自白，他说：“我在Petty Bour—geoisie(小布尔乔亚)里活了30年，我的情调，嗜好，思想，伦理，与行为的方式，在在都是Petty Bourgeoisie的；我彻头彻尾沦肌浃髓是Petty Bourgeoisie的。离开了Petty Bourgeoisie，我没有血与肉。我也知道有些年岁比我大的人，本来也在Petty Bourgeoisie里，竟一变到Proletariat(普罗列塔利亚)去了。但我想这也许是天才，而我不是的；这也许是投机，而我也不能的。在歧路之前，我只有彷徨罢了。”我们从以上这段文字中可以感受到他在艺术上求真的执著精神，读来很有震撼力。

其二，清秀隽永的语言风格。朱自清的散文写得很美，文字讲究，又不过分雕琢，于朴素自然之中带着清秀之气。作家朱德熙认为，他“能够在朴素自然的风格中立新意，选新语，于平淡之中见神奇，平正通达而又富于创造性”[①]。这种清秀的语言在《绿》、《荷塘月色》中是很常见的。而《背影》中关于父亲过铁路的一段描写更是清秀隽永的典范：

① 转引自朱金顺：《五四散文十家·朱自清的散文》，百花文艺出版社1990年12月版。

> 我看见他戴着黑布小帽，穿着黑布大褂，深青布棉袍，蹒跚地走到铁道边，慢慢探身下去，尚不大难。可是他穿过铁道，要爬上那边月台上，就不容易了。他用两手攀着上面，两脚再向上缩；他肥胖的身子向左微倾，显出努力的样子。这时我见他的背影，我的泪很快地流下来了，我赶紧擦干了泪，怕他看见，也怕别人看见，我再向外看时，他已抱了朱红的橘子往回走了。过铁道时，他先将橘子散放在地上，自己慢慢爬下，再抱起橘子来，到这边时，我赶紧去搀他。……

这段回忆文字饱含深情，质朴、纪实地把父亲的背影写得深挚动人，它"文质并茂，全凭真感受、真性情取胜"，读来清秀隽永，韵味无穷。

冰心（1900～1999），原名谢婉莹，福建福州人。

冰心的文学创作始于"五四"时期，当时以写"问题小说"而引人注目，如《斯人独憔悴》、《去国》、《超人》等。这些小说大都表达了她对封建社会和封建家庭的不满。除此之外，还写小诗，当时被人称为"冰心体"，后来结集为《繁星》、《春水》出版。冰心艺术成就最突出的还是散文创作，她在20世纪中国散文史上占有一席之地。

冰心的散文创作始于1919年，但在文坛上产生影响主要是在1921年以后。这年，她发表了第一篇白话散文《笑》，其后又发表了《到青龙桥去》等多篇散文，尤其是《往事》与《寄小读者》更使她赢得了广大读者的爱戴。50年代以后，她主要从事儿童文学创作，其作品集有《再寄小读者》、《陶奇的暑假日记》、《小桔灯》、《樱花赞》、《三寄小读者》等。她的兴趣仍在散文创作上。

冰心是本时期重要的散文家。她的散文创作成就是多方面的。就内容而言，主要是对母爱、童心与自然的感悟与赞颂。其核心是冰心的"爱的哲学"。这种思想倾向的形成跟作者自幼拥有一个充满爱心的家庭、留美期间所受到的"人类之爱"观念的影响以及印度诗人泰戈尔在优美诗文中所宣扬的"互助互爱"思想的影响等诸多因素有关。这种"爱"的乳汁在她的思想中就形成了用"爱"来融化人间苦痛，填补人际间沟壑，感化邪恶、拯救社会的观念。为此，爱成为冰心所有创作的一贯主题。

首先，对母爱的描写与歌颂。在《往事（一）》中，有不少片断是歌颂母爱的。如"母亲呵！你是荷叶，我是红莲，心中的雨点来了，除了你，谁是我在无遮挡天空下的荫蔽"（之七）；"母亲的爱，和寂寞的悲哀以及海的深远，都在我的心中，又起了一回不可言说的惆怅"（之十），这都是这方面的佳作。而创作于1923年至1926年的《寄小读者》更是集中了讴歌母爱的许多名篇。在这些通讯中，作者记下了赴美途中的所见所闻所感,尽情抒发了对祖国、对母亲和亲友们的深切怀念,尤其是以最大的热情歌颂了母爱,感人至深。《通讯十》是这类散文的名篇。作者先回忆了十几个童年生活片断,然后直接歌颂母爱:“她的爱,是屏除一切,拂拭一切,层层的麾开我前后左右所蒙罩的,使我成为‘今我’的原素,而直接来爱我的自身!”、“她爱我的肉体,她爱我的灵魂,她爱我前后左右,过去,将来,现在的一切”。最后作者把这种伟大的母爱进一步发展为超越时空的永恒的博爱,并据此建立了自己的“爱的哲学”。她说:“她的爱不但包围我,而且普遍的包围着一切爱我的人;而且因着爱我,她也爱了天下的儿女,她更爱了天下的母亲。”在这里,作者不仅赞颂了抽象的母爱,而且饱含感情地阐述了她的“爱的哲学”的思想内涵,并试图以此解决各种社会矛盾,拯救世人。在当时,确实起到了反封建的启蒙作用。

其次,描写与歌颂童心。这在《往事》、《寄小读者》、《山中杂记》中用墨较多。茅盾说:“我们说句老实话,指名是给小朋友的《寄小读者》和《山中杂记》,实在是要‘少年老成’的孩子或者‘犹有童心’的‘大孩子’方才读去有味儿。在这里,我们又觉得冰心女士又以她的小范围的标准去衡量一般的小孩子。”[①]诚然,那时 20 多岁的冰心,实在是一个犹有童心的大孩子,她描写自己童年的往事,和小朋友谈心,都极力讴歌童心,赞美孩子们的稚气和善良。《寄小读者》就是以大朋友的身份,给小朋友写信,报告自己的见闻和生活情景,表现了纯真的童心和稚气,显得真切动人。在《通讯录》中,作者与小读者讲心里话,表现出的完全是一片童心。她说:“小朋友,我有一个建议:‘儿童世界’栏,是为儿童辟的,原当是儿童写给儿童看的。我们正不妨得寸进寸,得尺进尺的,竭力占领这方土地。有什么可喜乐的事情,不妨说出来,让天下小孩子一同笑笑;有什么可悲哀的事情,也不妨说出来,让天下小孩子陪着哭哭。只管坦然公然的,大人前无须畏缩。——小朋友,这是我们积蓄的秘密,容我们低声匿笑的说罢!……”末了来一句“我的话完了,请小朋友拍手赞成”。作者在这段文字中,完全是站在小孩子的立场上用孩子的心灵去跟小孩子们进行思想交流的,用大姐姐的口吻跟小朋友讲着心里话,深深地感染着小读者。

再次,她的散文还醉心于对大自然的描写,特别是对大海的描绘和歌颂。由于冰心受泰戈尔诗歌的影响,从小又生活在海边的烟台,因而在她的往事回忆中,在那些写给小读者的书信里,就留下了许多对大自然,尤其是对大海的讴歌的文字。如《往事(一)》中就充满着对大海的讴歌、对大自然的向往。这些优美动人的描写都与她过去

---

① 茅盾:《冰心论》,《文学》第 3 卷 2 号。

的记忆分不开。更为明显的是《寄小读者·通讯七》中，对赴美途中所见的大海美景的描写："这次出了吴淞口，一天的航程，一望无际尽是粼粼的微波，凉风习习，舟如在冰上行。到过了高丽界，海水竟似湖光，蓝极绿极，凝成一片，斜阳的金光，长蛇般自天边直接到栏旁人立处。上自穹苍，下至船前的水，自浅红至于深翠，幻成几十色，一层层，一片片的漾开来……小朋友，恨我不能画，文字竟是世界上最无用的东西，写不出这空灵的妙景"。

关于冰心散文的艺术表现，李素伯作过这样的概括：她"文字是那样的清新隽丽，笔调是那样轻倩灵活，充满着画意和诗情"[①]。清丽典雅的确是冰心散文独特的艺术风格，具体表现为三方面。

其一，浓烈的抒情。冰心的散文长于抒情，她面对父母、亲人和自己所热爱的小读者，总能真真切切地表达自己的内心世界，使文章具有浓郁的抒情性。这种抒情在她的抒情散文中很明显，如《寄小读者·通讯十》中有不少段落就是直抒胸臆，感情十分浓烈。在记人叙事、写景状物的散文中也是如此，如《寄小读者·通讯三》中，作者描写去国时的离别场面，就饱含着含蓄而浓烈的感情，作者这样写道：

> 火车还没有开行，小弟弟冰季到别临头，才知道难过，不住的牵着冰叔的衣袖，说："哥哥，我们回去罢。"他酸泪盈眸，远远的站着。我叫过他来，捧住了他的脸，我又无力的放下手来，他们便走了。——我们至终没有一句话。
>
> 慢慢的火车出了站，一边城墙，一边杨柳，从我眼前飞过。我心沉沉如死，倒觉得廓然，便拿起国语文学史来看，刚翻到"卿云烂兮"一段，忽然看见书页上的空白处写着几个大字："别忘了小小。"我的心忽然一酸，连忙抛了书，我到对面的椅子上坐下——这是冰季的笔迹啊！小弟弟，如何还困弄我于别离之后？

这两段短短的文字，既描写了姐弟俩离别的情景，又含蓄地在叙述中抒发了姐弟难舍难分的炽烈深情，情意融融，有着很强的艺术感染力。

其二，丰富的想象与联想。冰心的散文总是充满丰富的想象、自由的联想，其散文作品显露出一种轻倩活泼的艺术风格。如《往事(一)》，作者回忆了姐弟四人乘凉谈海的情景，其中有两段关于海的女神的描写文字极富想象力："杰两手抱膝凝听着，这时便用他最丰富的想象力，指点着说：'她……她住在灯塔的岛上，海霞是她的扇旗，海鸟

① 转引自朱金顺：《五四散文十家》，百花文艺出版社 1990 年 12 月版。

是她的侍从;夜里她曳着白衣蓝裳,头上插着新月的梳子,胸前挂着明星的璎珞,翩翩地飞行于海波之上……'楫忙问,'大风的时候呢?'杰道:'她驾着风车,狂飙疾转的在怒涛上驱走;她的长袖拂没了许多帆舟。下雨的时候,便是她忧愁了,落泪了,大海上一切都低头静默着。黄昏的时候,霞光灿然,便是她回波电笑,云发飘扬,丰神轻柔而潇洒……'"。这些文字,十分优美。作者用生动形象的笔墨轻倩灵活地描绘了海的女神的音容笑貌、喜怒哀乐,使整个描写具有一种灵活清秀的艺术效果。

其三,清丽典雅的文字。冰心散文的文字很美,没有多少欧化的影响,向来以秀丽著称。她写散文很少用典,叙事、描写、抒情都是明白、简洁的,连修辞也不多用,基本上是用白描手法写作。她的散文清新、秀丽,充满许多甜蜜的回忆,因而周作人说它"仿佛是鸭儿梨的样子,流丽轻脆"。她的散文还有典雅的特点,这种典雅的遣词造句得力于她深厚的古典文学修养。她那典雅的文字留有明显的旧体诗词的痕迹。这种语言特色在她的《往事》、《寄小读者》、《山中杂记》等散文集中是相当明显的。

第三节　周作人·林语堂

周作人和林语堂,都是由新文化运动的骁将、杰出的散文作家发展而成为性灵小品的旗帜人物的,虽然二者的艺术个性和文化品格并不相同。

周作人(1885～1967),原名櫆树,遐寿,字启孟,启明,号知堂,浙江绍兴人。

20 年代到 30 年代,是周作人散文创作的鼎盛期,特别是他那平和冲淡,舒缓自然,不藻饰,尚趣味,青涩中自饶机敏的艺术风采,使他赢得了散文大家的美誉。《自己的园地》、《雨天的书》、《谈龙集》、《泽泻集》等五部专集,标志着他创作的第一个阶段。这些被称为美文的艺术性散文作品,把西方的絮语、随笔让地道的东方情调浸润着,为 20 世纪中国现代散文作出了奠基性的贡献。1927 年到 1931 年,是他散文创作的第二个阶段,仅出了一本《看云集》,记录了他既要"苟全性命于乱世",又不能忘情于现实的心路历程。从 1932 年到附逆前夕,他尽量逃避现实,回避尖锐复杂的民族矛盾和阶级矛盾,推崇晚明小品、主张抒写性灵,表现自我,连续推出了《夜读抄》、《苦茶随笔》、《苦竹杂记》、《风雨谈》、《瓜豆集》等,这是他创作的第三个阶段。这个阶段的散文作品基本上保持着早期的艺术风格,其中也不乏《北平的春天》、《怀东京》、《东京的书店》等名篇,不过人生态度消极,甚至在《瓜豆集·题记》中埋怨自己"这 30 篇小文重阅一过,自已不禁叹息道，太积极了”。所以在总体上已经失去了早年的灵趣与韵致，是在走下坡路了[①]。

苦涩，这是周作人最基本的生命体悟，也是周作人散文最基本的文化品格，而他的悲剧或局限也正在于他终其一生没有超越苦涩，而完成自己的升华。周作人一开始就在创造高峰的同时创造着自己的冰谷。“塔”和“雨”是他苦涩灵魂的主体性意象，有着浓烈的东方情调。置身于20世纪东西方文化碰撞的历史大潮，面对中国传统文化自身裂变与认同过程中所表现出来的共时性、综合性特征，周作人没有走出他“自己的园地”，而是蜷缩在苦茶斋里不打算走出来[②]，这事实本身就具有时代的意义，很值得人们玩味。

人道主义的哲学观念、民主主义的政治观念和人的文学观念，构成了周作人的三大精神支柱，使他在“五四”新文化运动中所向披靡，发挥了重要的历史作用。但是，随着“五四”低潮期的到来，他很快就陷入了停顿。从1921年香山养病起，他就产生了宏观思想的混乱，说“我近来思想的动摇与混乱，可谓已至其极了，托尔斯泰的无我爱与尼采的超人，共产主义与善种学，耶佛孔老的教训与科学的例证，我都一样的喜欢尊重，却又不能调和统一起来，造成一条可以行的大路”(《山中杂信》之一)。1923年他这样写赠给诗人徐玉诺：“路的终点是死”、“我们——只想缓缓的走着，看沿路景色，听人家谈论，尽量的享受这些应得的苦和乐”，“至于路线如何”、“那有什么关系”(《寻路的人》)，虽说消沉却并不缺少执著与挣扎。但到了1925年，情况就不一样了。他“自认是引车卖浆之徒，却是要乱想的一种”、“没有象牙或牛角的塔”、“然而又有点怕累，怕挤，于是只好住在临街的塔里”(《十字街头的塔》)。到次年7月，又宣称心中有“两个鬼”：“其一是绅士鬼，其二是流氓鬼”，“两个鬼”“指挥”他“一切的言行”。他“对于两者都有点舍不得”，他“爱绅士的态度与流氓的精神”(《两个鬼》)。及至1927年为《泽泻集》作序时，便又这样写道：

戈尔特堡批评蔼理斯说，在他里面有一个叛徒与一个隐士，这句话说得最妙：并不是我想援蔼理斯以自重，我希望在我的趣味之文里也有叛徒活着。我毫不踌躇地将这册小集同样地荐于中国的叛徒与隐士们之前。

---

① 参见倪墨炎：《中国的叛徒与隐士周作人》，上海文艺出版社1991年版。

② 周作人：《五秩自寿诗》二首反复申说自己“半儒半释”，尾联有“旁人若问其中意，且到寒斋吃苦茶”之句。林语堂《和京兆布衣八道湾居士岂明老人五秩诗原韵》，也说他“织就语丝文似锦，吟成苦雨意如麻”。载1934年4月《人世间》创刊号。

他突破了彷徨与混乱，承认自己有着叛徒与隐士两个灵魂，终于在双重文化人格的定位中发现了“自己的园地”，而且充满着自我欣赏。现代隐士的周作人遂逐渐成为知堂老人的主导人格。他修正了自己的《人的文学》、《平民文学》和《思想革命》，把在辅仁大学的讲演整理成《中国新文学的源流》一书，于 1932 年 9 月正式出版，鼓吹“文学是无用的东西”、“没有多大的鼓动力量，也没有教训，只能令人聊以快意”；并用历史循环论来解释全部文学史只不过是“言道派”与“言志派”的交替反复而已，而晚明文学运动则是“五四”新文学运动的源头。这种悖于“时”和“势”之论引起了众议[①]。

叛徒与隐士的二重组合，构成了周作人散文的显著特点，即使是在推崇晚明小品，高张性灵之旗的 30 年代，也是如此，只不过轻重有所变化罢了。基于人道精神和社会正义，他总是关注妇女和儿童问题，同情被压迫者，反对封建伦常，提倡改造国民性，戟指时弊，批判黑暗，往往一针见血，也不乏勇猛和深度。比如《前门遇马队记》、《碰伤》、《人力车与斩决》、《论八股文》以及著名的“三赞”(《娼女礼赞》、《哑巴礼赞》、《麻醉礼赞》)之类，就是脍炙人口的佳作。尤其是在经历女师大事件、“三一八”惨案、“五卅”惨案、“四一二”政变和斥责日本《顺天时报》的斗争中，更表现得骁勇沉着，有活脱脱的“叛徒”精神。至于记叙故乡绍兴、北京和东京的乡风民俗，介绍品茶饮酒、听鸟谈鬼一类的小品随笔，却又是一个十足的现代隐士了，往往淡雅中透出闲适，朴拙中自饶清逸，娓娓道来，舒徐雍容，达到了炉火纯青的意境，历来为读者所叹赏。其中，《故乡的野菜》、《喑辞》、《乌篷船》、《菱角》、《夏夜梦》、《怀旧》、《初恋》、《北京的茶食》、《鸟声》、《喝茶》、《苍蝇》、《谈酒》、《苦雨》、《说知堂》等，更是交口称誉的名篇。试看：

> 喝茶当于瓦屋纸窗下，清泉绿茶，用素雅的陶瓷茶具，同二三人共饮，半日之闲，可抵十年的尘梦。喝茶之后，再去继续修各人的胜业，无论为名为利，都无不可，但偶然的片刻优游乃正亦断不可少。
>
> (《喝茶》)

> 你坐在船上，应该是游山的态度，看看四周物色，随处可见的山，岸旁的乌桕，河边的红蓼和白苹，渔舍，各式各样的桥，困倦的时候睡在舱中拿出随笔来看，或者冲一碗清茶喝喝。
>
> (《乌篷船》)

---

① 陈子展在《申报·自由谈》、《新语林》、《小品文和漫话》等书刊上撰文反驳；当时正在清华大学读书的钱钟书也连续发表书评，指责其偏谬和倒退。

确乎是善于简笔写意，淡墨传情，寥寥数语，似不经意为之，可那消闲的态度，出世的情绪，便已经满纸淋漓，具有浓郁的东方情调。

周作人论文，历来标榜“本色”。他认为本色最难，因为“本色可以拿得出去，必须本来的质地形色站得住脚”才行，“大约与煮酒焙茶相似，这个火候很是重要，才能使药材除去不要的分子而仍不失其本性，此手法如学得，真可通于文章事业矣”。所以，他斩钉截铁地说道：“写文章没有别的诀窍，只有一字曰简单。”(《本色》)所谓“简单”，也就是本色生香的美学境界。他始终坚持这样的艺术追求，对于任何矫情或者伪饰，包括因袭或仿作，都断然予以反对[①]。即使做“文抄公”，也要抄出自己的本色面孔来。当《雨天的书》出版不久，朱光潜就在《雨天的书》一文中特地指出：“这书的特质，第一是清，第二是冷，第三是简洁”，并说：“我们有许多简朴的古代伟大作家，最近我们有《雨天的书》——虽然这只是一种小品。”其实，岂止《雨天的书》是这样，整个的周作人又何尝不是“清”、“冷”而“简洁”呢？“清”，指他对人生定位，对文化情趣所抱有的确认乃至固执；“冷”，指他独踞十字街头的“雨塔”俯察世相万有的傲然与漠然；“简洁”，指他字无虚设的功力。这一切的综合，便造就了周作人其人其文的那独有的苦涩。

对于周作人的成就，包括鲁迅在内的许多新文化代表人物，都给予了相当高的评价。胡适早就说过：“这几年来，散文方面最可注意的发展乃是周作人等提倡的‘小品散文’。这一类的小品，用平淡的谈话，包藏着深刻的意味；有时很像笨拙，其实却是滑稽。这一类作品的成功，就可以彻底打破那‘美文不能用白话’的迷信了。”[②]而且，他所开拓的这条艺术路子影响也并不小，像俞平伯、废名、钟敬文等，就是接受他的熏染而卓然成家的。

林语堂(1895～1976)，原名和乐，后改为玉堂、语堂，福建龙溪人。

林语堂在20年代是《晨报副刊》与《语丝》周刊的主要撰稿人，后主持《论语》、《人世间》、《宇宙风》(与陶亢德、徐讦编)半月刊，提倡性灵小品。二三十年代，林语堂的主要散文创作有《剪拂集》、《大荒集》、《行素集》、《吾国与吾民》(一译为《吾土与吾民》)、《生活的艺术》(据《吾国与吾民》最后一章扩写而成)。

宣称“两脚踏中西文化，一心评宇宙文章”的林语堂自己讲过：“我的最大长处是对

---

① 周作人1925年8月1日，针对O·M编的《我们的六月》上金溟然的小说《“我来自东”》致俞平伯书云：“《‘我来自东’》最无聊，亦可说读之令人不快，因为全系仿郁达夫、张资平、郭沫若一流，我觉得凡仿都不佳，因即是假也……。”见孙玉蓉《周作人致俞平伯书信选注》，《新文学史料》1995年第1期。

② 胡适：《五十年来中国之文学》，《胡适文存二集》第2卷，上海亚东图书馆出版。

外国人讲中国文化，而对中国人讲外国文化。"(《林语堂自传》)他走的是一条综合东西方文化之路，力图在东西方文化之间寻找平衡点，摸索出融合东西方文化的综合模式。他取得了相当的成功。在西方读者的心目中，他是与辜鸿铭、梁漱溟鼎足而立的"东方哲人"，在华文世界里他又获得了"幽默大师"的雅号。

考察林语堂的一生，他综合东西方文化的实践可以 1936 年出国为标界，前期重在向中国读者输入西方文化观念，后期则重在向欧美读者宣扬道家哲学，意欲用老庄思想之"柔"来济西方文化之"刚"，使之臻于至美。他共写作英文著作 36 种，即小说、文学传记 10 种，散文集(含杂文)9 种，中国文学英译 7 种，各类学术著作 10 种，其中，"林氏三部曲"(《京华烟云》、《风声鹤唳》、《朱门》)、《苏东坡》、《吾国与吾民》、《生活的艺术》以及援庄解老的学术专著《老子的智慧》，更是举世公认的杰作，仅《生活的艺术》一书就被译为 12 种文字出版，仅在美国就再版 40 次以上。无怪乎美国《读者文摘》创办人德威特·华莱士要称颂他"是位多才多艺、成就非凡的伟人，是位使我们生活过得更丰富的国际文化人士"[①]了。

郁达夫论及林语堂前期散文创作时，有段话讲得相当中肯。他说："林语堂生性憨直，浑朴天真……《剪拂集》时代的真诚勇猛，是书生本色，至于近来耽溺风雅，提倡性灵，亦是时势使然，或可视为消极的反抗，有意的孤行。"林语堂一方面"反对道德因袭以及一切传统的拘谨"，一方面又跟周作人一样有一个"隐士"存在着。"他的幽默，是有牛油气的，并不是中国向来所固有的《笑林广记》"[②]。也就是说，林语堂以个人民主主义为武器来反对旧道德和旧传统，"真诚勇猛"则是其基本特征，此其一；其二，他经历了一个由反叛传统到提倡性灵、鼓吹幽默的变化过程；其三，林语堂的幽默是西式的而非本土的。

林语堂走了一条由反叛传统到复归传统的人文道路。开初，他在跟封建势力作斗争时确实是"真诚勇猛"。对于自己的"自由意识"和"个人意识"他非常得意，公然提出，欲救中国，"惟有爽爽快快讲欧化之一法而已"(《给玄同先生的信》)。在女师大风潮、"五卅"运动中坚决站在进步力量一边，连续写出《谬论的谬论》、《祝土匪》、《咏名流》、《丁在君的高调》等文章，表示"我所希望者在民众"。鲁迅关于批判"费厄泼赖"的观点，他立即表示接受，并连连发表《闲话与谣言》、《讨狗檄文》、《一封信》、《"发微"与"告密"》等文章，提出要来一个"打狗运动"。在《给孔祥熙部长的公开信》中，针对孔祥

① 林太乙:《我的父亲林语堂》，1991 年《青年文摘》第 6 期。
② 《中国新文学大系·散文二集·导言》第 16 页～17 页，1935 年上海良友图书公司出版。

熙所提出的祀孔读经主张提出质疑和指责。1928 年 12 月他在英文杂志《中国评论》周报上发表《鲁迅》一文，对鲁迅在“五四”新文化运动中的业绩和思想变迁深致敬意，对“四一二”后鲁迅的斗争精神与战斗艺术特加赞颂，誉鲁迅为“白象”，第一次比较正确地把鲁迅向外部世界作了介绍。但白色恐怖很快就让他选择了“介乎革命与反革命之间”的人生道路。于是，“性灵”和“幽默”被祭起来了，他在这里找到了属于自己的文化人格坐标。后来他自剖心迹，说道：“处此东西交汇青黄不接之时，融会古今，贯通中外，谈何容易？”“大家都是黄帝子孙，谁无种族观念？眼见国家事事不如人，胸中起了角斗。一面想见贤思齐，力图改革，一面又未能忘情固有文物，又求保守”（《今文八弊（上）》）。他的文章，写得明白，真诚，文白夹杂，时或正言若反，很富于幽默感。试比照：

> ……聪明糊涂，合一之论，极聪明之论也。仅见之吾国，吾未见之西方。此种崇拜糊涂主义，即道家思想，发源于老庄。老庄固古今天下第一等聪明人，《道德经》五千言亦世界第一等聪明哲学。然聪明至此，已近老猾巨奸之哲学。不为天下先，则永远打不倒，盖老猾巨奸之哲学无疑。盖中国人之聪明达到极点处，转而见出聪明之害，乃退而守愚藏拙以全其身。又因聪明绝顶，看破一切，知“为”与“不为”无别，与其为而无效，何如不为以养吾生。只因此一着，中国文明乃由动转入静，主退，主守，主安分，立知足，而成为重持久不重进取，重和让不重战争之文明。①
>
> ……被称为老子著作的《道德经》，其文学上之地位似不及“中国尼采”庄子，但是它蓄藏着更为精练的俏皮智慧之精髓。据我的估价，这一本著作是全世界文坛上最光辉灿烂的自保的阴谋哲学。……“以其不争，故天下莫能与之争。”尽我所知，老子是以浑浑噩噩藏拙蹈晦为人生战争利器的唯一学理，而此学理的本身，实为人类最高智慧之珍果。②
>
> 一面是批判国民性的“叛徒”，一面是颂扬老子智慧的“洋”隐士，二者共存于俏皮幽默的文字，都很真实。

“幽默”同林语堂有不解之缘。从 1924 年 5 月在《晨报副刊》发表《征译散文并提倡幽

① 《中国人之聪明》，1934 年 6 月《人间世》第 6 期。

② 《吾国与吾民》，中国戏剧出版社 1992 年版。

默》到1970年在第37届国际笔会发表演说，题目仍然是《论东西文化的幽默》。他把幽默引进到中国，一生鼓吹幽默，并且让“幽默”与“性灵”结缘，终于以“幽默大师”而驰誉世界。他说：“幽默只是一种态度，一种人生观”[①]。“幽默”并不是讽刺，是“温厚的”、“不会怒，只会笑”[②]。“提倡幽默，必先提倡解脱性灵，盖欲由性灵之解脱，由道理之参透，而求得幽默化。”[③]由此可见，林语堂所倡导的幽默，并不全属于美学范畴，它首先是一个人生态度问题。但是，在既要启蒙又要救亡的20年代和30年代，提倡为笑笑而笑笑，把幽默作为包医百病的灵丹妙药，就难免会“将粗犷的人心，磨得渐渐的平滑”[④]，由对社会的否定滑向对人生的消解了。在《生活的艺术》中，他以老庄的抱一守雌、避世养生等思想为基础，主张最大限度地享受生命，享受悠闲，享受大自然，享受家庭生活的快乐，享受旅行读书的趣味，等等。他把领悟这种生活的艺术者视为“对人生有一种鉴于明慧悟性上的达观者”，并说，这样的人只要具备“一种嬉戏的好奇心，一种梦想的能力，一种纠正这些梦想的幽默感，一种行为上任性的、不可测度的素质”，生活自然就会“艺术化”了。然而，他所谓生活的“艺术化”，不过是在幽默的人生态度、幽默的心境和幽默的技巧之消解下放弃对生存环境的正视罢了。

文化即命运。如果说周作人是在十字街头的“雨塔”中向着“半儒半释”归化，那么脚踏中西文化的林语堂，则是在道家思想和个人民主主义的互融互补中找到了自己的平衡。“五四”新文化运动猛烈地反叛传统，一代新的文化人应运而生，纷纷起来扫荡释道，构建新文学，结果留下一大片心理空间，而“科学”、“民主”又无法把它填满，于是，他们不得不开始新的寻觅或者认同。正是在这样的背景上，周作人和林语堂才造就了他们的人生和他们的散文。他们都为20世纪散文的艺术化作出了自己的贡献。

---

① 林语堂：《论幽默》，《行素集》，1934年时代图书公司出版。。

② 林语堂：《论幽默》，《行素集》，1934年时代图书公司出版。

③ 林语堂：《论文·下篇之三》，《大荒集》，1934年生活书店出版。

④ 鲁迅：《小品文的危机》，《鲁迅全集》第4卷，人民文学出版社1981年版。

第3编

文学民族意识与人民意识的张扬

（1937~1949）

第一章　文学的民族意识与人民意识

1937年到1949年间，中国先后经历了两次战争即抗日民族解放战争和人民解放战争，中国土地也就被分割成多种板块、多维空间。其中，主要有国统区、解放区、沦陷区及早已存在的港台地区。活跃其间的文学，自然也就称为国统区文学、解放区文学、沦陷区文学及港台地区文学。这些不同地区的中国广大文艺家，“在民族面前，空前的团结起来”[①]，结成了20世纪中国文学发展史上最广泛的文艺统一战线组织“文协”[②]。这些不同地区的中国广大文艺家，努力贴近现实社会人生，突进生活密林，强烈地感受着与把握着抗日民族解放战争与人民解放战争这一特殊时期的时代脉搏，个体解放与阶级解放的追求融于民族解放与人民解放的追求之中，民族意识与人民意识获得不同程度的张扬。由此，这些同一天宇下的不同地区的文学，构成为一个文学整体，共同支撑着这一时期的中国文学大厦。

第一节　现实主义和“主观论”讨论

八年抗日战争和三年人民解放战争，是中华民族与中国人民自救自强、自立自主从而屹立于世界民族之林的过程。投身于这一大时代洪流之中的中国广大文艺家，为着有助于民族解放与人民解放事业的顺利推进和文学自身的建设，对“文学和人的关系”进行了调整，多次自觉地开展了现实主义文学思想理论与文学创作问题的讨论，促进了20世纪中国现实主义文学思想理论的深入发展，并形成体系。以国统区文艺家

① 周恩来在“文协”成立大会上的讲话，见1938年3月28日《新华日报》文章《全国文艺界空前大团结》。

② “文协”全称为中华全国文艺界抗敌协会，1938年3月27日成立于武汉，翌年8月迁至重庆。广州、桂林、昆明、贵阳、成都、襄樊、延安、晋东南边区、香港等地先后成立了分会。1945年10月21日，易名为中国文艺界协会，亦简称“文协”，翌年6月迁至上海，重庆、北平、上海等地设有分会。

为主所进行的“暴露与讽刺”、“与抗战无关”、“民族文学运动”、“文艺政策”、“民族形式”、“主观论”的讨论，便是其重要的标志之一。这六次文艺问题的讨论，集中于一点即在民族意识与人民意识高扬氛围中，如何对待和构建现实主义文艺思想理论体系。

“暴露与讽刺”是现实主义理论中文学与现实社会人生关系的一项重要内容。1938年到1940年间的“暴露与讽刺”论争，是围绕张天翼的小说《华威先生》展开的。这篇小说塑造了一个只做“救亡要人”不做救亡实际工作、包而不办的“抗战官”华威形象，旨在暴露与讽刺抗战阵营中的黑暗面和剥蚀真正抗战力量的负面势力，显示出强烈的历史真实性与政治倾向性。这一具有主题题材的及时性与尖锐性的小说的问世，引起了广大文艺家的关注与热烈讨论。他们或认为“暴露与讽刺”有利于抗战；或认为“暴露与讽刺”有损争取抗战胜利的信心，且易滋误解；或认为“暴露与讽刺”的对象应是侵略者与汉奸，否则“足以引起一般人的失望、悲观、灰心、丧气”。通过论争，大大强化了广大文艺家对现实社会人生的认识与对现实主义创作原则的把握，几乎一致认同以《华威先生》为代表的文学创作方向，肯定“暴露与讽刺仍旧需要”。那么，文学创作如何去“暴露与讽刺”呢？讨论中涉及两个颇有深度的理论问题：一是典型问题，一是真实性与倾向性的统一问题。茅盾在《论加强批评工作》、《暴露与讽刺》等文章中，从文学与生活的密切关系及文学作品社会功能效应等角度，阐明了塑造典型人物和作家主观情感倾向对创作“暴露与讽刺”作品的重要意义。周行在《关于〈华威先生〉出国及创作方向问题》等文章中，从主观与客观的关系角度，强调在创作“暴露与讽刺”作品过程中，作家主观的决定作用：向生活肉搏，不旁观，不浅尝辄止；作主体的把握与批判；从黑暗中看出光明。同时，他还认为，应究明暴露对象产生的根源，加深与光明的对照。这些具有一定深度的现实主义理论见解，不仅回答了《华威先生》问世后引出的两个主要问题即它是否有损于抗战，是否会使读者悲观丧气，填补了怀疑乃至反对《华威先生》这一创作方向的人“足供藉口”而留下的理论空隙，也有力地引导了这一时期的文学创作沿着民族解放与人民解放的政治方向和开放的现实主义道路纵深发展。

文学与政治的关系，是在20世纪中国文学现实主义思想理论论争中，多次论及的问题。1938年12月到1939年间，围绕“与抗战无关”论展开的论争，便是这一时期文学与政治的关系的一场论争。文学与政治的关系，在这一时期就是文学与民族解放、人民解放战争的关系，即与之结合，为其服务。这是这一时期中国文学别无他途的自觉选择。因为“民族的命运，也将是文艺的命运”[①]。但是，就在这一文艺大潮形成之

① 茅盾等97人署名的《中华全国文艺界抗敌协会发起旨趣》，《自由中国》创刊号。

际，梁实秋从自由主义文艺观与纯正文学本体论出发，在其主编的《中央日报》副刊《平明》上发表的《编者的话》、《"与抗战无关"》、《梁实秋告辞》等文章中，提出并坚持文学可以写"与抗战无关的材料"的主张。与此同时成都、昆明、上海"孤岛"等地也出现了类似的文学意见。这一易于产生误导效应的文学主张，在文艺界引起广泛而强烈的反响，一时间形成批判浪潮。国统区、解放区、沦陷区及香港等地的文艺家茅盾、老舍、胡风、罗荪、张天翼、宋之的、魏猛克、沈起予、金满成、陈白尘、黄芝冈、潘孑农、张恨水、何酩生、巴人等人，纷纷著文批驳。他们或指出：现实生活既以民族解放战争为轴心而旋转，文艺家的创作对象和创作态度就无法不在某一限度上和战争相关了。战争的命运规定每一个中国人的命运，战争要求于文学的是打退一切反战争的甚至与战争游离的主题。或由此而责问梁实秋：不叫人把抗战文学写好，反叫人写点不抗战的文学，是何缘由？或严厉指出其危害性：破坏抗战以来一致对外之文风，有阻抗战文学之发展，关系甚重。这场文艺论争的发生及其得失，胡风在《民族革命战争与文艺》一文中有过简要而中肯的论述，他说：战争以来，由于政治任务过于急迫和作家自己过于兴奋，文学作品的公式化或概念化倾向滋长了。但有人却以为作家一和政治任务结合，只会写出"抗战八股"，倒不如写些"与抗战无关"的"轻松"作品。这一理论马上受到批评，而且败退了，但问题的解决却不能不是对引起这种歪曲反应倾向的反拨乃至克服。

1940 年到 1943 年间，围绕"民族文学运动"展开的论争，是这一时期文艺与政治的关系的又一场重要论争。"民族文学运动"的主要倡导者陈铨和林同济，在其编辑的《战国策》杂志与重庆版《大公报》副刊《战国》上，发表了一系列文章，宣传民族主义，高张民族文学大旗，以期增强民族自信心，实现民族复兴之目的。他们认为：民族主义是一种社会现象与政治主张，其职能是"个人意志的伸张"与"政治组织的加强"两个矛盾潮流之间的桥梁与调解人，使"人们牺牲小我，顾全大我，牺牲个人，保卫国家"[①]。他们根据这一民族主义政治观，认定第二次世界大战是"大战国时期"，置身于这一时期的中国，欲取得胜利，必须"以战为中心"、"一切皆战，一切为战"[②]，必须"与乎于'力'之组织，'力'之驯服，'力'之运用"[③]，必须奉行"民族至上，国家至上之主旨"，"一切政论及其文艺哲学作品，皆不离此旨"[④]。陈铨在《民族文学运动试论》一文中，说得已甚明白，他说：要完成这一政治任务，需要文艺来帮忙，民族文学运动即为此应运而生。

---

① 林同济：《民族主义与二十世纪》，《战国》第 29 期。

② 林同济：《战国时代的重演》，《战国策》第 1 期。

③ 林同济：《力》，《战国策》第 2 期。

④ 《战国策》社《本刊启事》，《战国策》第 2 期。

林同济在《寄语中国艺术人》一文中,反复哀告"弟兄们"写"恐怖"、"狂欢"、"虔恪"三道"母题",意在表达一个意思即"把整个生命无条件地交出来在兢兢待命之中,严肃屏息崇拜""领袖"。陈铨的《野玫瑰》、《蓝蝴蝶》、《金指环》等多幕剧作中的主人公,个个都是"牺牲自己来帮助领袖完成伟大的事业"的"英雄"。这一"唯实政治"与"尚力政治"观和文学观及文学作品,自然为当时国统区和解放区众多文艺家所不容而受到严厉批判。茅盾在《时代错误》一文中,指出他们"犯了时代错误",代表了一种危险的倾向。汉夫在《"战国"派的法西斯实质》等文章中,认为他们的"立场和精神完全是希特勒的法西斯侵略主义的应声虫"。欧阳凡海在《什么是"战国"派的文艺》一文中,认为他们的文艺理论"实质上是反理性的法西斯主义的另一种说法"。颜翰彤在《读〈野玫瑰〉》一文中,认为这部剧作美化了汉奸,宣传了法西斯的"力",是抗战以来最坏的一部剧本。这场着眼于政治的"民族文学运动"论战,实质上是两种不同的民族意识的论战,两种不同的民族复兴之路的论战,其政治意义远远超过文学意义。

发生于1942年到1943年间的"文艺政策"论战,是一场政治性、党派性、阶级性更为浓烈的文艺与政治的关系的一场论战。李辰冬起草、戴季陶和陈果夫"详细订正"、张道藩署名发表的《我们所需要的文艺政策》一文与国民党五届十一中全会通过的《文化运动纲领》,体现出国民党当局文艺思想理论的体系化与法典化。这一"文艺政策"规定"三民主义"为"文艺所要表现的意识形态","国家至上,民族至上"为文艺的服务对象;规定文艺不得去写社会黑暗、不得挑拨阶级仇恨、不得带悲观色彩、不表现浪漫情调、不写无意义作品、不表现不正确意识,而"要写统治阶级、资本阶级、地主阶级、工人阶级、农民阶级"的"仁爱和平"。为着扩大这一"文艺政策"的影响,潘公展召开文艺政策座谈会,《文化先锋》与《文艺先锋》两家杂志辟"文艺政策讨论特辑",称赞"文艺政策"的提出"实为当务之急",必须作为"全国文艺家创作的指南针"、"写作标准"与"写作依据",以"纠正共产主义左倾,负担'建设感情'的任务"。与此同时,国民党当局为配合这一文艺政策的推行,还大肆查禁与销毁进步书刊。据统计,仅重庆一地,1942年到1943年间,就有1400余种书刊不准出版发行,1943年就有116种剧目不准上演,1942年就销毁了包括《茅盾自选集》在内的1242册图书。可见,这一文艺政策实为当局推行的文化专制主义的构成部分,它遏制了进步文艺事业的健康发展。文艺界对官方的这一文艺政策的抵制与批判,主要采取迂回曲折的方式①。他们或借文艺政

① 1942年9月27日,《新华日报》发表苏黎的文章《鸵鸟》,直接斥责这一文艺政策为"鸵鸟主义",其目的是"置文艺于死境"。这样的批判文章,其时尚属少见。

策讨论中梁实秋、沈从文发的微词，指出官方用一种制度来限制作品必然得不到好结果，表示“始终反对任何法西斯主义性质的对文艺的干涉”；或在鲁迅纪念会与茅盾、老舍、张恨水等人祝寿活动中，指责只准歌颂不许暴露的文艺政策是一种怪论，如果让其发展下去，必然会是非不分、曲直不明，阻碍文艺发展，并表示要冲破文化专制主义与文艺政策的禁令，大胆看取社会人生，暴露黑暗，呼喊民主自由。这场论争，是进步文艺争生存、争自由发展的论争。

“民族形式”讨论，是本时期现实主义文艺思想理论论争中最具理论价值与文学意义的一场论争，它关涉着20世纪中国文学“民族化”与“现代化”相结合的发展路向。1937年到1940年间，解放区、国统区、香港等地的中国文艺家，在民族意识与人民意识空前激发的氛围中，接受毛泽东关于“民族形式”论述给予的启迪和“苏联方面的示唆”①，所展开的“民族形式”讨论，将30年代文艺大众化讨论推进到民族形式讨论的新阶段。这场“民族形式”讨论的焦点“民族形式的中心源泉”问题，虽然是“只偏于一局部的问题”②，然而却包含着文艺家们对建立“民族形式”的途径所作的多种设想和全心力投入。其中，有三种意见具有代表性。一是在民族形式的三个源泉——“民间文艺形式的批判的运用”、“新兴文艺大众化传统的批判的继承”、“世界文学的批判的移植”中，应以“民间文艺形式的批判的运用为缔造民族形式的中心源泉或主导契机”③。二是认为，民族形式的“中心源泉”或“主导契机”，应在于“我们的科学的世界观和我们的现实主义的创作方法”④，以及“继续了五四以来新文学艰苦斗争的道路，更坚决地站在已经获得的劳绩上，来完成表现我们新思想新感情的新形式——民族形式”⑤。三是认为，应以现今新文艺已经达到的成绩为基础，加强吸收历史优秀文学遗产、民间文艺的优良成分以及外国文学精华⑥。尤其是，郭沫若、茅盾、胡风等人对“民族形式”的建立问题，作了更为冷静而深入的思考与阐释。郭沫若在《“民族形式”的商兑》一文中，认为“民间文艺”是“民族形式”的中心源泉的说法是“不正确的”，而认为“民族形式”的中心源泉“毫无可议的，是现实生活”，并呼吁文艺家们从现实生活中吸取创作源泉，用陶冶过的民众语言，写民众的生活、要求与使命。茅盾在《旧形式·民间形式与民族形式》一文中，批评了不正确的“民族形式中心源泉”论，指出“民族形式

---

① 郭沫若：《“民族形式”商兑》，重庆版《大公报》1940年6月9日、10日。

② 罗荪：《文艺的民族形式问题座谈会·开场白》，《文学月报》第1卷第5期。

③ 向林冰：《民族形式的三个源泉及其从属关系》，《新蜀报》1940年7月9日。

④ 葛一虹：《民族遗产与人类遗产》，《文学月报》第1卷第3期。

⑤ 葛一虹：《民族形式的中心源泉是在所谓“民间形式”吗？》，《新蜀报》1940年4月10日。

⑥ 以群在《新华日报·文艺之页》召开的“民族形式”座谈会上的发言，《新华日报》，1940年7月4日、5日。

的建立,是一件艰巨而久长的工作,要吸收过去民族文化的优秀的传统,更要学习外国古典文艺以及新现实主义的伟大作品的典范,要继续发展五四以来的优良作风,更要深入今日的民族现实,提炼熔铸其新鲜活泼的质素”。胡风在《论民族形式问题底提出和论争》及《论民族形式问题的实践意义》等文章中,从文艺的实际发展过程与文艺的现实斗争情势上分析和批评了民族形式论争中出现的种种问题,并提出了建立民族形式的主张,认为:“以现实主义的五四传统为基础,一方面在对象上更深刻地通过活的面貌把握民族的现实,一方面在方法上加强接受国际革命文艺的经验,这才能够创造为了反映‘新民主主义的内容’的‘民族形式’。”这场“民族形式”讨论,虽然未能构建起比较系统的民族形式理论框架,然而却反映出中国文艺家们在民族解放战争时代洪流中,呼唤民族意识与民族文学回归,促使20世纪中国文学在“现代化”与“民族化”相结合的道路上向前发展所表现出的真诚,填补了二三十年代文学与民族传统文学表层断裂而造成的鸿沟。从这一角度说,“民族形式”讨论的意义是不可低估的。

“主观论”是胡风在民族意识与人民意识激发和高扬时期构建的一种现实主义文艺思想理论体系。其核心是强调在现实主义文学创作过程中,作家的“主观战斗精神”、“战斗要求”和“人格力量”的能动性与自主性。胡风这一文艺思想理论孕育、萌发于30年代左翼文坛,形成于本时期现实主义文学创作和现实主义文艺理论的论争过程。《民族革命战争与文艺》、《关于创作的二三感想》、《文艺工作底发展及其努力方向》、《置身在民主的斗争里面》、《论现实主义的道路》等文章,体现出胡风的“主观论”的基本内容,概括起来有这么几点。

第一,文艺与生活的关系。他认为现实生活是产生文学的土壤,文学是生活现实或生活要求的反映。

第二,作家与生活的关系。他认为作家不能脱离现实生活基础,作家与生活结合,才能使主观精神与客观精神彼此融合,彼此渗透,作家的精神力量与战斗要求才能得到培养与形成。

第三,文学创作过程问题。他认为文学创作应写真实的人、活的人,应写灰色人生战场上人民的负担、觉醒、潜力、愿望与夺生路这个火热而坚强的主观的思想要求。同时,文学创作过程是从对于血肉现实人生的搏斗开始的,这种搏斗是对对象的摄取过程、批判过程,其中包含了作家不断的自我扩张与自我斗争。作家写的人,是通过作家自己的情感去体验过的人,人物的情感是作家情感的外化。他认为这是创作的源泉。

第四,文学批评问题。他认为:(1)文学批评是创作实践过程或实践内容的反映,同时又对创作实践起指导作用;(2)批评家应深入作家的创作心理过程,但不一定要和作家共鸣，反而更多地向作家反抗；(3)文学批评的对象是作品，是文学现象；(4)文学批评的任务，是对于落后心理意识及其美学特征的批评和对于进步心理意识及其美学特征的张扬，对于旧生活传统及其美学传统的反抗与摧毁和对于新生活的萌芽及其美学特征的发现与养成，其重心是向着广大人民与进步读者，开拓思想方向、建立思想影响、培养健康的文艺欣赏力量，批评家与作家协力地发掘和改造时代精神；(5)批评家应是认真的生活者，积极的战斗者，一代精神战士。

第五，关于公式主义与客观主义问题。他认为这两种创作倾向在20世纪中国文学中由来已久，成为中国文学发展的障碍。因此，他执著地批判这两种创作倾向。

以上五项内容的关节点，是生活实践与主观战斗精神、战斗要求与人格力量。胡风这一体系化的文艺思想理论是20世纪中国文学现实主义创作原则中的一种重要的理论形态，获得了一批文艺家的认同与接纳，产生了重大影响。胡风也用这一思想理论原则为尺子，批评一切文学创作与文学现象，其中也就难免不出现失误，比如把茅盾、沙汀等作家的作品视为客观主义标本而加以批判，致使其思想理论呈现出偏狭性与教条主义色彩。同时，胡风这一文艺思想理论与当时国统区文艺界正在学习的毛泽东的《在延安文艺座谈会上的讲话》，存在着较大分歧乃至抵触。比如，胡风较少正面论及文艺"为广大人民服务，首先为工农兵服务"这一无产阶级文艺新方向；较少论及文艺工作者深入生活改造思想而主要讲通过生活实践与主观精神的双向活动达到唯物主义认识论的高度，反对善男信女忏悔式的改造思想；强调写民众的精神奴役创伤，而不讲表现民众的美德。这种表层的分歧，包含着一种深层的分野：一个是从政治角度来谈文艺、来规范文艺；一个是从文艺角度来谈文艺干预政治。正是这种分歧与抵触，引发了一场时间较长而又尖锐复杂的论争与批判。

1944年后，对"主观论"的讨论与批判逐渐开展起来。黄药眠首起批评"主观论"。他在《读了〈文艺工作底发展及其努力方向〉》一文中，认为胡风思考问题的方法是从概念到概念，"不是从实际的生活里面得出来的结论，而是观念的预先想好来加在现实与运动上的公式"。这实际上是认为"主观论"是先验的唯心主义。1945年冬，国统区文艺界学习毛泽东《在延安文艺座谈会上的讲话》反思国统区文艺运动时，对"主观论"同调者舒芜与王戎的文艺观点进行公开批评。舒芜《论主观》一文得到胡风的重视，评价甚高，认为"《论主观》是再提出了一个问题，一个使中华民族求新生的斗争会受影响的问题。"[①]黄药眠针对舒芜的文章写了《论约瑟夫的外套》一文，认为舒芜的观点是"最

① 胡风：《希望·编后记》，《希望》创刊号。

典型的唯心论”。邵荃麟针对王戎的观点，在《略论文艺的政治倾向》一文中，认为“离开主观精神的社会基础，去强调主观精神与客观事物的紧密结合，可能使我们走到超阶级超社会的唯心论泥沼中去。”何其芳在《关于现实主义》一文中，认为现实主义要向前发展，并不是简单地强调什么“主观精神和客观事物的紧密的结合”，而必须强调与人民结合，到人民大众中去；简单地强调“主观精神的燃烧”、“搏斗和冲刺”，有时可能是与人民大众相违背的。对于这些批评文字，胡风及其同调者在《希望》、《泥土》、《呼吸》等刊物上，发表文章予以反批评，其中夹杂着一些非学术意识与情绪。1948 年，邵荃麟等人在香港对胡风“主观论”进行了集中的批判。邵荃麟在《论主观问题》一文中，认为“无论从哲学观点或文艺观点上，我们都可以看出主观论者理论的一个根本错误，即是他们把历史唯物论中最主要的部分——社会物质生活的关系忽略了。因此也把马克思学说最精彩的部分——阶级斗争的理论忽略了。”这“和马列主义与毛泽东文艺思想是相矛盾的”。邵荃麟执笔的香港文艺界同仁的文章《对于当前文艺运动的意见》，更一致认为，当时文艺运动的主要倾向是强调所谓文艺的生命力和作家个人的人格力量，这实际上是个人主义意识的一种强烈表现，是向唯心主义发展的一种倾向。

胡风的“主观论”，在 20 世纪中国文学发展过程中第一次强调与肯定文学创作过程中作家主体的能动作用与自主性，这对于促使“文学和人的关系”倾向于“内化”，具有不可低估的意义。围绕“主观论”展开的历时 5 年之久的这场论争，就“主观论”批评者一方而言，基本上着眼于哲学的政治学的社会学的层面，倾斜于“文学和人的关系”的“外化”，认为强调与肯定了创作主体的能动作用和自主性就会滑向唯心主义泥淖或就是唯心主义倾向。因此，“主观论”者和“主观论”批评者的分歧，是“文学和人的关系”同一大框架内的现实主义的两种思想理论体系的分歧与碰撞。这两种理论体系，应该说具有较强的互补性。如果说，这两种理论体系实现了互补，无疑有利于“文学和人的关系”由“外”向“内”、由“内”向“外”，“内”“外”融合健康发展。但是，“主观论”这一理论体系却日益被视为异端邪说，大加排击。当时的这两种理论体系的分歧与碰撞，在 50 年代至 70 年代的文学发展过程中，延绵不断，特别是唯政治的导向，致使“文学和人的关系”趋于政治层面之极限。

此外，还有三次论争，需要论及，那就是王实味批判、自由主义文学观批判、萧军批判。

王实味批判，应当说是无产阶级文学内部的一场论争，然而却作为了“敌我矛盾”来处理，作为了纯洁无产阶级文学队伍的清洗工作来查办。

王实味在延安中央研究院从事马列著作翻译工作。他凭自己对马列著作的理解和对延安现实状况以及文艺状况的感受、体验、认识，在毛泽东作《整顿党的作风》和《反对党八股》的整风报告之后，连续撰写并发表了《政治家·艺术家》、《野百合花》两篇文章。这两篇文章，表明了王实味当时的社会观与文艺观。他认为延安当时的社会状况是不好的，延安歌舞升平气象与前线"我们亲爱的同志们在血泊中倒下"，"太不和谐"；他认为延安领导与群众之间缺乏"同志之爱"，"天下乌鸦一般黑"，"'大头子'是这样，'小头子'也是这样"；他认为延安"衣分三色，食分五等"，"不见得必要与合理"。他指认这些就是延安现存的黑暗，并提出应当去防止黑暗的产生，消灭黑暗的滋长。在文艺方面，他认为文艺家的职能偏重于人的灵魂的改造，由人的灵魂的改造进而及于社会改造。因此，文艺与政治的结合，只有通过人的灵魂的改造来服务于民族战争。文艺家要能够担当起这一职能，就必须首先净化自己的灵魂，成为人类灵魂的工程师。文艺的批判功能，应包括对社会黑暗的批判和人的灵魂里的"黑暗"的批判。这些，便是王实味其时社会观与文艺观的主要内容。王实味这样的社会观与文艺观在其时的延安绝非个案，而有相当广泛的代表性。丁玲、萧军、艾青、罗烽、舒群、白朗等人都先后发表了思路及观点几乎与王实味一致的文章。丁玲有《我们需要杂文》、《三八节有感》、《什么样的问题在文艺小组中》，萧军有《杂文还废不得说》、《也算试笔》、《论同志之"爱"与"耐"》，艾青有《了解作家，尊重作家》、《坪上散步》、《我对于目前文艺上几个问题的意见》，罗烽有《还是杂文时代》、《嚣张录》，等等。还有延安的墙报《轻骑队》、西北局的墙报《西北风》、三边的墙报《驼铃》所发表的文章。所有这些文章，对延安现实社会予以"揭蔽"，要求生活中多些民主自由，要求文艺创作中多些自由独立的精神。这样的观点，较之于王实味的观点，应该说更具敏感性，自然也更具文学创作价值意义。于是一时间，就形成了一种令人瞩目的消解其时主流话语的倾向。这种倾向，应当说是其时抗日民主根据地文艺家们的清醒的标志，是抗日民主根据地文艺家们对于文艺与政治的关系的自觉调整，是对抗战文学创作中存在的公式化与概念化现象的有力反拨，是对盲目乐观与廉价颂扬而对民族自身怠慢的文艺现象的反叛。但是，这一有利于文艺家们正确认识现实社会和现实主义文学深化的文艺倾向，却受到了猛烈的批判。

王实味批判，始于中共中央最高层。毛泽东看了王实味的《野百合花》一文后，十分气愤，"曾猛拍办公桌上的报纸，厉声问道：这是王实味挂帅，还是马克思挂帅？"[①] 4月初，中央召开高级干部学习会，对王实味的《野百合花》和丁玲的《三八节有感》进

① 转引自李书磊：《走向民间》，山东教育出版社1998年版。

行批评。毛泽东出席会议，并作总结讲话。在谈到丁玲与王实味问题时，毛泽东说："丁玲和王实味不一样，丁玲是同志，王实味是托派！"[①]于是，王实味的问题，从一开始就被定为"敌我"问题。5月，毛泽东在延安文艺界整风会上作了讲话，王实味所在单位中央研究院和延安文艺界，对王实味进行了集中批判，扣上"反革命托派奸细分子"、"暗藏"的"国民党探子特务"、"反党五人集团成员"三大罪名与帽子，并于10月23日，中央研究院党委作出开除王实味党籍的决定。王实味被逮捕入狱。周扬、丁玲、艾青等人，本着一位无产阶级文艺战士应有的政治立场与政治态度，著文批判。所有批判文章，无一例外地都是以政治批判代替文艺论争，把对社会人生的认识分歧与文艺观点的分歧，统统视为政治的阶级的敌对异已而大加挞伐。这种因思想认识分歧与文艺观的分歧，而由中共中央最高领袖发话或指示而演绎成政治立场与政治目的的追究，以致打倒，形成一种批判模式，一直通向20世纪50～70年代的中国当代文学批评过程之中。1958年2月《文艺报》推出"再批判"特辑，内中刊有王实味的《野百合花》、丁玲的《三八节有感》、萧军的《论同志之"爱"与"耐"》、罗烽的《还是杂文时代》、艾青的《尊重作家，了解作家》，毛泽东特为其写编者按，指认这些文章是"反党反人民"的，这就再次掀起了大批判的潮流。

王实味蒙冤半个世纪后的1991年2月7日，中华人民共和国公安部作出《关于对王实味同志托派问题的审查决定》，王实味的沉冤才得以昭雪。

无产阶级文学与自由主义文学的论争，从20年代就开始了。1923年前后早期共产党人的"革命文学"主张，在一定程度上是有感于自由主义文学主张而发的；"语丝"派与"现代评论"派论争也带有这一性质；至于30年代的与"自由人""第三种人"论争更是如此；30年代末与40年代初的"与抗战无关论"论争，自然也不例外。可以说，无产阶级文学与自由主义文学的论争，贯穿于五四以来中国新文学的始终。

1946～1948年间，沈从文、朱光潜、萧乾等人，一方面在大学教书，一方面编刊物撰写文章与作品，宣传他们膨胀了的既存的自由主义政治观与自由主义文学观。

沈从文认为："一个国家的真正进步，实奠基于吃政治饭的越来越少，而知识和理性的完全抬头。"于是，他对国共内战，表示强烈不满，认为这是玩火，"玩火者的结果常是烧死他人时，也同时烧毁了自己"。在他看来，只有用"爱和合作"方式，"一个国家新生、进步、繁荣"，才会"慢慢来到人间"。[②] 在文学观上，沈从文反复强调文学的"独

---

① 转引自李书磊：《走向民间》，山东教育出版社1998年版。

② 沈从文：《〈文学周刊〉编者言》，天津《益世报·文学周刊》第11期，1946年10月20日。

立”、“自由”、“尊严”，反对任何政治干预文学。① 沈从文还先后在回答记者采访中，以郭沫若、丁玲、何其芳为例，从反面说明文学与政治的不相容。

朱光潜在《苏格拉底在中国》一文中，发表了与沈从文相同的政治见解，而且认为国共内战是“用私心，逞意气，打过来，打过去”，“都不体念人民的痛苦”。朱光潜还在《自由分子与民主政治》一文中，认定“在三十乃至五十年底未来，中国真正的民意还要藉社会上少数优秀的自由分子去形成，去表现。”朱光潜在《谈群众培养怯懦与凶残》一文中，认为上海的学潮与工潮是少数人暗中操纵的，“走底是疯狂、遗恨浮躁与怯懦的路。回头是岸，让我们祷祝卷在潮流中底人们趁早觉醒”。1947 年 6 月，朱光潜复刊《文学杂志》，祭起“纯正文艺”和“自由主义文学”的旗帜。他在《自由主义与文艺》一文中，认为文艺纯粹是作家个人心灵的体现，同社会、阶级无关，反对文艺以外的某种力量奴使文艺，强迫文艺走这个方向不走那个方向。他在《现代中国文学》一文中，说 30 年代“左联”是宗派主义团体，把“不入伙的作者们于是尽被编入‘右派’队伍”，左翼作家“只有理论而无作品”。

萧乾是“中国社会经济研究会”的发起人之一，并参与宣扬走“中间路线”刊物《新路周刊》的编务，还为上海《大公报》写社评。1947 年 5 月 5 日社评《中国文艺往哪里走?》中，公开表示“我们希望政治上走民主大道，我们对于文坛也寄以民主的期望”。“文艺”绝不宜受党派风气的左右，应把文艺“一律交给自由主义者”。

沈从文、朱光潜、萧乾掀起的自由主义思潮，一是处于国共两党决战和中国人民解放战争即将胜利之际，二是囿于 30 年代开始就有的一直未消除的宿怨，三是他们言说的政治观与文艺观特别鲜明与突出，因而论争也就十分尖锐激烈。

上海文化文学界于 1946 年 12 月～1947 年 2 月开展了对沈从文的批判。史靖清算沈从文在抗战中的表现，说：“不仅在积极地帮凶，而且消极地一字一句的都在宽恕和抵消反动者的罪过。”上海《新文化》、《文萃》、《新民晚报》、《文汇报》发表多篇文章批判沈从文自由主义政治思想与文艺思想。其中，郭沫若与林默涵的批判文章，“火药味”最浓。郭沫若在《新缪司九神礼赞》与《人民至上主义的文艺》等文章中，不仅对沈从文《从现实学习》一文予以挖苦嘲讽，而且称他 1943 年写的小说《看虹录》与《摘星录》是“堕落”的文学作品。他写道：“旧式的《剧秦美新》是堕落，新式的《看虹》、《摘星》是更悲惨的堕落。那样的作品虽然冒充过或冒充着‘纯文艺’的佳名，其实那是最混杂的排泄，不必说到纯不纯，根本就不是文艺。”林默涵也针对沈从文的《从现实学习》一

① 沈从文：《从现实学习》，天津《大公报》1946 年 11 月 10 日。

文而发表了《"清高"与"寂寞"》一文予以批判。

囿于政治因素，这场批判于1948年初由上海转移到了香港。郭沫若、林默涵、邵荃麟、冯乃超等人，以香港《华商报》与《大众文艺丛刊》等报纸刊物为新的阵地，向沈从文、朱光潜、萧乾发起了言词更为激烈、用语更为极端的批判。1948年3月3日，《华商报》主持召开了"'和谈'阴谋与'自由主义'"座谈会。与会的沈钧儒、郭沫若、邓初民、邵荃麟等人纷纷发言，认为自由主义知识分子掀起的"自由主义运动"是国民党当局"和平攻势"的组成部分，是"美蒋"一手策动；其中一些自由主义知识分子是"美蒋"的"尾巴"与"马前卒"，干的是"挂羊头卖狗肉的勾当"。同年3月15、16日《华商报》连续刊登了郭沫若、茅盾、蒯伯赞等人专题批判"中国社会经济研究会"的文章。认为，该团体及"第三方面"势力的出现有其深刻的政治背景与阶级根源，且具有极强的欺骗性与虚伪性，呼吁该团体的人"悬崖勒马""早点退出"。邵荃麟于1948年2月2日在《华商报》上发表文章《二丑与小丑之间——看沈从文的"新希望"》，批判沈从文1947年10月21日发表在《益世报》上的《一种新希望》，认为，沈从文在"自由主义运动"中"不过是扮演一个二丑以下的角色。但是由于他技术的低劣，却反而更清楚地暴露出他们的嘴脸了"。《大众文艺丛刊》先后发表了郭沫若的《斥反动文艺》、冯乃超的《略评沈从文的"熊公馆"》、邵荃麟的《朱光潜的怯懦与凶残》、绀弩的《有奶就是娘与干妈妈主义》，对沈从文等人形成"围歼"之势。郭沫若认为沈从文是"桃红色"作家，其《看云录》与《摘星录》是"作文字上的裸体画，甚至写文字上的春宫"。冯乃超认为"沈从文是地主阶级的弄臣"，他写《芷江县的熊公馆》是"为了慰娱他没落的主子"，"正是今天中国典型的地主阶级的文艺，也是最反动的文艺。"邵荃麟认为朱光潜是"装着一副正人君子的脸孔，摆着大学院长的身份，在你毛笔管下飕飕的闪出残忍的杀机，这正是你们御用文人们杀人不见血的最恶毒地方。"郭沫若在《一年来中国文艺运动及其趋向》一文中，认为萧乾比易君左还坏，"他们有钱有地盘，更有原脸皮"，并声言"硬是要打击他们才行"。聂绀弩认为："萧乾先生的见解是反民主的，同时也是反民族的。他的理想政治，是美国帝国主义到中国来建立开明专制政府。就他的论据，用一句话概括，就是有奶便是娘与干妈妈主义。"邵荃麟执笔拟写的《对于当前文艺运动的意见》一文，集中批判了沈从文、朱光潜、萧乾的政治观与文艺观，认为他们的"共同目的，即是企图掩盖今天统治阶级崩溃的命运，麻醉人民的反抗意识"。

这些批判文字，如像一根根大棒，直接打在了沈从文们的头上。对他们的言说，不加分析地一概加以排击，使他们随着时间的推移而失却还手之力。应该说，沈从文们的言说，虽然是"背时"的，然而其中含有许多于人的生存发展与文学的生存发展颇有价值的元素却一起被"倒掉"了。这不能不说是一种历史的误认误判而留下的深深遗憾，而且大大损伤了沈从文们的文学创作才能与欲望。这种无限"上纲上线"的政治批判，也为20世纪50～70年代人民共和国文化文学界形成的以政治斗争代替文艺论争格局提供了一定的准备。

萧军批判，本应是无产阶级文化界内部的又一场论争，然而也因"断章取义"、"无限上纲"而作为了"敌我"问题来处理。这场批判发生于1947～1949年的东北解放区文艺界。

萧军批判，事实上是王实味批判的延伸。批判王实味时，萧军算是逃过了一劫。但是，他只能逃过一次，而未能逃过第二次。他受到批判是注定了的，只是时间早迟而已。

随着人民解放战争的行进，萧军于1946年9月23日回到了阔别12年的哈尔滨。他在中共中央东北局的支持下，于1947年5月4日创办了《文化报》。他以《文化报》为阵地，先后发表了《新年献词》、《丑角杂谈》、《三周年"八一五"和第六次劳动"全代会"》、《抚今追昔录》、《古潭里的声音》(之一、之二、之三、之四)、《来而不往非"礼"也》以及《春夜抄》、《夏夜抄》等等文章，抒发了他前所未有的革命激情，表达了他对现实生活的见解。当时，东北正在进行土改，萧军参加了这场"史无前例"的社会革命。他在《新年献词》一文中，写出了人们思想意识的改变，即使封建余孽，也得到了洗心革面——由咒骂共产党及其领导的土改运动，转而诚心拥护与支持。他看到了新的社会人生环境中，人际关系的不良之处，就在《丑角杂谈》一文中予以嘲讽。他看见战争给广大士兵和民众带来的灾难，便写了《抚今追昔录》一文。他在生活中，看到了居住在哈尔滨的苏联人过的日子与中国下层民众过的日子的悬殊差异，便写了《来而不住非"礼"也》一文。他在《萧军的"通讯"》一文中，还表达他对真理矢志不渝的追求，表示"屈服于""真理"，"万事我全愿习于'真'。"

然而，这些带个人化的情绪化的文字与见解，却被分解与阉割，视为"反党"、"反人民解放战争"、"挑拨中苏友谊"、"极端个人主义"，而大加挞伐。出阵批判的是其时宋之的主编的《生活报》。《生活报》先后发表的社论《斥〈文化报〉的谬论》、《分歧在哪里?》、《"剥开皮来看"》、《论萧军的求"真"》，以及沙英的《论战争与革命战争》等文章，都是如此说的。《东北日报》、《文化战线》、《知识》等报刊，相继发表类似观点的文章，批判萧军。最后，由中共中央东北局作出《关于萧军问题的决定》，认定萧军的言论是"诽谤人民政府，污蔑土地改革，反对人民解放战争，挑拨中苏友谊"，并决定"停止萧军文化活动的物质方面的帮助"。这就把本不正确的批判上升为了党的决定，把他从文艺界清洗出去。1958年2月《文艺报》认为"萧军的反动思想，阴魂未散，死而不僵，应进行再批判，"更认为萧军是"浑身流氓气息的地主资产阶级的代言人"。1980年4月21日，北京市委组织部与宣传部作出《关于萧军同志问题的复查结论》，萧军才得以平反昭雪。

第二节 《在延安文艺座谈会上的讲话》

1942年5月，毛泽东作的《在延安文艺座谈会上的讲话》(简称《讲话》)，是20世纪中国文学史上无产阶级文学思想理论体系的集中体现，成为尔后中国无产阶级文学发展的理论纲领与指导方针。

毛泽东以一位马克思主义的政治家、理论家和军事家的战略眼光，审视近世中外文学发展史与延安文学现状，根据马列主义文艺基本原理和中国民族解放战争与人民解放战争的实际需要，在《讲话》中提出了关于无产阶级文学性质与发展方向的两个根本问题，即为什么人以及如何为的问题。

毛泽东指出："我们的文学艺术都是为人民大众的，首先是为工农兵的。"这就回答了20世纪中国文学诞生以来，尤其是无产阶级文学运动兴起之后，一代又一代的文艺家长期探索企图回答而又未能作出如此明确回答的文艺发展的根本问题、原则问题。这也就使得"文学和人的关系"，由此纲领化、法典化、类型化。围绕这一核心问题，毛泽东在《讲话》中从理论与实践的结合上，提出并阐释了一系列无产阶级文学的现实主义理论问题。其中，这么几项内容具有极大权威性和深远影响。

第一，关于文艺工作者的世界观、立场与感情的转变和改造。毛泽东针对中国文艺工作者的世界观、立场与感情跟人民大众，尤其是跟工农兵脱离的实际状况，指出：要使文艺为广大人民服务、首先为工农兵服务，文艺工作者的世界观、立场与感情，就必须来一个大转变，"一定要在深入工农兵群众、深入实际斗争的过程中，逐渐地移过来，移到工农兵这方面来，移到无产阶级这方面来"。而且，特别指出："只有这样，我们才能有真正为工农兵的文艺，真正无产阶级的文艺"。同时，毛泽东在《讲话》中还指出如何对待工农兵的缺点与落后意识问题。他说："人民也是有缺点的，无产阶级中还有许多人保留着小资产阶级思想，农民和城市小资产阶级都有落后的思想。""我们应该长期地耐心地教育他们，帮助他们摆脱背上的包袱。""我们所写的东西，应该使他们团结，使他们进步，使他们同心同德，向前奋斗，去掉落后的东西，发扬革命的东西，而决不是相反。”这是毛泽东对文学创作中，创作主体——作家的主体意识所作出的基本界定与要求。

第二，关于文学艺术的源泉。毛泽东在《讲话》中指出：人民生活“是一切文学艺术的取之不尽用之不竭的唯一的源泉”。“作为观念形态的文艺作品，都是一定的社会生活在人类头脑中的反映的产物。革命的文艺则是人民生活在革命作家头脑中的反映的产物。”这是毛泽东对文艺是什么、革命文艺是什么的回答，强调了生活是文艺的源泉这一现实主义文艺思想理论的基本原则。因此，毛泽东要求“中国的革命文学家艺术家，有出息的文学家艺术家，必须到群众中去，必须长期地无条件地全心全意地到工农兵群众中去，到火热的斗争中去，到唯一的最广大最丰富的源泉中去，观察、体验、研究、分析一切人，一切阶级，一切群众，一切生动的生活形式和斗争形式，一切文学和艺术的原始材料，然后才有可能进入创作过程。”但是，毛泽东又指出：生活并不等同于文学艺术，因为“文艺作品反映出来的生活却可以而且应该比普通的实际生活更高、更强烈、更有集中性、更典型、更理想，因此就更带普遍性”。这就揭示出了文艺与生活的关系、作家与生活的关系以及文艺创作自身的特性。与此同时，毛泽东在《讲话》中还提出与解答了文艺的“源”与“流”及批判继承问题。他说：“过去的文艺作品不是源而是流，是古人和外国人根据他们彼时彼地所得到的人民生活中的文学艺术原料创造出来的东西。”但是，“我们必须继承一切优秀的文学艺术遗产，批判地吸收其中一切有益的东西，作为我们从此时此地的人民生活中的文学艺术原料创造作品时候的借鉴”。而且，毛泽东特别指出：“有这个借鉴和没有这个借鉴是不同的，这里有文野之分，粗细之分，高低之分，快慢之分，所以我们决不可拒绝继承和借鉴古人和外国人，哪怕是封建阶级和资产阶级的东西”。当然，毛泽东也指出：“继承和借鉴决不可以变成替代自己的创造，这是决不能替代的。”

第三，关于文艺的阶级性、党性和统一战线问题。毛泽东在《讲话》中指出：“在现在世界上，一切文化或文学艺术都是属于一定阶级，属于一定的政治路线的。”由此，毛泽东提出：“无产阶级的文学艺术是无产阶级整个革命事业的一部分”，“在党的整个革命工作中的位置，是确定了的，摆好了的；是服从党在一定革命时期内所规定的革命任务的”。同时，毛泽东又指出：“文艺是从属于政治的，但又反转来给予伟大的影响于政治”，“如果连最广大最普通的文学艺术也没有，那革命运动就不能进行，就不能胜利”。也正是基于对文艺的属性及政治功能性的这一阐释，毛泽东提出了建立文艺统一战线的三条基本原则。这三条基本原则是：在抗日这一点上，党的与非党的文艺工作者团结起来;在民主这一点上,党的与非党的部分文艺工作者团结起来;在社会主义现实主义艺术方法艺术作风这一点上,党的与非党的部分文艺工作者团结起来。这就为形成“金字塔”式的广泛的文艺统一战线奠定了理论基础。

第四,关于文艺批评标准。毛泽东在《讲话》中认为:文艺批评有两个标准:“一个是政治标准,一个是艺术标准。”“但是任何阶级社会中的任何阶级,总是以政治标准放在第一位的,以艺术标准放在第二位的。”“我们的要求则是政治和艺术的统一,内容和形式的统一,革命的政治内容和尽可能完美的艺术形式的统一。”由此,毛泽东指出:“缺乏艺术性的艺术品,无论政治上怎样进步,也是没有力量的。因此,我们既反对政治观点错误的艺术品,也反对只有正确的政治观点而没有艺术力量的所谓‘标语口号式’的倾向。我们应该进行文艺问题上的两条战线斗争。”

第五,关于“各种糊涂观念”。毛泽东在《讲话》中认为:“有些同志缺乏基本的政治常识,所以发生了各种糊涂观念。”其一是“人性论”。毛泽东认定“在阶级社会里就是只有带着阶级性的人性,而没有什么超阶级的人性”。所以,他认为:“有些人们所主张的作为所谓文艺理论基础的‘人性论’,“是完全错误的”。这就否定了20世纪中国文学诞生以来一直就存在着的以“人性论”为理论基础的“文学和人的关系”的文学潮流,而使以阶级论为理论基础的“文学和人的关系”的文学潮流获得独尊的地位。其二是“文艺的基本出发点是爱,是人类之爱”。毛泽东认为:“世上决没有无缘无故的爱,也没有无缘无故的恨。至于所谓‘人类之爱’,自从人类分化成为阶级以后,就没有过这种统一的爱。”而且认定“真正的人类之爱是会有的,那是在全世界消灭了阶级之后”。“爱”与“恨”这一原本属于“人性”范畴的“东西”,统统都被认定为只有阶级性而无超阶级的共同性了。其三是“暴露”与“歌颂”。毛泽东指出:革命文艺“暴露的对象,只能是侵略者、剥削者、压迫者及其在人民中所遗留的恶劣影响,而不能是人民大众”;革命文艺歌颂的对象是人民、无产阶级、共产党、新民主主义、社会主义,而且认为“只有真正革命的文艺家才能正确地解决歌颂和暴露的问题”。

延安文艺整风,是其时中共中央领导的整风运动的重要组成部分。毛泽东的《讲话》不仅是延安文艺整风的重要文献,也是整个整风运动的重要文献之一。为了动员广大文艺工作者学习和实践毛泽东《讲话》的精神,中共中央和各级党组织召开多种类型会议,并为广大文艺工作者下乡入伍提供各种机会与条件。1943年3月10日,中央文委和中央组织部召开党员文艺工作者会议,要求党员文艺工作者带头学习《讲话》,带头下乡入伍。同年10月19日,《讲话》全文发表后,中共中央宣传部发布《关于执行党的文艺政策的决定》。各个边区的报刊,相继发表社论,阐释《讲话》精神,号召文艺工作者认真学习《讲话》，努力加以实践。延安和各边区的文艺工作者，以《讲话》中关于“我们文艺运动中的一些根本方向问题”为准绳，清理和反思既存的文艺思想理论与文学创作现象。周扬的《对鲁艺教育的一个检查和自我批评》、何其芳的《论文学教育》等文章以及晋察冀边区文艺界关于“演大戏”、“艺术至上主义”等问题的讨沦，都是解放区广大文艺工作者学习《讲话》开展文艺整风的一种具体体现。通过学习《讲话》和文艺整风，无产阶级文艺思想理论体系与文艺的工农兵方向确立了。广大文艺工作者在文学观念、价值取向原则及审美意识诸方面，认同于《讲话》精神，自觉地将文艺纳入民族解放和人民解放事业之中，文艺的阶级意识与政治功能大大加强。广大文艺工作者深入农村、部队、工厂，与工农兵同生活，同战斗，共命运，成为工农兵中的一员，自觉地创作出贴近现实生活、几乎与工农兵毫无距离感的文学作品。广大文艺工作者作为无产阶级战士应具有的品格与精神，得到空前的强化。与此同时，一批文学新人和工农兵业余文艺工作者步入文坛，充实了文艺队伍。这一切，促使解放区文学创作面貌发生了很大的变化，从而推动20世纪中国无产阶级文学进入了一个新的发展阶段。

毛泽东的《讲话》和延安文艺整风，发生于20世纪40年代。这与历史上出现的任何重大历史现象一样，有其历史的合理性与必然性，也不可避免地有其历史的偏失。对王实味的批判便是其偏失之一。

同时，毛泽东的《讲话》本身也存在一些偏失，比如“文艺从属于政治”的论断、“人性论”与“人类之爱”的论断、“暴露”与“歌颂”的论断。少数忠实于人民而又有清醒的现实主义精神与胆识的文艺家，对这些不合文艺规律与特性的论断发表过不同意见。艾青在听了《讲话》“引言”后写的《我对于当前文艺上几个问题的意见》一文中，认为：“文艺并不就是政治的附属物，或者是政治的留声机和播音员。文艺和政治的高度结合，表现在文艺作品的高度的真实性上。愈是具有高度真实性的文艺作品，愈是和一定时代的进步的政治方向一致。”丁玲在听了《讲话》“引言”后写的《关于立场问题我见》一文中，从立场角度论述“暴露”与“歌颂”问题，她说：“我以为这个表面上属于取材的问题，但实际上是立场与方法问题，所谓缺点或黑暗也不过词句之争。假如我们有坚定而明确的立场，和马列主义方法，即使我们说是写黑暗也不会成问题的。”毛泽东对这些文艺意见在《讲话》“结论”中逐一加以“澄清”，这就使得有着偏失的论断，成为权威性的理论。

再则，一些文艺家对于毛泽东的《讲话》，不曾作全面的准确的理解与把握，在阐释《讲话》精神与意义时，出现片面化乃至绝对化的现象，诸如什么“最正确、最深刻、最完全”之类的提法①。他们依据毛泽东的文艺的政治意识形态性的思路，把文艺的政治功能作用推向极端，认为:“艺术作品的教育作用，对于解放区的人民，特别是干部来说，已不再是只用一般的革命精神去感染与鼓励他们”，“而是要在具体的政治思想、政策思想上帮助他们”，“解答他们在工作中碰到的问题”②。

上述诸种偏失，对于同一时期国统区文学和香港文学都程度不一地产生了负面影响。这些偏失，也直接通往50年代至70年代文学意识形态的中心化。

第三节　国统区文学创作概述

本时期国统区文艺家们，一直处于动荡不安之中。始而，随着国民政府迁都重庆，他们汇集于大后方的桂林、昆明、重庆等城市；继而，又随国民政府还都南京而集中于上海、北平等大城市；1947年底，一批文艺家又被迫离开上海等地去到香港；1949年7月，他们才与解放区的文艺家们会师于北平。他们在动荡不安的境遇中，经历着逃亡又逃亡、流浪又流浪、战斗又战斗的生活，感受与体验着烧焦的土地、血染的山河、悲苦的呻吟、反抗的怒火。种种人生际遇，造就他们所共有的一种身份即逃亡者、流浪者与战士，形成共有一种主导意识即强烈的民族解放意识，他们凭着这一共有的身份与主导意识，开辟出各个文学据点，开展多种文艺思想理论研讨活动，创作出一批批文学作品，奉献给民族解放与人民解放事业。

国统区文学创作，流淌着一股浓烈的民族解放意识，呈现出开放的现实主义特色。

抗日民族解放战争，从根本上来说是中华民族的自身改造运动，是中国民众成为“世界市民”的契机。这一战争的本质意义，国统区的文艺家们大多有着清醒的认识与深切感受③。因此，他们的笔触总是紧贴跃动的时代脉搏，力图描画出大时代中的社会人生面貌，促使人们的生存意识觉醒并进而升华为民族解放意识的觉醒。战争爆发初期，国统区文艺家们自觉地消解了二三十年代形成的文学派别隔阂，在逃亡、流浪、战斗过程中，一齐为民族解放战争而歌唱。他们用“十八般武艺”勾勒出了一幅幅中国

① 周扬:《〈马克思主义与文艺〉序》，《解放日报》1944年4月8日。

② 周扬:《关于政策与艺术——〈同志，你走错了路〉序言》，《解放日报》1945年6月2日。

③ 郭沫若:《答国际友人的一封信》，《新华日报》1944年7月5日。沙汀:《这三年来我的创作活动》，《抗战文艺》第7卷第1期。

军民为民族解放而战斗的身影。其中，有光明也有黑暗，有可乐观的事迹也有可悲观的事实，写得逼真，感情喷涌。事件的文学性与文学的事件性，成为文学创作之时尚。张周的《中华儿女》、曾克的《在汤阴线上》、曹白的《呼吸》等报告文学作品，郭沫若的《战声集》、艾青的《北方组诗》、田间的《给战斗者》、臧克家的《从军行》、高兰的《朗诵诗集》等诗歌，夏衍等人集体创作的《保卫卢沟桥》、洪深的《飞将军》等剧作，姚雪垠的《差半车麦秸》、艾芜的《受难者》、李华飞的《博士的悲哀》等小说，从不同方位映现出抗日救亡的社会生活内容，奏出民族解放意识这一时代主旋律。还有一些文学作品，集中地描绘了“七七”事变、淞沪战争、台儿庄战役的日日夜夜与悲壮场景。写卢沟桥事变的剧本，除夏衍等人集体创作的《保卫卢沟桥》外，还有田汉的《卢沟桥》、陈白尘的《卢沟桥之战》。反映淞沪战争的剧本，有崔巍与王震之执笔的《八百壮士》、尤兢的《我们打冲锋》、凌鹤的《火海中的孤军》、沈西苓的《在烽火中》、姚时晓的《汉奸的末路》等30余种剧作和丘东平的《第七连》、骆宾基的《大上海的一日》、徐迟的《大场之夜》、亦门的《闸北打了起来》等10余种报告文学作品。描述台儿庄战役的作品，有以群的《台儿庄散记》、王西彦的《被毁灭了的台儿庄》、长江的《台儿庄血战经过》等报告文学作品和锡金、罗烽、罗荪执笔的《台儿庄》等剧本以及臧克家的《红血洗过的战场》等诗歌。这些反映抗击日本法西斯侵略的抗战文学作品，指向一种社会生活热点，充溢着浓烈的爱国热情，大多以颂扬为主色调。

张天翼《华威先生》的问世及围绕它开展的一场论争，促使国统区这一既存的文学创作潮流向批判与暴露国统区社会人生方面倾斜，从一个较深层次上描绘“文学和人的关系”，探讨人的觉醒与战争的关系。在这一文学倾斜乃至转换过程中，问世了一批足以代表本时期中国文学创作达到最高艺术水准的文学作品。小说创作，有茅盾的《腐蚀》、巴金的《寒夜》、沙汀的《淘金记》、艾芜的《丰饶的原野》、路翎的《饥饿的郭素娥》与《财主底儿女们》等等；戏剧创作，有郭沫若的《屈原》、阳翰笙的《天国春秋》、欧阳予倩的《忠王李秀成》、宋之的的《雾重庆》、陈白尘的《升官图》、夏衍的《法西斯细菌》、茅盾的《清明前后》等等；报告文学创作，有于逢的《溃退》、野渠的《伤兵未到前的一家后方医院》、落繁的《保长的本领》等等；诗歌创作，有臧克家的《宝贝儿》、袁水拍的《马凡陀的山歌》、力扬的《射虎者及其家族》、王亚平的《火雾》以及“七月”、“九叶”诗人的诗歌。所有这些文学作品，或反映或折射或观照40年代国统区现实社会人生各面。茅盾、巴金、陈白尘诸作家笔下的陪都社会，或是一个“尘海茫茫，狐鬼满路”、险象丛生与杀机四伏的“黑洞”；或是一个不容“渺小的读书人”生存下去的“寒夜”；或是一个群僚们借复员接收之机，你争我夺，大发横财的舞台。巴金、沙汀、艾芜诸作家笔下的国统区社会,或犹如一间“第四病室”,“住在这里,人好像站在危崖的边缘,生命是没有一点保障的”[①];或犹如一座“其香居茶馆”、一处“北斗镇”。这里的当权者与地方实力派,把抗日民族解放战争仅仅作为牟取私利的一面旗帜,高高举起。这里的民众,也像战前一样,作着围观当权者们种种表演的看客。这里“一切照旧,一切都暗淡无光”,没有“如火如荼”的抗日救亡景象[②]。作家们把他们那犀利的现实主义解剖刀伸进了国统区社会生活里层,把一个个“黑心”和盘托出,呈现在人们面前,引起颤抖、惊醒、感奋,“唤起大家的注意,来一个清洁运动”[③],实现生存环境与人的自身改造。40年代国统区文学创作主题重心由歌颂到暴露的转移,切合其时民族解放与人民解放时代的命脉,而又承传了20世纪中国文学诞生后鲁迅开创的“批判与暴露”的创作潮流与主题倾向。鲁迅本着启蒙的文学创作宗旨,批判与暴露社会人生中危害最深最甚的思想意识与精神“弊害”,撕毁封建伦常观念、礼教习俗的面纱,既“刨祖坟”又达裸露世人真面目真心思的目的,从生存意识与政治意识上,促使人的觉醒,显示出一位“精神界之战士”特有的社会责任感与历史使命感以及博大而深邃的眼光。吸收鲁迅文学养分、呼吸着时代气息成长起来的中国众多作家,在40年代民族解放与人民解放战争中,被卷进了社会生活的各个角落。其中,生存于国统区的作家们,面对严峻的社会人生,思考着国统区的版图何以日益缩小?抗战能否坚持到底以至胜利?国统区社会弊端何以有增无减?中国生存之源在哪里?这一深层次的思考,必然带来自我与文学在民族解放战争中的位置的调整、文学创作路子的调整和文学创作主题重心的转移。这是40年代国统区文学现实主义深化的一种征兆,文学成熟的一种征兆。

国统区文学创作在描述中华民族自身改造和成为“世界市民”过程中,塑造出了多种多样的人物形象,诸如驰骋沙场的将士、忠贞不渝的爱国志士、觉醒的民众、流浪的难民、悲苦的农民、转换期中的知识分子、打着抗战旗号的“抗战官”及大大小小的汉奸与准汉奸,等等。屹立于这些千姿百态人物形象中的是英雄化与非英雄化两类色彩鲜明的人物形象。这两类人物形象,体现出国统区文学创作主题重心的走向与转移。洪深执笔的《飞将军》、老舍的《张自忠》、丘东平的《一个连长的战斗遭遇》、萧乾的《刘粹刚之死》等剧本与小说,描述着空军战士高鹏飞和刘粹刚、陆军高级将领张自忠和下级军官林青史的抗日英雄事迹与高度的爱国主义精神。这些人物身上英雄化色彩浓重。作家们写出了他们作为一位军人和一位指挥官在民族危亡之际应具有的品格与举动。

---

① 巴金:《第四病室·小引》,《第四病室》,上海良友复兴图书公司1946年4月版。
② 沙汀:《这三年来我的创作活动》,《抗战文艺》第7卷第1期。
③ 沙汀:《这三年来我的创作活动》,《抗战文艺》第7卷第1期。

他们的英雄性，往往出于一种职业本能，出于一种生存意识觉醒之后而表现出的民族解放行为。这与同一时期解放区文学创作中英雄人物形象的英雄性有着明显的共时性差异。也正是在这一点上，国统区文学创作中的英雄人物形象才显得血肉丰满。《一个连长的战斗遭遇》中的林青史，是这类英雄化形象塑造得较为成功的一个。他是中国军队中涌现出的新的下级指挥官，新的英雄人物。“八一三”淞沪战争中，他的连队“是一个时运不济、命运多舛的莫名其妙的队伍，它常常接受了一个新的奇特任务，这新的奇特的任务又常常中途从它的手里抛开，换上更新更奇特的”。他的英雄行为与顽强的抗战意志，就是在摆脱“无谓的任务的牵累”而与敌人周旋和战斗中体现出来的。他带领的连队在修筑好张家堰阵地工事正准备移交给十一师据守时，“中国军队第一线左翼突然现出了一个缺口，溃退下来”。在这危及部队生死存亡之际，他带领全连战士主动出击，“澄清了阵地的纷乱局面，澄清了敌人的强暴和污浊”。但是，他的连队却与营部失掉了联系。他带领连队在寻找营部途中，又与敌人相遇，经过殊死战斗，取得了胜利，最后他和残存的连队回到了营部。一个有着军人本能和沉着、机智、勇敢善战的下级指挥员形象，跃然纸上。然而，他的遭遇却是不幸的。他的不幸遭遇不只是敌人的飞机大炮，更主要的是具有致命弱点的他所在的军队本身。“他们不是失败于日军猛烈的炮火下，却消灭于自己友军的手里。”小说中的这一议论，堪称画龙点睛之笔。一位立下赫赫战功的下级指挥员，却被罩上破坏军纪罪名横遭枪杀！这一悲剧形象的意义，不仅显示出中国军队广大下级官兵具有的职业本能与高度的爱国精神，同时更揭示出中国当局“腐化的僵尸”一般的军队制度与前者的尖锐对立。小说也正是把林青史放在这一尖锐对立中和民族解放战争背景下加以描绘的。这也表明军队制度改造的重要性与紧迫性。因此，小说“无论在思想上或艺术力量上都达到了更真实更宏大的境地”[①]。国统区文学创作人物形象画廊中最具光彩的是一批非英雄化的人物形象，是一批生存意识觉醒或由此而达于民族解放意识觉醒的普通民众形象。作家们在塑造这类人物形象时，注入了巨大的历史穿透力和深邃的文化底蕴。中国普通民众，世世代代在生与死的年轮上运转，直到这种年轮再也无法转动、生不能死亦不能的绝境时，才“铤而走险”。这时，生存意识觉醒了，维护生存、争取新的生存方式的行为产生了。这种觉醒的个体生存意识与行为，便是汇集为觉醒的民族解放意识与行为的前奏和内驱力。这便是作家们探索到和把握到的中国救亡图存的生命之源。沙汀《还乡记》中的冯大生、艾芜《受难者》中的尹七嫂和《丰饶的原野》中的刘老九、丘东平

① 胡风:《忆东平》,《希望》第2集第3期。

与欧阳山等集体创作的《给予者》中的黄伯祥、路翎《饥饿的郭素娥》中的郭素娥、老舍《四世同堂》中的钱默吟、夏衍《法西斯细菌》中的俞实夫等等人物形象，便具有这样的思想性格与典型意义。黄伯祥是国统区文学创作中出现得较早的平凡而又非凡的人物形象。他在"一·二八"到"八一三"抗日救亡活动中，经历了这样的人生历程：卡车司机——士兵——连长。他没有什么豪言壮语，也没有威严逼人的风采，然而却有如他的朋友说的"内在的活动很强"。这是他的灵魂活动的纵深地带，原始生命强力的源泉。"一·二八"大撤退时，他开动着军用卡车，遭受着军棍们的"叱骂"、"惩戒"，连一匹马或一条狗都不如。后来，他总算"补上了一个兵"。但是，事实"证实了：他自始至终未能脱离那泥坑一样的痛苦的地位"，"他是从火中逃生的，却不料纵身一跃，已经落到了海里"。"八一三"战斗中，他先后担任排长和连长。这时的黄伯祥"清楚地意识着，现在，战场上的事是由他自己来担当了，——他已经成为有权力可以直接地支配这战斗场面的人们之中的一个"，"他认识了自己的力量，他已经赤裸裸地把自己交出了，谁也不能对他的强盛的战斗意志加以毒害了"[①]。为了摧毁敌人的退路，他指挥炮兵排轰毁了自己的家及自己的父母、妻子儿女。他做到了如小说"引子"评述的：对于日本帝国主义，他是一个给予者，他给予他们一个使全世界惊悚的战争；对于他的兄弟们，他是一个给予者，他支付了他的生命。黄伯祥就是这么一位从社会底层产生出来的新人。在民族解放战争中，他的生存意识逐渐觉醒，升华为自觉的民族解放意识，充分表明了抗日民族解放战争是中华民族、中国普通民众获得新生的契机，也只有成千上万的普通中国民众的民族解放意识的张扬，民族解放战争才会胜利推进。同时，也批判了羁绊黄伯祥思想意识升华的中国当局军队体制及军队素质。郭素娥是国统区文学创作中描写的"灰色人生战场上"的一位悲剧人物典型形象。她是一位强悍而美丽的农村姑娘，不幸被一个大她24岁的鸦片烟鬼男人收留为妻。从此，她坠入灵与肉的饥饿深渊之中。她在这一深渊里，带着最热切的痛苦的注意力，凝视着矿区的人们向她走来。其中，她接受了两个向她走来的男人，一个是经历过战争、刑场、火灾而充满着兽性与盲目复仇的流浪人张振山，一个是善良而老实、挚爱而怯懦的魏清海。她虽然有了这么两个男人向她走来，但灵与肉却更加饥饿更加痛苦。她这么一个女人，自然为当时的生存环境所不容，被视为一个"触犯菩萨"、"败坏门风"的堕落女人。最后，她被丈夫伙同保长、地痞活活奸死、烧死。一个充满原始强力有着强烈的生存意识的女人就这样活活被折磨致死。作家在这个人物身上，倾注了对社会人生出路的思

① 见于小说《给予者》。

考，传达出"人类灵魂里的呼声"，这种呼声虽然是"微弱的，然而却叫出了多少世纪来在旧传统磨难下的中国人的痛苦、苦闷与原始的反抗，而且也暗示了新的觉醒的最初过程"①。

国统区作家们，为着表达自己对国统区社会人生的复杂感受与体验，创制和采用了多种文体形式、创作原则与艺术方法，形成较为宽松的文艺氛围。现实主义仍居主导地位，浪漫主义得到复苏，现代主义有了新的发展。作家们认为，现实主义、浪漫主义、现代主义不应该是对立的文学创作思潮、文学创作原则与文学创作方法，尤其是现实主义与现代主义"也并不像长江、黄河一样，南北分流，丝毫没有脉息相通的地方，而有着许多互相渗透、互相影响的交点"②。因此，他们使出了"十八般武艺"进行文学创作。现实主义文学作品、浪漫主义文学作品、现代主义文学作品，往往"你中有我，我中有你"。茅盾的《腐蚀》、巴金的《寒夜》、萧红的《马伯乐》、端木蕻良的《大江》、路翎的《饥饿的郭素娥》、徐的《风萧萧》、钱钟书的《围城》等等作品，着重于对社会人生的客观性描写，而又闪现出作家主观情愫的精神火花。写人物时，不仅注重于他(她)们外表的真善美或假恶丑的描绘，而且更注重于他(她)们丰富复杂的内心世界、思想意识与情感情绪的剖析。在具体写法上，调动了象征主义、印象主义、存在主义、意识流等多种技法与手段。这种融现代主义于现实主义的描写，无疑扩大了现实主义的表现面，增强了现实主义的表现力。在这里，现实主义具有了包容性和开放性特点。这一特点，在国统区诗歌创作方面表现得尤为突出。一批现实主义诗人创作的现实主义诗歌，融入现代主义的表现手法，抒写出诗人对时代、对社会、对人生的内心感受与深沉思考，主体内心世界与客体外在世界融为一体。艾青的《火把》、力扬的《射虎者及其家族》、王亚平的《火雾》、李洪辛的《奴隶王国的来客》、方敬的《荒城》等等诗歌，就是这样的力作。王亚平原为中国诗歌会的重要诗人，后为"中国诗坛"派的代表诗人。他在奋力呼喊服务于政治斗争的理性追求之后，进行自我反思与调整，开始了对诗歌的独特艺术个性的自觉追求。他在国统区诗坛上写的长诗《火雾》，具有浓烈的象征主义意味。全诗以"火雾"为中心意象，将意象与诗情融为一体，寄寓着诗人的也是民族的一种力、一种品格、一种情操，较好地表达了诗人那不可分离的情感生活与理性追求的相互渗透，达到了内容与形式浑然合一的美。方敬在40年代国统区写的诗歌，大都贴近现实社会人生，然而属于佳构的却是诸如《荒城》、《夜》、《爱》一类的诗歌。荒废的城

① 邵荃麟：《"饥饿的郭素娥"》，《青年文艺》第1卷第6期。
② 力扬：《我们底收获和耕耘》，《诗创作》第15期。

市，昔日繁华消失殆尽。这里，被窒息的毫无生息的国统区社会生态环境与爱国知识分子的苦闷、寂寞的心境，消失了界限，虚实叠印。这种象征与写实合一的笔法，较好地抒写了诗人此时此景的内心感受与情感状态。《爱》写出了抒情主人公走出了"荒城"，穿过了"夜"，因为"从人的最高意义/我才爱人生与斗争"。这类"形而上"的显得空灵的诗歌，多少蕴含了一种"宇宙意识"，显示出40年代国统区现实主义诗歌创作走向成熟。40年代国统区诗歌创作的开放性现实主义潮流，还体现在现代主义诗歌的活跃和被接纳与认可方面。以鸥外鸥为代表的"少壮诗人"的诗歌，采用未来主义的艺术手法，表达他们因外在现实生活撞击其内心所引起的感受，内容是现实主义的，而形式则是未来主义的。未来主义在30年代的中国诗坛上，一面被译介，一面被批判与否定。这一带背反性的二律，使得未来主义在其时文学创作中未能产生多少影响，40年代，未来主义却在文学创作中留下了较深的印迹。鸥外鸥的《不降的兵》、《被开垦的处女地》等诗歌，形式十分特别，或夹杂一些英文字母与阿拉伯文字，或用大小号字相间排列。前一首，四个诗段，排列错落有致，夹杂英文单词，写抒情主人公强悍的气质与气概："我来了/从封锁线的隙通过/紧握住/盛满了 Quink 的"，"唱着不愿做奴隶的人们的歌不降不叛"，"未被俘虏/未受伤/未死亡/我，我，我要战争"。后一首，诗中大号字的"山"、中号字的"山"、小号字的"山"独立成行，相间排列，就像重重叠叠、高低凸凹的城墙，布成环形之阵，保卫着桂林这座原始的未被开垦的处女地。然而，"现代文物"还是侵入了，处女地被开垦了，善与恶的种子播下了。诗中的意象特别是"山"的意象，其实是诗人心中的战争给桂林带来的变化的对象化与对应物。这种艺术形式，表达了诗人的一种强调、一种情绪、一种情感、一种感觉及其流动方式。这样的诗歌，在其时国统区诗坛特别是桂林诗坛颇受欢迎。冯至《十四行集》的受欢迎，也显示出40年代国统区诗坛的开放性特征。这部诗集，多写人与人、人与自然、人与社会的契合及其生命的融合，也掺和着些许现实社会人生的兴奋点与热点，积淀着诗人对历史、现实与宇宙的感受及哲理沉思，鸣响着大时代暴风雨的点点滴滴打在诗人心田里形成的淙淙涛声，内容的现实性依然较为强烈。然而，诗的形式却是外来的十四行诗体，不过又并未完全严格地遵守其韵律而是在里尔克影响之下形成的变体，在行与行之间、节与节之间，运用跨句，增强诗歌语言的弹性与韧性，更好地表达其理念和体验的意蕴。至于"九叶"派的形成及其受到的青睐，更是充分显示出40年代国统区诗坛的开放性特征。

第四节　解放区文学创作概述

抗日民族解放战争爆发后，上海等地一批文艺家先后来到以延安为中心的解放区。他们在这块崭新的社会人生环境里，感到像一个流浪儿回到了娘的怀抱，连呼吸的空气都是清新的自由的。他们努力拥抱新的社会人生，参与工农兵大众所从事的民族解放与人民解放斗争活动。他们构建解放区文坛，创作反映这新的社会人生的文学作品。1942 年 5 月以后，解放区的文艺家们，在新的文学观念、思维方式、理论纲领、方针政策的指引下，开始了新的文学创作生涯。解放区文学创作充溢着民族解放和人民解放意识，呈现出以现实主义为主色调的整体风貌。

解放区文学创作，在其发展过程中，形成了这样一些共时性的特征，即审美意识与主题意蕴的现实化、人物形象的类型化、文体形式的大众化。

解放区文学创作，大都直接切入现实社会人生，直接通向特定历史时期的时代主潮。文学家们所建构的文学大厦与现实社会人生达到"神似"乃至"形似"的程度。他们形象地描绘出解放区"物"的客观世界改造和"人"的主观世界改造中的林林总总，揭示出民族解放与人民解放在思想意识的转换上所反映出的艰巨性及伟大意义。这一文学创作主题思想，自然与 20 世纪中国文学诞生后文学创作反帝反封建两大宏观主题有着历时性的联系，而又有着自己的特定内涵与美学意义。总观解放区文学创作，可以发现其现实化的主题思想包含着三个既相区别又相联系的向度："国民性"的剖析，民族"脊梁精神"的弘扬，革命政权的建设。"国民性"剖析，是 20 世纪中国文学奠基人鲁迅开创的一道文学创作母题。他所界定的"国民性"是指国民"劣根性"，他笔下的鲁镇和未庄等地的人们，不管是"幸者"还是"不幸者"，都是"吃人"与被"吃"的人，灵魂里盘踞着愚昧、落后、麻木、奴性等等"劣根性"。剖析这样的"国民性"，对于"沉睡的人们"和"绝无窗户的铁屋子"，确实产生了极大的冲击力、辐射力及振聋发聩的作用。由"五四"运动到抗日民族解放战争，由思想革命到社会革命，中国国民的灵魂经受着一次次冲刷与洗礼，自然发生了巨大变化。然而，在自给自足的封建经济关系和封建宗法制度基础上形成的思想意识以及小私有者的种种陋习，尤其是其中的愚昧、冷漠等"劣根性"，依然束缚着中国民众前进的脚步。解放区的国民，主要是农民，他们在政治上翻了身，成了新人，但是，旧意识、旧伦常、旧习俗依然像一根辫子一样盘结在他们的头上,阻碍着他们自己解放自己,自己主宰自己的命运,不利于民族解放与人民解放战争的推进。一些二三十年代成名的作家们,他们在解放区一方面强烈地感受到"解放区的天是明朗的天",另一方面也强烈地感受着解放区的人特别是农民的灵魂里还存在着许多"黑暗"。因此,他们的作品在歌颂的同时,也着力于暴露。他们着重剖析"国民性"和民族解放与人民解放时代的不协调乃至碰撞,具有"动"的时代感,即把"国民性"放在变革现实社会人生的伟大斗争层面上去剖析,写出被剖析的"国民性"向着真善美的民族"脊梁精神"转化,寄寓着人民解放意识的张扬。丁玲和赵树理的作品,在这一方面颇具代表性。丁玲的《我在霞村的时候》中的贞贞,是一位"不幸者"。她被侵略者强奸,并逼作军妓,"染上了不名誉、难医的病症"。但她从"不幸"中"找活路,还要活得有意思",乘机刺探侵略者的军情送给抗日游击队。对于这么一位"不幸者",家乡的人们应该给予同情、关心与赞扬。然而,当她回村探望父母时,她的形象在村里的人们眼里却变了形,浓厚的"阴影把她的眼睛画得很长,下巴很尖"。在村里的人们看来,她失身未自尽已属不可饶恕,居然还回来,更属可恶可鄙。由此,活画出了霞村人们灵魂示众图,映现出解放区民众负载着的沉重的精神负担。旧观念、旧道德与新人物、新环境,是何等的不协调!丁玲的《太阳照在桑干河上》写出了巨大历史变革中,农民灵魂变更的艰难曲折。小说中的老年农民侯忠全,完全听凭命运的摆布,固守奴隶地位,甚至不愿越雷池一步,真比阿Q还要阿Q!但是,他比阿Q幸运,他遇上了人民翻身的时代,这个时代推动他逐步摆脱封建精神枷锁,成为新人。村支部书记张裕民和农会主席程仁以及农民们,都有着程度不一的"精神奴役创伤",又都在涤荡外部旧物的同时,洗刷自身内在的灵魂。赵树理的《李有才板话》中的农民老秦,有着较严重的奴性。始而,他对"县里的先生"老杨同志,毕恭毕敬;继而,得知老杨同志也出生于长工,便"马上就看不起他了";终而,跪在老杨同志面前,称"你们老先生们真是救命恩人"。赵树理的《孟祥英翻身》绘制了一幅鲜明的"国民性"图景。小说中的西峧口村,婚姻、家庭观念与伦常关系,"还和前清光绪年间差不多"。"婆媳们的老规矩是当媳妇时候挨打受骂,一当了婆婆就得会打骂媳妇,不然的话,就不像个婆婆派头;男人对待女人的老规矩是'娶到的媳妇买到的马,由人骑来由人打'。"宗法封建家族观念与伦常关系就这样的代代相因,一直"传到公元一千九百四十二年"。孟祥英在这张罗网中生长着挣扎着。孟祥英这位"不幸者"与同一时期多维空间中的中国农村的媳妇们有着相似的命运。然而,她又是幸运的,因为她遇上了好时代。1942年后,她挣脱了这张罗网的束缚,当上了妇救会主任,成为西峧口村附近各村人们佩服的能人。赵树理对宗法社会人生的剖析,显然是两面出击的:揭露其对人的精神凌辱与肉体的戕害。这与鲁迅与丁玲的类似剖析相比，自然显得粗些、浅些。不过，这张千百年承袭下来的罗网，一面窒息着社会人生的生机，一面又受着民族解放与人民解放斗争的暴风雨的冲击、打破的这一走势，无疑是被赵树理勾画了出来的。

解放区文学创作蕴含着的以自尊自强自主自救和大智大勇、坚韧不拔等等为内容的民族"脊梁精神"，流贯于多种题材的文学作品中。作家们写后方生产建设，表达颂扬民族"脊梁精神"；写抗日民族解放战争和人民解放战争，表达颂扬民族"脊梁精神"；写土地改革运动，表达颂扬民族"脊梁精神"。孙犁《荷花淀》中的水生嫂们，勤劳善良，对丈夫体贴，对孩子疼爱；明大义，识大体，支持丈夫参军；探夫途中，巧与敌人周旋，表现出解放区民众特别是解放区妇女们心灵中的具有新内涵的柔情美与崇高美。如果说，鲁迅《社戏》中农村人与人之间的淳朴和和谐以及沈从文《边城》中农村原始人性美和人情美，仅仅属于美学意义的向往与憧憬的话，那么，孙犁笔下解放区农村民众特别是妇女的柔情美与崇高美就达到了现实社会人生与美学意义上的人生的融合与统一，而又显得特别实在。由此表明，抗日民族解放战争不仅改变了人民的生活方式，也改造了人们的灵魂，具有新内涵的民族"脊梁精神"成了人们当家做主、自己主宰自己命运的精神支柱和向心力与凝聚力的支撑点。欧阳山的《高干大》中的高干大的民族"脊梁精神"集中于一点，即全心全意为人民服务的精神。他办合作社，是为了群众。他本着这一宗旨，以一位合作社副主任身份，不顾合作社主任的阻挠与威胁，不顾上级的误解与反对，更不畏惧流言与中伤，先后创办了医药合作社、纺织厂、信用社等等村办企业。正是这种全心全意为人民服务的精神，鼓舞着高干大勇于革新，锐意进取，成为解放区农村生产建设战线上的一位能人。周立波的《暴风骤雨》中的赵玉林的民族"脊梁精神"，始而表现为硬骨头精神，继而表现为崇高的牺牲精神。他在元茂屯是赤贫户，人穷志不短，在严酷的社会人生环境中不屈不挠。这一祖传的秉性支撑着他生存了下来，遇上了人民翻身的时代。土地改革运动中，他全身心投入改变土地所有制和建立农村新政权的斗争，分财物时，他先人后己，把一等一级让给别人，为着保卫胜利果实，他在打"胡子"战斗中献出了自己的生命。在他这里，民族传统"脊梁精神"升华成了无产阶级先锋战士的品格与精神。大智大勇、大公无私、勇于自我牺牲等等品格，是近百年来中华民族在反帝反封建斗争中求得生生不息的精神力量，也是20世纪中国文学诞生后，鲁迅、郭沫若、茅盾等一批又一批文学家通过多种文学创作样式呼唤的精神力量。这种精神力量，作为一种体系而普遍存在，作为一种时代精神主体而共有，只有在解放区社会才具备了得以共生共存的条件。解放区作家们，看取和描绘出了这一新地区民族"脊梁精神"的承传与超越、刷新与升华。正是这样的民族"脊梁精神"，成为中国民族解放战争和人民解放战争不断推进并最后取得胜利的内在因素。

剖析国民"劣根性"、弘扬民族"脊梁精神"和建设革命政权,关系十分密切。前二者属于人的改造,后者偏重于社会改造。人的改造与社会改造,就革命过程来说,应是同步进行的。由人的改造推动社会改造,又进而发展人的改造,这是20世纪中国文学先驱者们从一开始就确定的追求目标。鲁迅的着力于国民灵魂剖析,茅盾的着力于社会剖析,沈从文等人的着力于人性重造,无一不是为着这一总的追求目标的实现而作出的种种努力。他们的现实社会人生追求与美学意义上的人生追求,终极点都是改良人生,改造社会。他们的这一追求目标,在二三十年代中国社会环境里,自然难以实现。本时期解放区作家赵树理、丁玲、欧阳山、周立波等人,获得了实现这一追求目标的广阔天地。《小二黑结婚》、《李有才板话》、《邪不压正》、《高干大》、《太阳照在桑干河上》、《暴风骤雨》等等作品,描绘出了革命政权的建设与巩固,必须在两个不同而又相辅相成的领域里的人的改造过程中完成:一是对革命政权的依靠力量与主体即广大农民的改造;二是对敌对势力与阶级的改造及消灭。解放区的社会,属于新型的社会。革命政权及其依靠力量是会随着革命的不断深入和战争的胜利推进得到发展的;敌对势力与阶级是终究会被消灭的;民众的劣根性,也会逐步消失。这一现实社会人生发展趋势,为广大解放区作家所把握所感受。所以,不管是赵树理笔下刘家峧的金旺、兴旺,还是任家沟的郝四儿,乃至丁玲笔下暖水屯的钱文贵和周立波笔下元茂屯的韩老六,都是以失败告终的;不论阎家山的小元、小昌,还是三汉河区区长程浩明,皆或"迷途知返",或知错即改。这一切,都表明解放区文学创作主题思想的强烈现实性。

为着表达上述现实化的主题意蕴,解放区的作家们在文学创作中着力于人物形象的塑造。总观解放区文学人物画廊,大致可以分为三大类型的人物形象系列:英雄人物形象系列,转变中的人物形象系列,负面人物形象系列。

解放区是一个英雄人物辈出的地区。率先把解放区现实社会人生中的英雄人物引入文学人物画廊的是丁玲。她的独幕剧《重逢》中的女主人公白兰,是一位具有英雄品格与英雄气概的抗日女青年。白兰在日寇的监狱里,与失散多年而作了日寇情报科科长的丈夫重逢。白兰出于民族大义和气愤,作出了灭亲的壮举,杀死了丈夫。后来,白兰得知丈夫是潜入敌人营垒中作秘密工作的,又十分悔恨。这位敌人铁窗中的英雄,显得单纯而不成熟,却是解放区文学创作中的第一位普通的英雄个体。扎根于解放区社会生活土壤、吸收新的时代精神和新的文学乳汁成长起来的一批作家,描绘出了硝烟弥漫的战场上的战斗英雄形象。柯蓝《洋铁桶的故事》中的游击队战士吴贵,有着中国传统民族英雄人物的品格,刚直不阿,行侠仗义;后来,在共产党领导的游击队熔炉中，逐渐炼成一位新时代的民族解放与人民解放战争中的英雄。他率领游击队员，开展游击战争，时而声东击西，时而虚与周旋，时而文武并用，充分发挥了人民战争的威力。他的大智大勇、机智灵活与组织才能，表明中国人民有着坚强的战斗意志与强力，表明中华民族不可侮！马烽与西戎的《吕梁英雄传》，如书名所示，塑造的是英雄群体形象。其中，有大摆地雷阵打得日寇丢盔弃甲的雷石柱，有在敌人严刑拷打下巍然屹立的康明理，有在昏迷中仍高喊"杀就杀剐就剐，不投降"的孟二楞，有指挥者与领导人武得民等等。他们既是普通的农民，又是民族解放战争中的英雄。孔厥与袁静的《新儿女英雄传》，艺术地再现了抗日英雄群体。小说中的牛大水、刘双喜、杨小梅、高屯儿、二楞、黑老蔡等人物，个个都是大义凛然的英雄，而又有各自的个性与儿女私情，较之前部小说中的英雄群像，显得血肉丰满，"都很踏实自然"[①]。贾霁和李夏执笔的话剧《过关》，描绘出了另一组英雄群像即解放区农村干部与农民的形象。他们在后方努力生产，支援前线，带头报名参军或送子参军。他们在后方亦是具有英雄气概的人物，一经拿起钢枪必然个个会是生龙活虎的英雄战士或指挥人员。解放区作家笔下的英雄人物形象，无论是群体的，还是个体的，都逼真地映现出了解放区广大军民中涌现出的英雄人物的身影。这些文学作品中的英雄人物，亦是现实社会人生中的抗日民族英雄，他们在解放区文学人物画廊中居显著地位。

解放区文学人物画廊中占据着一定位置的人物形象属于转换中的人物形象。他们在思维方式、思想意识、道德伦常诸方面尚不完全与新的社会空间相适应，呈现出转换态势。解放区现实社会人生中的老年农民，相对而言，旧意识、旧观念、旧伦常要深重得多，总是在多种社会人生问题与家庭问题上顽强地表现出来，而又在大时代潮流冲击下逐渐消解而接受新思想、新观念、新道德。他们进入文学创作人物画廊之后，便构成了转变中的一种类型人物系列。赵树理笔下的二诸葛、丁玲笔下的侯忠全便具典型意义。二诸葛与侯忠全的转变，都经历着这样的"三部曲"，即因循守旧——踟蹰不前——跟上前进步伐。二诸葛迷信落后，一言一行都受自己手中"八卦"的支配，处处碰壁，处处显得荒唐可笑，连他的妻子都不相信他的"阴阳"了。后来，他"也有了变化"。侯忠全虔诚于宿命论，不相信世道会变。土改运动前，他真比阿 Q 还要阿 Q。土改运动过程中，他的意识与行为逐步发生了变化。他看到地主家的果园被统制起来时，内心燃起了一线希望的光芒，感到世道在变，他笑了；但刘满与张正典在果园的一场争吵，又使他退回到原来的位置上。地主钱文贵被推上了群众大会的批斗台，他"觉

① 郭沫若：《新儿女英雄传·序》，《新儿女英雄传》，作家出版社 1963 年版。

得欢喜”,并把它“深深地藏在心里”,“惟恐把这东西骇跑”;但被另一位地主侯殿魁投来的目光一击,他“赶快把两手垂下,弯着腰逃走了”。一直到钱文贵被斗倒,侯殿魁在他面前跪下求饶时,他才真心感到世道确实变了。丁玲把他放在土改斗争的背景上,抓住翻身的时代潮流与他不肯翻身的宿命论思想意识的矛盾冲突,写出了他的转变的曲折历程。人的主观世界的变化,确实要比客观物质世界的变化艰难而缓慢得多。

与上述两种类型人物对立的人物形象是负面人物形象。解放区文学创作中的负面人物形象,是对其时民族解放战争与人民解放战争中“坏人”的勾魂摄魄。其中,主要有汉奸形象、伪军形象、侵略军下级官兵形象、恶霸地主形象。作家从现实生活出发,根据民族解放战争与人民解放战争的需要,在描写侵略军下级官兵和伪军人物形象时,未停留于对其暴行的剖露,而偏重于对其空虚的心灵、绝望的心理的剖析,显示出敌对势力分崩离析的失败走向。《“圣战”的恩惠》与《十字街头》便是写这类负面人物形象的作品。作家在描绘解放区农村恶霸地主形象时,更多的是写其阴险狡诈的一面,凸现其应变本能与末运。赵树理塑造的阎恒元和丁玲塑造的钱文贵都是这类负面人物形象中的典型。

解放区的作家们,在将自己的感知、知解乃至体验的以工农兵为主体所从事的民族解放与人民解放斗争活动转化为文学作品时,创制了大众化的文体形式。这种对现实社会人生的独特艺术的把握方式,集中体现在文学作品的艺术结构与语言两个方面。解放区作品的接受主体,主要是工农兵大众。作家们在建构文学作品时,充分注意到了工农兵大众的“喜闻乐见”与欣赏习惯,他们总是以解放区现实社会人生的本来形态为参照,吸收民族文学传统艺术结构营养,组织情节,编织故事,描绘人物。故事情节的完整性和人物形象的生动性,成为解放区文学作品艺术结构的基本特征。这是作家们艺术意识变更后而带来的文体形式探索的一种体现。赵树理小说的结构艺术便具这一显著特征。赵树理的《小二黑结婚》、《李有才板话》、《李家庄的变迁》等等小说,几乎篇篇的情节结构都是连贯的完整的,大故事套小故事,一环扣一环。他的小说形成了一体化的艺术结构模式:先介绍人物,然后描述不同时空里发生的与人物极有关系的故事,涵盖广阔的生活画面、社会矛盾斗争、人物性格及精神风貌,最后交代人物命运结局。做到了如他自己说的:“群众爱听故事,咱就增强故事性;爱听连贯的,咱就不要因为讲求剪裁而常把故事割断了”①。上述艺术结构模式,充分发挥了语言的陈述性与描绘性功能,无论是叙述人的语言,还是人物语言,都具这一共通性特色。在

① 赵树理:《也算经验》,《人民日报》1949年6月26日。

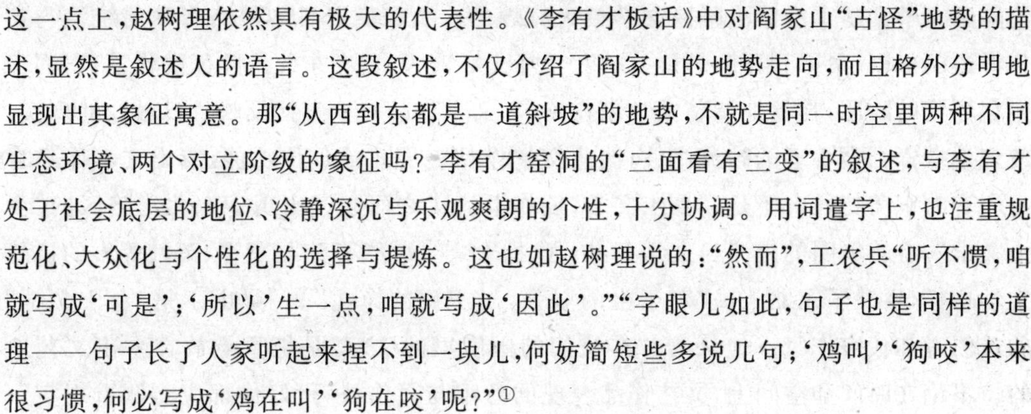

这一点上，赵树理依然具有极大的代表性。《李有才板话》中对阎家山“古怪”地势的描述，显然是叙述人的语言。这段叙述，不仅介绍了阎家山的地势走向，而且格外分明地显现出其象征寓意。那“从西到东都是一道斜坡”的地势，不就是同一时空里两种不同生态环境、两个对立阶级的象征吗？李有才窑洞的“三面看有三变”的叙述，与李有才处于社会底层的地位、冷静深沉与乐观爽朗的个性，十分协调。用词遣字上，也注重规范化、大众化与个性化的选择与提炼。这也如赵树理说的：“然而”，工农兵“听不惯，咱就写成‘可是’；‘所以’生一点，咱就写成‘因此’。”“字眼儿如此，句子也是同样的道理——句子长了人家听起来捏不到一块儿，何妨简短些多说几句；‘鸡叫’‘狗咬’本来很习惯，何必写成‘鸡在叫’‘狗在咬’呢？”①

第五节　沦陷区及港台文学创作概述

“九一八”事变后，中国大片土地先后沦入日本侵略者之手，日渐形成以东北、华北、华东、华南为主的广大沦陷区。纷繁复杂的文学现象，也就在其间萌发、消长。就其存在过的文学现象而言，主要有“和平文学”与“大东亚文学”、抗战文学和“中间状态”文学。“和平文学”和“大东亚文学”，属于殖民主义文学，政治色彩异常突出。沦陷区的抗战文学，属于其时中国抗战文学的重要构成部分，政治色彩也甚为鲜明。“中间状态”文学，是遍布沦陷区的繁复的文学现象，从其总倾向来说，依然属于其时中国抗战文学的特殊构成成分，蕴含着中华民族的民族意识的精神素质。在特殊生存环境里，这种“中间状态”文学，较为发达，质量颇高。在这儿种文学现象中，居主导地位的是抗战文学和“中间状态”文学。不过，因各沦陷地区的文化传统、文学基础、读者层次以及沦陷时间长短等因素的不一，居主导地位的这两种文学的消长及艺术成就、艺术个性，也有较大的差异。

东北沦陷区最先出现的是抗战文学。1934 年前后，金剑啸、罗烽、舒群和萧军、萧红、白朗、姜椿芳、金人、梁山丁等人，在哈尔滨从事抗战文艺活动，创作了两百余篇(部)文学作品，以呼应东北军民反抗日本帝国主义侵略而进行的民族解放战争，第一次把东北人民在侵略者铁蹄下的屈辱生活和顽强反抗引入文学创作领域，谱写出东北

① 赵树理：《也算经验》，《人民日报》1949 年 6 月 26 日。

沦陷区文学和整个中国沦陷区文学最为辉煌的一页。随着日本侵略者政治统治与文化渗透的加剧，萧军、萧红、舒群、白朗、罗烽先后离去，留在东北沦陷区的作家们，囿于生存环境的险恶，自觉地调整文学创作路向，文学作品较少直接反映抗日救亡的现实，较多地探索社会心理的暗流微波，淡化文学作品表层政治宣传功能，突出文学作品自身应有的审美特性。于是，“乡土文学”创作潮流代之而起。出现于东北沦陷区的“乡土文学”，有着鲜明的内涵与文学意义。这股“乡土文学”潮流与萧军、萧红等人的抗战文学一样，反映了东北人民“对于生的坚强，对于死的挣扎”[①]。梁山丁是“乡土文学”的首倡者和代表作家。他认为：“在我们的国度里的文坛，是把重点放在乡土文艺上的。不论在时间和空间上，文艺作品表现的意识与写作技巧，好像都应当侧重现实”，写出“我们一大部分人的现实生活，我们的乡土”，以“进行人类历史所负的正确的任务”。他的这一主张，得到了吴郎、王秋萤等人的支持与呼应。稍后，他在批评“艺文志派”而发表的《前夜》一文中，进一步提出“写真实”与“暴露真实”的主张，以“在我们自己和许多奸细的面前，建立最困难的课题”。梁山丁和王秋萤等人还以自己的文学创作实践扛起了这面“乡土文学”旗帜。梁山丁的短篇小说集《山风》、《乡愁》和长篇小说《绿色的谷》，显示了“乡土文学”的实绩。这些作品，开掘了“乡魂”与“民魂”，写出了东北人的粗犷、强悍的原始强力及其遭受的摧残，表达了作家的爱憎情感与深深的“乡愁”。中国人的民族意识、生命形态和中国文化的民族命脉，在这些作品中得到了生动形象的展现。以梁山丁的文学主张与文学作品为代表的这股乡土文学思潮与乡土文学创作潮流，一直延绵于沦陷区文学的末期，成为东北沦陷区和整个中国沦陷区文学中又一最为重要的文学现象。

以北京文坛为中心的华北沦陷区文学，于 1939 年到 1944 年间呈现出繁荣景象。周作人、闻国新、江寄萍等资深作家，毕基初、关永吉等新进作家，梁山丁、袁犀、梅娘等来自东北沦陷区的作家以及张深切、张我军、钟理和等台湾作家，都在此地为这一文学繁荣景象的形成贡献了心力。其间，有两大文学现象显示出华北沦陷区文学所取得的成就：一是“乡土文学”，一是“女性文学”。华北沦陷区的“乡土文学”与东北沦陷区的“乡土文学”有一定的承传性，但又有着自己的鲜明特性。华北沦陷区的大型文艺刊物《中国文艺》第 6 卷第 4 期、第 5 期刊出的“满洲作家特辑”，引起华北沦陷区部分文艺家的极大兴趣。华北沦陷区“乡土文学”理论主张，由此萌生；华北沦陷区“乡土文学”创作，由此有了较大的发展。关永吉在《读满洲作家特辑兼论华北文坛》、《京派谈林》、

---

① 鲁迅：《萧红作〈生死场〉序》。

《乡土文学的问题》、《再补充一点意见》等一系列文章中，认为：要改变华北文坛“混乱、稚弱、贫乏、空虚”的现状，必须倡导“乡土文学”。他给“乡土文学”赋予了这样的含义，认为“乡土文学”应该是这样一种文学，即“把握写实主义的本质，认识现实的存在，强调‘乡土’——家、国、民族——的观念，而顽固的，执著的，大胆的站在生活之前线，承继‘人的文学’和‘平民文学’的基调而对今日一般颓废的、世纪末的、反动的文艺思想，予以实践的批判与扬弃”；要写出有“反抗意味”的代表“合理人生”的“新英雄”。林榕和袁笑星等文艺家，也先后著文相呼应，为华北沦陷区“乡土文学”的兴起，推波助澜。这一以“家”、“国”、“民族”为内核的“乡土文学”理论主张，既承接又超越了20年代“乡土文学”传统，具有极浓烈的政治色彩与现实的反抗意识。在这一“乡土文学”理论主张引导下，关永吉创作了长篇小说《牛》、闻国新创作了长篇小说《蓉蓉》、马骊出版了中篇小说集《太平愿》、黄军出版了短篇小说集《山雾》、毕基初继续推出他的“绿林故事”系列作品。毕基初是华北沦陷区“乡土文学”的佼佼者与代表作家。他写小说，也写散文和诗歌，一笔多用。他笔下的中国民众，犹如“盔甲山”一样，坚韧伟岸，有着极强的生存能力与英雄气概。他的散文《石像》和诗歌《轻骑兵》，也含有浓烈的“反抗意味”与现实意义。他的作品尤其是小说，被认为暗示出了华北沦陷区文学一种新方向，提出了用另一种题材进行创作的道路[①]。华北沦陷区“女性文学”中最具个性特征的是梅娘及其作品。以梅娘为代表的一批作家，就如梅娘在《自述》中说的：“我们这一代是在日帝的高压政策下生活过来的。幸而，深厚的民族意识托拥着我们，忧国忧民的志士师长开导着我们，才使我们在夹缝中曲折又艰难地吮吸着祖国的文化，成长为特殊环境中的中华儿女。”这一特殊的人文生态环境，孕育着梅娘从事文学创作的价值取向原则与美学追求目标，即如她在《俱往矣》中所说：“用年轻的笔和心，诉说着沉沦的痛苦，探索居住在异国的、生长在殖民地中的青年的路。”对于这一文学指向，梅娘是通过自己作为一位女性作家对身处沦陷区女性自身这一独特视角的观照与思考来实现的。因此，梅娘的作品，洋溢着她自己的感受与体验以及思想情感。她的《蚌》、《鱼》、《蟹》等所谓“水族”系列小说，以细腻的笔触写出了沦陷区女性在传统“网”与殖民地“网”的“夹缝中”的生存状态及其挣扎与反抗，寄寓着作家的人生追求，写得哀婉凄切，具有浓郁的抒情特性。

以上海文坛为中心的华东和华南沦陷区文学，继“孤岛文学”之后于1942年到1944年间有了较大发展。这里，有关露、恽逸群、王元化等共产党员作家，有王统照、

① 朱楼：《评〈盔甲山〉》，《东亚联盟》第2卷第5期。

李健吾、师陀、柯灵、唐弢、许广平、孔另境等已成名的作家,有郑定义、徐开垒、司徒宗、何为、潘予且、张爱玲、苏青等青年作家。他们的作品,关注着沦陷区现实社会人生,显示出华东、华南沦陷区文学所达到的较高艺术水准和所取得的重要成就。师陀的《荒野》与《邮差先生》、唐弢的《稻草上》与《海和它的子女们》、郑定义的《大姊》以及秦瘦鸥的《秋海棠》等等作品,隐含着民族忧患意识与愤懑,时代色彩浓厚。潘予且侧重以男人的眼光关注婚恋。他的《灯与景》、《移情记》、《伞》等作品,写婚恋中女人"形而下"的物质生活追求及其苦涩苦痛滋味。张爱玲和苏青则以女人的眼光关注婚恋,或偏重于怨情的渲染,或偏重于哀情的描述。张爱玲的《倾城之恋》等作品,写出了现实环境挤压下婚恋的变态与畸形以及人物丰富复杂的情感。苏青的《结婚十年》和《续结婚十年》等作品,饱含作家自己的感受与真切体验,多带自叙传性质。她把笔触伸进女人内心世界的底层,写出了婚恋中女人的痛苦与不幸:不结婚是不幸的,结婚是苦痛的,离婚更是痛苦与不幸的。渗透着作家对传统婚姻观念、习俗及有殖民地大都市意识的女性世界的独特审美观照。

香港与台湾,虽然早已沦为殖民地,然而其间居主流地位的文学与大陆抗战文学乃至沦陷区文学,依然有着或强或弱或浓或淡的血脉联系,依然是整个中国抗战文学大厦中的一木一石。

香港经济发达,但文化滞后。20世纪中国文学迟迟未能在香港发展起来,直到1938年到1941年间才出现第一次文学高潮。这次文学高潮,全得力于大陆的茅盾、阳翰笙、夏衍、许地山、戴望舒、郁达夫、徐迟、施蛰存、杜衡、陆丹林、简又文等等或路过或暂居或定居于此地的作家的辛勤劳作。他们在香港结社集会,编辑刊物,撰写文章,创作文学作品,开展抗战文学活动,宣传抗日救亡。1942年到1945年间,香港文坛被日本侵略者的铁蹄踏碎,显得十分沉寂。1947年到1948年间,又因大陆部分作家的南迁,香港再度兴起文学高潮,成为大陆文学的一个支点、窗口、中转站,与大陆文学的关系十分密切。香港文学的这一"移植"与"侨寓"性质,规定了香港文学具有的基本特性:高扬着的民族解放与人民解放意识和开放的现实主义。香港文坛虽然远离战争前线,然而依然飘浮着战争硝烟,缭绕着抗日烽火。发表于《战地通讯》和《大风旬刊》上的《台儿庄血战实录》与《两极》等作品,描述着正面战场一幕幕悲壮场景与中国军队广大官兵的英勇顽强和高强度的民族抗争意识。发表于《笔谈》、《时代文学》、《时代批评》等刊物上的《大江》、《仇恨》、《太阳》等作品,以较大容量反映了一个被侵略民族在战争中的慢慢崛起。发表于《华商报》上的《远天的怀念》、《土地的誓言》、《山居之恋》等作品,抒写了作家对失陷的故土的眷恋之情,系着一颗颗化解不开的恋乡情结。这些作品，写得真实，感情喷涌。发表于《大公报》、《华商报》等报刊上的《延安的月色》、《开荒》、《白杨礼赞》等作品，把西北民众“沸腾的血和热烈的心”带进了香港文坛，让香港的中国人感受到使中华民族立于不败之地的内在特性。这类作品与描写正面战场题材的作品交相辉映，展现出战时中国主体意识的勃勃生机，呈现出中国民族解放战争的胜利走向。战时，中国大地上新生优点与新生劣点并存，这自然与中国抗日民族解放战争及世界反法西斯战争的胜利推进直接相关。作家们十分关注这些社会生活中的热点与兴奋点。在香港问世的《华威先生》、《新都花絮》、《腐蚀》、《戏院中》等作品，便是针砭新生劣点的震撼力极强的文学作品。《腐蚀》描述了主人公赵惠明被诱骗、受腐蚀、犯罪而又不甘堕落所出现的种种复杂矛盾与痛苦，尖锐地抨击了战时的陪都——重庆社会黑暗的“黑心”及其对人的腐蚀。《戏院中》写一位县长的“劣点”。他在困难之际，吃的是鸡鸭鱼肉，穿的是绫罗绸缎，过着挥霍无度的奢侈生活。然而，他唱的却是“抗战”高调。他常常训诫县里民众说：“前线的战士，多苦啊！有时候，连饭都没得吃的；我们在后方，天天吃肉，这是要不得的！”这就惟妙惟肖地勾勒出了“前方吃紧，后方紧吃”的官僚阶层的丑态。所有这些出自大陆作家手笔的文学作品，确实如一支支万花筒，通过它们，香港读者可以感受到大时代中大陆社会人生的各面和广大军民的精神风貌，由此强化自身的民族解放意识。萧红在香港问世的长篇小说《呼兰河传》、剧本《民族魂鲁迅》和散文《给流亡异地的东北同胞书》等作品，有沉郁的恋乡情结的抒写，有对故土人生的剖析，更有收复失地为民族解放而献身的急切呼喊。这些作品，把一个流亡在香港的东北籍作家此时此景的思考、心理、愿望，交给殖民地香港的中国读者，以期得到回应，引起共鸣。

香港文学就其创作精神与创作方法而言，居主流地位的是开放性的现实主义。萧红与端木蕻良在香港创作的小说于客观现实描述之中渗入不少的印象感觉，设置不少的象征物象，融入了一些现代主义创作方法。对呼兰河城与呼兰河人作了如实而不讳饰的描述的《呼兰河传》，通篇没有一个中心故事、中心人物，显得零零碎碎，片片段段，是一些故事、一些人物、一幅幅风俗画连缀成篇的。这就在艺术的构思上，突破了传统现实主义小说的结构模式，把散文与小说融合起来，形成一种开放的现实主义小说表现形式。小说中写的那个包容丰富文化内容的“坑”为小说增添了浓厚的象征色彩，这就大大增强了小说的现实主义表现力。端木蕻良的《大江》，以现实主义的笔调，写反对日寇入侵的斗争故事，然而小说中那些富于遐想与象征寓意的片断场景和书名“大江”所隐含的底蕴，把现实表层及历史纵深地带连接了起来，从而塑造了有着自信与自立精神意志的民族形象。香港文坛上的现实主义诗歌，也具有开放性的特征。戴望舒的部分诗歌便具有代表性。戴望舒的《白蝴蝶》、《致萤火》、《狱中题壁》和《我用残损的手掌》等作品，融象征主义于现实主义之中，或抒写个人因国破家散的哀伤，或表达个人的忧患意识与美好憧憬。这些诗歌成为戴望舒及香港文坛和整个中国抗战文坛上的优秀篇章。来自香港社会底层而吸收大陆抗战文学营养成长起来的香港文学新人的文学作品，亦具有这一共时性的特征。傅不畏的《一片爱国心》，偏重于人物的心理描述，写出了香港部分"高等华人"对于抗日救亡的复杂心态，把一群"有了钱，血都变冷了"的人物，推到前台加以曝光。小说表达了作者深沉的民族忧患意识。陈善文的《苦撑着拼》等诗歌，以一系列的意象组合，把一个苦力工人所受的熬煎、内心的苦痛以及"苦撑着拼"的人生态度与意志，写得饱满有力。其中"牙贴着心，/咬了一口!"颇有现代主义诗歌的意味。

大陆作家在香港的两次大规模的文学耕耘，不仅为民族解放、人民解放事业和20世纪中国文学发展作出了贡献，也为50年代以后香港地区性文学的形成，培植了文学土壤，撒播了文学种子。

台湾文学是20世纪中国文学的一个分支，尤其是20年代至40年代的台湾抗日新文学，与祖国大陆文学关系更为密切。20年代初，《台湾青年》和《台湾民报》先后创刊。以这两家杂志的发刊为标志蓬勃兴起的台湾抗日新文学运动，认同于祖国大陆"五四"文学运动的思维定式、价值观念。前者在"卷头词"中，呼吁台湾青年们奋起追随祖国大陆反帝反封建的新文化运动与新文学运动和世界民主潮流，"反抗强暴，服从正义"，探寻"自强自新的途径"。后者在《创刊词》中，开宗明义地指出：倡导白话文，开启民智，振奋民气。这两家刊物，一方面发表文章介绍祖国大陆"五四"新文学，批判台湾旧文学，一方面发表白话文文学作品。1927年以后，台湾抗日新文学运动逐渐形成高潮，全岛性的文艺团体"文艺协会"与"台湾文艺联盟"先后组建；《台湾文艺》与《台湾新文学》等刊物，先后创办；杨逵的《送报伕》、吕赫若的《牛车》、杨华的《薄命》、赖庆的《女性悲曲》、陈垂映的《暖流暖流》、林辉焜的《不可抗争的命运》等小说以及一批诗歌、剧本、散文，纷纷问世。中国抗日战争爆发后，台湾一批文艺工作者先后离开台湾，留居台湾的文艺家吕赫若、张文环、龙瑛宗、杨逵、巫永福、杨去萍、张冬芳、吴新荣等人，在日本占领者掀起的"皇民化"恶浪中，以不同的方式继续开展有限的文艺活动，继续从事文艺创作。台湾抗日新文学运动像地下火在燃烧。战时台湾抗日新文学创作，虽不及抗战前那么繁复，却有着新的风貌，即沉郁的时代色彩、凝重的"孤儿"意识与悲凉气氛。吕赫若的《月夜》写的题材是旧的，而意蕴则新。家庭中婆媳冲突，婆婆虐待媳妇，造成媳妇或被"休"或自尽，是几千年中国宗法社会不断上演的人生悲剧之一，也总

是被作家写进文学作品，表达反封建的主题。这类题材作品，带有很浓的中国文学传统性，其源可上溯到《孔雀东南飞》。吕赫若却赋予这一传统题材以新的意义，涂上鲜明的时代色彩：在严酷的“皇民化”运动中台湾人的思想观念、饮食男女，并没有被“同化”，依然按照中国传统习俗生活着。小说中的翠竹受婆婆和小姑的辱骂与责罚，逃回娘家后想要离婚却因不合“古训”而遭父母反对。小说以她投河被救结尾，意味深长，表明翠竹尚未走完苦难的人生旅程，她和类似于她的中国女性还会继续走下去。民俗文化心理的展示被赋予新的时代内容。小说向读者暗示出：在“皇民化”高压中，台湾中国人，多半还是过的中国传统生活，他们还是那样地生，不幸的婚姻、家庭关系还是那样地把女性的一生引向毁灭。这就曲折隐讳地表达了作家对战时日本“皇民化”运动的最大蔑视与抗议。当然，这种蔑视与抗议，同翠竹抗议婆婆与小姑的虐待一样，是凝重的哽噎的。吴浊流的《先生妈》直接写“皇民化”运动所引起的母子矛盾冲突。日本占领者强迫台湾中国人的家庭“日本化”，从生活方式到文化习俗，一律向日本归化，以便彻底摧毁中华民族的凝聚力，使台湾从中国分裂出去。是接受“日本化”家庭还是维护“中国化”家庭，这在当时台湾许许多多家庭中引起层层波澜与尖锐激烈的矛盾冲突，乃至形成“一家两制”的奇特现象。战时台湾作家描绘这一社会生活现象，对张扬民族意识与反抗精神，鞭挞民族败类具有重要意义。吴浊流的《先生妈》就是表现这一生活现象的力作。小说主人公先生妈，是当地数一数二的有钱人家的老太太，但她有不平与不满。她的最大不平与不满是儿子推行的“日本化家庭”。她不吃“咪噌汁”，不堪忍受“在日本草席上打坐的苦楚”，日本蚊帐“恼得她满脸郁塞”，日本和服她始终不穿，而且用刀乱砍，临死前还要儿子不要请日本和尚，不准用日本语念经。这一切，深刻地表明她对“日本化”的憎恨和对民族文化传统的认同。小说描写她在家里，没有一个同道者，没有一个可用汉语交谈的人，苦闷而又孤独，尤其是在一家人“每夜不缺”的娱乐时刻，她“冷冷清清”，“孤孤单单”。对先生妈这一心态的描写，浓化了悲凉、悲怆、悲愤的色调，投入了作家自我意识与自我形象：战斗着的孤独者及战斗中的孤独感。长篇小说《亚细亚的孤儿》则将《先生妈》的内容由家庭扩展到社会、由孤独意识扩展到孤儿意识、由隐忍死去扩展到“疯狂”之后的更生与奋起。这给台湾广大读者不仅是一种心理补偿，还给予了一种振奋的力量。张文环的《夜狼》散发出台湾乡土气息，呜咽着台湾人民被日本占领者践踏的痛苦声息，映现出台湾人民挣扎反抗的痕迹。巫永福的诗歌《祖国》发出了“还给我们的祖国啊”的时代呼声！总之，战时台湾抗日文学作品，以其流淌着的民族意识和渗透的文化传统，而与当时中国抗战文学获得整体认同，并为50年代以后台湾地区性文学的发展奠定了基础。

第二章　小　说

作为叙事文学中的一种重要体式的小说，在本时期获得了较大发展。虽然战争连续不断，虽然中国大地先后被分割成几个或两个板块，虽然各板块的具体社会结构、文化传统与文学基础有所不同，然而小说家们的政治思想意识与情感却有着相似的倾向性、小说创作的主题思想却有着相同的指向性、读者的审美意识却有着相近的期待性。不过，这三“性”在不同的板块中，又有着共时性与历时性的差异。由此，形成本时期小说创作的主旋律突出而又丰富多彩的新走势。

战争不仅影响了作家们的人生追求，也影响了作家们的创作心态与艺术风格。民族解放战争爆发初期，作家们一齐扑向了抗日救亡。共有的民族解放意识使得他们向社会、国家、民族、大众靠拢与凝集。因此，他们总是从前方抗战、后方支前的现实生活层面上去捕捉小说创作题材，选择创作“焦点”，种种战斗场面与英雄人物涌入笔端，进入小说世界。他们努力实践着战争前夕自己的“宣言”：小说家“笔下所写的应成为前线的冲锋号，应成为后方的动员令！”小说的“技巧，是钢的锻炼，是铁的熔冶”[①]。现实主义备受青睐，叙事写人成为小说创作的共同特点。由江羽的《血刃战》和李华飞的《博士的悲哀》开始的一批小说[②]，包括国统区丘东平《一个连长的战争遭遇》、萧乾《刘粹刚之死》、李辉英《北运河上》、骆宾基《东战场的别动队》、姚雪垠《差半车麦秸》、张天翼《华威先生》和解放区雷加《炮位周围》、荒煤《支那傻子》、孔厥《老会长》及沦陷区继萧红、萧军创作路子而出现的抗日小说，便是作家们为民族解放战争献出的第一批小说。这些小说，直接传递出中国人民抗日救亡的呼声、中华民族不可侮的战斗意志，也针砭剥蚀抗日救亡力量的社会负面因素及侵略者的累累暴行。这些小说，在 20 世纪中国文学发展史上第一次以整体优势汇入时代与民族解放斗争的历史洪流，第一次不

---

① “本社同人”《我们的宣言》，《光明》第 3 卷第 4 期。

② 《血刃战》作于 1937 年 7 月 12 日，《博士的悲哀》作于 1937 年 7 月 23 日。

约而同地从"民族关怀"出发，描述民族的苦难与反抗斗争，显示出强烈的社会现实功利性。一般说来，这些小说的政治思想意义大于审美意义，艺术性弱于思想性，不过也不乏力作与佳构。

随着战争的持久行进，作家们对自己的创作心态与扮演的"角色"以及文学指向，进行了自觉调整，由此带来不同板块中小说存在形态与"话语"的共时性差异。40年代中期为国统区小说创作的鼎盛期。这时，不仅新老小说家频频推出中长篇小说，一些诗人、戏剧家与理论家如夏衍、阿垅、陈瘦竹、冯至、李广田等等也纷纷跃入小说家行列。茅盾的《腐蚀》与《锻炼》、巴金的《憩园》与《寒夜》、老舍的《火葬》与《四世同堂》、艾芜的《山野》与《石青嫂子》、夏衍的《春寒》、陈瘦竹的《声价》、阿垅的《南京》、靳以的《前夕》、冯至的《伍子胥》、李广田的《引力》等等小说，描绘大时代的风云变幻，剖析社会人生的本质，探寻社会人生的出路，显示出作家们具有的严肃创作态度、刚健而遒劲的现实主义笔力。姚雪垠的《戎马恋》与《春暖花开的时候》、碧野的《风砂之恋》与《没有花的春天》、路翎的《饥饿的郭素娥》与《财主底儿女们》、田涛的《地层》与《沃土》、郁茹的《遥远的爱》等等小说，大都从个人身边发生的事入手，展现大时代的命脉，把个人命运放在民族命运中去描写，体现出人的价值与人生意义的真谛。这些小说，偏重主观描绘，具有热情而忧愤的色彩，显示出作家较高的创作才华与丰富的想象力。除上述居主导地位的开放的现实主义小说外，存在主义小说与浪漫主义小说也取得了重要成就。前者如钱钟书的《围城》，后者如徐讦的《风萧萧》、《春》和无名氏的《北极风情画》与《塔里的女人》及《逝影》等短篇及长篇小说。40年代中后期，为解放区小说创作的繁荣期。二三十年代成名的小说家如丁玲在这时推出了《太阳照在桑干河上》、欧阳山推出了《高干大》、草明推出了《原动力》、周立波推出了《暴风骤雨》，一批新进小说家如赵树理推出了《李家庄的变迁》、孙犁推出了《荷花淀》、刘白羽推出了《无敌三勇士》、马加推出了《江山村十日》。这些小说，从"民族关怀"与"人民关怀"出发，描述民族解放与人民解放斗争的风风雨雨，实践着文艺与人民大众的密切结合。这些小说，与同一时期国统区小说相比较而言，其美学意义上的思想深度与艺术感染力度，要薄弱一些。1941年以后，沦陷区文学囿于生存环境的更趋险恶，减弱或消退了表层政治功利色彩，开拓新的文学表现空间，吸收现代主义文学艺术手法，远距离观照与描绘沦陷区社会人生。且予的《女校长》与《七女书》、梅娘的"水族系列"小说、苏青的《结婚十年》与张爱玲的《金锁记》等小说，大都从"女性关怀"出发，表现沦陷区种种人生形态乃至人的变形与人性的扭曲，显示出特有的文学价值与审美意义。40年代中后期，台湾小说创作随着台湾文学的全面复苏而活跃起来，取得一定成就。吴浊流的《亚细亚的孤儿》

等小说,从“个人关怀”出发,探寻个人命运与社会和民族的前途的关系,浸润着一股并不微弱的孤独意识与孤儿意识。

第一节 张天翼·沙汀·艾芜

张天翼(1906～1985),原名张元定,笔名张无诤、铁池翰、老侉、哈迷蚩,祖籍湖南湘乡,出生于南京。

张天翼是位富有才情的小说家。从 1929 年登上文坛到 1937 年间,他出版了《从空虚到充实》、《小彼得》、《鬼土日记》等 15 部中短篇小说集,成为与沈从文齐名的多产作家。他的作品多以知识分子和小市民生活为题材,其广泛展示社会各层面的巨大勇气与才情,曾得到鲁迅的称赞。抗战初期又以《速写三篇》,再度引起文坛震动。他独树一帜,摒弃华丽辞藻和浮泛的抒情议论,也不借助冗长的段落,往往以简洁生动的对话代替背景叙述和描写,颇具讽刺幽默的艺术效果。这位曾被鲁迅介绍给斯诺的“左联新人”其主要成就还在于对中国现代讽刺小说的发展作出了创造性开拓。

张天翼从小随家庭流转于沪杭一带,又到北平念书。正因为如此,他虽通晓多种方言,却无真正的乡土情结和牢固的地域性审美情趣。发表于 1929 年的《三天半的梦》,以“梦”隐喻省亲,表明现代都市社会再不会退回到宗法制大家庭图景和安土重迁的陈旧观念,在很大程度上可见出作者自己的影子。他当过教师、抄写员、记者、编辑、小职员,交游甚广,社会阅历丰富。然而“要不是生活在旧中国那个黑暗的历史时期,我恐怕未必会拿起笔来搞创作,也未必会当什么作家”[①]。张天翼以记者的敏锐和正直青年人的热情画出了那个缓慢移动的时代巨轮上的三教九流,综合再现了那个纷扰、喧嚣、危机四伏的社会,从题材内容到艺术形式都为苦于“革命+恋爱”的左翼文坛吹来清新活泼的气息。

张天翼所作短篇小说多以小市民和知识分子生活为题材。他最富创意的世界是由求职者炳生、门房老包、机关录事员陆宝田、小高利贷者长生奶奶与庆二娘、乡镇地主长太爷、悲哀的猪肠子先生、附庸风雅的恋爱青年、闲得无聊的阔太太等组成的市民世界,类似狄更斯的充满市侩气息的人生世相和契诃夫笔下的小官吏、小职员、小知识分子和小人物系列。张天翼以嘲讽的笔触描绘他们的庸俗虚伪以及矛盾可笑的心理

① 《张天翼短篇小说集·前言》,文化艺术出版社 1981 年版。

状态。虽然20年代的文研会作家叶圣陶已经着力描写过小市民灰色卑琐的人生，然而张天翼的作品更加不留情面，不计阶级面貌而直入小市民灵魂的丑陋、知识分子的庸俗颓废、动摇游移、向上爬的哲学，幽默而不失严肃，明快而内蕴深沉。中篇《包氏父子》代表了这类小说的最高成就，并且在很大程度上克服了他小人物系列的缺点——结构单薄、细节随意、人物类型化和夸张。老包当了30余年的门房，唯一的希望是儿子包国维从洋学堂毕业后当官，自己享老太爷的晚福。这种美满而渺茫的梦给贫困、寒碜、老实的老包一种效力无比的兴奋剂。为了给儿子凑够学费钱，他可以厚着老脸到银行和学校哀求免缴制服费而碰一鼻子灰，他可以穿着七年的油污旧棉袍，而为了儿子的体面偷一点主人的"司丹康"(头油)。但是他那可怜而执著的梦却被儿子可笑而轻浮的梦所粉碎。包国维受纨绔子弟的熏染，完全失去了贫家少年的朴实。他羡慕富家子的生活方式，早已变质为流氓青年。为了显示其勇敢，他打伤纨绔子弟的情敌，结果被学校开除。《包氏父子》这出小市民乌托邦式的悲喜剧，让人不禁为作者对人性深刻的体察和冷峻的讽刺肃然起敬。

抗战初期，他集道德喜剧、性格喜剧、风俗喜剧和意识喜剧诸要素于一炉，让喜剧才华得以大放异彩。他的短篇集《速写三篇》在暴露消极面，抨击阻碍破坏抗战的行为方面，取得了引人注目的成就。《谭九先生的工作》揭露了地主分子在抗战中囤积粮食、争权夺利的丑恶嘴脸。《新生》从李逸漠矛盾逃避的心理入手，表现了抗战初期一部分知识分子由热情而消沉、迷惑、矛盾的复杂心态。《华威先生》以速写式的勾勒，刻画了一个国民政府文化官僚形象，成为国统区有代表性的作品，引起文艺界关于暴露与讽刺问题的讨论。《华威先生》成功地截取几个类似喜剧的场面，先以漫画的夸张和速写的手法，勾勒出"像闪电一样快的"坐着黄包车到处开会而对会议内容不感兴趣、"恨不得取消晚上睡觉制度"但"每天不是别人请他吃饭，就是他请别人吃饭"的华威先生的工作和实质。进而通过他对战时保婴会的态度，集中突出了他是一个积极抓权、包而不办、言行相悖的官僚典型，讽刺和揭露由外到内，反复重叠，集中强化。华威先生联系广泛的现实背景，又有丰富的生动性、典型性。

社会问题与道德问题为张天翼的小说提供了行动、情节、思想，但假如没有作者喜剧创作技巧与讽刺幽默的语言，终也是焉附之毛。没有人能够不为这位目光炯炯，嘴角露一丝笑意的翩翩青年所讲述的故事捧腹。他善于捕捉每一个社会阶层的语言习惯。他的人物语言，故意跨越口语与书面语使用的常规，或者把语域语境不同的词语混用，制造出文体上的修辞(幽默讽刺)效果。炳生先生"别上嫩黄色的斜皮带"学说官话却笑话百出。"你的政策以为咸鸭蛋的趋势好，还是皮蛋的趋势好?"作者巧妙地以用餐口语夹杂政治术语,令人喷饭之余又"怪同情"这位向上爬者的蹩脚。张天翼小说的叙述语言切除了白话语汇的平铺直叙,追求语言多层次的表现力。他常运用语言的错位、逆反、有意残缺不全、故意重复等制造讽喻,揶揄人物,加快节奏。荆野先生想"这是自己决心坚定了之故,但或者,也许,大概,有点儿像是,因为昨夜太醉了。"以语言含混讽刺荆野先生的充实其实是醉后的假象。他还喜欢用外文与谐音汉字的表意合成笑料。

张天翼不仅在文体上利用语言发掘笑料,纵笔调侃,也在结构上借鉴了漫画、夸张、速写、美丑对照及"含泪的微笑"等喜剧技法。他擅长用揶揄戏谑的笔致无忧无虑地夸张人物的心理和言行,抓住人物喜剧性矛盾"剥开一些人物的虚伪假面,揭穿他们的内心实质"①。长于制造温柔的老柏每天接吻 30 到 35 次,华威先生的训示都是统而笼之的套话。《砥柱》体现出美丑对照的讽刺喜剧形式。四铭式的假道学家黄宜庵听到隔舱飘来的猥亵下流话,始则愤愤,继而"身上发热"、"毛孔里冒着汗"、"腮巴子红得失了态",终而加入其行列。而他的女儿贞妹子"对那些离奇古怪的响声没一点兴味",黄宜庵越是以己淫秽之心去揣度她的自然举动,"她坐在窗子跟前,只瞧见一个弯着的人身剪影。可是他觉得她脸子正发着红,眼睛里闪着亮——水汪汪的!"越是以女孩天真纯洁的美反衬道学家淫秽虚伪之丑,讽刺意味更显悠长。《包氏父子》的笔锋则已刺破喜剧的表层而触及小人物悲剧的底蕴,显出"含泪的微笑"。尽管老包愚昧可笑,但他从老太爷的梦"一屁股就坐到了地上"的结尾,却令人不得不沉默地思考旧中国教育制度对青少年的影响,小人物微薄梦想的可怜。

张天翼还创作有《蜜蜂》、《奇遇》、《大林和小林》、《秃秃大王》、《金鸭帝国》等儿童文学作品。这些儿童文学作品语言生动,想象丰富,符合儿童心理。50 年代,他更是主要转向儿童文学创作,《宝葫芦的秘密》等作品很受小读者欢迎。

沙汀(1904～1992),原名杨朝熙,杨子青,四川安县人。

沙汀是一位不断在大时代背景下探索四川西北部乡镇地域文化而特具权威性的发言人。他的全部小说提供了一幅川西北乡镇社会世态人情的历史风俗画,是旧时代中国封建基层社会和乡村政权的缩影。它既是现实的,又是封闭、凝滞而古久的,它承载着历史、社会和文化的丰富内涵。沙汀小说中独特的人物系列、文化氛围和地域特色,使他成为 20 世纪中国文学发展史上独具特色的小说家。

① 《张天翼短篇小说集·前言》,文化艺术出版社 1981 年版。

沙汀始终坚持他的美学理想，始终坚持他的文化选择，以坚韧不拔的毅力而成为一名杰出的现实主义作家。1929 年他与流亡到上海的四川同乡创办“辛垦”书店，广泛阅读果戈理、契诃夫、鲁迅、茅盾等人的作品，并尝试写作。然而他早期的短篇集《法律外的航线》中除《土饼》、《恐怖》等篇外，“它们一般都存在着一定程度的概念化倾向”[①]。不过 1935 年冬因母亲去世而返乡的经历，终于使沙汀成功地找到了自己最适合写什么的答案。自那以后，川西北的乡镇已不再仅仅是地理学上的意义，同时也是他小说创作的根据地和落脚点，川西北的乡镇社会已经成了沙汀外化审美观照的对应物。沙汀虽早年丧父，家境破落，但他从小随操袍哥的舅舅坐茶馆，出入各种场合。这使他十分熟悉乡镇的人情世态，乡镇人物的性情爱好。因而，当这位清瘦的寓居上海的归乡青年以都市的眼光观照那虽然熟悉，却又依然陈旧、封闭和凄凉的故乡时，他奔腾在血液里的爱与恨，禁不住便永远留在了那片土地上。

> 夜很深，四近没有一点声音，锤子敲在棺材盖上的声音恰如敲在木桶上一样。而在远处，突然响了一阵巫师的清脆的“司刀”声，接着便是一阵悠长而凄厉的呼唤。……(《在祠堂里》)

在“五四”浪潮涤荡中华大地 18 年后的四川乡镇，一个追求爱情自由的连长太太在象征封建宗法社会支柱的祠堂里被活活埋入棺材，四周不乏同性和异性的看客。作者压抑不住的悲愤化为夜间凄厉的声响，注入这位四川女性的悲剧里。承继 20 年代乡土文学的余韵，他笔下的川西北乡镇更少轻淡哀愁的田园风光，而是极富四川封闭、落后、野蛮的地域色彩。在这里，封建社会超稳定态势所具有的凝固性，宗法观所实践的国家观，家长制与人身依附的兽性文明以及兵匪一家、袍哥和官府勾结等社会毒瘤，使得任何吹到这穷乡僻壤的激越的时代新风都会衰竭、变味。可以说这是旧中国黑暗王国的最后一块割据地。《查灾》从猪圈里翻出死尸、《兽道》中的轮奸孕妇、叫喊“饿狗还要熬它二两油”的代理县长、收债派款做发财梦的丁跛公，沙汀 30 年代的乡镇小说以揭露性描写和传奇性故事令人不寒而栗。抗战爆发，沙汀再次返乡，他的所见所闻再次与当时的上海形成反差。那些粉墨登场的新县长、新联保主任、乡长等大小官吏“同抗战是多么不相称”，他们侵吞公款，草菅人命，买卖壮丁，抗战只不过是他们大发国难财与争权夺利的幌子而已。沙汀在保持不动声色的客观叙述中强化了讽刺性，淡

① 《沙汀短篇小说集·后记》，人民文学出版社 1978 年版。

化了传奇性，展现了乡镇基层统治者的百丑图，表现了旧制度日益腐朽的本质。《在其香居茶馆里》就是这一时期的优秀代表作。它以抗战时期兵役问题的黑幕为题材，以颇有民俗特征的"吃讲茶"为聚焦点，精心设计了一出场面火爆、讽刺辛辣的喜剧。一大清早地方顽劣邢幺吵吵大闹其香居只因联保主任方治国吃了豹子胆向县里告密把他的儿子抓了壮丁。正当两人从出言不逊到大打出手时，蒋米贩子来报告邢的儿子已被放出。原来那个扬言整顿兵役、"戴他妈付黑眼镜子"(隐喻两眼墨黑见钱就拿)的新县长接受了贿赂，便找个理由说邢幺吵吵之子点名时报错了数，因此没有资格打国仗。这戏剧性的反高潮产生了强烈的讽刺张力，可谓"无一贬词而情伪毕现"。表面是乡镇头面人物狗咬狗的争斗，但锋芒直指抗战时期中国基层政权的腐败，虽然从背景到人物对话都是十分纯粹的川味，但地域性和时代性相辅相成，相得益彰。这篇小说也体现出典型的沙汀式讽刺。他挖掘人物带有心理内容的谈吐与动作细节，在冷静中暗藏机锋，让人物自己的行为揭发自己的伪善凶狠而不自知，到最后才点染一笔，追求一种戏剧性、结构型的讽刺效果，与张天翼更多的是通过语言的揶揄、夸张自有不同之处。长篇小说《淘金记》描写1939年冬四川农村乡镇北斗镇几种势力围绕开发金矿发国难财而掀起的一场内讧，是沙汀小说创作的里程碑。作家再次将剖析的主题寓于自己所熟悉的乡镇世界，塑造出不带脸谱化、公式化的清一色负面形象。地痞无赖白酱丹工于心计、阴险狠毒，独对女儿显出父爱真情；大户绅粮何寡妇精明厉害，也有寡妇弱子的辛酸；北斗镇老大——联保主任龙哥粗野狂放、刚愎残暴；"在野派"袍哥林幺长子粗鄙凶顽……一方面围绕他们对争夺筲箕背金矿开采权的争斗，牵出一张川西北乡镇社会袍哥光棍等土著政治势力与绅粮、官府相互勾结的盘根错节的社会关系网，笔触从基层伸向中央；另一方面尽情揭露了大后方发国难财者的疯狂和贪婪。《淘金记》之后，沙汀还相继创作了《困兽记》、《还乡记》，这是以四川乡镇知识分子和农民为题材的长篇小说，它们一起合称"三记"。

沙汀娴熟地使用记忆中的乡镇素材并将其放置到大时代的背景之下，既有强烈的左翼革命意识，又充满了浓郁的地域文化色彩，是革命的，更是"川味"的。他的小说在语言上使用的是一种从四川方言中提炼出来的充满四川人风趣幽默的乡土话语，加之谚语、倒装、反语和语气语态的出神入化，故能使用最简单的川话把茶馆争吵模拟得活灵活现，也能让读者从字里行间嗅到乡镇人物狡猾、粗鄙而又带热辣、憨直的本土特性。浓郁的乡土地域氛围也表现在风土人情上。沙汀善于抓住最富乡镇特点的人文景观和风俗习惯，将其白描入画。乡镇上挂长方白纸号灯、歪歪斜斜题有"鸡鸣早看天"的鸡毛店、一条鹅卵石铺的小街狭窄得居民可以横根竹竿晾衣服、背着夹背的脚夫、一个神经兮兮的留洋学生、金矿梁子丁字形工棚、农村集市的热闹。最能代表川西北乡镇风味的是茶馆，在那里可以"吃讲茶"（在茶馆评理断"公道"），"摆围鼓"（川剧清唱），讲圣谕，设赌局，理发的、喝茶的、卖吃食的，三教九流，汇聚于此，既是沙汀设置故事的背景，也是乡镇生活厚重、粗俗、晦涩的象征。袍哥光棍、哥老会、土匪绑肥猪，则是四川特有的土著政治势力和帮会活动方式。这些昔日的世相风俗通过作家富于表现力的笔触而栩栩如生，特有滋味。如果说沈从文是从湘西世界的乡风民俗中寻找"希腊小庙"的抒情诗人，那么沙汀则是在川西乡镇茶馆里冷静地说着"老兄，这镇上的生活可真沉闷"（《某镇纪事》）的观察家。

1949 年之后，沙汀写了《青冈坡》、《红石滩》等四川乡镇农村题材的优秀中篇小说。他将毕生的艺术生命投注在川西北的乡镇世界，他深沉固执的"恋乡情结"也许影响了他对其他领域的开掘，然而守住了家乡也就守住了自己。他是继李劼人之后又一位从感情到形式都十分纯粹的有整体感的川籍地域小说家。

艾芜（1904～1992），原名汤道耕，四川新繁人。

艾芜是一位带有传奇性的作家。这位"少年老成"的川西农家子弟在滇缅边境和南洋诸国漂泊流浪 6 年，"差点没拖死在外面"。艰难的漂泊经历坚实了他的人生阅历。他以描绘鲜为人知的边地和异域生活步入文坛。他钟情于强悍有力、野性不驯乃至在生活重压下有某种畸形扭曲的坚韧个性，他比其他人更加敏感而热忱地歌唱底层人物的美好、善良和野性刚劲的反抗。他那炽烈如火的激情，明晰素雅的抒情，使他的作品如南国的明丽、山溪的清纯、印度洋咸辛的海风，显出独特的艺术个性。

艾芜在漂泊中以"脖子上挂着墨水瓶"积累下来的素材，成为他的短篇小说集《南行记》的原型。《南行记》从严格意义上讲，是一部包括散文、短篇小说等文体在内的半自传性作品。全书通过"我"的流浪历程将绮丽的滇缅自然景观、人文风情以及生活在那里的说粗鄙方言的强盗、小偷、盗马贼、私烟贩、马帮头、流浪汉等传奇人物，如串珠般连缀成一个富有浪漫气息的艺术整体。《人生哲学第一课》写"我"在异乡昆明残酷的秋天里，走投无路、身无分文，仍然坚信"就是在这个社会不容我立足的时候，我也要钢铁一般顽强地生存下去"，显出面对生活恶浪顽强坚韧的强者个性。《在茅草地》、《松岭上》、《山峡中》那群被文明社会蔑视为愚昧、残忍、野蛮的强盗、小偷、杀人者，在小说中转化成野性、强悍的个性，通过复杂、朦胧的反抗循环到虚伪的、疲弱不堪的社会身上。他热忱地展现他们坚韧的生命力，笔端流露同情、理解，甚至有对顽强的粗鄙汉、泼辣女的喜爱。野猫子就是一位野玫瑰式的生长在传统文化之外的女性形象。她可爱而又可怕,刁蛮泼辣而又有少女的柔情。

40年代的艾芜已褪去先前的浪漫情调和他的"流浪人"模式,取得了创作的丰收。他写了长篇小说《故乡》、《丰饶的原野》、《山野》。这时艾芜的视野更开阔,题材也多样化了,但是更多的还是反映国统区劳动人民的困难、挣扎与反抗。短篇《石青嫂子》是他的代表作。小说通过对石青嫂子外在行动的真实描写,塑造了在接踵而至的灾难面前(男人被抓丁、土地被占、房子被烧、菜地被毁)坚韧求生、决不屈服的女性形象。石青嫂子依靠在一块荒地上拼命劳作,企图维持最低限度生活水平的小小愿望在那个充满强权剥削的社会,竟然变成破碎的梦,求生的路已被堵死,但她仍然勇敢地把希望寄托在下一代身上。为孩子而活着,也就是为未来、为希望而活着;"桔子柑红了的时候我们会回来的"。这一方面是对倔强柔韧的个体生命的赞颂,另一方面也揭示了中华民族历经千难万劫而能生生不息的生之信念。作者对石青嫂子的刻画不是简单的一次性完成,而是通过事件一次次深化而成,因而特别具有真实感人的力量。

《丰饶的原野》是艾芜的第一部长篇小说,全书分两部:《春天》、《落花时节》。作品以20年代四川岷沱流域农村乡野为背景,描写了在封建势力压迫下农民的痛苦生活,并对他们寄予深切的同情。小说重点在于用革命启蒙主义态度解剖农民悲剧性心理状态。小说着重刻画了地主汪二爷家三个长工的不同性格:"在邵安娃身上看出了奴性的服从,在刘老九身上看出了坚决的反抗,在赵长生身上看出了反抗和服从的二重性格。"[①]情节单纯、脉络清楚,富有川西平原的地方色彩。《故乡》以大学生余峻廷回乡20多天的见闻为线索,描绘了抗战时期大后方县城的生活画面。《山野》则写吉丁村一天的生活,鲜明地表现了面对日本侵略的农村阶级关系,标志着艾芜长篇创作的成熟。

对性质迥异的种种人生及命运的把握,对自然风光与边地风情的独特感觉,所有这些都像抹在画布上的油彩一样,使艾芜的艺术画卷显出诗情画意。自然风景给艾芜的作品提供了不少灵性,给人留下鲜明印象。《南行记》中那奇山奇水与异域风光的描绘,为规定和表现小说的主题设置了一个恰到好处的想象境界。《山峡中》响彻长夜的低沉的江水的怒吼,同沉默地伸向云外的峻峰,破庙内闪烁不定的篝火,残缺的泥塑神像,构成一种意象,预示出悲怆怨愤的情调和那群被抛弃在时代冲击圈之外的底层人物的巨大潜能。《丰饶的原野》每一章都有川西平原的小溪田野和竹林织成的清新明丽的图画。他基于早慧心理的诗意感受从千姿百态的自然景观中看到了内涵丰富的

① 艾芜:《〈春天〉改版后记》。

众生相，又透过现实人生而获得深刻体验，感受到蕴藏在自然景物中的生命的呼号和奔涌。

作为一个力图“把现实写得有诗意”的小说家[①]，艾芜的作品不仅有对现实世界的敏锐、细腻的感觉，也有表达这种感觉的明晰、素雅的抒情特质。黑暗的社会竟连石青嫂子、徐二嫂（《黄昏》）、永生嫂（《回家》）这样的善良贫苦的妇女也不放过。在貌似平静、朴实的描写下，谁又能听不见作者的呻吟呢？也正是下层人民在黑暗势力的沉重挤压下仍然保持着柔韧的存在，燃起了他对社会、对人生、对历史的如火的激情，使他创造出的艺术境界闪烁着诗意。在粗犷、野性十足的野猫子悠扬的歌声中，流淌出来的是少女对相亲相爱的正常生活和“没有愁，没有忧”的社会生活的深情向往。在《我的旅伴》老朱、老何这类粗俗的流浪汉身上，闪烁着“性情中的纯金”，使波别在澜沧江畔苦候不舍的是对爱的永不熄灭的希望（《澜沧江边》）。石青嫂子使贫瘠荒芜的山坡变成象征希望和生命的果园菜地与地主对这土地的任意亵渎和掠夺毁坏相对照，更显出自然的庄严。

艾芜是一位勤奋的作家，1949 年以后他陆续写了长篇小说《百炼成钢》、短篇集《夜归》等作品，尤其值得一提的是他在 60 年代写作了《南行记续篇》，在共时性与历时性的叠印中表现出昔日山寨和人物的变化，既保持了原来风格细腻、刻画入微的特点，又体现出充满春风、阳光和欢乐的时代气息。

第二节　萧红·萧军·端木蕻良

萧红（1911～1942），原名张迺莹，黑龙江省呼兰县人。

萧红在她不及 10 年的文学生涯中，创作了 30 余篇（部）小说和为数不多的散文、诗歌。她的生命和创作如惊鸿一瞥，而散发的光芒却耀眼夺目，十分独特。她一波三折的身世和经历，她的充满灵性的作品，给后人留下了谜一样的“萧红现象”。萧红的意义在于，一方面，她从自身的经历和对生命的独特体验出发，用那支天然之笔，表达了对遥远故土上生息不止的生灵及其古老文化、风俗的审视与思考，这种审视和思考带有强烈的母性色彩；另一方面，她发展了 20 世纪中国小说的散文化倾向，将散文的

① 《把现实写得有诗意——艾芜谈小说创作》，《成都晚报》1986 年 3 月 31 日。

抒情、白描与小说细腻的心理刻画巧妙结合起来，使作品显出复杂的意蕴和别样的格调。

涓涓呼兰河哺育长大的萧红，有着孤僻、敏感、矜持而又倔强的性格。她不到20岁就被迫离开家乡，只身开始坎坷的生命之旅；入关后四处漂流，始终未能回到生她养她的家园，最后郁郁殒命客葬他乡。她的作品也因这不能归去而显出流亡者极强的家园向往和回归意识。人在旅途的萧红，一次次辗转奔波，“所去的仍是生疏的地方”；一次次回望隔着千山万水的故土，心中蓄着悲凉与寂寞。这种寂寞心绪伴随萧红短促的一生，支配着她的全部创作。

虽然，萧红早期作品有着某些清新活泼的气息，但也是哀悒的。她与萧军合出的《跋涉》集一问世，就宣告了一颗孤苦柔弱的心对现实生活的介入。收入《跋涉》的五篇小说，萧红以略显功力不足的稚嫩，写出了带着淡淡凄楚的个人往事和远在故乡挣扎于苦难中的下层民众的遭遇，既给人一种笔调上小溪般的清凉感，又在内容上给人“青杏般的酸涩感”。《王阿嫂的死》将死的悲惨消融在流畅的叙述和对话中；《看风筝》里，老人深切的怅惘和哀恸是通过风筝的欢快飘扬来映衬的。这时的萧红才胜于学，完全是“凭个人的天才和感觉在创作”①。她任意地不加雕饰地把那些历久不忘的经历和经验充填到她的作品中，听命于内心。这种叙述人间悲苦的方式是她所独有的。这些作品，都散发出一种清新俊逸的牧歌情调，这种清新笔调一直延续到对一双“手”的描述。小说《手》以一双变了肤色的手，透视一颗被挤压的受伤害的心灵，展现心灵之美遭践踏被毁弃的惨痛景象，让人不觉潸然泪下。但小说临近结尾，主人公面对冷酷的生存氛围表现出的镇定乐观态度，隐约幻化出一个自尊自重、顽强挣扎的形象。这是萧红本人潜在的热望。

真正结束萧红创作“稚嫩”期的是《生死场》。这部中篇小说第一次把“萧红”这个名字带入文坛，奠定了她在20世纪中国文学发展史上的地位。这部描写东北农民在日常生活中生与死的方式，及他们在国难当头之时将自身的生与死同民族命运联系起来抗争和追求的小说，把沦陷区人民的痛苦呻吟和反抗呼号生动地展示在处于民族危急关头的中国人民面前，使关外的血与火、塞外的悲笳与枪声有一种真实的逼近。小说没有主要故事，全然采用铺叙写法，截取一个个生活场面以展现几种有代表的生与死：一是死而复生——王婆的生的意志不为丈夫的生离或死别所动，儿子反抗官府被枪毙后，她悲愤自杀，却在下葬时活过来；一是初生即死——金枝怀着身孕过门，所生

---

① 胡风：《悼萧红》，中国现代作家选集《萧红》“代序”，人民文学出版社1984年版。

的女儿不满月即被丈夫摔死；一是以死毁美——全村最美丽的少妇月英，瘫痪后被丈夫视为累赘，任其下体腐烂，活活烂死[①]。小说中，这群土地的子民在平常岁月中如草芥般被遗弃和被摧残的自然状态的生与死，与土地沦陷后他们奋起反抗如春风烈火般有光有热的自觉的生与死，形成鲜明对照。正是民族的惨劫质变了这些平凡百姓的生与死的形式。这样，两种生与死的方式——自然的生与死和自觉的生与死，普通人的生与死和民族的生与死，紧紧联结，“北方的人民的对于生的坚强，对于死的挣扎，却往往已力透纸背”[②]。在《生死场》里，萧红是以忧伤的目光凝视那片土地上祖祖辈辈的生与死的。她运用“女性作者的细致的观察和越轨的笔致”[③]，以她那新鲜而独特的审美视角，描绘了一派空旷寂寞的“生死场”。她将这种个人的体察置放到大的背景中，素有的细腻温婉蕴含着内在的坚定的力度，使“生死场”显示着有历史深度的宏伟气势，透出广泛的时代感受和抒情诗般的人生悲凉。

萧红并没有止于单纯的悲痛抒写，她还善于在宣泄般的倾诉中控制自己的才华。她由童心的明澈转变为成年的郁苦，清丽中夹杂着些许沉重。以“黄河”为契机，萧红似乎探索着另一种艺术风格，既想表达某种强劲、开阔的民族责任感，又想体现自己不断丰富和深厚的艺术个性。汹涌澎湃的“黄河”，一方是流离失所的劳动者形象，虽饱经苦难而未失豪爽；一方是觉醒了的士兵的形象，遇家难而锐气不减。小说把这两种形象和中华民族的摇篮黄河及黄河上逆水而行的渡船交融在一起，谱就了一曲雄壮的黄河颂。但是，萧红又似乎从未刻意进行这种艺术探索，《旷野的呼喊》、《后花园》、《小城三月》等作品中所显示出的舒缓和沉郁笔调，几乎是水到渠成，浑然天就。她保持了以往不以情节取胜，长于环境描写的散文化特色，加重了对小说氛围的渲染、人物心理的揣摩和整体风俗的描绘。《旷野的呼喊》里那铺天盖地的大风和波澜起伏的心理状态，《小城三月》那以幽幽笔触绘出的一幅幅质朴优美的风俗画——这一幅幅风俗画背后，律动着款款动人的诗情乐韵和某种艰涩凄苦的悲剧意味，都表明萧红小说艺术已趋于纯熟。

长篇小说《呼兰河传》是萧红小说创作的巅峰。这部小说，看似平淡，仿佛只是零散珠子，其实凝聚了萧红作为女人、流浪者和作家的所有人生感受和艺术才华。那时，萧红刚入而立之年，沧桑的生命行进到这段光景，精神丝缕无法割舍地牵系着已逝的光阴和遥远的故土，她内心涌动着难以拂去的孤寂之感。在这漫长的孤寂中她参悟着

---

① 参见杨义：《中国现代小说史》第二卷，人民文学出版社 1988 年版。

② 鲁迅：《萧红作〈生死场〉序》，见《怀念萧红》，黑龙江人民出版社 1981 年版。

③ 鲁迅：《萧红作〈生死场〉序》，见《怀念萧红》，黑龙江人民出版社 1981 年版。

人间的生老病死、喜怒哀乐，她仍将沉静的目光投向梦里千万遍归去的家园。《呼兰河传》正是呼兰河边她熟悉和思恋的那座小城的剪影。小说打破因人立传、因人系事的惯例，广泛摄取小城的形象和魂魄——它的卑琐哀苦的物质生活，它的愚昧落后的乡风民俗，它的种种希望的幻灭和挣扎。在那里，到处弥漫着令人窒息的气氛。人们麻木不仁地过着循环往复的悲苦生活，“他们都像最低级的植物似的，只要极少的水分，土壤，阳光——甚至没有阳光，就能够生存了”[①]。他们把生命消磨在无聊的喧闹和无望的妄举中，谁也不愿意用自己的力量去改变现状。街头的大泥坑，作为这座小城的象征性景观，不知埋葬了多少生灵！老胡家的小团圆媳妇，被“管教”成病，被活活折磨致死。她死后，人们并没有意识到自身根深蒂固的积弊，继续以其出于“良善”愿望而进行的种种惨无人道的风习，维护自古不变的生活秩序。自作主张嫁给磨官冯歪嘴子的王大姐，也在众乡邻日夜讥讽中悄无声息地死去。跳大神、唱秧歌、放河灯的事，依然年复一年地上演着。人们的使命，便是以各自的活着或死去，共同渲染那小城的古旧与寂寞。萧红在以“含泪的微笑回忆这寂寞的小城”的时候，深刻意识到那陈旧痼疾的巨大摧残性，但她没有忘记久已埋在心底的热泪。磨官冯歪嘴子在妻子死后众目睽睽下的顽强，不是代表着这座小城新的生命形态吗？他与那些旧的生命同样寂寞地生活着，但却是直立的坚韧的灵魂。作者欣慰地看到，“冯歪嘴子自己，并不像旁观者眼中的那样地绝望，好像他活着还很有把握的样子似的，他不但没有感到绝望已经洞穿了他。因为他看见了他的两个孩子，他反而镇定下来。他觉得在这世界上，他一定要生根的。要长得牢牢的。……”这个巍然屹立的“脊梁”形象，是才高命薄的萧红孤寂之中的殷殷期待。整部《呼兰河传》打破了传统小说的结构框架，零散珠子由一根纤细的寂寞之线缓缓连缀。萧红那无法重复、不可替代的艺术风格臻于极致。

除却这悲哀和寂寞以外，萧红还有一部值得注意的长篇小说《马伯乐》，它体现了作家艺术视野的另一侧面。《马伯乐》将《黄河》和《旷野的呼喊》中倾注的热烈情绪转化为冷峻的讽刺，主人公马伯乐作为民族败类的种种丑恶行径，受到无情揭露和鞭笞。在这部作品中，萧红一改她沉静、轻缓的抒情格调，大量运用了夸张、变形和反讽笔法。《马伯乐》在一定程度上显示了萧红试图与民族解放战争这一主流话语呼应的某种努力和自觉。应当看到，这种努力的背后，隐藏着萧红多重矛盾交织的复杂心态。

萧军(1907～1988)，原名刘鸿霖，辽宁省义县人。

---

① 茅盾：《〈呼兰河传〉序》，黑龙江人民出版社 1979 年版。

萧军是以愤怒者姿态步入文坛的，他的文学命运颇为传奇。他来自几乎是一片文化荒漠的乡村，自幼向往绿林生活，以当兵或当胡子为理想职业，青年时期经过长达8年的军旅洗礼——这些，都把他磨砺成一个刚正不阿的铮铮汉子，养成了他对社会人生的侠义态度，也使得他的作品一开始就有一股强烈的反抗情绪，这种情绪慢慢积淀成他刚健质朴的小说风格。萧军曾说："我是北满洲长大的，我爱那白得没有限际的雪原……我爱那墨似的松柏林……我爱涛沫似的牛羊群，更爱那慓悍爽直的人民……虽然那雪和风会像刀似的刮着我们的脸，裂着我们的皮肤……但是我爱他们，我离开他们我的灵魂感到了寂寞！"[①]他的作品充满了冬夜的驼铃，高粱的醇香，胡子爽朗的笑声，以及嘹亮亢远的大鼓词唱腔。东北沃土孕育出来的粗犷和强悍，经过时代风云的锤炼，又显示出深沉与凝重的品位。

以一篇揭露军阀残害士兵暴行的小说《懦……》，萧军走上了用笔向恶势力宣战的道路。他从踏入文学之路起，就极力主张文艺为"人类最底层的呼声"，"人生的现示、发现和创造"。萧军的早期作品，在艺术上未免粗糙，但有着某种真实得震撼人的力量。1933年他与萧红合出小说集《跋涉》，收入小说六篇。在这些作品中，萧军带着憎厌的感情勾勒那些吃人者的丑恶嘴脸，代替受伤的灵魂发出痛苦的呻吟和急切的呼喊。《桃色的线》和《孤雏》，情节扑朔迷离，传达出一种略带迷惘的沉思。《这是常有的事》则展示普通劳动者的崇高，表现出深厚的社会控诉色彩。总的来说，这些作品还带着某些自叙传特征，情绪忧悒，格调峻急，显出浓烈的浪漫主义抒情特性。必须指出的是，萧军早期作品已初现人民反抗的端倪，他不断深入开掘人民底层被压抑着的斗争火种，竭力塑造不屈的反抗之魂。他早期的中篇小说《涓涓》的主人公涓涓，就极具叛逆性格，她身上体现了青年一代的思考和追求。这些作品中最初的反抗情绪发展到后来成为了以民族抗争意识为首要特征的深刻主题。

经过一段时间的酝酿和蓄积之后，萧军完成了他的成名作《八月的乡村》。这部描写东北抗日游击队与侵略者浴血奋战的小说，字里行间久久回荡着响彻东北密林的怒吼，洋溢着国土沦丧而民族魂不灭的浩然正气。小说以其激烈的场面设置、刚强的人物形象塑造和高昂的民族抗争意识的传达，在当时文坛上引起了巨大反响。乔木认为："《八月的乡村》的伟大成功……是在带给了中国文坛一个全新的场面，新的题材，新的人物，新的背景。"[②]鲁迅更充分地肯定了它的价值："作者的心血和失去的天空，

---

① 萧军：《绿叶的故事·序》。

② 乔木：《八月的乡村》，《时事新报》1936年2月25日。

土地，受难的人民，……鲜红的在读者眼前展开，显示着中国的一份和全部，现在和未来，死路与活路。”[①]《八月的乡村》的成功处，不仅在于它将充满浓郁乡土气息和风俗人情的往昔岁月，同沦陷在侵略者铁蹄下的国土——田畴、沃野、青山、溪水，交织在一起，从而使绵绵乡愁与沉痛的山河之恨相交融，产生了强烈的对比效果。小说的成功处还在于生动地塑造了一系列如线条奔放、刚劲有力的木炭画般的英雄群像，特别是以小红脸为代表的农民。这些祖辈聚居耕耘在白山黑水的东北土地上的农民，在血与火的考验面前，他们毅然选择了抗争。这种普遍的抗争意识，席卷了整个中华大地。难能可贵的是，萧军在《八月的乡村》中把作为小生产者的农民参加革命时的复杂心态描绘得多彩多姿：他们仇恨侵略者，坚决要求起来抗争，但对将来好的生活是什么并不清楚，只希望通过斗争改变自身的贫困地位；当革命处于艰难时期，他们不由得依恋起那种“自由咬着烟袋去耕地”的太平日子。这种心态的复杂性是同这一队伍成分的复杂性相一致的，从而突出了民族解放战争的复杂性和艰巨性。然而，小说最终立足点在于体现蕴藏在人民心中的必然导致胜利的潜在因素，那就是，团结一致、不屈不挠的斗争。

《八月的乡村》获得的巨大成功促进了萧军创作上的丰收。《八月的乡村》之后，萧军陆续出版了《羊》、《江上》等短篇小说集。他依然将笔触指向那些挣扎在生活底层的“贱民”。短篇小说《羊》充满象征的诗情，刻意从人物灵魂中发掘或微或显的闪光点；《马的故事》将马的命运与国家民族的命运牵连在一起，喜剧的气氛暗现一出沉痛浩大的悲剧。中篇小说《鳏夫》似一曲哀婉的牧歌，展示了山民的生命状态和人生态度，那缠绕在山峦间的悠长笛声，使通篇染上了沉郁的色调。

长篇小说《第三代》达到了萧军小说创作的新的高峰。这部自1936年春起断断续续写作近20年、共8部计80余万字的巨著，全面真实地再现了“过去的年代”[②]里东北一个荒凉山村厚重的社会生活。这是一部跳跃着生命和灵魂，充斥着痛苦和挣扎的力作。小说宛如徐徐展开的长卷——长卷上，那低矮的茅屋里住着世世代代受剥削、被压榨的农民。随着时代变迁，一些不甘当牛作马的青年农民或铤而走险躲进高山密林，或背井离乡流入都市。于是，殖民地大都市一派纷纭景象呈现出来：一边是喧嚣繁华、纸醉金迷，另一边则是饥寒交迫、绝望愤怒。一方面，小说着力展现以“胡子”这一特殊群体为代表的民众进行自发斗争的风貌，作者浓墨重彩地描绘了“胡子”这一具有

---

① 鲁迅：《萧军作〈八月的乡村〉序》，人民文学出版社1980年版。

② 《第三代》曾以《过去的年代》为书名出版。

极强地域色彩和原始反抗性的群落，他们的斗争带着明显的阶级局限性，是历史的真实再现。另一方面，小说不是在一般层面上描写农村统治者与城市控制者荒淫无耻的糜烂生活，而是深入揭露二者在政治上、经济上相互勾结、彼此依存，共同奴役广大劳苦民众的罪行，并指出他们与侵略者一道，是构成中国人民苦难的根源。正是揭示了这一点，小说才得出"官逼民反"这条符合历史逻辑的理性认识。《第三代》时空跨度巨大，生活画面广阔，呈现出宏伟的立体结构和深厚的历史感。作者用笔强悍，豪倔之气直扑人面，写人状物往往墨韵淋漓却又豪中有婉、粗中见细，心理变化、情绪转换都合乎自身的艺术规律，这反映了萧军极见功底的艺术魄力。

50年代以后，萧军又开始了新的探索和开拓，写出了长篇小说《五月的矿山》等作品，显示出他在艺术上的敏锐与真诚。

端木蕻良(1912～1996)，原名曹京平，辽宁省昌图县人。

如果说萧红和萧军的作品分别是东北作家群中细腻和粗放的两极，那么端木蕻良的作品，既表现出纤细、哀婉的气质，又具有开阔、刚劲的品性；或者说，他自觉承传了传统诗学中典雅、细腻的风格，又有意识地将东北乡土的粗豪与质朴糅合进来，从而在作品中显出别具一格的风骨和力度。端木蕻良内心里常常升腾起一股俯首苍茫的情绪——北方一望无际的草原，广漠的丰饶的大地，激起他无限深沉的爱恋；成年劳作在那片土地上的人民的苦痛，国破家亡后种种目不忍睹的惨状，引发他难以排遣的悒郁和打破现实状况的愿望。

端木蕻良的才气本质上是属于诗的，他曾被称誉为"拜伦式的诗人"[①]。他的作品里总有一丝淡淡的诗一般的愁绪在流动。家乡的鹭鹭湖，给他提供了生命和灵感的滋养。"湖"这波光粼粼的意象，在他作品中占有重要地位。早期短篇小说代表作《鹭鹭湖的忧郁》，即是以寒气逼人的东北大地上的湖为背景写的，它将人民遭受民族劫难后的深重灾难淹没在沉闷悲凉的暗夜，将郁积的热情与怒火潜藏于胸中，全篇笼罩着一种愤极而哀伤的情绪。这是一种深沉的"忧郁"。这种忧郁不仅是个人的，而且是整个时代的。端木蕻良善于将个人的苦闷和惆怅铺散于广阔的社会层面上，使作品具有普遍的感染力和思辨意义。在《乡愁》中，失去家园后的浓烈乡愁不时表达为归家的呼喊，淡远的抗争意识作为一抹亮色隐现在一堆麻木的脸孔背后。《爷爷为什么不吃高粱米粥》则以一碗小小的高粱米粥作为对抗争的前驱者的祭奠，有一股化解不开的哀

① 巴人(黄伯昂)：《直立起来的〈科尔沁旗草原〉》。

伤。在《浑河的急流》、《遥远的风砂》和《憎恨》等篇中，忧郁和哀伤经过东北那片沃野的陶冶，更显得厚沉。《遥远的风砂》充满塞外风光的苍茫古朴和俚语的诙谐灵动，脸色铁青外表冷峻的双尾蝎与身材高大性格粗鲁的煤黑子像两条跃动在塞外的大龙，奋勇奔前。《浑河的急流》里那湍急的浑河流水，记载着猎户们遭受压迫的愤激情绪和奋起抗争的英勇行为，那振聋发聩的吼声传遍莽莽苍苍的原始森林——这是烽火待起的中华大地的一个缩影。《憎恨》将蕴藏在广大民众心中的憎恨上升到极致，如运行在地下的巨火，幻化为一团熊熊燃烧的烈焰的激情宣泄。"憎恨"涤荡着一切黑暗的浊流，从而将爱升华为歌颂与赞美。他表现出极强的文字驾驭能力：他用清新、温婉的笔法，展示的却是一幅幅雄浑壮丽的图画，如短篇《风陵渡》、《生活指数表》、《三月夜曲》及中篇《江南风景》、《新都花絮》等等。给人印象深刻的是那桑干河上庞大的"通体是白的"，"如同一条朦胧的透明的醉虾"一般的"卢沟桥"，是那有着"如同水牛脊背一样平滑、光润的冲击层的线条"的黄河岸，是那嘉陵江畔"红色麦饭似的黏土上流布出的丰饶的禾香气"……经过锤炼的独树一帜的语言闪耀着智慧之光，传达着意味深长的美感。

土地无疑是端木蕻良作品中最突出的主题。它作为生命、人格和诗情的高度集结，是作家本人爱与恨最高意义的表达。"土地是一个巨大的影子，铺在我的眼前，使我的情感重添了一层辽阔。"①"土地传给我一种生命的固执。土地的沉郁的忧郁性，猛烈的传染了我，使我爱好沉厚和真实。使我也像土地一样负载了许多东西。"②端木蕻良曾计划写四部连续性的描写土地的长篇小说。从已成书的《科尔沁旗草原》、《大地的海》和《大江》来看，他的创作实践印证了他所作的宣言："我活着好像是专门为了写出土地的历史而来的。"③这三部小说缀成浩瀚的土地绵延无边：《科尔沁旗草原》铺开绿浪起伏的原野，《大地的海》绘出深厚的黑色沃土，《大江》更把大地的幅员从东北山林扩展到长城内外，大河上下，从而完成了土地与历史从表面象征到深层内蕴的巨大融合。

年仅 21 岁时完成的长篇小说《科尔沁旗草原》，显示了端木蕻良作为诗人的艺术才华和史家所具有的伟大气魄。作者郑重声明："它写的是以土地为背景的故事。"④的确，这部略带家世底色的恢宏之作，全面深刻地剖析了以土地为中心的东北社会结

① 端木蕻良：《我的创作经验》，《万象》月刊 1944 年第 4 卷第 5 期、6 期。
② 端木蕻良：《我的创作经验》，《万象》月刊 1944 年第 4 卷第 5 期、6 期。
③ 端木蕻良：《我的创作经验》，《万象》月刊 1944 年第 4 卷第 5 期、6 期。
④ 《〈科尔沁旗草原〉重版后记》，人民文学出版社 1981 年版。

构，通过草原上首富丁家的盛衰过程展开了草原200年间围绕土地的开发、争夺的演进场面。社会背景的广阔，历史脉络的深远，事件层次的明晰，情感抒发的淋漓，使小说具有史诗品格。土地，千百年来人民在其上用双手播种收获，赖以生生不息，二者本应有着某种割舍不断的血肉联系，然而，土地最终却成了束缚人民的枷锁。这种物质和精神的压迫与奴役是令人窒息的。小说中大山形象告诉人们，只有奋起反抗，争取解放——夺回土地、掌握土地，才能获得全面自由。《科尔沁旗草原》赋予土地以"我们古老的种族的全型"的喻义，辽阔的草原大地被比为"中国的唯一的储藏的原始的力"。

土地这一"巨大的影子"在《大地的海》和《大江》中蔓延成"海"和"江"的广阔意象。长篇小说《大地的海》将土地同人民的命运与抗争更为紧密地联系起来。它不仅"以雄健而又冷艳之笔，给我们画出了伟大沉郁的原野和朴厚坚强的人民"[①]，而且热情歌颂了成为"双重奴隶"后的人民的顽强斗争——"当主人们在大观园里诗酒逍遥将土地断送给敌人的时候，这些奴隶们却想用他们粗拙的力量来讨回！"[②]小说敏锐地透视出一个最质朴的历史本质：当人民被逼得无法在土地上劳作的时候，他们会丢掉幻想，用世代相传的劳动工具同侵略者进行面对面的搏斗，使广袤可爱的东北大地，汇合成淹没侵略者的汪洋大海。《大江》则将视野从东北大地延伸到大江南北，扩展为对全民族的历史命运和神圣使命的热切关注与严肃思索。大江是汹涌澎湃的大江，它波澜壮阔的气势显示出整个民族的自信与自立。主人公铁岭身上散发的无穷内蕴力，是民族的灵魂和希望所在。

80年代端木蕻良开始出版长篇历史小说《曹雪芹》，表明他对土地及其历史的艺术沉思远远没有终结。从某种意义上说，端木蕻良是表现那一特殊地域历史风貌最富个性的作家，他以其短篇的精致隽永和长篇的宏大开阔，在20世纪中国文学发展史上留下了不可抹去的一笔。

第三节　赵树理·丁玲·周立波

赵树理(1906～1970)，原名赵树礼，山西沁水县人。

赵树理是1942年以后努力与工农群众相结合的一代作家中最杰出的代表，是"一

① 参见1937年《文学》月刊第9卷第1号"编后记"。

② 《大地的海·后记》，上海新文艺出版社1957年版。

位具有新颖独创的大众风格的人民艺术家”①。

赵树理深深植根于农村,从思想气质到生活习惯都是农民化了的。他从小就体验了农民受压迫剥削的痛苦,接受了民间艺术与农民语言的熏陶。抗战爆发后,他主要是在太行山抗日根据地从事基层群众工作和宣传工作。他长期忘我地工作在农村第一线,对其服务对象与描写对象——普通的中国农民达到了烂熟于心的地步。为此,他立志要写“使老百姓喜欢看”的大众化的作品。其创作成就主要在毛泽东《在延安文艺座谈会上的讲话》发表之后。

赵树理小说创作具有鲜明的时代特色,他总是把自己亲身经历的农村变革和斗争的历史加以文学化,对广大农民尤其是农民翻身求解放的思想意识有着丰富而形象的表现。

首先,表现了农村广大人民群众争取翻身解放的艰难斗争。《小二黑结婚》写小二黑和小芹为争取婚姻自主、反对封建包办婚姻及地方恶势力的阻挠,最后在抗日民主政权边区政府的支持下取得胜利的故事,热情歌颂了民主政权的力量。作品通过塑造竭力维护家长权威和包办婚姻而又胆小怕事、迷信十足的二诸葛与成天装神弄鬼、好逸恶劳、轻浮放浪的三仙姑这两个落后农民形象,从一个侧面表现了农村实行民主改革、移风易俗的重要意义。小二黑与小芹勇敢无畏的斗争则反映了广大人民群众要求民主改革的强烈愿望。《李有才板话》通过阎家山村改选村政权和实行减租减息的曲折过程的描述,深刻地反映了抗战时期抗日民主根据地农村尖锐、复杂的阶级斗争。小说的中心人物是李有才,他和围绕着他的“小字辈”人物在共产党的影响下,已经成为阎家山村的主导力量。面对封建地主阎恒元把持村政权、操纵农救会,他们用快板这种特殊表达形式加以抨击,最后,他们在长工出身的共产党的农村干部“老杨同志”的领导下,斗倒了阎恒元,掀掉了压在农民身上的封建磐石。这部中篇小说充分表达了广大农民迫切要求冲破封建牢笼,争取翻身解放的强烈心声。《李家庄的变迁》主要描写太行山一个村庄从大革命失败后到抗战胜利近20年间所发生的变化。这部长篇小说的核心是反映以铁锁等为代表的一批反抗农民跟恶霸地主李如珍惊心动魄的生死搏斗。作者对中心人物铁锁的描写最为充分。他受地主李如珍经济与政治的双重压迫,有着强烈的翻身复仇的愿望。最后,从一个有自发反抗要求的农民逐步变成自觉的阶级解放的战士,真实而典型地反映了农民翻身求解放所走的道路。

其次,表现了中国农村社会关系的变革。作家最擅长通过“家庭”这一窗口来窥视

① 周扬:《论赵树理的创作》,《作家与作品论》五十年代出版社1952年版。

第一代翻身农民深层心理的起伏演化。有的是反映婆媳关系的变化,如《孟祥英翻身》、《传家宝》。前者写太行山区农妇孟祥英怎样从一个受婆婆欺压的年轻媳妇变成英雄的故事,揭露和批判了压迫、残害妇女的宗法制度的黑暗,歌颂了新政权使妇女长期受压抑的智慧才干充分发挥出来的英明。后者主要是以李成娘和金桂之间的矛盾,反映解放区政权稳固之后,经济上的发展带来农民理家方式的变化。有的反映了农村婚姻关系的变化,如《小二黑结婚》、《登记》。《登记》侧重写村民事主任和区里的王助理员的思想守旧、作风官僚成为两对农村青年(艾艾和小晚,燕燕和小进)实现美满婚姻不可逾越的障碍,反映了反对封建主义的民主斗争的长期性、艰巨性和复杂性。有的作品也反映了如何正确处理与中农的关系问题,如《邪不压正》通过对中农王聚才的女儿软英的婚姻纠纷的描写,极为明晰地描写了以"割封建尾巴"为名侵犯中农利益的"左"倾错误,揭示了产生这种错误的阶级根源,对人们认识农村社会的复杂情况很有价值。而对中国农村各种社会关系给予全面而深刻反映的是他的《三里湾》。小说以农村社会主义革命为中心内容,从农民的生产关系、家庭关系、婚姻关系、道德观念等方面入手,描绘了农业合作化给农村各种社会关系所带来的深刻变化。作品具体描写了三里湾村四个不同家庭(合作社带头人、支书王金生家,热衷于个人发家的村长、党员范登高家,富裕中农糊涂涂家,党员袁天成家)在扩社过程中的矛盾斗争,真实地反映了农业合作化运动初期农村两条道路的复杂斗争,热情歌颂了社会主义新事物的胜利,展现了社会主义农村的理想前景,在更新的层面上揭示了农村的深刻变革。

再次,注重对农民精神、心理状态的变化的揭示,以此显示农民在精神上翻身的艰巨性。作者在小说中有针对性地塑造了两种类型的农民形象。一是深受封建思想毒害还未觉醒的老一代农民。如《小二黑结婚》中被封建迷信扭曲而把一切希望寄托在神卦上的二诸葛,《李有才板话》中封建等级思想严重而不相信自己能掌握自己命运的老秦,还有《传家宝》中顽固地要把自己信奉的小生产方式、生活方式及传统观念作为"传家宝"代代相传的李成娘,另一类则是由于封建思想毒害没有肃清而在斗争中变质的年青一代农民。他们有的甚至是某一阶段农村斗争中的积极分子和干部,如《李有才板话》中的小元和《邪不压正》中的小昌就是这种情况。作者通过以上两类农民形象告诉我们,农民在革命斗争中必须不断与自己本身的弱点作斗争,勇于洗涤自己的灵魂,才能实现农民在思想意识上的真正解放。

赵树理在小说创作上自觉追求大众化与通俗化,并作出了重大贡献。他在人物塑造、情节结构和语言方面形成了自己独特的艺术风格。

在人物形象塑造上,他继承了我国古典小说塑造人物的手法,适应广大农民的欣赏习惯，总是把作品中的人物放在一定的生活和斗争中描写他们的性格，大都借助人物的行动和语言，在故事情节的发展中表现人物。如二诸葛的迷信、愚昧而又老实、厚道的性格就是在从“不宜栽种”到“恩典恩典”等一连串具体行动中表现出来的。

在情节结构方面，他的小说故事性很强，讲求情节的连贯性和完整性，采用大故事套小故事的手法，环环相扣，层层推进。开头总要设法介绍清楚人物，然后展开人物性格的描写，最后交代人物的结局或下落，故事连贯到底，有头有尾，如《小二黑结婚》的情节结构就具有这种特点。

在小说语言方面，无论刻画人物或叙述故事，都努力选取群众常用的活的语言，富有表现力。它是“真正从群众中来的，又是经过加工洗炼的，那么平易自然，没有一点矫揉造作的痕迹”[①]。其突出特点是群众化、口语化而又艺术化。如二诸葛、三仙姑到区上见区长一节的人物对话就体现了这个语言特点。

丁玲(1904～1986)，原名蒋冰之，湖南临澧人。

丁玲是继冰心之后在20年代后期中国文坛出现的又一位引起读者广泛注目的女作家。她的一生“是和祖国人民的命运紧密联系在一起的”，“在新文学的几个转折时期她的创作都体现了党所倡导的文学发展的方向”[②]。她是20世纪中国文学发展史上有成就、有影响的作家之一。

丁玲幼年丧父，从小随母亲过着辗转漂泊的生活。后来受其母亲民主、开明、自食其力思想的影响，只身一人去上海、北京“寻梦”。当目睹了“四一二”反革命政变的发生之后，她陷入孤独、愤懑与痛苦之中，带着这种痛苦与茫然的人生体验她创作了《梦珂》、《莎菲女士的日记》、《阿毛姑娘》等小说。

《梦珂》主要叙写一个退职太守的女儿梦珂为重振家威到上海读书、旋退学寄居姑母家并当演员，抒写了她找不到出路的苦闷彷徨的心境。《莎菲女士的日记》是丁玲早期的代表作。小说由莎菲女士的34则日记撮录而成。作品对青年女子莎菲的复杂而矛盾的情感生活进行了大胆而直率的描写。她欣赏苇弟的钟情，但不喜欢他的优柔与怯懦；她迷恋凌吉士的漂亮，但又讨厌他灵魂的卑污。性爱与情爱在她身上构成了“五四”落潮后的心灵风雨，是时代的，也是个人的。最后，她从肺病与寂寥中挣扎出来，抛开了她的求爱者，决计搭车南下。小说深刻而细腻地描写了一个对现实不满、生活苦

① 周扬：《新的人民的文艺》，《中华全国文学艺术工作者代表大会纪念文集》。
② 郭志刚：《中国现代小说论稿》，山西教育出版社1991年5月版。

闷而又不甘庸俗的知识女性孤寂的灵魂，也透露出一种试图冲破牢笼的时代情绪。因此，茅盾说："莎菲女士是心灵上负着时代苦闷的创伤的青年女性的叛逆的绝叫者。"①她具有孤傲不羁、不屈从于命运的倔强个性。时代女性的这种个性探求，在作家后来创造的一些女性形象身上反复表现出来，如贞贞对于庸俗社会舆论的漠视，黑妮对于个人尊严的本能的保护等，都可发现莎菲的影子。作品显示出丁玲热情与开放的创作个性。

随后，丁玲奔赴上海，先后参加"左联"和中国共产党，其生活和创作开始逐渐转轨到一个新的方向。她一改先前苦闷、感伤的心境，写下了与早期小说风格迥异的《韦护》(1930年)、《一九三〇年春上海》(1930年)和《田家冲》(1931年)、《水》(1931年)等成就不一的小说。

40年代前期，丁玲在解放区写的小说分别收入在《一颗未出膛的子弹》、《我在霞村的时候》等集子中，这些作品可以作为作者对人民大众的斗争和意识改造及成长的记录，也可以作为作者自己的改造及成长的记录②。

抗战胜利后，丁玲参加了华北地区土地改革运动。在经受群众斗争锻炼和生活体验的基础上，于1948年创作了她创作道路上具有里程碑意义的长篇小说《太阳照在桑干河上》。小说以1946年中共中央关于土改的"五四"指示的传达为历史背景，描绘了一幅华北地区暖水屯土改初期的历史画卷，真实、生动地反映了农村尖锐复杂的阶级斗争，揭示了各个阶级不同的精神状态，概括了一个旧时代的结束、一个新时代的开始的历史进程。这部小说的突出成就之一在于较成功地塑造了农村剧变中的各种类型的人物形象。在地主形象中，既有胆小怕事的李子俊，又有善于应付场面、工于心计、巧于伪装的笑面虎李子俊老婆，还有装死躺下的侯殿魁，更有阶级感觉敏锐、狡诈多端、阴险善变的恶霸地主钱文贵。在农民形象中，既有沉着、老练、忠心而又有所顾虑的村支部书记张裕民，又有在两个阶级、两种思想、两种心理的决战中成长起来的有缺点的农民程仁，还有逐步觉醒的具有宿命论思想的老一代贫苦农民侯忠全。在工作组成员中，有喜欢夸夸其谈的主观主义者文采，也有热情而显得稚气的胡立功、杨亮等。其中对地主形象的刻画尤为成功。这部小说的突出成就之二在于对人物形象的艺术表现，尤其是作品成功地运用心理剖析的方法，表现出作者善于捕捉人物微妙心理特征的能力和精确、细致地刻画人物心态、思绪的艺术功力。小说以生动而深刻的比喻

① 茅盾:《茅盾选集(五)·女作家丁玲》，四川文艺出版社1985年5月版。

② 冯雪峰:《丁玲文集·后记》。

直接描绘人物的心理。如作者在刻画李宝堂这个专替地主李子俊看守果园的老雇农时,主要就是抓住他翻身前后不同的性格、心理变化进行对照描写,通过一系列生动而形象的比喻刻画他那颗由麻木而觉醒的灵魂。同时,小说也借思想活动的显示来刻画人物心理。如小说第四、第五章"党员大会",程仁在听了张正典的自我表白之后,就产生了一段思想活动:

> 程仁也升起来一种厌恶的感情,但他不能驳斥他,没有勇气,他常常想要勇敢些,却总有个东西拉着他下垂,他想:"人家也是受压迫的,偏又要住在他家里,外人又不知道,只知是他侄女,唉,咱也不便说,唉,何苦让人作贱她呢?咱不反对斗那个老家伙就成。"——程仁自己总以为他很公正的,他恨那个老家伙,他很愿意斗争他,可是他就不愿意提到他侄女,总以为会把他侄女连上,没有想到这倒可以解放她,他觉得自己已经对不起她了,如果再把她扯进去,拿她来洗刷自己,就更过意不去。心想:"反正一辈子不娶她,事情自然明白的,这用不着分辩。"

这里,充满着理智与感情的尖锐斗争,写得真实可信。再则,小说通过自言自语来揭示人物的内心世界。如李子俊老婆在欢腾的果树园里看见黑妮后就悄悄地骂道:

> 好婊子养的,骚狐狸精!你千刀万剐的钱文贵,就靠定闺女,把干部们的屁股舐上了。你们就看着咱姓李的好欺负?你们什么共产党,屁,尽说漂亮话,你们天天闹清算,闹复仇,守着个汉奸恶霸却供在祖先桌上,动也不敢动?咱们家多了几亩地,又没当兵的,又没人溜沟子,就倒尽了霉。他妈的张裕民这小子,有朝一日总要问问你这个道理!

这段内心独语就揭示了这个地主婆对翻身农民的仇恨及其变天复仇心理。

周立波(1908～1979),原名周绍仪,湖南益阳人。

周立波的写作活动开始于1928年,最初是写一些散文和文艺评论,并从事文学翻译工作。抗战爆发后,他走遍华北前线,写了《晋察冀边区印象记》等作品,成为一个优秀的报告文学家。他的小说创作开始于1941年,最初的作品是他根据自己的狱中生活体验创作的《第一夜》、《麻雀》、《阿金的病》、《夏天的晚上》、《纪念》等五个连续性的短篇小说,其中,具有代表性的是《麻雀》。小说通过一只麻雀把革命者对自由的向往表现得动人心弦，抒情色彩浓郁。小说初步显示了作者善于抒情和提炼细节的创作个性。

1946年到1948年，他到东北解放区参加土改工作，并完成了长篇小说《暴风骤雨》的创作。这部小说全方位地描写了东北松花江畔元茂屯土地改革斗争的全过程。上卷共21章，反映东北土改的第一阶段，从肖祥带领工作队进元茂屯写起，直到土改结束工作队返回县城止，以元茂屯农民三斗韩老六为主要情节引出生活的方方面面。下卷共30章，写肖祥领导的工作队在元茂屯复查土改，重新发动农民，组织阶级队伍，建立新政权，斗争杜善人，挖元宝，起枪支，分配土地和财物，动员参军支前。作品通过对元茂屯农民翻身过程的史诗性描写，深刻地揭示了共产党所领导的土地改革运动是一场伟大的历史变革。小说塑造了崭新的人物形象，尤其是先进农民的形象。肖祥是一位出色的群众斗争的组织者和领导者，面对错综复杂的阶级斗争，他立场坚定，爱憎分明，嗅觉灵敏，多谋善断，作风民主，注意调查研究，善于发动和引导群众去争取胜利。赵玉林是元茂屯最先觉醒的勇于自我牺牲的新型农民。郭全海是一个以开创土改斗争新局面而成长起来的青年农民干部，他具有大公无私、舍己为人的优秀品质。老孙头是一个幽默、乐观、胆小怕事、深谙世故、见风使舵而又显得自私的贫苦农民，这是一个处在转化中的性格矛盾复杂的形象。至于老四头、白玉山、赵大嫂、白大嫂等农民形象也都有一定厚度，比较真实感人。这部小说的结构单纯明快，人物刻画十分注意细节的真实，尤以强烈的生活气息和浓厚的地方色彩引人注目。特别是在语言方面，作者有意识地学习东北人民群众的语言，把群众表现实际生活的语汇和一些方言、土语，经过提炼加工写进作品。例如韩老七逃跑之后，花永喜说的话："这才是，唉，跑了一条大鱼，捞了一网虾。"话语朴实无华，而人们愤慨、惋惜、急切之情纤毫毕现。

50年代，周立波除创作了反映工业建设的长篇《铁水奔流》外，还创作了反映中国农业合作化运动的长篇小说《山乡巨变》。从《暴风骤雨》到《山乡巨变》，中国农村经历了从摧毁地主阶级的土地所有制到改造私人占有的小农经济的时代巨变。周立波以其艺术聚光，从南到北，从旧中国到新中国，作了史诗性的反映。他的艺术生命是同中国农村联结在一起的。

《山乡巨变》较之于《暴风骤雨》，在艺术上有明显发展。如果说《暴风骤雨》在雄健明朗中时显生涩的话，那么，《山乡巨变》那诗情的熏染，人物心灵空间的深度把握，驾轻就熟的语言工夫，都显著地跨前了，显示出作家的成熟。新时期开始时，他又创作了优秀短篇小说《湘江一夜》等作品，艺术上更趋于圆熟。

第四节 钱钟书·张爱玲·徐讦

钱钟书(1910～1998),字默存,号槐聚,江苏无锡人。

钱钟书是一位博通中西的著名学者和作家。他在20世纪中国文学发展史上的地位之所以日益显其重要,显然得益于他对现代人生的深沉哲理思考和作品具有深透超脱的幽默风格。

钱钟书有短篇小说集《人·兽·鬼》和长篇小说《围城》。《围城》是他的代表作。在这部极富哲理意味的小说里,作家以其特有的睿智,深入剖析了人类的基本劣根性,充分展示了人性的种种弱质,并通过对主人公方鸿渐教育、爱情、事业、家庭几个人生阶段的描绘,将自己对人生深刻独到的思考寄寓到了"围城"的象征意义中,从而大大丰富了20世纪中国文学对人生价值这一永恒主题的表现。在小说中,钱钟书借苏文纨之口,将婚姻比作一座被围的城,已婚者如身陷其中,一心想冲出去,而单身者则尽力要冲进去。可是,无论是在"围城"之内,还是在"围城"之外,人都不会感到幸福和满足,永远处于痛苦不安之中。显然,钱钟书这里所描述的,并非仅限于婚姻恋爱,"围城"实际上是一种悲剧人生的象征,它或多或少会使我们联想到叔本华的"生存空虚说"。叔本华认为,人受到生存意志的支配与奴役,会不断地产生欲望,"他无时无刻地忙忙碌碌的试图找些什么,每一次寻找的结果,无不发现自己原是与空洞同在,最后终不能不承认这个世界的存在原是一大悲剧,而世界的内容却全是痛苦"[①]。所以,"人的生活一方面是被'希望'所愚化,一方面跳进'死亡'的圈套"[②],而欲求和挣扎便是人的全部本质。钱钟书在《围城》中所展示的正是这样的现代人生的困境。小说中的人物,总是不满足于现状,不断产生新的欲望,并为之而争斗、倾轧,历尽苦难,而一旦达到目的,他们所感到的也并不是幸福和满足,而是"立即感到'目的错误'的失望"[③],于是重新陷入新的欲求和挣扎中。所以,人类的一切努力,一切行动,都是处在由希望到失望这样一个周而复始的变化之中,"围城"对于现代人类来说无处不在。以主人公方鸿渐为例,他在爱情上的追求是这样,事业上的奋斗是这样,甚至在和妻子争吵后企图

① 叔本华:《人生的智慧》,黑龙江人民出版社1987年版。

② 叔本华:《生存空虚说》,《叔本华论文集》。

③ 叔本华:《生存空虚说》,《叔本华论文集》。

和解的努力也是这样。他从国内到国外再回到国内，从上海到内地再回到上海，总是怀着希望去，带着懊恼归。“在小乡镇时，他怕人家倾轧，到了大都会，他又恨人家冷淡”，总是在欲求和挣扎中受煎熬，这种无以附着的精神游荡正是作家所要描绘的现代人生的缩影。

由欲求和挣扎主宰的现代人生也是孤独的人生，荒谬的人生。像方鸿渐这样不肯随俗同化而又无力拼搏抗争的知识分子，世俗社会对于他来说完全是一个异己的存在，他人则是一堵无法逾越的高墙，他被迫不停地与社会关系和现实人生疏离、脱节，最终成了孤独无依和空无所有的存在，于是人生的孤独感、失落感、荒谬感便油然而生，“拥挤里的孤寂，热闹里的凄凉，使他像许多住在这孤岛上的人，心灵也仿佛一个无凑畔的孤岛”。他在外面穷于对付各种各样的明枪暗箭，回到家里还得摆脱父母的训诲，应付妻子的争吵，调解妯娌的纠纷，哪里还有家庭的温暖！在他看来，“家里真跟三闾大学一样，是个是非窝”，这里同样充斥着忌妒、虚荣和倾轧。在与赵辛楣发生口角后，钱钟书写了方鸿渐这样的心理活动：“天生人是教他们孤独的，一个个该各归各，老死不相往来。身体里容不下的东西，或消化，或排泄是个人的事；为什么心里容不下的情感要找同伴来分摊？聚在一起，动不动自己冒犯人，或人开罪自己，好像一只只刺猬，只好保持着彼此间的距离，要亲密团结，不是你刺痛我的肉，就是我擦破你的皮。”显然，方鸿渐这种思想在一定程度上折射出了钱钟书对现代社会人际关系的思考。

现代人生充满了愚行与困顿、欲求和挣扎，但钱钟书并未一味描写感伤、颓丧的情绪。鹤见祐辅说：“悲哀的人，是大抵喜欢幽默的。这是寂寞的内心的安全瓣。”[①]钱钟书是一位富有幽默气质和幽默才能的作家，在《围城》的创作中，他力图以幽默来“替沉闷的人生透一口气”[②]，帮助人们从忧患中得到慰藉和解脱，面对人生的困境，以笑代哭，以笑代怒，形成了以深透超脱为基调的独特的幽默风格。

《围城》幽默的深透超脱，首先表现为钱钟书独特的创作心态，“以游戏态度，把人物和事态的丑拙鄙陋和乖讹当作一种有趣的意象去欣赏”[③]。我们在读《围城》时会明显地感到，钱钟书和他的人物始终保持着一定的心理距离，有一种心理上的优势。方鸿渐在苏文纨家里第一次见到赵辛楣时，被对方误作情敌，发生了一场口角。作家在唇枪舌剑中插话道：“只唐小姐云端里看厮杀似的，悠远淡漠地笑着。”如果我们把这里的唐小姐看做是钱钟书，便能用这句话来说明作家在描绘这些文化人时的心态。因为

① 鹤见祐辅：《说幽默》，见《鲁迅全集》。
② 钱钟书：《说笑》，见《写在人生边上》。
③ 朱光潜：《诗论》。

是“云端里看厮杀”,所以超脱于所表现的矛盾、利害之上。在他眼里,世人所热衷的追名逐利、明争暗斗,不过鸡虫蝼蚁之事。作家“悠远淡漠地笑着”,因为他自信看透了这“人事”,所以在创作中引经据典,议论生风,肆意言笑,随意挥洒,难怪有人说他态度傲慢,俨然以上帝自居。其次,《围城》幽默的深透超脱,也表现出作家宽容的待人态度。在幽默文学中,作为能够引起人们幽默快感的对象不能是完美无缺的英雄,也不能是十恶不赦的坏蛋,而应介乎其间。作家嘲笑他们的弱点,但并不疾恶如仇,他是将这些弱点当作人性的一部分,因而在嘲笑中又带着宽容与谅解。他鄙视他们,嘲笑他们,但并不置他们于死地,而是宽厚地用引人发笑的方式,在他们鼻梁上涂抹一团白粉,开个玩笑。在《围城》中,钱钟书嘲笑得最多的要算文人的争名。但是在他看来,“文人好名,争风吃醋,历来传作笑柄,只要它不发展为无情、无义、无耻的倾轧和陷害,终还算得‘人间喜剧’里一个情景轻松的场面”[①]。再次,《围城》幽默的深透超脱,还表现在钱钟书蔑视世俗观念,见人之未见,言人所不敢言。在人类自身的发展过程中,某些社会风气、习俗比如女人裹脚、陪葬等,经过长期持续而成为“当然和必然”,不容置疑地为大家所接受。也许有少数人对这些“当然和必然”的东西产生过怀疑,但绝少有人敢冒世俗谴责的危险而表现出来。钱钟书是一位目光犀利而又坦率得“不近人情”的作家,他常常从别人习以为常的甚至视为真理的东西中看出可笑之处,并以真诚的态度,揭开它神圣庄严的外衣,造成意想不到的幽默效果。这种超脱于世俗观念之上的幽默,惊世骇俗,让人耳目一新。由于钱钟书对世俗的成见不屑一顾,说出了人们被压抑的,因顾忌情面而不敢说出也没有想到要说出的话来,所以让人感到痛快淋漓,心花怒放,为《围城》的幽默增添了异彩。

《围城》也是一部学者小说。它涉及了文学、哲学、逻辑、法律、教育、民俗、语言等广泛领域。渊博精深的学识,使钱钟书的创作左右逢源,涉笔成趣,其才识妙趣丰富了作品的思想内涵,深化了性格刻画的力度,使读者视野开阔,心窍灵活,不愧为一座用璇玑碎锦巧构而成的中外学术迷宫。小说的用喻更是“想象新诡”,蔚为大观,作家惯用远取譬的方法,使本体和喻体“不同处愈大愈多,则相同处愈有烘托;分得愈远,则合得愈出人意表”,既扩大了感性世界给人以意外欣喜,又开拓了理性视野让人耳目一新。

张爱玲(1921～1995),原名张瑛,河北省丰润县人,生于上海。

---

① 钱钟书,《林纾的翻译》,见《七缀集》。

张爱玲在本时期小说界的出现,如异峰突起,给人的印象是"这太突兀了,太像奇迹了"[①]。这位由大家闺秀变为洋场名流的女子,有着异常的文学才华。她3岁能背唐诗,7岁写了第一部小说,到40年代即成为沦陷后的上海文坛最负盛名的女作家。自1943年起,她在上海《杂志》、《万象》、《天地》等刊物上发表了一系列小说,1944年8月由上海杂志社结集为《传奇》,这是她一生中最重要的代表作品。

谈张爱玲的小说而不谈其身世,几乎是不可能的。张爱玲出生于清末豪门世家,但因父母离异,从小就失去了正常的家庭温暖和母爱,在高门巨族中过着孤独而凄凉的生活。父亲的粗暴、母亲的冷落和继母的虐待,使敏感早慧的张爱玲受到极大的心灵创伤,过早地积累了对世界的敌意和恐怖,产生了对人性的怀疑与否定,并对其小说创作产生了实质上的影响。

《传奇》卷首题词说:"书名叫传奇,目的是在传奇里寻找普通人,在普通人里寻找传奇。"这里所谓的"普通人",显然是专指沪港洋场社会那些没落的封建世家和半新半旧的资产阶级家庭人物。在她笔下,有昏庸糊涂、残暴淫荡的遗老遗少,也有放荡不羁、逢场作戏的纨绔子弟;有冷酷自私、狠毒阴险的家庭暴君,也有随遇而安、麻木冷漠的太太小姐。他们生活在一个"变动的社会,生活在变,思想在变,行为在变,所不变者只是每个人的自私,和偶然表现出来足以补救自私的同情心而已"[②]。由于身世不幸而形成的"人世挑剔者"的观察视角,使张爱玲往往将笼罩在内心的家庭生活的阴影投射到周围的人和事上,因此她对人性恶的感受和挖掘特别深切,她最善于探究绅士淑女们精神世界、感情世界中的种种隐秘,发掘他们人性中的种种病弱与丑拙,并由此发现人生的不幸:人性的邪恶彼此密切相关。在挖掘人性的弱质时,张爱玲选择的独特视角是两性关系和婚姻关系。在她看来,"现代人多是疲倦的,现代婚姻制度又是不合理的。所以有沉默的夫妻关系,有怕负责,但求轻松一下的高等调情,有回复到动物的性欲的嫖妓。——但仍然是动物式的人,不是动物,所以比动物更为可怖"[③]。她眼里看到的就是这样一些由金钱和兽欲主宰的卑琐的两性和婚姻关系。在她的小说中我们看到,沪港洋场社会的"现代文明"与封建余孽的僵化阴魂的交媾,无情地斩断了人与人之间的亲情关系,使人与人之间除了赤裸裸的利害关系,除了冷酷无情的现金交易和肉体交易外,剩下的只是虚伪和自私。夫妻之间、情人之间、亲子之间不过是用金钱和情欲来维系而已。《倾城之恋》中的白流苏,不惜牺牲"淑女"的身份和青春,不惜

① 迅雨:《论张爱玲的小说》。
② 夏志清:《中国现代小说史》。
③ 张爱玲:《流言·自己的文章》。

当情妇而由沪到港,投入范柳原的怀抱。这场势利而苍凉的"倾城之恋",实质上是金钱和色相的交易关系。《沉香屑——第一炉香》中的葛薇龙,最终用肉体换来了金钱和婚姻,"把自己整个人卖给了梁太太和乔琪,整天忙着,不是替梁太太弄钱,就是替梁太太弄人",由一个天真无邪的女学生蜕变成一个堕落的交际花。此外,还有把女儿的婚姻当作踏入上流社会的阶梯的姚先生(《琉璃瓦》),有变态到把女婿当作"她死灰的生命中的一星微红的炭火"的郑夫人(《花凋》),还有把父亲当作性爱对象的许小寒。张爱玲充分展现了环境对人的灵魂的侵蚀,十里洋场的绅士淑女丢掉了温柔敦厚的道德面具,华丽的衣着掩盖不住灵魂的肮脏,高贵的身份反倒滋生着透顶的虚伪,丑恶的人性在恶性地滋长。

《金锁记》是张爱玲的力作,曾被傅雷誉为"我们文坛最美的收获之一"[①]。作品描写了一个富家寡妇因保护财产以及情欲未遂而产生的种种变态心理和行为,触目惊心地揭露了金钱毁灭人性的罪恶。主人公曹七巧本是麻油店老板的女儿,由于哥哥要攀附高门,便被嫁到一户官绅之家,给患有"骨痨"的姜二少爷做妾,不但情欲得不到满足,而且在门第森严的大家庭中受到歧视。在婆婆和丈夫死后,她终于掌握了家政和财权,成了黄金的主人,同时也沦为黄金的奴隶。当她所暗恋的小叔子姜季泽上门向她倾诉爱情时,七巧生平第一次陶醉在幸福里,但一想到姜季泽来找她是为了她的钱财,便立即将他赶出家门。保护财产的狂热和失却爱情的痛苦,使她人性扭曲,心理变态,甚至以黄金的枷锁摧残儿女的爱情与婚姻,折磨儿子和媳妇。这个被金钱榨干了青春和蚀空了灵魂的悲剧形象,其人性的扭曲和泯灭是封建主义婚姻观念和资本主义金钱观念双重作用的结果,既令人憎恶又使人怜悯。在这里,张爱玲把人性心理的暗角揭示得恐怖不堪,令人不寒而栗。这是时代的恐怖,是人类古老记忆中的罪恶。

张爱玲熟悉日益金钱化的旧式家庭的各种细节,尤其熟悉这种家庭里妇女的婚恋道德心理。她虽然在理智上清醒地看到了她所属的那个阶级、家庭及其传统不可避免地被抛弃的末运,但是在感情上却又与这个阶级所属的一切有着千丝万缕的联系,并在丝丝缕缕中透出一个失落者寻找不到精神家园的孤独感和自哀自怜感。所以,虽然她无情地揭示了那些苟活者们的虚伪、自私、没有价值,但对他们内心深处的寂寞和悲凉又寄予了极大的同情和理解,在创作中自觉或不自觉地为没落的社会阶层唱出一支支带有嘲讽意味但又有哀痛惋惜的心之衷曲,有一种无可奈何花落去的荒凉感和没落感。她在解释人物的人性扭曲和心理变态时,也过多地强调了情欲等自然本性所起的

① 迅雨:《论张爱玲的小说》。

作用，着重表现人性本身的乖谬和悲哀，这就在一定程度上增加了人物形象和思想内涵的复杂性和多义性。

张爱玲小说给人的“突兀”感和“奇迹”感，除源于作家对人性的独特观察和对人生的奇异感悟外，还源于作家丰厚的艺术修养和别致的艺术风格。张爱玲从小就受到西方文学艺术的熏陶，又酷爱中国古典诗词、小说。她直接承袭《红楼梦》、《金瓶梅》等古典小说的笔法，又借用了西洋文学中“现代派”的若干技巧，加上对绘画、音乐等姊妹艺术的借鉴，在中西古今文学艺术的融会中形成了一种流丽畅达、洒脱老练的文体。

张爱玲小说在艺术上给人印象最深的是意象世界的创造。张爱玲的艺术感受和想象异常敏锐与丰富，她很善于运用比喻、象征、暗示、通感等艺术手段，以东方圆润的笔墨，赋予景物以动的生命，又以西方静观的沉思，给予景物以启示的精魂。在小说中铺陈独特而繁复的意象，这些意象成为能发出作者及人物主观感情信息的具象物，是作者对客观世界进行感知、捕捉、选择、组合的直接结果。它们在小说中往往能起到刻画人物心理、渲染艺术氛围、创造独特意境的作用。《金锁记》里有一段文字，便是以众多意象的结合变迭来暗示人物的心理和处境：“风从窗子里进来，对面挂着的回文雕漆长镜被吹得摇摇晃晃，磕托磕托敲着墙。七巧双手按住了镜子。镜子里反映着的翠竹帘子和一幅金绿山水屏条纹依旧在风中来回荡漾着，望久了，便有一种晕船的感觉。再定睛看时，翠绿帘子已经褪了色，金绿山水换上了一张她丈夫的遗像，镜子里的人也老了十年。”这一连串意象的展现、转换颇似电影“蒙太奇”的联结，通过主人公一瞬间梦幻般的恍惚感觉，表现了她对于年华虚度的无限怅惘。画面的动与静、声与色的巧妙组合，打通了读者的视觉与心理感觉，艺术表现十分简明生动。正是这种新颖、独特、丰富的意象世界的创造，使张爱玲小说含蓄、凝练而耐人寻味，大大丰富了作品的内涵，起到只可意会，不可言传，以少胜多的效果。

徐讦(1908～1980)，浙江省慈溪县人。

徐讦是一位多产作家。他的17卷文集几乎包括了小说、诗歌、戏剧、散文、文学评论等所有文学式样，尤以小说见长，著有中长篇小说40种，短篇小说13集。早年在北京大学和巴黎大学学习哲学和心理学。这种特殊的学历对于徐讦小说鲜明个性色彩的形成具有重要的作用。

徐讦的小说往往喜欢透过爱情的窗口，进行人性的探索。他早期的作品超现实的成分较重，洋溢着乐观主义情调，往往通过悲欢离合、儿女情长的浪漫故事，超越纷纭人世，趋向清澈通明的哲理和人性的世界。这些作品着重于表现超俗的爱情和理想的人性，一般没有具体的背景，故事通常发生在一个远离尘世、封闭自足的环境里，人物形象在一定程度上得到美化，尤其是女性形象，大都有冰清玉洁的仙气，是理想人性的集中代表，是真、善、美结合的典范。这类作品充满了异国情调、浪漫柔情和空幻的憧憬，极富浪漫主义色彩。小说《精神病患者的悲歌》写男主人公“我”与患精神病的白蒂小姐及其使女海兰之间的感情纠葛。“我”与海兰倾心相爱，而白蒂也爱上了“我”。为了挽救和成全白蒂，海兰在把灵魂和肉体交付给“我”的次日便毅然自杀。在海兰善良美好的人性感召下，白蒂的人性也得以复苏，进了修道院将灵魂奉献给上帝，“我”也决心终生从事精神治疗，为人类造福。小说通篇洋溢着对海兰献身精神的歌颂与赞美，表现出美好的人性可以改造人、拯救人的主题。在《吉布赛的诱惑》中，徐讦通过一个曲折动人的浪漫故事，歌颂和赞美了吉布赛人的人生态度、生活哲理和爱情观念，表达了对自由人性和自然人性的向往。小说把对爱情的描写与对文化的反思纠缠在一起，表现了东西方人在爱情观上不同的文化心理、态度以及文化背景对爱情的影响，显示出作家独特的文化意识。与上述作品稍有不同，长篇力作《风萧萧》则把超俗的爱情与美好的人性放在“现实”的土壤上展开，它在民族解放战争的背景下通过男主人公“我”与白蘋、梅瀛子、海伦几位女性复杂的爱情纠葛，着力表现她们美好人性的力量。“我”最终投身抗战，为民族献身，这正是她们人性力量的体现。

徐讦在虚幻的环境中编织着他的理想和幻梦，高唱着人性的赞歌。但是在现实的环境中，人性却是被压抑和被扭曲的，甚至是丑恶的。当他向现实的人性深处观察时，他的歌声开始嘶哑，歌唱变成了诅咒，乐观变成了悲观，甚至成为一个“性恶论”者。《初秋》通过李伟先生对儿子的女友态度的变化，撕开了他本分忠厚的道学面具，揭示出他潜意识深处自私、淫恶、卑鄙的本性，深入表现了他人性深处的虚伪特征。《一家》写一个大家庭十二人从杭州逃难到上海前后各人的心态，写出了他们的自私、虚伪、欺诈、凶残，充分展示了他们人性中的丑拙鄙陋。《旧神》叙述一个杀人案件，既写了男子的荒淫，又写了女子的轻佻、复仇欲和疯狂性，而且二者互为因果，突出了人性皆恶的主题。在这些作品中，徐讦以一位哲学家和心理学家的目光分析着人性的病例，显示出浓厚的悲剧意识。

徐讦属于40年代复苏的浪漫派作家。他的小说不是生活现象的实录，而是具有强烈的主观色彩。他善于在奇幻神秘的环境中，通过曲折动人的浪漫故事，塑造光彩照人的理想形象，寄托自己鲜明的爱憎感情。这些作品构思精巧，善用悬念，情节出人意料，画面色彩斑斓，弥漫着扑朔迷离的诱人的情调。他在热情倾注主观理想的同时，又不忘冷静地剖析人物心理，进行深沉的哲理思考。徐讦较好地处理了感情和理性的关系，使小说的理性思辨色彩和浪漫抒情情调在小说中不是水火不容，而是相辅相成，相得益彰。徐讦小说的这种理性色彩首先来自于他小说主人公的设置。他们大都是哲学教授、心理医生、诗人、作家，因而他们对人物、事件的观察、感受和议论都具有理性分析的特征。另外，徐讦还往往直接剖析主人公的内心世界，挖掘其潜意识，探讨爱情、友谊、社会、人生、人性等等哲学问题。比如《精神病患者的悲歌》中对白蒂小姐变态心理的刻画，《旧神》中对微珠大起大落的心理变化的表现，以及《风萧萧》在虚拟的抗战间谍故事中渗入的充满悲感的人生哲理的抒发，都体现了徐讦小说的这种理性色彩，使读者在情感的失落中得到理性的震撼。当然，徐讦小说的这种理性色彩有一个由淡到浓的过程，初期的浪漫激情多少削弱了他的理性，而激情退后的理性思考就更为突出了。小说《烟圈》就淡化了热情，也淡化了情节，充满了对人生茫然的寂寞和凄然的感伤，富有浓厚的哲学思辨色彩。

第五节　张恨水·路翎·黄谷柳·吴浊流

张恨水(1895～1976)，原名张心远，祖籍安徽潜山，生于江西广信。

张恨水从小热爱文学，勤奋读书，靠自学获得很强的写作能力，一生中发表出版长篇小说90部，中短篇小说33篇，加上其他体裁的作品，共3000万言以上[①]。其中，著名的言情小说《春明外史》、《金粉世家》、《啼笑因缘》、《夜深沉》，著名的讽刺小说《八十一梦》、《魍魉世界》、《五子登科》等，以及以抗战为题材的《巷战之夜》、《虎贲万岁》等作品，一直拥有大量的读者。

连载于1924年到1929年北京《世界晚报》的《春明外史》是张恨水的成名作。这部90万字的巨型长篇类似于晚清作家吴沃尧的《二十年目睹之怪现状》，可以当做20年代的北京(别号“春明”)风俗画来欣赏，也可当做军阀统治时期的野史来阅读。作品以记者杨杏园与妓女梨云、女诗人李冬青的恋情纠葛为引线，“引出当时政治上、社会上种种千奇百怪的内幕新闻，从而加以谴责”[②]。小说的言情是手段，谴责才是目的。作者是在没有新闻自由的情况下，用小说的形式来作“新闻的补充”，借以鞭挞那些新老权贵的丑行，并对一些洁身自好的正直之士和饱受欺凌的劳苦大众寄予深切的同

① 《鸳鸯蝴蝶派作品选评》。

② 《重庆前言》，《春明外史·上》，中国新闻出版社1985年版。

情。

1926年到1932年发表在北京《世界日报》的《金粉世家》是张恨水的又一部长篇巨著。此书"取径《红楼梦》"的写法，描绘了上层社会醉生梦死、腐朽堕落、勾心斗角、尔虞我诈的真实画面，写出了封建世家必然崩溃的历史命运。作品女主人公冷清秋的凄凉境遇，体现了作者对人道主义的追求；她的自强不息，又反映了作者对妇女解放运动的肯定。但这种追求和肯定却蒙上了一层佛教意识的迷雾，这是对传统观念的眷恋情绪在作者艺术实践中的自然流露。

张恨水的代表作是连载于1929年到1930年上海《新闻日报》的《啼笑因缘》。这部兼有谴责性、侠义性的言情名篇曾使无数读者着迷，其轰动性效应"实在可以说是创造小说界的新纪录"[①]。作品写了一个以青年学生樊家树为中心的爱情悲喜剧，其间穿插了军阀刘德柱霸占艺女沈凤喜的罪恶行径和侠士关寿峰父女锄强扶弱的武侠传奇，表现了20年代中国社会的某些生活侧影，具有反强权、反霸道的积极的思想意义。作品的主要人物都有较鲜明突出的个性特征。樊家树是个"平民化的大少爷"，他心地善良、品质纯正、乐于助人，他对下层劳动者的同情和尊重尤为可贵。他和女性交往时不存邪念，他对沈凤喜的爱与觉慧之爱鸣凤不同，也与周萍之爱四凤不同，其爱情的悲剧结局并非由于他的负心，而是黑暗社会对善良人们的迫害所致。樊家树这个受各阶层读者欢迎的形象的塑造，说明作者的创作受到自由、平等、博爱的新思潮的影响。其他人物，如浪迹风尘的沈凤喜、高傲时髦的何丽娜、仗义行侠的关秀姑，都是栩栩如生的。又如肝胆照人的关寿峰、骄横残忍的刘德柱、懒馋鄙陋的沈三玄等，也有比较明显的性格特点。《啼笑因缘》能将言情小说的缠绵悱恻和武侠传奇的紧张惊险熔于一炉，能将章回小说的引人入胜和西洋小说的细腻描写融为一体，在续集中，还能将青年男女的啼笑悲喜升华到"热血洒边关"的民族大义中，所有这些，都是它在艺术表现上的成功之处。当然，樊何最后结成门当户对的良缘，确也属于因袭了一个照顾中国读者欣赏习惯的大团圆公式。

从1939年开始在重庆《新民报》上连载的《八十一梦》是张恨水"另创一格"的讽刺小说。它以巧妙的构思和辛辣的笔调描绘了"那个时候走到每一个角落都会遇到的人和事"[②]。它借古典小说和民间传说中的形象来影射黑暗现实，达到了从侧面抨击现实社会的目的。例如，猪八戒镇守南天门，纵容走私，大搞投机生意；西门庆当十家银

① 《一九三O年(严独鹤序)》,《啼笑因缘》,北京出版社1981年版。

② 张恨水:《前记》,《八十一梦》,通俗文艺出版社1955年版。

行的行长，横行街市，耀武扬威；"天堂"里衙门重叠，官僚如毛，"吴士干"无聊得要自杀，最终还是回到了牌桌上；贪财鬼钱维重大刮地皮，钻进钱眼，被钟馗的部下像狗一样牵走……这些情节寓庄于谐，幻中见真，对腐朽社会丑恶现实的暴露是成功的。但在艺术上却有着较大的缺憾。正如鲁迅对清末谴责小说的批评，它"辞气浮露，笔无藏锋"，"描写失之张皇"，因此，"感人之力顿微"[①]。

除"史家啼梦"这四部有代表性的小说外，1938年开始发表的《夜深沉》，写一个卖唱姑娘与车夫的爱情悲剧；1941年开始发表的《牛马走》(《魍魉世界》)，描绘出一幅"抗战司令台畔"妖魔横行的真实画卷；1947年开始发表的《五子登科》，揭露了国民政府接收专员大肆劫收金子、女子、车子、房子(最后还得了儿子)的丑行。这些，都是很有影响的作品。《巷战之夜》、《虎贲万岁》等小说，也对抗战起过鼓舞人心的积极作用。

张恨水的章回小说数量多、读者广、影响大，在20世纪的中国小说长廊中是独树一帜的。作者在创作中对朋友们"改写新体"的劝告和有人认为章回小说"对文化运动起反动作用"的责难都"未加深辩"。他要为"匹夫匹妇"工作，改良旧章回体，让自己的小说为"习惯读中国书，说中国话的民众所能接受"[②]。这种对文学通俗化的追求和为普通老百姓写作的态度是值得称道的。张恨水写小说"不作淫声，也不作飞剑斩人头的事"[③]，努力用章回体来反映现代生活，这是一种坚持现实主义原则的严肃的创作态度。随着现代印刷文明的发展和工商都会的繁荣，小说的娱乐功能已经成了本世纪读者的一种心理期待。张恨水的小说以寓教于乐的艺术追求完成了他对鸳鸯蝴蝶派小说的突破。

张恨水小说创作的主要缺陷是，有些作品残留着才子佳人式的老套，有些人物过分理想化，有些情节过多地依赖于误会与巧合，有些描写显得拖沓琐碎，语言流于陈旧。但所有这些，都无损于他享有通俗小说大家的盛誉。

路翎(1923～1994)，原名徐嗣兴，祖籍安徽，生于江苏南京。

路翎是一位身世坎坷的风格独特的"七月派"小说家，他的长篇小说有《财主底儿女们》、《燃烧的荒地》，中篇小说有《饥饿的郭素娥》、《蜗牛在荆棘上》、《嘉陵江畔的传奇》，短篇小说集有《青春的祝福》、《求爱》、《在铁链中》、《平原》、《朱桂花的故事》。

处女作《要塞退出以后》，写一个青年知识分子在抗战前线要塞撤退过程中的心态

---

① 鲁迅:《中国小说史略》,鲁迅全集》第9卷，人民文学出版社1981年版。

② 张伍:《忆父亲张恨水先生》，十月文艺出版社1995年版。

③ 张恨水:《我的创作和生活》,《文史资料选辑》第70辑，文史资料出版社1980年版。

变化,表现了年仅17岁的作家的创作才华。《饥饿的郭素娥》是路翎的成名作,标志着作家独特艺术风格的形成。小说推出后,胡风认为“现实人生早已向新文学要求分配坐位的另一些人物,终于带着活的意欲登场了”,“路翎君替新文学的主题开拓了疆土”①。郭素娥是个从肉体到精神都极度饥饿而又强悍可怜的女性。她在“饥馑”中“漂流”,在“漂流”中“昏倒”,不幸成了鸦片鬼刘寿春“捡来的女人”。她用与机器工人张振山偷情的方式来反抗,遭到刘和保长、地痞的残酷迫害。她被转卖,至死不从,最后被那些恶棍活活灼死、奸死。作品描写她被毁灭的过程,但并不停留在一般的对旧社会的揭露上,而是“透过社会结构底表皮去发掘人物性格底根苗”②。作者着重于对人物心灵的探索、对人物所处环境以至整个社会环境的开掘,试图从民族心理积淀这个角度去寻求社会不公、主人公不幸的缘由,寻求“人民底原始的强力,个性底积极解放”③。郭素娥要求张振山把她带走,“冀求的无价的宝贝”被两张纸帛换去而痛苦,临死前还“觉得张振山在等她”,这是爱情的“强力”;她用大碗猛砸刘寿春,抓破黄毛的面颊,宣称“做鬼”也要“杀死”加害于她的“畜生”,这是生命的强力。张振山闯进郭素娥的生活是始于情欲,终于爱情,这反映出他身上兽性与人性的交织。但是他在烧了刘寿春那肮脏的小屋后却不负责任地一走了之,则既表现出一种“原始的强力”,又表现了他的“乖戾的流浪儿”的劣根性。魏海清出于嫉妒向刘寿春告了密,致使郭素娥受害,但在郭素娥被害死后,他燃烧起“复仇的烈火”,与黄毛决斗而死,其源于爱情的“原始的强力”在绝望之后才表现出来。

对“原始的强力”的探索和表现,是路翎安排其人物命运的基本思路。黄述泰(《蜗牛在荆棘上》)中了抽丁的阴谋离乡当兵后,轻信关于妻子秀姑的流言,请假回家,要依照祖先留下的规矩惩办秀姑,这种“强力”带着一种严重的病态;罗大斗(《罗大斗底一生》)“挨了毒打之后”“被送去当壮丁”,在队伍出发与母亲分别时,他“被一种冷酷的疯狂所掌握”,两次以头撞石,鲜血淋漓地“仰天倒下”,这种“强力”表现出惊人的惨烈;老说书艺人(《英雄的舞蹈》)为了抵制对面茶馆的“毛毛雨”,在书台上声情并茂地召回了古代的英雄,也唤回了听书的顾客,随之心碎而死,这种“强力”具有一种感人肺腑的悲壮。还有一些破产农民、矿工、逃兵、流浪汉,他们身上在表现出“原始的强力”时,也明显地表现出了“精神奴役的创伤”。至于金素痕、蒋少祖(《财主底儿女们》)等人抢夺遗产的拼命争斗,准确地说,也是一种“原始”兽欲的表现。

① 胡风:《饥饿的郭素娥·序》,《中国新文学大系1937～1949》第6集,上海文艺出版社1990年版。
② 胡风:《饥饿的郭素娥·序》。
③ 作者语,转引自胡风《饥饿的郭素娥·序》。

1944 年写成的《财主底儿女们》是路翎的代表作。这部被胡风誉为“可以堂皇地冠以史诗的名称”[①]的 80 万言巨著，描写了苏州巨富蒋捷三家的兴衰聚散，反映了“一・二八”战争以后 10 年的“现代中国历史底动态”[②]，提出了青年知识分子在动荡年代的出路问题。在小说的 70 多个人物中，作者着重描写了蒋捷三的二儿子蒋少祖和三儿子蒋纯祖，显示出作品“以青年知识分子为辐射中心点”的特点。蒋少祖是蒋家的“第一个叛逆的儿子”。他由于经不起斗争的考验而逐步蜕化，认为过去参加反封建斗争是“误落尘网”，扬言“不受暴风雨底欺骗”，而怀念苏州故园“香炉里的檀香的气息”了。他在人生道路上的倒退，在政治漩涡中的浮沉，令人联想到鲁迅小说《在酒楼上》的吕纬甫，不过，他在歧途上比吕纬甫走得更远了。作家对他这种性格的各种类型的“沉痛的凭吊”，昭示了这样的理性思考：“知识分子底反叛，如果不走向和人民深刻结合的路，就不免要被中庸主义所战败而走到复古主义的泥坑里去。”[③]蒋纯祖是个有正义感的爱国知识分子，他忠厚、善良、高傲，“憎恶他所处的苦闷的现实”。在压迫加重时，他往往用逃避的方式来反抗。从沦陷区逃到大后方，从城市逃到乡村，又从乡村逃回城市，直至郁郁而死。这短短的一生令人联想到终究演了悲剧的约翰・克利斯朵夫。不过，作者最后让他明白了自己的缺点，“将照着一个穷人的样式，平实地为人”，这又体现了时代的进步。因此，人们在批评他的缺点时应该记住：“他是因忠实和勇敢而致悲惨，并且是高贵的。他所看见的那个目标，正是我们中间的多数人因凭信无辜的教条和劳碌于微小的打算而失去的。”[④]

路翎的小说在刻画人物性格的丰富性、展示人物灵魂的复杂性方面是真实的。他明显地受到胡风理论的影响，用主观精神“拥抱”客观世界，在作品中显现出强烈的主观色彩。人物身上社会属性和生理属性的融会，人物心灵中人性和兽性的合流，这方面的描写很有现代派的色彩。在掌握人物的心态深度、控制人物的心理节奏、处理人物之间的心灵感应方面，他表现出一种陀思妥耶夫斯基的气质。不过，有时他过分夸大人物的生理属性，无节制地把主观精神“扩张”到人物身上，使有些人物过度的神经质，使读者对其表现难以置信，这不免又离开了真实性原则。

路翎的小说不仅描绘了“大后方”灰色人世的众生相，而且生动地刻画了青年知识分子和底层劳动者在追求解放的过程中与各种邪恶势力的搏斗，以及他们自己心灵深

---

① 胡风：《序》，《财主底儿女们》（上），人民文学出版社 1985 年版

② 胡风：《序》，《财主底儿女们》（上），人民文学出版社 1985 年版。

③ 胡风：《序》，《财主底儿女们》（上），人民文学出版社 1985 年版。

④ 路翎：《财主底儿女们・题记》。

处的搏斗。由于在这种搏斗中“展示出更深更广的历史的意义”,“一下鞭子一个抽搐的对于过去的袭击,一个步子一印血痕的向着未来的突进”①。所以,胡风认为,路翎对于坚持和发展鲁迅的传统“是付出了他的努力的”。

黄谷柳(1908～1977),祖籍越南广宁省,生于海防市,长在云南河口。

黄谷柳是一位很有个性和特色的通俗小说家,有短篇小说《干妈》、中篇小说《杨梅山下》与《刘半仙遇险记》、长篇小说《虾球传》。

《虾球传》是黄谷柳的代表作,连载于1947年到1948年的香港《华商报》。小说全书共分三部。第一部写香港殖民地社会的各种光怪陆离景象,第二部写广州黑社会的形形色色,第三部写珠江三角洲一带的人民游击战争。

小说的最大成就是塑造了虾球这个从流浪儿到革命战士的生动形象。虾球原名夏球,家境十分贫寒,从小就为母亲分担生活重担。由于卖面包受骗,他在迷惘中走进了黑社会,做了流氓集团头子鳄鱼头的小帮手。他的遭遇辛酸而惊险,当过犯罪分子的替罪羊,“在狱中度过了他的16岁生辰”,经历过沉船的危难,在九死一生中侥幸逃命。他虽然在黑社会里沾染了许多污秽,但本质忠厚善良,每做一次坏事,内心都感到愧疚和痛苦。有一次,他帮助同伙扒窃了一位归侨的钱包,带着分得的赃款回家看母亲,知道被扒者竟是他的父亲后,难过得“把嘴唇咬出血来了”。所以,他虽然反反复复地四次误入扒窃集团,但终究戒绝了那种“太过残忍”的勾当,在革命者丁大哥的帮助下成了一名革命战士。他在“春风秋雨”中受到吹打,在“白云珠海”上受到磨炼,最后迎来了“山长水远”的前途,其觉悟和成长的历程是与人民解放战争的发展同步的。他的生活道路对误入歧途的青少年及其家长们无疑是一个很好的启示:只有革命斗争,才能把人们引上正道。《虾球传》巧合于鲁迅“救救孩子”的心愿,这就是小说的突出的认识意义。

《虾球传》在艺术风格上“表现着一种新的倾向”,即“打破了五四传统形式的限制而力求向民族形式与大众化的方向发展”②。作者向章回小说家学习但又有所创新,使小说增加了更多的可读性和耐读性。《虾球传》66节的每一节都是一个独立的故事,但每节都留下了一个诱人的悬念。作品情节曲折,故事具有传奇性,且不乏惊险之处,更增强了对读者的吸引力。作品描写的时空跨度都很大,但线索清晰,毫无芜杂之

① 胡风:《财主底儿女们·序》。

② 茅盾:《在反动派压迫下斗争和发展的革命文艺》,《中国现代文学运动史料摘编》下册,北京出版社1985年版。

感。虾球在流浪中的苦难、挣扎、觉悟以及参加革命后在战斗中的成长史，鳄鱼头在黑社会中的盗窃、走私、铤而走险以及当了"清剿副司令"后的反革命罪恶行径，这两条线索时而平行发展，时而交错重合，由此展现了形形色色的人物事件，透视了流浪人生的畸形怪异，而且，广东下层市民的生活、港粤的风土人情也得到了真实生动的反映。因此，《虾球传》称得上是一部"既有时代特征又有鲜明的地方色彩"①的优秀通俗小说。

吴浊流(1900～1976)，原名吴建田，号饶畊，祖籍广东蕉岭，生于台湾新竹。

吴浊流是台湾地区的一位著名作家，也是本时期重要的小说家之一。1936 年开始发表小说，前期(日据时期)的主要作品有长篇《亚细亚的孤儿》，中短篇《水月》、《泥沼中的金鲤鱼》、《功狗》、《泥泞》、《陈大人》、《先生妈》、《路迢迢》等；后期(光复后)的主要作品有长篇《遥远的路》、《无花果》，中短篇《菠茨坦科长》、《铜臭》、《狡猿》、《三八泪》、《幕后的支配者》、《友爱》、《老姜更辣》等。台北远景出版社出版了《吴浊流全集》，共 6 卷。

《水月》(1936 年)写了一个在日本人办的农场里干了 15 年的中学毕业高材生的生活悲剧。《先生妈》(1944 年)是抨击"皇民化运动"、嘲笑民族败类奴性心理的成功之作。前者着重写了殖民统治下的台湾人在物质上的贫穷，后者突出地表现了他们在精神上所受的深深的毒害。仁吉和钱新发，虽然一个陷于困顿，一个得以发迹，但其心态都是可怜的。特别是后者，完全丧失民族气节，改名为金井新助，衣食住行都效法日本人，这就"可怜亦复可憎"了。《菠茨坦科长》(1949 年)写一个汉奸在日本投降后逃离南京，潜入台湾，混进"接收大员"的队伍搜刮民财的罪恶行径，深刻地揭露了台湾光复初期贪官污吏横行的丑恶现实。读这篇小说，令人联想到《五子登科》。但金子原毕竟还没有任过伪职，而范汉智却是南京伪政府的"特工科长"，这就更令人深思了。《幕后的支配者》(1965 年)揭露的是帝国主义者"神援"的罪恶。小说中的阿九嫂为活命入了基督教，"偷偷去教会领了牛奶"，心灵上像犯了罪似的痛苦，而那位实用主义者上海佬却说"美援也好，日援也好，神援也好，拿得到就是横财"，"世间总是骗来骗去"，"不可论真"，这些，充分反映了台湾社会风气的堕落。

吴浊流的代表作是《亚细亚的孤儿》。此书原名《胡志明》，含有"怎么不志明"的意思(台湾人是明朝的遗民，所以要志明)，因巧合于名人的姓名，恐被误会，故改为现名。此书作于 1943 年到 1945 年日据台湾最黑暗的时期。作者"再冒日警逮捕之险，偷写

① 夏衍:《忆谷柳》,《虾球传》,花城出版社 1979 年版。

一本谁都不敢写的小说”,“透过胡太明的一生,把日本统治下的台湾,所有沉淀在清水下层的污泥渣滓,一一揭露出了”[①]。所以,此书“无异是一篇日本殖民统治社会的反面史话”[②]。

胡太明是个命运坎坷的爱国知识分子。他在乡间当小学教师时,有着民族自卑感。在日本留学时,对日本统治者存有幻想,但毕业返台后面对着失业等一系列问题却无法解决。以后,他回到大陆,受到当局的怀疑,被监禁;重返台湾后,又被视为中国间谍,受到日本特务的跟踪。后来他被强征入伍,当了日军翻译。在广州,目睹日军杀害中国同胞的惨状,他“顿时昏厥过去”。被遣送回台后,弟弟、母亲的惨死使他陷入自责自省的疯狂状态。最后他终于醒悟,题了“反诗”,潜回大陆,投身抗日行列。小说写了胡太明一生的曲折经历,反映了台湾人民在铁蹄下的呻吟和觉醒。情节错综复杂,故事多姿多彩,乡土色调十分浓厚。当年,台湾人民既受日本侵略者的践踏,又暂时没有得到祖国理解的“孤儿意识”的提出,具有很大的典型意义。因此,它被誉为“一部雄壮的叙事诗”。

吴浊流的小说“都是社会真相的一断面”,可以作为台湾省“社会之内幕来看”[③]。它不仅惟妙惟肖地再现了历史,而且形象直观地表达了作家的历史使命感。这种使命感就是在异族统治下作为一个有良心的中国作家对民族文化的坚守与发展。作家本人似乎也是个“亚细亚孤儿”,“但他不是一个麻木的孤儿,而是一个铁和血铸成的男儿”。[④] 他用笔作解剖刀,解剖了台湾社会的病态和病根,揭示了外来势力在政治、经济、文化等方面的侵略的本质。他为恢复中华民族的传统文化而呼号,用唤起民族觉醒的华章,丰富了祖国的文学宝库。

吴浊流的多数小说色调都比较阴沉,有的甚至阴沉得令人郁闷、窒息。读着它们,明显地感到被一种悲凉的氛围所笼罩,不得不沉思和深省。也许,这是小说家的艺术情趣的自然流露,但更是诗人的源于民族魂的特有的美学追求。因此,作品中那些贫穷困顿的小人物,虽然成年累月地在饥饿线上挣扎,但正义之火、理想之光却始终没有熄灭。尽管作品并未展示一个灿烂的明天,却暗示了一缕缕黎明的微光。这就是吴浊流小说的“历史性的性格”[⑤]。

---

① 吴浊流:《回顾日据时代的台湾文学》,引自汪景寿《台湾小说作家论》,北京大学出版社 1984 年版。
② 吴浊流:《回顾日据时代的台湾文学》,引自汪景寿《台湾小说作家论》,北京大学出版社 1984 年版。
③ 吴浊流:《吴浊流选集·自序》。
④ 林海音:《铁和血和泪铸成的吴浊流》。
⑤ 吴浊流:《吴浊流选集·自序》。

第三章 诗 歌

抗战爆发后，中国诗人们感召于时代的呼唤，置身于民族解放斗争的洪流；中国新诗真正实现了服务于民众、服务于时代的历史重托。在这时代大潮中，诗人群体不断涌现，新诗艺术表现自由而多样，繁花盛开，风格各异。

1938 年，武汉兴起朗诵诗运动，高兰、光未然是影响最大的朗诵诗人。这一运动的影响很快扩大到重庆、延安等地。各地纷纷举办诗朗诵会，各种集会、广播电台，以至街道、码头都常有诗朗诵节目，报刊上也刊载朗诵诗作品和理论探讨文章，推动了这一运动的深入开展。同年延安兴起街头诗运动，其影响波及晋察冀和其他抗日根据地。街头诗又叫墙头诗，写在街头、墙上，或印发传单，其形式短小精悍，语言通俗生动，朗朗上口，有强烈的宣传鼓动作用。田间、柯仲平是这一运动的积极倡导者。

抗战进入相持阶段，诗人们对现实有了更深入的感受和体验，"诗人不再一味狂热的豪歌了，而逐渐产生了从战时生活中来的真实的抒情诗和造型的叙事诗"[①]。大批有影响的诗作纷纷问世，促进了抗战诗歌的繁荣。

艾青是诗坛的一大骄傲。他成名在抗战之前，继《大堰河》之后，又以《北方》、《旷野》、《向太阳》等多部诗集彪炳文苑，成为本时期自由体新诗创作中最具代表性的诗人。田间是又一位影响颇大的诗人。抗战前开始写诗，真正在诗坛造成重大影响的是长篇政治抒情诗《给战斗者》，还有一些短小精悍的街头诗。柯仲平 20 年代即开始新诗创作，此时的建树见于《边区自卫军》和《平汉路工人破坏大队》。这两部作品是在当时抒情短诗较多的情况下出现的长篇叙事诗，也是 40 年代大量长篇叙事诗兴起的先声。何其芳以第一本诗集《预言》显露出艺术才华和个性，早期的诗作接近现代派，到延安后，诗风一变，《夜歌和白天的歌》以其热情、坦率和真诚打动了无数青年的心。此外，光未然的组诗《黄河大合唱》、力扬的《射虎者及其家族》、王亚平的《血的斗笠》、冯

① 王瑶：《中国新文学史稿》。

至的《十四行集》、卞之琳的《慰劳信集》、沙鸥的《农村的歌》、徐迟的《最强者》等，也都各具特色。

从民族解放战争开始直至人民解放战争后期，新诗坛上曾出现一个影响较大的诗歌流派——“七月诗派”。该诗派以胡风编辑的《七月》为主要阵地，先后发表诗作的诗人有 39 位。除艾青、田间等诗人外，还有一批崭露头角的年轻诗人。由这些诗人的诗集编辑而成的《七月诗丛》共两集 18 种，规模之大，诗人之多，实为新诗流派史所仅见。

以 1942 年延安文艺整风为导向，解放区诗歌出现新的特点：一方面是在群众性的文艺创作活动中，涌现出一批民间诗人、歌手；另一方面是根据地诗人普遍重视对民歌的搜集、整理、研究和学习，并运用于自己的创作。大量具有民歌风味的长篇叙事诗就是在这种风气中涌现出来的。其中，李季的《王贵与李香香》、阮章竞的《漳河水》都是借鉴民歌形式写成的长篇叙事诗。张志民的《王九诉苦》、李冰的《赵巧儿》、严辰的《新婚》、郭小川的《老雇工》、贺敬之的《笑》以及公木的《岢岚谣》等，也都有一定的代表性。此外，一批在解放区成长起来的诗人，如陈辉、曼晴、方冰、史轮、柯岗等用自由体形式写出的不少作品，也表现出向民歌学习的特点。

国统区诗歌创作的显著特征是政治讽刺诗兴盛。国统区的进步诗人几乎都写过这类作品。其中，袁水拍是影响最大的政治讽刺诗人，代表诗集是《马凡陀的山歌》。臧克家是国统区另一位重要的政治讽刺诗人，但他的诗歌成就远不止于此。30 年代中期他就以《烙印》、《罪恶的黑手》闻名于世。黄宁婴在香港出版的《民主短简》，以书简形式寓政治讽刺，而长诗《溃退》则是一部近两千行的带有强烈讽刺性的长篇报告诗。

40 年代后期，国统区诗坛还出现过一个新诗流派——“九叶诗派”①。这个诗派的九位年轻诗人，以进取和向上的激情，写出了许多内容坚实的诗篇。他们主张现代主义与现实主义的交融，把现代派根植于中国的现实土壤上，并以各自的探索而又殊途同归的诗风，在 20 世纪中国文学发展史上构成了色彩独特的一章。

---

① “九叶诗派”的得名是由于 1981 年江苏人民出版社出版的《九叶集》。这里如此称呼，在于认同 80 年代的社会判定。

第一节 艾 青

艾青(1910～1996),原名蒋正涵,字养源,号海澄,浙江金华人。

艾青抗战前后的诗创作,是他诗生涯的第一座高峰,也是中国新诗发展的重要标志。他根系泥土而又极具时代情感,从诗集《大堰河》到《布谷鸟》,伴随着时代步伐,为乡村、土地和生活在那里的劳苦者呈献了他满腔的诗情。他写土地遭受蹂躏的痛苦呻吟,也写那游动于地心的沸腾热气;他描摹寒冷干涸土地上农民悲苦不堪的生活,也热切欢呼带给大地光明温暖的黎明与太阳。他浸润流溢于诗篇中的忧郁是因为农民的痛苦,振奋是由于土地的苏醒,欢欣更来自民族的解放。诗人总是"置身在探求出路的人群当中",与他们"共呼吸,共悲欢,共生死……使自己的歌成为发自人类的最真实的呼声"[①]。因此,时代题材和诗人个人心理气质的糅合,构成了艾青诗美风格的内质。对新诗技艺,艾青不仅勤奋于新诗创作,也勤奋于新诗的美学探索。一方面,他不仅善于运用写实手法构成实写的现实的形象,来抒写对生活的独特感受,做到外在形象和内心世界的完全融合;同时也善于用浪漫或象征手法构成虚写的象征的形象,寄托或暗示诗人对生活的憧憬或对未来的向往[②]。这使他的诗歌充盈着一个现实与理想交融、苦难与希望俱现的蕴含丰富的意象世界。另一方面,艾青以诗人的情怀和画家的眼睛,从散文和绘画中汲取诗美精华,在长短相间、无拘无束的散文句式和朴素的鲜活的口语表达中,追求一种随诗情而产生的"内在旋律",以及与诗歌内在节奏、意象特征相一致和融合的色彩感受;而散文化的自由体诗的选择和充分完善,可以说是他诗歌意象特别丰富复杂、绚丽多彩所达到的必然结果。因而"散文美"和"色彩美"的艺术表现,既是艾青新诗创作的独特追求,也是他对新诗艺术的独特奉献。

30年代初,艾青吹着忧郁的芦笛登上诗坛。他忧郁的诗情里积淀了早期生命历程的坎坷与不幸,也发自他置身于黑暗大地上的痛苦的生命情怀。幼年缺乏父母亲情的淡漠凄凉,少年漂泊异邦的辛酸孤苦,三年囚徒生活的悲哀,以及人世间的苦难不平,民族生存危机的忧患……这一切自然而真实地流注在他的诗情之中,形成他许多诗歌沉郁的底色。成名作《大堰河——我的保姆》是一首带自叙传性质的长诗。诗里,

① 艾青:《诗论》,转引自《中国现代诗论》上篇361页,花城出版社1987年版。

② 参见《中国现代文学史教程》,山东教育出版社1984年版。

艾青用凄楚的笔调叙写了自己的身世经历，怀着虔诚而深切的情感，回忆了自己深爱的乳母大堰河生前的凄苦和死后的悲凉，他在极度悲愤中表示了对自己家庭所属阶级和整个不公道世界的强烈不满和诅咒。在艺术上，这首诗成功地运用了大量洋溢着农村风俗气息和泥土气味的生活细节以及富有特征的场景来刻画人物，并且“通过语调的变换，反复咏唱，做到舒卷自如，最后以大胆的独创精神、宏伟的气势把主题推向高潮，使人们心灵为之震颤”①。形成艾青诗歌震撼人心力量的，当然不是单纯的忧郁和伤感，而是一种将自己的不幸消融于深重的民族苦难之中所呈现出的对于国家民族和人民命运的深切关注与思考。特别是抗战初期写的大量诗歌，和他的“土色的忧郁”即“农民的忧郁”共存的是时代的忧郁和民族的忧郁。例如《雪落在中国的土地上》，诗人以“雪落在中国的土地上，/寒冷在封锁着中国呀……”这一复沓的旋律，反复地倾诉着民族的苦难和不幸：

> 中国的路
> 是如此的崎岖
> 是如此的泥泞呀。
> ……
> 饥馑的大地
> 朝向阴暗的天
> 伸出乞援的
> 颤抖着的两臂。

诗人在这里是用拟喻的手法，传达出一种理性的象征和暗示，引起人们对现实的深沉哀思。在《北方》组诗、《旷野》二章等诗中，艾青用极富象征和暗示色彩的眼睛，以抒情性语言，奏出了充满哀怜的沉郁音调，同时又用苍黄、灰暗的土地的色调带给人以悲哀和沉郁的暗示与感染。那些行乞者、卖艺人、补衣妇、手推车以及悲哀的北方、迷雾的旷野、贫瘠的田亩……这些苦难意象在乌黑、灰黄、土色、灰暗的冷色调中，造成的暗示性及给人带来的阴郁和压抑之感，充分显示出一种美好东西被毁灭的悲剧式的伤感美和沉郁美。这正是艾青爱国忧民情怀凝聚于土地上的一种特殊表达方式。《手推车》里没有直接描绘难民的形象，只有手推车构成的特殊意象痛楚地连接着人与土地。手

① (法)苏珊娜·贝尔纳：《艾青诗选》法文本序，引自《文艺报》1980年第6期。

推车发出的单调的“尖音”和“刻画在灰黄土层上的深深的辙迹”，具象化地展示了北方人民流离失所的悲哀。失去土地的农民在《乞丐》一诗中让人看到的是一幅更加令人战栗的画面：

在北方
乞丐徘徊在黄河的两岸
徘徊在铁道的两旁
……
乞丐用最使人厌烦的声音
呐喊着痛苦
说他们来自灾区
来自战地
……
乞丐用固执的眼
凝视着你
看你在吃任何食物
和你用指甲剔牙齿的样子
……
乞丐伸着永不缩回的手
乌黑的手
要求施舍一个铜子
向任何人
甚至那掏不出一个铜子的兵士

如果说农民的生存有赖于土地的庇护，那么暂时还没有失去这种庇护的人们，他们的生活又能好到哪里呢？《旷野》所抒写的就是国家民族不幸所造成的农村经济的衰败和由此带给农民的悲苦不堪的生活。全诗由象征苦难的“薄雾”所弥漫的旷野出发，以“乌暗而枯干的田亩”、“荒芜的池沼”、“褐色阴暗的山坡”推演出生活在这块贫穷土地上的人：

人们在那些小屋里

过的是怎样惨淡的日子啊……
生活的阴影覆盖着他们……
那里好像永远没有白日似的，
他们和家畜呼吸在一起，
——他们的床榻也像畜棚啊；
而那些破烂的被絮，
就像一堆泥土一样的
灰暗而又坚硬啊……

而那些在“雾”里往来的人们，

却好像永远被同一的影子引导着，
结束在同一的命运里；
在无止的劳困与饥寒的前面
等待着的是灾难、疾病与死亡——
彷徨在旷野上的人们
谁曾有过快活呢？

这深植于土地的苦难在撕裂着诗人的心肺，作为“农人后裔”的艾青在《我爱这土地》一诗中道出了他悲哀忧郁的原因：“为什么我的眼里常含泪水？/因为我对这土地爱得深沉……”。在《北方》中这种对土地的挚爱进一步深化：

我爱这悲哀的国土
古老的国土
——这国土
养育了由我所爱的
世界上最艰苦
与最古老的种族。

这种对祖国与人民的深情热爱，转化为诗人内心一种强烈的时代责任感，他“把忧郁与悲哀，看成一种力！”要用如炬的诗笔“把弥漫在广大土地上的渴望、不平、愤懑……集合拢来……伫望暴风雨来卷带了这一切，扫荡这整个世界"①！

艾青在诗歌中大量描写苦难，既是他爱国深情、民族"忧患意识"的自觉体现，也源于他独特的诗美学观点："苦难比幸福更美。"这种苦难美的追求，是诗人面对苦难时代的自觉选择，他反感沉湎于花月、女人的空虚赞美，认为"最伟大的诗人，永远是他所生活的时代的最忠实的代言人，最高的艺术品永远是产生它的时代的情感、风尚、趣味等等之最真实的纪录"②。苦难美的表现，使艾青诗作表现出苦难现实的沉重，鼓动人们改变这现实的决心和勇气，同时他在描写苦难时，也努力发掘苦难者本身对于苦难现实的抗争。《死地》一诗写天灾之难："大地已死了！/——躺开着的那万顷的荒原/是它的尸体"，"它死在绝望里；/临终时/依然睁着枯干的眼/巴望天顶/落下一颗雨滴……"诗人不回避对"绝望"的描写，他真切地描写了被搜劫一空的农民在旱灾中的饿毙：千万"死之子"在颗粒无收，连草根树皮也寻不到的时候，"于是他们/相继地倒毙了！"而那些活着的人们，却聚拢了"黑色的旋风"，旋舞着愤怒的疯狂，他们要从绝望的"饥饿之火"中，寻回自己的生存！《人皮》写了战争之灾，诗人以无限沉哀与愤怒写了一张被日寇剥下来倒悬在树枝上的中国女人的人皮。血淋淋的描绘为每一个有良知的中国人种下了民族仇恨，激发起复仇的怒火！诗人告诉中国人："今天你必须/把这人皮/当作旗帜，/悬挂着/悬挂着/永远地在你最鲜明的记忆里"。在这里，"人皮"象征着法西斯的罪恶和民族的灾难，却又成为唤醒民众、动员民众的"旗帜"。

抗日民族解放战争是中华民族由危亡走向新生的伟大历史转折。艾青从民族苦难中发现了我们民族从危亡走向新生的契机，这是他抗战诗歌的又一重大贡献。《复活的土地》写于抗战爆发的前夕，诗人从那"重新旋流着的/将是战斗者的血液"的大地上，预感到民族复活的希望。因此诗人告诫自己：

你——悲哀的诗人呀，
也应该拂去往日的忧郁，
让希望苏醒在你自己的
久久负伤着的心里。

于是，《他起来了》这首诗里的"他"，就作为中华民族在死里求生的特定情势之下的"复

① 艾青：《诗论》，转引自《中国现代诗论》上篇第 364 页，花城出版社 1985 年版。
② 艾青：《诗与时代》。

仇勇士”的象征而站立起来：

他起来了——
从几十年的屈辱里
从敌人为他掘好的深坑旁边
他的额上淋着血
他的胸上也淋着血
但他却笑着
——他从来不曾如此地笑过

这是一种复仇者快意的笑。他两眼闪光，“像在寻找/那给他倒地一击的敌人”。“勇士”起来了，他的复仇“将比一切兽类更勇猛/又比一切人类更聪明”。这就是我们民族潜藏着的生命活力，也是民族解放最深厚的伟力。长诗《他死在第二次》以叙事的篇章讲述了一个伤愈重返前线、最终为祖国解放而献身的普通军人的故事，这同样是民族勇士精神的缩影。写于抗战相持阶段的小诗《树》，用象征手法表现了军民“把根须纠缠在一起”的团结抗敌的民族精神。写于同期的《火把》在一个燃烧着千万火把的群众集会背景上，叙写了一个天真爱幻想的小资产阶级女性的思想转换。“火把”也是一个象征，它燃烧着中华民族同仇敌忾的怒火，也燃毁了在这个时代里一切不求实际者的幻想。

与忧郁、振奋的情感同样存在于艾青诗作中的，是他对光明未来的孜孜不倦的向往、追求和讴歌。他在描写民族深重苦难时，常常忍不住仰首未来，热切地呼唤能带给大地光明温暖的太阳。于是他诗作中出现了与众多苦难意象对立的光明意象群，如黎明、曙光、太阳、光芒、火焰、春天等。对这些光明物的讴歌，成为他不少诗篇的主题，表现出诗人对民族解放、对自由的热切期盼。因此，艾青的诗总是在对现实苦难描绘中显得沉郁，又在对未来光明向往中显出豪壮[①]。虽然真正鲜明地显示艾青豪壮风格的诗作并不多，但《向太阳》这篇抒情组诗，却带上前所未有的浪漫气息和豪壮风格。这首由九个组曲连成的长诗，以雄朗向上的音调构成豪壮、恢宏的交响曲的气势，表现了诗人对象征自由、解放、平等、博爱和智慧的“太阳”的向往与追求、礼赞与讴歌。《向太

---

① 参见李万庆:《沉郁·豪壮·浑朴——论艾青抗战初期诗歌的美学风格》,《辽宁教育学院学报》1993 年第 3 期。

阳》可说是短诗《太阳》的姊妹篇。写《太阳》时，艾青有着对于光明的热望，也有着抛弃旧我的初步觉醒，他的心胸已“被火焰之手撕开”，而把“陈腐的灵魂/搁弃在河畔”，获得了“对于人类再生之确信”。他欣喜“太阳向我滚来”，但还缺乏“奔向太阳”的自觉。而《向太阳》则展开了一个全新的境界，诗人“用囚犯第一次看见光明的眼”，看到了“真实的黎明”。在明朗的太阳下，他狂喜地注视着那充满生机活力的世界，看见那些在阳光下笑得像太阳的工人、刚参军的农民、少女和伤兵。在诗人心目中，“太阳”是无比崇高、圣洁的光明之神，她比一切都美丽：

比处女
比含露的花朵
比白雪
比蓝的海水
太阳是金红色的圆体
是发光的圆体
是在扩大着的圆体

在这首诗里，诗人大量使用亮色和暖色调，全景式、多层次地表现了抗战初期中国人民对伟大抗日民族解放斗争的必胜信念和对民族解放自由的热烈憧憬，它给人的启示无疑是光明与雄健，其豪壮诗风也在色调运用中得到烘托。《吹号者》是一首叙事长诗，也可说是一首借“吹号者”来抒发诗人对抗战胜利前景向往的客观抒情诗。此诗虽然因写了吹号者的牺牲而流露出某种沉郁的悲慨，却也是艾青豪壮诗风的又一代表，尤其是对“吹号者”所迎来的黎明的描写，显示出一种庄严、肃穆的崇高之美：

黎明——这时间的新嫁娘啊
乘上有金色轮的车辆
从天的那边到来……
我们的世界为了迎接她，
已在东方张挂了万丈的曙光……
看，
天地间在举行着最隆重的典礼…

这美妙新奇的描写,给人以无限的遐思。《黎明的通知》则运用拟人化的手法,用纯净优美的文字生动地描绘了黎明到来之前的壮阔画面。在诗人笔下,黎明是一位带光明给世界、带温暖给人类的光明使者,他借诗人之口向城乡各阶层的人们发出恳切的召唤,号召人们以快乐的心情、战斗的姿态去迎接新的生活。人们对光明美好的新生活的渴望被表现得淋漓尽致,全诗回响着豪壮、激越、欢快的音调。

40年代后期和50年代,艾青继续着新诗的创作与探索,但作品不多,后来被迫沉默了21年。到70年代末和80年代初,他唱着《归来的歌》再度辉煌,以《鱼化石》、《致亡友丹娜之灵》、《墙》、《古罗马的大斗技场》、《光的赞歌》等流金溢彩的诗章,形成他诗生涯的第二座高峰,不仅光照20世纪中国文学发展史,甚至被西方研究家誉为当今世界最伟大的三大人民诗人之一①。

第二节 臧克家·蒲风

臧克家(1905～2004),山东省诸城县人。

在北方农村生活了整整18年的臧克家,自然会深切地体验到旧中国农民们生活的艰辛、命运的凄惨。当他后来以诗的形式表达他对人与现实世界的认识时,那种"深深同情他们(农民),为他们的不幸而悲愤"②的感情就总是难以抑制。于是,对农民及下层人民苦难的深情吟唱,便成为臧克家诗歌创作的重要内容,也因此有了"农民诗人"的称号。他的第一本诗集《烙印》就以一种崭新姿态让诗坛为之瞩目。一方面,《烙印》扫去了同时期新月派与现代派诗人们苦闷忧伤的情调,呈现出明显的现实主义特色;另一方面,与某些表现现实的诗歌相比,《烙印》始终关注的是苦难中国的苦难人们。诗人那支浸透了泪水的笔,描绘出动乱社会中农民们的种种惨景:"一簇一簇,像秋郊的禾堆一样"的"难民"们,背井离乡,无处栖身,"支撑着一个大的凄凉"(《难民》);年老力衰的"老哥",血汗榨尽了便被赶出了地主的家门(《老哥》);抱着美好的幻想"到都市去"的农民们,得到的却是"歇午工"那样的劳苦与疲惫(《到都市去》、《歇午工》);战火与动乱又再一次使无数的农民去"逃荒"避难(《逃荒》)。不仅农民是如此,那些借来本钱,"本想在苦碗底捞顿饱饭"的"贩鱼郎"带给家人的,也不过是"挨着饿的希望"

① [美]罗伯特·弗兰德:《沉默的终结》,1979年《中国文学》第6期。
② 臧克家,《臧克家诗选·序》。

(《贩鱼郎》);风里来雨里去的"洋车夫"与"拾落叶的姑娘"一样,让人感到可怜(《洋车夫》、《拾落叶的姑娘》)。臧克家以充满深情的博爱精神,诉说着苦难人们的不幸。当然,他也在这些饱尝艰辛、备受磨难的人们身上看到了力量并寄予期望。《炭鬼》中写道:"别看他们比猪还蠢,/有那一天,心上迸出个突然的勇敢,/捣碎这黑暗的囚牢,/头顶落下一个光天。"臧克家"把整颗心,全个爱,交给了乡村、农民"[①],也就有了这些撼人心魄的诗句。

在对现实进行广泛而深入的观照中,臧克家对生活的态度、看法便逐渐明晰起来。这便是他所谓的"坚忍主义",正视现实人生的险恶与社会的黑暗,以倔强的精神去承受现实的苦难。在他看来,现实"生活"是严肃的,"这可不是混着好玩"的,因为生活中的黑暗与不平一次又一次地"烙印"在诗人的心里,让他感觉到"连呼吸都觉得沉重"(《生活》)。尤其是在那匹象征着旧中国农民的"老马"的呻吟中,更是浓缩着诗人的人生态度。驯服中有着坚忍的老马精神支撑着诗人去与各种灾难"苦斗"(《老马》)。背负如此沉重的精神负载,有时诗人确实感到自己就"像粒砂"一样,"不知道要去的地方",于是在这些"失眠"的日子里,流露出一丝茫然和悲哀就是很自然的了(《失眠》)。但就如同能够承受各种苦难一样,诗人也倔强地保持着自己的信念:"不久有那么一天",世界会"来一个奇怪的变","暗夜的长翼底下,/伏着一个光亮的晨曦"(《不久有那么一天》)。

臧克家既有着积极意义又有着局限性的"坚忍主义"到了《罪恶的黑手》中,发生了变化。诗人对现实的观察视角比过去更广阔,也更深刻,在形式上也表现出从谨严走向雄阔的趋势。特别是那些有着奔放与雄健风格的诗歌,与诗人过去的低沉郁闷的诗歌形成了强烈的对比。

从这之后的近十年时间,臧克家先后推出的诗集和长诗有:《运河》(1936年)、《自己的写照》(1936年)、《从军行》(1938年)、《泥淖集》(1939年)、《随军行》(1939年)、《淮上吟》(1940年)、《呜咽的云烟》(1940年)、《向祖国》(1942年)。在这些题材广泛的诗歌中,歌颂军民抗战的内容占了大量的篇什。诗人那种与民族共命运的伟大人格,通过首首情绪亢奋的诗篇放射出灼人的光芒。然而,在这十年的诗歌中"终因入得较浅,表现得不深",粗糙和空泛者也不少,而语言形式上的散文化使诗歌"多少也失去了一点过去的谨严"[②]。

---

① 臧克家:《十年诗选序》,《臧克家文集》第8卷,山东文艺出版社1985年版。

② 臧克家:《学诗纪程》,见《中国现代作家创作经验》(上),山东人民出版社。

1943年,《泥土的歌》问世,标志着诗人又重新回到他最熟悉的农村题材上来。对于这部诗集,臧克家把它与《烙印》视为自己的"一双宠爱"。事实上《泥土的歌》在题材上和风格上也是《烙印》的承续与发展乃至超越与刷新。诗人的苦难意识也在时间的磨砺中,走向了更为广博、深邃的层次。40年代后期,臧克家写了3本政治讽刺诗,即《宝贝儿》、《生命的零度》、《冬天》。与袁水拍的诙谐幽默不同,臧克家的政治讽刺诗充满了浓郁的抒情色彩,这些诗的主题虽然有了转换,但实际上也是对造成苦难的根源的寻找。

1949年之后,臧克家的主要诗集有《一颗新星》、《春水集》、《欢呼集》、《李大钊》等。这些诗大部分是政治抒情诗,没有能保持他原来谨严、精炼的特色。真正称得上佳作的是《有的人》这首短诗,它歌颂鲁迅精神,能引起人们对人生意义的深沉思索。另外,像《海滨杂诗》和《凯旋》也较有特色。

臧克家有深厚的国学功底,尤喜中国古典诗歌,他的诗是中国化、中国味的。首先,臧克家的诗歌常常运用暗示的手法,营建含蓄蕴藉的意境。如《难民》、《老马》、《洋车夫》等诗的结尾就意味深长,诗外有诗。其次,为了意境美的实现,臧克家对字句的锤炼,显得特别的认真和执著。如《依旧是春天》中"东风留下了燕子的歌,碧草依旧绿到塞边","依旧"二字传达出许多"象外"之意。《难民》里"黄昏还没溶尽归鸦的翅膀","溶尽"二字既再现了难民们入夜的过程,也道尽了他们心绪愈来愈暗淡的变化。此外,臧克家还注重新诗的韵律,推崇诗的音乐性。他的诗不但节奏明快,而且和谐悦耳。

蒲风(1911～1942),广东梅县人。

1932年9月在"左联"领导下,蒲风和穆木天、杨骚、任钧等发起组织群众性的诗歌团体"中国诗歌会",开展无产阶级诗歌运动。蒲风是中国诗歌会的忠实实践者和代表诗人。抗战爆发后随新四军转战于华东各地,因积劳成疾,英年早逝。

蒲风创作丰富,从1934年起,先后出版有《茫茫夜》、《六月流火》、《生活》、《钢铁的歌唱》、《摇篮歌》、《可怜虫》、《抗战三部曲》等十多册诗集。

蒲风和他的中国诗歌会同仁们,提倡诗要"捉住现实","歌唱新世纪的意识","要使我们的诗歌成为大众歌调,我们自己也成为大众中的一个"[1]。这是第一次明确提出:诗歌必须及时地把握与反映人民反帝反封建的现实斗争;必须表现无产阶级思想

① 穆木天:《新诗歌发刊词》,1933年2月《新诗歌》创刊号。

与理想;必须实现诗人与诗歌的"大众化",这无疑是有意义的。他从"诗是时代的号角,诗是人民的代言人"的角度出发,创作了大量服务于时代,服务于阶级革命的战歌。反映农村的苦难和觉醒,是他们共同的诗题指向。蒲风发表于1934年的《茫茫夜》是他的代表作。它通过母子对话的形式从正面揭示了造成农村苦难的根源。诗中塑造了一个为人民求解放而抗争的热血青年形象。一个孤苦无依的母亲,在风骤雨狂的茫茫黑夜里,呼唤远走天涯参加了"穷人军"的儿子早日归来,那一声声哀切凄楚的呼唤,是母亲人性深处本真的召唤。然而儿子却将自己交给了民众,交给了为社会求解放的斗争洪流,他只能在这一声声的呼唤中强忍泪水,抛却世俗的个人的情爱,用坚定的声音回答了母亲的召唤:

为着我们大众我离开了家
为着我们的工作离开了你和她
母亲,母亲,别牵挂!

诗的结尾,诗人用"晓鸡啼音"作结,暗示黑夜过后,将喷薄出一轮鲜红的黎明。这在当时是有很强的鼓动性和积极意义的。

这一时期以中国诗歌会为代表的无产阶级诗歌,由于强调诗歌紧贴现实生活,要求诗人"从正面去把握这血淋淋的现实作为他作品的血肉"[①],因此,在诗歌反映现实生活的方式上大都采取直接的描摹,直接摹写现实的生活与生活的现实。蒲风的长篇叙事诗《六月流火》就是这样的实践之作。1935年,国民党对苏区进行灭绝人性的"围剿",为使行军方便,割去庄稼,修建公路,广大苏区人民为之流离失所。诗人据此写下了大众合唱诗《六月流火》,通过广大乡民抗拒建筑公路的斗争,反映了时代生活的主要内容:国民党的围剿与共产党领导的农村革命的深入。从正面展示了农民革命的壮阔场面,富有很强的战斗性。

到了抗战前后,蒲风写下了大量热血沸腾的抗战宣传诗。他在《我迎着风狂和雨暴》中呐喊:"我不问被残杀了多少东北同胞,/我要问热血的中国男儿还有多少。""不要怕别人的军舰握住咽喉/我们要鼓起气力把这些秽物逐出胸头。"这反映了抗日的时代强音。他写于抗战中的《母亲》,是一首诗味相对浓郁的诗篇。尽管个体的情感让位于阶级情感,不脱宣传与鼓动的创作模式,但在民族生死存亡的历史关头,这些诗自有

① 任钧:《新诗话·站在国防诗歌的旗帜下》,新中国出版社1946年6月版。

其历史价值和时代意义。

蒲风的诗题材尖锐、重大、及时，善于渲染革命和抗日的时代情绪，传达出民众的声音，长于铺写大规模的群众斗争场面，气魄雄壮，情调高昂，通过自由体或咏唱歌体方式，常能取得直接的鼓动效果。但作为尝试中的革命现实主义诗人及其诗歌创作，也不可避免地存在着诸多弱点：把诗歌简单地归结为直接的宣传与鼓动，固然适应了那个慷慨悲歌的时代要求，自有历史的原因，但到底忽视了诗歌的艺术特质，忘却了诗歌需要意象化、符号化，加上都处于阶级斗争、民族斗争异常激烈的时代，他们所呐喊出的时代战歌，大都是急就章，在诗歌艺术的锻造上，尚嫌粗糙。

第三节　袁水拍·田间·李季

袁水拍(1919～1982)，原名袁光楣，笔名马凡陀，江苏省吴县人。

作为一个杰出的政治讽刺诗人，袁水拍的创作与时代、社会的联系显得特别密切。40年代的国统区，社会越来越黑暗、腐败，民主运动不断高涨。袁水拍这位曾经在上海《新民报》、《大公报》作过编辑的诗人，感应着时代的脉搏，代表着民众的心声，在1945年到1948年间连续创作出三百多首政治讽刺诗，受到社会的普遍欢迎后，结集为《马凡陀的山歌》和《马凡陀的山歌续集》。

袁水拍政治讽刺诗的批判锋芒，主要指向国民党当局和帝国主义。围绕着这个总的目标，他多方位、多角度地对时代、社会的种种丑恶加以冷嘲热讽。首先，诗人无情地撕下了国民党当局欺骗、愚弄人民的两面派面具，揭示出其镇压人民的本质。《送旧迎新》一诗就写道：所谓“民主”、“自由”不过是“十一月松竹碧油工，一面开会一面动手”的幌子。国民党大唱的“还政于民”，正如《一只猫》里所写的：

> 军阀时代：水龙、刀，
> 还政于民：枪连炮。
> 镇压学生毒辣狠。
> 看见洋人一只猫：
> 妙呜妙呜，要要要！

在如此龌龊的社会里，袁水拍始终站在被压迫者的立场上为他们发泄不平。《主人要辞职》以幽默的语言直刺反动派的要害。当诗人看清了国民党的真面目之后，他痛切地感受到《这个世界倒了颠》：自由被专制践踏，真善美被假恶丑挤兑。

其次，袁水拍的政治讽刺诗揭示了国民党当局的苛捐杂税与横征暴敛造成的民不聊生的悲惨局面。如果说臧克家是30年代农民苦难的沉郁的吟唱者，那么袁水拍则是40年代城市市民苦难的愤懑的歌者。在灯红酒绿、笙歌沸天的背后，是像发疯的野马一般飞涨的物价，"撞倒了拉车的，挑担的，/撞倒了工人、伙计、职员，/撞倒了读书的孩子，/撞倒了教书的先生"。他大声疾呼赶快"抓住这匹野马"(《抓住这匹野马》)。城市市民与农民一样都有着黑暗社会给予他们的种种苦难：有交不清也无法交清的"万税"(《万税》)；有内战逼出来的"老母刺瞎亲子目"的惨剧(《老母刺瞎亲子目》)；有"过年"时节中写出的"朱门酒肉臭，路有冻死骨"的现实(《过年》)；而更多的是"活不起"的城市贫民(《活不起》)。在《亲启》、《王小二历险记》、《三万万美金的神话》等诗篇中，诗人也揭露了统治阶级的穷奢极欲、行势弄权和人民生活的艰辛与贫困。面对人民大众所处的生活困境，袁水拍除了以嬉笑怒骂的方式表达自己的否定性态度外，还思考着造成这些苦难的原因，并鼓励人民起来"反抗"(《反抗》)。

袁水拍的政治讽刺诗有其突出的政治意义："把小市民的模糊不清的不平不满，心中的怨望和烦恼，提高到政治觉悟的相当的高度，教他们嘲笑贪官污吏，教他们认识自己的可怜的地位，引导他们去反对反动的独裁统治。"[①]的确，袁水拍对城市市民于现实重压下的各种不满情绪予以特别的关注和同情，但他也尽量将这些时时冲击他的激情进行过滤，而不至于让他的诗歌沦为空洞的口号。他总是有意识地把小市民对种种丑恶现象、行为的牢骚引向反帝反独裁政治的核心。

袁水拍政治讽刺诗在通俗化、群众化追求方面取得了成功。诗人借鉴民歌、顺口溜、歌曲、五七言等形式和体裁方面的特点，创造了语言朴素，形象鲜明，具有强烈节奏感与和谐韵律的城市民歌体诗。如《人咬狗》的仿拗口令形式，《警官巡查到府上》的儿童剧形式，《抗战八年胜利到》的民间小调格式等，就为读者所喜闻乐见。同时，诗人常常采用怪诞的夸张和反语、对比、比喻等漫画式手法，形成了其诗歌突出的讽刺特色。如《人咬狗》的怪诞、荒唐，实际是现实的变形处理，故而更具讽刺力。他还注意采用通俗浅显的民间词汇、方言和俗语，尽可能押同韵，使其诗歌音节响亮，通俗上口，易于流传。当然，袁水拍某些诗作主题、意境开掘得不深，有迎合大众口味而削弱严肃性和艺

① 冯乃超：《战斗诗歌的方向》，《大众文艺丛刊》第1辑，1948年3月。

术品位的弊病，这又是不足取的。

田间(1916～1985)，原名童天鉴，安徽省无为县人。

与“泥土诗人”臧克家不同的是，田间步入诗坛的脚步显得有些蹒跚。在他那部最早的诗集《未明集》(1935年)中，诗人带着刚从沉睡土地上苏醒过来的热情，关注着农村的苦难和农民的抗争。但在那长长的诗行、欧化的语言里却显出诗人艺术创造上的拙嫩。之后，《海》、《中国牧歌》和《中国农村的故事》等诗集，留下了田间在走向雄健风格的道路上由浅而深的足迹。诗中飘散着来自村野的泥土的芬芳，给人以充满生命活力的艺术感染力。然而，这些诗歌中诸如思想内容不够深刻、诗歌意象散乱、词语运用生硬等不足仍然显得刺目。

抗战的爆发，是田间思想和艺术走向成熟的重要契机，他义无反顾地投身于抗日救亡运动，并从中寻找到诗情的源泉。这期间，他先后出版了《给战斗者》、《呈在大风沙里奔走的岗位们》等诗集和长诗《她也要杀人》。这些诗歌显露出田间诗歌的基本特质，诗的激情始终追随时代和人民。1937年底写成的《给战斗者》一诗被视为田间的代表作。诗歌通过对伟大的民族精神、光荣的民族传统的极力张扬，激励、鼓舞了战斗者。诗的字里行间浸透了诗人对伟大祖国的深沉的情与爱，正是因为对祖国爱得越深，对侵略者便恨得越切。爱与恨的交织构成了人民奋起反抗的巨大战斗力量：“我们一起奔上战场，决心消灭强盗。”通篇都燃烧着诗人的感情烈火，加之短促的诗句所形成的疾驰的旋律和反复手法的渲染，更使这首诗具有了鼓动性。受马雅可夫斯基的影响，田间在诗的形式上采用了“鼓点式”。如：“亲爱的/人民！/抓出/木厂里/墙角里/泥沟里/我们底武器，/……在斗争里/胜利/或者死”。这些诗句像急促沉实的鼓点，敲打在人们的心上，召唤着人们投入到关系着民族存亡的抗战洪流之中，于是就连温柔多情的妇女“她也要杀人”(《她也要杀人》)，因为身遭凌辱、子被杀死的血的教训告诉她只有拿起武器，挺身而战才是唯一的生路。

延安，这块革命的圣地同样也给田间提供了取之不尽的创作源泉，他满怀热情地投入到街头诗运动之中，成为街头诗的倡导者与实践者。在他的这些短小精悍、通俗易懂的街头诗中，不但保持着那种强烈的现实性、战斗性、鼓动性的特色，而且在诗的意蕴上显得更为深邃。他以简劲的诗句告诉人们：“假如我们不去打仗”，我们就只能成为没有骨头的“奴隶”(《假如我们不去打仗》)。这种对诗意的执著追求在不少街头诗作中表现得特别明显。《义勇军》一诗展现一个生长于长白山大风沙里的义勇军：

骑马走过他的家乡，
他回来，
敌人的头
挂在铁枪上！

诗人不乞灵于表层的抒发，甚至也不经意于高大的形象，而是注意在诗形象里制造“空白”，给人留下更为广阔的艺术想象空间。这类诗作为发展中的新诗提供了一种可能性——诗美的追求与时代的鼓手之间的沟通、融合。但田间似乎并没有意识到这一点。在《给饲养员》、《鞋子》、《多一些》等诗中，他所强调的仍然是战斗性和鼓动作用，甚至不少叙事诗也是如此。

田间形成了自己的独特风格：豪壮、明快、质朴。他善用短句，节奏急促多变，语言真诚有力，容易激起读者的共鸣。闻一多就说过，田间的诗“只是一句句质朴、干脆、真诚的话，简单而又坚实的句子，就是一声声的‘鼓点’，单调，但响亮而沉重，打入你耳中，打在你身上”①。田间致力于诗歌的民族化与群众化工作，他把古典诗歌与民歌的特色融合起来，从40年代中期开始，取得了一定的成绩，出版了《抗战诗抄》、《赶车传》(第一部)等作品。1949年后，诗人创作了《马头琴歌集》、《芒市见闻》、《赶车传》(第二部)等作品，这些诗歌，思想感情日趋空泛、浮浅，在诗歌意象、比喻、象征的运用上表现出严重的随意性。这些，昭示着鼓手的田间已经过去，他没有突破自己。

李季(1922～1980)，原名李振鹏，河南省唐河县人。

李季的出现，无疑给40年代的中国诗坛带来了新鲜活泼的气息，也探索出一种开现代诗风的诗体——民歌体，而且把这种民歌体新诗的创作推上了一个新台阶。《王贵与李香香》就是这个层次上一道最灿烂的风景。这首长诗在现代新诗史上有着独特的重要意义。

第一，诗歌以其丰富的内容，新颖的主题，成为实践《讲话》精神的典范性作品。首先，长诗以王贵与李香香的爱情故事为线索，真实地描绘了陕北“三边”地区残酷的阶级压迫以及激烈的阶级斗争的壮丽图景。诗人揭露了以崔二爷为代表的封建统治者荒淫奢侈的生活及其罪恶。崔二爷“他有半个天”，“牛羊没有数数”，“窖里粮食霉个遍”，仗着钱财，勾结官府，崔二爷对农民的盘剥、压迫更为贪婪毒辣。王麻子就是因为

① 闻一多：《时代的鼓手》，《闻一多全集》第3卷，三联书店1982年版。

交不起租,遭受了"一根断了一根换,自落红起不忍心看"的毒打,直到惨死。王麻子死后,儿子王贵又落入虎穴。不仅如此,崔二爷还把魔爪伸向了年轻美丽的李香香姑娘。正因为如此残酷的阶级压迫和剥削,农民们才过着朝不保夕的悲惨生活。以崔二爷为代表的封建地主阶级是中国农村灾难的根源。其次,诗人满怀激情地讴歌了劳动人民坚贞不屈的爱情追求,并把爱情的成功与革命的胜利联系起来,表达了农民个人命运与整个时代、阶级的命运血肉相连的深刻主题。王贵与李香香的爱情发展是坎坷曲折的,是革命队伍拯救了这对情侣。因而王贵深深感到:"一杆红旗要大家扛,红旗倒了大家都要遭殃",他还认识到"不是闹革命穷人翻不了身,不是闹革命咱们也结不了婚"。

第二,长诗所塑造的王贵与李香香两个新人形象,不仅标志着劳动人民以主人公的姿态走进了新诗,而且也为20世纪中国文学提供了一种塑造革命英雄形象的参照模式。"五四"以来虽然有许多反映下层人民呼声的新诗,但往往都是以被侮辱被损害的形象出现的。王贵是民主革命时期已觉醒了的农民典型,他是从一个苦大仇深的放羊娃,成长为一个自觉的具有坚强信念和意志的革命战士的。王贵的道路艺术地概括了广大农民所必然经过的斗争历程,也为后来者提供了一种可供参照的模式。而作为女性形象的李香香,她的外表美与内在美的相互映照,她的执著、坚贞与英勇、刚毅的性格特征与赵树理笔下的小芹明显地区别开来。

第三,长诗为探索新的民族形式进行了成功的尝试。李季不仅把"信天游"运用于叙事诗的写作,而且还有不少创造性的突破。他发挥了"信天游"擅长抒情的特点,又创造性地增强了"信天游"的叙述、描写功能;他突破了"信天游"两句表达一个完整意思的局限,采用若干句群或节的叙写来表达同一个中心意思;他大量使用比兴手法,增强了诗歌的形象性。此外,在诗句的构造、韵律等方面,李季也进行了改造,使其创作既保持了"信天游"独具的音乐美,又能更自由地抒情达意。李季的努力创造,使《王贵与李香香》就新诗的民族化、大众化以及叙事诗的探索而言,似乎可以视为新诗发展道路上的一块里程碑。

1949年后,李季仍然钟情于陕北,写下像《三边人》、《报信姑娘》那样的短诗。50年代初期,李季又写了叙事诗《菊花姑娘》。这些诗无论在内容的含量上,还是在艺术的成就上都没有什么新突破。稍后,诗人深入大西北的玉门油田,从那喷涌的"黑色琼浆"里,汲取源源不断的诗意,创作了《玉门诗抄》、《玉门诗抄二集》、《致以石油工人的敬礼》、《石油诗》、《难忘的春天》等诗歌,赢得了"石油诗人"的称誉。1958年创作的《杨高传》,就主人公杨高的成长来看,显然是李季再一次地将王贵的命运进行了演绎。

第四节　“七月”诗人·“九叶”诗人

由“七月”诗人构成的“七月”诗派，因胡风在1937年到1941年间主编的《七月》杂志而得名。它是在30年代至40年代形成、发展的一个影响较大的现实主义诗派。其中，许多人曾在胡风主办的《七月》、《希望》杂志上发表作品，其部分诗集收进胡风主编的“七月诗丛”出版发行。

这一诗派人数较多，除胡风及早期的艾青、田间外，有诗作入选《白色花》①者，即有阿垅、鲁藜、孙钿、彭燕郊、方然、冀汸、钟瑄、郑思、曾卓、杜谷、绿原、胡征、芦甸、徐放、牛汉、鲁煤、化铁、朱键、朱谷怀、罗洛等20位；有作品入选《中国现代十大流派诗选》②者，除以上已提及的外，还有又然、天蓝、庄涌、邹荻帆、侯唯动等。“七月”诗人已出版的诗派诗选集除《白色花》外，还有《七月诗选》③、《〈七月〉、〈希望〉作品选》上卷④，已出版的个人诗集有一百多部。

“七月”诗人开始走向诗坛时，大多数是20岁左右的年轻人。他们或者在国统区从事地下革命工作和进步文艺运动，或者在解放区作革命文艺战士，都置身于民族抗战和民主斗争的洪流中。他们既受到中国现代诗歌主潮代表诗人艾青强调反映民族解放斗争与“诗的散文美”等创作倾向的影响，又受到胡风强调主客体高度结合，肯定诗歌形式应随内容的变化演变等现实主义诗学主张的影响。在这些因素的合力推动下，他们的诗歌创作形成了两个显著特点：富有对时代与民族的主体性张扬；较多对“诗的散文美”的自觉追求。

“七月”诗人写出了大量坚持主观拥抱客观的美学追求，有着对时代与民族的主体性张扬，富于爱国主义激情、浓厚政治色彩的诗篇。30年代至40年代社会生活里的黑暗腐朽、光明崇高，民族灾难中的痛苦悲愤、斗争欢乐，经过作者主体化之手的整理、染色，如经纬线交织于这些诗篇。阿垅的《纤夫》，不仅有对嘉陵江边的纤夫的投影，而且以纤夫的坚忍顽强象征当时中华儿女背负沉重的民族命运昂然前进的“那一团风暴

---

① 绿原、牛汉编选的“七月诗派”诗选集，人民文学出版社1981年版。
② 吴欢章主编，上海文艺出版社1989年版。
③ 周良沛选编，四川人民出版社1984年版。
④ 吴子敏选编，人民文学出版社1986年版。

似的大意志力",分明将客体的时代风云与民族命运作了一种主体化的张扬。曾卓的《铁栏与火》,以对被囚禁在铁栏里的猛虎向往山林的描写,象征被囚禁的信念坚定的革命者,其艺术表达过程,显然是将"铁栏"等置于主体化轨道向前推进的过程。

"七月"诗人对时代与民族的主体性张扬,呈现着内容较为复杂丰富、较多奇妙政治意象、诗人风格五彩缤纷等鲜明特色。将"七月"诗人与主要以写战斗鼓动诗闻名的晋察冀诗人相比,与主要以表现忧时伤世,特别是个人生命体验见长的"九叶"诗人相比,其诗作或内容更具繁复性,或更多忧国忧民之思、勃发雄壮之气。与晋察冀诗人的政治意象较多、客观现实性与观照直接性的质朴相比,"七月"诗人的政治意象较多奇妙性。因为,"七月"诗人往往用拟喻手法将一些抽象的政治观念意象化,使之产生富于创造灵动性的感觉效果。

暴戾的苦海,
用饥饿的指爪,
撕裂着中国堤岸,
中国呀,我底祖国,
在苦海底怒沫底闪射里,
我们永远记住
你底用牙齿咬住头发的影子。

这节绿原《你是谁?》中的诗,便将"旧中国灾难深重"这类抽象观念,用拟喻手法意象化,描绘出了在暴戾的苦海中极度悲愤具有雕塑般立体感的祖国形象,富于奇特的诗意之光。其中,祖国悲愤地"用牙齿咬住头发的影子"等传神意象触目惊心,令人过目难忘,富有行远垂久的认识价值、教育价值、审美价值。"七月"诗人,因其所接受的诗论诗作等的影响大致相同,而所面临的具体处境等的制约多有差异,故其风格世界既大多飘扬着本流派的明朗、粗犷的旗帜,又长鸣着各自的气质、兴趣的鼓角。在其个人风格中,阿垅的坚韧刚劲,鲁藜的清新隽永,杜谷的细腻深厚,绿原的凝重犀利等,都能给读者以较深印象。

"七月"诗人自觉追求"诗的散文美",并且使以有此种追求为主要特色的自由诗得到了蓬勃发展,成为本时期诗歌的主潮。其诗作并不局限于用一种形式,但以有一定散文美的自由体最多。他们因此成为当时自由诗派的主要代表。牛汉的《我的家》、冀汸的《渡》、绿原的《憎恨》、胡征的《钟声》等,都是追求"诗的散文美"获得成功的有力证明。

我们生命相连
离别
好像一把刀子
将一颗圆润的苹果
切成两半。

这是牛汉《我的家》中的第三节。它不仅用了通俗的口语，而且将“离别”与“切成两半”各作一行排列，很突出地表现了当时的离别对一个家庭的重大影响，给“我们”造成的超常痛苦。如果为求排列形式大体整齐，将其2、3行与4、5行都合成一行，其抒情写意效果显然就差一些。由此可见，“七月”诗人所追求的不重诗行排列整齐而重于参差排列中突出某些重要词语的“诗的散文美”，确实是适应充分表现某些复杂情感体验需要的明智之举。“七月”诗人恰当追求“诗的散文美”的佳作，保留了新诗的基本特征，突破了“五四”以来逐渐形成的一些诗学主张的狭隘审美趣味，曾为不少革命知识分子和进步青年传抄与朗诵。

限于紧张而艰难的生活环境以及有时太强调主观战斗精神等，一些“七月”诗人的作品，或者过多倾向理性，诗歌意象贫弱；或者偏重抒写政治，作者个性清瘦；或者忽视“诗的”前提，跌入了散文化误区。但是，决不能因此低估“七月”诗人的卓越建树。这些建树，在当时如极目榛莽的春野中使大地生光的花朵，对当时的其他革命诗派有着优势相补的作用，有的至今还有旺盛的生命力。

“七月”诗派是国统区最重要的抒情诗派。其中，胡风、阿垅的诗歌理论，绿原、鲁藜、牛汉、曾卓等的诗歌创作都颇值得注意。

绿原（1922～ ），是“七月”诗人中最引人注目的一位诗人。其诗集《又是一个起点》中的《终点，又是一个起点》、《复仇的哲学》、《你是谁？》等诗，有力地弹奏着时代精神的琴键，鲜明体现着“七月诗派”的创作风格，加之作者犀利凝重的创作个性，在国统区的青年学生中有过很大反响。在50年代末期到80年代，绿原也是“七月”诗人中创作实绩最卓著的一位，其《又一个哥伦布》、《重读〈圣经〉》、《科隆，登大教堂》、《白云书简》等，有对包含穿越“文革”焚琴煮鹤、摧兰折玉关口的艰难历程等深刻感受的艺术留影，多获称誉。其中“异国是爱国主义的培养基，/别离是爱情的维生素”等，已成为广泛传诵的名句。绿原曾写道：“有战士诗人/他唱真理的胜利/他用歌射击/他的诗是血液/不能倒在酒杯里”（《诗人》）。应该说，绿原是依靠这些诗句所表明的包含真理性的诗学观等,取得了较多突出成就的。

鲁藜(1914～1999),也是"七月"诗人中的一位重要诗人。他写于40年代的《泥土》一诗"老是把自己当作珍珠/就时时有怕被埋没的痛苦/把自己当作泥土吧/让众人把你踩成一条道路"。这是"七月"诗人诗作中最为脍炙人口的精湛小诗之一。对这首小诗,有人做过"宣扬卑微主义"之类的指责,但许多读者将其作为座右铭,让其提醒自己戒骄戒躁,化解因不能正确对待自己所造成的痛苦。在对这首诗的两种态度中,后一种明慧可取。因为"珍珠"并不是唯一可贵之物,有时"泥土"还贵于它。此诗寓意深刻、平中见奇,并且基本上可视为现代格律诗,具有便于记忆等长处。姚黄魏紫,各有千秋;燕瘦环肥,皆具风致。鲁藜等"七月"诗人多写自由诗,也注意发挥其他诗体表现力之长的创作道路,这是条很值得肯定的有利于新诗健全发展的道路。

"九叶"诗人是在40年代后期围绕在上海出版的诗刊《诗创造》和《中国新诗》而形成的融进了较多现代主义因素的现实主义重要诗人群落。其成员包括环绕这两个诗刊的较为广泛的作者,但以入选《九叶集》的辛笛、杭约赫、唐祈、唐湜、陈敬容、穆旦、杜运燮、袁可嘉、郑敏等九位诗人为主。这九位诗人是这两个诗刊的直接组织者或参编者。"九叶"诗人已出版的诗集,除诗派的《九叶集》外,还有《八叶集》[①],已出版的个人诗集有二十余部。

"九叶"诗人大多曾在大学里学习哲学、历史、外国文学。其诗歌创作"在保持现实主义倾向的同时,吸收了西方现代派诗的某些技法"[②],既"忠实于时代的观察和感受,也忠实于各自心中的诗艺"[③]。由这些因素牵引,引出了其诗作的两个突出特点:较多对时代与民族的个体性观照;注重追求诗的戏剧化技巧。

"九叶"诗人写出了一系列有着对时代与民族的个体性观照的诗篇。他们作为爱国知识分子,站在人民立场所写出的这些诗篇忧时伤世,比起先前的"新月派"、"现代派"来,视野也显得开阔。唐祈的抒情长诗《时间与旗》紧扣时间与旗进行巨大艺术概括,对国统区的历史与现实中的罪恶,有相当深广的触及。杭约赫的抒情长诗《复活的土地》,几乎勾画了当时世界与中国政治斗争的整个面貌,其概括力之强当时罕见。"九叶"诗人的一些代表作,既不乏体现冷峻、含蓄等流派风格的对时代波光与民族生活的观照,又往往表现出观照的个体性特色。比如,从反映国统区的社会黑暗和人民

① "九叶"诗人,除杭约赫外在50年代至80年代有诗作的合集,三联书店香港分店1982年版。
② 袁可嘉:《现代派论·英美诗论》,中国社会科学出版社1985年版。
③ 袁可嘉:《九叶集·序》。

苦难看，辛笛的《布谷》主要依靠对布谷叫声引起不同感受的联想对比；陈敬容的《逻辑病者的春天》主要凭借直觉揭示当时“完整等于缺陷，/饱和等于空虚，/最大等于最小，/零等于无限”等极度疯狂、混乱的现实生活逻辑。从个人整个创作特色看，穆旦“最能表现现代知识分子那种近乎冷酷的自觉性”①，杜运燮富有显得轻松的幽默感，陈敬容往往刚柔相济，郑敏特别偏爱哲理。

“九叶”诗人对时代与民族的个体性观照，呈现着多从侧面反映战争、专注暴露现实黑暗、往往偏重理性抒情等鲜明特色。与“七月”诗人相比，“九叶”诗人很少直接投入抗日战争的漩涡。其诗作对这场战争的反映往往通过对战云笼罩的现实的沉思进行，较多侧面性，却不乏深沉的感染力。杜运燮的《草鞋兵》，主要也不是正面描绘战斗情景，它主要歌颂入缅作战的中国农民兵穿草鞋战斗很能吃苦的坚韧精神，也哀叹其悲惨命运，颇能激发读者对战争事件与农民命运作悠远思考。“九叶”诗人在40年代的诗作，也有对于光明未来的憧憬，但堪称专注的是暴露现实黑暗，展示民众痛苦，特别是表现个人生命体验。杜运燮的《追物价的人》，以辛辣的反讽笔调形象地揭露了抗战后期国统区物价猛涨米珠薪桂的现实景况，流露出相当浓厚的忧患意识。

国事和人事，
翻不尽的波涛。
凋尽了童心，
枝枝叶叶，
全是悲愤和苦恼。

陈敬容这些写在《从灰尘中望出去》一诗中愁肠百结的诗句，是“九叶”诗人当时带有厚重忧国忧民忧己特色的生存体验的典型写照。“九叶”诗人与群众火热斗争的联系不如“七月”诗人多，常作感慨人生多艰的冷峻沉思，因而其诗作的抒情也往往多带理性，偏向含蓄。

“九叶”诗人追求诗的戏剧化技巧，主要指尽量避免直截了当的正面陈诉，追求有表现上的客观性与间接性的戏剧效果②。其具体表现为：追求知性和感性的融合，把官能感觉和抽象观念、炽热情绪结合为一个孪生体，使思想知觉化。注重象征和联想，

① 袁可嘉：《现代派论·英美诗论》。

② 参见袁可嘉：《诗的戏剧化》，1948年6月《诗创造》第12期。

把思想寄托于活泼的想象和新颖的意象上。在意象的营造上，强调较大跨度的跳跃性。大量使用具体词与抽象词的嵌合，以增强汉语的活力和韧性[①]。

金黄的稻束站在
割过的秋天的田里，
我想起无数个疲倦的母亲，
黄昏路上我看见那皱了的美丽的脸。

郑敏《金黄的稻束》中的这些诗句，以及“没有一个雕像能比这更静默。/肩荷着那伟大的疲倦”等诗句，用暗喻、象征、拟人等手法，创造了一组有关稻束的奇崛意象，描绘了一幅金黄的稻束站着比雕像更静默的图画，赋予了稻束在历史长河中肩负母亲般伟大的疲倦沉思的意义，表现了作者对艰辛的社会改革者等的崇敬、赞美。郑敏的《村落的早晨》以及穆旦的《五月》等不少诗作，都如这首《金黄的稻束》体现着“九叶”诗人对诗的戏剧化技巧的追求，具有形象生动、言约意丰、新颖别致等特点。

因具体生活环境与认识的局限等，一些“九叶”诗人的诗作，或者对社会现实的触及面较狭窄，时代性较弱；或者表现玄虚哲理，陷入了晦涩泥沼；或者借鉴西方诗歌的语言形式未能做到量体裁衣。但是，并不能因此无视“九叶”诗人那些将社会性与个人性、现实主义与现代主义等作了较好统一，其创作经验很有利于提高新诗艺术水平的重要成绩。

“九叶”诗人如一张张神奇的流淌着诗的绿意的叶片，各有一些值得重视的作品。这里仅以创作个性相当显目的穆旦、陈敬容为代表略作分析。

穆旦(1918～1977)，40年代所作《森林之魅》、《五月》、《控诉》、《诗八首》等，有的显示了较为开阔的视野，有的多表现新诗史上几乎从未有人写过的中国现代知识分子令人痛苦的自觉性，受到评论界较多称道。其《诗八首》，是一组袒露真情、宣示爱的哲理、艺术表现独到的情诗，其主题似为：爱情有理性的和本能的两种。理性的爱情温和长久，本能的爱情热烈短暂，只有两种爱情融合才算完美。其第一首第一节是：“你底眼睛看见这一场火灾，/你看不见我，是我为你点燃，/唉，那烧不尽的不过是成熟的年代，/你底，我底。我们相隔如重山！”此节诗用象征、具体词与抽象词嵌合等手法，所表现的情思大致是：遗憾“你”“我”之间的一场性爱冲动，只不过是成熟青春的本能骚动。

① 袁可嘉：《现代派论·英美诗论》。

因为“你”对“我”并没有理性上的认识，其实“我们”仍“相隔如重山！”这样的诗，并非如一些论者所言，只有理性思辨。其中的“唉”，分明是开启遗憾闸门的喟叹，接着出现的话语实为遗憾之情的涌浪。组诗最后一首所写，“再不能有更近的接近，/所有的偶然在我们间定型”，“等季候一到，就要各自飘落”等的思想艺术特色与第一首一脉相承。

陈敬容(1917～1989)，三四十年代的诗作《珠和觅珠人》、《雨后》、《逻辑病者的春天》等多获称誉，为当时优秀的抒情诗人之一。陈敬容是灿烂想象王国的富足的主人。比如，其《雨后》拥有“树叶的碧意是个流动的海，/烦热的躯体在那儿沐浴”，“当一只青蛙在草丛间跳跃，/我仿佛看见大地瞪着眼睛”等新奇美妙的意象，“形象思维达到了入化境地”[①]。其《珠和觅珠人》以“珠在蚌里，它有一个等待/它知道最高的幸福是/给予，不是苦苦的沉默”等警句开头，其中的“珍珠”等意象富于象征性，“珍珠”的“等待”、“给予”等，可以看作是对人类理想爱情及大智大勇而又具有献身热情的社会志士等的暗喻。此诗理性思辨与奇妙意象浑合，含意丰赡，笔致灵巧，并且蕴藉而不晦涩，柔婉阳刚联袂，颇受读者青睐。

① 袁可嘉，《九叶集·序》。

第四章　戏剧电影文学

作为叙事文学中的又一种重要体式的戏剧电影文学，在本时期获得了长足进步。虽然，其时中国各地区不一的文化生存环境影响着其时戏剧电影文学的同步发展，然而却依然形成了较为明晰的具有共时性与历时性特征的演进轨迹。

中国广大戏剧文学家，以高昂的抗日救亡热情面对抗日民族解放战争的全面爆发。他们先后在上海、武汉、广州、重庆、延安、香港等地构筑抗战剧坛，掀起抗战戏剧热潮，创作抗战戏剧剧本。一时间，从事抗战戏剧工作的人数达 15 万之众；抗战戏剧团队数以千计，仅武汉剧坛就有 30 余个戏剧团队，晋东南就有 500 余个戏剧团队；创作与出版的剧作达 200 余种，仅 1938 年，就出版独幕剧 142 种。这就使得中国大陆及香港地区"开遍许多戏剧之花"[①]。在这一戏剧造山运动中，涌现出的诸如夏衍、于伶、章泯等人集体创作的《保卫卢沟桥》、洪深执笔的《飞将军》、曹禺与宋之的的《黑字二十八》（又名《全民总动员》）、于伶执笔的《重逢》以及"当时在演剧队中流行的口头禅，所谓'好一计鞭子'即《三江好》、《最后一计》、《放下你的鞭子》和《上前线》、《火海中的孤军》、《秋阳》"等剧本[②]，映现出抗战初期尖锐的社会矛盾冲突，烙上抗战初期鲜明的时代印记，通向抗战初期文学创作的总主题。其间，上海孤岛的戏剧创作呈现出另一番风貌。为着增强沦陷区民众的民族自信力和抗战必胜的信念，上海孤岛的戏剧家开辟新的创作途径，把笔伸向历史，借助历史上的兴亡之事，从事戏剧创作。阿英及其历史剧《明末遗恨》便具代表性。1940 年以后，戏剧创作出现了新走向。国统区扎扎实实的戏剧运动，促使戏剧创作切进现实生活里层，社会批评与文明批评为其显著的价值指向和原则。宋之的的《雾重庆》、老舍的《残雾》、曹禺的《蜕变》、陈白尘的《结婚进行曲》与《升官图》、丁西林的《三块钱国币》与《等太太回来的时候》、吴祖光的《风雪夜归

---

① 蔡楚生：《青年戏剧协会万岁》。

② 阳翰笙：《国统区进步的戏剧电影运动》。

人》、夏衍的《法西斯细菌》与《芳草天涯》、茅盾的《清明前后》等等剧本，产生了强烈的反响。这些取材于现实的现代戏剧，多层面多角度地再现了国统区现实社会矛盾的“兴奋点”，通向暴露黑暗抨击丑恶的文学创作总主题。取材于历史、归意于当今的历史剧，在1940年后的国统区戏剧创作中形成高潮。其中，主要有郭沫若的《棠棣之花》、《屈原》、《虎符》、《高渐离》、《孔雀胆》、《南冠草》，有阳翰笙的《李秀成之死》、《天国春秋》、《草莽英雄》，有欧阳予倩的《忠王李秀成》，有吴祖光的《正气歌》、《林冲夜奔》和周彦的《桃花扇》等等历史剧。这些历史剧大都取材于中国历史上春秋战国时代或明清时代。这两个历史时代，战争频繁，兴亡之事不断发生，爱国与卖国、忠与奸、邪恶与善良，了了分明。戏剧家们写这两个历史时代的人与事，而又“相当的渗杂着现代的成分”[①]，这就使得上述历史剧隐含深邃而丰富的现实内容，呈现出浓烈的时代色彩。1942年以后，解放区的戏剧创作较之别的文学门类“收获最快，最丰富”[②]。深受广大民众欢迎的秧歌剧形成新的创作热潮与演出运动，《兄妹开荒》、《夫妻识字》、《牛永贵挂彩》便是新秧歌剧的代表之作。在新的秧歌剧创作基础上，新的歌剧创作问世了。《白毛女》、《赤叶河》、《王秀鸾》、《刘胡兰》等新歌剧亦在民众中产生了广泛影响。与歌剧同时问世的话剧作品，诸如《眼光放远一点》、《同志，你走错了路》、《九股山上的英雄》、《红旗歌》，也因贴近现实社会生活和民众关注的问题而得到民众的喜爱。新秦腔《血泪仇》和新平剧《逼上梁山》的问世，标志着解放区戏剧家们对中国传统戏剧进行改革所取得的实绩。

中国电影，起步于20世纪初期，“五四”时期和20年代深受美国好莱坞电影影响，30年代深受苏联电影影响，到了本时期进入新的发展阶段，取得显著成就。本时期中国电影，大都没有电影文学剧本，而是些“内容梗概”，不过，依然显现出其发展脉络。抗战八年间，中国电影工作者先后创作和拍摄了100余部纪录片与40余部故事片，诸如《保卫我们的土地》、《热血忠魂》、《八百壮丁》、《孤军喋血》、《中华儿女》、《好丈夫》、《风雪太行山》、《湘北大捷》、《火的洗礼》、《长空万里》、《塞上风云》、《白云故乡》、《日本间谍》、《民族万岁》、《青年中国》、《中国小英雄》、《中国反攻》、《胜利进行曲》。在香港的电影工作者亦先后创作和拍摄了《孤岛天堂》、《血溅宝山城》、《小广东》、《大义灭亲》、《烽火故乡》、《民族的怒吼》等等。这些属于中国的电影文学作品和电影片子尤其是其中的纪录片，“无论在形式上或是内容上都有特色，它已经摆脱了一般新闻电影式

① 欧阳凡海：《论历史剧》，《新华日报》1941年12月7日。
② 陆定一：《读了一首诗》。

的死板的剪辑,已经扬弃了新闻电影一般陈旧的讲白,它经过了良好的'蒙太奇',已经整个的成为有血有肉的东西,把很多材料容纳在'为民族解放而斗争'的伟大主题下了"[①]。这些影片,不仅为中国观众欢迎,也引起美国、苏联、英国的电影家与观众瞩目。40 年代后期,中国电影在艺术品位上有重大的突破与明显的提高。《八千里路云和月》、《一江春水向东流》、《万家灯火》、《乌鸦与麻雀》,这些充溢着人民解放意识的电影文学与电影片子,便是其时 20 余部电影文学与电影片子中的力作。

第一节　郭沫若·阳翰笙·欧阳予倩

郭沫若以历史剧而再现辉煌。他的历史剧创作起于"五四"时期讫于 60 年代初期。前后 40 余年,可以划分为三个时期:20 年代为创作的初期;40 年代为创作成熟期或丰收期;50 年代以后为创作后期。

郭沫若由诗"向戏剧的发展"[②]所迈出的决定意义的一步是诗剧《棠棣之花》、《女神之再生》、《湘累》和《孤竹君之二子》的创作。20 年代中期创作的《三个叛逆的女性》(《卓文君》、《王昭君》、《聂嫈》)是他早期历史剧的代表作。这三个剧本都取材于历史,借历史故事抒发自我情感,反映时代精神,是"借古人的骸骨来,另行吹嘘些生命进去"[③]。

标志着郭沫若历史剧创作走向成熟并预示着他又一个历史剧创作爆发期到来的是完成于 1941 年 12 月的《棠棣之花》。这是郭沫若在创作于 20 年代的诗剧《棠棣之花》和史剧《聂嫈》的基础上整理与创作的第一部大型历史剧。剧作仍然写聂政刺杀侠累后毁容自杀,聂嫈前往哀悼,最后也自杀身亡的故事。但作者把聂氏姐弟的壮烈行为同联合抗秦的正义事业结合起来,突出了他们牺牲的正义性,歌颂了聂氏姐弟的爱国主义和献身精神。作者把严仲子与侠累的矛盾演绎为抗秦与亲秦的斗争,批判了侠累分裂韩赵魏三家、引狼入室的行径,从而表达了主张团结抗敌、反对分裂、反对投降的主题,具有强烈的现实意义[④]。

---

① 徐昌霖:《〈民族万岁〉观后感》,《新华日报》1941 年 3 月 1 日。
② 郭沫若:《离沪之前》,《沫若文集》第 8 卷,人民文学出版社 1957 年版。
③ 郭沫若:《孤竹君之二子幕前序话》,《创造季刊》第 1 卷 4 期,1923 年 2 月。
④ 参见郭志刚主编:《中国现代文学史》(下)第 94 页,高等教育出版社 1993 年版。

完成于1942年1月的《屈原》是郭沫若历史剧创作的高峰，剧本成功地塑造了屈原的形象。剧中的屈原是一个政治家兼诗人的典型，“在这动乱的年代”他心中时时系念的是祖国和人民的前途命运，他力主联齐抗秦的外交路线，认为只有联合抗秦才能保国安民。但南后等人却卑鄙无耻地陷害他，横加以“淫乱宫廷”之类的罪名。即使在这种含冤莫白的情况下，他拳拳关注的仍然只是祖国和人民。他“沉着而沉痛地”劝诫楚怀王，千万不要因此而放弃联齐抗秦的正确路线，他怒斥南后：“你陷害了的不是我，是我们整个儿的楚国啊！我是问心无愧，我是视死如归，曲直忠邪，自有千秋的判断。你陷害了的不是我……是我们整个儿的赤县神州呀！”。面对楚怀王的不听忠告，面对正在沉入黑暗的祖国，失去自由的诗人的满腔忧愤以“雷电颂”的形式猛烈地迸发出来。他渴望“这熊熊地燃烧着的生命”为祖国和人民“迸射出光明”！（《雷电颂》）

《屈原》还成功地刻画了两个性格迥异的女性形象——婵娟和南后郑袖。婵娟是从屈原辞赋的精神气质中虚构出来的人物，“婵娟的存在似乎是可以认为屈原辞赋的象征的，她是道义美的形象化”[①]。她由衷地敬爱屈原，崇敬屈原的道德文章。她深知“先生是楚国的栋梁，是顶天立地的柱石”。从她对变节投敌的宋玉的有力斥责，从她面对南后淫威所表现出的坚定从容，特别是从她生命垂危时那番动人肺腑的倾诉，我们看到了一个广大人民道义精神的化身，它形象地表现了广大楚国人民对屈原的态度。南后郑袖则是作为屈原的对立面而存在的另一个女性形象。她聪明美丽，但心狠手辣、工于心计，而且寡廉鲜耻。为求一己之荣宠，她置国家民族利益于不顾，取媚敌国，陷害忠良，祸国殃民[②]。这个形象的刻画对屈原形象的塑造起着反衬作用。

人物塑造的成功，使《屈原》的深刻主题得到了充分体现。观众和读者从南后之辈的阴谋、屈原的被诬陷、齐楚盟约的撕毁、屈原的愤怒呐喊以及婵娟的牺牲中，自然联想到现实生活中蒋介石国民政府当局蓄意制造震惊中外的皖南事变、破坏抗日民族统一战线的丑恶行径，从而加深广大人民对祖国前途的忧虑，鼓舞他们坚持团结反对分裂、坚持抗战反对投降、坚持进步反对倒退。

这一时期，郭沫若还完成了《虎符》、《高渐离》、《孔雀胆》和《南冠草》等历史剧的创作。《虎符》写魏信陵君救赵的故事，继续用魏赵联合抵抗强秦的历史，讽喻现实，批评了魏安厘王对强敌采取忍让求和的路线，塑造了杀身成仁、舍生取义的如姬、魏太妃、侯嬴等人的形象。《高渐离》写荆轲的好友高渐离忍辱含垢多年，等待时机刺杀秦王未

---

① 郭沫若：《〈屈原〉与〈厘雅王〉》，《沫若文集》第3卷。

② 参见郭志刚主编：《中国现代文学史》（下）第96页。

遂身死的悲壮故事。剧中安排暴君秦王直接出场,是作者“存心用秦始皇来暗射蒋介石”[①]。《孔雀胆》以元朝末年梁国内部的民族矛盾为题材,谴责以车力特穆尔为代表的民族分裂势力,贯穿着诅咒邪恶与歌颂正义的精神。《南冠草》写明末少年爱国志士夏完淳起兵,为汉奸所陷,被捕殉国的故事,表彰了夏完淳的爱国精神和坚贞情操,揭露了异族入侵者和汉奸卖国贼的丑恶嘴脸。

郭沫若是一位作家,更是一名具有强烈历史使命感的文化战士。他认为历史剧创作不能面向过去,而要面向现实,不仅要把握历史的精神,写出历史的本质,而且要发展历史的精神,使作品所揭示的历史本质对今天的人民有益。历史剧创作在把握历史精神的前提下可以“不必为历史的事实所束缚”,“可以推翻历史成案,对于既成事实加以新的解释,新的阐发,而具体地把真实的古代精神翻译到现代。”[②]因此,在具体创作中,郭沫若总是力求把历史与现实贯通起来,以古鉴今,古为今用,“失事求似”[③]。他在创作中的着眼点并不停留或局限在历史人物的再现和历史事件的复述上,也不停留或局限于历史是非的评判和人性善恶的褒贬上,而是努力寻找和发现古今历史发展的内在联系及其共同规律,找出古今相通而又对今天有意义、有价值的东西,通过具体描写这样的历史人物和事件,间接地反映出现实生活的某些本质方面,使读者和观众发生联想,以古比今,以古鉴今,从而实现历史题材的现实意义转化。总之是“揭发历史的真实,做成一面镜子以反映现代,为当前的人民利益服务。”[④]《屈原》中,他不为历史事实所束缚,虚构了婵娟、钓者、仆夫等人物形象,虚构了南后与子兰的母子关系、屈原与子兰的师生关系、郑詹尹与南后的父女关系,虚构了婵娟怒斥南后、误饮毒酒,屈原激愤地吟诵《雷电颂》等情节。此外,还有一些历史人物和历史事件也作了更动。通过这些虚构和更动,作品更鲜明地反映出了屈原忧国忧民的情怀和光明磊落、坚贞不屈的品质,更好地契合了抗战时期的时代精神,从而更深刻地传达出了真正的“历史精神”。

郭沫若是由诗向戏剧发展的,诗人的才华和气质始终贯穿在他的历史剧创作中,使他的历史剧呈现出鲜明的浪漫主义特色。他的历史剧具有诗的灵魂、诗的意趣、诗的韵律,有着浓郁的诗意美。这些构成了他的历史剧的总体抒情格调。在创作中,他注重展现人物的心灵世界,注重写出人物在当时的合理发展。他笔下的历史人物都有

---

① 郭沫若:《〈高渐离〉校后记之二》,《沫若文集》第4卷。
② 郭沫若:《我怎样写〈棠棣之花〉》,《沫若文集》第3卷。
③ 郭沫若:《历史·史剧·现实》,《沫若文集》第13卷。
④ 郭沫若:《献给现实的蟠桃》,《沫若文集》第13卷。

着丰富的感情表现和理想主义色彩。他的作品充溢着剧作家的主观感情。他笔下的主人公不少是诗人并总是尽量让他们展示诗人的气度和才华，甚至代为捉刀，借剧中人物之口直接抒写作者的现实感受和情怀。《屈原》中的"雷电颂"实际上就是借屈原之口喊出的作者的心声。他在剧中设置的戏剧冲突也往往紧张剧烈，波澜起伏，在高潮处经常以长篇抒情独白的方式把感情推至顶峰，使作品具有感人心魄的情感力量。他的戏剧语言也是充满抒情性的诗的语言，有时还有意识地在剧中插入吟诗、歌舞等场面，从而使剧作更有诗情，达到诗与剧的和谐统一。

诗情的抒发和宣泄，是浪漫主义艺术的基本手法之一，正是在这里鲜明地体现出了郭沫若历史剧的浪漫主义特色。

50 年代开始，郭沫若又创作了《蔡文姬》和《武则天》等历史剧，取得了新的收获，也留下了一些值得研究和思考的历史剧创作问题。

阳翰笙(1902～1993)，即华汉，原名欧阳继修，四川高县人。

阳翰笙是左翼戏剧运动的组织者和领导者。他于抗战初期开始致力于戏剧创作，他的戏剧成就主要也是在抗战时期取得的。他描写抗日题材的剧作主要有反映抗战初期人民群众与汉奸卖国贼作斗争的《前夜》，歌颂蒙汉人民团结抗日的《塞上风云》，揭露表面抗日而实则妥协投降的两面派的《两面人》等这些剧作都在当时引起了热烈的反响。但成就更大、更有影响的剧作还是他的《李秀成之死》、《天国春秋》、《草莽英雄》等历史剧。

《李秀成之死》创作于 1937 年。剧作描写了忠王李秀成率领军民浴血保卫天京，最后壮烈牺牲的英雄事迹，突出了李秀成智勇双全、忠贞刚强的性格特点，歌颂了他英勇抗敌、宁死不屈的精神。1941 年 9 月，阳翰笙完成了历史剧《天国春秋》。这是其时第一部针对皖南事变，借古讽今的历史剧。同《屈原》一样，该剧在当时产生了很大影响。剧中的韦昌辉是一个混在起义军内部的阴险毒辣的投机分子，由于他的阴谋，使当时已是太平天国柱石的杨秀清及其部下两万人被害，而他自己全家也被天王诛戮。剧作赞扬了杨秀清忠义豪爽，不计较个人得失的品德，同时也指出了他骄傲自满，对起义军内部的蛀虫失去警惕的弱点；抨击了韦昌辉心狠手辣、阴谋篡权，最终导致太平天国严重分裂和失败的罪行；更通过在血的教训面前幡然醒悟的洪宣娇之口，喊出了全国人民内心的悲愤呼声："大敌当前，我们不该自相残杀！"这个结尾发人深省，具有强烈的战斗意义。之后，阳翰笙又根据近代史上著名的四川保路同志会的斗争史实，创作出了《草莽英雄》一剧。剧中主人公哥老会首领罗选青坚定无畏、忠贞重义，然而"草莽英雄”的江湖义气又使他轻信、糊涂,对假意悔改的变节者和混入革命队伍内部的敌人失去警惕,终于被围牺牲。剧作告诫人们不可只讲联合而不辨敌我,应该在抗日战线中时刻保持警惕①。

阳翰笙也是我国现代电影事业的组织者和领导者之一。他于30年代初开始从事电影创作。从电影创作伊始,他便把注意力用在表现中国人民艰苦卓绝的武装斗争方面。在他17部电影剧本中,有11部从不同角度写了武装斗争。他的笔下记录了上半个世纪中国人民前仆后继从事民族解放与人民解放斗争的历史,展示了中国大地到处都在燃烧着的武装斗争的烽火。其中著名的电影剧作有《铁板红泪录》、《中国海的怒潮》、《逃亡》、《生死同心》、《青年中国》、《塞上风云》等。

《铁板红泪录》是阳翰笙的第一部电影剧作,它一出现,便不同凡响。剧本展示了四川农民在地主恶霸“铁板租”的残酷压榨下的生活和反抗。剧中通过农民周老七这个形象,含蓄地表现了他在外地受到革命形势的鼓舞和党的思想启蒙,回来组织家乡农民与地主阶级展开正面的武装斗争。之后,《中国海的怒潮》又以富于战斗力的笔触,描写了沿海渔民的武装反抗斗争,明确揭示了这样的深刻意义:反帝必须反封建。电影剧本《逃亡》则以生动的形象展现了塞北农民家破人亡、颠沛流离的苦难遭遇,以及终于觉醒喊出“投义勇军,打回老家去”的响亮口号与拿起武器走上战场的情景。《生死同心》以大革命时期为背景,描写了华侨青年柳九杰和赵玉华走上革命道路的觉醒过程,着重刻画了李涛为革命献身的崇高形象。《青年中国》对活跃在国统区偏僻山村的一支抗敌宣传队给予了热情的描写,并通过山村青年农民李大兴的觉醒,曲折地反映出广大人民逐渐认清了共产党所领导的军队与国民党的军队的本质区别,人民只有跟着共产党才有出路,理想的青年中国才能诞生。阳翰笙根据其话剧改编的《塞上风云》是中国第一部表现民族团结共同抗日主题的电影剧本。作品以生动曲折的情节描写出蒙汉两族青年在民族危机的形势下,逐渐识破了敌人挑拨民族矛盾的阴谋,看清了共同的敌人是日本侵略者,从而消除隔阂,走上了共同抗日的道路。

作为一个共产党员作家,阳翰笙是带着大革命的硝烟,以战士的姿态进入文艺界的。优秀的政治素质使他在尖锐复杂的斗争中,总是自觉地用自己的艺术实践不断强化民族解放意识,为民族解放斗争服务。在抗战初期,他的创作以艺术形象鼓动民众团结抗日、坚持斗争,有力地起到了动员群众的作用。在抗日战争的相持阶段,他创作的《天国春秋》、《草莽英雄》,以历史上的经验教训来唤醒人们警惕和抵制内部敌人的

① 参见郭志刚主编:《中国现代文学史》第111页～112页。

倒行逆施，从而坚持抗战、坚持团结、坚持进步。这些作品，都倾注了作家热烈而真挚的情感，他所着意描绘的，正是广大人民群众所关切的，正是共产党所指引的抗日民族解放斗争大方向。

阳翰笙在进入文艺界前，曾有过革命武装斗争的经历。他深深懂得：武装斗争是中国民主革命的特点，以革命的武装反对反革命的武装，是半封建半殖民地的中国人民求生存求解放的唯一出路。因此，他的电影作品在总体构思上都牢牢地把握住了这一点，形象地表现了中国社会主要矛盾斗争形态，强化了阶级意识，反映了历史的发展趋势。《铁板红泪录》形象地反映出中国农村严重的阶级对立和斗争，明确地指出了中国农民的出路，这是中国电影第一部表现农民武装反抗地主阶级统治的作品。《中国海的怒潮》又明确地指出了反帝必须反封建，在主题思想上更有着强烈的现实意义。《生死同心》、《青年中国》、《塞上风云》、《逃亡》等则塑造了一系列觉醒者和革命者形象，着力发掘了蕴藏在中国社会中巨大变革的阶级力量。

阳翰笙早年曾读过哲学著作，进行过马克思主义的理论建设和普及工作。这些革命经历使得他在从事文艺运动后能自觉地以马克思主义理论来指导自己的艺术实践，其作品也因此而呈现出鲜明的理性色彩。他的作品始终自觉服从于民族解放与人民解放的总目标。但他不是图解政治，也不是演绎概念，而是从生活实际出发来选择题材，提炼主题。无论是在评价历史事件还是在处理现实题材时，他都能揭示生活的真谛，以艺术形象反映生活的本质。抗战初期写李秀成的作品有好几部，都写到李秀成的大智大勇、忠贞抗敌。而阳翰笙却写出了他和农民士兵的关系，处处在领袖和群众的关系中来展示这一英雄人物的性格和太平天国的历史悲剧。在30年代能达到这样的理性高度的作品还不多见。这自然是由作家对于中国革命的特点有着深刻明晰的认识和他参加革命斗争的深切体会所决定的。他突出描写武装斗争，既是对中国革命斗争的真实反映，也是对革命斗争的经验和教训的积淀与过滤。在他的作品中，他并没有回避革命过程中存在的问题，他写了主人公的牺牲，写了革命力量的挫折，也写了革命阵营内部的矛盾斗争。但他从历史宏观的角度，艺术地显示剥削阶级无可挽回的失败趋势；他以旧民主主义革命失败的教训，暗示给读者唯有代表新生产关系的无产阶级革命才有将来。他的作品因此始终贯穿着明朗乐观的基调，充满了积极向上的精神。但这种明朗乐观，不在一枝一节，而体现于艺术形象整体；这种明朗乐观，不在于高昂的语句，而在于坚实有力的生活逻辑和理性色彩。阳翰笙的作品，情节比较曲折，矛盾纠葛盘根错节，人物关系错综复杂，但各种矛盾和人物都能在曲折的情节中逐次展示，脉络清楚，合情合理。我们能通过他对那些广阔的社会场景、战斗的人群雄姿以及对那坚强性格的人物描写,感受到时代的脚步和不可抗拒的历史潮流。

阳翰笙还有另一类追求朴素纪实韵味的作品,著名的有电影《万家灯火》和《三毛流浪记》。这里没有波澜壮阔的斗争场面,却有着令人揪心的人物遭遇。

欧阳予倩(1889～1962),原名欧阳立袁,湖南浏阳人。

欧阳予倩是我国话剧的开拓者和戏剧运动的创始人之一。他的大部分作品都直接或者间接地表现与民族解放和人民解放斗争有关的主题。20年代至30年代,他创作出了《屏风后》、《买卖》、《车夫之家》、《小英姑娘》、《李团长之死》、《同住一家人》、《不要忘了》、《我无损失》、《越打越肥》等揭露政府当局统治的短剧。1937年初冬,抗日战线南移,上海沦陷。他"怀着满腔忧愤之情"[①]取孔尚任《桃花扇》传奇的轮廓改编为京剧;1939年又把它改编为桂剧上演,轰动一时;1946年又编为话剧。剧本以李香君和侯方域的爱情故事为线索,成功地刻画了秦淮歌女李香君等下层人物的形象,赞扬了她们崇高的民族气节,而"对那些两面三刀卖国求荣的家伙,便狠狠地给了几棍子"[②]。1942年,欧阳予倩成功地创作了五幕历史剧《忠王李秀成》。

在《忠王李秀成》里,作者是把李秀成作为一个始终坚贞、绝无动摇的革命英雄来着力表现的。剧本开始,太平天国即已处在曾国荃围困天京的危急境地中,而天王却仍然对李秀成猜忌不已,那些皇亲国戚采用种种卑劣手段争权夺利,分裂革命力量,使李秀成挽救太平天国的一个个计划均无法实行,只能在日益颓败的形势下坚持苦斗,直至天王自杀,天京陷落,李秀成被俘……作者就是在这样一个特定的环境中,成功地塑造了"忠王"这个典型性格。他处在那样的地位和那样的环境,身上的创伤和心上的创伤痛苦相煎,但他始终忠贞坚定,绝无动摇,他流着最后一滴血,为民族历史书写着光荣的一页。剧本形象地说明:太平天国之败,不是败于清政府和帝国主义之手,而是败于内部的分裂与腐败。

欧阳予倩善于从现实角度把握历史题材。他认为"历史戏究竟是戏,不是历史"[③],编剧并不受某一种史料的约束,而是根据自己对人物及其所处时代的理解来表现主题,"要用古人的斗争情绪鼓励现代人的向上"[④]。1937年初冬,上海沦陷,当时不少知识分子看着局势大变左右摇摆,奉行两不得罪的处世哲学。针对这种现实,作者

① 欧阳予倩:《〈桃花扇〉序言》,中国戏剧出版社1957年版。
② 欧阳予倩:《〈桃花扇〉序言》,中国戏剧出版社1957年版。
③ 欧阳予倩:《〈忠王李秀成〉自序》,载1941年10月15日《文艺生活》第1卷第2期。
④ 欧阳予倩:《〈忠王李秀成〉自序》,载1941年10月15日《文艺生活》第1卷第2期。

在创作《桃花扇》时只是依照孔尚任原作的故事轮廓，采用其中的主要情节，借以抒发感慨。作者一方面着力写李香君的忠贞纯洁，鼓励气节；一方面严肃深刻地写侯方域的妥协投降，暴露了知识分子在严重民族危机中的动摇软弱，使作品具有极大的现实意义。作者在谈到《忠王李秀成》的创作主题时也曾说："革命者要有殉教的精神，支持民族国家全靠坚强的国民，凡属两面三刀可左可右，投机取巧的分子，非遭唾弃不可，我写戏奉此以为鹄的。"[①]正是由于作者从这一现实角度去把握这一历史题材，剧作才没有从太平天国兴盛时写起，而是选择从太平天国末期衰亡时着笔，可见作者用心之所在了。

欧阳予倩善于将事迹加以剪裁和提炼，然后重新组织，使事迹在观众面前很自然地发展，让剧中人物自己的语言动作，一步一步地在观众面前介绍出自己。但他并不把人物性格的刻画放在第一位，而是把全剧的气氛放在第一位。剧本《忠王李秀成》人物虽多，篇幅虽长，但都紧紧围绕李秀成着墨，除李秀成外，很难找到一个完全活现的性格。返观全剧的气氛却始终紧凑，左右逢源，到处是戏。在剧本结构上，他采用了传统戏曲和电影的某些手法，增强了整个戏的气氛。作者在《忠王李秀成》第一幕第一场和第五幕第二、三、四场都采用了这些手法且运用得非常成功，相对解决了话剧时空局限的困难，增强了话剧剧作的艺术表现力。

在欧阳予倩的一生中，他还编写和编导了 13 部电影剧作与影片，其中《天涯歌女》、《新桃花扇》、《小玲子》、《木兰从军》和《关不住的春光》等影片，受到观众的欢迎和喜爱。

1949 年以后，欧阳予倩主要从事戏剧教育工作，并创作出了《黑奴恨》、《和平鸽》等剧本。

第二节　夏衍·陈白尘·吴祖光

夏衍（1900～1995），原名沈乃熙，字端先，浙江杭州人。

夏衍是左翼戏剧运动的倡导者和先驱者之一。他的戏剧创作始于 1935 年，40 年代进入全盛时期。他的戏剧作品，对生活作出了独特的开掘和揭示。他以其卓越的艺

① 欧阳予倩：《〈忠王李秀成〉自序》，载 1941 年 10 月 15 日《文艺生活》第 1 卷第 2 期。

术才华和创新精神,为20世纪中国戏剧的发展作出了重要贡献。

1936年,夏衍的《赛金花》和《自由魂》引起了众人的注目。《赛金花》以八国联军侵华战争为背景,借名妓赛金花的"一点生平",着力描绘国势衰微的清王朝面对帝国主义武力侵略,堕落到靠一个妓女来维护,以此讽喻国民党当局推行的对外投降政策。《自由魂》则选取革命志士秋瑾短暂一生的片断,着重描写她以身殉志的悲壮精神,反衬和揭露现实社会的黑暗。这两部剧作的进步倾向显而易见,但也存在着图解政治概念的倾向。此后,夏衍认真总结经验教训,并于1937年到1945年间连续写出8部多幕剧,标志着他的戏剧创作进入了成熟阶段。

比较而言,传统戏剧往往选取生活中的突变状态,通过紧张激烈的矛盾斗争,使戏剧情景鲜明浓郁,戏剧情节跌宕起伏,扣人心弦,而平淡的日常生活则难以涉足。夏衍对中国戏剧的一个重要贡献,就是他把日常生活频频引入戏剧领域。他的剧作多表现普通人的日常生活,透过平凡的日常状态来获得对于生活本质的时代性发现。1937年的《上海屋檐下》就是一个著例。夏衍几乎"自然主义"地展现了30年代上海一座石库门楼房里,5家住户琐细、平凡、沉闷的日常生活,他们各人在自己的小天地里郁郁度日,有着各自的痛苦、不幸、烦恼和牢骚。灶披间里的小学教师赵振宇靠几毛钱一点钟的功课养活1家4口,妻子整日对艰辛的生活牢骚满腹;亭子间里失业的银行职员黄家楣穷愁潦倒,靠变卖物件养活从乡下来看望儿孙的父亲,和妻子发生口角;"廉价的摩登少妇"施小宝丈夫外出,生活失去依靠,只得沦为暗娼;阁楼上的老报贩李陵碑,儿子在"一·二八"战争中丧身,孤独无依地度着凄惨的晚年;小职员林志成妻子的前夫匡复在被捕入狱断绝音讯10年之后找上门来,这个勉强称得上小康的人家也失去了平静。在这舞台横断面设计里,作者微妙地传达出人们在这种生活中挣扎的复杂心绪,他在那些被日常生活压弯腰的人们的叹息、诅咒和呼唤中,曲折地展现了他们内心的愿望与追求,让观众于无声处听到了那隐隐可闻的时代前进的步伐。《芳草天涯》围绕着战乱中知识分子的爱情纠葛展开情节,夏衍让自己的人物在琐碎的家庭生活中烦恼、争吵,在深沉的感情世界里起伏、激荡,通过家庭冲突投射社会的矛盾。作家赋予平凡的生活以内在的情感冲击,熔铸进自己的主张与观点,去打动观众的心灵。

戏剧是集中冲突的艺术。剧作家往往在人物与环境、人物与人物之间安排惊心动魄的对抗和剑拔弩张的争斗,来造成强烈而直观的戏剧效果。和剧作所表现的日常生活相适应,夏衍却并不着力表现这种外在的、直观的戏剧冲突,有时甚至故意加以回避。有时作者已经把人物放到冲突必起的情势之下,但他仍出人意料地不让他们冲突起来,转而以细致的笔触开掘人物在这种特定情势下的心灵奥秘,展现他们内心世界的感情波澜和深沉的精神痛苦，让人物在感情的泥沼中打滚，让人物的灵魂走向观众，由此揭示出人物同现实环境的尖锐冲突，从而激发人们对黑暗社会的强烈憎恨。在《上海屋檐下》一剧中，匡复出狱寻妻，却发现妻子已与好友林志成同居。如果按一般戏剧惯例来处理，这三个人之间的纠葛正是“出戏”的地方，但作者却另辟蹊径，让匡复退出了这场纠葛。在《芳草天涯》中，孟小云爱上了有妇之夫尚志恢，人物之间的矛盾纠葛复杂微妙，冲突一触即发，但作者却让孟小云答应帮助石咏芬，从而化解了这场冲突。在《法西斯细菌》的第二幕，寿珍因母亲是日本人而受到邻居孩子的羞辱，哭着回家，怪罪于母亲，拒绝她的抚爱。这本来也可以造成强烈的外在冲突，夏衍却并未在此掀起轩然大波，甚至没有一句激烈的言辞，但从俞实夫猛然站起又颓然坐下的无言动作中，从静子茫然的流泪与几乎听不出的声音里，令人直感到在他们善良的心灵中理智与感情、现实与理想的搏斗多么尖锐。在夏衍看来，这种“比铁火相搏的战争更惨壮的灵魂的战斗”[①]，才是更高层次的戏剧冲突。所以，他大胆地以人物内心的冲突取代传统戏剧中外在的直观的冲突，这些不易“看见”的冲突，使剧作有一种勾魂摄魄的内在的吸引力和紧张感，它传递出丰富而微妙的情感信息，需要我们用整个心灵去体悟。

戏剧艺术不可能像小说那样，把笔触伸入人物的心灵深处，将人物的内心世界淋漓尽致地陈述出来。戏剧必须借助人物的对话和动作，直接向观众展示人物的本性与命运，表现作者的思想与情感，这中间省略了一个叙述者的中介。夏衍深谙此理并充分利用这一特性，通过对话、动作、静场等方式充分展现人物内心。他的对话潜台词十分丰富，人物讲话时往往吞吞吐吐，欲言又止，不愿流露自己的思想感情，但在他们不着边际的答非所问的言谈中，却蕴含着人物心理的微妙活动，表现出其心灵的交锋或情感的矛盾。有时在情节发展到某个关键时刻，人物内心冲突异常激烈，它可能酝酿着人物关系的突变，人物感情的陡转，甚至将决定人物一生的命运。为了更好地表现这种内在的紧张气氛，夏衍干脆用“无声的台词”来取代对话或独白。这时，一个动作，一声叹息，或者干脆是一阵静场，都可能将激烈的内心冲突推向高潮，收到此时无声胜有声的效果。《芳草天涯》对孟小云情感变化的描述就是这样。舞台指示：“像是电光石火，小云反射地看了志恢一眼，这是一种激情和苦痛混合在一起的表情。她很快低了头，微微的背转了身子。手捏在一起，她觉得心跳得厉害。”“紧张的沉默是短暂的，一阵忍受着苦痛的表情掠过了小云眉宇后，紧接而来的好像是一种决心浮上了她的心头，很自然地分开了手”。这里人物没有一句话，但在假定性情景中却真实地传达出了

① 夏衍：《从迷雾中看一面镜子》。

孟小云思想升华时刻丰富复杂的精神活动。那从反射似的握手到自然地分手，从激情和苦痛混合的表情到像是有决心浮上心头的表情之间，那一个个动作，为观众打开了人物内心的窗户，而动作、表情空隙间的静场，则表达出人物心灵活动的流动过程，以及人物那欲说不能的复杂的深层精神隐秘。这些艺术处理，大大增加了夏衍剧作的容量，使作品显得深沉含蓄，意境悠远。

陈白尘(1908～1994)，原名陈征鸿，江苏淮阴人。

陈白尘是以一位喜剧家的面目出现的，他具备一位喜剧家特有的心态和才智，善于以敏锐的目光捕捉和发现现实生活中的矛盾冲突和丑俗鄙陋，并以“笑”的艺术揭示出来，从而反映出现实生活的本质。这种捕捉和表现“笑”的本领，早在陈白尘少年时期的短篇小说习作中就已初露端倪。30 年代他正式开始喜剧创作，抗战爆发后，进入喜剧创作全盛时期，1945 年创作的 3 幕讽刺喜剧《升官图》标志着他的喜剧艺术发展达到了一个高峰。

陈白尘的喜剧具有鲜明的政治倾向，多是政治讽剧喜剧。“五四”以来的喜剧作家中，那些受欧美文学影响较深的作家多呈现出宽厚温和、委婉含蓄的幽默风格，他们倾心于对人性乖谬和世态丑拙的揭露与嘲弄；而受苏俄文学影响较深的作家尤其是左翼作家，则较多地呈现出辛辣犀利、锋芒毕露的讽刺特色，十分关注并直接反映重大的社会问题。陈白尘早年投身左翼文艺运动，长期的革命经历和严酷的斗争现实，使他一般不取材于家庭生活，以温和含蓄的幽默风格反映诸如伦理道德等方面的新旧斗争，而是以高昂的政治热情反映与民族和人民生死攸关的重大社会问题，形成了辛辣、犀利的讽刺特色。剧作《结婚进行曲》，虽然题材有所不同，反映的是妇女问题，幽默的成分多一些，但作家也并不拘泥于家庭伦理、社会道德的探讨，而是力图揭示出其时代悲剧的实质，揭露堵塞青年出路的社会黑暗势力，终以辛辣犀利为特色。在陈白尘的喜剧中，揭露讽刺的对象有无耻的汉奸(《魔窟》，有都市的沉渣(《乱世男女》)，更多的则是构成当局政权的官场丑类。《新官上任》(《魔窟》)的别名)、《升官图》、电影《天官赐福》等作品，单从标题即可看出是刺官之作，具有鲜明的政治倾向性和强烈的战斗性。在《升官图》中，作家展示了一个官匪一家，贪污腐败的黑暗王国，知县和秘书长原是流氓、强盗，局长们个个都是贪官污吏。围绕着官吏们迎候、接待和欢送来县视察的省长这一中心，剧本着力描写这个官僚统治集团上下勾结，争权夺利，营私舞弊，贪污行贿，已完全丧失官吏应有的一切社会责任感。为掩盖平日的丑行劣迹，巴结讨好省长，秘书长伙同各局长弄虚作假，欺上瞒下，对省长阿谀奉承，大肆贿赂，而作为统治集团头面人物的省长，外表冠冕堂皇，满口仁义道德，实际上从灵魂到行为都极端卑劣无耻。他借视察为名，大搞权钱交易，搜刮金钱财物，霸占知县夫人。作为酬答，他把知县提升为道尹，把财政局长提升为知县，然后宣布本县"太平无事，一切都很好"。通过情节的荒诞性展示和戏剧嘲弄的巧妙运用，官僚统治集团已充分暴露出它的反动性和腐朽性，半封建半殖民地的中国社会正处在它的最后阶段。作者在《尾声》中借老头子"鸡叫了，天快亮了！"一句话，含蓄地表达了一个崭新社会制度即将出现的光明前景。

陈白尘所揭示的喜剧主题，主要是通过喜剧形象的塑造来体现的。喜剧形象是其艺术创造的中心环节。在《升官图》中，剧作家真实地描绘了以省长为中心的各色官吏典型，为观众展示出一幅惟妙惟肖的 40 年代中期国民政府官场群丑图。这些否定性人物都有相似的基本特征，属于同一类型，但彼此又有不同的个性，相互补充，相得益彰，这就有利于弥补喜剧性格因突出一个侧面而容易造成的单调感，从整体上强化了喜剧性格的典型性。这些官吏都有贪赃枉法、营私舞弊、贪得无厌、寡廉鲜耻的共同特征，但仔细分析又可发现他们的个性色彩：假知县愚蠢、粗俗的流氓本色，正好与假秘书长的老奸巨猾、深谙"官场"世故的阴谋家手腕互为映衬；几个局长中间，有逢迎谄媚的专家，有吃喝嫖赌的好手，也有玩弄权术的政客，再加上那位贪财恋色而又穿上"廉洁"外衣的省长大人，以及轻薄势利、卖身求荣的知县太太等等，所有这一切性格的组合，正活画出了一幅完整生动的官僚阶层的漫画像。这些被嘲笑的喜剧性格的成功塑造，是构成《升官图》强烈喜剧效果的重要原因。

喜剧中的人物形象，往往是一些冒充完善而又出其不意地暴露自身缺陷的人，喜剧人物这种内在的矛盾，往往会获得很大的喜剧效果。陈白尘善于抓住人物这种内在的矛盾，通过卓越的喜剧手段，"将那无价值的撕破给人看"[①]。在剧作中，作家有时通过人物赤裸裸的自我暴露来显示其性格特征。比如，警察局长溜须拍马、阿谀谄媚的性格特征便是通过他在省长面前恬不知耻的自我吹嘘揭示出来的。有时，作家又采用人物互相揭露的方法刻画人物。比如，在议决严惩"乱党"、处置罚款的县政会议上，各局长唇枪舌剑，互揭阴私，他们各自不同的喜剧个性和丑劣行径也就在这场狗咬狗的有趣争斗中赤裸裸地暴露在观众面前了。有时人物用尖锐的语气漂亮的言辞指责对方的不法行为，但话音未落，自己马上就身体力行起来，这种自我言行的尖锐矛盾往往造成辛辣的讽刺效果。那位省长刚刚严厉诘责向自己行贿的知县和秘书长，自我标榜"平生讲究廉洁，最恨的就是贪污！"随即就变相贪污了这些礼物。这些处置，舞台效果

① 鲁迅：《再论雷峰塔的倒掉》。

强烈,往往令观众捧腹。

陈白尘在构思剧情和表现冲突时,善于设计一些巧妙的喜剧情景。首先,是梦境的设置。《升官图》在构思剧情时,便虚拟了两个强盗的一场升官梦。梦具有荒诞性,但又是社会现实曲折变形的反映。作者巧妙地借梦境来组织情节,设计和描写人物,用"序幕"和"尾声"把"入梦"与"梦醒"衔接起来,直接通向现实生活。所以,梦境成了作家自由发挥艺术个性的特殊喜剧情景,它能使荒诞离奇的人物描写和剧情设计合理化,从而具有真实感。这样,梦不仅为作者大胆想象、放手夸张提供了一个通向现实生活的广阔天地,而且使人物和剧情变形而不失其真,离奇而不失其信,为观众架起一座渡过虚拟、荒诞之河,达到真实、合理彼岸的审美之桥。其次,善用"误会",造成"观众明白而剧中人不知"的嘲弄情景,增加剧本的喜剧气氛。《升官图》中知县太太上场后的一场戏就是这样。当舞台上只剩下装病的假知县时,知县太太上场了,这是一个尖锐紧张、妙趣横生的喜剧场景。知县太太与情夫艾局长鬼混一夜,上场后不免做贼心虚,假意对床上的"丈夫"百般爱抚,"抱他的头","偎他的脸",心疼地摸着他的全身寻找"伤痕",而贪色的假知县开始时"闭目发抖,一言不发",继而"受宠若惊,目瞪口呆",再而心动神摇,"飘飘欲仙"。知县太太见"丈夫"一言不发,以为是吃艾局长的醋,便撒起娇来,嗔怪他"太小气"。这位知县太太进来后只顾夸张地对"丈夫"亲热、抚慰、撒娇,还没顾得上仔细瞧对方的脸,而台下的观众对实情一清二楚,不禁失笑,这种"喜剧的嘲弄情景"造成了强烈的喜剧效果。第三,善于利用喜剧情景的重复来增强喜剧气氛。在生活中一种情景的重复出现并不都具有令人发笑的效果,但在短时间内一再重复出现同一情景,人们就会对这种情景发笑。喜剧的重复正类乎此,不过它还必须表现出动作的进展,使"笑"成为思考的产物①。《升官图》中省长头痛发作索贿金条的同一喜剧情景,在知县和各局长几个不同人物之间重复出现,但重复的这几个情景并不雷同,随着接见对象不同,省长头痛部位和索贿金条的数目也就不同。在观众的心目中,省长的头痛犹如机械装置一样,可以由人控制,随意调节,这就不能不使人感到滑稽可笑,他的贪婪、无耻、荒唐在笑的放大镜下毫发毕现。有时,同样的场面在几组不同的角色之间出现,如警察局长通过秘书长把亲妹妹贿送知县,秘书长则通过省长侍从,把政敌艾局长的情妇——原知县太太贿送省长;省长以"最快的速度"宣布明天就结婚,秘书长宣布知县也和省长同时结婚。这些喜剧情景不同形式的重复,大大增强了剧作的喜剧效果,让观众在笑声中领悟到作家深刻的思想情感。

---

① 参看[法]昂·柏格森:《笑——论滑稽的意义》,中国戏剧出版社1980年版。

吴祖光(1917～2003),江苏省武进县人。

吴祖光是40年代中国剧坛的"神童"作家。抗战爆发不久,他即创作了表现少年铁血军司令苗可秀献身抗战、以身殉国的《凤凰城》;1939年,创作了反映沦陷区小学生爱国热情的独幕剧《孩子军》;1941年他又创作了《正气歌》,通过对民族英雄文天祥的歌颂来借古讽今,弘扬民族正气。这三个剧表现出百折不挠的爱国热忱和坚贞不屈的民族气节,具有崇高悲壮的美学风格,在抗战戏剧中占有重要地位。1942年以后,随着作家对现实认识的加深,整个戏剧文学进入了反思阶段,作品内涵更为深沉凝重,艺术上更加细腻圆熟。吴祖光这时的剧作,无论是取材于现实的《风雪夜归人》、《少年游》,还是取材于神话传说、古典名著的《牛郎织女》、《林冲夜奔》,都寄托了作者对社会、人生的积极思考和探索,体现出作者的忧患意识和入世精神,表现出悠远含蓄的艺术风格。抗战胜利后,社会动荡,民不聊生,吴祖光这时又借民间传说和古代神话创作了《捉鬼记》和《嫦娥奔月》,表达他对黑暗现实的强烈不满和辛辣讽刺,呈现出荒诞滑稽的喜剧风格。

吴祖光影响最大的剧作是1942年创作的《风雪夜归人》。剧本写著名优伶与官绅姨太太的爱情悲剧,但作者却在这个陈旧的题材里超越了男女之爱的主题而融入"人为什么活着,应该怎样活着"的思想深度。从人格独立、个性尊严的角度,揭露了社会对人性的扭曲和摧残,表现了"人"的意识的觉醒。这种"人"的意识的觉醒,首先意味着对个人在社会群体中的尊严和自由程度的理性认识,反抗被他人奴役的非人地位。剧本描写了男女主人公虚假的声誉名望与实质上被玩弄的低贱身份的矛盾,优裕的物质生活与毫无自由的人生囚笼的矛盾。魏莲生出身贫寒,唱红之后却沾沾自喜,以结交名流要人为荣,虽也乐善好施,急人之难,却透着居高临下的自傲、自足和自得。随着他的声誉日隆,他的人格却完全被统治者践踏在脚下。法院院长苏弘基一边以忠实的崇拜者自居,一边以保护者的身份放肆地践踏他的艺术和尊严。魏莲生厌恶苏弘基的下流无耻,但还是以笑脸周旋。他能在舞台上认认真真演戏,却不能在台下昂起头来做人,他缺少的是"人"的自觉和男性的骨气。在人生的一片迷雾中,是玉春这位勇敢而聪慧的女性点醒了他。玉春曾经身陷青楼,后被苏弘基收为四姨太。她在优裕的物质生活中并没有感到幸福,而是清醒地认识到自己不过是别人用金钱换来的玩偶,一只关在笼子里的金丝鸟,没有自己的人格和尊严。爱上魏莲生后,她决心用心灵的苦汁洗刷他的蒙昧和混沌。她一针见血地指出魏莲生和自己一样,不过是被别人用来"消愁解闷的玩意儿"。在玉春爱的感召和理性的启迪下,魏莲生终于恢复了"男子汉大丈夫"的自我意识,决定和玉春一起出逃。就在他们面前出现新生活的曙光的时候,苏弘基发现了他们的私情,把魏莲生赶出大门,玉春也被卖作奴隶。但是两位主人公并不后悔,他们在重大的命运突变面前表现得十分冷静,因为他们以各自艰苦的努力争取到了做人的价值和尊严。由于这场超凡脱俗的爱情是建立在探寻人生意义、追求人生价值的基础之上的,这就使得《风雪夜归人》别具一种富于哲理美的思辨色彩,回荡起悠长的人生哲理的钟声。

浓郁的诗情,悠远的意境,是《风雪夜归人》在艺术上最显著的特征。吴祖光在剧中常常借景抒情,托物言志,赋予景物以主观色彩和象征意义,从而给人一种含蓄隽永的美感。以序幕和尾声为例,作者以浓重的笔墨,极力渲染了"风"、"雪"、"夜"的意象。寂静的夜晚,凛冽的寒风,破败的花园,笼罩在漫天飞雪之中,大地一片洁白。这时,男主人公出现了,他在风雪中寻找、挣扎,最后怀着对恋人的无限思念,怀着对往昔时光的回忆,含着一丝圣洁的微笑静静倒下。尾声再现寒风、大雪、暗夜,同样的场景,女主人公出现了,她似乎听到了逝去的恋人灵魂的呼唤,也在漫天风雪的茫茫夜色中无声地消逝。这给观众的心里留下怀旧的感伤,死亡的悲恸以及对前途的一片迷惘。整个作品自始至终流溢着一股深沉悠远的诗意,具有朦胧含蓄的美感。这里的"风"、"雪"、"夜"已不是纯粹的自然景物,而是饱含着作者对人生的体味。

第三节 史东山·蔡楚生·孙瑜

史东山(1902～1955),浙江杭州人。

史东山1925年开始从事电影编导工作。他因处女作《杨花恨》而被誉为"电影艺术的天才"①。他早期作品具有明显的唯美主义倾向,对形式美的追求达到了不顾思想内容与生活真实的程度,而且作品偏重描写男女之爱与骨肉之情,社会内容比较薄弱。30年代初,受左翼电影运动的影响,"苏联的《生路》、《金山》之类的影片曾经使史东山大大感动,甚至于得着了新的启示"②。由此他不断克服自己思想与艺术上的弱点,成为一个关注社会人生与祖国命运的卓越的现实主义电影艺术家。"一二八"事变之后,他与蔡楚生、孙瑜、王次龙等人,在不到20天的时间内,就赶写出表现民族意识

① 凌鹤:《史东山论》,《中华图书杂志》第43期,1936年6月。
② 凌鹤:《史东山论》,《中华图书杂志》第43期,1936年6月。

觉醒的电影剧本《共赴国难》,并迅速摄制成影片。接着,他又独立编导了影片《奋斗》,描写两个青年摒弃前嫌,携手同上抗日前线的故事。由于当时国民党当局对表现抗日内容的压制,史东山只能给一个三角恋爱的故事加上"义勇军的尾巴",表达了他对当时民众关注东北沦陷的爱国情绪的呼应。"七七"卢沟桥事变之后,抗战全面爆发,随着社会潮流与政治局势的变化,特别是国共两党的再度合作,正面表现抗日斗争已不再成为禁忌,史东山更是以空前的创作热情,自觉地承担起以电影艺术为武器宣传抗日、唤起民众的政治任务,连续创作了被电影界称为"抗战三部曲"的三个电影剧本:《保卫我们的土地》、《好丈夫》、《还我故乡》。

《保卫我们的土地》是史东山抗战时期编写的第一个电影剧本,由他自己担任导演,于1938年摄制成影片之后,被誉为"七七"事变之后第一部正面表现抗战的故事片。以它为发端,以后这种类型的抗战电影才开始大量涌现,因此应该把它看作是标志一种新的创作走向的代表作。剧本以"九一八"到"八一三"这段历史为背景,描写了一个农民家庭中展开的一场民族大义与个人私情的矛盾冲突,控诉了日寇的侵略给人民带来的苦难,揭露了汉奸出卖民族利益的罪行,讴歌了民众在战争中民族意识的觉醒。剧本中的主人公刘山,就是作者着力刻画的在民族革命战争中觉醒了的一代中国农民的艺术形象。"九一八"事变使刘山与妻子、弟弟被迫从东北流落到南方,不久,日寇又把战火烧到了他们定居的小镇。当地群众准备逃走时,刘山以自己的亲身经历劝告大家,逃并不是办法,只有拿起武器跟敌人拼命才是正确的出路。但他那游手好闲、不务正业的弟弟却被汉奸所利用。刘山在发现其弟企图为敌机指示轰炸目标的阴谋后,晓以民族大义,其弟仍执迷不悟,于是刘山毅然击毙其弟,铲除汉奸,然后与群众一起投入了打击日寇侵略的战斗前线。史东山通过主人公刘山从消极逃亡到积极反抗的转变过程,力图表现人民群众在战争苦难中民族意识的觉醒与大义凛然的斗争精神,启迪大后方民众从中接受抗日救国的思想,振奋起来反抗日本的侵略,保卫祖国神圣的领土与民族的尊严。虽然作品观念大于形象,人物缺乏个性,情节受制于理性因素,表达上也过于直露,但由于作品描写的内容符合当时广大群众抗日救国的愿望,而且在艺术表现上又具有为农民与士兵服务的明确目的,竭力使情节单纯明快,叙述清晰流畅,适合服务对象的欣赏水平,因而摄制成影片上映后,受到群众的普遍欢迎与舆论界的高度赞扬。当时汉口报纸发表评论,认为这是"一部崭新的国防电影作品","能激发情绪",使人"心跳",它的"每一句对话都深深地刺人我们的心坎","令人非常兴奋和愉快”[①]。重庆的报纸也认为，它是抗战开始后，“第一部献给后方民众的作品”。它具有“崭新的取材，崭新的风格，前进的思想”，“用拳头代替了大腿，用呐喊代替了没落的歌声”[②]。接着，史东山于1940年又创作了第二个电影剧本《好丈夫》。它以农村妇女为主角，表现了农民为抗日救国识大体顾大局的宽广胸怀与高尚品质，同时还揭露了国民党基层官吏在兵役问题上的徇私舞弊行为。1941年他又创作了第三个电影剧本《还我故乡》(又名《祖国之恋》)，表现对象转移到民族资产阶级与小市民阶层人物身上，展现了他们由投降妥协到觉醒反抗的过程，塑造了王相廷这个性格复杂、思想矛盾、颇具深度的独特的艺术形象。这两个剧本无论在思想内涵还是艺术成就上，都比第一个剧本有了明显的提高，它表明史东山在抗战时期的进一步成熟。

1945年，经过浴血奋战八年之后，抗日战争终于胜利了。然而，战后的社会现实，使广大民众的兴奋心情很快被失望的情绪所代替。飞扬跋扈的官僚政客，大发“劫收财”，过着声色犬马的生活，而普通老百姓却陷于失业、贫困与饥寒交迫之中。作为一个有良知的电影艺术家，史东山怎能不义愤填膺？何况他自己在战时与战后就饱尝了流亡与失业的痛苦，有时连起码的生计也难以维持。这种个人生活遭遇，使他更理解民众从希望到失望的情绪，开始看清了国民党统治集团反共反人民的本质。他曾经感慨地说：“长长八年抗战”，虽也“不堪回首”，“但在抗战的大前提之下，我们还可以有所解释而自慰”，但“短短几个月胜利以来的现象，却使我们感到无比的伤痛。”[③]正是在这种心情下，他于1946年创作了电影剧本《八千里路云和月》。

《八千里路云和月》是以史东山十分熟悉的战时抗敌演剧队的真实生活为原型而创作的。剧本虽然只写了抗敌演剧队的成员江玲玉、高礼彬两个人的生活经历与不幸遭遇，但却概括了从抗战到胜利的历史演变与社会真实。那些曾经怀着为民族解放斗争贡献自己一切的普通民众，在经历了战争的苦难之后，他们的美好愿望被残酷的现实击得粉碎，而面临着的是更严重的生存危机。这种由希望到失望的情感、心理过程，构成了全剧的内在动作线。作者抓住了这种特定时期出现的社会现象，发掘出其中社会性的悲剧因素，并把它熔铸在艺术形象之中。作者曾说，他决心“把善与恶罗列出来，对照一下”，并且希望“受到苦难、同情苦难和爱惜子孙的人，都能够振作起来，纠正这种社会病态，特别是要穷根究底，去探索所以造成这种罪恶的根源，而制服它，消灭

---

① 《〈保卫我们的土地〉观后记》，汉口《新华日报》1938年2月3日。

② 《评〈保卫我们的土地〉》，重庆《时事新报》1938年5月3日。

③ 史东山：《〈八千里路云和月〉准备工作之部》，《新闻报·艺月》1947年3月17日。

它”[1]。这时的史东山，他的思想认识与创作心态已与以前有明显的不同。抗战时期，大敌当前，民族利益高于一切，为了团结一致对付外侮，他尽量回避社会现实问题，即使触及当时社会弊端，也为了顾全大局适可而止。他创作《好丈夫》时，涉及当时乡村基层政权的腐朽现象，就采取了这种浅尝辄止的处理方式。好容易熬到胜利，而国民党统治集团却倒行逆施、胡作非为，把广大人民最后一线希望也化为泡影，这时的史东山再也无法忍耐了，他感到不必再为当权者隐讳什么，开始把有限的揭发与温和的批评转变为无情的揭露与强烈的控诉。这部剧本的特色有三：一是成功地运用对比手法。让理想与现实、崇高与卑劣、希望与失望形成强烈反差，让人们看到谁是抗战的中坚，谁是民族的败类，谁在掠夺胜利的果实，谁在忍受生活的煎熬，从而产生强烈的抨击力量与震撼人心的效果。二是具有鲜明的政治批判色彩。作者那种怒不可遏的政治感情，不仅渗透在作品的总体构思之中，而且通过人物的对话直接宣泄出来，义正辞严，掷地有声，它撕破了国民党所谓民主自由的面具，揭露了国统区政治的腐败黑暗与人民的深重灾难，抒发了群众心中郁积的愤懑之情。三是以含蓄的方式暗示了解放区的存在与民主力量的增长，让陷于失望与痛苦中的人们看到一线希望和光明。在那严酷的政治环境中，作者对未来并未丧失信心，仍执著于对理想与光明的追求，这种态度是非常可贵的。这部具有社会性、现实性与战斗性的现实主义力作，代表了战后进步电影一种新的创作倾向，即以表现人民群众由希望到失望的情绪、暴露战后社会制度的黑暗与统治阶级丑行为基本内容和主题。剧本摄制成影片后，由于它表达了人民群众的共同情绪，适应了社会的普遍心理，受到广泛热烈的欢迎，被评价为“替战后中国电影艺术奠下了一个基石，挣得了一个水准”[2]，将“中国的电影艺术向前推进了一步”[3][4]。

蔡楚生(1906～1968)，广东湖州人。

蔡楚生于20年代末即随中国电影的先驱者郑正秋学习电影创作。他虽曾一度在象牙之塔里流连过，但很快就退回到十字街头，把全部精力献给了下层社会和劳动人民。在30年代，他编导了大量暴露社会黑暗、同情劳动人民的影片，为他赢得了很高的声誉。他编导的《渔光曲》在1935年2月苏联莫斯科国际电影展览会上获得了“荣

---

① 田汉：《八千里路云和月》，《新闻报·艺月》1947年2月3日。
② 田汉：《八千里路云和月》，《新闻报·艺月》1947年2月3日。
③ 田汉：《八千里路云和月》，《新闻报·艺月》1947年2月3日。
④ 廖蕾：《八千里路云和月》，重庆《新华日报》1947年2月19日。

誉奖”,成为我国电影史上首次在国际上获奖的影片。抗战全面爆发之后,他编写的第一个电影剧本是《孤岛天堂》。它所描述的是上海沦陷之后,一群爱国青年同汉奸特务进行斗争的故事。作品极力表现的是热血青年和广大群众的爱国主义精神与英勇机智的斗争,同时也对汉奸特务出卖祖国和人民利益的无耻行径进行了揭露。蔡楚生是个讲故事的能手,他把这个打击民族败类的斗争过程表现得曲折有致、有声有色,而且在运用细节与刻画人物方面也很有特色。虽然被人指出有“过分重视个人英雄主义”之嫌,但摄成影片在香港等地上映时,仍受到了热烈欢迎。1940年蔡楚生又创作了另一部电影剧本《前程万里》。剧本以表现战时香港运输工人与贫苦人民的民族气节与爱国精神为主旨。作者熟悉香港社会与下层人民的生活,在情节结构上与人物设置上都有一定的特色。剧本从运输司机高华因拒绝替奸商运送资敌军火原料钨砂及与流氓斗殴而被捕入狱开始,相当真实地描写了劳动人民生存环境的恶劣、他们具有的爱国主义精神和进行的不屈不挠的斗争。其中穿插小凤从东北流亡到香港被迫沦为妓女,以及高华、小张搭救她之后三人相依为命的情节,也生动感人地表现了日本的侵略给老百姓带来的苦难与劳动人民互助友爱的情谊。剧本最后在一批运输工人有组织地奔赴内地参加抗战运输工作的高潮声中结束。全剧充满战斗的热情与胜利的信心。也许是为了纠正《孤岛天堂》过于强调个人作用的缺陷吧,剧本在结尾时通过刘大哥之口,有意突出强调了劳动人民只有团结起来才有力量的思想。全剧情节曲折,故事生动,结构缜密,描写细腻,形象鲜明,保持了蔡楚生一贯追求的雅俗共赏、民族化大众化的艺术风格。在香港期间,他还与司徒慧敏合作编写了电影剧本《血溅宝山城》、《游击进行曲》等。

太平洋战争爆发后,香港即将沦陷,蔡楚生抱病辗转到桂林,随后又随着湘桂、黔桂大撤退的十万难民队伍,历尽坎坷流亡到陪都重庆。他曾经对人回忆那段生活时说:“我天天在难民生活的洪流里滚,受到血的教育,这比我在上海十里洋场受的教育不知深刻多少倍!这要拍成电影多么震撼人心!这十万难民像铁锤一样老捣着我的心,我吃不下,睡不安,想了几夜。这十万难民是个铁的证明——证明国民党反动派政府腐败透顶,湘桂、黔桂路上的撤退是一次大表演、大暴露。难民凭着一双脚走啊,走啊,走到哪儿!这里有什么值得深思的呢?”[1]这种与民众共患难同呼吸的生活经历,加深了蔡楚生对人民苦难的了解,引起了他对造成人民苦难原因的思考,而这一切都凝聚到他后来创作的电影剧本《一江春水向东流》里了。

---

① 张客:《难忘的回忆》,《电影艺术》1979年第6期。

《一江春水向东流》剧本写于1946年夏天。当时,抗战的苦难阴影还未从人们心头消失,而国民党统治集团的"劫收"丑剧正在大肆进行,作者完全是采用近距离审视社会现实的眼光来进行创作的。它保持了30年代左翼电影开创的与时代同步、与人民同呼吸共命运的现实主义的创作传统。剧本内容的时间跨度大,涉及从抗战开始到胜利之后的十年。为了概括丰富复杂的社会内容,作者采用了多线索的结构方式。全剧设置了四条线索:一是以素芬、张母为代表的沦陷区的普通老百姓,二是以庞浩公、王丽珍为代表的官僚资产阶级,三是以温经理、何文艳为代表的汉奸势力,四是以张忠民、婉华为代表的积极抗日的进步力量。作者又通过张忠良这个轴心人物,把这四条线索交错纠结成为一个艺术整体,使社会因素、性格因素、伦理因素戏剧性地结合在一起,突破了传统的"陈世美模式"与伦理悲剧范畴,形成了有鲜明时代特征的震撼人心的社会悲剧。剧本在人物塑造上取得很高的成就,刻画了一群不同阶级、阶层的性格鲜明的人物形象,特别是张忠良这个形象已达到艺术典型的高度。作者在描写他从抗战勇士到民族败类的堕落过程中,避免了简单化的处理方法,充分展示了他面对社会逼迫与引诱时复杂的思想及矛盾的心态,不仅真实可信,而且能引起人们深刻的思索。

蔡楚生是"大众电影派"的代表。他在这个剧本中,借鉴了中国古典小说层层推进与环环相扣的叙事方式与古典诗歌含蓄隽永的抒情手法,把写实与写意结合起来,既符合中国观众对故事情节的真实性的要求,又满足了观众对伦理道德感情宣泄的要求,堪称40年代具有民族化大众化艺术风格的典范作品。1948年当《一江春水向东流》拍成影片上映时,受到了空前热烈的欢迎。据统计,仅在上海一地首映三个月,观众就达70多万人次。报纸评论称赞该片是"继《八千里路云和月》后数一数二的好片子"①,"它标志着国产电影前进的道路"②,使"我们为国产电影感到骄傲"③。当时,远在香港的夏衍和文化界的朋友,也联名写信给蔡楚生等影片创作人员,热烈祝贺影片的成功,称《一江春水向东流》为"伟大的作品"。历史证明,《一江春水向东流》的剧本和影片,不愧为中国电影史上现实主义的里程碑式的杰作。

孙瑜(1900～1990),原籍四川自贡,生于重庆市。

孙瑜于1926年从美国威斯康辛大学学习戏剧与电影毕业归国,便开始从事电影编导工作。从30年代开始,在左翼电影运动的影响下,创作面貌发生了很大的变化,

① 上海《新闻报》1947年10月21日。

② 西柳:《我为国产电影骄傲》,上海《新闻报》1947年10月27日。

③ 孙瑜:《导演〈火山情血〉记》,上海《时报》1932年9月15日。

并出现了他创作的旺盛时期，先后编写的电影剧本有《火山情血》(1932 年)、《天明》(1933 年)、《小玩意》(1933 年)、《大路》(1934 年)、《体育皇后》(1934 年)、《到自然去》(1936 年)等。

《火山情血》表现一个复仇的故事，主要描写农村青年宋珂在家破人亡之后，终于把残害他家的地主恶霸打入火山口致死。从中可以看出作者毫不妥协的反封建意识，主张反抗和斗争。正如孙瑜自己所说："我要那些受压迫的人们，在痛苦中应该认识自己是有力量的，不必失望的。"[①]电影剧本《天明》主要描写农村姑娘菱菱的悲惨遭遇和觉醒过程，反映了劳苦大众盼望革命到来的心愿，也表现了作者对人间不平的正义感。这两个剧本虽然具有进步的思想意识，但却是从观念出发去演绎故事，结果造成观念正确而形象苍白的弱点。相比之下，孙瑜这个时期比较成功的电影剧本是《小玩意》与《大路》，它们可以称为前期抗战电影的优秀作品。

《小玩意》主要表现一位以制造玩具为生的农村妇女叶大嫂的不幸遭遇。作者把人物置于 30 年代帝国主义侵略与封建主义剥削的时代环境中，展示了这位劳动女性坚强的性格和悲惨的命运，它也是对中国人民在深重灾难中所表现出来的顽强求生的意志与惊人的忍受力的概括与讴歌。剧本结尾的设计是寓意深刻的：在"一二八"事变一周年的夜晚，孤苦伶仃的叶大嫂把街头迎春鞭炮当作侵略者的炮声，大声狂呼："敌人杀来了！快去打呀！……救你的国，救你的家，救你自己！"而周围的人都无动于衷，有人甚至说："那个女乞丐疯狂了！"这是作者对于那些在国难面前麻木苟安的人们的一种呼唤与斥责，其中蕴含着作者深沉的忧患意识与炽热的爱国之情。这是作者为无声电影编写的剧本，重视画面与动作的表现力，字幕是优美的散文，具有浓郁的抒情性。

从思想内涵来看，《大路》可以说是《小玩意》的继续延展。从剧本的外在情节来看，它表现的是一群青年筑路工人为修筑军用公路而与日寇汉奸展开斗争的悲壮故事。但从剧本的内在意蕴来看，仍然是对社会黑暗的诅咒，对不畏艰险、顽强求生的民族精神的歌颂。用孙瑜自己的话说："大路的意识：我们要活！"[②]剧本中反复穿插出现的《大路歌》就是剧本的主旨。它强调的就是同心协力、一往无前的顽强意志与拼搏精神。剧本的结尾更是一种诗化处理：侥幸未死的姑娘丁香，在幻觉中又仿佛看到金哥和他的伙伴还在抬头挺胸拉着大铁滚勇往直前，《大路歌》又响彻天空……严格说来，

① 孙瑜：《导演〈火山情血〉记》，上海《时报》1932 年 9 月 15 日。

② 孙瑜：《关于大路》，《文艺电影》1934 年第 3 期。

《大路》并不是一部常见的那种写实型的现实主义电影剧作，它渗透着孙瑜特有的那种理想与浪漫的热情，因此，准确地说，它是孙瑜自己追求的那种“诗情现实主义”的体现。他自己曾说：“我是一个写实主义者。但是也有一种理想在我的作品中展露着。我以为描写人生的丑恶，固然很有必要，可是一种高超的理想，亦有他的真价。人生有光明与黑暗两面，有丑恶，也有伟大的美，我们不必专门描写丑恶，教人灰心，不相信自己。”[①]《小玩意》与《大路》正是作者这种创作观点的具体实践。

“七七”事变之后，爱国热情促使孙瑜连续创作了两个电影剧本即《长空万里》与《火的洗礼》。《长空万里》描写的是一群爱国青年报考空军、英勇抗战的故事。抗战初期，中国空军出现了一些为国捐躯的可歌可泣的英雄事迹。孙瑜这个剧本中的部分情节就采用了那些悲壮感人的事迹。剧本以“九一八”到“八一三”这段历史为背景，描写了一群爱国青年在战火纷飞的年代里的生活经历与爱国情怀，突出了空军将士为保卫祖国的神圣领空，不惜牺牲自己的无私无畏的英雄气概。情节的开展与场面的描写，充满青春的朝气与民族自豪感。这是我国第一部描写空军作战的电影剧本，由于拍摄时涉及的技术问题较多，前后拍摄了三年多时间，直到 1941 年 12 月才上映。孙瑜毕竟对空军生活缺少感性认识，在剧本中明显暴露出他创作热情有余而生活积累不足的缺陷，因而难以有更深的开掘与更高的成就。

《火的洗礼》描写的是一个被骗参加敌伪特务组织的女间谍方茵最终悔悟的故事。剧本刻画了一个正直善良的工人老魏的形象，突出地表现了工人们为支援抗日前线忘我劳动的爱国精神和同胞们被敌机炸死的情景以及对方茵思想的触动，使她受到良心的谴责与耻辱的袭击，最后坦白了自己的身份，并在协助破获间谍组织时受重伤而死。作者强调的是爱国主义与民族精神的感召力，终于使一个误入歧途的女人觉醒过来。作者认为他这个剧本的主旨是：“在一万个火把中没有燃烧的一个，给九千九百九十九个火把燃烧起来了！”应该说剧本的选材与视角都有新意，这对当时正处于抗战中的军民也具有教育意义，但描写女间谍的幡然悔悟的根据还不够充分，对爱情的力量强调得也似乎过重了。

由于孙瑜 1945 年去美国考察，直到抗战胜利后的 1948 年才回国，他在这几年间就再也没有创作其他作品了。1948 年开始编写的电影剧本《武训传》，因时局动荡未能最终完稿，但谁也不会预料到，这会为他在 50 年代初遭到猛烈的政治批判埋下“祸根”。

---

① 转引自尘无：《在诗人桂冠下的孙瑜的悲哀》，《王尘无电影评论选》，中国电影出版社 1993 年版。

第五章 散 文

本时期的散文，既有抒情性的散文和政论性的杂文，更有获得丰收的报告文学。

20世纪中国文学中的报告文学是一个年轻的文学品种。它萌生于“五四”时期却没有报告文学这一名称；二三十年代，受到重视，开始正名。30年代末40年代初，报告文学出现创作热潮，确如何其芳所说：“它随抗日救亡狂潮而兴起，到抗战爆发而达到顶点”①。其盛况也如胡风所描述的那样：“无论是期刊，是报纸的文艺栏，是单行本，大约可以归在‘报告’这一样式的作品占着了绝对的数量，而且有一些可以无疑地被算作伟大的收获”②。抗日民族解放战争爆发后，作家们大都“握笔从戎”，描述了一幅幅战斗生活的剪影。S·M的《闸北打了起来》、骆宾基的《东战场别动队》、丘东平的《第七连》，便是描写东战场的报告文学中的力作。以群的《台儿庄散记》、姚雪垠的《战地书简》、碧野的《北方的原野》与《太行山边》、曾克的《在汤阴火线》等等报告文学，描述了北线各战斗场面的实景。这些属于“战斗素绘”的报告文学，写得逼真而感情喷涌，有光明也有黑暗，有可乐观的事实也有可悲观的现实，烙上鲜明的抗战初期的时代印记。汝南的《当南京被虐杀的时候》、俟风的《血债》、适越的《人兽之间》、莎寨的《“文明人”所走过的地方》以及老舍的《以雪耻复仇的决心答复狂炸》、燕军的《广州受难》等等报告文学，描述了遍及大半个中国的血污图景，以及中国人民仇恨的递增与顽强的反抗。彗珠的《在伤兵医院里》、曹白的《这里生命也在呼吸》、史筠的《护士的一日》、蹇先艾的《塘沽之日》、李希达的《逃亡》等等报告文学，记录着伤兵和难民生活的悲苦及其爱国的美好心灵。何其芳的《日本人的悲剧》、天虚的《两个俘虏》、沈起予的《人性的恢复》，记录着敌军兵士的厌战与悲观情绪，映现出日本法西斯侵略战争给中日两国民众带来的苦难，蕴含着深刻的揭露、猛烈的鞭挞、反战的呼吁与呐喊，显示出战争的必

① 何其芳：《报告文学纵横谈》。

② 胡风：《民族革命战争与文艺》。

然走向。陶雄的《某城防空纪事》、野渠的《伤兵未到前的一家后方医院》、落繁的《保长的本领》等报告文学,大胆地暴露了国统区的黑暗与腐败。1940 年后,国统区报告文学"凋零"了,但杂文却以新的面貌出现于文坛。桂林的杂文专刊《野草》和重庆的《新华日报》、《新蜀报》等报刊,集合了一批杂文作家,发表了大量杂文作品。夏衍的《此时此地集》与《长途》、聂绀弩的《历史的奥秘》与《蛇与塔》及《早醒记》、宋云彬的《骨鲠集》、孟超的《长夜集》等等,便是其时颇有影响的杂文集子。巴金除去小说外,还写有大量的散文,如《梦与醉》、《黑土》、《废园外》等集子,李广田写有《圈外》与《回声》等抒情散文集,梁实秋写有《雅舍小品》,丰子恺写有《缘缘堂再笔》。由这些报告文学、杂文、抒情散文形成的本时期国统区散文大"家族",既贴近现实社会人生而又各具特色,显示出本时期散文创作获得可喜成绩。

解放区散文创作中,报告文学始终居主导位置,兴盛不衰。延安和晋察冀、冀中等地,先后开展过多次群众性的报告文学创作活动。1938 年 5 月,延安有"五月的延安"报告文学创作活动;1939 年 1 月,晋察冀有"晋察冀一周"报告文学创作活动;1941 年到 1944 年间,冀中有"冀中一日"、"伟大的一年间"和"伟大的两年间"报告文学创作活动;以后,还开展有"抗战八年"报告文学创作活动、"渡江作战动笔为文"报告文学创作活动等等。解放区工农兵十余万人参加了这些报告文学创作活动,写出了报告文学作品六万余篇。这种群众性的报告文学创作造山运动,大大强化了文学与人民大众的联系,有力地促进了专业作家报告文学创作的发展。最初,解放区专业作家的报告文学创作与群众性的业余作者的报告文学一样,大都偏重于叙事写人,篇幅短小,工农兵方方面面的生活与斗争进入了报告文学创作领域。1942 年以后,专业作家的报告文学创作,有了较大的变化,一批长篇巨著的报告文学作品频频推出。丁玲于 1944 年为纪念抗战 7 周年写的《一二九师与晋冀鲁豫边区》一文,3 万余字,11 章,描述了八路军一二九师从平型关大捷到百团大战的战斗历程,具有"史诗"特性。刘白羽于 1946 年写的《环行东北》一文,4 万余字,13 章,再现了从"九一八"事变到抗战胜利,东北人民的 14 年生活与挣扎反抗,倾注了作家的爱憎和"正义的评论"[①]。周立波、周而复、沙汀、何其芳、黄钢、陈荒煤、白朗、严辰、陈学昭、韩希强等等作家,都为解放区报告文学创作的繁荣作出了贡献。解放区的抒情散文与杂文,在思想内容的表层指向上,有着较大的反差。前者,如何其芳的《我歌唱延安》与《饥饿》、吴伯箫的《南泥湾》与《渔民的生活》、郭小川的《生活的颂歌》等等,抒写了解放区的新人新事及作家的敬慕与颂扬之

① 刘白羽:《论特写》。

情，还含有自我剖析之意。后者，如王实味的《野百合花》、丁玲的《三八节有感》、萧军的《论同志之“爱”与“耐”》、艾青的《了解作家，尊重作家》等等，针砭解放区社会生活与思想文化领域中的种种弊端，显示出较强的战斗光芒与讽刺特色。

第一节 梁实秋·丰子恺

梁实秋(1903～1987)，原名梁治华，笔名秋郎、子佳等，浙江杭县人。

梁实秋以其闲适淡雅的独特风格饮誉散文界。他早年写作新诗，致力于文学批评，撰写过50余万言的论著，尤以《英国文学史》得到学术界好评，还独立译成莎士比亚作品40卷。他的文学业绩是多方面的，而散文独标一格，成就显著。

梁实秋与散文结缘，可追溯到20年代初。1927年出版的《骂人的艺术》初露小品锋芒。他真正饮誉散文界，是在陆续写出《雅舍小品》的40年代。1939年到1947年，他共创作雅舍小品34篇，于1949年结集出版，风行一时，至今发行50余版，居20世纪中国现代散文发行之首位。《雅舍小品》，是梁实秋作为散文大家的奠基之作。朱光潜当时致信梁实秋，称：“大作《雅舍小品》对于文学的贡献在翻译莎士比亚的工作之上。”①之后，他的散文创作一发而不可收。

梁实秋从20年代初开始写散文，直至1987年病逝绝笔，前后历时60多年，洋洋百万言，结集出版过《骂人的艺术》、《雅舍小品》(4集)、《秋室杂文》、《实秋杂文》、《雅舍杂文》、《清华八年》、《谈徐志摩》、《谈闻一多》、《秋室杂忆》、《槐园忆梦》、《西雅图杂记》、《白猫王子及其他》、《看云集》、《雅舍谈吃》、《梁实秋札记》和《雅舍散文》(2集)等20余种，涉及小品、杂感、游记、回忆录、读书札记诸文体。其中大多是40年代以来的作品。

在梁实秋的散文中，描摹世态人情、社会风尚者甚多。他以洒脱的笔调，抒写自己对平凡人生的体味与人生世相的感悟，或针砭时弊，或托物抒怀，或怀旧思乡，皆蕴藉醇厚、耐人寻味。对于生活中的各色各样的世相，他的是非判断是富于正义感的。他总是尽可能真切地对生活加以体察和理解，力求洞悉世事，参透人情。因此，他的散文小品除了能丰富知识外，也在一定程度上起到净化人们心灵的作用。《孩子》、《男人》、

① 转引自梁实秋：《雅舍小品合集·后记》。

《女人》、《衣裳》、《下棋》、《写字》、《中年》、《老年》、《退休》、《散步》、《签名》、《乞丐》、《垃圾》、《吃相》、《理发》、《排队》、《吸烟》、《喝茶》、《谦让》、《广告》、《脸谱》……从这些标题上就可以看出梁实秋所涉猎的人生世相是十分纷繁、庞杂的。梁实秋生活知识广博，观察事物细致，而且对平凡人生诸相都有兴致去思考。这里，包含着一种人生态度，即"把生活当作艺术来享受"。由于他通达事理，理解人生，所以他不过分非难他所看不惯的一切，只是给予善意的调侃、委婉的讽喻、智慧的消解。在《孩子》一文中，他对娇宠孩子的世风及危害性，用调侃的口吻加以揭露，从容运笔，流溢着善意与爱心，令人感到亲切，至今仍具有现实意义。在《男人》一文中，他嘲讽同性的脏、懒、馋、自私和无聊等弱点，既针针见血，令人难堪，又止于笑骂，引人自省。较之姐妹篇《女人》，虽显得更为辛辣恣肆，但还是心存温厚，留有余地，跟《脸谱》中对傲下媚上的"帘子脸"之冷嘲热讽毕竟有所区别，富有婉讽的分寸感。

梁实秋的笔锋固然刺痛过某些脑满肠肥的官僚商贾，针砭过一些陈规陋习和人性痼疾，也流露过心中的不平、牢骚，但大多数是针对生活中普遍存在的人生笑料和常人难免的缺点失误，诸如溺爱孩子、追赶时髦、虚荣好胜、偏执狭隘之类通病，并用亦庄亦谐的笔调加以漫画化、喜剧化，像猫爪戏人而不伤人，使人在笑声中接受作者善意的指摘。

作为散文大家，梁实秋主要是以其浓烈的文化意识吸引和博得广大读者产生共鸣的。梁实秋博通经史诗书，谙熟文史掌故及奇风异俗。无论是写于大陆的《雅舍小品》，还是写于台湾的《雅舍谈吃》、《雅舍散文二集》，都有浓郁的民族文化氛围。《雅舍谈吃》对中国饮食文化褒奖非常，津津乐道。饺子、锅巴、豆腐、龙须面、火腿、烤鸭、八宝莱、生炒鳝鱼丝等具有地方风味的菜肴，应有尽有，宛如一个地道的中国厨师向西洋人介绍中国饮食文化，对各道菜的产地，色、香、味、做功等皆能娓娓道来，如数家珍。但他并不是美食家为谈吃而谈吃，而是借谈吃而谈文化，这使其《雅舍谈吃》具有另外一种诱人的馨香。《雅舍散文》和《雅舍散文二集》，对中国的麻将文化、中国的文房四宝、盆景、谚语、语言文字等进行了详细的介绍，并引经据典，乐此不疲。他在散文中表现出了对中国文化的执著与偏爱。

从散文的美学理想及其审美意识来看，西方古典主义与中国儒道合一的审美意识的契合，构成了梁实秋散文的主要美学特征。梁实秋自幼长于北平的"一个古老的家庭"，深受传统伦理习俗与艺术趣味熏染，其作品趋于古典与端庄，表现出超然出世、独善其身的清静和无为，显示出闲适淡雅的格调与美学追求。

梁实秋散文的闲适淡雅在内容上表现为对"人性"的特别关注，特别是在伦理道德方面。但它缺乏对民族存亡、民族抗争等社会重大事件的表现,其散文小品大多是凡人凡事。他认为"文学的本质是人生",信奉文学之美在人生,主张文学表现普遍人性,文学与道德紧密相连。他力主张扬人性善良的特质,批判人性不良的部分,论事念友情真意切。《父母的爱》、《悼念余上沅》、《忆李三》等倾注了真挚的情感于父母友人身上,款款叙谈中包含着人生的爱心与友情,这是传统中国道德情感的心态录。《送礼》写他的一段亲身经历。有一年无端地每逢佳节必有陌生人来送礼,后来才知,原来这条街上还住着一位在"局"里做官的梁先生,手下人误送到了他家。文中用了不少笔墨抒写自己收到礼物后惶惶不安的心绪以及对官场恶习的感触,揭露了在当今的台湾,官场上送礼其实是一种变相的交易,那批判之意也显而易见。

梁实秋散文的闲适淡雅还表现为自得其乐、自我排解的雅趣。就创作心态而言,他心有余闲,随缘玩味,常以超功利的审美观观照人生的方方面面。他向往那种"心胸开朗,了无执著",能"随遇而安的欣赏社会人生之形形色色","有闲情逸致去研讨'三百六十行'的人格气度与生活态度"[①]。除了有意回避尖锐性题材之外,日常所见所闻,无论大小雅俗,他都顺手拈来,虚怀静观,努力保持优游自得的审美心态,潜心营造适意自足的艺术世界,以求愉悦性情、调剂人生,使生活闪现出原有的艺术情味,使人们善于观赏日常生活。《雅舍小品》的开篇之作《雅舍》就显示了这种随遇而安、优雅恬适的人生情调。在他的笔下,不仅雅舍月夜清幽,细雨迷濛,远离尘嚣,陈设不俗,令人心旷神怡,就是鼠子瞰灯、聚蚊成雷、风来则洞若凉亭、雨来则渗如滴漏之景观也别有风味,甚至暴风雨中"屋顶灰泥突然崩裂"的情景也如"奇葩初绽"一样可观可叹。雅舍所给予人的"苦辣酸甜",在作者看来,都是人生应得而又难得的情味。这里,生活的体验已升华为审美的玩味,困苦的境遇已转化为观赏的对象,这是一种旷达俊逸、优雅淡远、闲适解嘲、随缘赏玩的审美心态,是一种常人难以抵达的安时处顺、优游自得的人生境界,颇有刘禹锡《陋室铭》、苏东坡《超然台记》的风韵。

梁实秋是热爱人生、依恋尘世的,他随时随处都在兴致勃勃地品尝人生的各种况味,深感生活的丰富有趣,但他并不随波逐流,沉溺于声色之娱、感官之乐,而是自主自律,能入能出,有所为也有所不为,寻觅人生真趣,专求精神愉悦。他欣赏的是"风声雨声、虫声鸟声"那样"自然的音乐"(《音乐》),向往的是"风雨故来人"、"把握言欢,莫逆于心"那样的神交境界(《客》),安享的是"我有一几一椅一榻,酣睡写读,均已有着,我亦不复他求"的恬淡生活(《雅舍》),躬行的是"作自己所能作的事,享受自己所能享受

① 梁实秋:《秋室杂文·悼齐如山先生》。

的生活"的处世哲学,追寻的是精神上的自由和快乐。因此,他的散文虽无抗世壮举,却有淑世心怀,虽说疏远时代问题,却充满人生气息,固然缺乏阳刚之气,却以温柔敦厚感人。的确,他的散文有别于抗争、战斗的散文,也有别于哀怨、伤感的散文,而被目为"闲适淡雅的散文"。

总之,梁实秋散文有一种别致的诱人力量。他对所拥有的题目,往往能写得从从容容,短小精悍,于晓畅明丽之中特饶渊雅情韵,在讲述自身见闻感受之际,又能广泛征引,左右逢源,融会古今中外的实例和名言轶事而得其自然与熨帖,不炫耀,有真色。他运笔潇洒,文章既琅琅上口,又回味无穷,表现出深厚的古典文学修养。

丰子恺(1898～1975),浙江省崇德县(今桐乡县)人。

丰子恺在纷纭变幻的世事中表现出的沉静姿态,显然是他艺术(或诗意)地把握人生的结果。这位被誉为"现代中国最像艺术家的艺术家"[①],他的生命踪影和艺术轨迹是融为一体、密不可分的。他的全部艺术作品,是一颗率真、质朴和恬然的灵魂在出世与入世两种人格追求的激烈冲突中的真切写照。漫画和随笔,是这位艺术家用以观照生命平行展开的两种方式:作为画家的丰子恺,传神的墨韵勾勒出一幅幅耐人寻味的人间万象;作为散文家的丰子恺,动人的笔触表达了对社会人生的深刻思考和一个正直知识分子的良知。丰子恺在其长达半个世纪(1922～1974)的艺术生涯中,在作画之余创作了大量精致隽永的散文(随笔),在20世纪中国散文(特别是随笔体散文)园地,绽放了一朵别具风韵的奇葩。这些作品,先后结集为《缘缘堂随笔》、《缘缘堂再笔》、《东厢社会》等十几部集子出版。丰子恺的散文展示了他本人丰富的内心世界和广阔的艺术视野。他胸怀坦荡,饱经沧桑而不甘沉沦;他兴趣广泛,对艺术诸类均有涉猎或研究,这些都在他的散文中得到充分体现。丰子恺的散文同他的漫画一样,极善于运用略笔手法,往往寥寥数语就能产生"弦外有余音"的效果,从而使他的文字"灵达处远在他的画笔之上"[②];同时,丰子恺的散文以其无处不在的"禅味"及娓娓道来的叙述方式,而显出清幽玄妙、冲淡平和的整体品格,尽管后来越来越夹杂酸涩,越来越渗透进辛辣的讽意。

"我仿佛看见一册极大的大账簿,簿中详细记载着宇宙间世界上一切物类事变的过去、现在、未来三世的因因果果。"[③]可以说这是丰子恺观察社会人生的一个基本视

① 吉川幸次郎语,参见[日]谷崎润一郎:《读〈缘缘堂随笔〉》(夏丏尊译),《中学生》第67期。
② 郁达夫:《中国新文学大系·散文二集·导论》。
③ 丰子恺:《大账簿》。

点。他的早期散文充满了这种深沉的苍茫感。这种苍茫感浸透了佛学的无穷底蕴。佛教文化的思想内核和精神风范极大影响着丰子恺的人格建构和艺术观念，并在艺术作品中鲜明一贯地体现出来。《渐》由对瞬间与永恒关系的思索发出“人生无常”的慨叹，字里行间流动着幻灭的情绪；《两个？》则探讨时空这一形而上的主题，表达了对时空观念的不断追问；还有《实行的悲哀》、《大人》等篇，试图以生命短促和人自身的种种限制道出“世间苦的根本”，劝诫俗众迷途知返。这些包含浓烈禅佛意味的散文赋予丰子恺别一种思路，别一种境界。

正是这些佛家思想，使得丰子恺能够空阔、高远地看取世间人生。他在旅途中看到“凡人间社会里所有的现状，在车厢社会中都有其缩图”[①]，并发现“在火车里的几小时，是在这社会里四五十年的人生的缩图”[②]。他不由得对尘世凡俗采取一种超然的态度，进而崇尚自然的人，自然的艺术和自然本身。于是以“自然”为核心的人生观念成为他的最高行为准则。丰子恺称自己是儿童崇拜者，他将儿童比作人生的“黄金时代”。《给我的孩子们》中的真切呼唤，《作父亲》里沉甸甸的感喟，《瞻瞻的日记》那稚拙的口吻，让人感到只有儿童的生活才是纯洁无瑕的，才保持着真的天性。但儿童总要长大，一旦长大便感染这社会的污浊，失去了憧憬的价值。由此引发丰子恺对世俗化成人的憎厌和鄙薄。他如此描绘成人世界的苦闷：“这里面……只有细弱的呻吟，吞声的呜咽，幽默的冷笑，和愤慨的沉默”，并指出一切祸乱都是成人奢欲横流所致。“邻人”用以防范对方的铁骨扇冷酷得让人触目惊心，是“人类社会的丑恶的最具体，最明显，最庞大的表象”(《邻人》)。在《西湖船》里，他借西湖船座位样式的变迁，鞭挞世风日下，文明人贪闲好逸的恶习。对宗教道德的崇尚被视为有灵魂的生活，对自然童真的追求被视为人生最高境界，这导源于丰子恺毕生奉行的“护生”观念。他对弱小者、普通者的坚强品质表现出极大同情和赞美之意，如《杨柳》、《半篇莫干山记》、《敬礼》等篇，强烈的平民意识让人读后油然而生敬意。

必须指出的是，丰子恺散文折射出的佛家思想不是他对佛经奥义的简单演绎和宣讲。尽管他宣称只有希望中的幸福才是最纯粹的幸福，但他更关切有情人间和尘世生活。他以艺术家的博大胸怀，在人类生存困境及其解救之道的基点上，从某种意义上完成了对佛学教义的超越。因此，丰子恺作品中的佛学意蕴是他对佛文化深切体悟后的升华。《佛无灵》中丰子恺就明确表示对“信佛为人生幸福”并不反对，但“只求一人

① 丰子恺：《车厢社会》。

② 丰子恺：《山水间的生活》。

幸福”，则是深为他所反感的。随着抗战爆发，丰子恺在超然物外的“出世”与热切干预的“入世”冲突中断然倾向后者。他在《漫文漫画》等集中，发出抗敌御侮的急切呼喊，并把“护生”观念引申开去，倡导为“护生”而抗战。

丰子恺不愧为大艺术家，他以其丰富的散文创作实践着他不懈追求的自然艺术观。他不事雕琢、浑然天成的风格为他的作品在20世纪中国散文史上争得了一席之地。丰子恺散文的朴实无华的语言，其中所蕴含的诚挚动人的情感，散发的清新活泼的气息，正是他正直人格和进步思想的体现。艰难时世的种种悲欢感受，对家园国土的眷恋之情和对亲人朋友的爱护之意，都在他笔端自然流露。他的文学没有遮掩和伪饰，只有平易、协调的圆熟。

丰子恺散文的突出特点在于以小见大。一方面，他抓住某一极富特征的局部，采其神韵将其扩散，使之具有普遍的涵盖意义。这正是丰子恺式的“漫画法”。《肉腿》只取“肉腿”这一最逼人眼目的景观，从踏水车农人的肉腿过渡到舞场里银幕上舞女的肉腿，从而形成两种生命形态和价值取向的强烈对比。《吃瓜子》采用特写镜头，以一连串碎珠般的短语和象声摹写，惟妙惟肖地勾画出少爷小姐们吃瓜子的动作神态，看似轻松的语气底下隐藏着沉痛激愤的情绪。《我的母亲》将母亲端坐椅上的姿势定格，这一永远的慈祥形象光芒四射地照耀着作者的生命轨迹，成为他前进的动力。另一方面，丰子恺极善于从身边小事挖掘重大题材和深层哲理，每一日常生活场景，仿佛只是信手拈来，随意安排，但于看似散漫的叙述中可见出作者独具的匠心。《白鹅》中的白鹅作为孤寂之中的精神寄托，被拟人化为具有积极向上品性和高贵气质的生活伴侣，被赋予光明美好的象征旨意。《湖畔夜饮》叙述旧友重逢之事，洋溢着浓厚的诗情和人间真味，显示出飘逸达观的人生态度。还有一组篇幅短小的《劳者自歌》，笔致轻微却有震撼人心的响声。

善取譬喻、巧设对比是丰子恺散文常用的手法。他认为比喻能使行文获得意义具象化、事实夸张化和语言趣味化的效果，而对比则让要突兀的特点更加醒目。丰子恺曾风趣地将自己的随笔比作“爆炒米花”。他写“逃难”，“逃难把重门深院统统打开，使深居简出的人统统出门。这好比一个盛大的展览会。”幽默中隐含着酸涩。他写西湖，将和平时期和战争年代的西湖景色对照起来，说“西湖美景不懂人事沧桑，越是可爱，越令人伤心”，言外之意令人回味无穷。这种譬喻、对比的运用，在丰子恺后期散文中尤为明显，平和叙述中隐含着尖刻讽刺，舒缓的抒情之外涌动着严厉鞭笞。《口中剿匪记》将拔牙喻为“剿匪”，形象生动且喻义深远，是这类散文的代表。

第二节 丘东平·碧野·萧乾

丘东平(1910～1941),原名丘席珍,广东海丰县人。

丘东平一生最引人注目的是不息的战斗激情。他从 16 岁开始,先后投身海陆丰农民革命运动、“一·二八”抗战、福建人民政府起义、“八一三”淞沪抗战,以及随新四军挺进大江南北。他将生命融入民族解放与人民解放战争,他的笔染上了豪迈悲壮的色彩,真切炽热的生活体验,使他直追人物的心理性格。他的报告文学,闪现着“一个新的世代的先影”[①]。他将 30 年代末期盛行的报告文学,从单纯的事件叙述提升到对人物刻画的完成度。

报告文学集《第七连》,是丘东平报告文学的最高点。围绕着淞沪抗战,作者以质朴而凌厉的笔,突入对象的心灵,展示英雄人物在抗日民族解放战争中沉毅悲壮的拼搏和灵魂的时时内视与思索。透过通体的血与火,作者向我们展现了“新的世代的先影”——中国的新军人,中国的新民族魂的诞生过程。《吴履逊和季子夫人》一文,平直忠实地描述了中国军人和日本女子的爱情悲剧,凸现了两个具有坚强意志和雄心的“新”人形象。《叶挺印象记》通过几组印象的组合,刻画出叶挺刚毅、质朴的形象,作者感悟到了胜利的将来。但目前阶段日军的猖獗压逼,中国军队的步步后退,又是一片沉重阴暗。于是,作者在描叙英雄的豪迈壮举时,总被“一块大石块重重地压紧着”。悲壮的英雄色彩就成为丘东平报告文学的一个突出的审美特征。

丘东平大半生的时间是在战争中度过的,普通军民的战斗生活,自然成了他自己的文学园地。一旦他直接切入战争和进入战斗生活的描述,相似的生活经历与情感就使他极易向客观对象心理突进,从而与对象产生共鸣,紧紧把握住对象的神韵。《第七连——记第七连连长丘俊谈话》、《我们在那里打了败仗——江阴炮台的一员守将方叔洪上校的战斗遭遇》和《我认识了这样的敌人——难民 W 女士的一段经历》等三篇,作者退隐于文本之外,让主人公丘俊、方叔洪、W 女士直接担当叙述者,叙述他们各自在淞沪抗战中的经历与心理状态,以观照腥风血雨的外部世界。这样,既保持了报告文学的真实性,又清晰地折射出战争对于人的灵魂的作用。《第七连》是学生军官丘俊自

① 郭沫若:《东平的眉目》,丘东平《沉郁的梅冷城》代序,花城出版社 1983 年版。

叙他所带领的连队在淞沪抗战中的战斗。于主人公时时的内省自视中,我们看到了中国新军人从战争中一步步地走出:怀着对战斗的恐怖的想象,主人公第一次走入了战争,但一种强者的毅力,让他能沉静地自视,依着理性的指导,“处处防备着感情的毒害”,以近乎宗教痴迷的执著视任务为生命的全部,驱走了恐惧的心理,沉毅英勇地固守着阵地,与狂暴的敌人对抗。战斗的失败,不是对主人公的摧毁,而是给了他血与火的巨大推动力,使他终于突破了眼前这痛苦的最高的顶点,获得了灵魂的飞跃。面对将来,他坦然而镇定。清醒沉静的内心检视和辩证的战争反思,拨出深沉庄严的低音,叩击人心;肆虐的炮火和壮烈的拼搏,敲响激越粗犷的高音,直刺人情。作品由丘俊平缓的回忆开始,一路高低音交织前进,越击越强,奏成一曲英雄的乐章——这样,“形式上的抗日民族英雄主义的旋律正吻合着内容上的抗日民族英雄主义的气魄,使人感到一股雄壮的迫力”①。

《我们在那里打了败仗》一文,承接着这英雄主义旋律的迫力,进一步突进新军人面对失败所感到的羞辱而深思的心理层面。方叔洪对局部战斗与整体战局关系的反思,既具有尖锐的现实性,又不乏“形而上”的意味。它与《第七连》共同展示着军人在战争中灵魂的再塑和重铸过程。《我认识了这样的敌人》一文,则将灵魂重铸这一主题扩展开来,刻画了普通民众在战争的教育下获得新生的过程。难民 W 女士先是对尖锐的情势认识不清而闲适,继而因战争爆发而慌乱惊恐。在逃难中为着求生开始勇敢坚强起来,然后从难民与日军的悲壮拼搏中,“领悟到战斗的神圣的任务”,逃出战区时“灵魂已经很坚定了”,完全从痛苦、弛缓的状态中冲破出来。民族新生的抗战之火就这样锻铸着军人和民众。从他们悲壮拼搏的反射中,“我们底面前出现了在这个雄大的时代受难的以及神似地跃进的一群生灵”②。

除报告文学之外,丘东平还创作了《茅山下》、《给予者》(集体创作,丘东平执笔)和《一个连长的战斗遭遇》等中短篇小说。这些小说,在悲壮的英雄主义色彩氛围中,也竭力地捕捉着那“新的世代的先影”。

碧野(1916～),原名黄潮洋,广东饶平县人。

面临抗战爆发这匆忙而多变化的时代,报告文学以其“浓厚的新闻性”和“充分的形象化”,而成为这“时代所产生的特性的文学式样”③。如果说,在记叙东战场的报告

① 胡风:《忆东平》,《胡风评论集》(下册),人民文学出版社 1984 年版。
② 胡风:《〈东平短篇小说集〉题记》,《胡风评论集》(中册),人民文学出版社 1984 年版。
③ 茅盾:《关于“报告文学”》,《茅盾全集》第 21 卷,人民文学出版社 1991 年版。

文学作家中，丘东平是代表的话，那么，在描绘北方战场的报告文学作家中，碧野可算是佼佼者了。他一面描绘着北方抗日游击健儿英勇壮烈的战斗生活，一面将他们的粗放乐观与北方原野的雄浑美丽融合起来，在叙事与抒情的结合中，展示出民族的苦难和欢乐，让“我们噙着悲壮的眼泪，立下钢铁般的决心，奋发前进”①。

1938 年，碧野暂别抗日游击生活，由晋冀鲁豫战场回到武汉，连续写出了三个报告文学集即《北方的原野》、《太行山边》和《在北线》。《在北线》收录了 7 篇特写，主要描述国军在日寇面前的软弱退让、乃至闻风而逃以及人民的抗日斗争。《太行山边》分“太行山边”和“道清线东”两部分，主要记述包括作者在内的文化人抗战初期在孙殿英、石友三部队中的经历。作品中，省略号的不断运用、段落的短促划分(多数段落只有二、三行)和对话的质朴简洁，产生出行文的跳跃性，契合着凄切激烈的滹沱河夜战、畅快兴奋的军民联欢、狂欢火热的出征欢送及放浪风趣的说笑……这一幅又一幅画面的相互串联，散发出乐观欢快的情绪，洋溢着青春的活力。

使碧野“真正走上了文坛”而“成名”的报告文学，是他的《北方的原野》②。茅盾认为：“在同类的作品中，《北方的原野》是值得一读的”，它“虽然不会是这方面的唯一的代表，但在目前，它却是第一部的成功的著作！”③

《北方的原野》，“是描写抗战初期游击队的活动，一支由农民和男女青年学生组成的游击队，在华北大平原英勇抗击日本侵略军的故事”④。该集由《一支火箭》、《血辙》、《牛车上的病号》和《午级的高原》四个单篇组成。各篇具有相对的独立性，各自讲述了一个故事。《一支火箭》写游击队的急速军袭击行唐，直接描写正面战斗；《血辙》写村民由自发到自觉的抗日斗争和游击队偷渡死亡威胁的峡谷；《牛车上的病号》写夜行的伤员受到地方自卫队的欢迎；《午级的高原》写队员的休养和老英雄朱怀念的豪迈雄健。个性鲜活的人物，如英勇机警豪放的黑虎、细心热情爽朗的女同志、幽默傻气的大雁、机灵可爱坚强的桂儿，活跃在各个故事之中。这就使他那由跳跃性行文所形成的宽松开放结构，能以人物的同一性这根明线，将四个单篇包容贯串起来，构成一部中篇。在人物的同一性形成作品外在形式连贯性的同时，“悲壮凄艳而又激昂明快的艺术风格”，更使作品浑然一体⑤。站在激烈的抗日前线，丘东平是沉郁悲壮地直刺对象

① 茅盾：《〈北方的原野〉》，《茅盾全集》第 21 卷，人民文学出版社 1991 年版。
② 碧野：《跋涉者的脚印》，四川人民出版社 1983 年版。
③ 茅盾：《〈北方的原野〉》，《茅盾全集》第 21 卷，人民文学出版社 1991 年版。
④ 苏光文：《大后方文学论稿》，西南师范大学出版社 1994 年版。
⑤ 参见杨义：《萧乾小说艺术论》，傅光明与孙伟华编：《萧乾研究专集》，华艺出版社 1992 年版。

心理，开掘出思想的深度；碧野则将战斗生活扩荡开来，以乐观主义的情绪，表现广袤原野中的壮丽图景。这里，既有冲锋呐喊的恶斗、悲壮无畏的反抗，又有骤急激动的行军、狂风暴雨下的偷渡、哀婉沉默的夜行，还有庄严肃穆的祭礼、旷野热闹的露营、友爱清新的军民交际。在这些战斗行军生活中，作者时时插入北方粗犷原野的景色描绘：白茫茫的荞麦地、苍翠的山岭、黄褐的荒原、血红的云霞……依着这亘古长存的雄浑自然，生长于斯的，他的儿女，在历史给予的残酷然而神圣的十字架下，始终闪耀着乐观与自信的光芒。

不倦地深入生活，是碧野的创作基石。50年代以后，他又创作了《丹凤朝阳》等长篇小说，显示出迅速驾驭重大题材的创作才力。

萧乾(1910～1999)，原名萧秉乾，出生于北京。

萧乾的报告文学，以简洁机智的语言，传达着广阔丰富的社会信息，大江南北，寰球风雨，都收于其中。对大时代下小百姓生活遭遇的特别眷顾和对民族灵魂进行极富文化意味的探索，使萧乾在三四十年代的报告文学界，独具风姿。萧乾是以小说家的面貌登上文坛的。短篇集《篱下集》、《栗子》和长篇小说《梦之谷》，是萧乾乡土体验的开拓和心灵自传的融合[①]。这些“早年的经历和见闻所留下的印象”[②]，包含了对下层民众疾苦的真诚关怀，但在当时占据全国青年心思的抗日救亡大时代下终显得有些狭窄。

在巴金的启发下，萧乾“走出童年回忆那个狭窄的主题”[③]，选定了“一个接触人生最广泛的”职业——新闻记者，“而且特别看中了跑马江湖的旅行记者生涯”[④]。《平绥琐记》是萧乾走出童年回忆开始“人生采访”的第一篇旅行通讯。他敏锐地捕捉平绥线西塞外那一幅幅原生形态的民风世俗画，让煤工生活的艰辛枯燥、鸦片的泛滥、娼妓的盛行与文化的遗迹、民众的坚毅相互交织，显示出萧乾在自然和社会、现代和历史的穿梭中，擅长从纷繁复杂的社会抓拍人生瞬间的能力。1935年，萧乾正式进入《大公报》，任编辑兼旅行记者，这给他提供了实现生活理想的机会。他由鲁西到雁北、从香港到岭南、自昆明到芒市、经畹町到缅甸的拉戍，涉足了大半个中国。这些旅行，使他

① 萧乾:《一本褪色的相册》,《萧乾选集》第3卷,四川人民出版社1984年版。
② 萧乾《挚友·益友和畏友巴金》,《箫乾选集》第3卷,四川人民出版社1984年版。
③ 萧乾《挚友·益友和畏友巴金》,《箫乾选集》第3卷,四川人民出版社1984年版。
④ 萧乾《〈人生采访〉前记》,《箫乾选集》第4卷,四川人民出版社1984年版。

"明了中国还并不像雁荡那么高洁雄伟"[①],在雁荡的瑰丽、岭南的清秀和西南边陲的险峻之外,更有"那些在黑暗中挣扎的人们"[②]。于是,他的笔留在这里。《流民图》一文,实录了1935年鲁西水灾下人民生活的艰辛和当局救灾的乏力。萧乾深入灾区实地,奔走于大水漫漶的津浦路和陇海路沿线,"含着泪倾听他们的吐诉"[③]。在结构作品时,萧乾没有陷入数字与概况的浮光掠影记叙中,而是从自己的亲身感受,抓拍着灾区百态中的典型画面,用真切的文字描绘现场实况,直接诉诸读者的视觉:"大头瘦脸的婴儿抓着松软无乳的奶头,非等绿豆蝇叮得太厉害才哭叫一声";饥饿的老妇"领到黑馍放到她怀里时,她用枯柴般的手牢牢抓着,死命地向嘴里填,胸脯的瘦骨即刻起了痉挛"。质朴的白描,已将主体情感内化于对象之中,流民们生活的悲苦凄凉就活生生地凸现在眼前。《血肉筑成的滇缅路》一文,承袭着《流民图》对普通民众的真诚观照,却将《流民图》凄惨悲凉的氛围,一转而成悲壮高亢的气势。在对千百万民工修筑滇缅路的记叙中,萧乾用"靶环式"结构组织文章,层层深入地揭示出他们奴隶般的生活状况和主人翁对祖国的赤诚精神[④]。文章从"我"对滇缅路的惊愕与感慨入手,向靶心步步推进。在赞颂了"罗汉们"创造奇迹之伟大后,萧乾撷取筑路中最艰辛的修胜备桥和惠通桥两个阶段,着重记叙了民工与洪水、峭壁、瘴毒的搏斗,最后,抓拍下三个特写镜头,以老人、青年、夫妇的悲壮殉职,直达文章中心话语——人民是"构成历史不可少的原料"。

因题材的逼近,萧乾在从《平绥琐记》到《血肉筑成的滇缅路》等国内社会特写中,倾向于情感性的体验,"有的只是一个企图,那就是褒善贬恶,为受蹂躏者呼喊,向黑暗进攻"[⑤]。而1939年开始的旅英,则使他获得一种距离感——对祖国的空间距离感和对欧美的心理距离感,从而使他的报告文学增添了更多理性的思考。海外七载,萧乾经历了不列颠之战、盟军大反攻、波茨坦会议、纽伦堡战犯审判、联合国成立等重大国际事件。他以一个中国记者之眼看世界,实录欧战风云,既大大开拓了我国报告文学的国际题材领域,又成为二战史和欧洲发展史的重要见证。在这里,萧乾保持着"人生采访"的传统,紧紧注视着大时代下小百姓的生活和心理状态。《赴欧途中》一文,将幽默与乐观情绪涂满赶赴大战的小船。70开外的老太婆,还嗫嚅着能上前线;就要卫国

---

① 萧乾《跑马江湖采访人生——我的旅行记者生涯》,《萧乾文学回忆录》华艺出版社1992年版。

② 参见鲍霁《萧乾作品欣赏》,广西人民出版社1986年版。

③ 此根据文化生活出版社1946年3月初版本。四川人民出版社1984年初版的《萧乾选集》第2卷中,《南德的暮秋》则为16篇。

④ 参见鲍霁《萧乾作品欣赏》,广西人民出版社1986年版。

⑤ 萧乾:《〈人生采访〉前记》,《萧乾选集》第4卷,四川人民出版社1984年版。